원전으로 읽는 우리 고전 4

이씨 집안 이야기

이씨세대록

6

원전으로 읽는 우리 고전 4

이씨 집안 이야기

이씨세대록 6

장시광 옮김

이담북스

역자 서문

<쌍천기봉>을 2020년 2월에 완역했는데 이제 그 후편인 <이씨세대록>을 번역해 출간한다. <쌍천기봉>을 완역한 그때는 역자가 학교의 지원을 받아 연구년제 연구교수로 유럽에 가 있을 때였다. 연구년은 역자에게 부담 없이 번역에만 전념할 수 있는 환경을 만들어 주었다. 덕분에 역자는 <쌍천기봉>의 완역 이전부터 이미 <이씨세대록>의 번역 작업을 동시에 수행할 수 있었다. 이 번역서 2부의 작업인 원문 탈초와 한자 병기, 주석 작업은 그때 어느 정도 되어 있었다. <쌍천기봉>의 완역 후에는 <이씨세대록>의 번역 작업에 박차를 가했다. 당시에 유럽에 막 퍼지기 시작한 코로나19는 작업에 속도를 내도록 했다. 한국에 우여곡절 끝에 귀국한 7월 중순까지 전염병 덕분(?)에 집안에만 틀어박혀 있을 기회가 많았기 때문이다.

<쌍천기봉>이 역사적 사실에 허구를 덧붙인 연의적 성격이 강한 소설이라면 <이씨세대록>은 가문 내의 부부 갈등에 초점을 맞춘 가문소설이다. 세세한 갈등 국면은 유사한 면이 적지 않지만 이처럼 서술의 양상은 차이가 난다. 조선 후기의 독자들이 각기 18권, 26권이나 되는 연작소설을 흥미롭게 읽을 수 있었던 데에는 이처럼 작품마다 유사하면서도 특징적인 면이 있기 때문이었을 것으로 짐작된다.

역자가 대하소설에 흥미를 가지게 된 것도 이러한 면과 무관하지 않다. 흔히 고전소설을 천편일률적이라고 알고 있는데 꼭 그렇지만

은 않다. 같은 유형인 대하소설이라 해도 <유효공선행록>처럼 형제 갈등이 두드러진 작품이 있는가 하면, <완월회맹연>이나 <명주보월빙>처럼 종법제로 인한 갈등을 다룬 작품도 있다. 또한 <임씨삼대록>처럼 여성의 성욕이 강하게 부각되어 있는 작품도 있다. <쌍천기봉> 연작만 해도 전편에는 중국의 역사적 사실을 토대로 군담이 등장하고 <삼국지연의>와의 관련성도 서술되는 가운데 남녀 주인공이 팔찌를 매개로 하여 갖은 갈등 끝에 인연을 맺는 과정이 펼쳐져 있다면, 후편에는 주로 가문 내에서 발생할 수 있는 다양한 부부 갈등이 등장함으로써 흥미의 제고와 함께 가부장제 사회의 질곡이 더욱 적나라하게 드러나게 하는 효과를 내고 있다.

대하소설의 번역 작업은 이 분야에 몸담고 있는 연구자들은 잘 알겠지만 매우 지난한 일이다. 우선 작품의 방대한 분량이 거대한 장벽으로 다가오지만 더욱 큰 작업은 국문으로 되어 있으나 대부분 한자어로 구성된 본문을 제대로 이해하는 일이다. 이 때문에 작업을 하다 보면 차라리 논문을 쓰는 것이 낫겠다고 생각한 것이 한두 번이 아니다. 번역 작업은 심지어 연구비 수혜도 받기가 힘들다. 이는 역자가 직접 체험한 일이다. 번역보다 논문 한 편을 더 높이 평가하는 것이 지금 학계의 현실이다. 축하받아야 할지도 모르는 번역서의 머리말에 이런 넋두리를 하는 것은 토대 연구를 홀대하는 현실이 바로잡혔으면 하는 간절한 바람에서이다.

<쌍천기봉>을 작업할 때와 마찬가지로 이 작업도 여러 분에게서 도움을 받았다. 해결되지 않은 병기 한자와 주석을 상당 부분 해결해 주신 황의열 선생님께 고마운 마음을 전한다. <쌍천기봉> 작업 때도 많은 도움을 주셨는데 어려운 작업임에도 한결같이 아무 일 아니라는 듯이 도움을 주셨다. 연구실의 김민정 군은 역자가 해외에

있을 때 원문을 스캔해 보내 주고 권20 등의 기초 작업을 해 주었고, 대학원생 남기민, 한지원 님은 권21부터 권26까지의 기초 작업을 해 주었다. 감사드린다. 대학원 때부터 역자를 이끌어 주신 이상택 선생님, 한결같이 역자를 지켜봐 주시고 충고를 아끼지 않으시는 정원표 선생님과 박일용 선생님께는 늘 빚진 마음을 지니고 있다. 못난 자식을 묵묵히 돌봐 주시고 늘 사랑으로 대해 주시는 양가 부모님께 감사드린다. 끝으로 동지이자 아내 서경희에게 사랑과 감사의 마음을 전한다.

차례

제1부

현대어역

☘ 일러두기 ☘

1. 번역의 저본은 제2부에서 행한 교감의 결과 산출된 텍스트이다.
2. 원문에는 소제목이 없으나 내용을 고려하여 권별로 적절한 소제목을 붙였다.
3. 주석은 인명 등 고유명사나 난해한 어구, 전고가 있는 어구에 달았다.
4. 주석은 제2부의 것과 중복되는 것은 가급적 삭제하거나 간명하게 처리하였다.

•••

이씨세대록 권11

이경문은 이몽창의 용서를 받아 아내와 화락하고 이일주는 사혼으로 태자비가 되어 고초를 겪다

이때 위 공이 한림을 데리고 이씨 집안에 이르렀다. 서헌에 아무도 없어서 동자에게 물으니 동자가 대답했다.

"주인 나리께서는 승상부 서헌에 계십니다."

위 공이 이에 몸을 돌려 대서헌에 이르니 하남공 등 오 형제와 그 자식들이 다 모여 있었다. 한림이 급히 나아가 숙부들과 왕의 앞에 엎드려 벌을 청하니 왕이 한참을 생각하다가 말을 하지 않았다. 그러자 남공이 웃으며 말했다.

"조카가 장인에게 사죄해 서로 화목하게 지내고 있느냐?"

위 공이 웃으며 말했다.

"얼음도 뽕나무밭이 되는 법입니다. 이보가 굳은 뜻을 가졌다 해도 봄볕을 만났으니 풀어지지 않겠습니까? 요새 이보가 저에게 사랑하는 사위 소임을 하는 것이 참으로 아리따워서 사위를 데리고 이곳에 온 것입니다."

왕이 바야흐로 한림을 용서하며 말했다.

"위 형의 말 덕분에 너를 용서하니 한 번 더 괴이한 일이 있다면 반드시 부자의 의리를 끊을 것이다."

생이 두 번 절해 사죄하고 잠깐 왕을 곁에서 모시고 앉았다가 몸을 일으키며 고했다.

"내당에 들어가 모든 분께 뵙고 오겠습니다."

이렇게 말하고 드디어 들어가니 남공이 웃고 위 공에게 말했다.

"상국이 무슨 위엄으로 저 쇠돌처럼 굳은 마음을 돌려서 조카를 데리고 이른 겐가?"

위 공이 머리를 흔들고 손을 저으며 말했다.

"제가 일찍이 열아홉 살에 과거에 급제해 조정에 들어간 지 이십 년이 되었고 승상이 된 지 몇 년이 되어 사해(四海)를 내려다보며 남공 형님 등 다섯 사람 외에는 군자가 없는가 여겼습니다. 제가 본 사람이 적지 않은데 이보처럼 단단하고 사나운 것은 보지 못했습니다. 제가 일찍이 사람에게 무릎 꿇어 빈 적이 없고 남이 저를 향해 비는 모습만 보았더니 어인 딸을 낳아 저 이팔 어린아이에게 이름이 불리는 모욕을 전후에 심하게 겪었습니다. 이제는 저 아이에게 그지없이 빌어 한스러움이 뼈에 사무쳤으니 도리어 연왕 전하를 원망합니다."

이에 모두 크게 웃었다. 연왕이 잠시 웃고 말했다.

"형이 조정 대신으로서 저 어린아이에게 무엇 때문에 빌었단 말인가? 용렬한 일을 한 것이네."

남공이 웃고 이어 말했다.

"조카의 전후 일을 듣고 싶으니 형은 대강 이르는 것이 어떠한가?"

위 공이 또한 웃고 다시 원망하여 말했다.

"연왕이 그래도 아들을 역성드는 마음이 있어 나를 모욕 주는 겐가? 대강 일러 보겠네. 이보를 내가 마음으로는 미워해도 형에게는 천금과 같은 귀한 아들이네. 이보가 나 때문에 매를 맞고 분한 기운이 가득해 병이 때때로 깊어지고 딸아이는 두 틈에 끼여 보채여 옥 같은 몸이 다 마르고 가는 허리는 끊어질 듯했네. 이런 때를 맞아 내가 호령도 내지 못하고 겁나고 두려운 마음이 시시각각으로 나서 밤낮으로 사위를 붙들고 온 마음을 다해 긴 옷이 등으로 기어오르고 망건이 벗어진 채 음식 찾을 줄도 알지 못하며 사위를 구완했네. 그러다가 사위가 정신을 차릴 적에 극진히 사죄해 심지어 '만사무석(萬死無惜)[1]' 네 글자를 일컬었으니 그 구구하고 원통한 심정을 한 입으로 이르겠는가?"

남공이 크게 웃고 말했다.

"오늘 형의 말을 들으니 바야흐로 사위 어려운 줄을 알겠네. 형처럼 평소에 강직한 성품을 지닌 사람이 한낱 사위에게 길이 무릎 꿇는 일을 면치 못했으니 조카가 비록 입으로 말은 안 했으나 참으로 가소롭게 여겼겠네그려."

개국공이 웃음을 도와 말했다.

"하늘이 형이 교만하게 사람들을 통제하는 것을 밉게 여겨 저 황구소아(黃口小兒)[2]에게 무릎 꿇게 하였으니 하늘이 밝은 줄을 알 수 있겠습니다. 그런데 우리 형님을 원망하는 것은 어째서요?"

위 공이 말했다.

"내 애달픈 마음에 형들에게 시원히 말해 혹 이 아우의 편을 들 사람이 있을까 했더니 모두 이처럼 비웃고 조롱하니 차라리 함구하는 편이 좋았겠네. 연왕을 원망한 것은 다른 까닭이 아니네. 무슨 일로 옥란 같은 요망한 여종의 참소를 듣고 소 부인을 남창에 보내 이보를 잃어 유영걸의 아들로 삼게 한 것인가?"

왕이 웃고 말했다.

---

1) 만사무석(萬死無惜): 만 번 죽어도 아깝지 않음.
2) 황구소아(黃口小兒): 부리가 누른 새 새끼처럼 어린아이.

"형의 행동이 참으로 조조(曹操)[3]가 적벽에서 패하고 곽가(郭嘉)[4]를 부르며 우는 모습[5] 같네. 경문이 나의 아들인 줄도 몰랐고 사위 될 줄도 알지 못했겠지만 무릇 도리에는 가볍고 무거움이 있고 전후의 일을 돌아보는 법이네. 그런데 형은 남의 말도 듣지 않고 갑자기 나서 날뛰었으니 스스로 만든 재앙을 받은 것이네. 어느 누가 사위 병 간호를 하지 않겠는가마는 형이 지은 죄가 있어 미리 겁을 내 망건이 벗어진 줄도 모르고 마음으로 복종해 사죄한 일을 가지고 내 탓을 삼는 겐가? 내 그때 아니 말리던가?"

위 공이 크게 웃고 말을 하지 못했다. 이때 좌중에 예부상서 동각태학사 이흥문이 옥대를 어루만지며 웃음을 머금고 말했다.

"대인께서 전날 이르시기를, '유영걸의 아들이 왕에 봉해져도 내 어찌 저에게 빌겠는가?'라고 하시더니 이제 재상 반열에도 못 오른, 옥당의 작은 벼슬아치에게 그런 높은 뜻은 어디 가고 사죄에 더해 '만사무석'을 일컬으신 것입니까? 소생들이 생각지도 못한 일입니다."

위 공이 스스로 절도하며 말했다.

"그때 어찌 오늘날이 있을 줄 알았겠느냐? 또 그대도 그때 우연히 한 말을 가지고 이제 스스로 잘난 체하는 것이냐?"

상서가 희미히 웃고 대답했다.

"소생인들 어찌 잘난 체하겠습니까? 다만 저는 경문의 기상이 참으로 크고 행동이 비범하니 훗날 천 리 땅에 봉해질 남자인 줄 알았

---

3) 조조(曹操): 중국 삼국시대 위나라의 시조(155~220)로, 자는 맹덕(孟德). 황건의 난을 평정하여 공을 세우고 동탁(董卓)을 벤 후 실권을 장악함. 208년에 적벽대전(赤壁大戰)에서 유비와 손권의 연합군에게 크게 패하여 중국이 삼분된 후 216년에 위왕(魏王)이 됨.

4) 곽가(郭嘉): 중국 후한 말의 정치가(170~207). 자는 봉효(奉孝). 조조가 아끼던 모사(謀士)로 관직은 사공군좨주(司空軍祭酒)였으며 시호는 정후(貞侯).

5) 조조(曹操)가-모습: 조조가 208년, 적벽대전에서 유비와 손권의 연합군에게 패한 후 1년 전에 죽은 곽가를 부르면서 곽가가 있었으면 이 지경까지 이르지는 않았을 것이라며 운 일을 말함.

습니다. 비록 숙부께서 낳은 아이인 줄을 알지 못했으나 나중에 대인을 다스릴 줄은 그때 알았습니다."

위 공이 또 웃고 말했다.

"그러면 그때 이 말로 나를 말리지 않고 나를 돋워 이보를 잡아와 두고 이제 홀로 내게 미루는 것이냐?"

자리에 있던 상서 이성문이 몸을 굽혀 잠깐 웃고 말했다.

"표형은 돋웠다고 하신 말씀이 옳으나 소생이 그때 이리이리 하지 않았습니까?"

위 공이 부채를 치며 박장대소하고 말했다.

"내 오늘 이보의 과실을 그 부형에게 일러 후일을 경계하려 했더니 도리어 뭇 사람의 비웃음을 들을 줄 알았겠는가? 남공 형으로부터 현보[6]의 무리까지 물 흐르는 듯한 언변으로 나를 누르니 차마 참고 견디며 앉아 있지 못하겠네."

이에 사람들이 일시에 크게 웃고 다시 말을 이었다. 위 공이 다시 한림의 견고함을 칭찬하며 말했다.

"그 신의와 은혜를 잊지 않는 것을 보니 세상의 속된 사람이 아니네. 내 딸아이가 기특한 것이 또 하등이 아닌데 사위를 천하제일 인물로 얻었으니 기쁘지 않겠는가?"

안두후 이몽상이 또 웃고 예부 이흥문을 돌아보며 말했다.

"위 형이 잠깐 사이에 말씀을 번복해 참으로 괴이하니 필연 귀신이 들렸구나. 너는 어서 청심환을 가져오너라. 아까는 조카를 괴이하고 지독하며 사나운 것으로 취급하다가 이제는 또 하늘처럼 추켜들며 기리니 괴이하지 않으냐?"

---

6) 현보: 이몽창의 첫째아들인 이성문의 자(字).

이때 홀연 승상 이관성 형제가 어깨를 나란히 해 자리에 나아왔다. 사람들이 웃음을 그치고 일시에 일어나 맞이해 나란히 시립(侍立)하니 승상이 웃음을 머금고 말했다.

“위 승상 때문에 나의 손자와 며느리가 오래 떠나 있으니 그 죄를 묻고자 한다.”

위 공이 역시 웃고 무릎을 꿇어 말했다.

“소생이 어찌 제 딸과 이보를 대인 안전에서 떠나게 했겠습니까? 이는 다 이보의 탓이니 소생은 죄가 없나이다.”

승상이 여유롭게 웃고 말했다.

“조카의 지기로 능히 한 명의 사위가 세운 뜻을 꺾었는지 궁금하구나.”

위 공이 크게 웃고 말했다.

“소생이 참 구구하여 이보에게 사죄받기는커녕 이러이러한 행동을 했습니다. 그래서 격분을 이기지 못해 연왕에게 이르렀는데 도리어 좌중의 형들이 저를 비웃었습니다. 그러니 참으로 걱정을 이기지 못하겠습니다.”

승상이 천천히 웃고 북주백 이연성이 말했다.

“그대의 높은 기운으로 어찌 저 어린아이에게 구속되었겠는가? 마땅히 그 아이를 불러 물어보아야겠다.”

말을 마치고는 동자를 시켜 한림을 부르게 했다. 한림이 앞에 이르자 소부가 위 공의 말을 이르고는 한림에게 말했다.

“위 승상은 네 아비의 친한 친구로서 공경하기로는 왕의 벼슬을 가진 자도 소홀히 대하지 못할 것인데 너는 어찌 작은 분노를 격하게 드러내어 높은 몸을 욕되게 한 것이냐?”

한림이 문득 미소하고 손을 공손히 모아 무릎을 꿇고 대답했다.

"소손이 어찌 감히 위 승상의 높은 몸을 욕되게 했겠나이까? 다만 소손이 매를 맞아 두어 날 신음하니 자기가 지레 겁을 먹어 묻지 않은 죄를 입 밖에 내어 바른 대로 고하기를 못 미칠 듯이 한 것입니다. 소손이 스스로 괴이하게 여겨 잠잠히 있자 자기가 스스로 '천사무석(千死無惜)[7]'을 일컬었으니 더욱 알지 못하겠습니다."

좌우에 있던 사람들이 크게 웃고 소부가 등을 두드려 말했다.

"네 아비가 소년 시절에 말하는 것이 이렇더니 네 어찌 보지 않고서 배운 것이냐?"

한림이 대답했다.

"이것은 소손이 말을 잘한 것이 아니고 자연히 장인의 행동이 그러해서 말씀드린 것입니다."

위 공이 말했다.

"네 진실로 말을 바른 대로 한 것이냐? 네가 날로 나에게 매운 노기와 흘기는 눈으로 비난하고 우롱하는 말을 하는 데다 병이 깊으므로 연왕에게 원망받기 싫어 마지못해 너에게 사죄한 것이다."

한림이 관(冠)을 숙이고 잠깐 미미한 웃음을 띠니 빼어난 모습이 더욱 기특하므로 소부가 한림의 등을 두드리며 사랑하는 마음이 지극했다.

한나절을 대화하다가 위 공이 돌아갈 적에 연왕이 위 씨 보낼 것을 청했다. 위 공이 이에 응낙하고 난간을 내려가니 이부 이성문이 잠깐 눈을 들어 한림을 보았다. 한림이 잠시 거들떠보고 즉시 뜰에 내려가 위 공의 신을 받들어 전하며 절하고 작별했다. 이에 위 공이 한림을 지극히 사랑해 한림의 손을 잡고 연연해하다가 돌아갔다.

---

7) 천사무석(千死無惜): 천 번 죽어도 아깝지 않음.

이날 한림이 숙현당에 가 어머니를 모시니 부인의 안색이 엄숙했다. 부인이 위 씨를 한림이 스스로 내쫓은 일과 위 공을 모욕한 일이 크게 옳지 않음을 일의 이치를 들어 절절히 꾸짖었다. 한림이 이에 밝게 깨달아 두 번 절해 사죄하고 아우, 누이 들과 한담했다.

일주 소저가 백각에 갔다가 오빠가 왔다는 소식을 듣고 이에 이르러 한림을 보았다. 한림이 그 손을 이끌어 곁에 앉히고 웃으며 말했다.

"오랫동안 누이를 보지 못해 잠시도 누이가 잊히지 않았더니 너는 필연 내 생각이 없었을 것이다."

소저가 웃음을 머금고 말했다.

"저인들 어찌 오라버니 생각이 없었겠나이까? 하릴없어 다만 오라버니가 잘 깨달으시기를 기다렸던 것입니다."

생이 웃으며 말했다.

"이 말은 나를 조롱하는 말이구나."

그러고는 몸을 돌이켜 서제(庶弟)들과 서매(庶妹) 빙주를 어루만지며 즐거움을 이기지 못했다. 이때 일주 소저가 갑자기 얼굴에 슬픈 빛을 머금어 말했다.

"우리 모든 형제가 이처럼 모여 즐기고 있는데 불쌍한 두 아이는 어느 곳에서 방황하고 있는고?"

생이 놀라서 물었다.

"두 아이라니 무슨 말이냐?"

일주가 말했다.

"이 아이는 곧 아버님의 두 번째 부인인 조 부인이 낳은 쌍둥이들입니다. 조 부인이 우리 둘째오라버니를 쳐 죽이고 우리 어머님을 이혼시키고 아버님은 소흥으로 귀양 가게 했다가 끝내 일이 발각되어 도리어 산동으로 귀양 가셨습니다. 가시다가 도적을 만나 행적을 모르게 되셨다 합니다.”

경문이 다 듣고 크게 놀라 말했다.

“동기 사이에 재앙이 이렇듯 자주 나는 것인가? 조 모친은 아버님이 의리를 끊은 아내지만 두 아이는 아버님의 골육이요 우리의 동기다. 수족의 정이 있는데 타향에 버려져 그 사생을 알지 못하니 어찌 불쌍하지 않으냐? 내 이제 비록 편히 앉아 있으나 아이들의 외로운 모습을 생각하니 가슴이 막히는구나.”

말을 마치고는 눈물을 흘렸다. 그러다가 문득 모친의 마음이 평안하지 않을까 놀라 급히 눈물을 닦고 눈을 들어 모친을 보았다. 모친은 눈길을 낮추고 말이 없었으니 혹 자기를 불편하게 여길까 초조해 무릎을 꿇고 말했다.

“제가 실례를 많이 했으니 벌을 청합니다.”

소후가 천천히 미소를 지으며 말했다.

“네 어찌 어미를 이처럼 녹록히 보는 것이냐? 오늘 너의 행동은 동기의 정을 잃지 않은 것이라 내 참으로 기쁘니 내 아이는 물정 모르는 마음을 두지 말거라.”

생이 이에 사례했다. 홍아가 이 자리에 있다가 웃고 말했다.

“상공은 우리 부인을 작게 보시는군요.”

그러고서 전후의 재앙과 소 부인이 겪은 일을 자세히 일렀다. 한림이 이에 새로이 모골이 송연하고 또 탄식하며 대답하려 하는데 홀연 상서가 들어와 한림의 눈물 흔적을 보고 놀라서 말했다.

“아우가 무슨 까닭으로 슬퍼하는 것이냐? 오래 어버이를 떠나 있던 것을 슬퍼한 것이 아니냐?”

한림이 말했다.

"저에게 어찌 이러한 마음이 있겠습니까? 조 부인과 두 아이를 생각해 자연히 슬퍼한 것입니다."

상서가 문득 슬픈 낯빛을 하고 말했다.

"내 인생이 보잘것없어 형제와 넓은 이불에서 즐기지 못하다가 너를 겨우 얻었으나 마음을 놓지 못하는 것이 있으니 그것은 쌍둥이 아이다. 저 아이들이 무슨 죄로 길에서 떠돌아다니는 걸인이 되었단 말이냐? 이것이 밤낮 가슴에 맺힌 한이다."

말을 마치고 맑은 눈물을 머금으니 한림과 일주 소저가 일시에 눈물을 드리워 오열하며 슬퍼했다.

이때 홀연 연왕이 문을 여니 자녀들이 놀라서 모두 일어나 왕을 맞았다. 왕이 두 아들과 딸의 기색을 보고 괴이하게 여겨 연고를 물었다. 상서는 여러 번 꾸지람을 들었으므로 두려워 대답하지 못하고, 한림이 무릎을 꿇어 대답했다.

"제가 집에 이른 지 오래지 않아 잘 알지 못했더니 조 모친과 누이, 아우의 소식을 13년 동안 듣지 못했다 하니 사람의 자식으로서 참지 못하겠습니다."

왕이 다 듣고는 홀연 눈썹에 찬 기운이 올라 천천히 물었다.

"누가 너에게 그런 부질없는 말을 한 것이냐?"

일주가 앞에 나아가 고했다.

"제가 둘째오라버니에게 일렀습니다."

왕이 정색하고 말했다.

"딸아이가 규중에서 『예기』를 읽었으면 행실을 온전히 닦는 것이 옳거늘, 어찌 허망한 잡담을 놀려 내 마음을 놀라게 하는 것이냐?"

그러고서 다시 한림을 엄히 꾸짖었다.

"네 도리로 동생과 의모(義母)를 생각하는 것이 옳으나 조씨 여자는 네 형을 쳐 죽이고 네 어미와 나를 죽을 곳에 넣어 하마터면 우리가 목숨을 마칠 뻔했다. 그런데 네 무슨 까닭으로 그 여자를 생각하는 낯빛을 내 눈에 보이는 것이냐? 조금도 그런 마음을 먹지 마라."

한림이 사죄하고 나직이 대답했다.

"제 막힌 소견이 참으로 아버님의 존엄을 범한 것은 잘못된 일입니다만 소자의 구구한 소회를 아룁니다. 조 부인의 예전 과실은 모두 소년 시절에 삼가지 못하셔서 벌어진 일이요, 형의 재앙은 더욱 아뢸 말씀이 없습니다. 다만 이제 예전 일을 거들어 무익합니다. 저 두 아이나 죽은 형이나 대인께는 다 자식 항렬에 있으니 하나를 위해서 저 두 아이를 찾지 않으시는 것은 옳지 않습니다."

왕이 마뜩잖은 낯빛을 뚜렷이 드러내며 말했다.

"네 어찌 내 마음을 이처럼 알지 못하는 것이냐? 두 자식을 내 용납하는 것은 너의 말을 기다리지 않고 하겠으나 '조녀' 두 글자를 내 귀에 들리게 하지 마라."

그러고서 상서에게 몸을 돌려 꾸짖었다.

"내 전후로 너의 다사(多事)[8]함을 한두 번 경계한 것이 아닌데 또 감히 슬픈 낯빛을 내 눈에 보이는 것이냐? 이는 네가 아비를 나약히 여겨서 그런 것이니 다시는 네 얼굴을 내 눈에 보이지 마라."

말을 마치자 기상이 가을서리 같았다. 위엄 있게 단정히 앉아 있으니 자식들이 놀라고 두려워 급히 사죄하고 물러나 시립했다. 이때 소후는 안색을 바르게 하고 한 마디도 하지 않았다.

이날 한림과 상서가 오운전에서 직숙(直宿)[9]하니 왕이 새로이 사랑하고 즐거워하며 온화한 기운이 가득했다. 상서와 한림이 이에 더

---

8) 다사(多事): 쓸데없이 간섭하기 좋아함.

9) 직숙(直宿): 밤에 잠을 자면서 모심.

욱 기뻐하며 서로 즐겼다.

이튿날 위 씨가 행렬을 거느려 이에 이르니 시부모와 유 부인이 새로이 사랑했다. 유 부인이 위 씨를 곁에 앉히고 웃으며 말했다.

"우리 며느리가 괴이한 풍파를 만나 한 달을 넘게 집안을 떠나 있으니 참으로 서운했단다. 그런데 여기에 모이니 기쁨이 지극하구나."

소저가 사례하고 곁에서 모시고 앉으니 소부가 웃으며 말했다.

"그대가 죄 없이 경문이에게서 쫓겨났으니 반드시 경문이에게 유감의 마음이 없지 않을 것이다. 그 생각을 듣고 싶구나."

소저가 두 눈을 숙이고 눈썹을 낮춰 감히 대답하지 못하니 그 슬픈 듯한 태도가 더욱 기특하므로 개국공 이몽원이 또한 웃고 재촉해 말했다.

"숙부께서 이곳에 오셔서 물으시는데 그대는 어찌 대답하지 않는 것인가? 조카가 그대에게 마음으로 복종하고 정이 매우 깊어 그대가 사랑을 많이 받다가 죄도 없이 쫓겨났으니 어찌 노하지 않았겠는가?"

이때 한림이 자리에 있다가 위 씨가 대답하지 않는 것에 기분이 좋지 않아 흘기는 눈매가 이따금 위 씨에게 가므로 생들이 서로 보고 웃음을 머금었다. 그러나 위 씨는 끝까지 눈을 들지 않고 천천히 두 손으로 땅을 짚고 용모를 가다듬어 말했다.

"소첩이 성품과 행실이 보잘것없고 귀한 가문에 의탁해 허물이 많으니 쫓겨난 재앙을 어찌 한스러워하겠습니까?"

소부가 웃고 물었다.

"그대의 말이 겸양하는 말이다. 그대가 죄 없는 것이 명백한데 영친(令親)의 연좌 때문에 그렇게 된 것이니 그대가 또 무슨 낯으로 내 손자와 함께 즐기겠는가?"

소저가 또한 낯을 숙여 대답하지 못하니 소부가 또 물었다.

"그대가 손자를 미워하느냐, 안 하느냐? 자세히 이르라."

소저가 민망해 낯에 붉은 빛이 모여 말을 못 하니 연왕이 웃고 소부에게 고했다.

"어린아이를 곤히 보채 부질없습니다."

소부가 연이어 웃고 말했다.

"그 한 말을 하기가 그 무슨 부끄러운 일이겠느냐?"

위 씨를 재촉해 물으니 소저가 마지못해 공손히 자리에서 일어났다가 앉아 대답했다.

"여자가 지아비를 섬기는 것은 신하가 임금을 섬기는 것 같으니 남자가 비록 그르나 여자 되어 감히 유감하는 마음을 품겠습니까?"

소부가 크게 웃고 말했다.

"그대가 참으로 지아비를 아낀다 하겠구나."

그러고서 한림에게 몸을 돌려 말했다.

"네 아내의 큰 덕이 이와 같으니 이는 너의 스승이다. 아내 공경하기를 허투루 하지 마라."

생이 웃음을 머금고 말을 하지 않았다.

이윽고 위 씨가 물러나 침소로 돌아가 긴 단장을 벗고 단정히 앉아 있는데 이날 밤에 한림이 방에 들어왔다. 소저가 일어나 맞아 자리를 정하니 한림이 한참을 정색하다가 말했다.

"무릇 부녀의 사람 좇는 도리는 정도(正道)를 취하거늘, 그대는 무슨 까닭으로 부모를 핑계하고 비루한 상황에서 지아비를 좇는 것이오? 이 한 일은 그대의 맑은 뜻이 아니라 생이 그윽이 수긍하지 못하겠소."

소저가 다 듣고는 낯빛을 고치고 자리에서 일어났다가 앉으며 말했다.

“군자가 비록 이르지 않으셔도 첩이 더욱 부끄러워 낯 둘 곳이 없더니 이처럼 분명히 꾸짖으시니 죽으려 해도 죽을 땅이 없을 정도입니다. 입을 놀리는 것이 무익하나 당초에 첩이 기이한 상황을 두루 알지 못한 채 혼례를 당했으므로 혼인을 사양하지 못한 것이요, 또 부모 찾은 곡절은 물으시던 날 자세히 고했으니 상공께서 잘 듣지 못하신 것이라 이는 도리어 첩의 탓이 아닙니다.”

한림이 다 듣고 바야흐로 자기의 털털함을 깨달아 다만 말했다.

“영당과 학생의 사이가 먼 것이 심상치 않아 실로 그 자식과 부부되는 것이 옳지 않아 전후에 부인을 괴롭게 했으니 내 후회하나 미치지 못하오. 내 진실로 맹세해 위 공과는 함께 서지 않으려 했더니 아버님이 부자의 의리를 끊겠다고 이르시므로 감히 사사로운 소견을 세우지 못하는 것이오. 그대는 영친의 사나움을 본받지 말고 장모님이 온화하게 가르치신 교훈을 어그러뜨리지 마시오.”

소저가 묵묵히 겸손히 사죄했으나 생이 남의 자식을 대해 아버지의 단점을 이른 것이 불쾌해 정색하고 말을 하지 않았다. 이윽고 생이 소저와 함께 잠자리에 나아가려 하자 소저가 사양하며 말했다.

“가친과 군자께서 사이가 매우 먼데 첩이 어찌 감히 이후에 군자와 화합하며 즐기겠습니까?”

한림이 정색하고 말했다.

“내 원한을 푸는 날에 어찌 감히 그대가 도리어 원한을 맺는 게요? 내 원래 자잘한 곡절과 여느 말을 듣기 싫으니 그대 이미 팔자가 좋거나 사납거나 간에 내 손에 사생이 쥐여 있으면서 내 뜻을 매양 거스르려 하는 게요?”

말을 마치고는 불을 끄고 소저의 옥수를 잡아 자리에 나아가니 소저가 무슨 힘으로 능히 겨룰 수 있겠는가. 스스로 일생이 평탄하지 못함을 슬퍼하고 자기가 반평생을 길에서 떠돌아다니며 부모에게 불효를 끼치다가 겨우 모였으나 자기가 인연을 이룬 사람이 부모를 꾸짖고 모욕하는 것이 불쾌하고 서러워 길이 탄식하고 짧게 한숨 쉬며 잠을 이루지 못했다. 한림이 기미를 알고 소저를 더욱 불쌍히 여기고 사랑했다. 오래 참았던 정이 무궁하여 소저를 사랑하는 마음이 산이 낮고 바다가 얕을 정도였다.

이후에는 별다른 일이 없이 부부가 화락하고 어버이를 모시고서 조금의 시름도 없으니 두 사람이 초년에 고생한 것은 한때의 운액 때문이었다. 한림이 비록 위 공에게 흡족하지 않은 마음이 있었으나 아버지의 명령을 어기지 못해 사위로서의 예를 극진히 했다. 이에 왕이 기뻐하였는데 위 공이 다행히 여긴 것을 어찌 헤아릴 수 있겠는가.

소저가 난섬과 난혜 대접하기를 은인처럼 하고 이들을 부귀한 집에 서방 맞아 보내려 했으나 두 사람이 죽을 각오로 듣지 않으니 소저가 억지로 권하지 못했다. 소저 부부가 유모 취향도 부모 버금으로 대접했다.

또 위 씨가 원용의 은혜를 잊지 못해 위 공에게 고하고 수레를 보내 채파와 원용을 데려와 정결한 집을 마련해 지내도록 했다. 소저가 친히 보아 옛 은혜를 사례하고 위 공이 금과 비단을 넉넉히 상으로 주어 딸 구한 은혜에 감사를 표했다. 원용 부부가 소저가 한 번 위씨 집에서 도망한 후 그 소식을 듣지 못해 밤낮으로 슬퍼하다가 오늘날 조정 재상의 한 딸인 줄 알고 찾은 곡절을 들으니 매우 기특하게 여겼다. 또 자신들이 뜻하지 않게 부귀해 의지할 곳을 얻었으므로 바라던 것 이상이라 크게 기뻐했다. 부부가 평안히 지내며 아침저녁으로 위씨 집안에서 보내는 맛있는 음식을 배부르게 먹으니 그 복됨이 비길 자가 없었다. 마침 이 상서가 이 일을 알고 원용을 발천(發闡)[10]해 막하 주부를 시켰다. 원용이 한 시골 노인으로서 오사모(烏紗帽)[11]와 자줏빛 도포를 입은 엄연한 대관이 되었으니 사람마다 부러워하지 않는 이가 없고, 소저의 기쁨도 헤아릴 수 없었다.

이때 한림의 친한 벗 왕기는 소년 중에 재주 있는 선비였다. 마침 아내를 잃고 재취하였는데 아내가 중풍으로 사지를 못 쓰고 눈과 코가 다 기울어졌으므로 왕생이 탄식해 조금도 아내와 함께할 마음이 없었다. 다시 아내를 얻으려 했으나 그 숙부 왕 참정이 엄히 금하니 감히 아내 얻을 생각을 하지 못했다.

하루는 왕기가 이씨 집안에 와 한림과 한담하고 있었다. 마침 난섬이 한림의 단삼(單衫)을 새로 지어 이곳에 가져다 두려고 왔다가 손님이 있는 것을 보고 놀라고 두려워 묵묵히 방에 들어가지 못하고 서 있었다. 왕생이 눈을 들어 난섬을 한번 보니 맑은 눈길과 버들 같은 눈썹이 하늘하늘하고 아름다워 봄에 채 피지 않은 붉은 복숭아꽃 같았으며 허리는 버들이 흔들거리는 듯해 여자 가운데 절색이었다. 왕생이 크게 놀라 급히 물었다.

"미인은 어떤 사람인가?"

한림이 말했다.

"이 사람은 나의 유제(乳弟)[12]라네."

왕생이 또 물었다.

---

10) 발천(發闡): 앞길이 열려 세상에 나섬.
11) 오사모(烏紗帽): 벼슬아치들이 관복을 입을 때에 쓰던 모자로, 검은 사(紗)로 만들었음.
12) 유제(乳弟): 젖을 같이 먹은 아우.

"나이는 몇이나 하는가?"

한림이 말했다.

"열여섯 살이네."

난섬은 왕생이 자신을 유의해 묻는 것을 보고 불안해 즉시 들어갔다. 왕생은 정신이 더욱 어지러워 한림을 잡고 간절히 소회를 베풀어 저 사람을 사고 싶다 하니 한림이 말했다.

"값을 안 받고 줄 것이나 저 여종의 마음이 굳으니 알지 못하겠네."

왕생이 더욱 기특하게 여겨 말했다.

"저 사람의 마음이 그러하니 잘됐네. 이 아우가 저 사람이 눈에 맺혀 만일 저 사람을 생전에 못 얻는다면 거의 목숨을 잃을 것이니 형은 사람을 살리라."

한림이 어이없어 웃고 말했다.

"형의 뜻이 이러하니 오늘 밤에 머무르면서 이리이리 하게. 제 허락을 받으려 하다가는 푸른 수염이 희게 되어도 인연을 못 이룰 것이네."

왕생이 매우 기뻐해 허락하고 이에 머물렀다. 한림이 들어가 소저를 보고 수말을 이르니 소저가 기뻐하며 말했다.

"참으로 마땅하나 무릇 계집이 사람을 좇는 일은 자못 중대하니 날을 가리는 것이 마땅합니다."

생이 웃고 스스로 헤아리다가 일렀다.

"오늘이 지극한 길일이라 다시 가려 부질없소."

소저가 미소 지었다.

이날 밤에 난섬이 채봉각에서 사후(伺候)[13]하고 있더니 한림이 이

---

13) 사후(伺候): 웃어른의 분부를 기다림.

에 들어와 난섬에게 말했다.

"서당에 자리관[14]을 두고 왔으니 가져오너라."

섬이 즉시 일어나 서당에 가니 불이 밝혀져 있으므로 혼잣말로 일렀다.

"서동의 무리가 어찌하여 불을 이리 밝게 켰는고?"

이렇게 말하며 들어오니 왕생이 한참을 기다리며 눈이 뚫어질 듯하고 바라는 마음이 붙는 불 같다가 섬의 소리를 듣고는 반가움이 지극해 일어나 앉는 줄을 깨닫지 못했다. 섬이 왕생이 있는 것을 보고 내키지 않아 다만 눈을 낮추고 관을 찾다가 못 찾고 돌아서니 왕생이 말했다.

"미인이 무엇을 찾고 있는가?"

섬이 말하기 싫어 돌아가려 하니 왕생이 급히 손을 잡아 나오게 해 앉히니 섬이 매우 놀라고 정신이 없어 말했다.

"상공께서 무슨 까닭으로 천한 사람에게 이처럼 하시는 것입니까?"

왕생이 웃고 말했다.

"너의 상공께서 허락하셨으므로 너와 관계를 맺으려 하는 것이다."

섬이 분노해 말했다.

"상공 말씀을 저는 듣지 않았으니 다시 듣고 명령을 받들 것입니다. 그러니 저를 놓아 보내 주소서."

왕생이 그 옥 같은 소리가 버드나무 가지의 꾀꼬리 소리 같은 데 더욱 푹 빠져 다만 웃고 불을 끄려 했다. 섬이 급히 발악하고 날뛰며 듣지 않으니 왕생이 초조해 평생의 힘을 다해 함께 베개에 나아갔다. 난섬이 망극했으나 이 한낱 아녀자라 어찌 왕생의 힘을 당하겠

---

14) 자리관: 잠을 잘 때 쓰는 관.

는가. 왕생이 운우의 정을 맺으니 은애가 미칠 듯했으나 섬은 밤새도록 울며 잠을 안 잤다.

이튿날 섬이 봉각에 돌아와 난혜를 대해 울고 사연을 이르며 왕생을 꾸짖으며 죽기를 결심하니 한림이 휘장 안에서 듣고 이에 섬을 불러 꾸짖었다.

"내 네 어미의 앞길을 근심해 너를 건져 낸 것인데 네가 어찌 조급하게 구는 것이냐? 왕 형은 군자요 신사다. 네 마음에 맞지 않는다 해도 감히 네가 꾸짖으며 천한 사람처럼 대할 사람이냐?"

섬이 울고 말했다.

"이 종이 어리석은 마음에 부인의 규방 아래 있기를 원했는데 어르신께서 제 마음을 살피지 않고 저를 속여 욕을 보게 하셨으니 어찌 서럽지 않나이까?"

한림이 다시 의리로 절절히 꾸짖어 그렇지 않다는 뜻을 이르고 밖에 나가 왕생을 대해 웃고 물었다.

"자은 형이 오늘 밤 풍류 즐거운 일을 얼마나 이루었는가?"

왕생이 말했다.

"그대의 시녀가 너무 고집을 부려 진정으로 나를 용납하지 않으니 참으로 그 주인의 버릇 없음을 꾸짖고 싶었다네."

한림이 말했다.

"지금 방에 들어가 형을 꾸짖으며 스스로 죽기를 결심하기에 내 망령됨을 꾸짖었네,"

왕생이 웃고 집으로 돌아갔다.

이때 홀연 남창에서 노복이 이르러 왕생의 부친 왕 상서의 분묘에 무뢰배들이 난동을 부려 떼가 불에 탔다고 고했다. 왕생이 매우 놀라 급히 그 숙부 왕 참정에게 하직하고 남창으로 가려 했다.

왕생이 이씨 집안에 이르러 한림을 보고는 연고를 이르며 난섬을 보고 싶다 했다. 한림이 놀라고 무엇이 빈 듯해 술과 안주를 갖춰 대접하고 난섬을 불렀다. 난섬이 분하고 부끄러워 가지 않자 한림이 재촉해 불렀다. 소저가 꾸짖어 부르니 섬이 깊은 곳에 가 숨고 얼굴을 보이지 않았다. 왕생이 이에 할 수 없이 남창으로 갔다.

한림이 왕생을 보내고 내당에 들어가 난섬을 불러 크게 꾸짖으니 섬이 다만 울고 물러났다. 난섬이 이후에 곡기를 그치고 머리를 싸고 울며 머리를 내어 하늘의 해를 보지 않았다. 소저와 한림이 꾸짖어 금하라 하면 다만 일렀다.

"남자의 수단을 보지 않았다가 처음으로 보고는 놀라고 상해 몸이 아픈 것이니 조리하고 일어나겠나이다."

난혜가 그 형의 모습을 보고 자기도 앞날에 저런 폐가 있을까 해 소저에게 나아가 하직하고 출가하겠다 하니 소저가 크게 놀라 말리며 말했다.

"난섬은 유모에게 귀중한 자식이라 마지못해 그 몸을 남에게 허락했으나 너에게는 미치지 않을 것이니 조금도 의심하지 말거라."

난혜가 울고 말했다.

"저희 형제가 소저를 모셔 난리를 두루 겪고 요행히 평안한 시절을 만나 일생을 소저를 모셔 즐길까 했습니다. 그런데 형이 출가하게 되었으니 토끼가 죽으면 여우가 슬퍼함은 늘 있는 일이라 제가 어찌 안심하겠나이까?"

소저가 눈물을 흘리며 말했다.

"내 너희의 은혜를 갚으려 했는데 어찌 이렇게 될 줄 알았겠느냐? 내 맹세코 네 뜻을 빼앗지 않을 것이니 너는 안심하라."

난혜가 크게 기뻐해 절하고 물러났다. 한림이 탄식하고는 소저에게 말했다.

"천한 하품(下品) 가운데 이런 기특한 인물이 있으니 고금의 충신과 다름이 있겠소? 난혜와 난섬이 아니었다면 그대가 몸을 보전하지 못했을 것이요, 난복이 아니었다면 내가 목숨을 구하지 못했을 것이니 어찌 그들이 은인이 아니겠소?"

소저가 또한 옛일을 생각해 눈물을 흘렸다.

이때 천자께서 이 한림이 오랫동안 병을 핑계 삼는 것을 흡족하지 않게 여기셔서 즉시 한림학사 중서사인을 겸해 벼슬에 나오라고 재촉하셨다. 한림이 여러 번 사양했으나 임금께서 윤허하지 않으셨다. 한림이 이에 마지못해 공무에 나아가니 맑은 명망이 조야(朝野)를 흔들고 빼어난 풍모가 사방에 자자했다. 형제 두 사람이 어린 나이에 그 훌륭한 인망이 사대부 사이에 진동하므로 사람마다 부러워하고 칭찬하기를 마지않았다. 부모와 집안 어른들의 기쁨이 끝이 없고 위 승상의 흡족함이 비길 데가 없었다. 하물며 한림은 풍채가 기이하고 위인이 정대하고 엄숙해 맡은 일을 살피면 물이 동쪽에서 흐르는 것 같았고 조정에 모이면 의논이 당당해 높은 산을 때리며 장강(長江)을 거스르는 것 같았다. 그래서 비록 삼공육경(三公六卿)[15]이라도 의관을 여며 공경하기를 마지않았으니 참으로 그 위인을 알 수 있었다. 이씨 집안 사람들도 한림을 추켜 공경하며 우러러보았다.

각설. 연왕의 장녀 일주의 자(字)는 초벽이니 어머니 소 씨가 딸을 잉태할 적에 해를 꿈꾸고 낳았다. 소저는 나면서부터 피부가 옥이

15) 삼공육경(三公六卿): 모두 재상을 가리킴. 삼공은 중국에서, 최고의 관직에 있으면서 천자를 보좌하던 세 벼슬이고 육경은 중국 주(周)나라 때에 둔 육관(六官)의 우두머리로, 대총재·대사도·대종백·대사마·대사구·대사공을 이름.

엉긴 듯했고 향기가 온몸을 둘렀으며 기이한 행동이 세간에 뛰어났으므로 집안사람들이 칭찬하며 사랑했다. 연왕이 타고난 성품이 침묵해 범사에 구구히 행동하는 일이 없었으나 소저는 어려서부터 무릎 아래 내리지 않고 사랑이 자못 과도했다. 그래서 하남공 등이 기롱하고 소후는 이를 기뻐하지 않아 소저에게 혹 방자한 행동이 있을까 걱정했다.

소저가 나이 열세 살에 이르자 사람됨이 기특하고 도량이 넓어 주나라 삼모(三母)[16]의 덕이 있었다. 박학다식하며 진중하고 묵묵하여 사군자의 덕이 있었다. 이런 가운데 얼굴이 세상에 뛰어나 멀리서 보면 한 떼의 붉은 구름 같았고, 가까이에서 대하면 가득 핀 연꽃 같았다. 인간 중에 귀한 보화가 비록 기이하고 보름달이 비할 데가 없어 천하에 하나라 한들 어찌 일주 소저와 같은 아름다운 자태를 따를 수 있겠는가. 밝은 두 눈은 햇볕과 다투는 듯하고, 두 쪽 보조개에는 일만 가지 윤택함이 있으며, 붉은 입술은 도솔궁의 붉은 모래를 점쳐 정묘하게 만든 듯하고, 푸른 눈썹과 구름 같은 귀밑머리는 두루 기이해 비할 곳이 없었다.

부모가 이에 크게 사랑해 열 살이 넘으면서부터 왕이 사방으로 널리 군자를 구했으나 하나도 소저의 쌍이 없었으므로 왕이 이를 매우 걱정했다. 소저가 원래 얼굴이 이처럼 기이한 중에 행동거지도 진실로 보통 사람과 달라서 앉으면 위엄 있고 당당한 법도가 여와(女媧)[17] 마님이 구룡이 새겨진 금탑에 앉은 듯했고, 걸으면 푸른 바다

16) 주나라 삼모(三母): 중국 주(周)나라의 세 어머니로 태강(太姜), 태임(太姙), 태사(太姒)를 이름. 태강은 태왕(太王)의 비(妃)로 왕계(王季)의 모친이고, 태임(太姙)은 왕계의 비로 문왕(文王)의 모친이고, 태사(太姒)는 문왕의 비로 무왕(武王)의 모친임. 모두 현명한 어머니라는 칭송을 받음.

17) 여와(女媧): 중국 고대 신화에서 인간을 창조한 것으로 알려진 여신이며, 삼황오제 중 한 명이기도 함. 인간의 머리와 뱀의 몸통을 갖고 있으며 복희와 남매라고도 알려져 있음. 처음으로 생황이라는 악기를 만들었고, 결혼의 예를 제정하여 동족 간의 결혼을 금하였음.

의 용이 비스듬히 가는 듯했다. 위엄 있는 모습이 진중하고 기운이 은은해 세속의 아녀자가 아니었으니 왕처럼 신명한 사람이 어찌 이를 알지 못하겠는가. 이를 크게 근심했으나 지금의 태자는 비와 함께 잘 지내시고 이외에 뭇 왕이 없으므로 마음을 놓아 사위를 가렸다.

이해 춘이월에 태자비 유 씨가 승하하시니 임금께서 크게 애통해 하셔서 천하에 반포하시고 비(妃)를 효릉에 장례지낸 후 호를 혜준 덕빈이라 하셨다.

다시 비를 택하실 적에 천하가 다 부귀를 흠모해 딸을 몸을 꾸며 들여보내느라 어지러웠다. 그러나 홀로 이씨 집안에서는 단자(單子)[18]를 쓰지 않았다. 양 현비가 일찍이 소후의 명성을 익히 듣고 그 표매 위 씨가 소 상서의 부인이었으므로 일주의 기이함을 익히 들었던 터라 임금께 여쭈었다.

"이제 국가가 불행해 덕빈이 죽어 태자에게 슬픔이 맺혔습니다. 다시 어진 비를 택하시는 것이 옳습니다. 신이 들으니 연왕 이몽창에게 딸이 있는데 참으로 뛰어나다 합니다."

임금께서 기뻐하며 말씀하셨다.

"이몽창의 처 소 씨는 세상에 드문 여자니 그 딸이 있다면 국가에 큰 행운이겠소."

이튿날 조회를 베푸시니 임금께서 특별히 엄히 명령을 내려 말씀하셨다.

"태자는 천하의 근본이라 그 비를 택하는 데 경솔히 못 할 것이니 조정 대신 중에 만일 조금이라도 숨긴다면 중벌을 내리겠소."

연왕이 반열에서 임금의 말씀을 듣고 자연히 안색이 변했다.

---

18) 단자(單子): 이름을 적은 종이.

이날 금궐에 여자들이 이르니 참으로 옥과 구슬이 모인 듯했다. 임금과 황후가 어탑(御榻)에 앉으시고 모든 비빈과 왕 들, 공주가 곁에서 모시고 서서 여자들의 우열을 정했으나 한 명도 특이한 이가 없었다. 이때 조후의 둘째오빠 조훈의 차녀 여혜 소저가 매우 특이해 삼천 명의 화장한 사람 가운데 빼어나고 그 형 여구 소저도 자색이 빼어났다. 조후가 기뻐해 임금께 아뢰었다.

"이 아이가 이처럼 뛰어나니 마땅히 비로 삼으십시오."

임금께서 말씀하셨다.

"조씨 아이가 비록 특이하나 진실로 태자의 쌍이 아니니 삼 일을 간택한 후 정하십시다."

그러고서 드디어 계양 공주를 돌아보며 말씀하셨다.

"황숙에게는 조카딸들이 없습니까? 어찌 간선(揀選)에 참여한 이가 없는 것입니까?"

공주가 본디 작은 일도 임금을 속이지 못할 줄 알고 일주의 기이함을 잘 알았으므로 대답해 아뢰었다.

"부마에게 딸이 있으나 나이가 어리고 개국공 몽원에게 두 딸이 있으나 포대기를 겨우 면한 어린아이요, 다만 연왕 몽창의 딸이 올해 열셋입니다."

임금께서 놀라 말씀하셨다.

"그렇다면 어찌 오늘 빠져 있는 것입니까?"

공주가 웃고 대답했다.

"이는 예부가 살피지 못한 것이니 연왕 탓이 아닙니다."

임금께서 잠깐 웃으시고 즉시 예부 이흥문을 파직하시고 연왕을 수조(手詔)[19]로 꾸짖으셔서 임금 속인 죄를 묻겠다 하셨다.

이때 연왕이 집에 돌아와 침소에 이르자 일주 소저가 검은 구름 같은 머리에 화려한 복색으로 이에 나아와 연왕의 조복(朝服)을 벗기고 곁에 앉았다. 왕이 이전에는 웃음을 머금고 딸아이를 안더니 오늘은 눈썹을 찡그리고 오래도록 말을 하지 않다가 딸을 나오게 해 안고서 침상에 가 누웠다. 소저가 이에 부끄러웠으나 감히 일어나지 못했다.

이윽고 예부 흥문이 조보(朝報)[20]를 들고 들어와 왕에게 수말을 자세히 고했다. 왕이 놀라 즉시 대궐에 가 벌을 기다리고 승상은 소후를 불러 일주를 내일 대궐로 들이겠다는 뜻을 일렀다. 소후가 비록 불쾌했으나 천명도 미리 알지 못하고 지레 근심하는 빛을 내는 것이 옳지 않아 태연히 걱정하는 낯빛을 감추고 딸을 단장시켰다.

이튿날 금궐에 이르니 이날에도 또한 여자들이 많이 모여 있었다. 꽃이 부끄러워하고 달이 빛을 잃은 것 같더니 소저가 나아가자 다 빛을 빼앗겨 기와와 흙 같았다.

소저가 조용히 임금 앞에 나아가 머리를 조아려 네 번 절하고 산호만세(山呼萬歲)[21]를 마쳤다. 걸음을 움직이는 곳마다 금련(金蓮)[22]이 생기고 걸음걸이가 신중해 티끌이 일지 않았다. 임금께서 크게 놀라 가까이 나아오라 해 자세히 보시니 진실로 얼굴의 기이함이 여와(女媧) 마님이 다시 나더라도 이보다 더하지 못할 정도였으니 어찌 한갓 꽃이나 달에 견주어 비하겠는가. 비록 머리를 숙이고 엎드려 있으나 맑은 광채가 대궐에 움직였다. 임금께서 매우 기뻐하시고, 소저가 진실로 기이했으므로 황후를 돌아보아 말씀하셨다.

---

19) 수조(手詔): 제왕이 손수 쓴 조서.
20) 조보(朝報): 조정에서 재결 사항을 기록하고 서사(書寫)하여 반포하던 관보.
21) 산호만세(山呼萬歲): 나라의 중요 의식에서 신하들이 임금의 만수무강을 축원하여 두 손을 치켜들고 만세를 부르던 일. 중국 한나라 무제가 숭산(嵩山)에서 제사 지낼 때 신민(臣民)들이 만세를 삼창한 데서 유래함.
22) 금련(金蓮): 금으로 만든 연꽃이라는 뜻으로, 미인의 예쁜 걸음걸이를 비유적으로 이르는 말.

"이 사람이 이처럼 기이하니 이를 버리고 누구를 택하겠소?"

황후께서 기뻐하지 않으며 말씀하셨다.

"이씨 여자의 얼굴이 기이하나 과도하게 맑아 오래 살 골격이 아니니 여혜를 태자비로 정하십시다."

임금께서 웃으며 말씀하셨다.

"황후가 참으로 사사로운 정이 일관되오. 조 씨가 아름다우나 이씨 여자에게는 미치지 못할 것이오."

황후께서 잠깐 웃고 말씀하셨다.

"첩이 어찌 사사로운 정을 오로지 주장하겠나이까? 여혜의 용모가 비범할 뿐만 아니라 이 아이가 어렸을 때 관상쟁이가 보고 태평 시대의 국모가 될 것이라 했으니 첩이 태자를 위해 천하를 유익하게 하려 한 것입니다."

임금께서 다 듣고 한참을 생각하다가 웃으며 말씀하셨다.

"그렇다면 조, 이 두 여자를 다 태자비 동서궁으로 삼아서 둘 중에 원손(元孫)[23]을 먼저 낳는 이를 태자비로 정하겠소."

이렇게 말씀하시고 두 사람을 다 별궁으로 보내셨다. 조씨 집안에서는 크게 기뻐했으나 이씨 집안에서는 이 소식을 듣고 사람들이 다 놀랐다. 왕과 소후는 전부터 짐작한 일이나 일생 아끼던 아이가 깊은 궁궐에 들어가 아비와 딸이 상봉할 날이 없게 될 것이었으므로 크게 서러워 식음을 전폐했다. 승상이 이에 왕의 부부를 불러 꾸짖었다.

"범사에 작은 일도 운수다. 일주가 나던 날 이렇게 될 줄 내가 알았으니 너희도 모르지 않았을 것인데 속절없이 심려를 허비하는 것

23) 원손(元孫): 태자의 맏아들.

이냐?"

왕과 소후가 깨달아 절하고 물러났다.

조씨 집안에서 급히 여구 소저를 먼저 혼인시키려 했다. 여구가 대궐에서 나오던 날 금화교를 지날 적에 홀연히 벽제(辟除)[24] 소리가 낭랑하며 길 치우는 소리가 났다. 여구가 휘장 틈으로 보니 한 소년 재상이 백마에 금안장을 얹어 비껴 타고 붉은 도포에 오사모를 깔끔히 썼는데 수백 명의 추종(騶從)[25]을 거느리고 오는 것이었다. 그 소년이 내행(內行)을 보고는 급히 쇄금선(碎金扇)[26]을 들어 얼굴을 가리고 한쪽으로 비켜 지나갔다. 빼어난 골격이 뚜렷이 햇빛에 빛나 금옥이 빛을 잃고 달빛이 견주지 못할 정도니 시원한 골격은 천지 만물의 맑은 기운을 홀로 가졌다. 여구가 매우 놀라 급히 가마꾼을 불러 물어 오라 하니 모시고 가던 종이 대답했다.

"이는 신임 중서사인 이씨 어른이라 하오."

여구가 다 듣고는 이경문인 줄 알고 크게 흠모했다. 집에 돌아와 그 옥 같은 모습과 버들 같은 풍채가 눈에 삼삼해 경문을 차마 잊지 못해 우울한 마음이 병이 되었다.

그 부모가 혼인을 상의하는 말을 듣고 모친 오 씨에게 진심을 이르고 다른 남자에게는 가지 않겠다 고했다. 조 시랑이 딸아이의 뜻이 이러한 것이 자못 부끄러웠으나 할 수 없이 이씨 집안에 매파를 보내 구혼했다. 그러자 연왕이 놀라고 분해 말했다.

"조씨 여자 한 사람을 갓 새로 여의었는데 저들 금수가 무슨 염치로 어찌 이런 마음을 두었는가?"

---

24) 벽제(辟除): 지위가 높은 사람이 행차할 때, 구종(驅從) 별배(別陪)가 잡인의 통행을 금하던 일.
25) 추종(騶從): 윗사람을 따라다니는 종.
26) 쇄금선(碎金扇): 가는 금박을 입힌 부채.

그러고서 즉시 대답했다.

"용렬한 아이를 지나치게 높이 보셔서 옥녀로써 구혼하려 하시니 얻지 못할 영화입니다. 다만 아이의 나이가 젊고 조강지처가 어지니 다른 뜻이 없습니다."

매파가 돌아가 이대로 고하니 여구가 초조해 머리를 싸매고 곡기를 그치고서 울었다. 오 씨가 할 수 없이 가만히 황후에게 이 사연을 고하고 사혼(賜婚)[27]해 주시기를 청했다. 황후께서 임금께 고하니 임금께서 웃으며 말씀하셨다.

"옛날에 조 씨를 연왕에게 사혼해 허다한 풍파가 일어났으니 짐이 비록 만승의 천자나 또 어찌 외척을 사혼하겠소?"

황후께서 대답하셨다.

"옛날 제염이 예의를 잃었으나 이씨 가문이 맹렬히 그 죄를 다스린 바 있습니다. 지금 여구의 재주와 용모, 행실이 참으로 아름다우니 사혼하셔서 이경문의 풍채를 돕는 것이 옳을까 하나이다."

임금께서 한참을 생각하시다가 즉시 조서를 내려 말씀하셨다.

'이제 태자비를 간택해 가례(嘉禮)[28]를 행하려 하는데 그 형이 성혼하지 못했으므로 스무 살 이전의 소년 명사를 일일이 우열을 살펴 일등 명사 한 명을 뽑아 올리라.'

태감 오상이 즉시 어지(御旨)를 받들어 모든 명사를 직방(直房)[29]에 모으고 우열을 정하니 그중 특이한 자는 이경문 한 사람이 으뜸이었다. 이에 즉시 아뢰었다.

"신이 성지를 받들어 인재를 가렸나이다. 중서사인 이경문이 나이

---

27) 사혼(賜婚): 임금이 혼인을 내려줌.

28) 가례(嘉禮): 왕의 성혼이나 즉위, 또는 왕세자·왕세손·황태자·황태손의 성혼이나 책봉 따위의 예식.

29) 직방(直房): 조정의 신하들이 조회 시간을 기다리며 쉬던 방.

는 열여섯이요, 인물과 재주가 으뜸입니다."

임금께서 즉시 그가 아내를 얻었는지의 여부를 알아 고하라 하시니 예부에 가서 친록(親錄)을 가져오니 다음과 같이 적혀 있었다.

'한림학사 중서사인 이경문의 처는 좌승상 동국공 위공부의 한 딸이다.'

태감이 즉시 이대로 아뢰니 임금께서 드디어 조서를 내려 조훈의 딸과 이경문을 혼인시키라 하셨다. 연왕이 매우 놀라 즉시 상소해 불가하다며 사양하니 임금께서 상소에 답하지 않고 말씀하셨다.

"조훈의 딸은 보통 사람이 아니니 진실로 경문의 쌍이오. 경이 무슨 까닭으로 경문의 풍채로 이를 사양하는 것이오?"

왕이 다시 상소해 말했다.

'불초자 경문이 외람되게 임금의 은혜를 입어 소년의 나이에 벼슬이 높이 올라 신이 밤낮으로 두려워해 마치 얇은 얼음을 디딘 듯했습니다. 그런데 어찌 또 두 아내를 두어 복이 없어지는 일을 스스로 취하겠습니까? 신이 전날에 황이(皇姨)[30] 조 씨 때문에 변란을 겪고 자식이 죽었으니 그 조카딸이 숙모를 닮지 않았다고 믿지 못하겠습니다. 원컨대 폐하께서는 살펴 주소서.'

임금께서 상소를 보시고 말씀하셨다.

"고수(瞽叟)[31]에게 아들 순(舜)이 있으니 더욱이 숙모를 닮는 일이 있을 것이며 조씨 여자가 아름다운 것은 짐이 친히 보았고 짐이 이미 그 여자를 위해 택했으니 두 번 고칠 일이 아니다. 그러니 경은 고집을 부려 사양하지 말라."

---

30) 황이(皇姨): 황후의 자매. 황후의 동생이자 이몽창의 전 아내인 조제염을 이름.

31) 고수(瞽叟): 순임금의 아버지로, 순임금이 어렸을 적에 계실(繼室) 임 씨와 그 아들 상(象)의 참소를 듣고 순을 죽이려 했음.

이렇게 말씀하시고 예부에 조서를 내려 가례(嘉禮) 전에 급히 조씨와 경문을 혼인시키라 하셨다.

왕이 어이없어 말을 안 하고 물러났다. 사인은 스스로 이 일을 괴롭게 여기고 불쾌해 이에 만언소(萬言疏)를 올려 자기가 쓸데없이 두 아내를 거느릴 수 없음과 본디 여색에 뜻이 없음을 두루 아뢰었다. 그러나 임금께서 윤허하지 않으시니 이씨 가문 사람들이 크게 불행하게 여겼으나 할 수 없는 일이라 생각했다. 조씨 집안에서는 매우 기뻐해 택일하니 혼인날까지 겨우 10여 일이 남았다.

좋은 일에는 마가 낀다고 하더니 여구 소저가 갑자기 낯에 큰 종기가 나 세수를 하지 못했으므로 드디어 길일을 헛되이 보냈다. 임금께서 우려하시니 예부상서 이흥문이 아뢰었다.

"조 씨가 이미 사람의 빙물(聘物)을 받았으니 시집을 간 것이나 다름이 없습니다. 소소한 예절에 구애되어 동궁의 가례를 물리겠나이까?"

임금께서 옳게 여겨 예부의 말을 좇으셨다.

예부 이흥문이 삼 일을 파직당했다가 즉시 복직했다. 무릇 범사를 예법대로 차려 태자의 친영(親迎)[32]을 기다리니 길일은 여름 유월 초순이었다.

태자의 나이가 바야흐로 열여덟 살이니 우뚝한 코와 용의 눈처럼 부리부리한 눈이 태조와 많이 닮으셨다. 총명하고 영리하며 늠름하고 빼어나 참으로 태평 시절 천자의 모습이 있으셨으니 어찌 여염집의 소소한, 잘생긴 남자에게 비길 수 있겠는가. 하늘이 유의해 일주 소저의 쌍으로 삼으신 것이었다.

---

32) 친영(親迎): 육례의 하나로, 신랑이 신부의 집에 가서 신부를 직접 맞이하는 의식.

친영 날이 한 밤만 지나면 오게 되자, 왕과 소후가 미리 본궁에 나아가 소저를 영별했다. 소저가 부왕을 붙들고 오열하며 울어 눈물이 빰에 가득했다. 왕이 비록 철석과 같은 심장을 지닌 대장부였지만 오늘 광경을 당해서는 마음이 좋지 않아 슬픈 빛으로 소저를 어루만지며 경계했다.

"오늘날 이러한 것도 다 운수다. 내 아이는 자질구레하게 부모를 생각하지 말고 군왕을 어질게 도와 가문에 욕이 미치지 않게 하면 이것이 효(孝)니 모름지기 힘쓰도록 하라."

소저가 눈물을 흘리며 명령을 들었다. 소후 또한 여훈과 삼강(三剛)의 중요한 것으로 경계했다. 부부가 밤이 새도록 소저에게 경계하는 것이 다 성인의 말과 현인의 말이었다. 소저가 순순히 응대했으나 부친 무릎에 엎드려 슬피 울기를 마지않으니 붉은 피눈물이 옷을 적셨다. 왕과 소후가 또한 딸을 일생 손바닥 안의 구슬로 슬하에 두어 재미를 보지 못하고 깊은 궁궐에 넣어 비록 지척이나 곤위(壼闈)[33]와 연곡(輦轂)[34]이 가릴 것을 생각하니 슬픈 마음이 흘러넘치는 줄을 깨닫지 못했다. 그러던 중에 딸의 이와 같은 행동을 보고, 또 자기 무릎을 떠나지 못하는 딸로서 태자의 앞에 보낼 것을 생각하니 마음이 베이는 것 같았다. 그러나 왕과 소후는 도량이 가볍지 않은 사람들이었다. 끝까지 슬픈 낯빛을 하지 않고 딸을 어루만지며 계속 경계했다. 이에 주지상궁(主知尙宮) 조 씨와 가 씨가 휘장 밖에서 듣고 감탄하기를 마지않았다.

다음 날 새벽에 모든 상궁이 소저를 붙들어 세수를 마치고 단장을

33) 곤위(壼闈): 황후가 거처하는 곳이라는 뜻으로, 이일주가 태자비로 가기 때문에 이와 같이 표현한 것임.

34) 연곡(輦轂): 황제의 수레라는 뜻으로, 황제가 있는 수도를 말함.

차렸다. 소저가 머리에 구봉칠보금관(九鳳七寶金冠)[35]을 쓰고 어깨에는 홍금적의(紅錦翟衣)[36]를 더했으며 허리에는 백화수라상(百花繡羅裳)[37]을 둘렀으니 영롱한 광채가 눈에 휘황하고 머리와 몸에 치장한 것이 다 야명주와 옥진주와 금옥이라 소저 같은 약질이 이기지 못할 듯했다. 의복의 황홀함이 사람의 귀와 눈을 어리게 하였으나 다만 소저의 안색에 비하면 빛을 심하게 잃었으니 모든 궁녀가 새로이 눈을 기울여 소저를 기이하게 여겼다.

이날 유 태부인으로부터 일가 사람들이 다 별궁에 모였다. 다 각각 소저의 이 같음을 더욱 아끼고 서운한 마음을 이기지 못하니 그 부모의 마음이야 이를 것이 있겠는가.

이윽고 태자가 조정 백관을 모두 거느려 온갖 악기가 연주하는 가운데 행렬을 이끌고 오셨다. 황룡과 봉황을 그려 넣은 깃발은 어지럽게 나부끼고 문무 백관이 한결같이 문채 나는 복장을 하고 반열을 갖추었다. 행렬이 십 리에 이어졌고 흰 차일(遮日)과 비단 자리며 금수 병풍이 햇빛을 가렸으니 그 웅장한 행렬을 보면 참으로 태자가 비를 친영하러 오시는 줄 알 수 있었다.

태자가 예복을 갖추고 전안(奠雁)[38]하시니 머리에는 구룡통천관(九龍通天冠)[39]을 쓰시고 어깨에는 홍금망룡포(紅錦蟒龍袍)[40]를 입으셨으며 발에는 진주칠사혜(珍珠漆紗鞋)[41]를 신으시고 허리에는

35) 구봉칠보금관(九鳳七寶金冠): 아홉 마리의 봉황 모양으로 꾸미고 일곱 가지 보배로 장식한 금관.
36) 홍금적의(紅錦翟衣): 붉은 비단에 청색의 꿩을 수놓아 만든 의복으로 중요한 예식 때 황후나 귀부인이 입던 예복.
37) 백화수라상(百花繡羅裳): 비단에 온갖 꽃을 수놓은 치마.
38) 전안(奠雁): 혼인 때 신랑이 신부 집에 기러기를 가져가서 상위에 놓고 절하는 예.
39) 구룡통천관(九龍通天冠): 아홉 마리의 용이 새겨진 통천관. 통천관은 원래 황제가 정무(政務)를 보거나 조칙을 내릴 때 쓰던 관으로, 검은 깁으로 만들었는데 앞뒤에 각각 열두 솔기가 있고 옥잠(玉簪)과 옥영(玉纓)을 갖추었음.
40) 홍금망룡포(紅錦蟒龍袍): 붉은 비단으로 만든 곤룡포(袞龍袍). 곤룡포(袞龍袍)는 원래 임금이 입는 정복을 뜻하나 여기에서는 태자가 입는 옷의 의미로 쓰임.

양지백옥대(羊脂白玉帶)[42]를 두르셨다. 엄숙하고 준엄한 용모가 호탕하여 태양을 가리고 용의 눈에 봉황의 눈썹이 빛나고 기이해 진실로 천하 강산의 임자인 줄을 알 수 있었다. 연왕이 이날 태자를 다시 보니 참으로 딸아이의 쌍인 줄 알고 다시는 딸을 괘념치 않았다.

칠보로 장식한 금가마를 쌍으로 나란히 놓아 두 소저가 오르기를 청하니, 일주 소저는 차마 걸음을 돌리지 못해 눈물이 뺨에 가득해 화려하게 치장한 옷에 끝없이 떨어졌다. 이때를 맞아 유 태부인과 숙부들이 다 각각 눈물을 비 오듯이 흘리며 그 어린 나이에 이와 같음을 불쌍히 여겼다. 그러나 소후는 끝까지 한 방울의 눈물을 허비하지 않고 소저의 손을 잡고 경계시켜 가마에 오르도록 했다.

태자가 나아가 가마를 봉하고 행렬을 거느려 대궐에 이르렀다. 쌍쌍이 교배를 마치고 각각 숙소로 돌아가니 일주 소저는 서궁에 이르러 부모를 생각하고 눈물을 쏟으며 마음을 진정하지 못했다. 태자는 먼저 조비 숙소에 나아가 그 꽃과 옥 같은 자태에 자못 푹 빠져 은정이 산과 바다 같으셔서 비길 데가 없었다.

원래 조 황후는 그 아우의 원수 갚는 일을 자못 생각하고 계셨다. 일주의 기이한 모습을 보니 어린 남자가 지나치게 빠져들 줄 헤아려 한 생각을 하고 이날 저녁에 밀지(密旨)를 내려 소저에게 전하셨다.

'경은 마땅히 조비가 자식을 낳기 전에는 서궁에 깊이 들어 있으면서 태자와 임금을 뵈지 말라. 만일 명령을 거역하는 일이 있다면 그 죄가 가볍지 않을 것이다.'

그리고 그 나머지 가 상궁 등을 엄히 경계하시니 사람들이 두려워해 명령을 받들었다.

---

41) 진주칠사혜(珍珠漆紗鞋): 진주로 장식한 비단 신발.
42) 양지백옥대(羊脂白玉帶): 옥의 일종인 양지백옥으로 장식한 허리띠.

이튿날 임금께서 조, 이 두 소저에게 벼슬을 주실 적에 조비는 동궁 소현비에 봉하시고 이 씨는 서궁 숙현비에 봉하셨다. 황후께서 임금과 태자에게 들리도록 말씀하셨다.

"이 씨는 밤사이에 몸이 좋지 않아 매우 위중하다 하니 그런 것을 궁중에 두는 것이 망측한가 하나이다."

임금께서 놀라 말씀하셨다.

"숙비가 전날에 없던 병이 갑자기 났겠는가? 태의를 시켜 간병하도록 하는 것이 옳다."

황후께서 대답하셨다.

"숙비가 나이 어린데 뜻하지 않게 화려한 금궐 속에 들어와 부모를 그리워하고 놀라 병이 생긴 것 같으니 가만히 두어 그 마음이 안정된다면 자연히 병이 나을 것입니다."

임금께서 그 말을 좇아 드디어 이 씨에게 조서를 내려 조심해 조리하라고 하셨다.

임금께서 이날 행렬을 갖추어 조비를 보셨다. 조비는 이때 나이가 열다섯 살이었다. 고운 얼굴이 삼천 명의 화장한 여자 가운데 빼어났는데 단장을 갖추고 폐백을 높이 들어 올리니 날랜 거동과 가벼운 태도가 비할 곳이 없었다. 임금과 황후가 매우 기뻐해 조비를 곁에서 모신 시녀들에게 상을 많이 주시고 왕들과 비빈을 모아 종일토록 즐기다 파하셨다. 계양 공주는 숙비가 몸이 좋지 않다는 소식을 몰랐다가 병이 들었음을 염려해 이에 서궁에 이르러 비를 보고 문병하니 비가 좋은 낯빛으로 대답했다.

"아침에는 많이 불편했는데 지금은 나았으니 숙모께서는 너무 염려하지 마소서."

공주가 또한 그 모습이 평소와 같은 것을 보고는 염려하지 않고 즉시 이씨 집안으로 돌아갔다.

이때 연왕과 소후는 비를 보내고 유 태부인과 부모를 모시고서 집으로 돌아왔다. 그러나 속절없이 딸아이의 모습이 없고 온화한 얼굴로 자신을 맞이하던 자취가 끊어졌으므로 비록 제후의 부귀와 지존의 고귀함을 가졌어도 귀한 보람이 없었다. 왕은 탄식하며 슬픈 빛을 하고 소후는 눈물이 넘쳐흘러 마음을 진정시키지 못했다. 아들과 며느리 들이 이에 민망하게 여겨 자리에서 그들을 모셔 위로했다.

이튿날 공주가 집으로 돌아오니 일가 사람들이 한 곳에 모여 숙비의 안부를 물었다. 공주가 이에 대답했다.

"아직 평안하고 전혀 근심하는 빛이 없으니 기특함과 불쌍함을 이기지 못하겠습니다."

이에 모두 탄식하고 새로이 슬퍼했다.

이때 한림이 여러 달 누이의 가례로 분주하고 부모가 근심 중에 계셨으므로 감히 사실(私室)을 찾지 못했다.

하루는 채봉당에 이르니 위 씨가 일어나 맞이해 자리를 정했다. 한림이 한참을 가만히 있다가 일렀다.

"부인은 조씨 집 혼사를 어떻게 여기오?"

소저가 몸을 굽혀 대답했다.

"첩이 민첩하지 못하고 어리석어 군자를 내조하는 데 착한 공이 없고 집안 살림을 홀로 감당하지 못할 줄 알고 있습니다. 그런데 하늘이 도우셔서 아름다운 여자가 이르렀으니 첩의 용렬함을 가르쳐 줄까 다행으로 여깁니다."

한림이 웃고 말했다.

"이 말은 다 인정 밖의 말이라 믿지 못하겠소, 그런데 전날에 학생이 부인을 대해 죽을 때까지 정을 옮기지 않겠다고 하던 맹세는 어디에 갔던고?"

소저가 옷깃을 여미고 대답했다.

"이번 혼사는 군자께서 스스로 구해 얻으신 것이 아니니 맹세라는 말은 당치 않은 말씀입니다."

한림이 또 웃고 말했다.

"부인이 생의 처지를 이처럼 벗겨 놓으니 참으로 감사하오. 그러나 열 곳에 장가들어도 정을 옮기지 않을 것이니 그대는 그것을 어떻게 여기오?"

소저가 정색하고 말했다.

"군자께서 처첩을 거느리는 것은 공정함이 으뜸입니다. 그런데 상공 말씀이 이렇듯 괴이하니 죄 없는 여자에게 서리가 내리는 원한을 끼치려 하십니까?"

생이 잠깐 웃고 대답하지 않았다. 그리고 소저를 이끌어 침상의 이불에 나아가니 새로운 은애가 산이 낮고 바다가 얕을 정도였다.

이때 조 소저는 좋은 혼사를 헛되이 보내고 마음이 어지럽고 초조해 온갖 방법으로 병을 다스려 종기가 나았다. 이에 부모를 보채 다시 길일을 택하니 가을 칠월 초생(初生)[43]이었다. 연왕이 매우 불쾌하게 여기고 한림도 기뻐하지 않았으나 할 수 없다고 생각했다.

마침 산동 땅에 도적이 일어나 백성들이 흩어지니 태수가 임금께 표(表)를 올려 아뢰어 재주를 갖춘 사람을 구해 다스려 줄 것을 청했다. 이에 임금께서 크게 근심하며 말씀하셨다.

"사람을 자원받겠노라."

이 한림은 이때 온 마음이 조 부인 거처를 알지 못해 밤낮으로 마

---

43) 초생(初生): 음력으로 그달 초하루부터 처음 며칠 동안. 초승.

음을 사르고 있었다. 그런데 이 기회를 얻고는 크게 기뻐해 즉시 임금 앞에서 자신이 나가겠다고 자원했다. 임금께서 매우 기뻐해 즉시 이 한림을 산동 순무도점검모찰사에 임명해 절월(節鉞)[44]과 황월(黃鉞)을 주시고 삼 일 후에 군대를 거느리고 가라 하셨다.

조씨 집안에서는 이 소식에 민망해하고, 길일이 되어 혼례를 이루니 이씨 집안에서 약간의 행렬을 갖추어 한림을 보냈다. 한림이 진실로 즐겁지 않았으나 하릴없이 관복을 바르게 하고 좌중에 하직했다. 북주백이 웃고 혼례를 연습하라 하니 한림이 웃음을 머금고 대답했다.

"그것이 무엇이 중요하다고 혼례를 연습하며 예에 어긋난다 해 관계가 있겠나이까?"

예부 흥문이 웃으며 말했다.

"아우가 각완의 딸에게 장가들 적에도 혼례를 연습했으니 조훈이 아무리 미천하다 한들 각완만도 못하겠느냐?"

한림이 웃고 대답했다.

"그때 일은 생각만 해도 한심하니 다시 들추지 마십시오."

연왕이 물었다.

"각씨 여자는 지금 어디에 있느냐?"

한림이 눈썹을 찡그리고 대답했다.

"그 천한 여자가 소자가 귀양 간 후에는 어디로 갔는지 모르겠습니다."

말을 마치자 근심하는 빛이 은은해 말을 하지 않았다.

---

44) 절월(節鉞): 절부월(節斧鉞). 관리가 지방에 부임할 때에 임금이 내어 주던 물건. 절은 수기(手旗)와 같이 만들고 부월은 도끼와 같이 만든 것으로, 군령을 어긴 자에 대한 생살권(生殺權)을 상징함.

이윽고 시각이 다다르자, 왕이 위 씨에게 명령해 관복을 섬기라 했다. 소저가 안색을 자약히 해 천천히 발걸음을 옮겨 한림의 관과 허리띠를 섬겼다. 두 사람이 비록 몸을 나란히 해 섰으나 한림의 기색이 전혀 엄숙해 공경함이 지극하고 눈을 낮춰 소저의 평안한 행동을 조금도 눈을 흘려 보는 일이 없었다. 소저가 비록 손을 움직였으나 조용하고 태연한 행동거지가 물이 흐르는 듯해 전혀 다른 낯빛이 없었다. 소저가 천천히 물러나니 좌우의 사람들이 일시에 칭찬하기를 마지않았다.

생이 행렬을 거느려 조씨 집안에 이르러 전안(奠雁)을 마치고 내당에 들어가 교배했다. 신부의 절세한 미모는 한봄에 아직 피지 않은 복숭아꽃 같았으나 신랑의 천신(天神) 같은 용모에 비하면 보름달과 반딧불이 같았다. 자리에 있던 사람들이 이에 놀라고 칭찬함을 이기지 못해 겉으로는 신랑과 신부가 서로 어울린다고 기렸으나 속으로는 신랑을 아까워했다. 조 시랑 부부는 기쁨을 이기지 못해 모든 사람의 치하를 사양하지 않았다.

한림을 신방으로 인도하고 신부를 화려한 복색으로 꾸며 신방에 들여보내 합근주(合巹酒) 마시는 예를 마치도록 했다. 한림이 곧바로 눈을 들지는 않았으나 두 눈을 잠깐 흘려 저의 우열을 자세히 알고는 불행함을 이기지 못했다. 자연히 좋은 기운이 없어 눈썹 사이가 엄숙해지니 예전의 연왕이 돌아온 것 같았다. 조 국구 부인 유 씨가 탄식하며 말했다.

"여구가 자원해 이씨 신랑을 좇았으나 그 기쁜 줄을 알지 못하겠구나."

그러고서 깊이 애달파했다.

이에 앞서 국구(國舅)가 귀양 간 지 2년이 안 돼 곧 돌아와 조씨 집안의 영화가 예전에 비해 덜한 것이 없었으므로 혼례에 차린 기물의 화려함이 비길 데가 없었다.

이날 밤에 한림이 소저와 밤을 지내니 스스로 은정이 별로 없고 두 사람의 사이가 약수(弱水)[45]가 가려진 듯하므로 스스로 괴이하게 여겨 참으려 했으나 마음이 찬 재와 같았다.

무료하게 밤을 지내고 이튿날 일어나 세수하고 내당에 들어가 유 부인과 장모를 보았다. 유 부인이 그 딸을 생각하고는 슬픈 눈물이 두 줄기 흘렀다. 이에 한림을 향해 말했다.

"오늘날 낭군을 보니 옛날 연왕 전하가 불초녀를 친영(親迎)하실 때와 비슷합니다. 딸아이의 죄상이 비록 깊으나, 어미의 마음으로 생각건대 딸아이가 외로운 두 자녀를 이끌어 천 리 험한 길에 돌아간 지 벌써 열세 해가 되어 아침 볕과 저녁달에 딸아이를 생각하는 정이 점점 약해지려 합니다. 딸아이는 죄가 있지만 죄 없는 두 아이를 생각하면 어찌 참혹하지 않겠습니까?"

말을 마치자 흐르는 눈물이 옷깃을 적셨다. 한림이 그 어진 말과 온화한 소리에 항복하고 자연스러운 효심에 유 부인의 사정을 더욱 느껴 이에 자리를 떠나 대답했다.

"오늘 부인 말씀을 들으니 소생 등의 불초함을 더욱 깨닫겠습니다. 소생 등이 어리석고 도리에 밝지 못해 어머니와 골육이 천 리 타향에서 떠돌아다녀도 생사의 안부를 듣지 못하고 있습니다. 소생 등의 구구한 마음에 참으로 10년을 작정해 찾으려 하나 득실이 운수에 얽매여 있으니 능히 미치지 못할 것 같습니다."

말을 마치자 별 같은 눈에 물결이 어렸다. 유 부인이 감사함을 이

45) 약수(弱水): 신선이 살았다는 중국 서쪽의 전설 속의 강. 길이가 3,000리나 되며 부력이 매우 약하여 기러기의 털도 가라앉는다고 함.

기지 못하며 더욱 슬피 오열하며 말했다.

"낭군의 지극한 효심에 안도하니 노첩의 애가 더욱 스러지는 듯합니다. 딸아이가 예전에 나이가 젊고 생각이 없어 잘못해서 영랑의 존부인을 해치고 제 한 몸은 구렁에 떨어졌으며 다시 친정과 소식이 끊겨 그 몸이 어느 곳에서 떠도는지 알지 못하니 천도가 밝은 줄을 알겠습니다. 낭군의 영귀함과 기이한 용모를 보면 소 부인에게 복이 많으신 줄을 참으로 알겠으니 어설픈 계교가 통했겠습니까? 이를 생각하면 딸아이는 그 죄를 마땅히 감수해야 할 것이니 불쌍하지 않습니다. 다만 애매한 두 손자가 참혹하고 안타까우니 노인의 마음이 날로 더욱 타들어갈 뿐입니다."

생이 쌍둥이의 말에 다다라는 눈물이 방석에 연이어 떨어졌다. 이에 말했다.

"예전의 일은 지난 일이요, 이는 또 운수가 불리해서 일어난 것이니 홀로 조 모친 탓이겠습니까? 수족의 지극한 정을 가지고 13년 동안 소식이 단절되었음을 생각하면 마음이 베이는 듯함을 이기지 못하겠습니다. 그러나 세상일은 뜻과 같지 않으니 훗날을 보시면 소생의 뜻을 아실 것입니다."

유 부인이 한림의 이와 같은 효성에 감사해했다.

한림이 이윽고 하직하고 집에 돌아갔다. 일가 사람들이 모두 신부가 어진지 물으니 한림이 대답했다.

"자세히 보지 않아 알지 못하겠습니다."

연왕이 눈썹을 찡그리고 말했다.

"조훈의 딸이자 조섬의 손녀요 조녀의 조카딸로서 묻지 않아도 그 위인을 알 것이니 아우들은 번거롭게 묻지 마라."

공들이 이에 묵묵하고 한림은 그 부친의 선견지명에 마음으로 복종했다.

한림이 이윽고 물러나 숙현당으로 돌아가 형제들과 말할 적에 백문이 웃고 말했다.

“조씨 형수님이 어떠하더이까?”

한림이 잠깐 웃고 말했다.

“어질고 어질지 않건 간에 시비해 무엇하겠느냐?”

홍아가 낯을 돌려 웃고 말했다.

“조 부인 같다면 참으로 무서우니 한림이 어찌 저런 말씀을 하시는 것입니까? 조 부인 하나도 괴이하니 둘이 그런 것은 드물 것입니다. 그러나 숙모와 조카가 닮은 것이 있다면 근심될 것입니다.”

한림이 문득 눈썹을 찡그리고 두 눈을 한번 기울여 홍아를 보고 정색하며 말했다.

“종의 나이가 이모(二毛)의 나이[46]요, 어려서부터 법도 있는 가문에서 심부름했는데 언어가 이처럼 버릇없는가? 조 부인은 우리 어머니로서 지극히 존귀하시니 종들이 시비할 분이 아니다.”

말을 마치자 기운이 엄숙해 겨울에 뜬 달과 찬 서리 같았다. 홍아가 한림이 불쾌해하는 것을 보고 한림을 매우 기특히 여겼으나 문득 교만한 생각이 일어나 거짓으로 노해 말했다.

“공자는 참으로 우습습니다. 조 부인은 예전에 둘째공자를 쳐 죽이고 어르신을 천 리에 귀양 가시게 했으며 부인을 이혼시켜 동경에 가 온갖 고초를 겪으시게 했습니다. 제가 생각건대 공자 등이 원수를 갚으실까 했더니 이제 저렇듯 못 잊어 하시니 의리가 참으로 크다 하겠으나 다만 낳아 길러 주신 부모는 생각하지 않는 것입니까?

46) 이모(二毛)의 나이: 흰 머리털이 나기 시작하는 나이라는 뜻으로, 32세를 이르는 말.

조 부인의 과악(過惡)을 하늘과 귀신이 밝게 비추셔서 조 부인이 길에서 걸식하는 것이니 하늘이 밝은 줄을 알겠습니다. 조 부인이 시기하고 엉큼해 그 지아비를 모르는데 의자(義子)에 대해서랴. 공자가 이렇게 구는 것은 헛염려이니 참으로 우습습니다."

한림이 다 듣고는 화가 나 낯빛이 변했으나 어머니 앞이라 천천히 잠시 웃고 말했다.

"종이 윗사람을 시비해 말이 이렇듯 방자하니 그 죄는 죽고 남지 못할 것이다."

말을 마치자 홍아가 분노해 말했다.

"이 종은 일찍이 부인을 모시고 온갖 고초를 겪었습니다. 그런 중에 이런 말씀을 일찍이 듣지 않았더니 저번에 임 소저께 구타를 당하고 공자께 이 말을 들으니 이 종의 30여 년 충성이 어디로 갔단 말입니까?"

말이 멈춘 사이에 상서 이성문이 들어와 앉으며 말했다.

"임 씨가 언제 유랑을 구타했던가?"

홍아가 당황해 도리어 말했다.

"접때 빙주 소저가 우연한 일로 첩을 꾸짖었는데 아까 둘째상공 말씀이 이러하기에 그 말씀을 드린 것이니 임 부인은 무슨 말씀입니까? 저는 입에 담지도 않았습니다."

한림이 비록 무슨 말인지 몰랐으나 또한 웃고 말했다.

"임 씨 형수님은 입에 거들지도 않았으니 형님이 잘못 들으신 것입니다."

상서가 미소 짓고 대답하지 않았으나 속으로 임 씨를 의심했다.

이날 밤에 조씨 집안에서 한림을 청하는 사람이 이르니 한림이 말했다.

"내일 갈 것이다. 형제들이 모여 밤에 한담하려 하니 어찌 가겠느냐?"

이렇게 말하고 도로 보냈다.

이 밤에 예부 등 모든 형제가 모여 밝은 등불을 돋우고 술과 안주를 벌여 즐겼다. 예부 등 형제 일곱 명과 개국공 장자 원문과 남 학사, 철 학사, 한림 여박 등과 시랑 위최량 등이 나란히 앉아 담소했다. 이 예부가 사람들을 보고 눈을 깜박이며 말했다.

"우리가 밤이 깊기 전에 자리를 파하고 돌아가자."

한림이 대답했다.

"제가 내일 떠난 후에는 돌아올 기약이 없는데 형님이 귀한 골격을 가지셨으나 하룻밤 새는 것을 그토록 괴로워하시는 것입니까?"

예부가 웃으며 말했다.

"내가 괴로워하는 것이 아니라 아우가 원앙금침에 산뜻한 단잠을 얻지 못할까 불안해서 그런 것이다."

한림이 웃으며 말했다.

"그런 마음도 없지는 않으나 제가 입으로 이르기 전에는 그리 이르지 마소서."

여 한림이 말했다.

"그 마음이 있어 가지고 참으면 더 불안하니 어이 앉아 있겠는가?"

한림이 크게 웃고 말했다.

"처자가 중요하나 어찌 형제에게 비하겠는가? 형은 괴이한 말을 말게."

예부가 부채를 치며 크게 웃고 말했다.

"오늘 말은 다 옳으나 내 이제 너의 졸렬함이 드러나게 해야겠다."

이렇게 말하고 긴 팔을 뻗어 비단주머니를 펼치니 한림이 황망히 일어나 급히 비단주머니를 빼앗아 소매에 넣었다. 예부 등 네 명과 여 한림 등이 모두 웃으며 달려들어 주머니를 앗으려 했다. 한림이 본디 힘이 뛰어났으므로 밀쳐 버리면 되었으나 감히 그렇게 하지 못해 좌우의 손으로 적당히 막으니 사람들이 다 달려들어 앗으려 했으나 감히 이기지 못했다. 위중량이 또 달려드니 한림이 눈을 가로 떠 보며 한 발로 차니 위중량이 여러 간을 뒹굴어 가 거꾸러졌다. 이에 상서가 웃고 꾸짖었다.

"큰형님이 보려 하시는데 네 어찌 안 내놓는 것이냐?"

한림이 머리를 숙이고 끝까지 내놓을 뜻이 없으니 여박이 일부러 일렀다.

"이중에 잠을 자지 않으면서도 이보를 잡지 않는 사람은 인면수심이다."

이렇게 말하니 상서가 미미히 웃으며 팔 척 신장으로 나아와 천천히 한림의 오른손을 잡고 비단주머니를 빼앗았다. 한림이 상서를 이기지 못하는 것이 아니었으나 상서가 힘이 없다는 망신을 줄 수 없고 상서와 겨루는 것이 옳지 않아 공손히 빼앗기고 미소 지을 뿐이었다.

예부가 상서가 가진 것을 앗아 주머니를 열었다. 그중에 위 씨의 서간을 빼내니 한림이 당초에 형들에게 안 보여 주려고 한 것이 아니라 위생 등이 있음을 꺼려서요, 또한 예부가 자신에게 그 시가 있음을 아는 것을 괴이하게 여겨서였다. 예부가 그 서간을 내어 내리 읽고 한림이 지은 시를 읊으며 크게 웃고 말했다.

"이런 정을 가졌는데 헤어지는 정을 참으라 한 것은 우리가 남에게 못할 노릇을 한 것이니 빨리 자리를 파하고 가자."

사람들이 크게 웃고 여생이 말했다.

"성보는 저놈에게 저것이 있는 줄을 어찌 알았던고?"

예부가 말했다.

"전날에 이보가 유씨 놈의 아들이 되었을 적에 하룻밤 이곳에 와 잔 적이 있었지. 우리가 저녁 문안을 하러 들어간 사이에 이보가 이 글을 펴 보면서 하도 울면서 흘린 눈물이 바다가 작을 정도였다네."

한림이 웃으며 말했다.

"형님이 말씀을 참으로 다른 사람이 곧이듣게 하십니다. 그러나 형님은 맹세하소서. 그날 제가 이 글을 펴 보면서 그리했는지 말입니다."

백문이 갑자기 나서며 일렀다.

"그날 형이 잠드셨기에 내 우연히 비단주머니를 열어서 보니 이 글이 있었습니다. 그래서 형님들에게 보여 드렸는데 큰형님이 꾸짖으셨으므로 도로 넣었습니다."

생이 깨달아 웃음을 머금고 묵묵히 있으니 이 한림 기문이 말했다.

"저런 정을 가지고서 위 승상을 모욕하며 의리를 끊으려 한 것은 어찌된 일인고?"

한림이 정색하고 말했다.

"우연히 감상에 젖은 나머지 부질없는 글을 썼어도 위 공이 내게 죄지은 후에야 위 씨에게 임사(姙姒)[47]의 덕이 있어도 용서하지 못할 것인데 그 아비의 딸로서 인물과 행동이 있겠습니까?"

말이 끝나지 않아서 위최량이 목소리를 엄정히 해 크게 꾸짖으며 말했다.

"네 우리를 앉혀 두고 말이 이토록 거칠고 거만하니 어찌 군자가

47) 임사(姙姒): 중국 고대 주(周)나라 문왕(文王)의 어머니 태임(太姙)과, 문왕의 아내이자 무왕(武王)의 어머니인 태사(太姒)를 아울러 이르는 말로 이들은 현모양처로 유명함.

할 행동이냐? 가친이 너만 놈에게 무슨 죄를 지으셨단 말이냐?"

상서와 예부 등이 다 한림의 무례함을 꾸짖으니 한림이 잠시 웃고 말을 안 했다. 그러자 위중량 등이 또한 소리를 높여 꾸짖고 소저를 한스러워해 말했다.

"긴요하지도 않은 것이 무엇하러 나서 부모께 불효를 갖가지로 끼치는가? 다른 사람은 천자 사위를 두어도 사위가 저와 같이는 하지 않더라."

한림이 천천히 웃고 말했다.

"너의 가친이 날 죽이려 했는데 그 원한을 잊은 나는 더욱 어떻겠는가?"

이에 세 사람이 대로해 말했다.

"네 요즘에 기색이 평안하기에 원한이 없어졌는가 했더니 어찌 이토록 맺히고 맺힌 줄 알았겠느냐? 너를 대해 앉아 있느니 개돼지를 대할 것이다."

말을 마치자 소매를 떨치고 일어나니 예부 등이 급히 머무르게 하고 상서가 낯빛이 냉담해져 말했다.

"아우는 이제 유치한 어린아이가 아닌데 말을 무례하게 해 좌중의 온화한 기운을 상하게 하니 빨리 나가고 여기에 있지 마라."

한림이 황공함을 이기지 못해 사죄를 일컬었으나 상서가 끝까지 화를 풀지 않고 자리에 있는 것을 허락하지 않았다. 한림이 이에 하릴없어 일어나니 예부가 가만히 웃으며 서동에게 그 가는 곳을 보라 했다. 서동이 한림이 봉성각으로 향한다 하므로 기문이 웃으며 말했다.

"위 형의 싸움이 도리어 좋은 일을 했네."

상서가 말했다.

"비록 들어갔으나 머지않아 나올 것입니다."

예부가 말했다.

“내일 떠나는 남자가 정처를 대해 반드시 우스운 일이 있을 것이니 들어가서 보라.”

그러고서 즉시 시녀 운교를 불러,

“봉각에 가서 무엇이라 하는지 자세히 듣고 와 아뢰거라.”

라고 말하니 운교가 웃고 물러나 채봉당에 이르러 가만히 휘장 밑에 엎드렸다.

한림이 들어가니 위 씨는 등불 아래에 앉아 행장을 차리고 있었다. 한림이 들어가 소저의 손을 잡고 말했다.

“약질이 무엇을 힘써 하느라 자지 않고 있는 게요?”

소저가 급히 손을 떨치고 물러앉아 말했다.

“어제 대례를 평안히 지내신 것을 치하하나이다.”

한림이 웃고 말했다.

“참으로 그대와 함께 한 약속을 저버렸으니 사죄하려 하오. 내 비록 저 사람을 취했으나 정은 그대에게 온전할 것이니 그대는 근심하지 마오.”

소저가 정색하고 말했다.

“첩이 비록 도리에 밝지 못하나 어찌 홀로 사랑을 얻으려는 마음이 있겠나이까? 상공은 괴이한 말씀을 마소서.”

한림이 다시 손을 잡고 말했다.

“당초의 마음으로는 열 미인이라도 넉넉히 거느리고 싶었으나 그대를 만나던 날로부터 이제까지 눈에 기이하고 황홀하여 다른 데 정을 옮길 생각이 없으니 어쩌겠소?”

드디어 소저를 이끌어 침상에 나아가 얼굴을 맞대고 귀를 깨물어 은애가 교칠(膠漆) 같았다. 소저가 등불이 밝은 것을 보고 더욱 부끄럽고 마음이 급해 일렀다.

"군자께서는 내일 집안을 떠나시는데 형제를 두시고 첩이 있는 곳에 이르러 이처럼 무례히 구시는 것입니까?"

생이 웃고 말했다.

"불이 밝으나 누가 심야에 남의 부부 깊은 정을 엿보겠소?"

그러고서 소저를 핍박해 침상에 쌍으로 누워 손을 잡으니 소저가 초조하였으나 한림의 구정(九鼎)[48] 같은 힘을 감당할 길이 없어 저의 수중에 떨어졌다. 이윽고 생이 일어나 의관을 고치며 소저를 보니 소저는 머리칼이 어지럽고 의상이 흐트러져 옥 같은 얼굴에 발그레한 빛이 도는 가운데 돌아앉아 있었다. 생이 웃으며 다시 손을 잡고 옥 같은 얼굴을 접해 말했다.

"그 무엇이 부끄러운 것이오? 생이 돌아오는 날 옥동자를 낳아 광채를 도우시오."

소저가 크게 부끄러워 낯을 들지 못하니 생이 웃고 말했다.

"괴이하구려. 신혼 날보다 더 부끄러워하니 이는 나의 기색이 항상 호방하지 못해서 이런 것이니 시험 삼아 더 친해 보아야겠소."

말을 마치고는 자리에 나와 소저와 관계를 맺으려 하자 소저가 갑자기 낯빛을 바꾸고 바삐 손길을 떨쳤다. 생이 또한 크게 웃고 소저의 손을 잡고 연연해하다가 일어나 나왔다.

운교가 급히 돌아와 한림의 행동을 낱낱이 고하니 예부 등은 물론이고 여생 등이 절도하며 웃는 소리가 사방에 들렸다. 이부 이성문이 말리고서 말했다.

"다 각각 이보다 더한 행동도 했을 것인데 남을 홀로 비웃는 것

---

48) 구정(九鼎): 중국 하(夏)나라의 우왕(禹王) 때에, 전국의 아홉 주(州)에서 쇠붙이를 거두어서 만들었다는 아홉 개의 솥. 주(周)나라 때까지 대대로 천자에게 전해진 보물이었다고 함.

인가?"

여생 등이 또한 웃으며 말했다.

"그대 말도 옳으나 우습지 않은가? 잠깐 들어가 등불이 대낮 같은데 두루 기괴한 행동을 해 위 부인을 보채니 가소로운 일이 아닌가?"

말을 마치자 한림이 이에 이르니 사람들이 각각 웃음을 머금고 한림을 이윽히 보았다. 그러나 한림은 기색이 태연해 여느 낯빛이 없으므로 예부가 웃고 물었다.

"아우는 어디에 갔었느냐?"

한림이 대답했다.

"봉각에 갔었습니다."

예부가 또 물었다.

"자지 않고 또 나온 것은 어째서냐?"

한림이 대답을 하지 않고 있으니 예부가 또 물었다.

"네 어느 날 위씨 제수께 재취하지 않으마 맹세했더냐?"

한림이 놀라 웃음을 머금고 말했다.

"이는 어찌된 말입니까?"

예부가 크게 웃고 생이 하던 행동을 본 듯이 옮겼다. 생이 다 듣고 잠깐 부끄러워 한참을 주저하니 두 뺨이 연꽃처럼 붉은색을 띠어 기이한 용모가 좌중을 놀라게 했다. 그러다가 이윽고 말했다.

"제가 미치지 않았는데 그런 행동을 했겠습니까?"

사람들이 박장대소하고 말했다.

"너의 말처럼 미치지 않았는데도 그렇게 하더라."

이기문이 또 웃고 말했다.

"아들 낳기 쉽다고 한들 네 나간 사이에 옥동자를 낳겠느냐?"

한림이 웃으며 말했다.

"부부의 깊은 정을 가지고 그리했다 해도 부끄럽지 않겠지만 누가 저런 거짓말을 한 것입니까? 더욱이 옥동자라는 말이 기괴합니다. 그 포악한 어미를 닮아 무엇에 쓰겠나이까?"

위 어사가 냉소하고 말했다.

"이보가 말마다 우롱하며 비웃는구나. 그러나 군자가 되어 내외를 한결같지 않은 것처럼 해 밝은 등불 아래에서 내 누이를 곤히 보채 즐거움을 이루었구나. 그렇게 하고 와서 저렇듯 시원한 척하니 참으로 가소롭구나."

한림이 미소 짓고 말했다.

"내가 색을 좋아해 죽어도 네 알 바가 아니요, 내 아내가 포악하다 해도 네 알 일이 아니요, 내 처자를 대해 옥동자나 금동자나 낳아 달라고 해도 네 수고가 안 들 것이니 나에게 이처럼 구는 것이 가소롭지 않으냐?"

위 어사가 분노해 말했다.

"네 말에 아랑곳할 것이 없으나 네가 말을 거리낌 없이 한다면 우리가 어찌 너와 함께 말할 수 있겠느냐?"

예부가 한림의 손을 잡고 웃으며 말했다.

"아까 보니 네가 맹세를 가장 즐기더구나. 위씨 제수께 그 행동을 안 했다고 맹세해라."

한림이 웃고 대답했다.

"부부의 도리로써 그것이 무슨 큰일이라고 맹세까지 하겠습니까?"

여 한림이 말했다.

"그만 한 깊은 정을 가지고서 자지 않고 무슨 일로 나왔느냐?"

한림이 말했다.

"실로 그런 행동을 했으면 죽을 일이 있어도 떠나기 어려울 것이니 그대 등은 이로써 짐작하라.”

이 학사 세문이 말했다.

“실로 괴이하구나. 그 정을 끊고 나온 것이 이상하니 알지 못하겠구나.”

예부가 말했다.

“그놈의 형상이 흉해서 그런 것이니 진심이라고 여기지 마라.”

상서가 천천히,

“들어가라”

고 하니 한림이 말했다.

“또 들어가 무엇하겠습니까?”

사람들이 크게 웃으며 말했다.

“아까 많이 상했으니 들어가서 더 상하는 일이 있으면 내일 길을 못 갈 것이니 이곳에 있으라.”

상서가 말했다.

“여럿이 누우면 좁고 밤이 깊었으니 가서 편히 자고 내일 길을 가도록 하라.”

한림이 명령을 듣고 일어나니 사람들이 손뼉을 치고 웃으며 말했다.

“이번에는 가서 옥녀를 낳아 달라고 청하라.”

한림이 웃음을 머금고 들어갔다. 상서의 뜻은 그 젊은 마음에 서로 사랑하는 것이 대단함을 어여삐 여겨 한림을 권해 들여보낸 것이었다.

드디어 사람들이 함께 자니 예부가 다시 웃고 말했다.

“현보가 홀로 착한 체하고 저렇게 굴지만 여씨 제수 향해 구는 행동이 난형난제니 여 형이 밝히 말하게.”

여 한림이 말했다.

“누이가 집에 와서 오래 있지 않았으므로 자주 보지는 않았으나 인아를 낳을 적에 현보가 와서 누이의 손을 주무르는 여종이 되었답니다.”

그러고서 그때 상서의 행동을 자세히 이르니 사람들이 크게 웃고 예부가 말했다.

“원래 현보가 겉으로는 냉정하기 짝이 없으나 아내를 사랑하는 모습은 남보다 더하니 내 짐작이 옳지 않으냐?”

상서가 미소 짓고 대답하지 않았다. 그러자 예부가 또 여 씨가 물에 빠져 죽었다는 기별을 듣고 상서가 종일토록 울며 장모가 아무리 마음에 들지 않았어도 여 씨와 함께 즐기는 것이나 흐뭇하게 하고 보낼 것을 하면서 여 씨야, 여 씨야 하고 울더라 하고 크게 웃으니 위생 등이 크게 웃었다. 이에 상서가 천천히 웃고 대답했다.

“형님이 희롱을 하신들 이런 괴이한 말씀을 하십니까?”

위최량이 웃으며 말했다.

“이부가 매우 민망해하니 예부는 그치게. 그러나 이보가 그런 고집과 굳센 성품을 가지고서 누이의 마음을 알고 심상치 않게 정이 깊으니 누이의 기이함을 더욱 깨닫겠네.”

상서가 또한 칭찬하며 말했다.

“위씨 제수의 큰 덕으로 방탕한 자와 호방한 자라도 감동시킬 것인데 아우가 어찌 제수의 마음을 알지 못하겠습니까?”

예부가 말했다.

“이보는 세상에 없는 기이한 사람이다. 우리 숙부의 밝은 행실을 닮았으니 어찌 보통 사람에 비기겠느냐? 위 승상이 사위를 잘 얻으셨으니 우리가 길이 하례하네.”

최량이 말했다.
“그 얼굴과 인물이야 오죽하겠습니까마는 아버님을 대해 공손하지 않으니 그것이 괘씸합니다.”
예부가 웃고 말했다.
“그것은 그렇게 이를 것이 아니네. 예전에 영대인의 행동이 참으로 과도하셨으니 이보가 어찌 유감을 품지 않았겠는가?”
위생이 이에 잠깐 웃었다.
한림이 이날 들어가니 소저가 막 누워 불을 끄려 하다가 한림을 보고 놀랐다. 생이 나아가 이불을 당겨 펴고 함께 누워 사랑하는 것이 교칠 같았다. 생이 웃으며 사람들의 말을 일러 주고 소저에게 말했다.
“그대가 더욱 부끄러워하겠소. 간섭하기 좋아하는 표형 등이 따라다니며 엿보니 어찌 괴롭지 않겠소?”
소저가 크게 부끄러워 말을 안 하니 생이 웃고 은근한 사랑이 더욱 깊었다.
이튿날 한림이 어른들에게 하직하고 길을 나섰다. 일가 사람들이 서운함을 이기지 못해 온화한 기운이 줄어드니 예부 흥문이 전날 한림의 행동을 널리 퍼뜨려 모든 사람에게 고했다. 위 소저는 크게 부끄러워해 옥 같은 얼굴에 붉은 기운이 돌고 한림은 잠깐 웃고 말했다.
“형이 어디 가서 미친 약을 얻어다 드시고 이런 허무한 말을 지어내시는 겁니까?”
예부가 웃으며 말했다.
“네 진실로 안 했다 하고 맹세하라.”
남공이 웃고 예부를 꾸짖었다.
“이 아이가 어찌 사촌지간에 부부 사이를 엿보아 누설하는 게냐?”

예부가 공손히 일어났다 앉아 대답했다.

"제가 홀로 잠을 안 자고 한밤에 분주하겠나이까? 들은 것이 있어 할머님의 웃음을 도우려 한 것입니다."

연왕이 웃으며 말했다.

"어떤 사람이 조카에게 다사스럽게 이른 게냐?"

대답했다.

"운교가 전한 말입니다."

개국공 등이 크게 웃고 말했다.

"그렇다면 적실하다. 위 씨가 자식을 못 낳는다면 경문이가 돌아와서 또 내치겠구나."

한림이 웃고 대답했다.

"아무리 하셔도 저는 저지르지 않았으니 알지 못하겠습니다."

그러고서 일어나 하직하니 유 태부인과 숙부들이 다 몸 보중할 것을 일컫고 왕이 경계해 옥사 다스리는 일을 힘써 잘 다스리라고 일렀다.

생이 대궐에 가 하직하고 황월과 절월을 받아 산동으로 향했다. 예부 등 모든 형제와 위생, 여생 등과 소 상서의 아들들이 십 리 장정(長亭)[49]에 가 한림을 전송하며 이별했다. 날이 저물자 서로 손을 나눌 적에 상서가 홀연히 안찰의 손을 잡고는 눈물이 낯에 가득했다. 이에 사람들이 급히 위로하며 말했다.

"한때의 이별이 슬프나 이보가 나이 어린 사람으로서 나라의 은혜가 태산보다 무거워 영화로운데 현보는 어찌 슬퍼하는 겐가?"

점검이 눈물을 흘리고 사례하며 말했다.

---

49) 장정(長亭): 먼 길을 떠나는 사람을 전송하던 곳. 과거에 5리와 10리에 정자를 두어 행인들이 쉴 수 있게 했는데, 5리에 있는 것을 '단정(短亭)'이라 하고 10리에 있는 것을 '장정'이라 함.

"형님이 슬퍼하시는 까닭을 제가 다 알고 있으니 형님은 근심하지 마십시오. 제가 이번 행차를 자원한 것은 조 모친을 위해서입니다."

상서가 더욱 슬피 오열하며 말했다.

"내 어리석고 도리에 밝지 못해 의모(義母)와 동생을 이역만리에 떠돌아다니게 한 후 몸이 어버이를 모시고 있으므로 내 몸을 마음대로 못 해 마침내 조 모친을 모셔 봉양을 이루지 못해 스스로 하늘의 재앙을 두려워했다. 그런데 네가 문득 산동으로 향하게 되어 내 이 말을 이르려 해도 목이 메더니 네 뜻이 이러하니 내가 사례할 바를 알지 못하겠구나. 아우는 끝까지 신실하게 행동해 천 리 밖에서 이 형이 바라는 바를 저버리지 마라."

점검이 절하고 말했다.

"삼가 가르침을 받들 것입니다. 나랏일을 마친 후에 죽는 한이 있어도 쌍둥이의 백골이라도 찾아 가지고 경사로 향할 것이니 형님은 염려하지 마소서."

말을 마치자 예부가 탄식하고 말했다.

"조 숙모의 죄악이 참으로 가득해 내가 생각하기를 너희가 원한을 가졌는가 했더니 오늘날 모습을 보니 너희의 효성이 가득하구나. 내가 이를 다행으로 여긴다."

상서가 탄식하고 눈물을 흘리며 말했다.

"이것이 사람 자식으로서 예삿일인데 형이 어찌 이를 일컬으십니까? 영문[50] 동생이나 쌍둥이나 다 동생인데 무엇이 다르다고 하나를 위해 하나를 잊겠습니까?"

소생이 웃으며 말했다.

---

50) 영문: 이몽창의 재실이었던 조제염이 죽인, 소월혜의 아들을 이름. 전편 <쌍천기봉>에 이 이야기가 나옴.

"현보의 행동이 아마도 가소로운 것 같네. 조 부인이 숙모와 숙부를 해친 죄악이 천하에 으뜸이요, 영문을 독살한 것이 만고에 없는 대악인데, 현보가 차마 저렇게 연연해하는 마음을 두었으니 또 조 숙모가 집안에 들어와 난을 일으킬까 두렵지 않은 겐가?"

상서가 갑자기 낯빛을 바꾸며 말했다.

"표형이 어찌하여 남의 모자 사이를 이간하는 것입니까? 예전에 부모와 영문이의 재앙은 운수에 매인 것이니 어찌 조 모친 때문이었겠습니까? 형이 이토록 어질지 않은 줄은 알지 못했습니다."

말을 마치자 기색이 매우 좋지 않으니 소생이 무료해 말을 그치고 예부가 말했다.

"현보의 행동은 효의에 떳떳하니 시비하는 것이 그르네. 그러니 소 형은 괴이하게 여기지 말게."

이에 사람들이 다 말을 그치고 집으로 돌아갔다.

이날 소후가 침소에 돌아와 운교를 불러 꾸짖었다.

"아들 부부 사이에 깊은 정으로 사랑함이 있은들 네 어찌 두루 퍼뜨려 우리 며느리의 신상을 부끄럽게 하는 것이냐? 위생은 우리 며느리의 동기요, 예부 등은 아들의 동기나 다르지 않으나 여생 등과 철 학사, 남 학사 등은 다 외인인데 네 어찌 규방의 은밀한 말을 전해 며느리가 비웃음을 당하게 한 것이냐?"

운교가 웃고 대답했다.

"예부 어른이 분부하시기에 마지못해 고한 것이고 지금은 뉘우치고 있으니 이후에는 안 그러겠나이다."

이날은 조 씨가 시부모를 뵙는 날이었다. 연왕이 내키지 않았으나 마지못해 일가 형제가 모여 유 태부인과 부모를 모시고 폐백을 받았다. 조 씨가 행렬을 갖춰 이에 이르러 예를 마치니 모두 신부의 빼어난 풍채를 기렸으나 시부모와 유 태부인은 조금도 기뻐하는 빛이 없었다.

석양에 신부 숙소를 양춘당에 정했는데 이는 숙현당 북편이니 봉각과는 거리가 멀었다. 소후가 무릇 기물을 주고 시녀를 갖추어 조 씨를 좇아 섬기게 했다. 그 위인을 근심했으나 겉으로 즐거운 빛을 띠는 것은 여느 며느리에 비해 덜하지 않았다.

이날 임 씨가 정당으로부터 침소로 왔는데 화소가 채성당에 있으므로 데리러 들어갔다. 이에 여 씨가 흔쾌히 자리를 주고 서로 말하더니 임 씨가 스스로 조 씨를 침 뱉어 말했다.

"이 귀한 가문을 어지럽힐 자입니다."

여 씨는 이에 잠깐 웃고 말이 없었다.

그런데 상서가 문득 문을 열고 들어와 앉으며 정색하고 말했다.

"자기 인사나 잘 차릴 것이지 어찌 남의 허물을 입 밖에 내는 게요?"

임 씨가 놀라 묵묵히 있으니 상서가 여 씨를 향해 꾸짖어 말했다.

"부인이 사람의 아내가 되어 무슨 까닭으로 아랫사람을 데리고 동서의 허물을 즐겨 이르는 게요?"

소저가 바삐 자리를 떠나 죄를 일컫고 말을 안 하니 임 씨가 속으로 노해 여 씨를 향해 사죄했다.

"첩의 말이 경솔한 탓으로 부인께 꾸지람이 미치게 하니 죽을 곳을 알지 못하겠나이다."

말을 마치고 일어나니 화소가 임 씨의 치마를 잡고 더 앉아 있다 가자고 했으나 임 씨가 발끈 화소를 밀치며 꾸짖었다.

"사나운 어미의 자식이 살아 무엇하겠느냐?"

화소가 불의에 자빠져서 소리를 못 하고 위태로운 모습을 했으나 임 씨는 돌아보지도 않고 훽 돌아갔다.

여 씨가 급히 일어나 화소를 안고 주무르며 달랬으나 아이가 울음을 그치지 않고 일렀다.

"어지러워 못 견디겠어요."

상서는 임 씨의 경박함이 사라지지 않은 것을 보고 어이가 없어 안색을 엄숙히 하고 말을 안 했다.

이윽고 시녀를 불러 화소를 데려다가 두라 하니 화소가 울고 말했다.

"또 맞을 것이니 부친 곁에서 자고 싶어요."

이렇게 말하고 가지 않으니 상서가 또한 잠자코 있었다. 밤이 깊자 상서가 딸을 곁에 눕히고 자기는 잠자리에 나아갔다. 화소가 밤새도록 머리를 앓고 잠을 못 들며 뒤척이니 상서가 밤이 새도록 자지 못하고 다음 날을 맞았다.

상서가 밖으로 나간 후 임 씨가 딸을 데리러 이르렀다. 그러자 화소가 여 소저 뒤로 달려들어 동동 구르며 울면서 가기를 마다하니 임 씨가 뉘우치고 한스러워하며 아무리 달래도 화소가 듣지 않았다.

상서가 조회에 참석하려고 관대(冠帶)를 입으러 들어오니 화소가 상서에게 나아가 안기며 머리가 아프니 약을 지어 먹이라 하고 울었다. 상서가 기색이 더욱 엄숙한 채 관복을 입고 나가려 하였으나 화소가 붙들고 놓지 않았다. 상서가 이에 몸을 돌려 화소를 안고 정당에 들어가 소 부인께 드리고 고했다.

"이 아이의 어미가 저를 역정 내 아이를 매우 쳐서 아이가 많이 아픕니다. 그래서 여기로 데려왔습니다."

소 부인이 이 말을 듣고 불쾌해 말을 안 했다.

상서가 나간 후 왕이 들어오고 며느리들이 또한 이어 들어와 문안

했다. 그런데 화소가 임 씨를 보고 크게 울며 떨면서 모친에게 나가라고 했다. 왕이 괴이하게 여겨 그 까닭을 물으니 화소가 말했다.

"모친이 아버지를 역정 내어 저를 많이 쳐서 이리 아프니 할아버지는 제 머리를 만져 보세요."

왕이 다 듣고는 놀라 화소를 나오게 해 보니 몸이 불같이 뜨겁고 머리 뒤꼭지가 부어 있었다. 왕이 매우 불쾌해 입으로 말을 안 했으나 기운이 냉랭한 채 묵묵히 있으니 임 씨가 매우 부끄러워 낯을 들지 못했다.

이후 상서가 임 씨 방에 자취를 그치자 임 씨가 야속해 분노했으나 내색하지 않았다. 여 소저가 상서에게 그러는 것이 옳지 않다고 이따금 간하면 상서는 냉소하고 대답하지 않았다.

조 씨가 시집온 이후로 이씨 집안에 머무르며 행동거지가 참으로 볼 것이 없어 가소로움이 지극하니 일가 사람들이 비웃었다.

이때 왕생이 남창에서 이르러 이씨 집안에 와 상서를 보고 난섬을 찾았다. 상서는 알지 못했으므로 들어와 위 씨를 보고 이 말을 이르고는 참말인지 물었다. 소저가 전날의 일을 자세히 고하고 난섬을 불러 난섬의 행동이 이치에 크게 맞지 않음을 경계하고 왕생에게 가 보라 하니 난섬이 울며 말했다.

"저는 왕생이라는 두 자를 들어도 가슴이 덜컥하니 차마 왕생을 못 보겠나이다."

소저가 꾸짖어 말했다.

"네가 어려서부터 눈으로 성현의 글을 보았거늘 남편을 이처럼 모욕하니 무지함이 심하지 않으냐? 네 끝까지 내 말을 듣지 않으니 이는 한림과 나를 원망해 이러는 것이다. 그러니 내가 또 무슨 낯으로 너를 다시 보겠느냐?"

섬이 소저의 말이 준엄한 것을 보고 마지못해 서재에 이르러 왕생을 보았다. 왕생이 반가움을 이기지 못해 빨리 손을 잡고 사랑하는 정이 끝이 없었다. 그리고 이별 후 그리워하던 마음을 절절히 일렀으나 섬은 냉랭한 빛으로 대답하지 않았다.

왕생이 이날 이 집에서 머무르며 자고 이튿날 상서를 대해 난섬 보내기를 청하고 돌아갔다. 이에 위 소저가 범사를 극진히 차려 난섬을 왕씨 집안으로 보냈다.

섬이 다만 울며 하직하고 왕씨 집안에 이르렀다. 왕 참정이 그 조카가 첩 얻은 것을 그릇된 것으로 여기고 이곳에 왔다가 난섬을 보자 옥 같은 얼굴과 아름다운 눈이 참으로 맑고 시원해 인가(人家)의 종 같지 않고 사대부 집안의 부녀 중에서도 뛰어나니 이에 크게 놀라 바야흐로 조카를 꾸짖지 않고 도리어 상을 주었다.

섬이 이후에 왕씨 집안에 머무르며 정실을 예로 섬기고 생을 어질게 인도했다. 왕생이 더욱 난섬에게 빠져 잠시도 떠나지 않고 집안일을 맡기니 난섬의 존귀함이 지극했다.

차설. 숙비가 간선(揀選)에 뽑혀 몸이 서궁에 한 번 감춰지자 부모의 안부도 듣지 못하고 죄 없이 반비(潘妃)[51]처럼 있으며 간장이 아주 끊어질 지경이었으므로 이에 가 상궁 등이 불쌍히 여겼다. 그러나 소저는 원래 고요히 있는 것을 또한 기뻐했다. 그래도 초하루와 보름날에도 황제와 황후에게 문안하는 일이 없었으니 더욱이 태자의 은정이야 꿈엔들 생각하겠는가. 소저는 몸을 지게 밖에 내미는

51) 반비(班妃): 중국 한(漢)나라 성제(成帝)의 궁녀인 반첩여(班婕妤). 시가(詩歌)에 능한 미녀로 성제의 총애를 받다가 궁녀 조비연(趙飛燕)의 참소를 받고 물러나 장신궁(長信宮)에서 지내며 <자도부(自悼賦)>, <원가행(怨歌行)> 등을 지어 자신의 처지를 하소연함.

일이 없고 덕을 옥처럼 닦으며 시서(詩書)에 마음을 부쳤다. 그러나 일생을 부모의 천금 같은 구슬로 부모의 무릎 아래 내려간 적이 없다가 하루아침에 몸이 깊은 곳에 한 번 감춰져 초하루와 보름날에 연왕이 들어와 잠깐 보고 나가는 것 외에는 다시 보지 못하니 부모를 그리워하는 마음이 병이 되어 아침 구름과 저녁 비에 흘리는 눈물이 붉은 치마에 아롱졌다.

이때 연왕이 마침 금주 선영의 묘에 다녀올 일이 있어 급히 갈 적에 들어와 비를 보고 하직했다. 비가 놀라서 울고 이별하니 왕이 몸 보중하기를 이르고 총총히 나갔다. 이후에는 비의 외로움이 더욱 심해졌으니 속절없이 궁녀와 벗하는 것 외에는 비에게 몸을 들이밀어 묻는 이가 없었다. 가 씨 등이 이에 비를 위해 매우 슬퍼했다.

이때 태자는 조비에게 푹 빠져 계셨으니 숙비가 있으며 없는 줄을 알지 못하셨다. 시절이 중추에 이르러 후원에 단풍과 국화를 구경하러 작은 가마를 타고 가셨는데 길이 서궁을 지났으므로 홀연 생각하시기를,

'이 씨가 내게 시집온 지 오래 지났는데 괴이한 병 때문에 보지 못했더니 오늘 잠깐 보는 것이 좋겠다.'

라 하시고 드디어 서궁으로 걸어 들어가셨다.

이에 주렴 앞에 있던 궁녀가 급히 비에게 고했다. 비가 놀라서 피할 곳을 생각하더니 태자께서 벌써 문에 이르러 계셨다. 비가 더욱 놀랐으나 하릴없어 억지로 몸을 일으켜 두 번 절하고 협실로 들어가려 했다. 태자가 답례하고 눈을 들어서 보시니 기이한 안색이 뛰어나 비할 곳이 없었다. 타고난 향이 몸에 가득하고 상서로운 기운이 머리 위에 둘러 있으니 어찌 한갓 조비처럼 복숭아꽃 같은 미모에 비기겠는가. 숙비를 정비로 책봉하지 않은 것은 황제의 어리석음 때

문이었다. 태자가 매우 놀라 다시 보려 하실 차에 숙비가 걸음을 돌리려 하니 태자가 부지불각에 나아가 숙비의 소매를 잡아 앉히고 말씀하셨다.

"현비가 어찌 이처럼 박절하신 게요? 과인이 바빠서 비의 병을 묻지 못했으니 현비가 노하신 것이 그르지 않소. 오늘은 몸이 어떠시오?"

숙비가 의외에 태자가 친근하게 대하시는 것을 보고 크게 놀라 태자의 손을 급히 뿌리치고 물러나 용모를 가다듬고 단정히 앉아 대답하지 않았다. 태자가 자리를 가까이해 자세히 보시니 금세는커녕 고금에 없는 색이었다. 태자가 황홀해 다시 물으셨다.

"현비가 몸이 불편하시다 하더니 지금 보니 봄빛이 완연해 병색이 없구려. 그런데 병을 핑계해 밖에 나오지 않으신 것은 어째서요?"

숙비가 정색하고 대답하지 않으니 기운이 매우 엄숙했다. 이에 태자께서 사랑하는 마음이 미칠 듯해 즉시 가 씨를 불러 병의 원인을 물으셨다. 가 씨가 기회를 잘 얻었으므로 즉시 머리를 조아려 전말을 자세히 고했다. 태자께서 다 듣고는 놀라고 조 황후의 어질지 않음을 개탄해 잠자코 계셨다.

가 씨가 물러난 후에 태자가 다시 비의 손을 잡고 탄식하며 말씀하셨다.

"현비는 과인의 어리석음을 한하지 마오. 현비가 이러한 기질로써 깊은 궁에 외로이 잠겨 있었으니 과인을 어찌 원망하지 않았겠소?"

숙비가 기운이 서리 같아 손을 떨치고 물러앉아 대답하지 않았다. 날이 저물자 태자께서 이에 머물러 주무시니 숙비가 크게 민망하게 여겨 조 상궁에게 눈짓을 하자 조 씨가 알아듣고 나아가 아뢰었다.

"당초에 황후 마마의 명령이 계셨으니 마님께서 전하의 은정을 능히 감당하지 못하시어 우울해하시나이다."

태자께서 다 듣고 웃으며 말씀하셨다.

"앞날에 있을 불편한 일은 내 다 감당할 것이니 숙비가 어찌 근심하시겠소?"

말을 마치자 조 씨가 웃고 물러났다. 태자께서 비를 향해 기쁜 빛으로 웃으며 말씀하셨다.

"비는 편벽되게 황후 마마의 명령만 생각하고 과인의 은정을 물리치지 마오."

드디어 함께 비단 장막으로 나아가려 하셨다. 그러나 비가 단정히 앉아 움직이지 않으니 태자가 낯빛을 엄정히 해 단엄하게 꾸짖으셨다. 그러나 비는 눈을 낮추고 엄숙한 모습으로 단정히 앉아 있으니 태자가 말로 이기지 못할 줄 알고 힘으로 핍박하셨다. 숙비가 이에 냉소하고 굳센 범처럼 손을 떨치니 태자가 매우 노해 평생의 힘을 다해 숙비를 제압하려 했으나 이기지 못하셨다. 이에 발끈 성을 내어 소매를 떨치고 일어나 나오시니 벌써 날이 새 있었다.

태자가 황제와 황후에게 문안하시니 임금이 태자의 기색이 불평한 것을 보고 연고를 물으셨다. 이에 태자가 미소를 짓고 아뢰었다.

"전날에 숙비 이 씨에게 더러운 병이 있다 하기에 일찍이 숙비를 보지 못했더니 전날에 우연히 가 보니 병색이 조금도 없었습니다. 그래서 전날에 속은 줄 깨달아 그곳에 머물러 자려고 했으나 숙비가 함구해 말을 하지 않고 신을 물리쳐 죽을 각오로 듣지 않으니 서로 힐난하다가 자연히 밤이 새 버렸나이다."

임금께서 놀라 후를 꾸짖으셨다.

"이는 모두 황후가 사사로운 정으로 이 씨를 감춰서 생긴 일이니 숙비의 부모가 안다면 어찌 서러워하지 않겠소?"

그러고서 태자에게 명령해 이후에는 은정을 골고루 하라고 하셨다. 조후는 일이 발각된 것을 애달파하고 임금께서 짐작하시는 것에 더욱 황공해 묵묵히 말씀을 안 하셨다.

태자가 숙비를 보신 후에 넋과 생각이 다 숙비에게 가 조비를 마음에 두지도 않으시고 아침밥을 먹은 후 서궁으로 가셨다.

숙비는 밤이 다하도록 새고 몸이 피곤해 잠깐 베개에 기대 자고 있었다. 태자가 크게 기뻐 즉시 나아가 손을 잡고 곁에 누워 잠깐 낯을 대셨다. 숙비가 홀연히 놀라 깨 이 모습을 보고 매우 놀라 급히 떨치고 일어나 앉으니 태자가 크게 웃고 간절히 비셨다. 그러나 비는 들은 체하지 않았다. 태자가 한스러워해 옥 같은 손을 아무리 단단히 잡으셔도 숙비가 손을 잘 빼니 태자가 초조해 꾸짖으며 말씀하셨다.

"현비가 과인을 이리 박대하고 어디로 가려 하시오?"

비가 옷깃을 여미고 대답하지 않았다.

이날 밤에 숙비가 전처럼 앉아 움직이지 않으니 태자가 달래고 빌기를 간절히 하셨다. 그러나 숙비는 들어도 못 듣는 것처럼 하니 태자가 호방한 소년으로서 이와 같은 절대가인을 대해 그 옥 같은 목소리를 듣지 못하고 즐거움을 이루지 못하니 생각이 미칠 듯하셨다. 그래서 갑자기 낯빛을 바꾸고 비를 들어 멀리 던지시니 비가 맞은편 벽에 부딪혀 머리가 깨지고 기절했다. 태자가 놀라 급히 숙비를 붙들어 이불에 눕히고 구호하셨다. 그러자 한참이나 지난 후에 숙비가 정신을 차렸다. 머리가 때리는 듯이 아파 몸을 베개에 의지해 움직이지 못하니 태자가 나아가 손을 잡고 웃으며 사죄하셨다.

"비의 옥체 상하신 것이 깊으나 과인을 한하지 마시오. 현비가 만일 과인의 말을 들었더라면 무슨 일이 일어났겠소?"

숙비가 저 태자가 임금의 위엄을 가지고 하는 일이 무지한 것에 분해 마침내 마음을 주는 일이 없었다. 태자가 이에 숙비의 손을 잡고 베개에 나아가 함께 꿈을 꾸려 하셨으나 비는 끝까지 요동치 않았다. 태자가 하릴없이 이 밤을 겨우 지내셨다.

태자가 황제와 황후에게 문안하시니 임금이 물으셨다.

"숙비에게 이미 병이 없다면 어찌 문안을 안 하는고?"

태자가 웃고 대답하셨다.

"이 씨는 지극한 괴물이라 부부 사이의 즐거움을 물리쳐 듣지 않으니 신이 분결에 급히 행동하던 중 실수로 상하게 한 곳이 있으니 성상께서는 이 씨를 내버려 두시기를 바라나이다."

임금께서 다 듣고 자못 의심해 말씀하셨다.

"이씨 여자가 어린 여자로서 부부의 깊은 정을 물리치니 참으로 괴이하구나. 알지 못할 일이로다."

태자가 미소 지으시고 조후는 숙비가 자신의 명령을 지키는 것을 속으로 기뻐하셨다.

태자가 동궁(東宮)에서 시강(侍講)[52]하시는 것 때문에 두어 날 서궁에 가지 못하셨다.

태자가 하루는 신하들과 함께 저물도록 강(講)을 하며 술과 안주를 종일토록 드시다가 날이 어두워져서야 서궁에 이르셨다.

이때 숙비는 수건으로 머리를 동여맨 채 의상을 정돈하고 등불 아래에 단정히 앉아 있었다. 기이한 모습에 등불이 빛을 잃고 위왕(威王)[53]의 열두 가지 구슬[54]이 모인 듯했으니 그 기이한 모습은 고금

52) 시강(侍講): 왕이나 동궁의 앞에서 학문을 강의하던 일.

53) 위왕(威王): 중국 전국시대 제(齊)나라의 왕 전인(田因)을 이름.

54) 위왕(威王)의-구슬: 원래 위왕이 양(梁)의 혜왕(惠王)과 대화를 나눌 때 혜왕이 자신의 나라에는 한 치짜리 구슬로 수레 12대를 채울 수 있다고 하자 위왕이 자신의 나라에는 인재가 많다고 한 데서 유래함. 여기에서는 구슬이 빛나듯 아름다운 외모를 의미함.

에 비슷한 이가 없었다. 태자가 새로이 넋이 나가서 나아가 손을 잡고 웃으며 말씀하셨다.

"상처가 아직 낫지 않으셨는가 싶은데 어찌 일어나 앉아 계시오?"

숙비는 원래 몸이 불편했으나 태자가 들어오시는 것을 헤아리고 억지로 참아 일어나 앉아 있었던 것이다. 태자가 취기 가득한 얼굴로 무례하게 구시는 것을 더욱 불쾌하게 여겨 바삐 손을 떨쳤다. 태자가 이에 성을 내 숙비의 손을 굳게 잡고 숙비를 가까이해 괴롭게 하셨다. 숙비는 비록 기골이 숙성했으나 나이가 어리고 뼈는 버들처럼 가는 데다 수정과 옥처럼 부드러웠다. 이에 비해 태자는 기골이 웅장하고 키가 컸으며 몸집이 두드러져 임금의 모습을 이루셨다. 그러니 숙비가 더욱 무섭게 여기고 기겁해 죽을 각오로 거절했다. 그러자 태자가 대로해 손을 뿌리치고 비를 발로 차며 꾸짖으셨다.

"저런 요물이 어디에서 이르러 과인의 마음을 어지럽히는가? 내 마땅히 법을 엄정히 하리라."

그러자 소저는 나는 잎처럼 날아 거꾸러져 정신을 못 차렸다. 조씨 등이 급히 숙비를 구하니 왼손에는 피가 돌돌 맺혔고 머리는 성한 곳이 없었다. 가 씨 등이 놀라고 근심해 다만 숙비를 구해 자리에 편히 눕히고 나갔다.

태자가 다시 나아가 보시니 숙비가 사지를 움직이지 못하고 두 손은 으깨져 살이 문드러져 있었다. 태자가 놀라 생각하셨다.

'내가 단단히 잡았을망정 특별히 구타한 일이 없는데 어찌 이처럼 중상을 입었는가. 이 사람의 나이가 어리고 혈육이 장성하지 못했는데 내가 너무 헤아리지 않고 잘못했구나.'

이처럼 한숨 쉬고 뉘우치셨다. 그러다가 숙비가 움직이지 못하는 때를 타 의관을 벗고 동침해 운우의 정을 맺으셨다. 비가 정신이 가

물가물해 아득한 가운데 태자의 이 행동을 보고 분함을 이기지 못했으나 어찌할 도리가 없었다. 태자께서는 비의 부드러운 약질을 수중에서 농락하니 기쁜 정이 미칠 듯하고 사랑하는 마음이 녹는 듯하셨다. 그래서 취한 흥이 도도하고 춘정이 호탕하셔서 온갖 풍류를 헤아릴 수 없었다. 숙비는 일찍이 부모의 무릎에서 내려온 적이 없었고 세상일을 모르니 어찌 남자가 미인 길들이는 솜씨를 알겠는가. 처음으로 당해 놀라고 정신없어 신음하는 것을 다 잊고 약질을 움직여 저의 과도한 솜씨를 막으나 어찌 당해낼 수 있겠는가.

태자가 웃고 숙비를 달래 이 밤을 지내고 가셨다. 비는 어린 나이에 놀라고 두려움이 지나쳐 병을 깊이 앓았으나 아파하는 소리를 내지 않고 머리를 싸고 음식도 찾지 않았다. 그러면서 가만히 부모를 부르짖으며 흘리는 눈물이 강물 같았다. 가 씨와 조 씨 등이 슬퍼하며 좋은 말로 위로했으나 비는 낯빛을 열지 않았다.

이윽고 태자가 이에 오시니 사람들이 급히 물러났다. 태자가 곁에 나아가 이불을 열고 보시니 비의 머리 곳곳이 뚫어져 성한 곳이 없었고 태자비는 눈물이 옥 같은 얼굴에 잇따르며 매우 느끼워하고 있었다. 그 슬퍼하는 듯한 모습이 더욱 비길 곳이 없으므로 태자가 더욱 사랑하고 불쌍히 여겨 위로하며 사죄하셨다.

"과인이 당당한 남자로서 현비와 같은 절색의 숙녀를 한 방에서 마주해 함께 즐기지 못하니 어찌 마음이 답답하지 않았겠소? 현비처럼 옥 같은 몸이 상한 것은 도리어 이러한 까닭에서이니 현비는 노하지 마시오."

그러고서 친히 비단을 찢어 머리를 동이고 위로하며 미음을 권하셨다. 그러나 비가 먹지 않고 눈물만 흘렸다.

태자가 날마다 이곳에 머무르며 비가 병든 것을 돌아보지 않고 동침하셨다. 비가 계속 자지 못하고서 두렵고 분해 병이 위중해졌다. 태자가 비로소 이를 염려해 물러나고 치료하도록 하셨다. 그러나 조정 사람들이 이 일을 알아 요란해질까 두려워 임금께 고하지 않고 의녀를 불러 진맥하도록 하셨다. 그러나 의녀의 지식이 익지 못했으므로 병을 잡지 못하니 태자가 걱정하셨다.

가 상궁이 비가 서러워하는 것을 참혹히 여겨 그 동기나 보아 위로받도록 할까 해 태자께 고했다.

"신이 전날 들으니 이 상서가 의서에 정통해 지식이 고명하다 하니 잠깐 상서를 불러와 마마를 진맥하도록 하시는 것이 어떠합니까?"

태자가 깨달아 상서를 즉시 부르셨다. 상서가 마침 문연각에 있다가 전교(傳敎)를 보고 즉시 내시를 따라 궁문에 이르렀다. 내시가 상서가 왔음을 고하니 태자가 들어오라고 하시자 상서가 사양하며 말했다.

"바깥사람이 어찌 감히 지존이 계신 서궁에 들어가겠습니까?"

태자가 다시 말씀을 전하셨다.

"법이 비록 그러하나 지금 숙비의 환후가 매우 깊으니 잠깐 들어와 진맥하게 하려는 것이네."

상서가 이 말을 듣고 놀라 즉시 궁인을 따라 들어갔다. 세 개의 문을 들어 정전에 이르니, 난초와 대나무가 우거져 있는데 앵무와 공작이 서로 지저귀고, 진주발을 자욱이 지웠는데 집을 금과 옥으로 꾸며 빛나는 광채가 눈에 빛나고 향기로운 안개가 가늘게 일어났다. 상서가 눈을 낮추고 눈썹을 잠깐 찡그려 당에 올랐다. 수풀 같은 궁녀가 비단옷을 저마다 끌며 개미가 꼬이듯 있었는데, 조·가 두 상궁이 황주리(黃珠履[55])를 끌고 향을 잡아 상서를 인도했다. 침전에 들어가니 숙비는 산호 침상에 이불을 덮고 조용히 누워 있고 태자는 곤룡포에 옥띠를 매고 곁에 앉아 계셨으니 그 부귀하고 높음이 복을 잃게 할 징조였다.

상서가 속으로 탄식하고 즉시 머리를 조아려 태자께 네 번 절하고 숙비가 누워 있는 침상을 향해 네 번 절하고 엎드렸다. 이에 태자가 몸을 편히 하라 하고 말씀하셨다.

"숙비가 불의에 환후가 위중하시니 경이 잠깐 진맥해 약을 처방하라."

상서가 놀라고 의아해 이에 읍을 한 후 나아갔다. 조 상궁과 가 상궁이 나아가 숙비를 붙드니 숙비는 그 오빠가 온 것을 보고 비단 이불을 박차고 일어나 앉아 상서의 소매를 잡고 오열하며 눈물을 흘렸다. 옥 같은 얼굴이 수척해지고 꽃 같은 모습이 시들어 병이 뼈에 박힌 듯했으니 상서가 크게 놀라 고개를 조아리고 아뢰었다.

"성체(盛體)가 어찌 갑자기 이토록 쇠약해지셨습니까? 슬퍼하시는 것은 참으로 옳지 않으니 신이 연고를 몰라 걱정이 됩니다."

숙비가 더욱 슬퍼 크게 우니 슬피 흘리는 눈물이 옷깃을 적셨다. 상서가 또한 꽃 핀 아침과 달 뜬 저녁에 누이의 손을 이끌며 사랑하던 정으로써 누이가 하루아침에 깊은 궁궐에 잠겨 어린 나이에 서러워하는 모습을 보니 지극히 불쌍했다. 눈물을 머금고 바닥에 엎드려 말이 없으니 숙비가 오랜 뒤에 겨우 말했다.

"어르신의 건강은 어떠하십니까?"

상서가 대답했다.

"무양하십니다. 다만 마마가 임금이 계신 곳에서 사사로이 어버이를 그리워해 슬퍼하시는 것은 도리를 잃으신 것입니다. 이런 것도

---

55) 황주리(黃珠履): 황색 구슬로 꾸민 신발.

운수니 마마는 근심하지 마시고 성체를 상하게 하지 마소서."

그러고서 나아가 숙비의 맥을 잡았다. 그런데 그 팔이 푸른 깁으로 가려져 있으므로 괴이하게 여겼으나 묻지 않고 이윽히 맥을 다 잡은 후에 물러앉아 말을 안 했다.

이에 태자가 말씀하셨다.

"병이 어떠한가?"

상서가 바닥에 엎드려 말했다.

"신의 누이가 본디 나이가 열셋이요, 기골이 강하지 못한데 전하께서 지나치게 동침하셔서 누이의 기운이 다 약해졌으니 또 범하신다면 누이가 반드시 죽을 것입니다. 그러면 신이 감히 약을 쓰지 못할 것입니다."

태자가 다 듣고 묵묵히 있다가 웃으며 말씀하셨다.

"숙비의 기골이 숙성하고 과인이 숙비가 거짓으로 병을 핑계하는데 속아 동침을 못했다가 지난번에야 알았네. 여기에 와 비의 얼굴을 보니 참지 못해 관계를 맺었더니 병이 이 때문에 비롯했다면 다시 범하겠는가? 그러나 현비가 과인이 죄지은 것도 없는데 분통한 마음이 골수에 사무쳐 미음도 먹지 않은 지 오래되었으니 경은 미음을 권하고 나가게."

상서가 더욱 놀라 낯을 우러러 비를 보고 정색해 말했다.

"마마가 세 살 때부터 어머님의 교훈을 받아 고금의 역사를 널리 보고 또 시경의 주남(周南)과 소남(召南)[56]을 보지 않으셨습니까? 이제 천승(千乘)[57] 임금의 배필이 되어 이처럼 순종하지 않고 어찌 몸을 보전하시겠습니까? 모름지기 모든 것이 여기에 있음을 생각하고

56) 주남(周南)과 소남(召南): 『시경(詩經)』의 앞에 나오는 편명(篇名).

57) 천승(千乘): 수레 천 대를 징발할 수 있는 지역을 다스리는 임금. 제후.

조심하고 공경해 전하의 분부대로 하소서."

비가 더욱 슬퍼 천천히 말했다.

"제가 어찌 그렇게 할 리가 있겠습니까? 오라버니는 염려하지 마소서. 제가 요사이 모친 그리운 모음이 하도 심해 견디지 못할 것 같습니다. 그러니 오라버니는 모친께 이 마음을 아뢰어 주소서."

상서가 대답했다.

"가당치 않습니다. 모친께서 어찌 까닭 없이 이곳에 이르시겠습니까? 벌써 시루가 깨졌으니 마마는 헛된 염려로 마음을 허비하지 마소서. 전하를 친하게 알아 사귀시고 부모는 생각하지 마소서."

태자가 웃으시고 상서를 향해 숙비가 순종하지 않은 일을 두루 이르셨다. 상서는 미소 짓고 숙비는 정색해 대답하지 않으니 찬 기운이 한 방에 가득했다. 상서가 자못 한참을 생각하며 말을 안 하다가 두어 마디 온순할 것을 간한 후 하직하고 물러났다.

태자가 즉시 비의 손을 잡고 말씀하셨다.

"영형의 말이 자못 옳으니 현비는 어찌 생각하시오? 과인이 비록 어리석으나 현비의 남편인데 현비가 어찌 이토록 매몰차게 굴며 까닭 없이 삼가지 않으시는 게요?"

비는 정색한 채 묵묵히 있을 뿐, 몸을 침상 가에 던진 채 새로이 신음했다.

태자가 이후에는 감히 숙비에게 가까이하지 못했으나 황제와 황후께 문안한 후에는 밤낮으로 이곳에 있으시면서 곡진한 은정이 교칠 같으셨다. 숙비가 이에 더욱 괴로워 등에 가시를 진 듯해 태자를 미워했으나 입을 여는 일이 없었다.

이때 조비는 태자가 한 달이 지나도록 서궁에 계시고 오지 않으시는 데 크게 분노했다. 하루는 궁녀에게 명령해 숙비를 잡아 오라고

했다. 태자가 이러한 모습을 보시고 어이없어 즉시 명령을 듣고 온 궁녀를 가두시고 황제와 황후께 들어가 아뢰었다.

"이비가 근래에 한 병이 낫지 않아 신이 연일 머무르면서 병을 구완하고 있더니 조비가 도리를 차리지 않고 숙비 알기를 비첩같이 해 숙비를 잡아 오라고 한 일이 있었습니다. 성상께서 조, 이 두 사람의 위차를 정하시기 전에는 피차에 차등이 없는데 조비의 행동이 이러하니 다스려 주시기를 청하나이다."

천자가 다 듣고 놀라서 정색하고 말씀하셨다.

"부녀의 투기는 여염집 필부(匹夫)의 처자도 용서하기 어려운 법인데 하물며 제왕가의 여자임에랴. 네가 사람의 가장이 되어 그 상벌을 마음대로 할 것이니 나에게 물을 일이 아니다."

말을 마치고 조 황후를 경계해 말씀하셨다.

"황후는 사사로운 정으로써 국가를 그릇 만들지 마시오."

그러고서 드디어 좌우의 사람들을 엄히 경계하셨다.

"이 숙비에게 해로운 일이 있다면 삼족을 멸할 것이다."

이에 조 황후가 매우 두려워 말을 안 하셨다.

태자가 절을 하고 물러나 동궁 주지상궁을 한 달을 가두고 그 궁녀는 절도(絕島)에 귀양 보냈으며 조비를 크게 꾸짖어 보름 동안을 침전에만 있도록 하셨다. 조비가 비록 간악했으나 태자의 위엄이 서릿발 같으셨으므로 감히 다시는 방자하게 굴지 못했다.

이때 연왕이 금주에 가 무사히 일을 보고 즉시 경사에 이르러 부모와 집안 어른들을 뵈었다. 그날 대궐에 가 사은(謝恩)하고 서궁에 이르러 비를 보았다. 비가 크게 반겨 병을 무릅쓰고 몸을 일으켜 부군을 보고 반기는 것이 지나쳐 눈물을 흘렸다. 왕이 비가 병든 데 놀라 나아가 비의 손을 잡고 말했다.

"내 두어 달 경사를 떠나 있더니 그사이에 비의 환후가 이러하신 줄은 생각지 못했습니다."

비가 온화하게 대답했다.

"마침 우연히 병이 들어 자못 낫지 않다가 요사이에는 적이 나았으니 아버님께서는 너무 염려하지 마십시오."

왕이 그 약골이 초췌해진 것을 불쌍히 여겨 맥을 보니 두 손목을 푸른 깁으로 가렸는데 옥 같은 살가죽이 다 으깨져 딱지에 부스럼이 가득한 채 아물어 있었다. 왕이 크게 놀라 연고를 물으니 비가 홀연히 웃고 말했다.

"아버님은 소녀가 대궐에 드는 날 이렇게 될 줄 모르셨습니까?"

왕이 소리를 낮춰 말했다.

"내 진실로 알지 못하니 마마는 자세히 이르소서."

비가 왕의 무릎에 머리를 얹으며 말했다.

"아버님은 보소서."

왕이 자세히 보니 머리뼈가 깨져 피가 엉겨 있었다. 왕이 더욱 놀라고 불쌍해 슬피 흘리는 눈물이 곤룡포에 떨어졌다. 비가 또한 울며 말했다.

"부모님께서는 무엇하러 불초한 딸을 두셔서 이처럼 보기 싫은 모습을 보시는 것입니까? 소녀가 부모 그리워하는 마음이 시시로 더하니 아마도 죽을까 싶습니다. 그런 가운데 저 태자가 제후의 위엄을 가지고서 이처럼 구타하니 소녀의 장래를 알 수 있을 것입니다. 그러니 소녀가 어찌 서럽지 않겠습니까?"

왕이 다 듣고는 눈물을 거두고 선뜻 웃으며 말했다.

"내 일찍이 사랑하는 아내가 죽었어도 눈물이 나지 않더니 마마의 옥체가 상하신 것을 보니 참지 못하겠습니다. 이것은 제가 딸을 처음으로 얻어 너무 사랑하고 현비도 저에게서 너무 사랑을 많이 받은 탓입니다. 그러나 동궁 전하께서 까닭 없이 이렇게 안 하셨을 것이니 마마의 잘못을 듣고 싶습니다."

비가 다시 탄식하며 말했다.

"소녀가 아버님과 어머님의 품을 떠났으나 고요히 깊은 궁에 있었으므로 적이 나았습니다. 그런데 태자 전하께서 몸이 큰 데다 흉악한 행동을 하는 것이 보기 놀라우니 소녀가 어찌 그 가운데 정을 알겠나이까?"

그러고서 긴 말을 하려 했다. 이때 태자가 벌써 이곳에 와 계셨는데 연왕과 비가 말하는 것을 들으려고 휘장 밖에 있다가 문득 들어오셨다. 왕이 놀라 급히 일어나 네 번 절하니 태자가 미미히 웃고 말씀하셨다.

"장인께서 언제 와 계셨던 것입니까?"

왕이 대답했다.

"갓 왔습니다."

태자가 또 웃고 말씀하셨다.

"비가 병든 것을 어떻게 여기십니까?"

왕이 대답했다.

"신이 오랫동안 고향에 갔다가 여기에 이르렀는데 마마의 병이 매우 깊으니 놀라움을 이기지 못하겠나이다."

태자가 비의 손을 잡아 왕에게 보이고 웃으며 말씀하셨다.

"숙비가 이런 큰 기골을 가지고 과인을 물리치니 과인이 이기려 해 잠깐 단단히 잡아 이렇게 되었으니 의심컨대 숙비는 사람의 혈육이 아닌가 하나이다."

그러고서 전후에 있었던 일을 이르고 말씀하셨다.

"장인께서는 모름지기 딸을 경계해 주소서. 과인이 어린 남자로서 비가 순종하지 않는 것을 참기가 어렵습니다."

왕이 태자의 넘남[58]이 이러한 데 어이없어 정색하고 말했다.

"전하께서 진중하셔서 아녀자에게 푹 빠지지 않으셨다면 딸아이가 어찌 군왕 안전에서 순종하지 않았겠습니까?"

태자가 크게 웃고 말씀하셨다.

"비가 순종하지 않은 것을 그 상처로 알 수 있으실 것입니다."

그러고서 비와 나란히 앉아 자주 돌아보며 웃음을 머금으셨다. 왕이 불안해 즉시 하직하고 나오며 비를 꾸짖어 온순할 것을 일렀다.

집에 돌아와 소후를 대해 태자의 넘남을 일컬으니 소후가 놀라 말했다.

"여염집의 소소한 여자도 남편의 뜻을 어기지 못하는데 하물며 태자의 아내임에랴."

그러고서 즉시 여교(女教)를 지어 여덟 가지 덕[59]으로 경계해 서궁으로 보냈다.

비가 받아서 한 번 보니 한 글자 한 마디가 다 흉금이 시원해지는 말이었다. 바야흐로 자기가 매몰찼던 것을 깨달아 삼가 받들겠다 회답했다.

비가 병을 조리해 낫자 황제와 황후께 문안했다. 임금이 그 빼어난 미모를 크게 사랑하시고 조후는 시기하셨으나 임금을 두려워해 잠자코 계셨다.

태자가 비가 쾌차한 것을 기뻐하고 이후에는 은정이 과도한 데 가까우셨다. 비가 이를 기뻐하지 않았으나 감히 태자를 물리치지 못하

---

58) 넘남: 하는 짓이나 말이 분수에 넘침.

59) 여덟 가지 덕: 인(仁), 의(義), 예(禮), 지(智), 충(忠), 신(信), 효(孝), 제(悌)의 덕.

고 운수가 되어 가는 것만 볼 따름이었다. 그런데 조 씨의 원망하는 마음이 날로 깊어 마침내 큰 재앙을 불러왔다.

•••

이씨세대록 권12

이경문은 산동에 가 의모와 쌍둥이 동생을 찾고 조 부인은 이성문 형제 덕분에 시가에 복귀하다

차설. 개국공 이몽원의 첫째아들 원문의 자는 인보니 이때 나이는 열여섯이었다. 풍채가 멋스러워 봄에 핀 버들과 뜰앞의 연꽃 같았으니 기이한 용모가 부모를 닮아 예부 이흥문 등에게 지지 않았다. 조부모가 사랑하고 개국공과 최 부인이 매우 사랑해 신부 얻을 것을 근심했다.

이에 앞서 김 어사가 원문과 정혼하고 두 아이가 자라기를 기다리다가 불행히도 김 공이 죽고 그 부인 양 씨가 막내딸과 한 아들을 거느려 매우 외롭게 삼년상을 치렀다. 개국공이 이를 매우 슬피 여겨 초상과 장사를 극진히 돌보았다. 김 공 집이 본디 매우 가난했는데 그 여러 형 김중과 김희가 있으나 참으로 무도해 제수를 거느리지 않고 조카들을 불쌍히 여기지 않았다. 이에 이 공 등이 그들이 사리에 밝지 않다고 여겼으나 시비를 하지 않고 자기가 극진히 돌봐 삼년상을 마치도록 한 것이다.

삼년상을 마치자 개국공이 기뻐해 혼인을 하자고 하니 김 공 부인은 혼인을 치를 형편이 아마도 안 되니 몇 년을 기다리자 했다. 이에 개국공이 말했다.

"물을 떠 놓고 혼례를 치러도 무방하니 하루를 늦추지 못할 것입니다.”

그러고서 택일해 보내고 신부의 혼수를 신발까지 차려 정해진 날에 김씨 집안으로 보냈다. 그리고 공자를 행렬을 갖춰 김씨 집안으로 보냈다.

공자가 김씨 집안에 이르러 전안(奠雁)을 마치고 신부가 가마에 오르기를 재촉했다. 김 부인은 신랑의 준수한 풍채를 기뻐했으나 죽은 남편을 생각하고는 눈물을 무수히 흘려 오열하며 슬퍼했다. 또 딸의 단장을 하나도 못 해 시가에서 한 것이 한층 부끄럽고 서러워 슬피 울며 소리를 삼켰다.

김 소저가 곱게 화장하고 교자에 오르니 공자가 가마를 봉해 자기 집으로 돌아갔다. 신부가 앉아 어른과 시부모에게 폐백을 올리니 모두 바삐 눈을 들었다. 그런데 신부는 바라던 바와 크게 달라 키가 크고 허리는 펴졌으며 낯이 희고 코가 잠깐 말려 서지 않았다. 입은 곱고 눈은 맑은 거울 같았으나 낯의 모양이 둥글어 확실히 범상한 덕이 있는 여자였다. 귀의 크기가 유달랐으나 다시 볼 것이 없었다. 시부모가 놀라 얼굴빛이 달라져 서운하게 여겼으나 승상 부부는 크게 기뻐하며 말했다.

“신부가 이렇듯 기특해 가문을 번성시킬 것이니 어찌 기쁘지 않으냐?”

드디어 시녀에게 상을 많이 내려 주었다. 남공 등이 복이 많은 여자라 해 기리기를 마지않으니 개국공이 또한 내색하지 않았다. 저물도록 즐겨 석양에 잔치를 파하고 신부를 숙소로 보내고 공자를 재촉해 보내니 이는 행여 그 자색을 나무라 정이 없을까 여겨서였다.

그러나 공자는 신부를 조금도 미흡하게 여기지 않고 즐거운 낯빛으로 신방에 갔다. 소저를 이끌어 원앙 금침에 나아가 정을 맺으니 그 지극한 은정은 원앙과 공작 같았다.

이날 밤에 남공 등이 한 당에 모여 말할 적에 개국공이 신부의 외모가 부족함을 일컬으니 남공이 말했다.

"여자는 덕이 귀하고 부부는 종요롭게 잘 지내는 것이 으뜸이다. 김 씨가 비록 절색이 못 되나 얌전하고 착한 여자요, 죽은 벗이 맡긴 자식으로서 자기 자식이 된 후에야 부족한 마음을 둘 수 있겠느냐?"

연왕이 또한 웃고 말했다.

"나의 두 며느리 색(色)이 천하에 독보하므로 고생을 천하에 없이 하였으니 진실로 절색이 긴요하지 않다. 김 씨 같은 며느리를 얻으려 한들 쉽겠느냐?"

개국공이 또한 웃었다.

최 부인이 신부를 미흡하게 여기고 위 씨, 여 씨, 양 씨와 견주면 기와와 돌 같으므로 애달파함을 이기지 못했다. 그러나 천성이 매우 인자하고 상냥하며 활달했으므로 내색하지 않고 신부를 극진히 어루만지며 사랑했다. 김 씨가 이후 시가에 머물러 효성으로 시부모를 모시고 사람들을 대하는 것이 점잖고 얌전해 숙녀의 틀이 있었다. 공과 부인의 음식을 친히 받들어 효성이 지극하니 공의 부부가 다시 부족한 내색을 안 하고 며느리 사랑이 극진해 매사에 며느리를 두둔하며 마음 맡기기를 못 미칠 듯이 했다. 공자가 아내 사랑이 진중해 잠시도 떨어져 있지 않으니 사촌들이 기롱하고, 일가 사람들이 김 씨의 사람됨을 칭찬해 추켜세우며 대접했다.

당초에 김 공이 갓 급제해 청직(淸職)에 있다가 즉시 죽고 남의 여럿째 아들로서 대대로 전하는 전답이 없었다. 김 공 부인이 여러 딸을 혼인시켜 가산이 떨어져 끝없이 가난하게 지냈으니 김 씨가 어찌 색 있는 옷을 입어 보았으며 제때에 밥을 챙겨 먹었겠는가.

김 씨가 한없이 고초를 겪다가 이씨 집안에 올 적에 한 명의 종도 데려오지 않고 옷 하나를 가져오지 않았다. 그러나 높고 빛난 집에 비단 의복이 그릇에 차 있고 맛있는 음식이 입에 그칠 적이 없으며 시부모의 사랑이 두터웠으니 한 몸의 복됨과 신세의 빛남이 전날에 비하면 하늘과 땅만큼 차이가 났으니 스스로 감회에 젖었다. 그러나 모친의 괴로움을 생각해 즐기지 못하고 공자의 사랑이 참으로 깊었으나 한 번도 사사로운 마음을 드러내어 이르지 않았다.

공자가 자주 김씨 집안에 가 장모가 고생하는 것을 보고 측은히 여겨, 자기 부친에게 고해 보화 같은 재물을 자주 보내 굶주림과 추위를 잊게 했다. 당대 사람들이 개국공의 의리를 기특하게 여기지 않는 이가 없었으며 김 부인도 감사함을 이기지 못했다.

김 씨는 자기 한 몸이 이렇듯 존귀해졌으나 조금도 사람을 향해 자기의 존귀함을 나타내지 않았다. 일가 종들에게 은혜를 골고루 끼쳤으니 김 씨의 큰 뜻과 너른 도량을 집안사람들이 칭송했다.

차설. 이 안찰이 절월을 거느려 곧장 가 무사히 산동에 이르렀다. 본주 태수와 고을 수령 등이 각각 10리 밖에 나와 공손히 안찰을 맞이하고 관아에 들어가 안찰 앞에 나아가 절하는 예를 마치고 공사를 올려 취품(就稟)[60]했다. 점검이 일일이 결재하니 그 밝음이 귀신이 곁을 돕는 것 같았으므로 대소 관료 중에 칭찬하지 않는 이가 없었다.

태수가 유적(流賊)[61]의 세력이 큼을 고하니 점검이 미소 짓고 대답하지 않았다. 점검이 이후에 덕스러운 정치를 인의(仁義)로 행하며 창고를 열어 백성들을 구제하고 송사를 결단할 때는 죄 있고 없음을

60) 취품(就稟): 웃어른께 나아가 여쭘.
61) 유적(流賊): 떠돌아다니며 사람을 해치고 재물을 빼앗는 도둑.

밝게 알았다. 이렇게 몇 달을 다스리니 산동 한 고을이 크게 교화되어 아이들과 심부름꾼들까지 다 이 안찰의 큰 덕을 외우고 남녀가 길을 사양했다. 그래서 유적이 변해 한결같이 착한 백성이 되었으니 서너 달이 안 돼 산동이 평정되었다. 슬프다, 맹자께서 이르시기를, '이루(離婁)의 눈 밝음[62]과 공수자(公輸子)의 기교[63]로도 규구(規矩)[64]로 하지 않으면 네모나고 둥근 것을 잴 수 없고, 사광(師曠)의 귀 밝음[65]으로도 육률(六律)[66]로써 하지 않으면 오음(五音)[67]을 바르게 할 수 없을 것이다.[68]'라 하셨으니 지극하신 말씀이 아닌가. 저 유적이 당초에 반란을 일으키려는 뜻이 있었겠는가마는 고을의 관리가 교화를 널리 행하지 못해 도적이 되었던 것이다. 이 점검이 다스린 것이 육률과 규구가 맞아서 그랬던 것이니 어찌 감동스럽지 않은가. 한 말과 한 글자의 격서를 날리지 않아서 도적이 백성이 되었으니 이 점검은 참으로 경천위지(經天緯地)[69]할 재목인 줄을 알겠다.

점검이 공무가 한가했으므로 두어 가동과 함께 두루 노닐며 조 씨 찾을 일을 생각했다. 그래서 미복(微服)에 짚신을 신고 산동 온 고을

---

62) 이루(離婁)의 눈 밝음: 이루는 중국 황제(黃帝) 시대의 사람으로 눈이 밝기로 유명해 백 보 밖에서 추호(秋毫)의 끝을 알아볼 수 있었다고 전해짐.

63) 공수자(公輸子)의 기교: 공수자는 중국 춘추시대 노(魯)나라 사람으로 성은 희(姬), 씨는 공수(公輸), 이름은 반(班)으로 공수자는 그의 씨를 높여 부른 이름임. 중국 건축과 목장(木匠)의 비조로 일컬어짐.

64) 규구(規矩): 목수가 쓰는 그림쇠와 곱자.

65) 사광(師曠)의 귀 밝음: 사광은 중국 춘추시대 진(晉)나라 사람으로 자는 자야(子野)로 저명한 악사(樂師)임. 눈이 보이지 않아 스스로 맹신(盲臣), 명신(瞑臣)으로 부름. 음악에 정통하고 거문고를 잘 탔으며 음률을 잘 분변했다 함.

66) 육률(六律): 12율, 즉 황종(黃鐘), 임종(林鐘), 태주(太簇), 남려(南呂), 고선(姑洗), 응종(應鐘), 유빈(蕤賓), 대려(大呂), 이칙(夷則), 협종(夾鐘), 무역(無射), 중려(仲呂) 가운데 홀수 번째인 황종, 태주, 고선, 유빈, 이칙, 무역을 말함. 양률(陽律)이라고도 함. 참고로 짝수 번째에 해당하는 것들은 음려(陰呂) 혹은 육려(六呂)라 함.

67) 오음(五音): 고대 음악에서 다섯 음계의 이름으로 궁(宮)·상(商)·각(角)·치(徵)·우(羽)를 이름. 오음(五音)·오성(五聲)·정음(正音)이라고도 함.

68) 이루(離婁)의~것이다: 『맹자(孟子)』, 「이루(離婁) 상(上)」에 나옴.

69) 경천위지(經天緯地): 천하를 조직적으로 잘 계획하여 다스림.

을 가가호호 수색했으나 마침내 그림자마저 끊겼다, 점검이 스스로 초조해 밤낮, 동서남북으로 두루 다니며 요행을 바랐다.

하루는 덕주 지방에 이르러 두루 찾다가 한 산에 이르렀는데 나무는 우거지고 거친 풀은 황량했다. 이때는 겨울 시월 염간(念間)[70]이라 삭풍이 매서워 사람의 뼈를 때렸다. 안대가 동자에게 술과 안주를 가져오라 해 대여섯 잔을 기울이고 스스로 대나무 지팡이에 의지해 높은 봉우리에 올라 주위를 살폈다. 북쪽을 바라보아 어버이를 그리워하는 마음이 간절한 가운데 슬피 말했다.

"내 한 달을 거의 다녔으나 쌍둥이의 종적을 못 찾았으니 마땅히 표를 올려 병을 핑계하고 두루 다니며 찾아야 할까?"

이때 홀연히 산 아래로부터 사람의 발자국 소리가 났다. 눈을 들어서 보니 열서너 살은 되어 보이는 한 작은 목동이 지게를 지고 올라와 낫을 들어 죽은 나무를 베는 것이었다. 옷이 겨우 몸을 가리고 짚신을 신었으며 머리에는 휘항(揮項)[71]을 쓰고 손을 가끔 불며 눈물이 이따금 떨어졌다. 낯을 숙이고 나무를 베었는데 다른 데를 보지 않았다. 점검이 놀라 자세히 보니 그 아이가 비록 의복은 남루했으나 얼굴이 관옥 같아 때 속에 골격이 은은했고 눈썹을 찡그리는 모습이 얼핏 연왕 같았다. 점검이 크게 놀라 바삐 나아갔다. 알지 못하겠구나, 이 사람은 누구인가.

이에 앞서 조 씨가 악한 일이 발각되고 간악한 무리는 다 소멸되었다. 국법이 조금도 황후의 낯을 봐주지 않아 자기는 산동에 귀양가니 분노를 서리담고 설움을 참아 두 자녀를 데리고 산동으로 갔다.

---

70) 염간(念間): 스무날의 전후.
71) 휘항(揮項): '휘양'의 원말. 추울 때 머리에 쓰던 모자의 하나. 남바위와 비슷하나 뒤가 훨씬 길고 볼끼를 달아 목덜미와 뺨까지 싸게 만들었는데 볼끼는 뒤로 잦혀 매기도 하였음.

이때 조 씨가 스스로 아들의 이름을 지어 최현이라 하고 딸의 이름은 난심이라 하니 이는 이성문 등의 이름을 닮지 않으려 해서였다.

조 씨가 공차(公差)[72]를 따라 점점 길을 가 거의 산동에 이르게 되었다. 한 곳에 다다라 큰 고개를 넘더니 고개 앞에 이르자 도적 수십여 명이 내달아 큰 칼을 들고는 공차를 내쫓고 공차를 따르던 자들을 죽이며 노자를 노략했다. 조 씨와 두 아이는 말에 얹어 덕주에 가 금과 비단은 자기 무리가 나누고 조 씨를 부잣집의 고장이라는 자에게 팔고 각각 헤어졌으니 도적의 이름을 누군들 알겠는가.

조 씨가 본디 으리으리한 집에서 한 명의 아리따운 부인으로 지내다가 의외에 타향에서 떠돌아다니게 되어 이를 서러워했다. 그러다가 도적에게 잡혀 욕을 보고 또 남의 집에 팔려 종의 무리가 되었으니 서러움을 이기지 못했다. 그러나 차마 두 자식을 버리지 못해 고옹에게 현신(現身)[73]하니 고옹이 성씨와 이름을 묻고 조 씨에게 밥 짓는 일을 맡겼다. 조 씨가 매우 분해 간장이 무너지는 듯했으나 이때를 맞아서는 국구(國舅)의 세력을 스스로 유세할 바가 아니었으므로 모욕을 참고 천천히 고옹에게 근본을 이르고 돌아가려 했다.

하루는 고옹의 처 가 씨가, 고옹의 첩 소 씨가 자신에게 순종하지 않는 것을 보고 꾸짖으며 말했다.

"저것이 마치 조 씨 같아서 항상 나를 업신여기니 끝내는 내가 소 씨의 재앙을 만나겠구나."

조 씨가 이에 괴이하게 여겨 조용히 물었다.

"마마, 조 씨가 어떤 사람이기에 소 씨 첩을 꾸짖으시는 것입니까?"

---

72) 공차(公差): 관청에서 보내던 벼슬아치나 사자(使者).
73) 현신(現身): 다른 사람에게 자신을 보임. 흔히, 아랫사람이 윗사람에게 예를 갖추어 자신을 보이는 일을 이름.

가 씨가 분노해 말했다.

"경사에서 한 재상의 부실(副室) 조 씨가 그 정실을 해치고 정실에게서 난 아들을 쳐 죽였다가 발각되어 이 땅에 귀양 와 있다. 그런데 홀연 도적을 만나 간 곳을 모른다 하므로 고을에서는 방 부쳐 찾고 있으니 그년을 찾으면 내가 죽일 것이다."

그러자 조 씨가 크게 놀라 혀를 뺀 채 가만히 생각했다.

'나의 죄악이 어디에 미쳤기에 먼 지방 사람이 다 절치부심하는 것인가. 내 근본을 일렀다가는 목숨을 보전치 못할 것이니 분을 참고 두 자식을 길러 나중을 보아야겠다.'

이렇게 생각하고 괴로움을 견뎠다.

어느덧 세월이 지나 십여 년이 되었다. 조 씨는 시골에 묻혀 천한 일을 하면서 고초를 심하게 겪으며 지난 일을 적이 뉘우쳤다. 두 아이는 십여 세가 되자 옥 같은 얼굴과 꽃 같은 모습이 참으로 절묘했으니 자신들의 처지를 더욱 슬퍼하며 부모를 가만히 부르짖으며 서러워했다. 그러나 수천 리 떨어진 경사에서 청조(靑鳥)가 서신을 전하지 않아 소식이 아득하므로 속절없이 북녘을 바라보며 애를 태울 따름이었다.

두 아이가 매우 영민해 최현이 글자를 알게 되자 고옹이 꾸짖어 말했다.

"인가의 종놈이 글을 해 무엇에 쓰겠느냐?"

그러고서 나무 베는 일을 시키고 뜰을 쓸게 하며 꽃나무에 물을 주도록 했다. 난심은 고옹의 처가 바느질을 가르쳐 앞에서 부렸다. 두 아이가 처음에는 이 집 종인 줄 알고 있다가 열 살이 된 후에는 그 아비가 없는 것을 괴이하게 여겨 어미에게 물었다. 조 씨가 그제야 전후에 일어난 일을 자세히 이르니 쌍둥이가 크게 서러워했으나 감히 입 밖에 내지 못했다. 도망하려 했으나 양식이 없으므로 그럴 생각을 하지 못하고 밤낮 하늘에 빌어 경사로 돌아가기를 바랐다.

최현과 난심이 열세 살이 되자 큰 뜻을 내어 최현은 나무 웃짐을 팔아 돈을 모으고 난심은 틈틈이 바느질을 해 주고 값을 받아 사사로이 재물을 모아 경사로 가려 꾀했다. 그러나 남의 이목을 두려워해 가만가만히 서러운 말도 못 꺼내고 마음속에만 품고 지냈다.

고옹의 처가 매우 사나워 최현을 한시도 못 쉬게 해 나무 베는 일을 시키니 최현이 매양 깊은 산골에 가 하늘을 우러러 울었다.

그러다가 이날 이 점검을 만난 것이었다. 점검이 요행히 조 씨의 아들인가 해 나아가 목동의 지게를 잡고 말했다.

"목동은 어디에서 지내는가?"

최현이 소리를 좇아 눈을 들어서 보니 한 사람이 머리에 갈건(葛巾)을 쓰고 몸에는 도복을 입고 서 있었다. 옥처럼 부드러운 골격과 눈처럼 희 피부가 빛나고 기이해 천지의 맑은 기운이 어려 있었다. 눈빛이 시원하고 긴 눈썹은 봉황의 눈썹을 닮았으며 키는 칠 척이 넘고 기운이 시원스러워 속세에 물들지 않았으니 의심컨대 신선이 강림한 듯했다. 최현이 놀라서 절하고 말했다.

"어떤 신인(神人)이 대낮에 사람을 희롱하십니까?"

점검이 웃으며 말했다.

"나는 신인이 아니라 사람이니 소년의 성명을 듣고 싶구나."

최현이 홀연히 슬픈 빛을 하고 대답했다.

"소인은 인가의 종이라 성명이 없거니와 어르신은 어디 사람이십니까?"

점검이 일부러 말했다.

"내 경사의 재상 자제로 산을 유람하다 이곳에 왔으니 너 같은 목동에게 성명을 이르겠느냐?"

목동이 갑자기 물었다.

"어른께서 경사에서 오셨으면 문정후 이 모를 아시나이까?"

점검이 이 말을 듣고 크게 놀라 말했다.

"네 어찌 이 사람을 아느냐?"

최현이 대답했다.

"시골의 목동이 어찌 조정의 재상을 알겠나이까? 그 이름이 깊은 산골에도 해를 가릴 정도이므로 묻는 것입니다."

말을 마치자 지게를 지고 표연히 산을 내려갔다. 점검이 그 얼굴과 말이 수상함을 보고 의심이 동해 목동을 따라 고옹의 집에 이르러 문지기에게 말했다.

"나는 지나가는 유객인데 길을 잘못 들어 이곳에 왔으니 잠깐 더 새어 가고 싶네."

문지기가 즉시 들어가 고옹에게 고하니 고옹이 즉시 객실을 내어주고 선물을 받으려 했다. 점검이 어이없어 동자를 불러 은전을 내어 주고 저녁밥을 얻어먹고는 객실에 앉아 시동을 시켜 나무를 얻어다가 불을 때도록 했다. 그런데 낮에 보던 목동이 나와 불을 쬐고 있으므로 점검이 방으로 들어오라 해 다시 물었다.

"낮에 네가 말한 것이 수상하니 이씨 어른을 어찌 아는 것이냐?"

목동이 갑자기 울고 말했다.

"어른은 원래 이씨 어른에게 어떻게 되십니까? 알고 싶나이다."

점검이 말했다.

"나는 이씨 어른의 둘째아들 경문이다."

최현이 급히 달려들어 붙들고 기운이 막혔다. 점검이 크게 놀라 급히 최현을 구하고 연고를 물으니 목동이 크게 울고 말했다.

"상공은 소 부인의 둘째아드님이 아니시며, 산동에 귀양 간 조 부인이 생각나십니까?"

점검이 매우 놀라 말했다.

"조 부인은 나의 의모(義母)이신데 네가 어찌 아는 것이냐? 내 본디 이 땅 안원(按院)[74]으로 조 모친을 찾으려 미복(微服)으로 두루 다니고 있었다. 너는 조 부인이 낳으신 자식이 아니냐?"

최현이 크게 울고 전후에 겪은 일을 자세히 일렀으나 오열하느라 말을 이루지 못했다. 점검이 붙들고 역시 슬피 말했다.

"형 등이 불초해 오늘날까지 너에게 고초를 겪게 했으니 내가 부끄럽지 않겠느냐? 내가 또 예전에 어머니가 재앙을 겪는 중에 집을 잃어 남의 집에 가 자라다가 올해 봄에야 겨우 집을 찾아 부모의 천륜을 갓 알았다. 그런 후에 조 모친이 겪으신 참혹한 환난을 듣고 능히 그림자를 찾을 길이 아득해 한갓 아침 구름과 저녁달에 생각하는 마음이 끝이 없었단다. 요행히 국가의 명령 덕분에 이 땅에 오게 되어 공무를 다스린 여가에 너를 찾아다닌 지 달이 넘었으나 그림자를 얻지 못했더니 오늘날 다행히 만났으니 이 기쁜 마음을 비할 데가 있겠느냐? 네 이름은 무엇이냐?"

최현이 울며 말했다.

"모친이 국가에 죄를 얻을 적에 하늘이 편벽되게 미워하셔서 재앙이 이렇게 미쳤으니 다만 하늘을 우러러 죄악을 대해 편벽되게 미워하심을 서러워했습니다. 다만 몸이 남의 손에 쥐여 있어 새장의 앵무요 그물의 고기 신세입니다. 부친이 계시되 이생에 만나 뵈올 기약이 없어 한갓 봄바람과 가을 달을 바라보아 간장을 썩인 지 여

74) 안원(按院): 여러 곳을 돌아다니며 살피고 조사하는 어사의 다른 이름.

러 해더니 오늘날 형님을 뵈었으니 저녁에 죽어도 한이 없습니다."

점검이 눈물을 흘리며 위로해 말했다.

"예전 일은 운수 때문이니 다시 일컬어 무익하다. 내가 남의 집에 가 자라나 천고에 없는 화란을 두루 겪고 이제야 겨우 무사하게 되었으니 너도 이를 생각해 마음을 놓으라."

현이 다행히 여기고 즐거움을 이기지 못해 몸이 구름에 오른 듯했다. 점검이 아우를 사랑하는 마음과 불쌍히 여기는 정이 흘러넘쳐 이날 밤을 함께 지냈다.

다음 날 점검이 들어가 고옹을 보니 노인이 점검의 풍채가 시원스러움을 보고 공경해 기쁜 빛으로 맞아 예를 마쳤다. 그런 후에 성명을 물으니 점검이 말을 펴 말했다.

"학생은 다른 사람이 아니라 본 고을 안찰사 순무도점검 이경문이오. 작은동생이 귀 집안에 흘러들어왔다 하기에 미복으로 겨우 찾아 이르렀으니 존옹은 용납하실 수 있겠소?"

노인이 크게 놀라 황급히 공경하는 모습으로 말했다.

"소생 같은 농민이 마을에 엎드려 우물 밑 개구리가 하늘을 바라보는 것 같더니 점검께서 오늘날 어찌 이곳에 이르셨습니까? 그런데 영제(令弟) 공자는 어디에 있나이까?"

점검이 다 듣고 슬픈 빛으로 안색을 고치고 말했다.

"존옹의 서동 최현이 곧 학생의 아우요. 의모 조 부인이 불행한 때를 만나 국가에 죄를 얻어 산동으로 귀양 가시다가 도적의 화를 만나 떠돌아다니다가 이곳에 오시었소. 학생이 동생을 찾으려 미복으로 한 달을 고생하다가 어제 겨우 찾았는데 동생이 귀댁에 머무르고 있었소. 내 천금으로 동생을 사려 하오."

고옹이 다 듣고 매우 놀라 말했다.

"예전에 최현의 어미 조향을 한 무리 남자들이 이르러 팔기에 샀습니다. 그러니 어른의 어머님이 어찌 최현의 어미이겠습니까? 어른은 저 서동의 요망한 말을 곧이듣지 마소서."

점검이 정색하고 말했다.

"학생이 비록 어리석으나 내 동생이 아닌 자를 동생이라 하겠소? 의모가 기특하셔서 천한 일을 달게 받아들이시고 두 아이의 목숨을 보전하게 하셨으니 이는 더욱 기특한 일이라 존옹이 어찌 이런 말씀을 하시는 게요? 사람의 재앙과 복은 하늘에 달려 있으니 의모께서 도적의 화를 만난 일을 근거 없는 것으로 미룰 수 있겠소?"

말을 마치자 최현에게 명령해 조 씨에게 명함을 드리도록 했다. 조 씨가 천만뜻밖에 이 기별을 들으니 슬픔이 한이 없어 급히 서당으로 내달았다. 점검이 이에 급히 섬돌에서 내려오니 고옹이 감히 앉아 있지 못해 또한 내려왔으나 저 부엌에서 불 때던 여종이 오늘 이러한 데 이를 줄 알았겠는가.

점검이 눈을 들어서 보니 조 씨가 입은 헌 치마는 앞을 가리지 못하고 누더기 옷은 어깨가 드러나 차마 보지 못할 지경이었다. 점검이 눈물을 머금고 두 번 절하니 조 씨가 붙들고 크게 통곡하며 말했다.

"구사일생의 몸이 어찌 오늘날 남편의 소식을 들을 줄 알았겠느냐? 서러움을 참고 분을 서리담아 저 요괴로운 시골 남자의 여종 소임을 하고 두 자식을 아무쪼록 길러 훗날 부모와 남편을 찾으려 했더니 오늘날이 있을 줄 알았겠느냐?"

말을 마치고 가슴을 두드리며 크게 울었다. 고옹은 점검이 행여 죄를 줄까 해 눈이 휘둥그레한 채 겁을 내어 서 있었다. 점검이 이에 다시 말했다.

"이미 지난 일은 어머님의 운수가 기괴해 그런 것이니 어찌 과도하게 슬퍼하십니까? 이곳이 번거로워 말씀하실 곳이 아니니 들어가시면 마땅히 행렬을 차려 관아로 모셔 가겠습니다."

말이 끝나기 전에 본부의 아전 무리가 일시에 이르렀으니 이는 생이 서동을 시켜 아침에 불렀기 때문이다.

안대가 즉시 관아에 가 여러 가지 비단과 깁을 가져오라 하고 침선 여종 10여 명도 오게 해 한꺼번에 여러 벌의 옷을 지어 조 씨와 최현 남매에게 갈아입도록 하고 행렬을 차려 조 씨가 교자에 오르기를 청했다. 가 씨 등이 왕년에 조 씨 박대한 것을 크게 뉘우쳐 전날의 일을 매우 사죄했으나 조 씨는 냉소하고 소매를 떨쳐 교자에 들었다. 점검이 발을 걷고 교자 앞에 서 있으니 조 씨가 가리켜 말했다.

"저 한낱 괴물 늙은이를 다스려 나의 13년 한을 씻으라."

점검이 미소 지어 대답하지 않고 최현과 난심은 주모와 주옹을 보아 백배 감사함을 표하고 돌아갔다.

점검이 이에 머물러 황금 삼백 냥을 가져다 고옹을 주니 노인이 황망히 사죄하며 말했다.

"어르신은 이 금을 주지 마시고 소인의 목숨을 용서하소서."

점검이 웃고 말했다.

"어머님이 좁은 도량으로 한때의 말씀이 예에 어긋나셨으나 만일 존옹의 덕택이 아니었으면 두 동생이 발써 말발굽에 굶어 죽었을 것이니 어찌 소소한 잘못을 거리끼겠소?"

드디어 극진히 받기를 권해 노옹이 받은 후에 즉시 수레를 타고 관아에 이르렀다. 조 부인을 다시 뵙고 누이와 서로 보았다. 조 씨가 의복을 갖추니 맑은 눈길과 버들 같은 눈썹이 소년의 미모를 비웃고 공자와 소저의 아름다운 용모가 지극히 뛰어났으니 남매에게 다 연왕의 모습이 있었다. 점검이 이를 반기고, 다행함을 이기지 못해 누이와 공자를 좌우 손으로 각각 잡아 조 부인에게 고했다.

“소자가 이제는 한이 없습니다. 우리 큰형님의 온 마음이 밤낮으로 이 아이들에게 있어서 아이들을 생각하지 않는 적이 없더니 이 소식을 듣는다면 기뻐하는 것이 어찌 데면데면한 데 비기겠습니까?”

조 씨가 탄식하고 말했다.

“내 예전에 존부인께 잘못해 죄를 얻었으나 지금에 이르러는 후회막급이다. 오늘 너의 은덕을 입어 하늘의 해를 보니 이 은혜를 무엇으로 갚겠느냐?”

점검이 절하고 사양하며 말했다.

“소자가 불초해 모친의 급한 환난을 구하지 못하고 이렇게 더디게 온 것을 부끄러워하는데 어찌 이러한 말씀을 하십니까?”

조 씨가 이어서 고씨 집에서 고초 겪었던 일을 세세히 이르고 그들을 다스리라 하니 점검이 천천히 안색을 온화히 하고 대답했다.

“저 무리가 비록 사람을 대접하지 않은 것이 괘씸하나 모친께서 저곳 밥을 드시고 이제 도로 달려들어 원한을 갚는 것은 옳지 않으니 모친은 널리 생각하소서. 소자가 지방의 상관이 되어 이유 없이 사사로운 원한 때문에 산골의 백성을 다스린다면 인심이 복종하지 않을 것이니 어머님의 명령을 받들지 못하겠나이다.”

조 씨가 겸연쩍어 말을 안 하니 점검이 다시 고했다.

“누이와 아우의 이름이 저희와 항렬이 달라 아버님이 아시면 모친을 괴이하게 여기실 것이니 이제 고치는 것이 옳을까 합니다.”

조 씨가 말했다.

“내 창졸간에 생각지 못하겠으니 네가 잘 지으라.”

점검이 사례하고 최현의 이름을 낭문이라 하고 난심의 이름을 벽주라 하니 두 아이가 크게 기뻐해 각각 사례했다.

점검이 이후에 조 씨를 내헌에서 극진히 봉양했다. 공무를 마친 여가에 낭문에게 글을 가르치니 낭문이 타고난 재주가 총명했으므로 하나를 들으면 열을 깨달아 지식이 일취월장했다.

조 씨가 예전에 저질렀던 죄악이 천하에 유명한데 본부 고을의 수령들이 다 경사 출신들이라 더욱이 그 일을 어찌 알지 못하겠는가. 점검이 조 씨에게 저렇게 대하는 것을 부질없이 여겨 각각 비웃었으나 인사를 폐하지 못해 각각 예물을 갖춰 점검에게 치하하고 조 씨에게 문안하니 조 씨의 빛나는 광채는 비길 데가 없었다.

점검이 이곳에 있은 지 예닐곱 달 만에 산동이 평정되었다. 그래서 드디어 수레를 북쪽으로 돌릴 적에 본읍 소속 관원들이 10리 밖까지 배송(陪送)했다.

점검이 조 씨를 모시고 누이와 낭문을 거느려 곧장 무사히 나아가 남창에 이르렀다. 점검이 이에 조 씨 일행은 역사에 편히 있게 하고 자신은 유씨 집안에 이르러 유 공을 보았다.

이때, 유 공이 점검을 이별한 후 이곳에 있으니 집안 살림이 두루 넉넉하고 옛날 술 마시던 버릇이 없지 않아 일등 명창을 모아 날마다 비파를 타고 노래를 부르며 지냈다. 그 가운데 호연이라는 창녀가 요괴로운 약을 유 공에게 먹이고 사이를 틈타 집안의 기물을 훔쳐냈다. 유 공이 그 약을 먹은 후에는 한낱 고깃덩어리가 되어 무조건 연의 말대로 했으므로 집안에 쓸 만한 것이 다 없어졌다. 그 후에는 집을 마저 팔아 작은 초가집을 구해 살고 금은을 뿌려 날마다 술과 고기를 사서 즐기다가 그것마저 다하자 호연이 유 공에게 말했다.

"이제 어른에게 집이 없고 사람 대접할 양식이 없으니 첩은 하직합니다."

유 공이 정신 흐리게 하는 약을 먹었으므로 차마 떠나보내지 못해 호연을 붙들고 놓지 않았다. 그러자 창녀가 수십 명의 악소년을 데리고 이르러 유 공을 매우 치고 기물을 앗아 갔다. 유 공이 거의 죽어 거꾸러졌다가 겨우 회생해 정신을 차렸으나 누가 있어 유 공을 돌보겠는가.

당초에 호연을 얻으면서부터 호연이 종들 가운데 작은 죄라도 있으면 큰 매질과 높은 호령이 그치지를 않아 한 살짜리 종부터 마구 때렸으니 어느 종이 복종하겠는가. 다 달아나고 오직 늙은 노자 만충이 지키고서 주인의 이러한 모습을 참혹히 여겨 마을로 다니면서 쌀 줌이나 빌어다가 끓여 유 공을 먹이고 구완했다.

유 공이 설움을 참고 겨우 몸을 부지해 병이 다 나아 일어나 사방을 돌아보아도 의지할 곳이 없으므로 속절없이 옛일을 뉘우치고 애달파했다. 아침저녁으로 만충만 바라보고 있으면서 만충이 혹 쌀을 얻으면 죽물이나 쑤어 주인과 종이 마시고 못 얻으면 굶으며 지냈다. 유 공이 일찍이 과거에 급제해 어려서부터 몸에는 비단을 무겁게 여기고 입으로는 술과 고기를 물리도록 먹어 부귀하게 잔치를 지내며 누린 지 몇십 년이요, 귀양지에 가 죄인의 몸으로 있어도 술과 고기를 배불리 먹고 노래와 춤으로 소일하며 지냈다. 그러다가 하루아침에 사흘에 한 때 밥을 얻어먹지 못하고 옷은 헌 누더기가 살을 가리지 못하게 되었으니 하늘의 살핌이 밝은 줄을 알 수 있다.

오래 지나지 않아 만충이 죽으니 유 공이 더욱 망극해 어찌할 줄을 몰랐다. 여러 날을 멀겋게 굶으며 지내다가 들어앉아 있기가 하도 갑갑해 마지못해 막대를 끌고 여염집으로 가 두루 양식을 빌었다. 남창 한 고을 사람들은 다 유 공에게 이를 갈았으므로 사람마다 꾸짖으며 말했다.

"네가 예전에 이 땅의 수령이 되어 우리를 보채고 백성의 기름을 긁어 네 배를 채우고 우리 어여쁜 딸을 앗아다가 네 종으로 삼더니 오늘날 네가 이러한 모습을 하고 나섰으니 하늘이 높으나 밝으신 줄을 알겠구나. 그러니 어찌 통쾌하지 않으냐? 네가 예전의 부귀와 위세는 어디 가고 이러한 모습을 하고 다니며 빌어먹는 것이냐? 곡식을 개천에 묻고 썩혀 버린다 해도 너에게는 안 줄 것이다. 형부상서 좌승상 남창백 벼슬을 어디다 두셨기에 그것들이 바람에 날려 간 것인가? 네 죄악이 천지에 가득한데 이제 말년에 곱게 끝나겠느냐?"

유 공이 이 말을 들으니 두 눈에 눈물이 일 천 줄이나 흐르고 목이 메어 분한 기운이 북받쳤으나 이때를 당해 무슨 말을 하겠는가. 한갓 고개를 숙이고 꾸짖는 말을 감수할 뿐이었다. 초가집에 돌아와 흙 묻은 신을 끈 채 거적자리에 거꾸러져 깊이 탄식하며 말했다.

"내 몸이 어찌 오늘날 이 지경에 이를 줄 알았겠는가. 지금 생각하면 경문의 말이 어김없이 맞았구나. 내 그런 기특한 사람을 참혹히 박대해 깊이 저버리고 끝내는 내 몸이 이 지경에 이르렀으니 뉘우친들 무엇이 유익하겠는가."

말을 마치고 눈물이 귀밑에 젖은 채 밤새도록 울었다. 그러다가 이튿날 배고픔을 견디지 못해 겨우 기어 마을에 가 밥 찌끼나 얻어먹으려 두루 다녔으나 저마다 꾸짖고 물 찌끼도 주지 않았다. 이처럼 한나절이나 숨 가쁘게 헤매고 다니다가 한 곳에 이르렀다. 한 사람이 길가에 앉아 술과 안주를 먹고 있으므로 앞에 나아가 빌었다. 이때는 섣달 보름이라 찬 바람은 매섭고 기온이 차가워 두껍게 입은 사람도 견디지 못할 정도였는데 유 공의 누더기는 살을 가리지 못했으므로 어찌 견딜 수 있겠는가. 이를 덜덜거리며 몸을 흔들고 있으니 그 사람이 눈을 들어서 보다가 한숨 쉬고 탄식하며 술과 안주를 나누어 유 공에게 던져 주었다. 유 공이 바란 것보다 넘쳤으므로 매우 기뻐하며 먹으니 그 사람이 한참을 보다가 문득 놀라서 물었다.

"그대는 승상 유영걸이 아닌가?"

유공이 부지불각에 울고 말했다.

"나는 과연 승상 유 모요. 불행히 창녀에게 속아 재산과 보화를 다 잃고 끝내는 음식을 구걸하러 나왔거니와 어른이 어찌 나를 아는 게요?"

그 사람이 문득 대로해 벌떡 일어나며 꾸짖어 말했다.

"미 몹쓸 도적아, 네가 나를 아느냐?"

유 공이 눈물을 닦고 자세히 보니 이 사람은 곧 최생이었다. 크게 놀라 잔을 던지고 무릎을 일으켜 서니 최생이 이를 갈고 발을 굴러 꾸짖었다.

"네가 설령 남창의 수령이 되었다 해도 차마 선비의 아내를 겁탈해 죽게 하고서 하늘의 재앙이 없을 것이라 여겼느냐? 내 이승에서 네 고기를 먹고 싶었으나 마음대로 못 해 네 무사히 귀양 갔다가 돌아와 떠돌아다니기를 밤낮으로 원했다. 그랬더니 오늘날 이러한 광경을 구경할 줄 어찌 알았겠느냐? 내 무심코 너에게 좋은 술과 맛난 안주를 주어 네 마른 창자를 적시게 했으니 어찌 애달프지 않으냐? 그런데 네 무슨 까닭으로 이런 모습이 된 것이냐?"

유 공이 이 말을 듣고는 입이 열 개가 있은들 무슨 말을 하겠는가. 다만 길가에 엎드린 채, 살아 보겠다고 머리 조아리고 손을 비비니 최생이 다시 꾸짖었다.

"네가 남은 해쳤으나 네 자식이라도 온전히 두었으면 어떠했겠느냐? 하물며 네 자식도 아닌 것을 살뜰히 보채다가 끝내는 관청에 고소해 스스로 죽이려 도모했다. 그러니 하늘이 살피셔서 이 안찰이 네 집을 떠나 친부모를 찾고 너는 이런 모습이 되었으니 네가 이제는 하늘이 높은 줄을 알겠느냐? 내 마음 같아서는 너를 즉각 썰고 싶으나 인명이 중요하니 용서한다. 그러나 네 몰골을 보니 머지않아 얼어 죽을 것이니 너를 구태여 죽이겠느냐? 빨리 돌아가라."

유 공이 이 말을 듣고 빨리 몸을 일으켜 집으로 돌아오니 놀란 가슴이 벌떡였다. 이후에는 차마 여염집에 다닐 뜻이 없었다. 그러나 굶주림을 견디지 못해 근처 수은암이란 절에 가 중들이 버리는 밥찌끼나 얻어다가 끊어져 가는 목숨을 부지하며 살았다.

이러구러 춘정월이 되었다. 이 안찰이 유씨 집안에 이르러 명함을 드리니 한 나이 든 사람이 나와 맞아들이고 말했다.

"나는 시골의 늙은 남자니 어찌 점검 어르신을 알겠소?"

점검이 놀라서 대답했다.

"이곳은 전 승상 유 공의 집인데 어찌 어른이 들어와 계신 것이오?"

나이 든 사람이 놀라서 말했다.

"유 공이 창녀와 간음해 밤낮으로 즐겼는데 무도한 창녀가 하루 받는 돈이 수백 냥이 넘자 끝내는 집을 마저 팔아 버렸으니 유 공은 저 건너 초가집에서 동서로 빌어다가 연명하고 있소."

점검이 다 듣고는 낯빛을 잃은 채 놀라움을 이기지 못해 다시 묻지 않고 몸을 일으켜 그 집으로 갔다. 한 간 초가집이 있는데 네 벽 밖으로 흙이 붙어 있는 것이 없고 풍파에 두루 떨어져 집이 거의 무너져 가고 있었으며 방안에는 볼 만한 것이 아무것도 없었다.

점검이 다 보고는 스스로 눈물이 나는 줄을 깨닫지 못했다. 유 공이 집에 없는 것을 보아 빌어먹으러 갔음을 짐작하고 집 모서리에 서 있었다. 이윽한 후 유 공이 멀리서부터 들어왔다. 점검이 눈을 들어서 보니 유 공이 헌 누더기 옷이 조각조각 기워져 살이 곳곳이 드러나 있고 머리에는 하나의 유관(儒冠)도 없이 헌 전립(戰笠)[75]을 언어 썼으며 발에는 짚신을 신고 손에는 떨어진 쪽박을 들고 떨면서 절룩이며 들어오고 있었다. 점검이 매우 놀라 급히 유 공 앞에 나아가 절하고 공의 옷을 붙들고 크게 울며 말했다.

"대인께서 차마 어찌 이 지경에 이르실 줄을 알았겠습니까? 소자가 설움을 참지 못하겠나이다."

유 공이 별 생각이 없는 가운데 이 소리를 듣고 눈을 들어서 보니, 점검이 일 년 사이에 빼어난 골격이 더욱 기특해져 태양에 빛나고 있었다. 금관과 도복의 행색으로 자기를 붙들고 우는데 온몸에 둘러진 향기가 코를 찌르고 기이한 풍채가 눈을 밝게 했다. 유 공이 반가움은 고사하고 슬퍼서 마치 취한 듯하고 멍한 듯해 다만 크게 울 뿐이었다. 점검이 붙들어 말리고 오열하며 말했다.

"소자가 경사에 간 지 오래 지나지 않아 나라의 명령을 받아서 산동으로 나가 대인의 안부를 알지 못했는데 이토록 되신 줄이야 어찌 알았겠습니까? 대인은 마음을 놓으소서. 소자가 마땅히 대인을 그릇되게 만든 창녀를 다스려 이 한을 풀겠습니다."

그러고서 드디어 유 공을 붙들고 울음을 그치게 했다. 유 공이 소리를 머금고 흐르는 눈물이 옷에 젖어 말을 못 했다. 이에 점검이 유 공을 붙들어 방에 들이고는 급히 서동 난복을 불러 자기가 머무는 곳에 가 자기 옷을 가져오라 했다. 그리고 그 쪽박에 있는 것을 보니 흙과 돌이 가득한 물 찌끼 한 술이었다. 점검이 이를 보고 옥 같은 얼굴에 눈물을 계속 흘리며 말했다.

"대인께서 어떠하신 몸인데 차마 이를 드실 수가 있으며 어떤 괘씸한 자가 이것을 사람에게 주었단 말입니까?"

---

75) 전립(戰笠): 무관이 쓰던 모자. 벙거지.

유 공이 목이 메어 말했다.

"내 사리에 밝지 못해 창녀의 묘책을 모르고 창녀를 가까이했다. 저 창녀가 정신 흐리게 하는 약을 나에게 먹이고 집안의 물건을 다 떨어 가져갔으므로 내 하릴없어 동서로 빌어먹으며 연명하려 했단다. 그런데 서쪽 집 사람은 이리이리 꾸짖고 남쪽 집 사람은 여차여차 꾸짖어 저희끼리 의논해 물 찌끼 한 술을 안 주니 서러움이 끝이 없었다. 그래도 차마 굶는 것을 견디지 못해 수은암에 가 이것을 얻었는데 뒷간을 치워 주고 겨우 빌어 얻은 것이다. 그러면서 너를 생각하고 눈물을 몇 줄기를 흘린 줄 모르겠다. 네가 이리 와 나를 찾을 줄은 꿈 밖이라 한갓 슬퍼할 따름이더니 오늘날 너를 보니 죽은 자가 다시 살아난 것 같구나."

점검이 이 유 공의 말을 들으니 옛날의 원망은 생각지 않고 유 공의 말마다 슬픔과 설움을 이기지 못해 눈물이 연꽃 같은 귀밑에 연이어 흘렀다.

이윽고 난복이 여러 벌 옷을 가져오니 점검이 유 공에게 청해 갈아입도록 했다. 그런 후 한 필의 나귀를 가져와 유 공을 태워 함께 자신이 머무는 곳에 돌아가 유 공을 편안히 있게 했다.

그러고서 즉시 남창현에 이르러 도청(都廳)[76]에 앉으니 본부 지현(知縣)[77]이 황망히 행렬을 갖춰 맞아 한편으로는 잔치를 벌여 점검을 대접하려 했다. 그러나 점검이 본 체 않고 크게 호령해 절급(節級)[78] 종을 불러 명령을 들으라 하니 지현이 놀라 나아가 말했다.

"상공께서 벼슬이 올라 경사로 가시면서 본관에는 무슨 미심쩍은

76) 도청(都廳): 일을 보는 관청.

77) 지현(知縣): 현(縣)의 으뜸 벼슬아치.

78) 절급(節級): 원래 중국 당송 시대에 두었던 낮은 등급의 무직(武職) 관원으로 여기에서는 하급의 군리(軍吏)를 말함.

일이 있기에 이처럼 하시는 것입니까?"

점검이 분노해 말했다.

"지부(知府)가 이 땅의 상관이 되어 사람의 억울함을 살피지 않고 어찌 입을 놀리는 것인가?"

말을 마치자, 한 쌍의 봉황 같은 눈을 부릅뜨고 옥 같은 얼굴이 찬 재와 같았으며 잠미(蠶眉)[79]는 관을 가리켰다. 이처럼 노기가 충천해 크게 소리 질러 형리(刑吏)에게 분부했다.

"네 명설루 창가에 가서 으뜸 창녀부터 막내 창녀까지 다 잡아 오라."

그러자 사람들이 점검의 서릿바람과 뜨거운 태양 같은 위엄에 넋을 빼앗겨 발이 땅이 붙지 않을 정도로 급급히 호연의 집에 이르렀다. 그러고서 호연으로부터 모든 창녀를 다 잡아 관아에 이르렀다.

점검이 호연을 찾아 극형으로 벌주어 유씨 집안 재산을 다 찾고 이에 사람 정신 흐리게 하는 약을 어찌 만들었는지 물었다. 호연이 점검의 서릿발 같은 기상과 좌우의 위엄이 등한하지 않은 것을 보고 넋이 떨어져 전후에 지은 죄를 다 실상대로 고하고 유씨 재물을 낱낱이 적어 올렸다. 점검이 또 약의 출처를 물으니 호연이 장래를 생각하고 차마 고하지 못하므로 점검이 대로해 좌우 사람을 꾸짖어 중형을 더하게 했다. 호연이 매를 견디지 못해 수은암 혜운 비구니가 약을 만들어서 백금을 받고 판다고 고했다.

안대가 대로해 차사(差使)를 가게 해 수은암을 둘러싸고 절의 비구니를 다 잡아 와 혜운을 벌주었다. 원래 혜운은 소 부인을 좇아가 강에 넣은 비구니였다. 성품이 참으로 요괴로워 괴이한 약재를 모아

79) 잠미(蠶眉): 잠자는 누에 눈썹 같다는 뜻으로, 길고 굽은 눈썹을 이르는 말. 와잠미(臥蠶眉).

남자를 미혹하는 약을 만들어 창가의 음란함을 도왔다. 이날 발각되어 점검에게서 벌을 받으니 하릴없어 일일이 바른 대로 고하니 점검이 대로해 말했다.

"너 요승은 산간에 엎드려 경이나 외우는 것이 일이다. 그리고 불가의 도는 청정함이 귀한데 네 어찌 형체는 부처의 얼굴을 도적하고서 마음의 더러움은 이와 같은 것이냐? 사람에게 음식을 줄 적에 개 같은 짐승도 못 먹을 것을 주고 요괴로운 약을 만들어 사람을 그릇 만들었단 말이냐? 이 죄는 죽어야 남아 있지 않을 것이다."

그러고서 즉시 호연과 혜운을 참하고 그 나머지 비구니들은 머리를 기르게 해 속세로 가도록 하고 창녀들은 다 80대씩 쳐 먼 땅의 역비(驛婢)로 삼았다. 양가 여자 중에 떠돌아다니는 이는 실상을 조사해 돌려보내고 수은암과 명설루를 다 헐어 버리고 문서 대장에서 삭제했다. 또 서쪽 집 사람을 잡아다가 유 공 꾸짖은 죄를 일러 태장해 내친 후 바야흐로 지부를 꾸짖었다.

"그대를 지부로 삼은 것은 한 고을 백성을 다스리도록 한 것인데 그대는 어찌 유 승상의 곤궁함을 구제하지 않았는가? 하물며 근처에 있는 산속의 요물과 창녀의 괘씸한 행동을 알지 못했으니 족하(足下)는 귀먹고 정신이 흐려진 것이 아닌가? 내 시원하게 죄를 다스릴 것이나 족하의 나이가 많아 용서하니 족하는 그것을 아는가?"

말을 마치고는 지부의 말을 기다리지 않고 소매를 떨쳐 머문 곳으로 돌아가 유 공을 보고 눈물을 흘리며 말했다.

"소자가 어찌 대인의 은혜를 이토록 저버릴 줄을 알았겠습니까? 오늘 일을 보니 소자가 애달픔을 이기지 못하겠나이다."

유 공이 눈물을 흘리며 사례해 말했다.

"내 예전에 너를 저버린 일이 깊은데 너는 이런 말을 하는 것이냐? 오늘 하늘의 해를 본 것이 다 네 덕분이니 지하에서 은혜 갚기를 원한다."

생이 슬픔을 이기지 못해 한없이 눈물을 흘리고 즉시 황금을 내어 본집을 사 수리하고 사내종을 두어 유 공을 모시도록 하고 말했다.

"소자가 경사에 이르러 도모해 대인을 모시고 갈 것이니 대인은 안심하며 계십시오."

유공이 바라던 것에 넘쳐 매우 기뻐하며 말했다.

"네가 원한을 잊고 은혜를 이와 같이 갚으니 어찌 감격스럽지 않으냐? 쓸모없는 인생이 시골도 무던하니 서울에 가 무엇하겠느냐?"

점검이 대답했다.

"비록 그러하나 소자의 정으로써 대인을 각각 두지 못할 것이니 한 집에서 모셔 아침저녁으로 뵈려 하나이다."

유 공이 이에 사례했다. 점검이 드디어 하직하고 손을 나누어 돌아갈 적에 새로이 매우 슬퍼했다. 그리고 김 부인 묘소에 가 크게 통곡하며 허배(虛拜)[80]하니 눈물이 강물 같았다.

점검이 조 부인을 모셔 경사로 향했다.

혜운이 본디 소 부인을 해친 죄가 있었는데 마침내 그 아들 손에 목숨을 마쳤으니 천도(天道)가 밝지 않으며, 조 씨와 유 공이 자신들이 한 대로 벌을 받은 것이 분명한 것을 보면 사람이 사나운 노릇을 하는 것이 옳겠는가. 조 씨는 어리석은 마음에 경사에 도달하기를 날로 헤아리며 연왕을 만나 몇 년 헤어져 쌓인 정을 펼까 즐거워하니 그 모습이 참으로 어리석고 우스웠다. 연왕이 어찌 그 뜻을 좇아 부부의 즐거움을 허락하겠는가.

---

80) 허배(虛拜): 신위에 절함.

점검이 곧바로 무사히 길을 가 경사에 이르자 조 부인에게 고했다.

"어머님은 이제 어느 곳으로 먼저 가고 싶으십니까?"

조 씨가 말했다.

"연왕부로 먼저 가고 싶구나."

점검이 이윽히 생각하다가 무릎을 꿇고 고했다.

"일인즉 본부로 가시는 것이 옳으나 할머님과 아버님이 이 일을 알지 못하시는데 불시에 들어가면 놀라실까 하니 어머님은 친정으로 먼저 가서 조용히 나아오시는 것이 유리할까 합니다."

조 씨가 점검의 뜻을 따라 즉시 가마를 돌려 조씨 집안으로 갔다. 점검의 이 말은 그 아버지의 뜻을 자못 아는데 무심코 조 씨를 데려갔다가 좋지 않은 모습을 볼까 모호하게 이른 것이었다. 점검이 조 씨를 조씨 집안으로 모신 후에 낭문과 소저를 집으로 보내고 자기는 대궐에 가 사은했다. 원래 점검이 미리 온다는 기별을 놓지 않고 천천히 돌아왔으므로 형제들이 미처 교외에 나가 맞지 못했다.

점검이 대궐에 나아가 사은숙배(謝恩肅拜)[81]하니 천자가 크게 기뻐해 칭찬하며 말씀하셨다.

"경이 나이는 어리나 재주가 많아 산동을 반년 안에 평정했으니 그 재주는 참으로 유악지중(帷幄之中)[82]인 줄 알겠구나. 국가의 훌륭한 신하임을 짐이 기뻐하고, 다행으로 여기노라."

점검이 두 번 절해 아뢰었다.

"지푸라기 같은 도적이 스스로 물러난 것이 국가의 큰 복이거늘 폐하께서 어찌 이런 과도한 말씀을 내리시나이까?"

---

81) 사은숙배(謝恩肅拜): 임금의 은혜에 감사하며 공손히 절하던 일.

82) 유악지중(帷幄之中): 장막 안. 슬기와 꾀를 내어 일을 처리하는 데 능함을 의미함. 중국 한(漢)나라 고조(高祖)의 모사(謀士)였던 장량(張良)이 장막 안에서 이리저리 꾀를 내었다는 데에서 연유한 말.

천자가 기쁜 빛으로 웃으시고 광녹시(光祿寺)[83]에 잔치해 대접하라 명령하셨다. 그리고 점검을 특별히 병부상서 대사마 태자태부에 제수하시니 생이 크게 놀라 급히 고개를 조아리고 사양하며 말했다.

"신이 나이가 아직 약관(弱冠)이 되지 않은 데다 재주와 덕이 없는데 외람되게 큰 벼슬을 얻어 밤낮으로 얇은 얼음을 밟은 듯해 참으로 복을 잃을까 두려워했습니다. 그런데 이제 조그마한 공로로 큰 벼슬을 더하시니, 신이 죽음을 각오하고 성은을 받들지 못할까 하나이다."

천자가 마뜩잖은 빛으로 말씀하셨다.

"예로부터 공신에게 벼슬을 주는 것은 국가의 예삿일이었다. 경이 또한 이치를 잘 알면서 이런 말을 하는 것인가?"

생이 더욱 황송해 다시 머리를 두드려 사양했으나 천자가 듣지 않으시니 생이 하릴없어 무수히 절해 사은하고 물러나 집으로 돌아갔다.

이때, 낭문과 벽주가 이씨 집안에 이르니 모셔 온 여종이 별당에 교자를 부리고 아무나 찾아 이 사실을 전하려 했다. 그런데 홀연 한 소년이 푸른색 도포와 당건 차림으로 앞을 지나고 있으므로 내달아 절하고 말했다.

"산동의 점검 어르신께서 소공자와 소저를 모셔 집안으로 가라 하시기에 이르렀으니 어찌할까요?"

그 소년이 크게 놀라 급히 당으로 들어가니 낭문과 소저가 일어나 맞아 절했다. 이에 소년이 물었다.

"너희는 조 부인이 낳으신 아이들이 아니더냐?"

낭문이 두 번 절하고 말했다.

83) 광녹시(光祿寺): 광록시. 외빈(外賓)의 접대를 맡아보던 관아.

"참으로 그렇습니다."

소년이 이 말을 듣고 매우 놀라고 기뻐 급히 데리고 안으로 들어가니 이 소년은 원문이었다. 원문이 두 아이를 데리고 안으로 들어가니 바야흐로 낮 문안이라 사람들이 자리에 가득 벌여 있었다.

원문이 이에 모든 사람에게 고했다.

"이 두 아이는 조 부인이 낳으신 아이들입니다."

그러고서 사람들이 앉은 곳을 일일이 가리키니, 낭문과 벽주가 차례로 절하기를 마치고 왕의 앞에 엎드려 목소리가 나오지 않을 정도로 오열하며 말했다.

"천지 사이에 난 지 14년 만에 대인을 오늘 처음으로 뵈니 저희의 기구한 인생이 이와 같단 말입니까?"

말을 마치자 두 아이의 기운이 혼미해져 나란히 쓰러졌다. 이때 유 태부인으로부터 소년에 이르기까지 이 말을 듣고 몹시 놀랐다. 말을 미처 못한 채 두 아이가 혼미해진 것은 사람을 참지 못하도록 슬프게 했다. 상서가 바삐 자리를 떠나 낭문을 일으키고 왕이 또한 딸을 붙들었다. 더욱이 상서는 흐르는 눈물이 옷깃을 적시고 슬피 오열하며 머리를 숙였는데 낯빛이 찬 재와 같았다. 왕시 종시 한 마디를 하지 않고 딸을 어루만져 구호했으나 깨어나지 않았다. 상서가 급히 회생약을 가져오라 해 두 아이의 입에 약을 넣고 구호했다. 식경이나 지난 후에 두 아이가 정신을 차렸다. 두 아이가 다시 왕의 소매를 붙들고 흘리는 눈물이 자리에 고였다. 왕이 비록 조 씨를 절치했으나 이 아이들은 자기의 골육이었다. 왕의 성품이 다른 사람에게도 연좌로는 벌을 주지 않는데 더욱이 죄 없는 것이 분명한 자식에게 이르러서랴. 안색이 매우 슬퍼 기쁜 빛으로 어루만지며 위로해 말했다.

"너희의 팔자가 무상(無狀)[84]해 여기에 이른 것이 다 운수에 매인 것이니 슬퍼 마라. 그러나 오늘 어디에서 이른 것이냐?"

낭문이 겨우 정신을 진정해 전후에 겪은 일을 자세히 고했다. 왕이 다 듣고는 조씨 여자가 지은 죄의 과보(果報) 받은 것이 분명함을 생각하고 더욱 통탄해 기색이 점점 엄숙해져 묵묵히 있었다. 승상이 바야흐로 두 손주를 나아오라 해 어루만지고 탄식하며 말했다.

"너희가 다 나의 골육이거늘 천 리 밖에 헤어져 있다가 오늘 요행히 만났으니 그 신세가 어찌 안타깝지 않으냐? 내 아이들은 지난 일을 슬퍼 말고 평안히 누리기를 원한다."

문이 절해 사례하고 벽주는 더욱 슬퍼 눈물이 옥 같은 얼굴에 맺힐 사이가 없었다. 왕이 손을 잡아 위로하고 상서는 천만뜻밖에 누이와 아우를 만나 도리어 취한 듯하고 멍한 듯했다. 반가움이 과하니 슬픈 눈물이 계속 흘렀다. 이에 남공 등이 좋은 말로 두 아이를 위로했다.

이윽고 태부가 비단 도포에 옥띠를 한 채 들어와 모든 사람을 보고 이별한 뒤의 정을 고했다. 모두가 일시에 태부가 성공하고 무사히 돌아온 것을 일컬으니 태부가 기쁜 빛으로 웃으며 말했다.

"성공한 것은 족히 일컬을 만한 일이 아니나 오늘 골육이 완전히 모이고 기러기 항렬에 기러기가 갖춰졌으니 이것보다 즐거운 일이 없습니다."

말을 마치고 눈을 들어 모친이 없는 것을 보고는 놀라고 의아해 연고를 물으니 상서가 말했다.

"모친께서 근래에 가벼운 병이 있어 이곳에 나오지 못하셨으니

---

84) 무상(無狀): 일정하게 정해진 모양이 없음.

조용히 가서 뵈면 될 것이다."

태부가 잠깐 마음을 놓아 유 태부인과 아버지를 모셔 말했다. 승상이 조 씨 찾던 곡절을 물으니 생이 일일이 대답했다. 그러고서 상서와 낭문이 슬퍼하는 모습을 보고 즐거운 빛으로 웃고 말했다.

"이제 한군데 모였는데 형님은 어찌 슬퍼하십니까? 또 아우는 먼 길을 달려왔는데 기운을 지나치게 상하게 하는 것이냐?"

그러고서 드디어 일어나 숙현당으로 가니 상서와 낭문, 벽주가 좇아갔다.

남공이 웃으며 물었다.

"오늘 두 아이 형제를 보니 참으로 기특하구나. 아우는 조씨 제수를 어떻게 하려 하느냐?"

연왕이 정색하고 대답했다.

"조녀를 제가 어찌하겠습니까?"

소부가 크게 웃고 말했다.

"네 예전에 조 씨의 씨를 받아 무엇에 쓰겠는가 하더니 이제 두 아이가 아름다우나 네게는 중요하지 않은 자식이라 그래도 집에 두려 하느냐?"

왕이 잠시 웃고 대답했다.

"자식이 어질고 어질지 않건 간에 버릴 수 있겠나이까?"

소부가 말했다.

"천지조화가 참으로 괴이하구나. 저 두 아이가 진실로 구차하고 괴이하니 말을 하려 하나 혀가 돕지 않는구나."

왕이 미소하고 대답하지 않았으나 마침내 즐기지 않아 온화한 기운이 없어진 채 즉시 일어나 나갔다.

정 부인이 슬픈 빛으로 말했다.

"둘째아이의 모습이 영문이를 생각해서이니 나 역시 마음이 슬퍼지는 것을 이기지 못하겠구나."

좌우의 사람들이 탄식하고 말을 하지 않았다.

태부가 숙현당에 들어가 모친을 보니 부인이 크게 반겨 자리에서 일어나 앉는 줄을 깨닫지 못했다. 말을 하려 할 즈음에 낭문과 벽주가 나아가 절하니 부인이 놀랐다. 태부가 이에 전말을 고하니 부인이 크게 놀라 바삐 두 아이의 손을 쥐고 슬피 말했다.

"가련하구나. 죄 없는 아이들이 그토록 험난한 고초를 겪을 줄 알았겠는가?"

또 태부의 손을 잡고 탄식하며 말했다.

"내 아이가 나랏일을 마치고 동기를 찾아 우애를 두터이 세웠으니 내가 이를 참으로 아름답게 여긴다."

태부가 사례하고 상서가 칭찬해 말했다.

"아우가 한 번 강동을 향할 적에 이 형의 평생 한을 풀어 줄 줄 어찌 알았겠느냐?"

태부가 이에 사례했다. 소후가 두 아이를 은근히 사랑해 자녀를 불러 서로 보도록 했다. 그리고 여, 임, 위, 조 씨[85]를 일일이 가리켜 일러 주니 낭문과 벽주가 모든 사람의 옥처럼 부드러운 골격과 눈처럼 하얀 피부가 빛나고 시원한 것을 보고 눈이 아득해 황홀함을 이기지 못했다. 그리고 소후의 지극한 마음에 헤아리지 못할 정도로 감격해했다.

이윽고 왕이 들어와 은근히 자녀를 어루만져 사랑하는 것이 차이 두는 마음이 전혀 없는 듯했다. 태부가 문득 나아가 취품(就

85) 여, 임, 위, 조 씨: 이성문의 정실 여빙란, 이성문의 재실 임 씨, 이경문의 정실 위홍소, 이경문의 재실 조여구를 이름.

稟)[86]했다.

"조 부인 들어가실 집으로 어느 곳을 치우는 것이 좋겠나이까?"

왕이 다 듣고 한 쌍 봉황의 눈을 비스듬히 떠 태부를 보았다. 완연한 노기가 뼈마디를 녹일 정도였으니 태부가 황공함을 이기지 못해 묵묵히 자리에서 물러났다. 상서는 속으로 우울함을 이기지 못해 즉시 조씨 집안에 이르러 조 씨를 보았다.

조 씨가 이때 친정에 이르니 일가 사람들이 천만뜻밖이라 국구와 요 부인이 붙들고 통곡하며 이곳에 이른 전말을 물었다. 조 씨가 크게 울고 전후에 겪은 고초와 이 점검의 덕을 갖춰 이르고 다시 통곡하며 말했다.

"제가 전날에 이향[87]이 달래는 말을 듣고 소 씨를 무고하게 해쳤더니 오늘날 그 사람의 아들이 이르러 저의 몇 년 고초를 벗겨 평안한 교자로 데려왔습니다. 그 조심하며 공경하는 예법은, 옛사람이라도 제 죄를 생각하면 행하지 못할 것인데 경문의 기특함이 이와 같습니다. 이것이 어찌 하늘의 뜻이 아니겠습니까?"

요 부인이 탄식하고 말했다.

"내 예전에 너를 경계한 것은 오늘날이 있을 줄 알았기 때문이었다. 네 마침내 어짊을 잃고 악을 길러 이곳에 이르렀으니 한스러워해 무엇하겠느냐? 이 안찰의 효성과 우애는 고금 이후로 찾기 어렵다. 네 이후에나 잘못을 고치고 스스로 꾸짖어 두 자식을 돌아보라."

조 씨가 근심하는 빛으로 눈물을 흘리더니 홀연 시녀가 아뢰었다.

"이 상서 어른이 이르러 뵙기를 청하시나이다."

조 씨가 놀라 말했다.

86) 취품(就稟): 웃어른께 나아가 여쭘.

87) 이향: 조 씨의 시녀로 전편 <쌍천기봉>에 등장하는 인물임.

"이 상서는 어떤 사람입니까?"

요 씨가 말했다.

"이는 연왕의 첫째아들이니 성문이다."

조 씨가 다 듣고는 크게 놀라며 탄식하고 말했다.

"성문이 어찌 이토록 귀하게 되었는고? 내 예전의 죄를 생각하면 무슨 낯으로 성문이를 보겠는가?"

요 씨가 말했다.

"성문이 그때는 어렸고 이미 보자고 하는데 어찌 안 보겠느냐?"

조 씨가 드디어 중당(中堂)에 나와 상서를 보았다. 상서가 들어와 두 번 절하고 자리를 가까이 해 엎드려 미처 말을 못 한 채 눈물이 옥 같은 귀밑에 계속 흘렀다. 조 씨가 눈을 들어서 보니 상서가 이미 일품 관리의 복색으로 태도가 신중하고 골격이 은은해 어른의 기상이 있는 것은 이를 것도 없고 옥 같은 얼굴이 어렸을 때와 비교하면 배나 나아 흰 연꽃이 고운 것은 비기지 못할 정도였으니 안색의 빛나고 신이한 광채가 눈에 현란했다. 조 씨가 크게 놀라 이에 눈물을 뿌리고 손을 잡아 말했다.

"네가 나를 기억하느냐?"

상서가 다시 절하고 말했다.

"제가 여섯 살에 어머님을 떠났으니 어찌 기억하지 못하겠나이까? 제가 도리에 밝지 못함을 오늘날 더욱 깨닫겠습니다. 어머님과 두 동생이 온갖 고초를 겪고 있는데 제가 그것을 알지 못하고 평안함을 지극히 누렸으니 모친께 뵙는 것이 무슨 면목이 있겠나이까?"

조 씨가 손을 저어 말했다.

"네 다시는 이런 말을 하지 마라. 내가 저지른 죄악이 강상(綱常)에 가득하니 내가 고초 받은 것을 한스러워하겠느냐? 이후에나 잘못을 고치려 한들 미칠 수 있겠느냐? 너를 보니 영문이가 생각나 낯을 깎고 싶었는데 너의 말은 뜻밖이구나."

상서가 눈물을 흘려 절하고 말했다.

"지난 일은 피차의 운수니 어찌 어머님 때문이겠나이까? 이후에 길이 모셔 몸을 마치기를 원하나이다."

조 씨가 그 부드럽고 온화한 말과 순종하는 안색을 보고 어지럽던 심장이 다 진정되어 문득 물었다.

"네 부친이 두 아이를 보시고 무엇이라 하시더냐?"

말이 끝나기 전에 예부 이흥문 등 다섯 사람과 원문이 이르러 일시에 절하고 헤어진 후의 정을 고했다. 예부가 자리를 피해 경사에 돌아온 것을 하례하고 낭문 남매의 기이함을 칭찬했다. 이에 조 씨가 눈물을 흘려 말했다.

"내가 시가를 떠날 때 조카 등이 강보에 있더니 어느 사이에 이렇듯 장성했는가? 내가 화란 겪은 것은 스스로 지은 죄 때문이니 누구를 한하겠느냐?"

그러고서 상서에게 다시 연왕의 말을 물으니 상서가 미소 짓고 대답했다.

"대인께서 어찌 누이와 아우에게 자애로운 정이 덜하겠습니까? 이는 물으실 바가 아닙니다."

조 씨가 또 예부에게 물었다.

"시부모님이 나를 언제 오라고 하시더냐?"

예부 등이 비록 사람의 도리로써 여기에 왔으나 무슨 정이 있겠는가. 그 거동을 우습게 여겨 예부가 웃고 대답했다.

"조카가 일찍이 듣지 못하고 왔으니 알지 못하겠습니다."

조 씨가 슬피 탄식하고 스스로 정을 이기지 못했다.

이윽고 사람들이 하직하고 집으로 돌아왔다.

예부는 조 씨의 행동이 우스운 것을 견디지 못했다. 정당에 들어갔는데 마침 낭문이 있으므로 할아버지 앞에서 그 일을 말하고 웃었다. 승상이 어이없어 잠깐 웃으니 그 나머지 사람들을 이르겠는가. 입을 가려 일시에 웃더니 유 부인이 혀를 차고 일렀다.

"염치도 좋다. 그 사나움이 가시지 않았더냐?"

예부가 말했다.

"그것은 다 없어졌으나 일단의 호승(好勝)[88]은 없지 않아 있었습니다."

이에 자리에 있던 사람들이 모두 웃었다.

이날 연왕이 낭문을 데리고 서헌에 돌아와 자며 낭문을 매우 사랑했다. 예부 등이 또한 우애 있는 마음이 극진했다. 그러나 왕은 끝내 조 씨의 거처를 묻지 않으니 낭문이 매우 의심하고 염려했다.

다음 날 예부 등이 서당에 모였다. 위 시랑, 여 한림 등의 벗들이 다 각각 태부가 천자의 명령 받든 것을 치하하더니 철 학사가 문득 상서를 돌아보며 말했다.

"위씨 제수께서는 아들을 낳으셨느냐?"

상서가 미소 짓고 말했다.

"소문 없는 아들을 낳았겠소?"

철 학사가 매우 놀라 말했다.

"이제는 위씨 제수가 또 쫓겨나겠구나. 위씨 형제는 빨리 교자를 대령하라."

태부가 웃으며 말했다.

88) 호승(好勝): 남과 겨루어 이기려고 함.

"철 형은 이따금 미친 증세가 보여 형상 없는 말을 하니 그것이 무슨 말입니까? 앞뒤 맥락을 몰라 걱정됩니다."

철 학사가 크게 웃고 말했다.

"나는 더욱 알지 못하나 네 말이 그러하므로 지금 그 처치를 묻는 것이다."

태부가 미소하고 대답하지 않으니 철 학사가 부채로 손을 치며 새로이 절도하며 웃었다. 그러자 여 한림 등이 또한 크게 웃었다. 예부가 이에 웃으며 말했다.

"이보가 아무리 위씨 제수에게 정이 깊은들 이목을 너무 두려워하지 않았으니 기롱하는 말을 들은들 누구 탓이겠느냐? 그러나 위씨 제수의 처치를 어찌하려 하느냐?"

태부가 천천히 웃으며 말했다.

"철 형의 미친 말을 뉘 그리 대수로이 듣겠습니까?"

그러고서 몸을 돌려 최량에게 말했다.

"장인께서는 어디 계시는가?"

최량이 말했다.

"요사이에 마침 기침을 치료하시느라 이보가 상경했으나 보지 못해 우울해하시네."

태부가 고개를 끄덕이니 중량이 말했다.

"변(變)이로구나. 이보가 어찌 아버님의 안부를 묻는고?"

태부가 홀연히 정색하고 말이 없으니 사람들이 일시에 웃고 기롱했다. 그러나 태부는 마침내 말을 하지 않고 안으로 들어갔다.

이날 상서와 태부가 오운전에 들어가 왕을 모시고 있더니 왕이 물었다.

"네 위 공을 가 보았느냐?"

태부가 대답했다.

"아직 가지 않았습니다만 조 모친 거취를 어찌하면 좋겠습니까?"

왕이 정색하고 말했다.

"너희가 또한 문자를 통해 이치를 알 것이니 조녀의 죄상은 이를 것도 없고 혼서와 채단이 한 줌의 재가 되었으니 장차 무엇을 근거로 부부의 의가 있다 하고 내 그 거취에 간여하겠느냐? 그러나 이후에 조녀의 말이 내 귀에 들린다면 별도의 처치가 있을 것이다."

말을 마치자 기색이 매우 엄숙하니 태부가 묵묵히 물러났다. 형제가 이에 상의해 말했다.

"아버님 말씀이 옳으시니 이제 예부에 고해 서친록(書親錄)[89]을 새기고 혼서를 다시 쓰는 것이 어떠합니까?"

상서가 말했다.

"아버님께 아뢰지 않고 어찌 대사를 마음대로 하겠느냐?"

태부가 말했다.

"그 죄는 제가 스스로 감당할 것입니다. 아버님께 아뢰어도 들으실 길이 없으니 예부에 고하고 일을 이룬 후에는 우리가 벌을 입으나 상관없을 것입니다."

상서가 옳게 여겨 즉시 예부에 고하고 서친록과 혼서를 새겼다. 예부 홍문이 이를 맡고 있으므로 시비를 안 하고 순순히 도장을 찍어 주었다.

이에 앞서 조 씨는 귀양이 벌써 풀렸으므로 다만 생환한 사실을 천자께 알렸을 뿐이었다. 여느 사고가 없을뿐더러 홍문이 이부 등의 지극한 효성에 감동하고 그 일을 옳게 여겨 역시 숙부에게는 내색하지

---

89) 서친록(書親錄): 혼인 사실을 적은 기록.

않고 일을 성사시켜 주었는데 왕은 이 일을 까마득히 알지 못했다.

이튿날 예부 우시랑 장세성이 서친록과 혼서를 가지고 이에 이르렀다. 일이 공교해 마침 상서는 교외에 가고 태부는 위 승상을 보러 갔다. 장 시랑은 원래 장옥지의 첫째아들이니 까마득히 이 일의 곡절을 모르고 연왕이 주관해서 하는 것으로 여겨 즉시 오운전에 들어가 두 가지 것을 내어 왕에게 드렸다. 왕이 괴이하게 여겨 받아서 보니 이는 곧 조 씨의 혼서요, 하나는 서친록이었다. 서친록에는,

'연왕 이 모의 계비 조 씨는 국구 조섬의 딸이다.'

라 적혀 있으니 왕이 다 보고는 매우 놀라서 말했다.

"조카가 이것을 어디로부터 누구 말을 듣고 쓴 것이냐?"

장 시랑이 대답했다.

"이는 예부 성보 형이 쓴 것이니 소생은 가져다가 귀부(貴府)에 전할 따름이라 다른 곡절이야 어찌 알겠습니까?"

왕이 다 듣고는 두 아들의 짓인 줄 짐작하고 대로했다. 그러나 마음속이 바다같이 넓고 진중함이 지극했으므로 안색을 고치지 않고 잠자코 있었다.

이윽고 장 시랑이 돌아가니 왕이 좌우 사람들을 불러 예부를 부르도록 했다. 예부가 앞에 이르자 왕이 말했다.

"조카가 평소에 나를 어떤 사람으로 아느냐?"

예부가 왕의 말이 갑자기 이러한 데 놀라다가 홀연히 깨달아,

"다만 제가 숙부를 우러르는 것은 아버님과 일체이니 오늘의 하교는 어찌 된 말씀이십니까?"

라고 하니 왕이 정색하고 말했다.

"너희가 날 아는 것이 그렇다면 어찌 날 업신여기는 것이 정말 심하단 말이냐? 대강 조 씨 서친록과 혼서를 내가 써서 네게 도장을

찍으라 하더냐?"

예부가 문득 관을 벗고 고개를 조아리며 벌을 청해 말했다.

"제가 어찌 감히 이럴 줄 모르겠습니까마는 조 숙모에게 이미 자녀가 있어 의리상 버리지 못할 것이니 만일 혼서가 없으면 저 두 아이를 어떻게 하겠나이까? 이런 까닭에 이보 등의 말을 좇아 도장을 순순히 찍어 준 것이니 어찌 숙부를 업신여겨서 그랬겠습니까?"

왕이 낯빛을 바꾸고 말했다.

"네 이미 내 아들들의 어른으로 있으니 그른 것을 그르다고 가르치는 것이 너의 도리다. 성문이 등이 나를 속이고 그런 노릇을 해도 네 도리로는 나에게 묻고 행동하는 것이 옳다. 그런데 이런 큰일을 너희 아이들이 끼어 놀음놀이처럼 할 수 있겠느냐? 내 이후에는 감히 너를 보지 못할 것이니 너는 또 나에게 와 보지 마라."

예부가 일찍이 왕의 사랑을 어려서부터 받아 숙부와 조카의 마음이 서로 맞는 것이 그림자가 응하듯 했는데 오늘 우연한 일에 이런 말을 들으니 크게 놀라 바삐 머리를 두드려 울면서 말했다.

"제가 어리석고 사리에 밝지 못해 숙부의 큰 사랑을 잊고 오늘날 죄를 얻은 것이 이 지경에 이르렀으니 제가 숙부 앞에서 죽는 것은 감수하겠으나 차마 물러갈 마음이 없나이다."

드디어 의관을 풀고 섬돌 아래 내려가 스스로 죽기를 원하니 왕이 정색하고 말했다.

"내 어찌 조카를 감히 치겠느냐? 스스로 부끄러워하는 바니 다시는 조카 보기를 원하지 않는다."

말을 마치자 기색이 엄숙했다. 왕이 말을 하지 않으니 예부가 몸을 일으켜 남궁에 가 아버지에게 이 사연을 고하고 자기를 때려 주기를 청했다. 남공이 다 듣고는 잠깐 웃고 즉시 예부를 결박해 앞에 세우고 연부로 갔다.

이때 연왕이 예부가 돌아가는 것을 보고 깊이 생각하고 있는데 문득 상서와 태부가 어깨를 나란히 해 문으로 들어오는 것이었다. 왕이 두 아들을 보자 노기가 백 길이나 높아 좌우 사람들을 호령해 두 사람의 의관을 벗겨 당 아래에 꿇리도록 했다. 두 사람이 벌써 짐작하고 안색을 자약히 해 옷을 벗고 꿇으니 왕이 성난 목소리로 물었다.

"너희가 윗사람이 있음을 아느냐?"

두 사람이 머리를 숙이고 대답했다.

"저희가 불초하나 자못 알고 있습니다."

왕이 다 듣고는 조 씨의 혼서와 서친록을 앞에 던지고 말했다.

"너희의 말이 옳거니와 이 일은 누가 주장해 이룬 것이냐?"

상서가 홀연히 눈물을 흘리고 머리를 두드려 말했다.

"사람이 자식이 되어 부모를 지극한 효성으로 받드는 것이 그 도리인 줄 저희가 알고 있습니다. 이제 조 모친이 예전 체면을 잃으신 허물은 적고 온갖 고초를 겪다가 겨우 고향에 돌아오셨습니다. 그런데 대인께서 옛 죄를 용서하지 않아 조 모친을 깊이 거절할 뜻을 갖고 계시니 저희가 우울함을 이기지 못했으나 감히 아버님의 분노 살 일을 하지 못해 아버님 앞에서 한 말씀을 아뢰는 일이 없었습니다. 그러나 그윽이 생각건대 낭문과 누이는 대인의 골육이요, 조 모친 골육이 나뉜 것이니 두 아이를 두는 날에는 그 어미를 버리지 못할 것입니다. 아버님의 분노를 자못 알지만 마지못해 마음대로 행동한 죄는 만 번 죽어도 오히려 가볍습니다."

왕이 듣고 더욱 분노해 말했다.

"너희의 잡담 듣기를 원하지 않으니 대강 누가 이런 생각을 먼저 내었느냐?"

태부가 이어 고개를 조아리고 울며 말했다.

"이 일은 소자가 주관한 것입니다. 그러나 성인께서 이르시기를, 허물이 있으나 고치는 것이 귀하다고 하셨고 경도(經道)[90]와 권도(權道)[91]를 말씀하셨습니다. 회암(晦庵)[92] 선생께서는 자식이 있으면 아내를 쫓아내지 않는다고 하셨습니다. 예전에 형이 일찍 죽고 아버님과 어머님이 화란을 두루 겪으신 것은 천수에 얽매인 것이니 어찌 한결같이 조 모친이 지은 죄라 하겠습니까? 조 모친의 죄가 비록 중하나 아버님이 두 아이의 낯을 보지 않으시니 소자 등이 차마 이 세상에 머무르며 부모님이 불화하시는 것을 보고 잠시나마 살 수 있겠습니까?"

왕이 다 듣고는 낯빛을 바꾸어 꾸짖었다.

"너희의 말이 다 녹록한 소견이라 내 깊이 개탄하니 또 어찌 이해로써 너희에게 이르는 것이 부질없는 일이 아니겠느냐?"

그러고서 좌우 사람들에게 불을 가져오라 해 두 가지 문명(問名)을 사르려 했다. 그러자 두 사람이 마음이 매우 급해 바삐 붙들고 머리를 피가 나게 두드리며 슬피 고했다.

"대인처럼 큰 덕을 지니신 분이 차마 이런 노릇을 하려 하시나이까? 이것이 참으로 중대한 일인데 태운 후에 또 문명을 이룰 수 있을 것이며, 두 아이의 낯을 차마 보지 않으시는 것입니까? 소자 등이 궁궐 아래에서 죽기를 원합니다. 이것을 태우시는 일에는 저희가 차마 편안히 있지 못하니 대인께서는 시원하게 저희를 처치하소서."

왕이 더욱 화가 나 크게 꾸짖었다.

---

90) 경도(經道): 항상 변하지 않는 법도.

91) 권도(權道): 경도를 크게 해치지는 않으면서 상황에 따라 변할 수 있는 법도.

92) 회암(晦庵): 중국 송나라의 유학자 주희(朱熹, 1130~1200)의 호. 도학(道學)과 이학(理學)을 합친 이른바 송학(宋學)을 집대성함.

"이것들이 아비 뜻을 이처럼 정말 모르니 경계해야겠다."

드디어 좌우 사람들을 명해 먼저 매를 때려 내치려 했다.

이때 홀연히 보니 하남공이 예부를 매어 앞에 세우고 섬돌 위에 천천히 오르는 것이었다. 연왕이 놀라움과 우려를 이기지 못해 분을 삭이고 내려가 맞으니 남공이 당에 올라 자리를 정하고 말했다.

"내 까마득히 알지 못했더니 아까 내 아들이 일러 주어 이 일을 들었다. 그러니 내 아이에게 벌을 줄 것을 청한다. 내가 또 생각하니 내 아이가 아우를 속인 죄가 등한하지 않으니 내가 잠깐 다스리려 한다."

말을 마치고 좌우 사람들에게 명령해 매를 가져오라 했다. 왕이 다 듣고 매우 놀라 분노를 참고 억지로 웃고 대답했다.

"평소에 형님의 단엄하고 묵묵하신 성격으로 오늘의 일은 뜻밖입니다. 경문이 등이 아비 속이는 것을 시원한 일로 알지만 흥문이에게조차 이를 것이 있겠습니까? 이 일은 구태여 속이나 아뢰나 대단하지 않으니 흥문이를 꾸짖어 벌을 내리실 것이 있겠습니까? 제가 아이들의 죄를 다스리려 했으나 흥문이가 불안해할 것이므로 다스리지 않을 것이니 형님은 과도하게 굴지 마소서."

말을 마치고 좌우 사람들을 시켜 두 아들을 밀어 문밖으로 내치라 하고 불을 가져다가 혼서를 태우려 했다. 그러자 태부 형제가 붙들고 눈물을 흘리니 피눈물이 옷깃을 적셨다. 그리고 숙부를 우러러보며 말려 주시라고 하니 남공이 정색하고 말했다.

"아우가 불로 태우려 하는 것이 무엇이냐?"

왕이 웃고 대답했다.

"조녀의 서친록이란 것입니다."

남공이 정색하고 말했다.

"너의 행동을 보니 예전 사납고 막된 모습이 지워지지 않았구나. 조씨 제수의 서친록과 혼서를 아예 안 했으면 모르겠지만 이미 이루어 예부에 아뢰었는데 경솔히 불 지르는 것은 옳지 않다. 내가 어리석으나 그래도 아우를 잘못 인도하지 않을 것이니 네가 혼서를 불 지른 후에 낭문을 누구의 자식이라 하려 하느냐?"

왕이 묵묵부답인 채 불쾌한 빛이 낯에 가득하니 남공이 다시 말을 하지 않고 혼서와 친록을 거두어 조씨 집안으로 보내고 예부를 용서했다. 왕이 이에 좋은 낯빛으로 흥문을 위로하고 웃음을 열어 남공을 모시고 말했다. 사람의 너그럽고 진중함이 이와 같으니 어찌 기특하지 않은가.

이윽고 남공이 돌아간 후 왕이 새로이 금지령을 내려 상서 등을 벽성문 안에 들이는 자에게는 죽을죄를 주겠다고 했다. 이 문을 들어서면 오운전과 안으로 가는 길이 있으므로 이런 명령을 한 것이었다. 상서와 태부가 자기 등은 내쳐졌으나 혼서를 보전한 것을 다행으로 여겨 다만 형제가 거적을 깔고 명령을 기다려 용서를 기다렸다. 그리고 손님을 사절하고 조정에도 출입하지 않았다.

낭문이 비록 왕의 사랑을 입었으나 모친 거취를 정하지 못해 노심초사했다. 그런데 오늘 이 광경을 보고는 왕의 굳은 마음에 왕이 생전에는 자기 어머니를 용납하지 않을 줄 알아 크게 슬퍼했다. 그러나 어머니의 죄목을 알지 못해 가만히 운교를 보아 지난날의 전말을 자세히 묻고 스스로 놀라 부친의 저러한 모습이 그르지 않은 것임을 알았다. 그리고 스스로 운명이 기구함을 슬퍼해 남매가 마주해 가만히 울기를 마지않았다.

낭문은 지극한 효자라 참는 바가 있었다. 그러나 벽주는 한갓 도량이 좁은 여자였으므로 그 모친의 소행을 듣고부터는 밤낮 울려고

하는 낯빛뿐이요, 침상에 누워도 잠이 오지 않고 음식을 먹어도 맛을 몰랐다. 소후가 이를 자못 알고 스스로 불쌍히 여기고 왕의 고집을 한스러워해 또한 온화한 기운이 없었다.

이날 석양에 왕이 들어와 자리에 앉으니 소후가 묵묵히 단정히 앉아 두 아들이 없는 이유를 묻지 않았다. 왕이 또한 여느 사연을 말하지 않고 딸아이 월주를 어르며 물었다.

"벽주는 어디에 있느냐?"

월주가 대답했다.

"형이 협실에서 울고 있어요."

왕이 즉시 벽주를 부르니 소저가 눈물을 거두고 나와 명령을 받으려 했다. 이에 왕이 물었다.

"딸아이가 무슨 까닭에 우는 게냐? 내 생각건대 너의 어미와 내가 무양한데 네가 우는 모습이 참으로 수상하구나."

소저가 눈을 낮추고 감히 대답하지 못했다.

왕이 또한 다시 말을 하지 않고 과일을 가져오라 해 두 딸에게 같이 나눠 주었다. 그리고 앞에 앉혀 바둑을 두라 하며 담소해 조금도 벽주를 싫어하는 빛이 없었다.

모든 며느리가 문안하니 왕이 눈을 들어서 보았다. 조, 임 두 며느리는 복색이 예전과 같았으나 여 씨와 위 씨는 봉관옥패(鳳冠玉佩)[93]를 풀고 긴 단장을 벗어 감히 방석에 앉지 못하니 이를 보아도 그 인물을 알 수 있었다. 왕이 속으로 탄식하더니 벽주가 홀연히 몸을 일으켜 협실로 들어갔다. 이는 그 어머니의 죄악을 생각하고는 여 씨 등을 보는 것이 부끄럽기 때문이었다.

---

93) 봉관옥패(鳳冠玉佩): 봉의 모양을 넣은 관(冠)과 옥으로 만든 패(佩). 패는 노리개의 일종.

소 부인이 더욱 불쌍히 여겨 온화한 기운이 사라졌다.

한참 후에 며느리들이 물러나자 등불을 밝히며 왕이 이곳에 머물러 취침하려 했다. 왕이 옷을 벗고 안석(案席)[94]에 기대 다섯째아들 필문을 어루만졌다. 밤이 깊은 후에 후가 바야흐로 인적이 없는 줄을 알고 옷깃을 여미고 왕을 향해 말했다.

"군자께서는 첩의 죄가 깊은 줄을 아시나이까?"

왕이 한참을 생각하다가 대답했다.

"학생이 본디 어리석어 현명하지 못하니 어찌 남의 허물을 알겠소?"

소후가 천천히 말했다.

"첩의 어두운 소견에 감히 우러러 묻습니다. 여러 자식을 두셨는데 애증에 간격이 있을 수 있나이까?"

왕이 다 듣고는 불쾌한 빛으로 말했다.

"현후가 학생 떠보기를 이처럼 하는 것이오? 무슨 곡절이 있기에 이리 괴롭게 묻소?"

소후가 옷깃을 어루만져 모양을 바로잡고 정색해 말했다.

"첩이 일찍이 군과 결혼한 지 이십 년이 넘었으나 한 말 입을 열어 군후를 도운 적이 없었습니다. 오늘 작은 소회가 있으니 한번 말씀드리는 것을 용납하시겠습니까?"

왕이 홀연히 미미히 웃으며 말했다.

"현후가 과인을 좇은 지 이십여 년에 묻는 말에도 대답하지 않은 것을 익히 알고 있소. 오늘 이르려 하는 말이 반드시 큰 연고가 있어서 그럴 것이니, 예전처럼 고(孤)[95]를 거절하고 어디로 숨으려 하시는 것이 아니오? 또 동경으로 가려 하시오? 들을 만한 말이면 고(孤)

---

94) 안석(案席): 벽에 세워 놓고 앉을 때 몸을 기대는 방석.

95) 고(孤): 제후가 자기를 낮추어 부르는 말.

가 어찌 듣지 않겠소?"

소후가 다 듣고는 어이없어 말하는 것이 무익할 줄 알았다. 그러나 말을 하려 하다가 그치는 것이 우스웠으므로 이에 정색하고 말했다.

"첩이 어찌 감히 까닭 없이 동경으로 가려 하겠습니까? 오늘날 군후의 행동을 보니 참으로 식견 있는 사람이 탄식할 만한 일이므로 옅은 소견을 아뢰려는 것입니다. 조 부인이 예전에 체면을 잃은 것은 다 사나운 여종 때문에 벌어진 일이고 시운(時運)에 따른 것이니 책망해 겨루는 것이 부질없습니다. 뿐만 아니라 더욱이 낭문과 벽주는 어머니와 아버지가 서로 사이가 안 좋아서 혈기도 아직 안정되지 않은 것들이 근심을 이기지 못하니 큰 병이 장차 일어날 것입니다. 저 두 아이는 만금의 보물로도 바꾸지 못할 것인데 무슨 까닭으로 이처럼 인정 없이 행동하십니까? 원컨대 군후는 조 부인을 맞아 집에 돌아오게 해 온화한 기운을 잃지 마시고 저 두 아이의 초조해하는 마음을 살피소서."

왕이 고요히 단정히 앉아 다 듣고는 씁쓸하게 웃으며 말했다.

"어렸을 적에 현후가 날 거절한 것을 인정 없는 것으로 알았더니 그것은 작은 일이었구려. 짐승도 자식을 사랑하는데 사람에게 있어서랴. 소후가 빛나는 이름을 얻으려 하나 자식 죽인 원수를 잊는 것은 이 조 씨의 행실보다 더한 것이오. 영문이의 혼백이 있다면 어미가 자신을 알아주지 않는 것에 어찌 서러워하지 않겠소? 과인이 부인을 위해 이를 스스로 괴이하게 여기오. 과인이 비록 언행이나 성질이 도리를 어기는 사람이지만 이 일에 관해서는 소후가 참으로 일의 이치를 모르는 것이오. 맞이한 일이나 간하는 체하고 이 일에는 입을 닫고 말을 하지 마시오. 소후가 평소에는 사람에게 공을 드러내지 않고 이름 얻기를 요구하지 않으려 하더니 오늘 말을 보면 바뀐 것이 하늘과 땅 같구려. 과인이 참으로 이를 괴이하게 여기오."

말을 마치자 기색이 추상같아 엄숙한 기운이 등불에 등등했다. 만일 소소한 아녀자였으면 어찌 다시 말을 하며 숨을 쉬겠는가마는 소후는 끝까지 안색을 고치지 않고 탄식해 말했다.

"군후가 스스로 알고 계실 터인데 한갓 첩이 말 막은 것 때문에 억탁(臆度)[96]해서 첩 모욕하기를 능사로 아시는 것입니까? 첩이 비록 사리에 밝지 못하나 자식을 잊고 남을 위하겠습니까? 다만 일에는 경중이 있으므로 입을 연 것입니다. 첩의 마음으로 이른다면 혹 그러하겠다고도 하겠지만, 상공으로 이른다면 자식이 누가 다르며 아내가 누가 다르다고 하나를 편벽되게 높이고 하나를 저토록 박대한단 말입니까? 끝까지 뜻을 정해 조 부인을 용납하지 않으신다면 백옥에 티끌이 있는 것이 아니겠습니까?"

왕이 냉소하고 말했다.

"고(孤)가 본디 사리에 밝지 못해 아름다운 내조를 받아들일 뜻이 없으니 후는 살펴 용서해 주시오."

말을 마치고는 소매를 떨쳐 일어나 나갔다. 소후가 길이 탄식하고 도로 자리에 누으니 벽주와 월주가 협실에서 나와 모시고 자려 했다. 그러자 소후가 놀라서 말했다.

"너희가 아직 깨어 있었느냐?"

월주가 대답했다.

"형이 하도 애를 태워서 저도 불안해서 깨어 있었어요."

후가 벽주의 손을 잡고 위로해 말했다.

"딸아이가 어찌 이토록 애를 태우는 것이냐? 안심하고 있으라."

96) 억탁(臆度): 이치나 조건에 맞지 아니하게 생각함.

벽주가 울며 말했다.

“제가 어머니를 모셔 온갖 고초를 겪고 겨우 오라버니의 큰 은혜를 입어 서울에 왔는데 비록 모친의 죄가 깊다 해도 아버님이 엄격하시니 어찌 서럽지 않겠어요? 그런데 모친께서는 무익하게 남을 위해 말씀을 하시다 분노를 만나셨어요?”

후가 웃으며 말했다.

“부친의 난폭함이 원래 젊어서부터 그랬으니 어찌 탄식하겠느냐? 어쨌거나 마음을 돌릴 날이 있을 것이니 너는 너무 염려하지 마라.”

벽주가 탄식하고 울 뿐이었다.

왕이 소후에게 매우 서운해 이후에는 내당에 발자취를 끊고 밤낮으로 낭문을 데리고 서헌에서 시와 역사를 힘써 가르쳤다. 그리고 두 아들은 용서할 마음이 없었으니 승상은 이를 알았으나 모르는 체하고 정 부인이 또한 같았다. 그러나 유 태부인은 손자들을 참으로 잊지 못해 왕에게 명령해 손자들을 용서하라 했다. 이에 왕이 좋은 낯빛으로 대답했다.

“그 아이들을 미워해 그렇게 한 것이 아니라 훗날을 경계하려 한 것이니 할머님은 염려하지 마소서. 곧 용서할 것입니다.”

그러자 부인이 다시 이르지 못했다.

상서와 태부가 별사에 내쳐져 날이 한참 되자 부모를 그리워해 사모하는 마음이 끝이 없어 먹고 마셔도 그 맛을 몰랐다. 예부 등을 보면 용서를 청하라 하니 예부가 말했다.

“내 또 요새 숙부가 즐겁게 지내고 계시나 너희들에게는 화가 풀리지 않으신 줄을 알고 있다. 그러니 내가 어찌 고하겠느냐? 또 큰할머님이 용서하라 이르셨는데 숙부가 너희를 경계해 그런 것이라 대답하셨으니 너희는 기다리고 있거라.”

그러자 두 사람이 다시 청하지 못하고 걱정했다. 그러나 그것은 작은 일이고 조 부인을 어떻게든 집으로 모셔 오려고 꾀했으나 도모할 길이 없어 우울해했다.

두어 날 후에 태부가 홀연히 깨우쳐 말했다.

"아버님의 마음을 돌이키는 것은 할아버님 말씀에 있으니 우리가 가만히 가서 뵙고 애걸하는 것이 어떻겠습니까?"

상서가 이를 옳게 여겼다.

그래서 이날 저녁에 승상부를 탐지해 연왕이 없는 것을 알고는 두 사람이 즉시 서헌으로 갔다. 그런데 방 안에서 왕의 소리가 들렸으므로 두 사람이 크게 놀라 감히 들어가지 못하고 서 있었다.

승상이 홀연 눈을 들어 살피다가 창밖에 인적이 있음을 보고 자식들에게 살펴보라 했다. 연후가 몸을 일으켜 문을 열고 보니 두 아들이 어깨를 나란히 해 난간 아래에서 안을 바라보며 머뭇거리고 있는 것이었다. 왕이 또한 놀라서 성을 내어 말했다.

"너희가 어찌 내 명령이 없이 이곳에 와 있는 것이며 왔으면 들어오지 않고 엿듣는 것은 어째서냐?"

기색이 매섭고 소리가 엄숙하니 두 사람이 부친이 묻는 상황을 만나 크게 놀랐으나 사람됨이 탈속해 동요가 없었으므로 천천히 절하고 물러나 엎드려 감히 말을 하지 못했다. 왕이 속으로 조 씨 일을 부친에게 청하러 온 것인 줄 알고 대로해 눈을 높이 뜨고 말을 하려 하더니 승상이 소리내어 물었다.

"거기 있는 것이 누구기에 둘째[97]가 그처럼 꾸짖는 게냐?"

왕이 들어와 대답했다.

---

97) 둘째: 연왕 이몽창이 승상 이관성의 둘째아들이라서 이렇게 칭함.

"불초 아들 성문과 경문입니다."

승상은 귀신같이 밝아 본디 만 리 밖을 미리 헤아렸으므로 두 아이가 온 뜻을 짐작하고 이에 말했다.

"내가 아까 두 손자를 불렀더니 그래서 왔는가 싶은데 꾸짖는 것은 어째서냐?"

그러고서 드디어 두 사람을 들어오라 했다. 두 사람이 두려움을 참고 기운을 낮춰 들어와 말석(末席)에서 어른들을 모시고 서 있었다. 그러나 낯을 들지 못하고 있으니 이는 참으로 부상(扶桑)[98]의 붉은 해가 한 쌍으로 돋는 듯했고 붉은 연꽃 두 송이에 푸른 잎이 나온 듯해 모습이 새로웠다. 이에 승상이 더욱 사랑해 기쁜 빛으로 말했다.

"왔으면 어찌 들어오지 않고 오래 지체한 것이냐?"

태부가 대답했다.

"저희가 아버님께 죄를 얻은 것이 있으므로 아버님이 계셔서 감히 들어오지 못하고 있었습니다."

승상이 일부러 놀라는 체하고 왕에게 말했다.

"저 두 아이가 네게 무슨 죄를 지었느냐?"

왕이 빨리 자리에서 일어났다가 앉아 전말을 고하니 승상이 한참을 생각했다. 두 사람이 왕의 기색이 점점 엄숙해지는 것을 보고 두려워서 즉시 물러났다.

승상이 스스로 생각하니 다른 날에 경계해도 왕이 반드시 성문 등이 사주해 그런 것으로 알 것이므로 이에 안색을 엄숙히 하고 말했다.

"무릇 자식을 가르치는 데에는 도리가 있는 법이다. 저 두 아이가

98) 부상(扶桑): 해가 뜨는 동쪽 바다.

어버이를 위하는 마음이 참으로 이치에 당연하거늘 네 어찌 문에서 내치는 벌을 준 것이냐? 그 생각을 듣고 싶구나."

왕이 부친 말을 듣고 자리를 떠나 두 번 절하고 문득 슬피 안색을 고쳐 아뢰었다.

"제가 다섯 살 때부터 옛 글을 읽어 지금 서른예닐곱 살에 잠깐 아는 것이 있게 되었습니다. 그러니 범사에 살피는 것이 없을 것이며 더욱이 자식을 사랑하는 마음이 부족하겠습니까? 다만 옛날 조녀의 죄가 강상의 윤리를 범해 영문이를 쳐 죽여 영문이가 구천(九泉)에서 슬퍼하는 넋이 되었습니다. 또 소자 부부를 구렁에 빠뜨려 저희 몸이 변방을 떠돌아다니며 하늘의 해를 볼 기약이 없었습니다. 그러다가 천도(天道)가 밝아 간악한 사람의 죄가 드러나고 소자는 고향에 무사히 돌아와 불효를 덜게 되었습니다. 그러나 지난 일을 생각하면 뼈까지 두려워 조녀 두 글자를 듣기가 놀랍습니다. 더욱이 영문이의 슬픈 넋을 생각하면 간담이 무너짐을 면치 못하겠습니다. 칼을 갈아 조녀의 염통과 간을 내어 영문이의 원수를 갚고 소자의 한을 씻고 싶으나 군자는 원한을 머금지 않는다 했으므로 다시 그 일을 제기하지 않고 사람 목숨은 중요하므로 칼을 뽑지도 못했습니다. 전날 간악한 사람이 무사히 귀양지로 가다가 하늘의 재앙을 입어 도적의 화에 흩어져 거처를 모른다 하기에 천도가 무심하지 않음을 길이 탄식했습니다. 그랬더니 경문 불초한 아이가 나랏일 때문에 몸이 산동으로 향하게 되었으니 나랏일을 마음을 다해 수행해 임금의 은혜를 갚고 부모의 경계를 저버리지 않음이 옳거늘 한갓 효성을 드날리려 부질없이 조녀를 찾아 소자의 근심을 새로이 도왔습니다. 뿐만 아니라 소자 몰래 혼서를 마음대로 이루었으니 방자한 죄가 많습니다. 아비 속이기를 능사로 알고 중대한 일을 어린아이가 희롱하듯 소자를 업신여겼으니 주변 사람이 안다면 소자를 어떠한 사람으로 알겠나이까? 이런 까닭에 두 아이를 약간 꾸짖었으나 아이들을 매로 때려 문밖에 내친 것은 아닙니다. 이것은 아이들의 죄에 비하면 꾸짖음이 가벼운가 하나이다."

승상이 다 듣고 갑자기 낯빛을 바꿔 말했다.

"네 난 지 마흔에 아비 앞에서 말을 도리에 어긋나게 하는 것만 배웠느냐? 내가 정도로 일렀거늘 네 말이 이처럼 잡스럽고 흉하니, 이 어찌 사람 자식의 도리며 천승 제후가 할 만한 행실이겠느냐? 너의 말을 들으니 내 네 아비 된 것이 자못 부끄럽구나. 이후에는 내 앞에 이르지 마라."

말을 마치고는 개국공에게 명령해 왕을 밀어 내치라 했다. 승상의 매운 노기가 한 몸을 움직이게 하고 엄숙한 거동이 북녘에서 불어오는 찬바람 같았다. 이에 좌우의 사람들이 두려워하고 왕이 크게 놀라고 두려워 다시 죄를 청하려 했다. 그러나 승상이 조금도 요동함이 없고 개국공을 재촉하니 왕이 하릴없어 즉시 낮은 당으로 돌아와 금관과 용포를 벗고 벌을 기다렸다.

상서와 태부가 또한 발을 멈춰 전말을 자세히 들었다. 할아버지의 엄한 노기에 두려워하고 왕이 꾸지람을 당하고서 소당(小堂)에 가는 것을 보고는 집안이 이렇듯 어지러운 것을 매우 걱정했다. 천천히 뒤를 따라 왕이 벌을 기다리는 곳에 가 모시려 하니 왕이 눈을 들어서 보고 꾸짖어 물리쳤다.

왕이 다만 낭문을 불러 데리고 이곳에서 낮이건 밤이건 문밖에 머리를 내미는 일이 없었다. 낭문이 그 어머니 때문에 두루 이 같은 광경을 보니 가슴이 갑갑해 죽고 싶은 마음이 반이요, 살려는 뜻이 없어 가만히 흘린 눈물이 옷 앞을 적셨다. 왕이 이에 엄히 금지시키고 낭문을 데리고 지냈다.

소후가 다음 날 이 일을 알고 감히 정전에 있지 못해 병든 몸을 움직여 소당으로 내려갔다. 그러자 며느리들이 다 놀라서 일시에 당을 버리고 소당 곁 작은 방에 모여 있으면서 시어머니를 모셨다. 그러자 궁중 천여 명의 시비(侍婢)가 떠들썩하며 정신이 없었다. 벽주는 밤낮으로 통곡해 한 술 물을 먹지 않으니 소후가 매우 가련히 여겨 한때도 자기 앞을 떠나지 못하게 곁에 두어 위로했다. 상서와 태부가 한 당에서 벌을 기다려 감히 모친에게도 들어가 보지 못하고 근심하고 우울해하니 연부 한 궁 내외에 온화한 기운이 사라져 큰 우환이 되었다.

연왕의 고집이 본디 유달라 죽기를 각오하고 조 씨를 끊으려 했으므로 죄인으로 자처해 벌을 기다릴지언정 자기 입으로 조 씨 데려오라는 말을 하지 않았다. 남공이 연왕의 행동을 보려 했을 뿐만 아니라 연왕의 행동이 그르지 않았으므로 시비를 안 하고 들이밀어 보지 않았다. 그러나 연왕의 조카들은 연왕에게 문안을 폐하지 않았다.

열흘이 지나자 유 부인이 연왕과 손자들을 오랫동안 보지 못했으므로 매우 우울해했다. 하루는 승상에게 말했다.

"조 씨는 며느리요, 몽창이가 또 네 아들이니 처분이 네 손에 있다. 몽창이를 부르고 조 씨를 데려오라."

승상이 본디 태어난 이후로 모친 말은 못 미칠 듯이 들었으므로 모친의 명령을 받들었다. 그래서 서헌으로 돌아와 연후에게 말을 전했다.

"너의 기운이 맹렬해 아비를 역정 내고 들어 있으니 매우 시원하겠지만 내가 또 헤아리는 것이 있으니 네 마음으로는 어찌하려 하느냐?"

왕이 다 듣고 근심해 말을 미처 못 했는데 남공이 이르러 꾸짖었다.

"아침에 큰할머님의 명령이 있으셨으니 자손의 도리로 죽을 곳이라도 거역하지 않았을 법하다. 더욱이 할머님은 연세가 많으셔서 서산에 지는 해 같으시다. 아버님이 스스로 이를 슬퍼하셔 물불이라도 할머님이 하려고 하시는 것에는 못 미칠 듯이 하시니 네 이제 들어가 벌을 청하고 아버님의 명령을 따른다면 죄가 가벼울 것이다. 네 본디 아버님의 성품을 모르는 것이냐?"

왕이 다 듣고는 철석같은 마음이 잠깐 돌려져 즉시 서헌에 들어가 섬돌 아래에서 벌을 청했다. 승상은 안색이 서릿바람과 뜨거운 태양 같아 잠깐도 낯빛을 허락하지 않은 채 다만 말했다.

"오늘 어르신께서 명령하셔서 조 씨를 데려오라고 하셨는데 왕의 뜻은 어떠하냐? 네가 불편하게 여긴다면 안 할 것이다."

왕이 더욱 황공해 고개를 조아려 죄를 청해 말했다.

"당초에 아버님의 엄명을 받들지 못한 죄는 만 번 죽어도 오히려 가벼운데 어찌 그런 마음이 있겠나이까? 아버님의 가르침을 받고 소자가 자못 죽기를 원하나 그러지 못하니 이런 상황이 된 것은 다 저의 죄 때문입니다. 그러니 따로 드릴 말씀이 없나이다."

그러고서 온화한 안색과 나직한 기운이 온 방을 움직여 머리 두드리기를 마지않았다. 승상이 정색하고 대답하지 않으니 북주백 이연성이 크게 웃고 말리며 말했다.

"자식을 가르치는 것은 때가 있으니 몽창 조카가 나이는 사십에 다다랐고 몸은 천승의 제후입니다. 헌면(軒冕)[99]과 용포를 갖춘 존귀한 사람으로서 땅 아래 죄수 된 모습이 보기에 심상치 않으니 형님은 시원하게 용서하소서."

---

99) 헌면(軒冕): 고관이 타던 초헌과 머리에 쓰던 관.

승상이 정색하고 묵묵히 있으니 북주백이 명령해 당에 오르라 하고 말했다.

"조 씨를 오늘 데려오려 하니 조카의 뜻이 어떠하냐?"

왕이 절하고 말했다.

"어찌 저에게 물으실 일입니까? 부모님과 할머님께서 상의하실 일입니다."

소부가 잠깐 웃었으나 승상은 끝까지 좋은 기색이 없이 예부 홍문을 시켜 소후를 정전으로 들어오라 전하게 하고 태부 등을 불렀다.

원래 승상의 소후 사랑이 평범하지 않았으므로 소후가 소당에 내려갔다는 소식을 듣고 자주 말을 전해 정침에 들라고 했다. 그러나 소후가 감히 명령을 받들지 못했다. 이날 예부가 이르러 할아버지의 말을 전하고 왕이 용서 받았음을 고했다. 소후가 바야흐로 승상부를 바라보아 절하고 성은에 사례한 후 작은 가마를 타고 정전으로 들어갔다. 병이 근래에는 더욱 깊어졌으므로 기운이 다해 몸을 움직이지 못할 듯했으나 억지로 참아 몸이 좋지 않은 내색을 하지 않으니 다른 사람이 이를 알지 못했다.

태부와 상서가 할아버지의 명령 덕분에 의관을 고치고 승상부에 이르렀다. 그러자 승상이 기쁜 낯빛으로 위로하며 두 사람의 손을 나란히 잡아 기쁨을 이기지 못했다. 연왕이 비록 내심으로는 불쾌했으나 타고난 효성이 평범하지 않았으므로 안색을 좋게 해 조금도 다른 염려가 없는 듯했다. 그래서 두 사람이 적이 마음을 놓아 모시고 있더니 이윽고 승상이 말했다.

"조씨 며느리가 오늘 올 것이니 너희가 행렬을 차려 보내거라."

상서와 태부가 놀라움과 기쁨을 이기지 못해 매우 기뻐했으나 부친 뜻을 알지 못해 상서가 머뭇거리다가 왕에게 취품했다. 그러자 왕이 자약히 말했다.

“아버님의 명령이 있으셨으니 네 아비에게 어찌 다른 뜻이 있을 것이라고 번거롭게 묻는 것이냐?”

상서가 또한 아버지의 마음을 어찌 알지 못하겠는가마는 달리 처치할 도리가 없어 다만 어른의 지시대로 할 뿐이었다. 즉시 본궁의 행렬을 차리고 태부에게 명령해 조씨 집안으로 이끌고 가도록 했다. 그리고 조 부인이 거처할 곳을 물으니 왕이 한참을 생각하다가 말했다.

“벽서당을 청소하라.”

원래 이 집은 왕부(王府)에 속한 집이었으나 깊이 있어 숙현당과 거리가 멀었고 안과 밖으로 떨어져 있어 채성당, 봉성당과는 더욱 거리가 멀었다. 다만 외로이 이 집만 있었으니 왕이 조녀의 자취를 멀리하려 일부러 이곳을 이른 것이었다. 상서가 놀라고 의아해 다시 꿇어 말했다.

“이곳은 한 궁벽한 곳이라 조 모친이 거처하실 만한 곳이 아닙니다. 그러니 다른 곳을 따로 택하시는 것이 좋겠습니다.”

왕이 속으로 대로했으나 아버지 앞이었으므로 감히 낯빛을 불쾌하게 하지 못해 어물어물하며 한참을 있으니 상서가 감히 다시 말을 못 하고 물러나 다만 명령대로 할 뿐이었다.

태부가 행렬을 거느려 조씨 집안에 이르러 모든 사람들을 보고 가기를 재촉했다. 그러자 조 씨가 다행한 마음을 이기지 못해 화장을 하고 부모에게 하직했다. 요 부인이 태부를 향해 무수히 사례하고 딸을 경계해 이후에는 조심할 것을 일렀다.

조 씨가 이씨 집안에 이르자 정당에 들어가 시부모와 유 태부인에게 두 번 절해 죄를 청하고 시누이, 동서 들과 예를 마쳤다. 유 부인이 먼저 눈물을 뿌려 말했다.

"미망 노인이 호천지통(呼天之痛)[100]을 품어 모진 목숨을 지탱하다가 오늘 그대를 보니 인생의 모진 것이 심하지 않은가? 예전에 가문의 운세가 불행해 일어난 피차의 화란은 다시 일컬을 바가 아니니 생각하면 담이 차고 넋이 날 듯하구나. 그대는 다만 덕을 닦아 이후에는 두 자식의 앞길을 돌아보라."

승상 부부가 이어 위로하며 말했다.

"그대의 액운이 평범하지 않아 온갖 고초를 겪는 가운데 두 아이 남매의 기이함이 특출하구나. 복이 두터움을 축하하니 끝까지 어질기를 힘쓰라."

조 씨가 눈물을 흘리고 고개를 조아려 말했다.

"소첩이 예전에 나이가 젊고 사람이 도리에 밝지 못해 강상을 범하는 죄를 짓고는 몸이 먼 곳에 내쳐져 온갖 슬프고 원망스러운 일을 두루 겪었습니다. 그러나 이는 스스로 만든 재앙이니 누구 탓을 삼겠나이까? 이제 경문의 큰 덕을 입어 몸이 고향에 돌아온 것도 참으로 다행하고 기쁜 일인데 또 문하에 부르셔서 이처럼 정성껏 대해주시니 첩이 비록 사리에 밝지 못하나 오늘날에 이르러 깨달음이 없겠나이까?"

승상 부부가 조 씨가 잘못을 뉘우치고 스스로를 꾸짖는 모습에 기뻐하며 조 씨를 위로했다. 이웅고 남공 등 네 명이 한결같이 왕후(王侯)의 복색을 하고 들어와 예를 마치고 무사히 모인 것을 위로했다. 조 씨가 눈물을 흘리며 사례하며 대답하는 말이 지극히 온순하니 공후들이 속으로 웃음을 머금었다. 문득 소부가 말했다.

"조씨 며느리가 이곳에 이른 것이 희한한 경사인데 홀로 그 남편

100) 호천지통(呼天之痛): 하늘을 향해 울부짖는 고통이라는 뜻으로 부모나 남편의 상을 당함을 이름. 여기에서는 유 태부인, 즉 유요란이 남편 이현을 잃은 것을 이름.

이 떨어져 있어서야 되겠는가?"

그러고서 좌우를 시켜 왕을 불렀다. 왕이 조 씨의 얼굴을 안 보려고 작정했으므로 형제들이 들어갈 때 떨어져 있었더니 부르는 명령이 이르자 할 수 없이 천천히 내당에 이르러 명령을 받들었다. 조 씨가 앉아 있지 못해 일어서며 눈을 들어서 보았다. 왕은 이미 옛날과 현격히 달라 기골이 늠름하고 기상이 당당한 것은 이를 것도 없고 몸에 청금칠사포의(靑錦漆紗袍衣)[101]를 입고 머리에는 자금익선관(紫金翼蟬冠)[102]을 썼으며 허리에는 백옥띠를 두르고 손에는 옥홀을 들었다. 몸을 굽혀 물러나고 나아가는 예를 할 적에 눈을 낮추고 눈썹 위에는 찬 기운이 어려 엄숙하고 준엄함이 설상가상 같았다. 그런 가운데 풍채가 더욱 기특해 십사 년 어두웠던 눈이 환히 밝아졌으니 조 씨가 새로이 흠모하는 마음이 흘러넘쳐 바라보는 눈이 뚫어질 듯했다. 자리에 있던 사람들이 이에 포복절도함을 참지 못해 서로 가리키며 비웃었으나 남공은 정색하고 말했다.

"조씨 제수가 아우와 손을 나눈 지 14년 만에 오늘 상봉한 것이 처음이니 어찌 서로 무례히 볼 수 있겠는가?"

왕이 이 말을 들으니 하릴없어 기운을 참고 눈을 더욱 낮춰 팔을 들어 읍(揖)하고 자리에 나아갔다. 비록 입으로 말을 안 했으나 가슴에 노기를 서리담았으니 눈썹 사이가 점점 냉랭해져 비유하면 엄동설한에 찬 바람이 쓸쓸히 부는 듯하고 눈 위에 얼음을 더한 듯했다. 조 씨가 두려워 답례하고 자리에 앉았으나 스스로 부끄러워 바늘 위에 앉은 듯했다. 왕이 즉시 밖으로 나갔으므로 조 씨 또한 물러갔다.

---

101) 청끔칠사포의(靑錦漆紗袍衣): 청색 비단에 옻칠을 한 도포.

102) 자금익선관(紫金翼蟬冠): 검붉은 색의 익선관. 익선관은 제후의 상복(常服)에 곤룡포(袞龍袍)와 함께 쓰는 관으로 매미 모양으로 되어 있음.

상서가 조 씨를 모셔 벽서정에 이르렀다. 깔린 것이 화려하고 살림살이가 깔끔했으며 시녀 30여 명이 한결같이 예복을 끌며 조 씨를 맞이해 절하는 예를 마쳤다. 조 씨가 더욱 상서 등의 지극한 뜻에 감동하고 낭문과 벽주가 이어 이르러 모친을 반기고 소후의 지극한 마음을 일렀다.

말이 끝나지 않아서 임 씨와 위란이 여러 자녀를 거느리고 이르러 뵈었다. 조 씨가 한번 보니 두 사람이 영귀하고 높아 제왕 후궁의 모습이 있었다. 이에 더욱 자기의 죄과를 생각하고 부끄러워 묵묵히 있었다.

이때 홀연히 앞에서 시녀 30여 명이 향을 잡아 인도하고 세 여자가 붉게 화장한 채 패옥을 울리며 당 앞에 올라 예를 마치고 말석에 시립(侍立)하는 것이었다. 조 씨가 크게 놀라 눈을 닦고 자세히 보니 세 여자의 빼어남이 인간세상에 없는 중에 두 여자가 비슷하게 뛰어났다. 비하건대 두 송이 붉은 연꽃 같고 한 쌍의 보름달 같았으며 기이한 광채가 눈과 귀를 어지럽게 했다. 푸른 눈썹과 붉은 보조개가 가지런해 만고를 기울여 보아도 비슷한 이가 없었다. 한결같이 칠보쌍봉관(七寶雙鳳冠)을 쓰고 직금월라삼(織錦越羅衫)[103]을 입고 붉은 비단 치마를 끌었으니 시원하고 엄숙한 태도는 예전 소 부인이 돌아온 듯했다. 조 씨가 크게 놀라서 말했다.

"그대들은 어떤 사람이기에 나와 같은 쓸모없는 사람에게 과도한 예를 차리는 것인가?"

임 씨가 나아가 아뢰었다.

"위로 두 부인은 상서 어른의 정비와 계비시고 아래로 앉은 소저

---

103) 직금월라삼(織錦越羅衫): 월나라에서 나는 비단으로 만든 적삼.

는 태부 어른의 정비입니다."

조 씨가 다 듣고는 소 부인의 복에 감탄하며 부러워해 한 마디 심장이 요동쳐 능히 말을 이루지 못했다. 한참 지난 후에 조 씨가 상서를 대해 말했다.

"내 정궁(正宮)께 뵈려 하나 예전 일을 생각하면 용서하지 않으실까 우려한다."

상서가 미처 대답하지 않았는데 운아가 이르러 조 씨를 대해 말했다.

"먼 길에 무사히 살아 돌아오셨으니 소첩 등이 하례하나이다."

그러고서 소후의 말을 전했다.

"14년을 서로 떠났다가 여기에 오셨으니 뵙고자 하는 마음이 일각이 급하나 한 병이 깊어 뜻과 같지 못함을 한합니다. 병이 나은 후에 마땅히 당을 쓸어 서로 보기를 원하나이다."

조 씨가 다 듣고는 부끄러워 사례해 말했다.

"첩의 죄가 등한치 않아 첩은 부인께 불공대천지수입니다. 그래서 감히 뵈어 사죄하기를 청하지 못했더니 천만뜻밖에도 이처럼 큰 덕을 드리우시니 황송하고 감격스럽습니다. 그 외에 옛일을 생각하면 눈물이 나는 줄을 깨닫지 못하겠습니다."

운아가 돌아가 이대로 고하니 부인이 탄식하거늘 운아가 물었다.

"조 부인이 예전에 비해 다른 사람이 되어 첩이 기쁨을 이기지 못하겠는데 마님께서 탄식하시는 것은 무슨 일 때문입니까?"

소후가 탄식하고 말했다.

"내 오늘 자식을 잊고 원수를 풀어 줘 조 씨와 우애 있게 지내려 하니 지하에 가 무슨 낯으로 영문이를 보겠느냐?"

말을 마치자 흐르는 눈물이 옷깃을 적시니 운아가 또한 눈물을 흘렸다. 이윽고 상서 형제가 들어와 모친을 뵈니 소후가 눈물을 거두고 내색하지 않았으나 태부가 이미 짐작하고 나아가 나직이 아뢰었다.

“저희가 죽은 형을 잊은 것이 아닙니다. 인사와 의리상 이렇게 된 것이니 어찌하겠나이까? 그러니 어머님은 번뇌하지 마소서.”

소후가 슬피 대답하지 않으니 상서가 또 조용히 위로해 아뢰었다. 이에 소후가 억지로 참고 탄식하며 말했다.

“내 어찌 남을 한하겠느냐? 내 팔자를 탄식한 것이다.”

두 아들이 온화한 소리로 위로하고 월아가 좋은 말로 위로했다.

소후가 여러 날 심하게 신음했으나 대단히 앓는 모습을 남이 알게 하지 않았다. 그런데 정전에 든 후에는 여러 날 신음해 베개를 떠나지 못하니 상서와 태부가 크게 우려했다. 또 부친이 자기 안전에 용납하지 않는다고 한 적이 없었으나 자신들과 말을 하지 않고 기운이 엄숙했으니 상서와 태부가 두려움을 이기지 못했다.

사오 일 후에 소후의 병세가 위중해지니 안팎으로 시끄러워 집안이 어지러웠다. 아들들이 초조해하고 정신이 없더니 월주가 나와 울고 왕에게 애걸해 소후에게 들어가 보기를 청했다. 왕이 놀라고 의아해 좌우의 사람들을 시켜 상서를 불러 말했다.

“내 요사이 마음이 평안하지 않아 전혀 알지 못했더니, 네 어미가 몸이 좋지 않다는 소식을 나에게 이르지 않은 것은 무슨 마음에서냐?”

상서가 두 번 절해 죄를 청하고 말했다.

“저희가 불초해 아버님 앞에 죄를 지은 것이 가볍지 않으므로 자당의 병을 감히 우러러 고하지 못했습니다.”

왕이 다시 말을 안 하고 상서를 데리고 숙현당으로 갔다. 소후가 억지로 일어나 앉아 묵묵하니 왕이 자리를 정하고 물었다.

“현후에게 갑자기 생긴 병이 어찌 이처럼 위독해졌소? 증세를 자세히 듣고 싶소.”

소후가 참고 대답했다.

"우연히 생긴 숙질(宿疾)이 오래 낫지 않으나 대단하지 않으니 걱정하지 마소서."

왕이 그 얼굴이 초췌하고 호흡이 그쳐진 것을 매우 염려해 첫째아들에게 그 몸을 붙들라 하고 진맥을 마치니 왕처럼 현명한 사람이 어찌 그 마음을 모르겠는가. 심사가 더욱 요동쳐 잠자코 있다가 약을 다스려 몸 조리하기를 권하고 자기가 이곳에 있으면서 온화한 말로 위로했다.

이날 밤에 아들들이 물러가고 왕이 홀로 여기에 있다가 밤이 깊은 후에 소후에게 말했다.

"현후가 오늘 병이 깊은 것이 어찌 그날 밤에 시원하게 하던 말과 다르신 것이오?"

소후가 억지로 대답했다.

"첩에게 묵은 병이 있음은 군자께서 아시는 바니 별다른 근심이 있어 그런 것이겠습니까?"

왕이 웃음을 머금고 말했다.

"현후가 과인을 어둡게 여기는 것이 아니오? 내가 조녀를 절치하는 것이 만일 조녀가 예전에 영문이를 독살하지 않았다면 이토록 했겠소? 다만 천하의 윤리가 큰 것이 아비와 자식 외에는 없으니 영문이에게 죄가 있어도 아비 마음이 덜하지 않겠지만 하물며 죄 없는 갓난아이임에랴. 현후의 마음이 낭문이의 낯을 돌아보고, 현후가 큰 의리를 아는 것이 다른 무리와 다르므로 겉으로는 태연하나 그 마음은 새로이 서러워하는 줄을 내 다 알고 있으니 모름지기 억지로라도 기운을 내시오. 부모님이 저 사람을 집안에 두었으나 내 마음은 천지와 같이 늙어도 저를 용납할 뜻이 없으니 현후는 이를 어떻게 여기오?"

소후가 다 듣고는 진실로 처음부터 왕의 한 쌍 밝은 눈을 두려워해 신음하는 기색을 안 비쳤더니 이 말을 듣자 하릴없이 머리를 숙이고 눈에 눈물이 어렸다. 왕이 또한 눈물을 머금고 말했다.

"조녀가 옛날에 우리 부부를 해쳤어도 영문이의 한 목숨을 용서했더라면 오늘날 마음이 이토록까지는 아니었을 것이오. 다른 아이들은 벌써 높은 관리가 되었으나 홀로 영문이의 그림자가 아득하니 내 비록 대장부지만 차마 부숴지는 듯한 마음을 억제할 수가 있겠소? 아버님의 명령 때문에 조녀를 집안에 머무르도록 했으나 눈 속의 가시가 되었으니 큰 우환이오."

소후가 슬픈 낯빛으로 대답하지 않고 말을 안 했다. 그러나 왕이 자기의 마음 아는 것을 꺼려 마음을 돌려 막힌 것을 풀었다.

원래 소후가 우환에 상한 사람이라 마음을 쓰는 일이 있으면 숙병(宿病)이 재발했다. 그래서 또 마음을 돌려 심사를 널리하고 병을 조리하니 10여 일 후에 쾌차했다. 이에 자녀들이 기쁨을 이기지 못하고 왕이 다행으로 여겼다.

소후가 병이 낫자 세수를 하고 정당(正堂)에 가 문안하고 침소에 돌아와 방을 청소했다. 그리고 자리를 베푼 후에 서녀 빙주를 보내 조 씨를 청했다. 조 씨가 그런 염치를 가졌으나 차마 부끄러워 갈 마음이 없었다. 그러다 마지못해 숙현당으로 갔다.

소후가 예복을 갖추고 공손히 자리를 떠나 일어나 맞아 서로 예를 마쳤다. 그리고 소후가 먼저 옥 같은 목소리를 열어 살아 돌아온 것을 축하하니 조 씨가 다만 머리를 두드리고 손을 비비며 말했다.

"소첩이 현후께 죄를 얻은 것이 적지 않습니다. 그런데 오늘 현후께서 제 죄를 용서해 주시는 날 부끄러워 죽을 곳이 없습니다. 다만 염통과 간을 빼어 부인께 고하고 싶나이다."

소후가 눈물을 뿌리고 용모를 가다듬고 옷깃을 여며 말했다.

"예전에 서로 화란을 겪은 것은 운세가 고르지 않고 첩의 운명이 기구해 그랬던 것이니 어찌 부인의 탓이겠습니까? 그 일을 일컬으면 첩의 심장이 새로이 무너질 따름이니 부인은 다시 그 일을 제기하지 마십시오. 온화한 기운을 이루어 규목(樛木)의 덕(德)[104]을 잇고 싶습니다."

조 씨가 소후의 온순한 말과 부드러운 낯빛을 보자 마음이 잠깐 누그러져 다만 그 덕택을 온 입으로 칭찬하고 경문의 은혜를 일컬으니 소후가 겸손히 사양하며 말했다.

"이는 경문이의 도리로 마땅한 일이니 어찌 부인이 사례하실 일입니까? 두 아이 남매가 고초를 겪은 가운데 무사히 자라 기이한 것이 세속을 벗어났으니 첩이 길이 하례합니다."

조 씨가 또한 사양했다. 한나절을 담소하니 소후의 대접이 은근했다. 조 씨 또한 마음을 열어 지난날의 고초를 이르고 눈물을 흘렸다. 사람의 염치 없음이 이와 같으니 어찌 다른 일을 이를 것이 있겠는가. 자기가 스스로 얻은 재앙을 받아 가지고서 소후가 설사 너그러운 은택이 유달라 자식 죽인 원수를 잊고 두 자녀의 얼굴을 보아 소후의 덕이 큰 것이 대하(大河) 같으므로 자기를 좋게 대접한들 무엇을 그리 아리땁게 여긴다고 무슨 낯으로 옛일을 말하고 싶겠는가? 다만 그 지식의 천박임이 이와 같았다.

이윽고 조 씨가 돌아가니, 그전에 연후가 이곳으로 들어오다가 조 씨가 온 것을 보고 도로 나갔다가 저녁 때 낭문이 문안하는 때를 타

---

104) 규목(樛木)의 덕(德): 아름다운 부인의 덕. <규목>은 『시경』 "주남"의 작품명으로, 주나라 문왕의 후비(后妃)가 질투하지 않고 후궁에게까지 골고루 은혜를 베푼 것을 찬양한 시임.

엄정히 경계해 말했다.

"네 어미의 예전 죄는 이르지 않아도 알 것이다. 내 마침내 아버님의 경계를 받고 너희의 낯을 보아 네 어미를 집안에 두었다 한들 네 어미가 염치가 있다면 사람 무리에 나다니지 못할 것이다. 너는 이 뜻을 네 어미에게 일러서 잘못 행동하지 말도록 하라."

또 상서를 꾸짖었다.

"네 어미가 소견이 낮다 해도 사람의 얼굴을 가지고서 자식 죽인 원수를 잊고 한 오늘날 행동은 참으로 한심하다. 이후에도 이런 일이 있다면 네 어미에게 나의 집을 떠나도록 하라."

상서가 두 번 절하고 슬픈 빛으로 물러났다. 낭문이 왕의 말을 듣고 눈물이 흘러 자리에 고였다. 이에 자리를 떠나며 말했다.

"어미의 죄가 이렇듯 깊으시니 어찌 감히 밝은 집안을 더럽히겠나이까? 아버님이 큰 덕을 드리우셔서 산속에 한 간 작은 집을 허락해 주시면 소자가 어미를 데리고 쇠잔한 목숨을 지탱해 남은 인생을 마치면 다행일까 하나이다."

왕이 정색하고 말했다.

"어린 것이 교활하게 말을 잘해 이처럼 아비를 통제하는 것이냐? 내가 너에게 말을 한 것은 네 어미가 염치를 온전하게 가지도록 하라는 뜻이었는데 네가 이런 간사한 말을 하는 것이냐?"

낭문이 다시 말을 못 하고 울고 물러나 왕의 말을 조 씨에게 전하고 간했다. 조 씨가 이에 놀라고 기운을 잃어 한 말도 못 하니 벽주가 울면서 말했다.

"모친의 죄가 깊으시고 아버님이 이러하신 것이 그르지 않으나 그 자식 된 자로서 편안하겠나이까? 긴 날에 이런 모습을 보고 살아 있는 것이 무익하니 오라버니는 건강히 지내며 모친을 보호하소서.

저는 한 자의 칼로 목숨을 끊으려 하나이다."

낭문이 탄식하고 말했다.

"누이가 어찌 이런 괴이한 말을 하느냐? 매사가 이런 것도 다 팔자와 운수 때문이니 만일 우리가 죽으면 모친은 누구에게 의지하시겠느냐?"

조 씨가 꾸짖어 말했다.

"예전에 내 죄가 없을 때도 네 부친의 박대가 심상치 않았다. 하물며 내가 죄를 지었음에랴? 내 삼종(三從)[105]의 중한 것이 너희에게 있거늘 이런 흉한 말을 하니 네가 죽으려 한다면 나를 먼저 찌르고 죽으라."

벽주가 다만 흐르는 눈물이 옷깃을 적신 채 말을 못 했다.

이후에는 조 씨가 감히 숙현당 가까이 자취를 보이지 못했다. 비록 상서 형제와 위 씨 등은 하루에 네 번 문안하고 극진히 존대했으나, 왕은 조금도 조 씨를 마음에 두는 일이 없는 것은 이를 것도 없고 조 씨를 이를 갈며 미워했다.

벽주가 조급한 마음에 살아보고 싶은 뜻이 없어 하루는 조 씨가 정당에 간 사이를 타 찬 칼을 빼어 들고 하늘을 우러러 부르며 말했다.

"아득한 하늘이여! 후세에는 부모님이 화락하는 곳에 태어나 이승에서 서럽던 한을 씻으리라."

말이 끝나지 않아서 태부가 마침 이에 들어오다가 이 광경을 보고 대경실색해 급히 나아가 벽주를 붙들고 말했다.

"누이가 오늘 이 행동을 하는 것은 무엇 때문이냐?"

벽주가 뜻밖에 오빠를 만나 더욱 서러워 다만 크게 울고 말을 안

---

105) 삼종(三從): 예전에, 여자가 따라야 할 세 가지 도리를 이르던 말. 어려서는 아버지를, 결혼해서는 남편을, 남편이 죽은 후에는 자식을 따라야 함.

하니 태부가 낯빛이 더욱 자약한 채 다시 까닭을 물었다.

"인륜을 범한 죄인도 부모를 두고 목을 매 죽는 것은 지극한 불효인데 부모님이 반석 같으시고 우리가 어리석으나 누이를 아직 저버리지 않았거늘 무슨 까닭에 이런 행동을 한 것이냐?"

벽주가 또한 근심하는 빛으로 소리를 삼키며 대답하지 않으니 태부가 초조해 손을 잡고 재삼 물었다. 그러자 소저가 바야흐로 울고 말했다.

"제가 세상에 나서 하루도 즐거운 광경을 보지 못하니 마음이 상해 죽으려 한 것입니다. 구태여 오라버니들이 박대하신다 해서이겠습니까?"

태부가 슬피 눈물을 흘리며 말했다.

"누이가 대강 소회를 이르라. 나도 내 마음을 속이지 않을 것이다."

벽주가 눈물을 닦으며 말했다.

"제가 모친을 모셔 심상치 않은 재앙을 겪고 겨우 아버님을 만나 그 이후로는 하늘의 해를 볼까 했습니다. 모친이 예전에 저지른 죄는 제가 알지 못하나 아버님이 하시는 행동은 자못 인정 밖이십니다. 그래서 제가 이를 서러워해 죽어 잊으려 해서이고 다른 뜻이 있어서는 아닙니다."

태부가 다 듣고는 벽주의 손을 잡고 오열하며 말했다.

"누이야, 네 뜻이 이러하니 내 마음이 더욱 부서지는 듯하구나. 슬프다, 부모님의 예전 모습은 내 보지 않아 알지 못하나 오늘날을 맞아 부모님이 화락하지 않으시니 밤낮으로 오장이 끊어지는 듯하구나. 내 당시에 또한 죄를 지은 가운데 있었으므로 감히 입을 열지 못했으니 어느 때든 마음이 즐거웠겠느냐? 그러나 아버님의 마음이 심상치 않으셔서 모친이 바라시는 이는 너희 두 사람인데 이런 큰 일을 시작한 것이냐? 아버님이 이 일을 아신다면 장차 너를 어떻게 여기시겠느냐? 누이가 오늘 자결하는 것을 그쳤으나 내일 또 저지를 것이니 누이는 이제 어찌하려 하느냐?"

소저가 한참을 울다가 이에 사례해 말했다.

"제가 마음이 사나운데다 화란 중에 마음이 상해 잠시 생각지 못했더니 오라버니의 가르침이 옳습니다. 이후에는 마땅히 이를 가슴속에 새겨 잊지 않겠습니다."

태부가 크게 기뻐했으나 또한 믿지 않았다. 이에 두어 마디 말을 해 이해득실로 타이르니 소저가 크게 깨달아 재삼 사죄하고 이후에는 저지르지 않을 것임을 진심으로 맹세했다.

태부가 마음을 놓아 밖으로 나왔으나 마음이 즐겁지 않아 서당에 누웠다.

이때 홀연 중사(中使)[106]가 이르러 광록시(光祿寺) 잔치를 받으라 하는 것이었다. 태부가 마지못해 게을리 일어나 의관을 고치고 오운전에 이르러 부친에게 하직하니 왕이 정색하고 묵묵히 있었다.

원래 왕이 상서는 즉시 용서했으나 태부는 주단(柱單)[107] 두 글자에 화를 내어 용납하지 않았다. 태부가 왕의 자리 아래 꿇어 대답을 기다려 일어나려 했으므로 자연히 시간이 늦어졌다. 중사가 재촉을 계속했으므로 왕이 마지못해 두어 말로 마음대로 행동한 것을 엄히 꾸짖고 가도록 허락했다.

태부가 속으로 기뻐해 고개를 조아려 사례하고 물러나 조정으로 갔다. 이미 차일(遮日)은 흰 구름이 되어 있고 비단 병풍과 채화석(彩花席)[108]에 눈이 부셨다. 조정의 모든 관원들이 모여 있으니 비단

106) 중사(中使): 왕의 명령을 전하던 내시.

107) 주단(柱單): 혼인이 정해진 뒤 신랑 집에서 신부 집으로 신랑의 사주를 적어서 보내는 종이.

도포와 옥띠가 빛났다.

태부가 가자 모두 몸을 일으켜 태부를 맞이해 자리를 정했다. 이는 사가(私家)의 잔치와 달라 천자가 내려주신 잔치 자리였으므로 벼슬 차례로 자리를 정했다. 일곱 명의 각로가 주벽(主壁)[109]하고 육부(六部)의 상서가 차례로 앉으니 태부가 이미 육경(六卿) 자리에 앉을 것이었으나 예부상서 이흥문과 이부상서 이성문이 자기의 형이라서 자리를 띄워 동편에 앉았다. 그런 후 나머지 관원들이 매우 가지런히 자리를 이루니 비단옷과 옥띠가 분 바른 벽에 빛나고 패옥 소리가 쨍그랑거렸다.

태부가 이날 관옥(冠玉) 같은 얼굴에 일품의 옷을 갖추었으니 어깨에는 해와 달이 다투어 빛나는 것처럼 붉은 도포를 더했고 가슴에는 선학봉(仙鶴峰)[110]이 그려져 있었으며 머리에는 자금관(紫金冠)[111]을 쓰고 손에는 옥홀을 잡았다. 풍채가 사람을 놀라게 해 금과 옥이 빛을 잃고 별 같은 눈은 가을 물결을 헤치는 듯했으니 기상이 호탕하고 골격이 엄숙했다. 이는 참으로 만 리 높은 하늘에 한 점의 뜬구름도 없는 듯했으니 자리에 있던 사람들이 기운을 잃었다. 다만 이부상서 죽현 선생의 맑은 용모와 단엄한 거동이 나란히 앞을 다투었고 예부상서 죽암 선생흥문의 호탕한 풍채와 늠름한 모습이 있어 마치 세 명의 신선 같았다. 그 나머지 이세문 등 다섯 명이 아름다운 선비였으나 한 명도 풍채를 우러러볼 이가 없었으니 자리에 있던 사람들이 새로이 부러워 우러러보았다. 이에 각로 양세정이 태

108) 채화석(彩花席): 여러 가지 색깔로 무늬를 놓아서 짠 돗자리.

109) 주벽(主壁): 주벽. 방문에서 정면으로 바라보인 벽을 향함.

110) 선학봉(仙鶴峰): 신선이 타는 학과 산봉우리.

111) 자금관(紫金冠): 자금으로 만든 관. 자금은 적동(赤銅)의 다른 이름으로, 적동은 구리에 금을 더한 합금임.

부를 향해 말했다.

"그대가 나이 어린 사람으로서 큰 공을 이루어 이제 이름이 운대(雲臺)[112]에 오르고 빛나는 이름이 온 조정에 진동하며 천자께서 내려주시는 잔치를 광록시에서 받게 되었구나. 그 풍채와 큰 지략은 이르지도 말고 오늘 잔치가 천고에 대단한 일이네. 우리 녹록한 늙은이는 국가를 위해 조그만 공도 이루지 못하고 무익하게 녹만 허비할 따름이니 부끄럽지 않은가?"

태부가 무릎을 쓸고 각모를 다잡아 사례해 말했다.

"학생이 미미한 나이에 요행히 작은 땅을 향해 가 국가의 큰 복덕분에 지푸라기 같은 도적을 쓸어버린 것이 문득 한 몸에 공이 되어 황은이 망극하셔서 잔치를 내려주시는 일이 생겼으니 한 몸이 송구함을 이기지 못하겠습니다. 그런데 각하께서 위로하시는 말씀이 이와 같으니 학생이 더욱 몸 둘 곳을 알지 못하겠습니다."

양 공이 기쁜 빛으로 웃으며 말했다.

"나의 말은 이보를 기특하게 여기는 뜻이 마음에 가득해 진정으로 이른 말이니 어찌 위로하는 말이겠는가?"

좌우 사람들이 모두 태부를 향해 하례하고 연왕에게 복이 많음을 일컬으니 양 각로가 웃고 위 승상을 향해 말했다.

"오늘 죽명[113]의 풍채와 기골을 보니 여러 형을 대해 새로이 치하하네."

위 승상이 왼손으로 수염을 다듬으며 오른손으로 옥띠를 어루만져 미소 짓고 말했다.

---

112) 운대(雲臺): 후한 명제(明帝) 때 등우(鄧禹) 등 전대(前代)의 명장 28인의 초상화를 그려서 걸어 놓고 추모한 공신각(功臣閣)의 이름.

113) 죽명: 이경문의 호.

"양 형은 죽암[114] 같은 기이한 사위를 두고 홀로 나를 우롱하는 겐가? 내 사위가 성보[115] 같다면 이 치하를 사양하지 않을 것이네."

양 공이 웃으며 말했다.

"위 승상 말이 괴이하네. 이보[116] 같은 기이한 사위를 나무라니 그 마음이 어디에 있는고?"

자리에 태자태사 소 공소형이 웃고 말했다.

"위 형의 교만한 성품은 젊어서부터 대단했던 것이라 스스로 착하며 옳다 하나 누가 곧이듣겠는가?"

태부가 이에 몸을 굽혀 정색하고 말했다.

"숙부께서는 어찌 한 집안에서 일어난 아름답지 않은 말을 드러내시며 제 장인을 집적거려 잔치 자리의 좋은 기운이 떨어지게 하시고 황제께서 내려주신 잔치를 욕되게 하시는 것입니까?"

위 공이 이 말을 듣고 발끈 낯빛을 바꾸고 말을 하려 했다. 이때 이부 이성문이 한 쌍의 눈을 흘겨 떠 태부를 한 번 보고 소 공을 향해 말했다.

"오늘은 조정의 관리들이 다 모인 날이요, 이곳은 공당(公堂)의 잔치 자리니 훗날 사실(私室)에서 희롱하는 말씀을 하시고 제 아우의 단점을 이르지 마소서. 제 아우가 자기 허물이 뚜렷이 드러나는 것을 걱정하나이다."

말이 끝나기 전에 예부상서 이흥문이 각모를 어루만져 웃으며 말했다.

"오늘 아우의 몸이 조정의 대신이요, 오늘은 천자께서 잔치를 내

114) 죽암: 이흥문의 호.
115) 성보: 이흥문의 자.
116) 이보: 이경문의 자.

려주시는 날이니 당당한 부모시라도 오늘은 구애되어 자리에 오지 못하십니다. 그런데 아우에게 설사 허물이 있으나 삼공(三公)의 높은 벼슬을 가진 분이라도 비웃으며 꾸짖는 말을 내지 못할 것이니 모두 짐작하소서."

위 공이 이 말을 듣고 분노를 참아 정색하고 묵묵히 있으니 자리에 복야 신국공 요익이 웃고 말했다.

"성보의 말이 직언이로다. 이보의 소행이 곱지 않은들 오늘날 존귀한 위엄을 갖추었는데 온 자리에 말을 퍼뜨리는 것이 애달프네. 소 형이 조카 사랑하지 않는 것이 이토록 심한 것인가?"

말을 마치자 부채로 땅을 치며 크게 웃으니 자리에 있던 사람들도 크게 웃었다. 위 공이 정색한 채 묵묵히 말이 없고 태부 형제가 용모를 가다듬고 단정히 앉아 있었다.

이윽고 잔을 올리고 음악을 연주했다. 이원(梨園)[117]의 제자(弟子)[118]가 금슬(琴瑟)을 차례로 연주했는데 문채 나는 옷에 붉은 치마는 봄바람에 나부끼고 맑은 노래는 하늘에 사무쳤으며 삼현(三絃)[119]과 오악(五樂)[120]이 섞였으니 그 웅장함은 천고에 없는 대단한 광경이었다. 태부가 잔을 잡고 슬픈 빛으로 눈물을 흘리며 자리에 있는 사람들에게 고했다.

"소생이 이제야 겨우 어린아이를 면했으나 아직도 부리가 누런 새 새끼 같거늘 폐하의 은혜가 크고도 크셔서 이 지경에 미쳤으니 한 몸이 가루가 되어도 이 은혜는 갚지 못할 것입니다. 이를 생각하

---

117) 이원(梨園): 중국 당나라 때, 현종(玄宗)이 장안의 금원(禁苑)에서 몸소 3백 명의 제자(弟子)를 뽑아 음악을 가르치던 곳.

118) 제자(弟子): 당나라 현종(玄宗)이 이원에서 쓰려고 의춘원(宜春院)에 둔 궁녀들.

119) 삼현(三絃): 세 가지의 현악기.

120) 오악(五樂): 다섯 종류의 악기로 금슬(琴瑟), 생우(笙竽), 북[鼓], 쇠북[鍾], 경(磬)을 가리키기도 하고 북[鼓], 쇠북[鍾], 탁(鐸), 경(磬), 작은 북[鞀]을 가리키기도 함.

면 어찌 슬프지 않겠습니까?"

양 각로 등이 몸을 굽혀 칭찬해 말했다.

"이는 다 그대의 뛰어난 재능과 대단한 지략에서 비롯한 것이네. 그대는 국가의 훌륭한 신하요 우리의 스승 같은 벗이니 기쁨을 이기지 못하겠네. 그러니 또 어찌 재미없이 있을 수 있겠는가?"

말을 마치고 각각 잔을 들게 해 태부에게 하례하고 글을 읊어 그 공덕을 칭송했다. 양 공의 문체가 너르고 뜻이 맑고 새로운 것은 이를 것도 없고 소리가 부드러우며 시원해 고산의 옥이 울리며 형산(荊山)의 벽옥(璧玉)[121]을 때리는 듯했다. 이어서 일곱 명의 각로가 읊은 시가 빼어나고 화려하니 태부가 두 손으로 잔을 받으며 다 듣고 공손히 자리에서 일어났다가 앉으며 사례해 말했다.

"소생이 무슨 몸이라고 오늘날 어르신들께서 이처럼 칭찬하시는 것을 감당하겠습니까? 용렬하고 재주 없는 자질로써 국가에 작은 공도 없이 폐하의 과도한 대접을 받고 어르신들께서 이처럼 성대히 칭찬해 주시니 복이 없어질까 두렵습니다."

각로들이 겸손히 사양했다. 차례가 육부의 상서에 이르니 이부상서 성문과 예부 이흥문이 몸을 굽혀 말했다.

"어린아이가 천우신조를 입어 요행히 작은 공을 이루고 성상의 대접이 과도하신 가운데 어르신들이 높은 글을 주신 것은 평생의 영화입니다. 소생 등은 형제 항렬에 있어 시를 읊어 덕을 칭송하는 것이 가당치 않으므로 능히 명을 받들지 못하겠나이다."

형부상서 장옥지가 웃고 말했다.

"이부와 예부가 사양하는 것이 마땅한 도리니 차례를 건너뛰어

---

121) 형산(荊山)의 벽옥(璧玉): 중국 춘추시대 초(楚)나라 형산(荊山)에서 난 화씨벽(和氏璧)을 이름.

내가 송덕시를 짓겠네.”

그러고서 자리에 나아가 맑게 칠언사운(七言四韻)[122]을 읊으니 소리가 사납고 세찼으므로 좌우의 사람들이 낯빛을 고쳤다.

태부가 몸을 굽혀 사례하고 말을 하려 하더니, 자리에 있던 이부시랑 화진이 웃고 잔을 들고 나아와 말했다.

“내 비록 벼슬이 미미하나 연국 대왕이 높이 대접해 주신 것에 힘입어 벗들 사이에 참여하게 되었네. 오늘 그대가 성공하고 잔치를 내려받는 날을 맞아 마지못해 썩은 글귀를 뽑을 것이니 괴이하게 여기지 말게.”

말을 마치고는 사운율시를 읊었다. 소리가 산뜻하고 시원하며 뜻이 맑고 고상해 시문의 높은 것이 좌중에 으뜸이었다. 자리에 있던 사람들이 모두 칭찬하고 태부가 용모를 가다듬어 사례해 말했다.

“어르신께서 소생 같은 젖먹이 어린아이를 대단하게 아셔서 뜻을 굽혀 높은 글귀로 칭찬해 주시니 소생이 무슨 몸이라고 감히 감당할 수 있겠나이까?”

화 공이 웃고 말했다.

“그대를 보니 우리 사위와 많이 닮았네. 우리 사위도 어느 때 장성해 그대처럼 입신양명할꼬?”

신국공 요 공이 웃으며 말했다.

“화 형은 너무 바라지 말게. 백문이란 조카의 행동을 보면 지극한 풍류 사내이니 경문의 사람됨을 바라나 볼 수 있겠는가? 훗날 형이 백문이를 미워할 때 내 말을 생각할 것일세.”

화 공이 웃으며 말했다.

---

122) 칠언사운(七言四韻): 네 개의 운각(韻脚)으로 된 칠언의 시. 칠언율시(七言律詩).

"한 명의 사위를 얻어 귀중함을 이기지 못하고 있거늘 형은 어찌 이런 불길한 말을 하는 겐가? 백문이 비록 허랑하나 연왕 전하 교훈이 범상치 않으시니 자기가 어찌 마음대로 하겠는가?"

요 공이 웃으며 말했다.

"제 천성이 그런 후에는 부모라도 할 수 없는 것이네."

자리에 있던 문연각 태학사 문 공이 웃으며 말했다.

"이는 자기 마음을 남도 그럴까 여겨서 하는 말이니 다 같기가 쉽겠는가?"

요 공이 웃음을 머금으니 화 공이 괴이히 여겨서 물었다. 문 공이 다만 크게 웃고 말했다.

"우습고 가소로운 일이 있었으니 이제 말을 퍼뜨리고 싶으나 그 몸에 걸친 복색이 아까워 참겠네. 훗날 조용히 일러 주겠네."

이에 모두 그 말하는 뜻을 몰라했다.

자리에 있던 사람들이 한결같이 송덕시를 지으며 잔을 잡아 축하하니 태부가 순순히 사례하며 일일이 감당하지 못함을 일컬었다. 기골이 이미 어른의 기상을 이루었으니 누가 열여덟 살 아동으로 알겠는가. 사람들이 탄복하고 부러워해 새로이 연왕의 복을 일컬었다. 연왕은 진짜 아들을 두었다고 할 만하니 세속의 녹록한 무리 열 아들에게 비하겠는가.

날이 늦어지자 잔치를 끝내는 곡을 연주하고 사람들이 흩어졌다.

태부가 또한 형제들과 함께 집으로 돌아갔다. 여러 잔 술에 노곤해 눈처럼 하얀 피부와 옥처럼 부드러운 골격에 붉은 빛이 감돌았으니 이는 참으로 흰 눈이 땅에 가득한데 붉은 꽃잎이 어지럽게 흩날리는 듯했다. 눈길을 잠깐 낮추고 옥 같은 얼굴에 온화한 기운이 더욱 가득한 채 부모와 집안 어른들을 뵈었다. 갈수록 기운을 낮추고 각모를 가다듬으니 빼어난 풍채가 사람들의 이목을 놀라게 했다. 부모와 집안 어른들이 새로이 기쁨을 이기지 못했으니 승상 같은 진중한 사람도 태부의 손을 잡고는 기쁜 빛이 눈썹 사이에 영롱한 채 태부에게 다만 갈수록 충성을 닦아 국가의 은혜를 갚으라고 했다.

이윽고 태부 등이 부모를 모셔 숙현당으로 돌아가니 왕이 스스로 기뻐하는 마음과 외람함을 이기지 못해 태부를 나아오라 해 손을 잡고 말했다.

"내 아이는 오늘이 고금에 희귀한 줄을 아느냐? 네 나이가 겨우 열여덟이 되었는데 복색과 지위가 팔십 노인도 얻기 어려운 것을 스스로 가졌으니 모름지기 갈수록 공손하고 검소해서 가문에 욕이 미치도록 하지 마라."

태부가 두 번 절해 사례하고 저녁 문안을 마치고는 사실(私室)로 돌아갔다. 왕이 이곳에서 잠을 자며 소후와 함께 아들의 기이함을 이르면서 매우 기뻐했다.

이날 밤에 예부 흥문이 서당에 이르러 태부가 없는 것을 보고 상서에게 물으니 상서가 대답했다.

"처자 있는 남자가 매양 서당에 있겠습니까?"

예부가 놀라서 말했다.

"이보가 산동에서 돌아온 후에 처음으로 사실에 간 것이냐?"

상서가 웃고 대답했다.

"그렇습니다만 물어서 무엇을 하려고 그러십니까?"

예부가 말했다.

"내 또 이놈의 행동을 살펴 긴 날의 소일거리로 삼아야겠다."

그러고서 집으로 돌아가 최 숙인을 청해 계교를 알려 주고 봉성각으로 보냈다.

이날 태부가 돌아온 지 한 달이었으나 일이 계속 생겨 처음으로 봉성각에 이르렀다. 소저가 붉은 치마를 떨쳐 일어나 맞이해 자리를 이루고 조 부인이 생환한 것을 하례했다. 이에 태부가 기쁜 빛으로 말했다.

"어머님과 누이, 아우를 찾아 돌아와 인륜을 완전하게 했으니 소생 등이 이후에는 불효의 죄를 면할 것이라 기쁨을 이기지 못하겠소."

말을 마치고 눈을 들어 소저를 보니 선명한 모습과 달같이 아름다운 자태가 일 년 사이에 더욱 수려해 기이한 골격에 눈이 부셨다. 태부가 비록 진중했으나 나이가 소년이요, 깊은 정이 태산 같은데 헤어진 지 오래며 오늘 취했으니 어찌 은정을 참을 수 있겠는가. 하염없이 소저의 손을 잡고 옷을 가까이해 웃으며 말했다.

"부인이 아리따운 얼굴을 하고서 마음을 졸이지 않았구려. 생이 없는데 더욱 살지고 윤택해졌으니 생의 뜻을 저버린 것이 이렇듯 하구려. 그래도 표형 등의 기롱을 비웃거니와 무슨 일로 스물이 가까워지도록 아들을 낳아 즐기는 재미가 없소?"

소저가 이 말을 듣고 부끄러워 머리를 숙이고 대답하지 않았다. 생이 오랫동안 우러러보다가 즐거운 빛으로 웃고 말했다.

"전날 그대가 내게 보낸 서찰을 보니 문장이 독보적인 줄을 알겠소. 오늘 밤에 사방에 인적이 없고 조용하니 한 수 시를 지어 학생의 어두운 눈을 시원하게 하는 것이 어떻겠소?"

소저가 정색하고 대답했다.

"규방의 용렬한 재주와 학식을 설사 볼 만해도 부질없는 일인데 하물며 첩은 까마귀 그리는 방법도 모르니 군자 앞에서 당돌히 붓을 놀리겠습니까?"

태부가 정색하고 말했다.

"부인이 학생을 그릇 알고 있구려. 글을 지었다 해서 내가 남에게 누설할 것이며 내가 청해서 짓게 하고 그대에게 천박하다고 하겠소? 야심한 곳에서 두 사람이 마주해 서로 정답게 시를 주고받으려 한 것이니 그대는 모름지기 사양하지 마오."

그러고서 붓대를 들어 소저의 손에 쥐어 주며 간절히 청했다. 소저가 속으로 냉소하고 천천히 붓을 놓고 정색해 말했다.

"여자가 맑은 바람과 밝은 달을 대상으로 시를 짓고 읊는 것은 본디 이를 만하지 않습니다. 그리고 군자는 당당한 남자로서 형제와 높은 벗이 가득한데 아녀자를 대해 서로 시구를 창화(唱和)하는 것은 참으로 옳지 않습니다. 첩이 여자 되어 군자를 내조하는 덕이 없거늘 더욱이 시를 짓고 글귀를 읊조려 노래하는 사람의 음탕한 태도를 지을 수 있겠습니까? 첩이 군자가 첩의 시를 누설하며 첩을 천박하게 여기실 것으로 생각하겠습니까? 하늘이 알고 귀신이 아니 남이 모른다 하고 괴상한 일을 저지를 수 있겠습니까?"

생이 소저의 열렬한 말과 곧은 행동을 보고 칭찬해 승복함을 이기지 못해 다만 웃고 말했다.

"접때는 내 형들과 모였다가 이곳에 들어왔으므로 엿보았으나 이 심야에 누가 엿볼 것이며 표형 등이 내가 이리 들어온 줄을 알지 못하시니 엿보는 심부름꾼을 못 보냈을 것이오."

소저가 미소 짓고 말했다.

"첩이 대상공네가 아시는 것을 꺼리는 것이 아닙니다. 남이 모를 것이라 여기고 어두운 방 가운데에서 행실을 훼손시키겠습니까?"

태부가 웃고 장기판을 내어오게 해 말했다.

"글 짓기는 싫어하니 잡기나 하는 것이 어떻소?"

소저가 좋아하지 않으며 말했다.

"장기란 것은 사내의 소임이니 여자가 어찌 가까이하겠습니까?"

태부가 웃으며 말했다.

"공자께서도 장기를 두시거늘 그대는 공자보다 더 착하기에 이리 구는 것이오?"

소저가 웃음을 머금고 대답했다.

"남녀가 각각 하는 일이 다르니 구태여 한 가지로 이를 수 있겠습니까?"

생이 또 바둑판을 내어오게 해 말했다.

"장기는 사내의 소임이라 하니 바둑은 어떻소?"

소저가 정색하고 말했다.

"군자가 전날에는 진중하시더니 이런 가소로운 행동을 하려 하십니까? 부부가 친하나 무례한 행동은 옳지 않으니 원컨대 상공께서는 자중하소서."

생은 소저의 말이 정대하고 엄숙함을 공경했으나 취한 흥이 도도했으므로 억제하지 못해 소저의 손을 잡으며 붉은 치마를 끌며 핍박해 바둑을 두라고 재촉했다. 소저가 평안한 모습으로 겸손히 사양하며 조금도 요동하지 않으니 태부가 문득 분노해 말했다.

"그대가 필연 사람과 잡기를 할 것이니 생이 또 사람이요, 친한 것으로 말하자면 같은 침상에 누웠으니 내 그대에게 친하기나 한 사람뿐이겠소? 생이 심심해서 잠깐 소일하려 한 것인데 그대가 이처럼 말하며 거절하니 그 마음이 어디에 있는 것이오?"

소저가 공손히 자리에서 일어났다 앉으며 사죄해 말했다.

"군자가 꾸짖는 말이 황송하나 첩의 천성이 검소하고 소박해 화려하지 못해서 그런 것이니 다른 부인의 침소에 가 마음대로 하소서."

태부가 분노해 말했다.

"이는 생을 조롱하는 것이니 다른 아내 방이라고 무슨 일로 못 가겠소? 저런 견고한 마음에 생과 한 침상에서 잠자는 것은 사절하지 않았는고?"

소저가 이 말을 듣고 고개를 숙여 부끄러운 모습을 띠니 붉은빛이 모여 연꽃이 이슬에 잠긴 듯했다. 태부가 눈을 들어 보다가 웃으며 말했다.

"원래 온갖 일을 다 사양하는 것이 어서 자려고 해서이구려. 인물로서는 괴이한 성품이로다."

말을 마치고 소저를 이끌어 침상에 오르며 웃고 말했다.

"산동 같은 번화한 땅에서도, 절세한 미녀가 가득했으나 정을 둔 여자가 없었더니 오늘 밤에 즐기니 새로이 몸을 상하는 것이 있겠소."

소저가 더욱 부끄러워 손을 뿌리치고 비단 치마를 떨쳐 대답하지 않으니 생이 웃으며 말했다.

"그대 같아서는 누가 자식을 낳겠소?"

그러고서 부채를 들어 등불을 끄고 자리에 나아가니 생의 새로운 은정이 산과 바다 같아 사랑하는 정이 가득했다. 소저가 새로이 부끄럽고 두려워해 조금도 용납하지 않으니 생이 은근한 말로 달래는 소리가 그치지 않으며 소저를 위로하며 아끼는 마음이 가장 깊었다. 비록 불을 껐으나 밝은 달이 방안에 빛났으므로, 생이 소저와 손을 잡으며 향기 나는 뺨을 접해 한 몸이 되지 못함을 한스러워하는 마음이 있고 한 쌍 구슬이 합치고 두 송이 꽃이 핀 듯해 혹 웃고 혹 달래며 사랑하는 마음이 깊다가 봄밤에 고단해지니 두 사람의 어여쁜 모습이 한층 더했다.

최 숙인이 크게 기뻐 돌아와 예부를 대해 자세히 이르고 웃으며 말했다.

"누가 둘째상공을 대신(大臣)이라 했습니까? 그 행동이 전후에 어린아이의 모습이라 어여쁨을 참지 못하겠습니다."

예부가 크게 웃고 말했다.

"이 밤이 언제나 새면 이놈을 보채며 웃을까?"

이렇게 말하며 스스로 잠을 이루지 못했다.

제2부

주석 및 교감

☘ 일러두기 ☘

A. 원문

1. 저본은 한국학중앙연구원 소장본(26권 26책)으로 하였다.
2. 면을 구분해 표시하였다.
3. 한자어가 들어간 어휘는 한자 병기를 원칙으로 하였다.
4. 음이 변이된 한자어 및 한자와 한글의 복합어는 원문대로 쓰고 한자를 병기하였다. 예) 고이(怪異). 겁칙(刼-)
6. 현대 맞춤법 규정에 의거해 띄어쓰기를 하되, '소왈(笑曰)'처럼 '왈(曰)'과 결합하는 1음절 어휘는 붙여 썼다.

B. 주석

1. 다음과 같은 경우에 각주를 통해 풀이를 해 주었다.
   가. 인명, 국명, 지명, 관명 등의 고유명사
   나. 전고(典故)
   다. 뜻을 풀이할 필요가 있는 어휘
2. 현대어와 다른 표기의 표제어일 경우, 먼저 현대어로 옮겼다.
   예) 츄쳔(秋天): 추천.
3. 주격조사 'ㅣ'가 결합된 명사를 표제어로 할 경우, 현대어로 옮길 때 'ㅣ'는 옮기지 않았다. 예) 긔위(氣宇ㅣ): 기우.

C. 교감

1. 교감을 했을 경우 다른 주석과 구분해 주기 위해 [교]로 표기하였다.
2. 원문의 분명한 오류는 수정하고 그 사실을 주석을 통해 밝혔다.
3. 원문의 의미가 분명하지 않은 경우, 규장각 소장본(26권 26책)과 연세대 소장본(26권 26책)을 참고해 수정하고 주석을 통해 그 사실을 밝혔다.
4. 알 수 없는 어휘의 경우 '미상'이라 명기하였다.

니시셰딕록(李氏世代錄) 권지십일(卷之十一)

•••

1면

어시(於時)의 위 공(公)이 한님(翰林)을 드리고 니부(李府)의 니르니 셔헌(書軒)이 뷔엿거놀 동즈(童子)드려 무른대 동지(童子ㅣ) 딕왈(對日),

"쥬군(主君)이 샹부(相府) 셔헌(書軒)의 계시이다."

위 공(公)이 몸을 두로혀 대셔헌(大書軒)의 니르니 하람공(--公) 등(等) 오(五) 인(人)과 모든 제싱(諸生)이 이에 다 모닷더라. 한님(翰林)이 셜니 나아가 제슉(諸叔)과 왕(王)의 알핀 업드여 죄(罪)롤 청(請)홀시 왕(王)이 팀음(沈吟)[123] 호야 말을 아니코 람공(-公)이 쇼왈(笑曰),

"딜인(姪兒ㅣ) 악공(岳公)의게 샤죄(謝罪)호야 화목(和睦)호냐?"

위 공(公)이 쇼왈(笑曰),

"어롬도 샹뎐(桑田)이 되느니 이보의 구든 뜻인들 양츈(陽春)을 만낫거든 아니 프러디

•••

2면

리잇가? 요스이 나의게 이셔(愛壻) 소임(所任)호미 극(極)히 아리싸

123) 팀음(沈吟): 침음. 속으로 깊이 생각함.

오니 ᄃᆞ리고 니ᄅᆞ럿ᄂᆞ이다."

왕(王)이 ᄇᆡ야흐로 한님(翰林)을 샤(赦)ᄒᆞ야 ᄀᆞᆯ오ᄃᆡ,

"위 형(兄)의 말노 인(因)ᄒᆞ야 너ᄅᆞᆯ 샤(赦)ᄒᆞᄂᆞ니 두 번(番) 고이(怪異)ᄒᆞᆫ ᄒᆡᆼᄉᆡ(行事ㅣ) 이실딘대 결단코(決斷-) 부ᄌᆞ지의(父子之義)ᄅᆞᆯ ᄉᆞᆺᄎᆞ리라."

ᄉᆡᆼ(生)이 ᄌᆡᄇᆡ(再拜) 샤죄(謝罪)ᄒᆞ고 잠간(暫間) 시좌(侍坐)ᄒᆞ엿다가 몸을 니러 고왈(告曰),

"ᄂᆡ당(內堂)의 드러가 모든 ᄃᆡ 뵈고 오리이다."

드ᄃᆡ여 드러가니 남공(-公)이 웃고 위 공(公)ᄃᆞ려 왈(曰),

"샹국(相國)이 므ᄉᆞᆫ 위엄(威嚴)으로 뎌 쇠돌ᄀᆞ티 구든 간댱(肝腸)을 두로혀 ᄃᆞ리고 니ᄅᆞ럿ᄂᆞ뇨?"

위 공(公)이 머리ᄅᆞᆯ 흔들고 손을 저어 왈(曰),

"내 일즉 십구(十九) 셰(歲)의 등양(騰驤)[124]ᄒᆞ야 닙됴(立朝)[125] 이십(二十)

•••

3면

년(年)과 입샹(入相)[126] 수년(數年)의 ᄉᆞᄒᆡ(四海)ᄅᆞᆯ 안공(眼空)[127]ᄒᆞ고 곤위[128] 등(等) 다ᄉᆞᆺ 사ᄅᆞᆷ밧긔 군ᄌᆡ(君子ㅣ) 업ᄉᆞᆫ가 너기고 열인(閱人)ᄒᆞ미 젹디 아니ᄒᆞᄃᆡ 이보ᄀᆞᆺ티 ᄃᆞᆫᄃᆞᆫ코 사오나온 거ᄉᆞᆫ 보디 아녓ᄂᆞ이다. 내 일즉 사ᄅᆞᆷ의게 굴슬(屈膝)[129]ᄒᆞ야 빈 젹이 업고 ᄂᆞᆷ이

---

124) 등양(騰驤): 원래 벼슬이 오르는 것을 의미하나 여기에서는 과거에 급제함을 이름.
125) 닙됴(立朝): 입조. 조정에 들어감.
126) 입샹(入相): 입상. 조정에 들어가 재상이 됨.
127) 안공(眼空): 눈에 거리끼는 것이 없다는 뜻으로 뜻이 매우 큼을 이르는 말.
128) 곤위: 이몽현을 가리키는 것으로 보이나 미상임.

날을 향(向)ᄒᆞ야 비ᄂᆞᆫ 양(樣)을 보왓더니 어인 ᄯᆞᆯ을 나하 뎌 이팔(二八) 쇼ᄋᆞ(小兒)의게 일홈 블너 곤욕(困辱)[130]을 젼후(前後)의 태심(太甚)이 보고 당ᄎᆞ(當此)ᄒᆞ야 제게 빌기ᄅᆞᆯ 마디못ᄒᆞ니 통ᄒᆞᆫ(痛恨)ᄒᆞ미 텰골명[131]심(徹骨銘心)[132]ᄒᆞ엿ᄂᆞ니 도로 도라 연뎐하(-殿下)ᄅᆞᆯ 원망(怨望)ᄒᆞ노라."

모다 크게 웃고 연왕(-王)이 잠쇼(暫笑) 왈(曰),

"형(兄)이 됴뎡(朝廷) 대신(大臣)으로 뎌 쇼ᄋᆞ(小兒)의게 빌미 므ᄉᆞ 일이뇨? 이ᄂᆞᆫ 용녈(庸劣)

•••

4면

이 ᄒᆞ엿도다."

남공(-公)이 웃고 니어 ᄀᆞᆯ오ᄃᆡ,

"딜ᄋᆞ(姪兒)의 젼후(前後) 거지(擧止)ᄅᆞᆯ 듯고져 ᄒᆞᄂᆞ니 형(兄)은 대강(大綱) 니ᄅᆞ미 엇더뇨?"

위 공(公)이 ᄯᅩᄒᆞᆫ 웃고 다시 원망(怨望)ᄒᆞ야 ᄀᆞᆯ오ᄃᆡ,

"연왕(-王)이 그려도 아ᄃᆞᆯ을 녁셔드ᄂᆞᆫ[133] ᄯᅳᆺ이 이셔 날을 공티(公恥)[134]ᄒᆞᄂᆞ냐? 대강(大綱) 니ᄅᆞ리니 이보ᄅᆞᆯ ᄂᆡ ᄆᆞᄋᆞᆷ은 믜워ᄒᆞ나 형(兄)의게ᄂᆞᆫ 쳔금(千金) 쇼교ᄋᆡ(所嬌兒ㅣ)[135]어ᄂᆞᆯ 날노 인(因)ᄒᆞ야 슈댱(受杖)ᄒᆞ고 분긔(憤氣) 튱만(充滿)ᄒᆞ야 병(病)이 시시(時時)로 듕

---

129) 굴슬(屈膝): 무릎을 꿇음.
130) 곤욕(困辱): 심한 모욕. 또는 참기 힘든 일.
131) 명: [교] 원문에는 '밍'으로 되어 있으나 오기로 보임.
132) 텰골명심(徹骨銘心): 철골명심. 뼈에 사무치고 마음에 새김.
133) 녁셔드ᄂᆞᆫ: 역성드는. 누가 옳고 그른지는 상관하지 아니하고 무조건 한쪽 편만 드는.
134) 공티(公恥): 공치. 대놓고 모욕을 줌.
135) 쇼교ᄋᆡ(所嬌兒ㅣ): 소교아. 사랑받는 아이.

(重)ᄒᆞ고 녀ᄋᆞ(女兒)ᄂᆞᆫ 두 틈의 드러 보채이여 옥골(玉骨)이 다 ᄆᆞᄅᆞ고 셰요(細腰ㅣ) ᄭᅳᆫ허질 ᄃᆞᆺᄒᆞ니, 이ᄯᅢ를 당(當)ᄒᆞ야 호령(號令)도 나디 아니ᄒᆞ고 겁(怯)ᄒᆞ고 두리온 ᄯᅳᆺ이 일각(一刻)[136]으로 ᄇᆡᆨ츌(百出)ᄒᆞ니 듀야(晝夜) ᄇᆞᆺ들고 신임[137](身任)[138]ᄒᆞ야 긴 오시 등으로 괴여

•••

5면

오ᄅᆞ고 망건(網巾)이 버서디며 음식(飮食) ᄎᆞ졸 줄도 아디 못ᄒᆞ야 구완ᄒᆞ다가 그 졍신(精神) 출힐 ᄯᅢ 극진(極盡)이 샤죄(謝罪)ᄒᆞ야 지어(至於)[139] 만ᄉᆞ무셕(萬死無惜)[140] 네 ᄌᆞ(字)를 일ㅋ라니 그 구구(區區)ᄒᆞ고 통분(痛憤)[141]키를 ᄒᆞᆫ 입으로 니ᄅᆞ리오?"

남공(-公)이 대쇼(大笑)ᄒᆞ고 ᄀᆞᆯ오ᄃᆡ,

"금일(今日) 위 형(兄)의 말을 드ᄅᆞ니 ᄇᆡ야흐로 사회 어려오믈 알괘라. 형(兄)의 평ᄉᆡᆼ(平生)에 강딕(剛直)ᄒᆞᆫ 셩품(性品)으로 ᄒᆞᆫ낫 사회게 무룹흘 기리 ᄭᅮᆯ믈 면(免)티 못ᄒᆞ니 딜ᄋᆡ(姪兒ㅣ) 비록 입으로 말을 아니나 ᄌᆞᆨ히 가쇼(可笑)로이 너겨시랴?"

기국공(--公)이 찬쇼(贊笑)[142] 왈(曰),

"하ᄂᆞᆯ이 형(兄)의 교긍(驕矜)[143]ᄒᆞᆫ 긔운으로 사ᄅᆞᆷ마다 관쇽(管束)[144]ᄒᆞ믈 믜이 너겨 뎌 황구쇼ᄋᆞ(黃口小兒)[145]의게 굴슬(屈膝)케

136) 일각(一刻): 아주 짧은 동안.
137) 임: [교] 원문에는 '심'으로 되어 있으나 문맥을 고려해 규장각본(11:3)과 연세대본(11:4)을 따름.
138) 신임(身任): 몸소 책임을 짐.
139) 지어(至於): 심지어.
140) 만ᄉᆞ무셕(萬死無惜): 만사무석. 만 번 죽어도 아깝지 않음.
141) 통분(痛憤): 원통하고 분함.
142) 찬쇼(贊笑): 찬소. 웃음을 도움.
143) 교긍(驕矜): 교만하여 지나치게 자신을 가짐.
144) 관쇽(管束): 행동을 잘 제어함.

ᄒᆞ니 노텬(老天)이 명

•••

6면

명(明明)ᄒᆞ믈 알디어늘 우리 형댱(兄丈)을 원망(怨望)ᄒᆞ믄 엇디오?"

위 공(公) 왈(曰),

"ᄂᆡ 애ᄃᆞᆯ온 ᄯᅳᆺ의 제형(諸兄)의게 ᄉᆡ훤이 토셜(吐說)ᄒᆞ야 혹(或) 쇼뎨(小弟)를 븟들 리 이실가 ᄒᆞ더니 모다 이러ᄐᆞᆺ 지쇼(指笑)[146]ᄒᆞ고 됴희(嘲戲)[147]ᄒᆞ니 출하리 함구(緘口)[148]ᄒᆞ미 올흘낫다. 연군(-君)을 원망(怨望)ᄒᆞ믄 다른 일이 아니라, 므ᄉᆞ 일 옥난[149] 요비(妖婢)[150]의 참쇼(讒訴)를 듯고 소 부인(夫人)을 남챵(南昌)의 보ᄂᆡ야 이보를 일허 뉴영걸의 아ᄃᆞᆯ을 삼게 ᄒᆞ리오?"

왕(王)이 웃고 왈(曰),

"형(兄)의 거동(擧動)이 진짓 조죄(曹操ㅣ)[151] 젹벽(赤壁)의 패(敗)ᄒᆞ고 곽가(郭嘉)[152]를 블러 울기[153] ᄀᆞᆺ도다. 경문이 나의 아ᄃᆞᆯ인 줄도 모ᄅᆞ고 사회 될 줄도 아디 못ᄒᆞ여시련마ᄂᆞᆫ 믈읏 도리(道理) 경듕

145) 황구쇼ᄋᆞ(黃口小兒): 황구소아. 부리가 누른 새 새끼처럼 어린아이.

146) 지쇼(指笑): 지소. 손가락질하며 비웃음.

147) 됴희(嘲戲); 조희. 조롱하고 놀림.

148) 함구(緘口): 입을 다물고 말을 하지 않음.

149) 난: [교] 원문에는 '낭'으로 되어 있으나 앞의 예를 따라 이와 같이 수정함.

150) 요비(妖婢): 요사스러운 여종.

151) 조죄(曹操ㅣ): 중국 삼국시대 위(魏)나라의 시조(155~220)로, 자는 맹덕(孟德). 황건의 난을 평정하여 공을 세우고 동탁(董卓)을 벤 후 실권을 장악함. 208년에 적벽대전(赤壁大戰)에서 유비와 손권의 연합군에게 크게 패하여 중국이 삼분된 후 216년에 위왕(魏王)이 됨.

152) 곽가(郭嘉): 중국 후한 말의 정치가(170~207). 자는 봉효(奉孝). 조조가 아끼던 모사(謀士)로 관직은 사공군좨주(司空軍祭酒)였으며 시호는 정후(貞侯).

153) 조죄(曹操ㅣ)~울기: 조조가 적벽대전에서 패하고 곽가를 부르며 울기. 조조가 208년, 적벽대전에서 유비와 손권의 연합군에게 패한 후 1년 전에 죽은 곽가를 부르면서 곽가가 있었으면 이 지경까지 이르지는 않았을 것이라며 운 일을 말함. 나관중, <삼국지연의>.

(輕重)이 잇고

•••

7면

젼후(前後)ᄅᆞᆯ 도라보거ᄂᆞᆯ 형(兄)은 ᄂᆞᆷ의 말도 듯디 아니코 ᄀᆞᆸ쟉져이나 ᄂᆞᆲ쓰다가 ᄌᆞ쟉지얼(自作之孼)[154]을 바다 뉘 사회 구병(救病)[155]을 아니리오마ᄂᆞᆫ 지은 죄(罪) 잇기의 미리 겁(怯)ᄒᆞ야 망건(網巾) 버서디믈 모ᄅᆞ고 념복(念服)[156] 샤죄(謝罪)ᄒᆞ야 가지고 ᄂᆡ 타ᄉᆞᆯ 삼ᄂᆞ냐? ᄂᆡ 그ᄣᅢ 아니 말니더냐?"

위 공(公)이 크게 웃고 ᄒᆞᆯ 말이 업서ᄒᆞ더니 좌간(座間)의 녜부샹셔(禮部尙書) 동각태ᄒᆞᆨᄉᆞ(東閣太學士) 니흥문이 옥ᄃᆡ(玉帶)ᄅᆞᆯ 어ᄅᆞᄆᆞᆫ지며 우음을 먹음어 ᄀᆞᆯ오ᄃᆡ,

"대인(大人)이 젼일(前日) 닐오시ᄃᆡ, '뉴ᄌᆡ(-子ㅣ) 봉왕(封王)[157]ᄒᆞ야도 ᄂᆡ 엇디 제게 빌니오?' ᄒᆞ시더니 이제 ᄌᆡ녈(宰列)[158]의도 못 오ᄅᆞ고 옥당(玉堂)의 져근 손을 그런 놉흔 ᄠᅳᆺ이 어ᄃᆡ 가시고 샤죄(謝罪)예 더어

•••

8면

만ᄉᆞ무셕(萬死無惜)을 일ᄏᆞᄅᆞ시뇨? 쇼ᄉᆡᆼ비(小生輩) ᄉᆡᆼ각디 못ᄒᆞᆯ소

---

154) ᄌᆞ쟉지얼(自作之孼): 자작지얼. 스스로 만든 재앙.
155) 구병(救病): 앓는 사람이나 다친 사람의 곁에서 돌보고 시중을 듦.
156) 념복(念服): 염복. 마음으로 복종함.
157) 봉왕(封王): 왕으로 봉함.
158) ᄌᆡ녈(宰列): 재열. 재상의 반열.

이다.”

위 공(公)이 스ᄉᆞ로 졀도(絕倒)[159] ᄒᆞ야 ᄀᆞᆯ오ᄃᆡ,

“그ᄞᅢ 엇디 오늘날이 이실 줄 아라시리오? ᄯᅩ 그ᄃᆡ 그ᄞᅢ 말도 우연(偶然)ᄒᆞᆫ 말을 가지고 이제 스ᄉᆞ로 능(能)ᄒᆞᆫ 쳬ᄒᆞᄂᆞ냐?”

샹셰(尙書ㅣ) 희미(稀微)히 웃고 ᄃᆡ왈(對曰),

“쇼ᄉᆡᆼ(小生)인들 엇디 능(能)ᄒᆞᆫ 쳬ᄒᆞ리오마ᄂᆞᆫ 경문의 긔샹(氣像)이 극(極)히 텩당(倜儻)[160] ᄒᆞ고 거동(擧動)이 비범(非凡)ᄒᆞ니 다른 날 쳔(千) 니(里) 봉후(封侯)ᄒᆞᆯ 남ᄌᆡ(男子ㅣ) 줄 안 배라. 비록 슉부(叔父)의 ᄉᆡᆼ(生)ᄒᆞ신 밴 줄 아디 못ᄒᆞ나 타일(他日) 대인(大人)을 관속(管束)[161] ᄒᆞᆯ 줄은 그ᄞᅢ 아랏더니이다.”

위 공(公)이 더옥 웃고 왈(曰),

“그리면 그ᄞᅢ 뎌 말노 말니디 아니코 날을 도도와 이보ᄅᆞᆯ 잡아

•••

9면

와 두고 홀노 ᄂᆡ게 밀위ᄂᆞ냐?”

우좌(右座)의 샹셰(尙書ㅣ) 몸을 굽혀 잠간(暫間) 웃고 ᄀᆞᆯ오ᄃᆡ,

“표형(表兄)은 도도왓다 ᄒᆞ시미 가(可)ᄒᆞ나 쇼ᄉᆡᆼ(小生)은 그ᄞᅢ 여ᄎᆞ여ᄎᆞ(如此如此) 아니ᄒᆞ니잇가?”

위 공(公)이 부체ᄅᆞᆯ 텨 박쟝대쇼(拍掌大笑) 왈(曰),

“ᄂᆡ 오ᄂᆞᆯ 이보의 과실(過失)을 그 부형(父兄)ᄃᆞ려 닐러 후일(後日)을 경계(警戒)ᄒᆞ과뎌 ᄒᆞᆫ 거시 도로혀 뭇 사ᄅᆞᆷ의 지쇼(指笑)ᄅᆞᆯ 드ᄅᆞᆯ

---

159) 졀도(絕倒): 절도. 배를 안고 넘어질 정도로 몹시 웃음. 포복절도(抱腹絕倒).
160) 텩당(倜儻): 척당. 뜻이 크고 기개가 있음.
161) 관속(管束): 행동을 잘 제어함.

줄 알리오? 남공(-公) 형(兄)으로브터 현보의 무리ᄀᆞ지 뉴슈언변(流水言辯)[162]으로 날을 관속(管束)ᄒᆞ니 ᄎᆞ마 바겨[163] 못 안자실로다."

졔인(諸人)이 일시(一時)의 대쇼(大笑)ᄒᆞ고 다시 말ᄉᆞᆷᄒᆞ실ᄉᆡ 위 공(公)이 다시 한님(翰林)의 견고(堅固)ᄒᆞᆷ을 일ᄏᆞ라 왈(曰),

"그 신의(信義)와 은혜(恩惠)를 닛디 아니미 범셰(凡世)

•••

10면

쇽ᄌᆡ(俗子ㅣ)[164] 아니라. 쇼뎨(小弟)의 녀ᄋᆡ(女兒ㅣ) 긔특(奇特)ᄒᆞ미 ᄯᅩ 하등(下等)이 아니어니와 사회를 텬하뎨일(天下第一) 인믈(人物)을 어드니 깃브디 아니ᄒᆞ리오?"

안두휘(--侯ㅣ) ᄯᅩ 웃고 녜부(禮部)를 도라보와 ᄀᆞᆯ오ᄃᆡ,

"위 형(兄)이 경각(頃刻)[165]의 말ᄉᆞᆷ이 번복(飜覆)ᄒᆞ야 극(極)히 고이(怪異)ᄒᆞ니 필연(必然) 귀ᄆᆡ(鬼魅)[166]를 들렷ᄂᆞᆫ디라 밧비 쳥심환(淸心丸)을 가져오라. 앗가ᄂᆞᆫ 딜ᄋᆞ(姪兒)를 괴독(怪毒)[167]고 사오나온 거ᄉᆞ로 츼우다가 ᄯᅩ 기리기를 하ᄂᆞᆯᄀᆞᆺ치 취와드니 고이(怪異)티 아니ᄒᆞ리오?"

일좨(一座ㅣ) 대쇼(大笑)ᄒᆞ고 위 공(公)이 다시 말을 ᄒᆞ고져 ᄒᆞ더니,

홀연(忽然) 승샹(丞相) 형뎨(兄弟) 엇게를 갈와 이에 나오니 졔인(諸人)이 우음을 그치고 일시(一時)의 ᄂᆞ려 마자 ᄒᆞᆫ갈ᄀᆞ티 시립(侍立)

---

162) 뉴슈언변(流水言辯): 유수언변. 물 흐르는 듯한 말솜씨.
163) 바겨: 배겨. 참기 어려운 일을 잘 참고 견뎌.
164) 쇽ᄌᆡ(俗子ㅣ): 속자. 일반의 평범한 사람.
165) 경각(頃刻): 아주 짧은 시간.
166) 귀ᄆᆡ(鬼魅): 귀매. 귀신과 도깨비
167) 괴독(怪毒): 괴이하고 독함.

•••

11면

ᄒᆞ매 승샹(丞相)이 우음을 먹음고 ᄀᆞᆯ오ᄃᆡ,

“위샹(-相)의 연고(緣故)로 나의 손아(孫兒)와 ᄋᆞ부(阿婦)ᄅᆞᆯ 오래 ᄯᅥ나니 그 죄(罪)ᄅᆞᆯ 뭇고져 ᄒᆞ노라.”

위 공(公)이 역시(亦是) 웃고 ᄉᆞ러 ᄀᆞᆯ오ᄃᆡ,

“쇼ᄉᆡᆼ(小生)이 엇디 쇼녀(小女)와 이보ᄅᆞᆯ 대인(大人) 안젼(案前)의 니측(離側)[168]게 ᄒᆞ리잇고? 이 다 저의 타시니 쇼ᄉᆡᆼ(小生)은 무죄(無罪)ᄒᆞ이다.”

승샹(丞相)이 한가(閑暇)히 웃고 ᄀᆞᆯ오ᄃᆡ,

“현딜(賢姪)의 디개(志槪) 능히(能-) ᄒᆞᆫ 사회 닙지(立志)ᄅᆞᆯ 휘온가 ᄒᆞ노라.”

위 공(公)이 크게 웃고 ᄀᆞᆯ오ᄃᆡ,

“쇼ᄉᆡᆼ(小生)의 구구(區區)ᄒᆞ미 여ᄎᆞ(如此)ᄒᆞ야 이보의게 샤죄(謝罪) 바드믄 멀고 쇼ᄉᆡᆼ(小生)이 여ᄎᆞ여ᄎᆞ(如此如此)ᄒᆞᆫ 거조(擧措)ᄅᆞᆯ ᄒᆡᆼ(行)ᄒᆞ엿ᄂᆞᆫ디라 격분(激奮)ᄒᆞ믈 ᄎᆞᆷ디 못ᄒᆞ야 이에 연군(-君)의게 니ᄅᆞ매 도로혀 좌듕(座中) 모든 군형(群兄)이 쇼질(小姪)을 지소[169](指笑)

•••

12면

ᄒᆞᄂᆞᆫ디라 정(正)이 우민(憂悶)ᄒᆞ믈 이긔디 못ᄒᆞᆯ소이다.”

---

168) 니측(離側): 이측. 곁을 떠남.

169) 소: [교] 원문에는 ‘시’로 되어 있으나 문맥을 고려해 이와 같이 수정함.

승샹(丞相)이 완쇼(莞笑)170)ᄒᆞ고 븍쥐빅(--伯) 왈(曰),

"그ᄃᆡ의 놉흔 긔운으로 엇디 뎌 쇼ᄋᆞ(小兒)의게 구속(拘束)ᄒᆞ리오? 당당(堂堂)이 저ᄅᆞᆯ 블러 무러보리라."

셜파(說罷)의 동ᄌᆞ(童子)로 한님(翰林)을 블러 알픠 니ᄅᆞ매, 쇼뷔(少傅ㅣ) 위 공(公)의 말로 니ᄅᆞ고 ᄀᆞᆯ오ᄃᆡ,

"위샹(-相)은 네 아븨 문경지교(刎頸之交)171)로 공경(恭敬)ᄒᆞ미 왕쟉(王爵)172)으로도 만홀(漫忽)173)티 못ᄒᆞ거든 네 엇디 져근 분긔(憤氣)ᄅᆞᆯ 격발(激發)ᄒᆞ야 놉흔 몸을 욕(辱)되게 ᄒᆞ뇨?"

한님(翰林)이 믄득 미쇼(微笑)ᄒᆞ고 손을 ᄭᅩ자 ᄭᅮ러 ᄃᆡ왈(對曰),

"쇼손(小孫)이 엇디 감히(敢-) 위샹(-相)으로ᄡᅧ 놉흔 몸을 욕(辱)되게 ᄒᆞ리오마ᄂᆞᆫ 쇼손(小孫)이 슈댱(受杖)ᄒᆞ야 두어 날 신음(呻吟)ᄒᆞ미 이

...

13면

시니 뎨 즈레 겁(怯)을 ᄂᆡ야 뭇디 아닌 죄(罪)ᄅᆞᆯ 토셜(吐說)ᄒᆞ야 직쵸(直招)174)ᄒᆞ기ᄅᆞᆯ 못 밋출 ᄃᆞ시 ᄒᆞ니 쇼손(小孫)이 스ᄉᆞ로 고이(怪

---

170) 완쇼(莞笑): 완소. 빙그레 웃음.

171) 문경지교(刎頸之交): 친구를 위해 자기의 목을 베어 줄 정도의 사귐. 중국 전국(戰國)시대 조(趙)나라 염파(廉頗)와 인상여(藺相如)의 고사. 인상여가 진(秦)나라에 가 화씨벽(和氏璧) 문제를 잘 처리하고 돌아와 상경(上卿)이 되자, 장군 염파는 자신이 인상여보다 오랫동안 큰 공을 세웠으나 인상여가 자기보다 높은 지위에 앉았다 하며 인상여를 욕하고 다님. 인상여가 이에 대해 대응하지 않자 제자들이 그 까닭을 물으니, 두 사람이 다투면 국가가 위태로워지고 진(秦)나라에만 유리하게 되므로 대응하지 않은 것이었다 하니 염파가 그 말을 전해 듣고 가시나무로 만든 매를 지고 인상여의 집에 찾아가 사과하고 문경지교를 맺음. 사마천, 『사기(史記)』, <염파인상여열전(廉頗藺相如列傳)>.

172) 왕쟉(王爵): 왕작. 왕의 벼슬.

173) 만홀(漫忽): 한만하고 소홀함.

174) 직쵸(直招): 직초. 바른 대로 고함.

異)ᄒᆞ야 즘즘(潛潛)ᄒᆞ매 뎨 스ᄉᆞ로 쳔ᄉᆞ무셕(千死無惜)[175]을 일ᄏᆞᄅᆞ니 더옥 아디 못ᄒᆞ리러이다."

좌위(左右ㅣ) 크게 웃고 쇼뷔(少傅ㅣ) 등을 두ᄃᆞ려 ᄀᆞᆯ오ᄃᆡ,

"네 아비 쇼년(少年) 적의 말ᄉᆞᆷ이 이러ᄒᆞ더니 네 엇디 보디 아니코 ᄇᆡ홧ᄂᆞ뇨?"

한님(翰林)이 ᄃᆡ왈(對曰),

"이거시 쇼손(小孫)의 말 잘ᄒᆞ미 아냐 ᄌᆞ연(自然) 악공(岳公)의 거동(擧動)이 그러ᄒᆞ더이다."

위 공(公) 왈(曰),

"네 진실노(眞實-) 말을 딕(直)ᄒᆞᆫ 대로 ᄒᆞᄂᆞ냐? 네 날로 ᄆᆡ온 노긔(怒氣)와 흘니ᄂᆞᆫ 눈과 비우(非愚)[176]ᄒᆞᄂᆞᆫ 말ᄉᆞᆷ으로가지 이 병(病)이 듕(重)ᄒᆞ니 연군(-君)의게 원망(怨望) ᄃᆞᆺ기 슬희여 마디못ᄒᆞ야 샤죄(謝罪)ᄒᆞ

•••

14면

엿노라."

한님(翰林)이 관(冠)을 수기고 잠간(暫間) 미(微)ᄒᆞᆫ 우음을 ᄯᅴ이매 졀승(絕勝)ᄒᆞᆫ ᄐᆡ되(態度ㅣ) 더옥 긔특(奇特)ᄒᆞ니 소뷔(少傅ㅣ) 등을 두ᄃᆞ려 ᄉᆞ랑이 극(極)ᄒᆞ더라.

반일(半日)을 슈쟉(酬酌)다가 위 공(公)이 도라갈ᄉᆡ 연왕(-王)이 위시(氏) 보ᄂᆡ믈 쳥(請)ᄒᆞ니 위 공(公)이 응낙(應諾)고 난간(欄干)을 ᄂᆞ

175) 쳔ᄉᆞ무셕(千死無惜): 천사무석. 천 번 죽어도 아깝지 않음.
176) 비우(非愚): 비난하고 우롱함.

리니 니뷔(吏部ㅣ) 잠간(暫間) 눈을 드러 한님(翰林)을 본디 한님(翰林)이 잠간(暫間) 거듧써보고 즉시(卽時) 뜰히 나려 위 공(公)의 신을 밧들고 졀ᄒᆞ여 비별(拜別)[177]ᄒᆞ니 위 공(公)이 혹(酷)히 ᄉᆞ랑ᄒᆞ야 손을 잡고 년년(戀戀)ᄒᆞ다가 도라가다.

ᄎᆞ일(此日) 한님(翰林)이 슉현당(--堂)의 가 모부인(母夫人)을 뫼시니 부인(夫人)의 안식(顔色)이 싁싁ᄒᆞ야 위 시(氏)를 스ᄉᆞ로 구튝(驅逐)홈과 위 공(公)을 오욕(汚辱)[178]ᄒᆞ미 크게 가(可)티 아니믈 ᄉᆞ

•••

15면

리(事理)로 베퍼 졀칙(切責)[179]ᄒᆞ니 한님(翰林)이 황연(晃然)[180]이 씨ᄃᆞ라 ᄌᆡ빅(再拜) 샤례(謝禮)ᄒᆞ고 졔뎨(諸弟)와 쇼ᄆᆡ(小妹)로 한담(閑談)ᄒᆞ더니,

일쥬 쇼졔(小姐ㅣ) ᄇᆡᆨ각(-閣)의 갓다가 거거(哥哥)의 왓시믈 듯고 이에 니ᄅᆞ러 한님(翰林)을 뵐ᄉᆡ 한님(翰林)이 그 손을 잇그러 겻ᄐᆡ 안치고 웃고 ᄀᆞᆯ오ᄃᆡ,

"오래 현ᄆᆡ(賢妹)를 보디 못ᄒᆞ니 나의 ᄆᆞ음은 잠시각(暫時刻)도 닛티이디 아니ᄃᆡ 네 ᄆᆞ음은 필연(必然) ᄉᆡᆼ각이 업ᄉᆞ리라."

쇼졔(小姐ㅣ) 함쇼(含笑) 왈(曰),

"쇼ᄆᆡᆫ(小妹ㄴ)들 엇디 ᄉᆡᆼ각이 업ᄉᆞ리오마는 홀일업ᄂᆞᆫ디라 다만 거거(哥哥)의 통달(通達)ᄒᆞ시믈 기ᄃᆞ리더니이다."

---

177) ᄇᆡ별(拜別): 배별. 절하고 작별한다는 뜻으로, 존경하는 사람과의 작별을 높여 이르는 말.
178) 오욕(汚辱): 명예를 더럽히고 욕되게 함.
179) 졀칙(切責): 절책. 깊이 꾸짖음.
180) 황연(晃然): 환하게 깨닫는 모양.

싱(生)이 쇼왈(笑曰),

"이 말은 날을 죠롱(嘲弄)ᄒᆞ미라."

도라 모든 셔뎨(庶弟)와 셔ᄆᆡ(庶妹) 빙쥬를 무ᄋᆡ(撫愛)[181]ᄒᆞ야 환희(歡喜)ᄒᆞ믈 이긔디 못ᄒᆞ니 일쥬 쇼제(小姐ㅣ) 홀

•••

16면

연(忽然) 쳐연(悽然)이 슬프믈 먹음어 ᄀᆞᆯ오ᄃᆡ,

"우리 모든 형뎨(兄弟) 이리 모다 즐기거ᄂᆞᆯ 어엿븐 두 아ᄒᆡ(兒孩)ᄂᆞᆫ 어ᄂᆞ 곳으로 방황(彷徨)ᄒᆞᄂᆞᆫ고?"

싱(生)이 놀나 문왈(問曰),

"두 아ᄒᆡ(兒孩)ᄂᆞᆫ 어인 말이뇨?"

일쥐 왈(曰),

"이 곳 야야(爺爺)의 ᄌᆡ취(再娶)ᄒᆞ신 됴 부인(夫人) 쌍ᄋᆡ(雙兒ㅣ)니 됴 부인(夫人)이 이리이리 ᄒᆞ야 우리 ᄎᆞ거거(次哥哥)를 박살(撲殺)[182]ᄒᆞ고 우리 모친(母親)을 니이(離異)[183]ᄒᆞ고 야야(爺爺)를 ᄒᆞᆫ 승[184]의 원뎍(遠謫)[185]ᄒᆞ엿다가 필경(畢竟) 발각(發覺)ᄒᆞ야 됴 부인(夫人)이 도로혀 산동(山東)의 원찬(遠竄)ᄒᆞ시니 가시다가 도적(盜賊)의 실산(失散)ᄒᆞ시다 ᄒᆞ더이다."

경문이 텽파(聽罷)의 대경차악(大驚嗟愕)[186]ᄒᆞ야 ᄀᆞᆯ오ᄃᆡ,

---

181) 무ᄋᆡ(撫愛): 무애. 어루만지며 사랑함.
182) 박살(撲殺): 때려 죽임.
183) 니이(離異): 이이. 이혼.
184) ᄒᆞᆫ 승: '한 고을'로 보이나 미상임. 참고로 전편 <쌍천기봉>에는 이몽창이 '소흥'으로 귀양 갔다는 내용이 나옴.
185) 원뎍(遠謫): 원적. 멀리 귀양을 감.
186) 대경차악(大驚嗟愕): 매우 놀람.

"동긔(同氣) 〈이 화란(禍亂)이 이러톳 샹싱(相生)ᄒᆞ뇨? 됴 모친(母親)이 야야(爺爺)의 결의(絕義)ᄒᆞ신 쳐ᄌᆡ(妻子ㅣ)나 두 아ᄒᆡ(兒孩)ᄂᆞᆫ 야야(爺爺) 골육(骨肉)이오, 우

•••

17면

리 등(等)의 동긔(同氣)라 슈족(手足)의 졍(情)으로써 이향(異鄕)의 ᄇᆞ려 그 ᄉᆞᄉᆡᆼ(死生)을 아디 못ᄒᆞ니 엇디 잔잉티 아니ᄒᆞ리오? ᄂᆡ 비록 이제 편(便)히 안자시나 아ᄒᆡ(兒孩) 혈혈(孑孑)ᄒᆞᆫ 거동(擧動)을 ᄉᆡᆼ각ᄒᆞ니 가ᄉᆞᆷ이 막히노라."

셜파(說罷)의 눈믈을 ᄂᆞ리오더니 홀연(忽然) 모친(母親)이 블평(不平)ᄒᆞ실가 놀나 년망(連忙)이 눈믈을 ᄉᆞᆺ고 눈을 드러 모친(母親)을 보니 츄파(秋波)ᄅᆞᆯ ᄂᆞ초고 무언(無言)ᄒᆞ여시니 혹(或) ᄌᆞ긔(自己)ᄅᆞᆯ 미온(未穩)ᄒᆞ신가 초조(焦燥)ᄒᆞ야 ᄭᅮ러 ᄀᆞᆯ오ᄃᆡ,

"ᄒᆡᄋᆡ(孩兒ㅣ) 실톄(失體)ᄒᆞ미 만ᄉᆞ온디라 쳥죄(請罪)ᄒᆞᄂᆞ이다."

후ㅣ(后ㅣ) 날호여 미쇼(微笑) 왈(曰),

"네 엇디 어미ᄅᆞᆯ 이러톳 녹녹(碌碌)히 보ᄂᆞ뇨? 금일(今日) 너의 거동(擧動)이 동긔지졍(同氣之情)을 일티 아냐시니 ᄂᆡ 졍(正)히 깃거ᄒᆞᄂᆞ니 ᄂᆡ 아ᄒᆡ(兒孩)ᄂᆞᆫ 오원(迂遠)[187]ᄒᆞᆫ 의

---

187) 오원(迂遠): 우원. 사리에 어둡고 세상 물정을 모름.

•••

18면

ᄉᆞ(意思)를 먹디 말나."

ᄉᆡᆼ(生)이 샤례(謝禮)ᄒᆞ고 홍애 이에 잇다가 웃고 ᄀᆞᆯ오ᄃᆡ,

"샹공(相公)은 우리 부인(夫人)을 젹게 보시ᄂᆞᆫ가?"

인(因)ᄒᆞ야 젼후(前後) 화란(禍亂)과 소 부인(夫人) ᄒᆡᆼᄉᆞ(行事)를 ᄌᆞ시 니ᄅᆞ니 한님(翰林)이 새로이 모골(毛骨)이 숑연(悚然)ᄒᆞ고 ᄯᅩᄒᆞᆫ 탄복(歎服)ᄒᆞ야 답(答)고져 ᄒᆞ더니 홀연(忽然) 샹셰(尙書ㅣ) 이에 드러와 한님(翰林)의 누흔(淚痕)을 보고 놀나 왈(曰),

"아이 므ᄉᆞᆷ 연고(緣故)로 슬허ᄒᆞᄂᆞ뇨? 아니 오래 니친(離親)[188]ᄒᆞ여시믈 슬허ᄒᆞᄂᆞ냐?"

한님(翰林) 왈(曰),

"쇼뎨(小弟) 엇디 이 ᄯᅳᆺ이 이시리오? 됴 부인(夫人)과 두 아ᄒᆡ(兒孩)를 ᄉᆡᆼ각ᄒᆞ니 ᄌᆞ연(自然) 비쳑(悲慽)[189]ᄒᆞ미로소이다."

샹셰(尙書ㅣ) 믄득 쳐연(悽然) 왈(曰),

"ᄂᆡ 무샹(無狀)ᄒᆞ야 광금(廣衾)[190]의 즐기믈 엇디 못ᄒᆞ다가 너를 겨유 어드나 일념(一念)이 노히디 아니ᄒᆞ

•••

19면

믄 ᄲᅡᆼᄋᆞ(雙兒)의게 잇ᄂᆞᆫ디라. 저희 므ᄉᆞᆷ 죄(罪)로 길ᄀᆞ의 뉴리(流離)

---

188) 니친(離親): 이친. 어버이와 헤어짐.

189) 비쳑(悲慽): 비척. 슬퍼하고 근심함.

190) 광금(廣衾): 넓은 이불이라는 뜻으로 형제의 정이 두터움을 말함.

ᄒᆞᄂᆞᆫ 걸인(乞人)이 된고? 듀야(晝夜) 가슴의 ᄆᆡ친 ᄒᆞᆫ(恨)이로다."

셜파(說罷)의 쳥누(淸淚)ᄅᆞᆯ 먹음으니 한님(翰林)과 일쥬 쇼제(小姐ㅣ) 일시(一時)의 누슈(淚水)ᄅᆞᆯ 드리워 오열(嗚咽) ᄌᆞ샹(咨傷)[191] ᄒᆞ더니,

홀연(忽然) 연왕(-王)이 문(門)을 여ᄂᆞᆫ디라 ᄌᆞ녜(子女ㅣ) 놀나 일시(一時)의 니러 마ᄌᆞ매 왕(王)이 이(二) ᄌᆞ(子)와 녀ᄋᆞ(女兒)의 긔ᄉᆡᆨ(氣色)을 고이(怪異)히 넉여 연고(緣故)ᄅᆞᆯ 무ᄅᆞ니 샹셔(尙書)ᄂᆞᆫ 여러 번(番) 슈ᄎᆡᆨ(受責)[192] ᄒᆞ엿ᄂᆞᆫ 고(故)로 두려 답(答)디 못ᄒᆞ고 한님(翰林)이 ᄭᅮ러 ᄃᆡ왈(對曰),

"ᄒᆡᄋᆡ(孩兒ㅣ) 집의 니ᄅᆞ런 디 오라디 아니매 바히 아디 못ᄒᆞ더니 됴 모친(母親)과 ᄆᆡᄌᆞ(妹子)와 아ᄋᆡ 쇼식(消息)을 십삼(十三) 년(年)을 듯디 못ᄒᆞ엿다 ᄒᆞ오니 인ᄌᆞ(人子)의 참디 못ᄒᆞ미로소이다."

왕(王)

•••

20면

이 텽파(聽罷)의 홀연(忽然) 미우(眉宇)의 ᄎᆞᆫ 긔운이 올나 날호여 무ᄅᆞᄃᆡ,

"뉘 너ᄃᆞ려 뎌런 브졀업ᄉᆞᆫ 말을 ᄒᆞ더뇨?"

일쥐 진젼(進前) 고왈(告曰),

"쇼녜(小女ㅣ) ᄎᆞ거거(次哥哥)ᄃᆞ려 니ᄅᆞᆫ 배로소이다."

왕(王)이 졍ᄉᆡᆨ(正色) 왈(曰),

---

191) ᄌᆞ샹(咨傷): 자상. 한숨 쉬며 슬퍼함.
192) 슈ᄎᆡᆨ(受責): 수책. 책망을 받음.

"녀ᄋᆡ(女兒ㅣ) 규듕(閨中)의셔 『녜긔(禮記)』를 닑으매 힝실(行實)을 ᄀᆞᄌᆞᆨ이 닷그미 올커ᄂᆞᆯ 엇디 부허(浮虛)[193]ᄒᆞᆫ 잡담(雜談)을 놀녀 ᄂᆡ 심ᄉᆞ(心思)를 놀ᄂᆡᄂᆞ뇨?"

다시 한님(翰林)을 엄칙(嚴責) 왈(日),

"네 도리(道理)ᄂᆞᆫ 동ᄉᆡᆼ(同生)과 의모(義母)를 ᄉᆡᆼ각ᄒᆞ미 올흐나 됴녜(-女ㅣ) 네 형(兄)을 박살(撲殺)ᄒᆞ고 네 어미와 다못 날을 죽을 고ᄃᆡ 너허 ᄒᆞ마 셩명(性命)을 ᄆᆞᆺ출 번ᄒᆞ엿거ᄂᆞᆯ 네 엇딘 고(故)로 ᄉᆡᆼ각ᄂᆞᆫ ᄉᆞ식(辭色)을 ᄂᆡ 눈의 뵈ᄂᆞ뇨? ᄉᆡᆼ심(生心)도 이런 ᄠᅳᆺ을 먹디 말나."

한님(翰林)이 샤죄(謝罪)ᄒᆞ고 ᄂᆞᄌᆞᆨ이

•••

21면

ᄃᆡ왈(對曰),

"ᄒᆡᄋᆞ(孩兒)의 모ᄉᆡᆨ(茅塞)[194]ᄒᆞᆫ 소견(所見)이 진실노(眞實-) 야야(爺爺)의 존위(尊威)를 간범(干犯)[195]ᄒᆞ미 그ᄅᆞ나 그러나 구구(區區)ᄒᆞᆫ 소회(所懷)를 알외옵ᄂᆞ니, 됴 부인(夫人) 당년(當年) 과실(過失)은 도시(都是) 쇼년(少年)의 삼가디 못ᄒᆞ시미오, 가형(家兄)의 화ᄉᆞ(禍事)ᄂᆞᆫ 더옥 알욀 말ᄉᆞᆷ이 업ᄉᆞ나 이제 거드러 무익(無益)ᄒᆞ고 뎌 두 아ᄒᆡ(兒孩)나 죽은 형(兄)이나 대인(大人)긔ᄂᆞᆫ 다 ᄌᆞ식(子息) 항녈(行列)의 이시니 ᄒᆞ나흘 위(爲)ᄒᆞ야 뎌 두 아ᄒᆡ(兒孩)를 ᄎᆞᆺᄂᆞᆫ 날도 ᄇᆞ리시미 가(可)티 아니ᄒᆞ니이다."

---

193) 부허(浮虛): 마음이 들떠 있어 미덥지 못함.
194) 모식(茅塞): 모색. 길이 띠로 인하여 막힌다는 뜻으로, 마음이 물욕에 가리어 어리석고 무지함을 비유적으로 이르는 말.
195) 간범(干犯): 간섭하여 남의 권리를 침범함.

왕(王)이 완연(宛然)이 깃거 아냐 골오ᄃᆡ,

"네 엇디 내 뜻을 아디 못ᄒᆞ미 이러ᄒᆞ뇨? 두 ᄌᆞ식(子息)은 ᄂᆡ 용납(容納)ᄒᆞ미 너의 말을 기ᄃᆞ리디 아니ᄒᆞ려니와 '됴녀(-女)' 두 ᄌᆞ(字)를 ᄂᆡ 귀예 들니디 말나."

도라 샹셔(尙書)ᄅᆞᆯ 칙왈(責曰),

"ᄂᆡ 젼

•••

22면

후(前後)의 너의 다ᄉᆞ(多事)[196]ᄒᆞ믈 ᄒᆞᆫ두 번(番) 경계(警戒) 아냐거ᄂᆞᆯ 또 감히(敢-) 슬픈 ᄂᆞᆺ출 ᄂᆡ 눈의 뵈ᄂᆞ뇨? 이ᄂᆞᆫ 네 아비ᄅᆞᆯ 약(弱)히 너기미라 다시 네 얼골을 ᄂᆡ 눈의 뵈디 말나."

셜파(說罷)의 긔샹(氣像)이 츄샹(秋霜) ᄀᆞᄐᆞ야 늠연(凜然)[197]이 단좌(端坐)ᄒᆞ니 제ᄌᆞ(諸子ㅣ) 경황(驚惶)ᄒᆞ야 년망(連忙)이 샤죄(謝罪)ᄒᆞ고 믈너 시립(侍立)ᄒᆞ니 후(后)ᄂᆞᆫ 안ᄉᆡᆨ(顏色)을 졍(正)히 ᄒᆞ고 일언(一言)도 아니ᄒᆞ더라.

ᄎᆞ야(此夜)의 한님(翰林)과 샹셰(尙書ㅣ) 오운뎐(--殿)의 딕슉(直宿)[198]ᄒᆞ매 왕(王)이 새로이 ᄉᆞ랑ᄒᆞ고 두긋겨 화긔(和氣) 늉흡(隆洽)[199]ᄒᆞ니 샹셔(尙書)와 한님(翰林)이 더옥 깃거 서로 즐겨ᄒᆞ더라.

이튼날 위 시(氏), 위의(威儀)ᄅᆞᆯ 거ᄂᆞ려 이에 니ᄅᆞ매 구고(舅姑) 존당(尊堂)이 새로이 ᄉᆞ랑ᄒᆞ야 뉴 부인(夫人)이 겨ᄐᆡ 안치고 웃

196) 다ᄉᆞ(多事): 다사. 쓸데없이 간섭하기 좋아함.
197) 늠연(凜然): 위엄이 있고 당당함.
198) 딕슉(直宿): 직숙. 밤에 잠을 자면서 모심.
199) 늉흡(隆洽): 융흡. 매우 흡족함.

•••

23면

고 ᄀᆞᆯ오ᄃᆡ,

"ᄋᆞ뷔(阿婦ㅣ) 고이(怪異)ᄒᆞᆫ 풍파(風波)ᄅᆞᆯ 만나 ᄃᆞᆯ을 격(隔)ᄒᆞ야 부듕(府中)을 ᄯᅥ나니 심(甚)히 훌연(欻然)[200] ᄒᆞ더니 이에 모ᄃᆞ니 깃브미 극(極)ᄒᆞ도다."

쇼졔(小姐ㅣ) 샤례(謝禮)ᄒᆞ고 시좌(侍坐)ᄒᆞ매 쇼뷔(少傅ㅣ) 우어 ᄀᆞᆯ오ᄃᆡ,

"그ᄃᆡ 무죄(無罪)히 경문의 구튝(驅逐)을 바ᄃᆞ니 필연(必然) 유감(遺憾)ᄒᆞᄂᆞᆫ 뜻이 업디 아니리니 그 쥬의(主義)ᄅᆞᆯ ᄃᆞᆺ고져 ᄒᆞ노라."

쇼졔(小姐ㅣ) ᄡᅡᆼ안(雙眼)을 숙이고 취미(翠眉)[201]ᄅᆞᆯ ᄂᆞ쵸와 감히(敢-) 답(答)디 못ᄒᆞ니 그 ᄋᆡ원(哀怨)ᄒᆞᆫ ᄐᆡ되(態度ㅣ) 더옥 긔특(奇特)ᄒᆞᆫ디라 ᄀᆡ국공(--公)이 ᄯᅩᄒᆞᆫ 웃고 ᄌᆡ촉ᄒᆞ야 ᄀᆞᆯ오ᄃᆡ,

"슉뷔(叔父ㅣ) ᄌᆡ당(在堂)ᄒᆞ야 무ᄅᆞ시거ᄂᆞᆯ 그ᄃᆡ 엇디 답(答)디 아닛ᄂᆞ뇨? 딜ᄋᆡ(姪兒ㅣ) 그ᄃᆡᄅᆞᆯ 심복(心服)ᄒᆞᆷ과 졍듕(情重)[202]ᄒᆞ미 극(極)ᄒᆞ야 이ᄅᆡ 바ᄃᆞ미 만턴ᄃᆡ 무죄(無罪)히 구튝(驅逐)ᄒᆞ니 노(怒)ᄒᆞᆸ디 아니코 무엇ᄒᆞ리

•••

24면

오?"

---

200) 훌연(欻然): 갑작스러움. 문맥상 '허전하다'의 의미로 보임.
201) 취미(翠眉): 취미. 푸른 눈썹이라는 뜻으로, 화장한 눈썹을 이르는 말.
202) 졍듕(情重): 정중. 정이 깊음.

이때 한님(翰林)이 좌(座)의 이셔 위 시(氏)의 브답(不答)ᄒᆞ믈 미온(未穩)ᄒᆞ야 흘긔는 눈찌 잇다감 가는디라, 제싱(諸生)이 셔르 보고 우음을 먹음으ᄃᆡ 위 시(氏) ᄆᆞᄎᆞᆷ니 눈을 드디 아니코 날호여 냥슈(兩手)로 싸흘 딥고 념용(斂容)[203]ᄒᆞ야 ᄀᆞᆯ오ᄃᆡ,

“쇼쳡(小妾)이 셩힝(性行)[204]이 용녈(庸劣)ᄒᆞ고 셩문(盛門)의 의탁(依託)ᄒᆞ매 허믈이 만흐니 츌화(黜禍)[205]ᄅᆞᆯ 엇디 ᄒᆞᆫ(恨)ᄒᆞ리잇고?”

쇼뷔(少傅ㅣ) 웃고 문왈(問曰),

“그ᄃᆡ의 말이 다 겸ᄉᆞ(謙辭)ᄒᆞ미라. 그ᄃᆡ 죄(罪) 업ᄉᆞ미 쇼연(昭然)[206]ᄒᆞᄃᆡ 녕친(令親)의 연좌(連坐)로 그러ᄐᆞᆺ ᄒᆞ니 그ᄃᆡ 또 무ᄉᆞᆷ ᄂᆞᆺ ᄎᆞ로 손ᄋᆞ(孫兒)와 동낙(同樂)ᄒᆞ리오?”

쇼제(小姐ㅣ) 또ᄒᆞᆫ ᄂᆞᆺ출 숙여 답(答)디 못ᄒᆞ니 소뷔(少傅ㅣ) 또 문왈(問曰),

“그ᄃᆡ ᄆᆞᄋᆞᆷ의 손ᄋᆞ(孫兒)ᄅᆞᆯ 증염(憎厭)[207]ᄒᆞᄂᆞ냐, 아닛ᄂᆞ냐? ᄌᆞ시 니ᄅᆞ라.”

쇼제(小姐ㅣ) 민망(憫惘)

•••

25면

ᄒᆞ야 ᄂᆞᆺ치 홍광(紅光)이 취지(聚之)ᄒᆞ야 말을 못 ᄒᆞ니 연왕(-王)이 웃고 쇼부(少傅)긔 고왈(告曰),

“어린 아ᄒᆡ(兒孩)ᄅᆞᆯ 곤(困)히 보채여 브졀업도소이다.”

---

203) 념용(斂容): 염용. 자숙하여 몸가짐을 조심하고 용모를 단정히 함.
204) 셩힝(性行): 성행. 성품과 행실.
205) 츌화(黜禍): 출화. 시가에서 내쫓기는 화.
206) 쇼연(昭然): 소연. 분명함.
207) 증염(憎厭): 미워하고 싫어함.

쇼뷔(少傅ㅣ) 년(連)ᄒᆞ야 웃고 ᄀᆞᆯ오ᄃᆡ,

"그 ᄒᆞᆫ 말 ᄒᆞ기 긔 므ᄉᆞᆷ 븟그러온 일이 이시리오?"

위 시(氏)를 직쵹ᄒᆞ야 무ᄅᆞ니 쇼졔(小姐ㅣ) 마디못ᄒᆞ야 피셕(避席) ᄃᆡ왈(對曰),

"녀ᄌᆡ(女子ㅣ) 가부(家夫) 셤기미 신해(臣下ㅣ) 인군(人君)을 셤김 ᄀᆞᄐᆞ니 남ᄌᆡ(男子ㅣ) 비록 그ᄅᆞ나 녀ᄌᆡ(女子ㅣ) 되야 감히(敢-) 유감(遺憾)ᄒᆞᆫ 쁘디 이시리오?"

쇼뷔(少傅ㅣ) 크게 웃고 왈(曰),

"그ᄃᆡ 가(可)히 가부(家夫)를 앗긴다 ᄒᆞ리로다."

도라 한님(翰林)ᄃᆞ려 왈(曰),

"너의 안해 셩덕(盛德)이 이러ᄐᆞᆺ ᄒᆞ니 이ᄂᆞᆫ 너의 스ᄉᆡᆼ이라 공경(恭敬)ᄒᆞ믈 허루(虛漏)[208]이 말지어다."

ᄉᆡᆼ(生)이 함쇼(含笑) 무언(無言)이러라.

이윽고 위 시(氏) 믈너 침소(寢所)로 도

•••

26면

라와 긴 단당(丹粧)을 벗고 단좌(端坐)ᄒᆞ엿더니 ᄎᆞ야(此夜)의 한님(翰林)이 이에 드러오니 쇼졔(小姐ㅣ) 니러 마자 좌(座)를 뎡(定)ᄒᆞ매 한님(翰林)이 졍ᄉᆡᆨ(正色)ᄒᆞ기를 반향(半晌)의 ᄀᆞᆯ오ᄃᆡ,

"믈읏 부녀(婦女)의 사ᄅᆞᆷ 좃ᄂᆞᆫ 도리(道理) 졍도(正道)를 취(取)ᄒᆞ거ᄂᆞᆯ 그ᄃᆡ 엇딘 고(故)로 부모(父母)를 가탁(假託)ᄒᆞ고 졍샹(情狀)이 궤비(詭卑)[209]ᄒᆞ야 지아비를 조ᄎᆞᄂᆞ뇨? 이 ᄒᆞᆫ 일이 그ᄃᆡ ᄆᆞᆰ은 ᄠᅳ디 아니

---

208) 허루(虛漏): 얼마쯤 비어서 허술하거나 허전함.

라 싱(生)이 그윽이 항복(降服)디 아닛노라."

쇼졔(小姐ㅣ) 텽파(聽罷)의 눗빗출 고티고 돗글 피(避)ᄒᆞ야 ᄀᆞᆯ오ᄃᆡ,

"군ᄌᆞ(君子ㅣ) 비록 니ᄅᆞ디 아니시나 쳡(妾)이 더옥 참괴(慙愧)[210] ᄒᆞ고 븟그러오미 ᄂᆞᆺ 둘 곳이 업더니 ᄇᆞᆰ히 ᄎᆡᆨ(責)ᄒᆞ시믈 만나니 욕ᄉᆞ무디(欲死無地)[211]라. 슌셜(脣舌)이 무익(無益)ᄒᆞ거니와 당쵸(當初) 쳡(妾)이 긔관(奇觀)을 ᄀᆞ쵸 아디 못

•••

27면

ᄒᆞ야 셩녜(成禮)의 다ᄃᆞ라 ᄉᆞ양(辭讓)티 못ᄒᆞ미오, 또 부모(父母) ᄎᆞᆺ던 곡졀(曲折)을 무ᄅᆞ시던 날 ᄌᆞ시 고(告)ᄒᆞ여시니 샹공(相公)이 듯기를 ᄌᆞ시 못ᄒᆞ시미라 이 도로혀 쳡(妾)의 타시 아니로소이다."

한님(翰林)이 텽파(聽罷)의 ᄇᆡ야흐로 ᄌᆞ긔(自己) 소탈(疏脫)ᄒᆞ믈 ᄭᆡᄃᆞ라 다만 ᄀᆞᆯ오ᄃᆡ,

"녕당(令堂)과 ᄒᆞᆨᄉᆡᆼ(學生)이 격원(隔遠)[212]ᄒᆞ미 심샹(尋常)티 아니ᄒᆞ니 실노(實-) 그 ᄌᆞ식(子息)으로 부뷔(夫婦ㅣ) 되미 가(可)티 아니ᄒᆞ야 젼후(前後) 부인(夫人)을 괴롭게 ᄒᆞ니 후회(後悔)ᄒᆞ나 밋디 못ᄒᆞ리로다. ᄂᆡ 진실노(眞實-) ᄆᆡᆼ셰(盟誓)ᄒᆞ야 위 공(公)으로 더브러 냥닙(兩立)디 아니려 ᄒᆞ엿더니 엄명(嚴命)이 부ᄌᆞ(父子)의 의(義)를 ᄭᅳᆫ키를 니ᄅᆞ시니 감히(敢-) ᄉᆞᄉᆞ(私私) 소견(所見)을 셰우디 못ᄒᆞᄂᆞ니 그ᄃᆡᄂᆞᆫ 녕친(令親)의 강

---

209) 궤비(詭卑): 남을 속이고 비루한 일을 함.
210) 참괴(慙愧): 매우 부끄러워함.
211) 욕ᄉᆞ무디(欲死無地): 욕사무지. 죽으려 해도 죽을 곳이 없음.
212) 격원(隔遠): 동떨어지게 멂.

•••

28면

포(强暴)[213]ᄒᆞ믈 법밧디 말고 ᄌᆞ부인(慈夫人) 화열(和悅)ᄒᆞ신 교훈(敎訓)을 어그릇디 말나."

쇼제(小姐ㅣ) 믁연(默然) 손사(遜謝)[214]ᄒᆞ나 ᄉᆡᆼ(生)이 ᄃᆡ인ᄌᆞ뎨(對人子弟)[215]ᄒᆞ야 흔단(釁端)[216] 니ᄅᆞ믈 미온(未穩)ᄒᆞ야 졍ᄉᆡᆨ(正色) 믁연(默然)이러니 이윽고 ᄉᆡᆼ(生)이 쇼져(小姐)로 더브러 자리의 나아가고져 ᄒᆞ니 쇼제(小姐ㅣ) ᄉᆞ양(辭讓) 왈(曰),

"가친(家親)과 군ᄌᆡ(君子ㅣ) 격원(隔遠)이 듕(重)ᄒᆞ시니 쳡(妾)이 엇디 감히(敢-) 이후(以後) 군ᄌᆞ(君子)로 더브러 화락(和樂)ᄒᆞ리오?"

한님(翰林)이 졍ᄉᆡᆨ(正色) 왈(曰),

"ᄂᆡ 원(怨)을 프ᄂᆞᆫ 날 엇디 감히(敢-) 그ᄃᆡ 도로혀 치원(置怨)[217]ᄒᆞ미 잇ᄂᆞ뇨? ᄂᆡ 원ᄅᆡ(元來) 셰쇄(細瑣)ᄒᆞᆫ 곡졀(曲折)과 녀ᄂᆞ 말을 듯기 슬희여ᄒᆞᄂᆞ니 그ᄃᆡ 임의 팔ᄌᆡ(八字ㅣ) 됴커나 사오납거나 ᄒᆞ야 ᄂᆡ 손의 ᄉᆞᄉᆡᆼ(死生)이 쥐여 가지고 ᄂᆡ ᄯᅳᆺ을 ᄆᆡ양 거ᄉᆞ리려 ᄒᆞᄂᆞ뇨?"

셜

---

213) 강포(强暴): 몹시 우악스럽고 사나움.
214) 손사(遜謝): 손사. 겸손히 사죄함.
215) ᄃᆡ인ᄌᆞ뎨(對人子弟): 대인자제. 남의 자식을 대함.
216) 흔단(釁端): 단점.
217) 치원(置怨): 원망을 둠.

•••

29면

파(說罷)의 블을 쓰고 옥슈(玉手)를 잡아 옥침(玉枕)의 나아가니 쇼제(小姐ㅣ) 므슴 힘으로 능히(能-) 결우리오. 스스로 일싱(一生)이 슌(順)티 못ᄒᆞᆷ믈 슬허ᄒᆞ고 ᄌᆞ긔(自己) 반싱(半生)을 길ᄀᆞ의 뉴리(流離)ᄒᆞ야 부모(父母)긔 블효(不孝)를 기티다가 겨유 모드며 ᄌᆞ가(自家)의 인연(因緣)ᄒᆞᆫ 사름이 부모(父母)를 즐욕(叱辱)ᄒᆞᆷ믈 블평(不平)ᄒᆞ고 셜워 댱탄단우(長歎短吁)[218]ᄒᆞ야 ᄌᆞᆷ을 자디 못ᄒᆞ니 한님(翰林)이 디긔(知機)[219]ᄒᆞ고 더옥 ᄋᆡ련(哀戀)[220]ᄒᆞ여 오래 ᄎᆞᆷ앗던 졍(情)이 무궁(無窮)ᄒᆞ야 견권(繾綣)[221]ᄒᆞᆫ 뜻이 산ᄒᆡ(山海) 경(輕)ᄒᆞᆯ 둧ᄒᆞ더라.

ᄎᆞ후(此後) 연고(緣故) 업시 부뷔(夫婦ㅣ) 화락(和樂)하고 봉친(奉親) 시하(侍下)의 반졈(半點) 시름이 업ᄉᆞ니 냥인(兩人)의 쵸년(初年) 궂기믄 일시(一時) 운ᄋᆡᆨ(運厄)이라. 한님(翰林)이 비록 위 공(公)을 미흡(未洽)ᄒᆞᆫ 뜻이 이시나

•••

30면

부명(父命)을 어그룻디 못ᄒᆞ야 반ᄌᆞ지녜(半子之禮)[222]를 극진(極盡)이 ᄒᆞ니 왕(王)이 깃거ᄒᆞ고 위 공(公)의 다ᄒᆡᆼ(多幸)ᄒᆞ미 어이 측냥(測量)이 이시리오.

---

218) 댱탄단우(長歎短吁): 장탄단우. 때로는 길게 탄식하고 때로는 짧게 한숨 쉼.
219) 디긔(知機): 지기. 기미를 앎.
220) ᄋᆡ련(哀戀): 애련. 불쌍히 여기고 사랑함.
221) 견권(繾綣): 생각하는 정이 두터움.
222) 반ᄌᆞ지녜(半子之禮): 반자지례. 사위로서의 예. 반자(半子)는 '반자식'이라는 뜻으로 아들이나 다름없이 여긴다는 말로, '사위'를 이름.

쇼졔(小姐ㅣ) 난셤과 난혜를 ᄃᆡ졉(待接)ᄒᆞ믈 은인(恩人)으로 ᄒᆞ고 부귀(富貴)ᄒᆞᆫ 집의 셔방(書房) 마쳐 보ᄂᆡ려 ᄒᆞᄃᆡ 이(二) 인(人)이 죽기로 듯디 아니ᄒᆞ니 쇼졔(小姐ㅣ) 강권(强勸)티 못ᄒᆞ고 츼[223]향을 부모(父母) 버금으로 부뷔(夫婦ㅣ) ᄃᆡ졉(待接)ᄒᆞ고,

ᄯᅩ 위 시(氏) 원용의 은혜(恩惠)를 닛디 못ᄒᆞ야 위 공(公)긔 고(告)ᄒᆞ고 거마(車馬)를 보ᄂᆡ야 채시[224]와 원용을 ᄃᆞ려와 졍결(淨潔)ᄒᆞᆫ 집을 서룻고 쇼졔(小姐ㅣ) 친(親)히 보와 녯 은혜(恩惠)를 샤례(謝禮)ᄒᆞ고 위 공(公)이 금ᄇᆡᆨ(金帛)을 후샹(厚賞)ᄒᆞ야 녀ᄋᆞ(女兒) 구(救)ᄒᆞᆫ 은혜(恩惠)를 표쟝(表章)ᄒᆞ니 원용 부쳬(夫妻ㅣ) ᄒᆞᆫ 번(番) 쇼졔(小姐ㅣ) 위가(-家)의셔 도망(逃亡)ᄒᆞᆫ 후(後) 그 음

•••

31면

신(音信)을 듯디 못ᄒᆞ니 듀야(晝夜) 슬허ᄒᆞ더니 오늘날 됴뎡(朝廷) 대샹(大相)의 일녀ᇇ(一女ㄴ) 줄 알고 ᄎᆞᄌᆞᆫ 곡졀(曲折)을 드ᄅᆞ매 긔특(奇特)이 너기믈 마디아니ᄒᆞ고 블의(不意)예 부귀(富貴)ᄒᆞ야 의지(依支)ᄒᆞᆯ 곳을 어드니 대희과망(大喜過望)[225]ᄒᆞ야 부쳬(夫妻ㅣ) 평안(平安)이 디ᄂᆡ며 됴셕(朝夕)으로 위부(-府)의셔 보ᄂᆡ는 딘찬(珍饌)[226]을 ᄇᆡ브ᄅᆞ게 먹으니 그 복(福)되미 비기리 업더니, 마ᄎᆞᆷ 니(李) 샹셰(尙書ㅣ) 이 일을 알고 원용을 발쳔(發闡)[227]ᄒᆞ야 막하(幕下) 쥬부(主簿)

---

223) 츼: [교] 원문에는 '츄'로 되어 있으나 앞의 예를 따라 이와 같이 수정함.
224) 채시: [교] 원문에는 '챠좌'라 되어 있고 규장각본에는 '챠파'(11:21)로 되어 있으나 앞에 '채시'(6:12)로 나와 있으므로 그를 따름.
225) 대희과망(大喜過望): 바라던 것 이상이라 크게 기뻐함.
226) 딘찬(珍饌): 진찬. 맛있는 음식.
227) 발쳔(發闡): 발천. 앞길이 열려 세상에 나섬.

를 ᄒᆞ이니 원용이 ᄒᆞᆫ 향촌(鄕村) 노한(老漢)으로 오사ᄌᆞ포(烏紗紫袍)[228]의 언연(偃然)[229]ᄒᆞᆫ 대관(大官)이 되니 인인(人人)이 아니 블워ᄒᆞ리 업고 쇼져(小姐)의 깃거ᄒᆞ미 측냥(測量)업더라.

이ᄯᅢ 한님(翰林)의 절(切)[230]ᄒᆞᆫ 벗 왕긔는 쇼년(少年) ᄌᆡᄉᆡ(才士ㅣ)라. ᄆᆞᄎᆞᆷ 샹쳐(喪妻)[231]

•••

32면

ᄒᆞ고 ᄌᆡ취(再娶)ᄒᆞ니 듕풍(中風)ᄒᆞ야 ᄉᆞ지(四肢)를 못 쓰고 눈과 코히 다 기우러져시니 왕ᄉᆡᆼ(-生)이 탄(嘆)ᄒᆞ야 죠곰도 항녀지졍(伉儷之情)[232]이 업고 다시 취쳐(娶妻)코져 ᄒᆞ되 그 슉부(叔父) 왕 참졍(參政)이 엄금(嚴禁)ᄒᆞ니 감히(敢-) 의ᄉᆞ(意思)티 못ᄒᆞ더니,

일일(一日)은 니부(李府)의 와 한님(翰林)으로 한담(閑談)ᄒᆞ더니 마ᄎᆞᆷ 난셤이 한님(翰林)의 단삼(單衫)을 새로 지어 이에 갓다가 두라왓더니 ᄀᆡᆨ(客)의 이시믈 보고 놀나고 저허 믁연(默然)이 방(房)의 드디 못ᄒᆞ고 셔시니 왕ᄉᆡᆼ(-生)이 눈을 드러 ᄒᆞᆫ번(-番) 보매 쳥안뉴미(淸眼柳眉)[233] 뇨뇨가려(嫋嫋佳麗)[234]ᄒᆞ야 삼츈(三春) 미홍도화(未紅桃花)[235] ᄀᆞᄐᆞ며 허리 셰외(細腰ㅣ) ᄇᆞ티ᄂᆞᆫ ᄃᆞᆺᄒᆞ니 녀ᄌᆞ(女子) 가온ᄃᆡ 졀ᄉᆡᆨ(絕色)이라. 왕ᄉᆡᆼ(-生)이 대경(大驚)ᄒᆞ야 밧비 문왈(問曰),

---

228) 오사ᄌᆞ포(烏紗紫袍): 오사자포. 오사모와 자줏빛 도포. 오사모는 벼슬아치들이 관복을 입을 때에 쓰던 모자로, 검은 사(紗)로 만들었음.

229) 언연(偃然): 거드름을 피우며 거만함.

230) 절(切): 절친함.

231) 샹쳐(喪妻): 상처. 아내를 잃음.

232) 항녀지졍(伉儷之情): 항려지정. 남편과 아내의 정.

233) 쳥안뉴미(淸眼柳眉): 청안유미. 맑은 눈과 버들 같은 눈썹.

234) 뇨뇨가려(嫋嫋佳麗): 요요가려. 맵씨 있고 아름다움.

235) 미홍도화(未紅桃花): 아직 붉지 않은 복숭아꽃.

"미인(美人)은 엇던 사룸이뇨?"

•••

33면

한님(翰林) 왈(曰),

"이는 나의 유뎨(乳弟)[236]라."

왕싱(-生)이 우문(又問) 왈(曰),

"나히 몃치나 ᄒᆞ뇨?"

한님(翰林) 왈(曰),

"십뉵(十六) 셰(歲)라."

난셤이 왕싱(-生)의 유의(留意)ᄒᆞ야 무ᄅᆞ믈 보고 블안(不安)ᄒᆞ야 즉시(卽時) 드러가니 왕싱(-生)이 정신(精神)이 더옥 착난(錯亂)ᄒᆞ야 한님(翰林)을 잡고 ᄀᆞᆫ권(懇勸)[237]이 소회(所懷)ᄅᆞᆯ 베퍼 뎌ᄅᆞᆯ 사쟈 ᄒᆞ니 한님(翰林) 왈(曰),

"갑 아니 밧고 줄 거시로ᄃᆡ 뎌 비ᄌᆡ(婢子ㅣ) 졍심(貞心)이 여ᄎᆞ여ᄎᆞ(如此如此)ᄒᆞ니 아디 못ᄒᆞ노라."

왕싱(-生)이 더옥 긔특(奇特)이 넉여 ᄀᆞᆯ오ᄃᆡ,

"제 ᄠᅳᆺ이 그러ᄒᆞ니 쇼뎨(小弟) 뎌의 안식(顔色)이 눈의 ᄆᆡᆺ텨 ᄉᆡᆼ젼(生前)의 못 어들딘대 샹명(喪命)[238]ᄒᆞ미 갓가오리니 형(兄)은 사룸을 살오라."

한님(翰林)이 어히업서 웃고 ᄀᆞᆯ오ᄃᆡ,

"형(兄)의 ᄠᅳᆺ이 이러ᄒᆞ니 금야(今夜)의 머무러 이리이리 ᄒᆞ라.

---

236) 유뎨(乳弟): 유제. 젖을 같이 먹은 아우.
237) ᄀᆞᆫ권(懇勸): 간권. 간절히 권함.
238) 샹명(喪命): 상명. 목숨을 잃음.

•••

34면

제 허락(許諾)을 바드랴 ᄒᆞ다가는 녹싊(綠鬚ㅣ)[239] 희여도 인연(因緣)을 못 일우리라."

왕싱(-生)이 대희(大喜)ᄒᆞ야 허락(許諾)고 이에 머므더니 한님(翰林)이 드러가 쇼져(小姐)ᄅᆞᆯ 보고 슈말(首末)을 니ᄅᆞ니 쇼졔(小姐ㅣ) 깃거 ᄀᆞᆯ오ᄃᆡ,

"ᄀᆞ장 맛당ᄒᆞᄃᆡ 믈읏 계집이 사ᄅᆞᆷ을 조ᄎᆞ미 ᄌᆞ못 듕대(重大)ᄒᆞ니 날을 ᄀᆞᆯ희미 맛당ᄒᆞ도소이다."

싱(生)이 웃고 스ᄉᆞ로 혜아리다가 닐오ᄃᆡ,

"오ᄂᆞᆯ이 극(極)ᄒᆞᆫ 길일(吉日)이니 다시 ᄀᆞᆯ희여 브졀업도다."

쇼졔(小姐ㅣ) 미쇼(微笑)ᄒᆞ더라.

ᄎᆞ야(此夜)의 난셤이 ᄎᆡ봉각(--閣)의셔 ᄉᆞ후(伺候)[240]ᄒᆞ더니 한님(翰林)이 이에 드러와 난[241]셤ᄃᆞ려 ᄀᆞᆯ오ᄃᆡ,

"셔당(書堂)의 자리관(--冠)[242]을 닛고 와시니 가져오라."

셤이 즉시(卽時) 니러 셔당(書堂)의 가니 블을 ᄇᆞᆰ혓거ᄂᆞᆯ 혼자말노 닐오ᄃᆡ,

•••

35면

"셔동(書童)의 무리 므엇ᄒᆞ노라 블을 이리 ᄇᆞᆰ게 혓ᄂᆞᆫ고?"

---

239) 녹싊(綠鬚ㅣ): 녹수. 푸른 수염.

240) ᄉᆞ후(伺候): 사후. 웃어른의 분부를 기다림.

241) 난: [교] 원문에는 '남'으로 되어 있으나 앞의 예를 따라 이와 같이 수정함.

242) 자리관(--冠): 잠을 잘 때 쓰는 관의 뜻으로 보이나 미상임.

ᄒᆞ며 드러오니 왕ᄉᆡᆼ(-生)이 정(正)히 기ᄃᆞ리고 눈이 ᄯᅮ러질 ᄃᆞᆺᄒᆞ고 ᄇᆞ라ᄂᆞᆫ ᄆᆞᄋᆞᆷ이 븟ᄂᆞᆫ 블 ᄀᆞᆺ더니 셤의 소ᄅᆡᄅᆞᆯ 듯고 반가오미 극(極)ᄒᆞ야 니러 안ᄌᆞ믈 씌ᄃᆞᆺ디 못ᄒᆞ니 셤이 왕ᄉᆡᆼ(-生)의 이시믈 보고 깃거 아냐 다만 눈을 ᄂᆞ초고 관(冠)을 엇다가 못 어더 도라셔거ᄂᆞᆯ 왕ᄉᆡᆼ(-生) 왈(曰),

"미인(美人)이 므어ᄉᆞᆯ 엇ᄂᆞ뇨?"

셤이 말ᄒᆞ기 슬희여 드러가려 ᄒᆞ거ᄂᆞᆯ 왕ᄉᆡᆼ(-生)이 급(急)히 손을 잡아 나호여 안치니 셤이 대경창황(大驚倉黃)[243] ᄒᆞ야 ᄀᆞᆯ오ᄃᆡ,

"샹공(相公)이 엇딘 고(故)로 쳔인(賤人)을 이러ᄐᆞᆺ ᄒᆞ시ᄂᆞ뇨?"

왕ᄉᆡᆼ(-生)이 웃고 왈(曰),

"너의 샹공(相公)이 허(許)ᄒᆞ여 계시매 너ᄅᆞᆯ 친(親)ᄒᆞ미라."

셤이 노왈(怒曰),

"샹공(相公) 말ᄉᆞᆷ

•••

36면

을 비ᄌᆞ(婢子)ᄂᆞᆫ 듯디 아냐시니 다시 듯ᄌᆞᆸ고 명(命)을 밧들 거시니 노화 보ᄂᆡ쇼셔."

왕ᄉᆡᆼ(-生)이 그 옥셩(玉聲)이 뉴지잉셩(柳枝鶯聲)[244] ᄀᆞᄐᆞ믈 더옥 과혹(過惑)[245] ᄒᆞ야 다만 웃고 블을 ᄭᅳ고져 ᄒᆞ니, 셤이 년망(連忙)이 발악(發惡)ᄒᆞ고 쒸노라 듯디 아니ᄒᆞ니 왕ᄉᆡᆼ(-生)이 쵸조(焦燥)ᄒᆞ야 평ᄉᆡᆼ(平生) 힘을 다ᄒᆞ야 ᄒᆞᆫ가지로 벼개의 나아가니 난셤이 망극(罔

243) 대경창황(大驚倉黃): 크게 놀라고 당황함.
244) 뉴지잉셩(柳枝鶯聲): 유지앵성. 버들 가지의 꾀꼬리 소리.
245) 과혹(過惑): 크게 미혹함.

極)ᄒᆞ나 이 ᄒᆞᆫ낫 ᄋᆞ녀ᄌᆡ(兒女子ㅣ)라 엇디 당(當)ᄒᆞ리오. 왕ᄉᆡᆼ(-生)이 운우(雲雨)의 졍(情)을 ᄆᆡᄌᆞ매 은ᄋᆡ(恩愛) ᄆᆡᆺ칠 ᄃᆞᆺᄒᆞ야 ᄒᆞ나 셤이 죵야(終夜)토록 울고 ᄌᆞᆷ을 아니 자더니,

이튼날 니러 봉각(-閣)의 도라와 난혜를 ᄃᆡ(對)ᄒᆞ여 울고 ᄉᆞ연(事緣)을 니ᄅᆞ며 왕ᄉᆡᆼ(-生)을 ᄡᆞ지져 죽기로 뎡(定)ᄒᆞ니 한님(翰林)이 댱(帳) 안희셔 듯고 이에 셤을 블너

•••

37면

ᄎᆡᆨ(責)ᄒᆞ야 ᄀᆞᆯ오ᄃᆡ,

"ᄂᆡ 네 어믜 젼뎡(前程)[246]을 근심ᄒᆞ여 너를 졔도(濟度)ᄒᆞ엿거늘 네 엇디 조ᄇᆡ야이 구ᄂᆞ뇨? 왕 형(兄)은 군ᄌᆡ(君子ㅣ)오 신ᄉᆡ(紳士ㅣ)라. 네 ᄯᅳᆺ의 블합(不合)디 아니려든 감히(敢-) 네라셔 ᄡᆞ지져 노예(奴隷)ᄀᆞᆺ티 ᄒᆞᄂᆞ뇨?"

셤이 울고 ᄀᆞᆯ오ᄃᆡ,

"비ᄌᆡ(婢子ㅣ) 어린 ᄯᅳᆺ의 부인(夫人) 장ᄃᆡ(粧臺)[247] 하(下)의 잇기를 원(願)ᄒᆞ거늘 노애(老爺ㅣ) 슬피디 아니셔 속여 욕(辱)을 보게 ᄒᆞ시니 엇디 셟디 아니ᄒᆞ리오?"

한님(翰林)이 다시 의리(義理)로 졀ᄎᆡᆨ(切責)ᄒᆞ야 그러티 못ᄒᆞᆫ ᄯᅳᆺ을 니ᄅᆞ고 밧긔 나가 왕ᄉᆡᆼ(-生)을 ᄃᆡ(對)ᄒᆞ야 웃고 문왈(問曰),

"ᄌᆞ은 형(兄)이 금야(今夜) 풍뉴(風流) 낙ᄉᆞ(樂事)를 언마나 일우뇨?"

왕ᄉᆡᆼ(-生) 왈(曰),

---

246) 젼뎡(前程): 전정. 앞길.

247) 장ᄃᆡ(粧臺): 장대. 부녀자의 화장용 경대(鏡臺)라는 뜻으로 규방을 이름.

“그ᄃᆡ 시비(侍婢) 너모 고집(固執)ᄒᆞ야 바히 용납(容納)디 아니ᄒᆞ니 졍(正)히 그 쥬인(主人)의 버릇 업ᄉᆞᆷ을 ᄭᅮ짓고져 ᄒᆞ

•••

38면

더니라.”

한님(翰林) 왈(曰),

“즉금(卽今) 드러가 형(兄)을 ᄭᅮ짓고 죽기를 ᄌᆞ분(自分)[248]ᄒᆞ니 괴망(怪妄)[249]ᄒᆞᆷ을 ᄭᅮ짓노라.”

왕ᄉᆡᆼ(-生)이 웃고 집의 도라갓더니,

홀연(忽然) 남챵(南昌)으로조차 노복(奴僕)이 니ᄅᆞ러 왕ᄉᆡᆼ(-生)의 부친(父親) 왕 샹셔(尙書) 분뫼(墳墓ㅣ) 무뢰(無賴) 협ᄀᆡᆨ(俠客)들이 드레여 ᄲᅬ가 블이 탓다 ᄒᆞ니 왕ᄉᆡᆼ(-生)이 대경(大驚)ᄒᆞ야 급(急)히 그 슉부(叔父) 왕 참졍(參政)긔 하딕(下直)ᄒᆞ고 남챵(南昌)으로 갈ᄉᆡ,

니부(李府)의 니ᄅᆞ러 한님(翰林)을 보고 연고(緣故)를 니ᄅᆞ고 난셤을 보와지라 ᄒᆞ니 한님(翰林)이 놀나고 결연(缺然)ᄒᆞ야 쥬찬(酒饌)을 ᄀᆞᆺ초와 ᄃᆡ졉(待接)ᄒᆞ고 난셤을 브ᄅᆞ니 셤이 분(憤)ᄒᆞ고 ᄇᆞᆺ그려 가디 아니ᄒᆞ니 한님(翰林)이 ᄌᆡ촉ᄒᆞ야 브ᄅᆞ고 쇼졔(小姐ㅣ) ᄎᆡᆨ(責)ᄒᆞ여 브ᄅᆞ니 셤이 그윽ᄒᆞᆫ 고ᄃᆡ 가

248) ᄌᆞ분(自分): 자분. 스스로 생각함.
249) 괴망(怪妄): 말이나 행동이 괴상망측함.

•••

39면

숨고 뵈디 아니ᄒᆞ니 왕ᄉᆡᆼ(-生)이 홀일업서 남챵(南昌)으로 가니라.

한님(翰林)이 왕ᄉᆡᆼ(-生)을 보ᄂᆡ고 ᄂᆡ당(內堂)의 드러가 난셤을 블너 대ᄎᆡᆨ(大責)ᄒᆞ니 셤이 다만 울고 믈너나 ᄎᆞ후(此後) 곡긔(穀氣)ᄅᆞᆯ ᄭᅳᆺ치고 머리 ᄡᆞ며 울고 머리ᄅᆞᆯ ᄂᆡ와다 텬일(天日)을 보디 아니ᄒᆞ니, 쇼져(小姐)와 한님(翰林)이 ᄎᆡᆨ(責)ᄒᆞ야 금(禁)ᄒᆞᆫ즉 다만 닐오ᄃᆡ,

"남ᄌᆞ(男子)의 슈단(手段)을 보디 아녓다가 처엄으로 보고 놀나고 샹(傷)ᄒᆞ야 몸이 알프니 됴리(調理)ᄒᆞ야 니러나리이다."

ᄒᆞ더라.

난혜 그 형(兄)의 거동(擧動)을 보고 제 ᄯᅩ 젼두(前頭)[250]의 뎌런 폐(弊) 이실가 ᄒᆞ야 쇼져(小姐)긔 나아가 하딕(下直)고 츌가(出家)ᄒᆞ고져 ᄒᆞ니 쇼졔(小姐ㅣ) 대경(大驚)ᄒᆞ야 말녀 ᄀᆞᆯ오ᄃᆡ,

"난셤은 유모(乳母)의게 듕(重)ᄒᆞᆫ ᄌᆞ식(子息)이니 마

•••

40면

디못ᄒᆞ야 제 몸을 ᄂᆞᆷ의게 허(許)ᄒᆞ엿거니와 너의게ᄂᆞᆫ 밋디 아닐 거시니 죠곰도 의심(疑心) 말나."

난혜 울고 ᄀᆞᆯ오ᄃᆡ,

"비ᄌᆞ(婢子) 등(等) 형뎨(兄弟) 쇼졔(小姐ㅣ)ᄅᆞᆯ 뫼셔 화란(禍亂)을 ᄀᆞᆺ초 격고 요ᄒᆡᆼ(僥倖) 평안(平安)ᄒᆞᆫ 시졀(時節)을 만나 일ᄉᆡᆼ(一生)을

250) 젼두(前頭): 전두. 지금부터 다가오게 될 앞날.

뫼셔 즐길가 ᄒᆞ더니 형(兄)이 죵가(從嫁)[251]ᄒᆞ니 톳기 죽으매 여이 슬허ᄒᆞ믄 샹ᄉᆡ(常事ㅣ)니 쇼비(小婢) 엇디 안심(安心)ᄒᆞ리잇가?"

쇼졔(小姐ㅣ) 눈믈을 흘녀 ᄀᆞᆯ오ᄃᆡ,

"ᄂᆡ 너희ᄅᆞᆯ 은혜(恩惠)ᄅᆞᆯ 갑고져 ᄒᆞ미 엇디 이럴 줄 알니오? 너ᄂᆞᆫ ᄆᆡᆼ셰(盟誓)ᄒᆞ야 ᄯᅳᆺ을 앗디 아니리니 안심(安心)ᄒᆞ라."

난혜 대희(大喜)ᄒᆞ야 ᄇᆡ샤(拜謝)ᄒᆞ고 믈너나니 한님(翰林)이 탄식(歎息)고 쇼져(小姐)ᄃᆞ려 왈(曰),

"쳥의(靑衣)[252] 하품(下品) 가온대 이런 긔특(奇特)ᄒᆞᆫ 인믈(人物)이 이시니 고금(古今)

•••

41면

튱신(忠臣)과 다ᄅᆞ미 이시리오? 난혜, 난셤곳 아니면 그ᄃᆡ 보젼(保全)티 못ᄒᆞ여실 거시오, 난복곳 아니면 ᄂᆡ 목숨을 엇디 못ᄒᆞ여시리니 엇디 은인(恩人)이 아니리오?"

쇼졔(小姐ㅣ) ᄯᅩᄒᆞᆫ 셕ᄉᆞ(昔事)ᄅᆞᆯ ᄉᆡᆼ각ᄒᆞ야 눈믈을 흘니더라.

이ᄢᅢ 텬ᄌᆡ(天子ㅣ) ᄂᆡ(李) 한님(翰林)의 오래 칭병(稱病)ᄒᆞ믈 미흡(未洽)ᄒᆞ샤 즉시(卽時) 한님흑ᄉᆞ(翰林學士) 듕셔사인(中書舍人)을 겸(兼)ᄒᆞ야 츌ᄉᆞ(出仕)[253]ᄅᆞᆯ 직촉ᄒᆞ시니 한님(翰林)이 여러 번(番) ᄉᆞ양(辭讓)ᄒᆞᄃᆡ 샹(上)이 블윤(不允)ᄒᆞ시니 마디못ᄒᆞ야 ᄒᆡᆼ공(行公)[254]ᄒᆞ매 쳥망(淸望)[255]이 됴야(朝野)ᄅᆞᆯ 흔들고 영풍(英風)[256]이 ᄉᆞ린(四

---

251) 죵가(從嫁): 종가. 원래 시집가는 여자를 따라가는 비첩을 이르나 여기에서는 남의 첩이 되는 것을 이름.

252) 쳥의(靑衣): 청의. 천한 사람을 이르는 말. 예전에 천한 사람이 푸른 옷을 입었던 데서 유래함.

253) 츌ᄉᆞ(出仕): 출사. 벼슬을 해서 조정에 나감.

254) ᄒᆡᆼ공(行公): 행공. 공무를 집행함.

隣)[257]의 쟈쟈(藉藉)ᄒᆞ니 형뎨(兄弟) 냥인(兩人)의 묘년(妙年) 아망(雅望)[258]이 ᄉᆞ셔(士庶)의 진동(震動)ᄒᆞᄂᆞᆫ디라 인인(人人)이 블워ᄒᆞ고 칭찬(稱讚)ᄒᆞ믈 마디아니ᄒᆞ니 부모(父母) 존당(尊堂)의 두굿

•••

42면

기미 ᄀᆞ이업고 위 승샹(丞相)이 쾌(快)ᄒᆞ여ᄒᆞ미 비길 곳 업고 ᄒᆞ믈며 한님(翰林)의 풍ᄎᆡ(風采) 긔이(奇異)ᄒᆞ고 위인(爲人)이 졍대ᄉᆡᆨᄉᆡᆨ(正大--)ᄒᆞ야 직ᄉᆞ(職事)[259]ᄅᆞᆯ 찰(察)ᄒᆞ매 믈이 동(東)으로 흐ᄅᆞᆷ ᄀᆞᄐᆞ여 됴항간(朝行間)[260]의 모드매 의논(議論)이 당당(堂堂)ᄒᆞ야 고산(高山)을 ᄡᅳ리며 댱강(長江)을 거우ᄅᆞᄂᆞᆫ ᄃᆞᆺᄒᆞ니 비록 삼공뉵경(三公六卿)[261]이라도 의관(衣冠)을 슈렴(收斂)[262]ᄒᆞ야 공경(恭敬)ᄒᆞ믈 마디아니ᄒᆞ니 가(可)히 그 위인(爲人)을 알디라. 일개(一家ㅣ) 일위여 경앙(敬仰)[263]ᄒᆞ미 되엿더라.

각셜(却說). 연왕(-王)의 댱녀(長女) 일쥬의 ᄌᆞ(字)ᄂᆞᆫ 초벽이니 모후(母后) 소 시(氏), 녀ᄋᆞ(女兒)ᄅᆞᆯ 잉틱(孕胎)ᄒᆞᆯ 졔 ᄒᆡᄅᆞᆯ ᄭᅮᆷᄭᅮ어 싱

---

255) 쳥망(淸望): 청망. 맑고 높은 명망.

256) 영풍(英風): 영걸스러운 풍채.

257) ᄉᆞ린(四隣): 사린. 사방.

258) 아망(雅望): 훌륭한 인망. 또는 그 인망을 가진 사람.

259) 직ᄉᆞ(職事): 직사. 직무에 관계되는 일.

260) 됴항간(朝行間): 조항간. 조회.

261) 삼공뉵경(三公六卿): 삼공육경. 모두 재상을 가리킴. 삼공은 중국에서, 최고의 관직에 있으면서 천자를 보좌하던 세 벼슬로, 주나라 때는 태사(太師)·태부(太傅)·태보(太保)가 있었고 진(秦)나라, 전한(前漢) 때는 승상(丞相)·태위(太尉)·어사대부(御史大夫), 또는 대사마(大司馬)·대사공(大司空)·대사도(大司徒)가 있었으며 후한(後漢), 당나라, 송나라 때는 태위(太尉)·사도(司徒)·사공(司空)이 있었음. 육경은 중국 주(周)나라 때에 둔 육관(六官)의 우두머리로, 대총재·대사도·대종백·대사마·대사구·대사공을 이름.

262) 슈렴(收斂): 수렴. 심신을 다잡음.

263) 경앙(敬仰): 공경해 우러러봄.

(生)ᄒᆞᆫ디라. 쇼졔(小姐ㅣ) 나며브터 긔븨(肌膚ㅣ)[264] 옥(玉)이 엉긘 ᄃᆞᆺ 텬향(天香)이 일신(一身)을 두로고 긔이(奇異)ᄒᆞᆫ 거동(擧動)이 셰간(世間)의 ᄲᅱ여나니

•••

43면

일개(一家ㅣ) 칭ᄋᆡ(稱愛)[265]ᄒᆞ고 연왕(-王)이 ᄉᆡᆼᄂᆡ(生來)의 셩품(性品)이 팀믁(沈默)ᄒᆞ야 범ᄉᆞ(凡事)의 구구(區區)ᄒᆞᆫ 일이 업ᄉᆞᄃᆡ 쇼져(小姐)를 ᄋᆞ시(兒時)로브터 무릅 아ᄅᆡ ᄂᆞ리오디 아니ᄒᆞ고 ᄉᆞ랑이 ᄌᆞ못 과도(過度)ᄒᆞ니 하람공(--公) 등(等)이 긔롱(譏弄)ᄒᆞ고 소휘(-后ㅣ) 깃거 아냐 혹(或) 방ᄌᆞ(放恣)ᄒᆞᆫ 일이 이실가 ᄒᆞ더니,

쇼졔(小姐ㅣ) 년(年)이 십삼(十三)의 니ᄅᆞ니 위인(爲人)의 긔특(奇特)홈과 도량(度量)의 너ᄅᆞ믄 쥬국(周國) 삼모(三母)[266]의 덕(德)이 잇고 박ᄒᆞᆨ다ᄌᆡ(博學多才)[267]ᄒᆞ며 팀믁온듕(沈默穩重)[268]ᄒᆞᆫ 덕(德)이 ᄉᆞ군ᄌᆞ(士君子)의 덕(德)이 이럿는 가온대 얼골이 툐셰(超世)ᄒᆞ미 먼니셔 본즉 ᄒᆞᆫ ᄯᅦ 홍운(紅雲)이오 갓가이 ᄃᆡ(對)ᄒᆞᆫ즉 만화(滿花) 부용(芙蓉)이라. 인간(人間) 긔홰(奇貨ㅣ)[269] 비록 긔이(奇異)ᄒᆞ고 망월(望月)의 무비(無比)[270]ᄒᆞ미 텬하(天下)의 ᄒᆞ나힌들 엇디 능히(能-)

---

264) 긔븨(肌膚ㅣ): 기부. 피부.
265) 칭ᄋᆡ(稱愛): 칭애. 칭찬하고 사랑함.
266) 쥬국(周國) 삼모(三母): 주국 삼모. 중국 주(周)나라의 세 어머니로 태강(太姜), 태임(太姙), 태사(太姒)를 이름. 태강은 태왕(太王)의 비(妃)로서 왕계(王季)의 모친이고, 태임(太姙)은 왕계의 비로서 문왕(文王)의 모친이고, 태사(太姒)는 문왕의 비로서 무왕(武王)의 모친임. 모두 현명한 어머니라는 칭송을 받음.
267) 박ᄒᆞᆨ다ᄌᆡ(博學多才): 박학다재. 학식이 넓고 재주가 많음.
268) 팀믁온듕(沈默穩重): 침묵온중. 점잖고 조용하며 침착함.
269) 긔홰(奇貨ㅣ): 기화. 진기한 보배.
270) 무비(無比): 비할 곳이 없음.

일쥬 쇼져(小姐)의 텬틱만광(天態萬光)[271]

•••

44면

을 뚤오리오. 명명(明明) 빵안(雙眼)이 일광(日光)을 징형(爭衡)[272]홀 둣, 두 빡 보조개에 일만(一萬) 가지 윤틱(潤澤)ᄒᆞ미 돌녓고 쥬슌(朱脣)이 도솔궁(兜率宮) 단사(丹沙)ᄅᆞᆯ 졈(點)텨 정묘(精妙)히 민둔 둣, 프른 눈섭과 구룸 ᄀᆞᆺ튼 운환(雲鬟)이 ᄀᆞᆺ초 긔이(奇異)ᄒᆞ야 비(比)홀 고디 업ᄉᆞ니,

부뫼(父母ㅣ) 크게 ᄉᆞ랑ᄒᆞ야 십(十) 셰(歲) 너무며브터 왕(王)이 동셔(東西)로 옥인군ᄌᆞ(玉人君子)ᄅᆞᆯ 듯보ᄃᆡ ᄒᆞ나토 쇼져(小姐)의 빵(雙)이 업ᄉᆞ니 왕(王)이 ᄀᆞ장 우려(憂慮)ᄒᆞ고 쇼졔(小姐ㅣ) 원ᄂᆡ(元來) 얼골이 이러ᄐᆞᆺ 긔이(奇異)ᄒᆞᆫ 듕(中) ᄒᆡᆼ동거지(行動擧止) 진실노(眞實-) 범인(凡人)과 ᄃᆞᆯ나 안ᄌᆞ매 늠연(凜然)ᄒᆞᆫ 법되(法度ㅣ) 녀와(女媧)[273] 낭낭(娘娘)이 구룡금탑(九龍金塔)의 안존 둣 거ᄅᆞ매 창ᄒᆡ(蒼海)의 뇽(龍)이 빗기 ᄒᆡᆼ(行)ᄒᆞᄂᆞᆫ 둣ᄒᆞ야 위의(威儀) 심듕(深重)[274]ᄒᆞ고 톄긔(體氣)[275] 은은(隱隱)ᄒᆞ야 셰쇽(世俗) ᄋᆞ녀ᄌᆡ(兒女子ㅣ) 아니니 왕(王)의 신명(神明)ᄒᆞ므로 엇디 아디 못ᄒᆞ리오. 크게 근심ᄒᆞ나 당금(當今)의

---

271) 텬틱만광(天態萬光): 천태만광. 매우 아름다운 자태.

272) 징형(爭衡): 쟁형. 서로 지지 아니하려고 우열(優劣)과 경중(輕重)을 다툼.

273) 녀와(女媧): 여와. 중국 고대 신화에서 인간을 창조한 것으로 알려진 여신이며, 삼황오제 중 한 명이기도 함. 인간의 머리와 뱀의 몸통을 갖고 있으며 복희와 남매라고도 알려져 있음. 처음으로 생황이라는 악기를 만들었고, 결혼의 예를 제정하여 동족 간의 결혼을 금하였음.

274) 심듕(深重): 심중. 생각이 깊고 침착함.

275) 톄긔(體氣): 체기. 품성. 기질.

•••

45면

태직(太子ㅣ) 비(妃)로 빵(雙)이 ᄀ즉ᄒ시고 졔왕(諸王)이 업ᄉ니 방심(放心)ᄒ야 셔랑(壻郎)을 골히더니,

이히 츈이월(春二月)의 태ᄌ비(太子妃) 뉴 시(氏) 승하(昇遐)[276]ᄒ시니 샹(上)이 크게 이통(哀痛)ᄒ샤 텬하(天下)의 반포[277](頒布)ᄒ시고 비(妃)를 효릉(-陵)의 장(葬)ᄒᆫ 후(後) 호(號)를 혜쥰덕빙이라 ᄒ시다.

다시 비(妃)를 틱(擇)ᄒ실ᄉ 텬해(天下ㅣ) 다 부귀(富貴)를 흠모(欽慕)ᄒ야 ᄯᆞᆯ을 장속(裝束)[278]ᄒ야 드려보ᄂᆡᄂᆞ니 분분(紛紛)[279]ᄒᄃᆡ 홀노 니부(李府)의셔 단ᄌ(單子)[280]의 ᄡᅳ디 아니ᄒ엿더니, 양 현비(賢妃) 일즉 소후(-后)의 셩화(聲華)[281]를 니기 듯고 그 표ᄆᆡ(表妹) 위 시(氏) 소 샹서(尙書) 부인(夫人)인 고(故)로 일쥬의 긔이(奇異)ᄒ믈 닉이 듯고 샹(上)긔 엿ᄌ와 골오ᄃᆡ,

"이제 국개(國家ㅣ) 블힝(不幸)ᄒ야 덕빙이 망(亡)ᄒ시니 곤위(壼位)[282] 슬프미 ᄆᆡ쳣ᄂᆞᆫ디라. 다시 어딘 비(妃)를 틱(擇)ᄒ

276) 승하(昇遐): 왕이나 왕비가 세상을 떠남.
277) 포: [교] 원문에는 '표'로 되어 있으나 문맥을 고려해 이와 같이 수정함.
278) 장속(裝束): 몸을 꾸며서 차림.
279) 분분(紛紛): 어지러운 모양.
280) 단ᄌ(單子): 단자. 이름을 적은 종이.
281) 셩화(聲華): 성화. 세상에 널리 알려진 명성.
282) 곤위(壼位): 원래 황후를 가리키나 여기에서는 태자를 이름.

•••

46면

시미 올흐니 신(臣)이 듯ᄌᆞ오니 연왕(-王) 니몽챵의게 녀ᄌᆡ(女子ㅣ) 이셔 극(極)히 초월(超越)타 ᄒᆞᄂᆞ이다."

샹(上)이 희왈(喜曰),

"니몽챵 쳐(妻) 소 시(氏)ᄂᆞᆫ 셰(世)예 드믄 녀ᄌᆡ(女子ㅣ)라. 그 ᄯᆞᆯ이 이실딘대 국가(國家)의 만ᄒᆡᆼ(萬幸)이로다."

ᄒᆞ시고 이튼날 됴회(朝會)ᄅᆞᆯ 베프시매 샹(上)이 특별(特別)이 엄지(嚴旨)[283]ᄅᆞᆯ ᄂᆞ리와 ᄀᆞᆯ오샤ᄃᆡ,

"태ᄌᆞ(太子)ᄂᆞᆫ 텬하(天下)의 근본(根本)이라 그 비(妃)ᄅᆞᆯ ᄐᆡᆨ(擇)ᄒᆞ매 솔이(率爾)[284]히 못 ᄒᆞᆯ 거시니 됴뎡(朝廷) 대신(大臣)이 만일(萬一) 죠금이나 은휘(隱諱)ᄒᆞᆯ딘대 듕죄(重罪)ᄅᆞᆯ 주리라."

ᄒᆞ시니 연왕(-王)이 반항(班行)[285]의셔 듯고 ᄌᆞ연(自然)이 안ᄉᆡᆨ(顏色)을 변(變)ᄒᆞ더라.

이날 금궐(禁闕)의 모든 녀ᄌᆡ(女子ㅣ) 니ᄅᆞ매 진실노(眞實-) 옥(玉)과 구술이 모든 ᄃᆞᆺᄒᆞ더라. 샹(上)과 휘(后ㅣ) 어탑(御榻)[286]의 좌(坐)ᄒᆞ시고 모든 비빙(妃嬪)과 졔왕(諸王) 공쥐(公主ㅣ) 시립(侍立)ᄒᆞ야 모든 녀ᄌᆞ(女子)

283) 엄지(嚴旨): 임금의 엄중한 명령.
284) 솔이(率爾): 말이나 행동이 신중하지 못하고 가벼움.
285) 반항(班行): 반열.
286) 어탑(御榻): 임금이 앉는 상탑.

•••

47면

의 우렬(優劣)을 뎡(定)홀시 ᄒᆞ나토 특이(特異)ᄒᆞ니 업ᄉᆞᄃᆡ 됴후(-后)의 ᄎᆞ거거(次哥哥) 됴훈의 ᄎᆞ녀(次女) 여혜 쇼졔(小姐ㅣ) 십분(十分) 특이(特異)ᄒᆞ야 삼쳔(三千) 분ᄃᆡ(粉黛)[287] 가온대 ᄲᅡ혀나고 그 형(兄) 여구 쇼졔(小姐ㅣ) ᄌᆞᄉᆡᆨ(姿色)이 쵸츌(超出)[288]ᄒᆞ니 됴휘(-后ㅣ) 흔심(欣心)[289]ᄒᆞ야 샹(上)긔 쥬왈(奏曰),

"이 아ᄒᆡ(兒孩) 이러틋 발월(發越)ᄒᆞ니 당당(堂堂)이 비(妃)를 삼을소이다."

샹(上) 왈(曰),

"됴ᄋᆡ(-兒ㅣ) 비록 특이(特異)ᄒᆞ나 진짓 태ᄌᆞ(太子)의 ᄡᅡᆼ(雙)이 아니니 삼일(三日) 간ᄐᆡᆨ(揀擇)[290]을 보아 뎡(定)ᄒᆞ사이다."

드ᄃᆡ여 계양 공쥬(公主)를 도라보와 ᄀᆞᄅᆞ샤ᄃᆡ,

"황슉(皇叔)의 딜녀(姪女) 등(等)이 업ᄂᆞ니잇가? 어이 간션(揀選)의 참녜(參預)ᄒᆞ미 업ᄂᆞ뇨?"

공쥐(公主ㅣ) 본ᄃᆡ(本-) 젹은 일도 군부(君父)를 긔이디 못홀 줄을 알고 일쥬의 긔이(奇異)ᄒᆞ믈 ᄌᆞ못 아ᄂᆞᆫ디라, ᄃᆡ주(對奏) 왈(曰),

"부마(駙馬)의 ᄯᆞᆯ은 이시나 나

---

287) 분ᄃᆡ(粉黛): 분대. 분을 바른 얼굴과 먹으로 그린 눈썹이라는 뜻으로 화장을 한 미인을 비유한 말.

288) 쵸츌(超出): 초출. 매우 뛰어남.

289) 흔심(欣心): 기뻐함.

290) 간ᄐᆡᆨ(揀擇): 간택. 왕·왕자·왕녀의 배우자를 택함.

•••

48면

히 어리고 기국공(--公) 몽원은 두 쏠이 이시나 강보(襁褓)를 겨유 면(免)훈 티오(稚兒ㅣ)오, 홀노 연왕(-王) 몽챵의 녜(女ㅣ) 금년(今年)이 열세히니이다."

샹(上)이 경왈(驚曰),

"그럴딘대 엇디 금일(今日) 써러디뇨?"

공쥐(公主ㅣ) 쇼이딕왈(笑而對曰),

"이는 녜뷔(禮部ㅣ) 술피디 못후미오, 연왕(-王)의 타시 아니니이다."

샹(上)이 잠간(暫間) 우으시고 즉시(卽時) 녜부(禮部) 니흥문을 파직(罷職)후시고 연왕(-王)을 슈죠(手詔)[291]로 칙(責)후샤 긔군(欺君)[292]훈 죄(罪)를 무르라 후시다.

이때 연왕(-王)이 집의 도라와 침소(寢所)의 니르니 일쥬 쇼제(小姐ㅣ) 흑운(黑雲) 굿튼 머리를 지우고 응장셩식(凝粧盛飾)[293]으로 이에 나아와 됴복(朝服)을 벗기고 겻틔 안주매 왕(王)이 이젼(以前)은 우음을 먹음고 녀우(女兒)를 안더니 금일(今日)은 미우(眉宇)를 싱기고 냥구(良久)토록 말을

•••

49면

아니후다가 녀우(女兒)를 나호여 안고 샹(牀)의 가 누으니 쇼제(小姐

291) 슈죠(手詔): 수조: 제왕이 손수 쓴 조서.
292) 긔군(欺君): 기군. 임금을 속임.
293) 응장셩식(凝粧盛飾): 응장성식. 곱게 화장한 얼굴과 잘 꾸민 옷차림.

ㅣ) 민망(憫惘)ᄒᆞ야ᄒᆞ나 감히(敢-) 니디 못ᄒᆞ더니,

이윽고 녜부(禮部) 흥문이 됴보(朝報)[294]ᄅᆞᆯ 들고 드러와 왕(王)긔 슈말(首末)을 ᄌᆞ시 고(告)ᄒᆞ니 왕(王)이 놀나 즉시(卽時) 궐하(闕下)의 가 ᄃᆡ죄(待罪)ᄒᆞ고 승샹(丞相)이 소후(-后)ᄅᆞᆯ 블러 일쥬ᄅᆞᆯ 명일(明日) 궐ᄂᆡ(闕內)로 드릴 ᄯᅳᆺ을 니ᄅᆞ니 소휘(-后ㅣ) 비록 블쾌(不快)ᄒᆞ나 텬명(天命)도 미리 아디 못ᄒᆞ고 ᄌᆞ레 나 우ᄉᆡᆨ(憂色)ᄒᆞ미 가(可)티 아냐 ᄌᆞ약(自若)히 우ᄉᆡᆨ(憂色)을 곰초고 녀ᄋᆞ(女兒)ᄅᆞᆯ 단장(丹粧)ᄒᆞ야,

이ᄐᆞᆫ날 금궐(禁闕)의 니ᄅᆞ니 ᄯᅩᄒᆞᆫ 이날도 녀ᄌᆡ(女子ㅣ) 만히 모혓ᄂᆞᆫ디라. 고디 어ᄅᆡ며[295] ᄃᆞᆯ이 무ᄉᆡᆨ(無色)ᄒᆞᆫ ᄃᆞᆺᄒᆞ더니 쇼졔(小姐ㅣ) 나아가매 다 탈ᄉᆡᆨ(奪色)[296]ᄒᆞ야 디와[297]와 ᄒᆞᆰ ᄀᆞᆺ더라.

쇼졔(小姐ㅣ) 죠용히 어하(御下)의 나아가 고두(叩頭) ᄉᆞᄇᆡ(四拜)ᄒᆞ고 산호

•••

50면

만셰(山呼萬歲)[298]ᄅᆞᆯ ᄆᆞᆺᄎᆞ매 거롬을 움ᄌᆞ이ᄂᆞᆫ 곳마다 금년(金蓮)[299]이 닐고 힝뵈(行步ㅣ) 신듕(愼重)ᄒᆞ야 틧글이 니디 아니ᄒᆞ니, 샹(上)

---

294) 됴보(朝報): 조보. 조정에서 재결 사항을 기록하고 서사(書寫)하여 반포하던 관보.

295) 어ᄅᆡ며: 미상. [교] '어리다'의 뜻이나 문맥에 맞지 않음. 규장각본(11:36)에도 이와 같이 되어 있음.

296) 탈ᄉᆡᆨ(奪色): 탈색. 빛을 빼앗는다는 뜻으로, 같은 종류 가운데에서 어느 하나가 특별히 뛰어나 다른 것들을 압도함을 이르는 말.

297) 디와: '기와'의 뜻으로 보이나 미상임.

298) 산호만셰(山呼萬歲): 산호만세. 나라의 중요 의식에서 신하들이 임금의 만수무강을 축원하여 두 손을 치켜들고 만세를 부르던 일. 중국 한나라 무제가 숭산(嵩山)에서 제사 지낼 때 신민(臣民)들이 만세를 삼창한 데서 유래함.

299) 금년(金蓮): 금련. 금으로 만든 연꽃이라는 뜻으로, 미인의 예쁜 걸음걸이를 비유적으로 이르는 말. 중국 남조(南朝) 때 동혼후(東昏侯)가 금으로 만든 연꽃을 땅에 깔아 놓고 반비(潘妃)에게 그 위를 걷게 하였다는 고사에서 유래함.

이 크게 놀나샤 갓가이 나아오라 ᄒᆞ샤 ᄌᆞ시 보시니 진실노(眞實-) 얼골의 긔이(奇異)ᄒᆞ미 녀와(女媧)[300] 낭낭(娘娘)이 ᄌᆡᄉᆡᆼ(再生)ᄒᆞ미라도 이에셔 더으디 못ᄒᆞᆯ디라 엇디 ᄒᆞᆫ갓 화월(花月)노 견조아 비(比)ᄒᆞ리오. 비록 운환(雲鬟)을 숙이고 부복(俯伏)ᄒᆞ엿시나 ᄆᆞᆰ은 광ᄎᆡ(光彩) 뎐샹(殿上)의 움ᄌᆞᆨ이니 샹(上)이 대희(大喜)ᄒᆞ샤 진실노(眞實-) 긔이(奇異)ᄒᆞᆫ디라, 도라 후(后)긔 고왈(告曰),

"ᄎᆞ인(此人)이 이러ᄐᆞᆺ 긔이(奇異)ᄒᆞ니 이ᄅᆞᆯ ᄇᆞ리고 눌을 ᄐᆡᆨ(擇)ᄒᆞ리오?"

휘(后ㅣ) 블열(不悅) 왈(曰),

"니녜(李女ㅣ) 얼골이 기이(奇異)ᄒᆞ나 ᄆᆞᆰ으미 과도(過度)ᄒᆞ니 슈골(壽骨)[301]이 아니라, 여혜로 뎡(定)ᄒᆞ사이다."

샹(上)이 쇼왈(笑曰),

"현휘(賢后ㅣ) 진실노(眞實-) ᄉᆞ

•••

51면

졍(私情)이 일편되도다. 됴 시(氏) 비록 아름다오나 니녀(李女)의게 밋디 못ᄒᆞ리이다."

휘(后ㅣ) 잠쇼(暫笑) 왈(曰),

"쳡(妾)이 엇디 ᄉᆞ졍(私情)을 젼쥬(專主)[302]ᄒᆞ리잇고? 여혜 샹뫼(相貌ㅣ) 비범(非凡)ᄒᆞᆯ 분 아냐 ᄋᆞ시(兒時)의 샹재(相者ㅣ)[303] 보고

300) 녀와(女媧): 여와. 중국 고대 신화에서 인간을 창조한 것으로 알려진 여신이며, 삼황오제 중 한 명이기도 함. 인간의 머리와 뱀의 몸통을 갖고 있으며 복희와 남매라고도 알려져 있음. 처음으로 생황이라는 악기를 만들었고, 결혼의 예를 제정하여 동족 간의 결혼을 금하였음.

301) 슈골(壽骨): 수골. 오래 살 골격.

302) 젼쥬(專主): 전주. 오로지 중시함.

태평국뫼(泰平國母ㅣ)라 ᄒᆞ니 쳡(妾)이 태ᄌᆞ(太子)ᄅᆞᆯ 위(爲)ᄒᆞ야 텬하(天下)의 유익(有益)고져 ᄒᆞ미니이다."

샹(上)이 텽파(聽罷)의 팀음(沈吟) 쇼왈(笑曰),

"그럴딘대 됴·니(李) 냥녀(兩女)ᄅᆞᆯ 다 태ᄌᆞ비(太子妃) 동셔궁(東西宮)을 삼아 피ᄎᆡ(彼此ㅣ) 원손(元孫)[304]을 몬져 낫ᄂᆞᆫ 니로 위(位)ᄅᆞᆯ 뎡(定)ᄒᆞ리라."

ᄒᆞ시고 냥인(兩人)을 다 별궁(別宮)의 보ᄂᆡ시니 됴가(-家)의셔ᄂᆞᆫ 크게 깃거ᄒᆞᄃᆡ 니부(李府)의셔 이 쇼식(消息)을 듯고 일개(一家ㅣ) 다 놀나고 왕(王)과 휘(后ㅣ) 젼(前)브터 짐작(斟酌)ᄒᆞᆫ 일이나 일ᄉᆡᆼ(一生) 쇼교ᄋᆞ(所嬌兒)로 심궁(深宮)의 드러 부녜(父女ㅣ) 샹봉(相逢)ᄒᆞᆯ 날이 업ᄉᆞ니 크게 셜워 식음(食飮)을

•••

52면

젼폐(全廢)ᄒᆞ니 승샹(丞相)이 왕(王)의 부부(夫婦)ᄅᆞᆯ 블너 ᄎᆡᆨ(責)ᄒᆞ야 ᄀᆞᆯ오ᄃᆡ,

"범ᄉᆡ(凡事ㅣ) 져근 일도 운싊(運數ㅣ)니 일쥬의 나던 날 이러ᄒᆞᆯ 줄 ᄂᆡ 안 일이니 여등(汝等)이 모ᄅᆞ디 아니ᄒᆞ며 쇽졀업ᄉᆞᆫ 심녀(心慮)ᄅᆞᆯ 허비(虛費)ᄒᆞᄂᆞ뇨?"

왕(王)과 휘(后ㅣ) ᄉᆡᄃᆞ라 ᄇᆡ사(拜謝)ᄒᆞ고 믈너나다.

됴가(-家)의셔 급(急)히 여구 쇼져(小姐)ᄅᆞᆯ 몬져 셩혼(成婚)ᄒᆞ려 ᄒᆞᆯ ᄉᆡ 여귀 대궐(大闕)셔 나오던 날 금화교(--橋)ᄅᆞᆯ 디날ᄉᆡ 홀연(忽然)

---

303) 샹재(相者ㅣ): 상자. 관상 보는 사람.
304) 원손(元孫): 태자의 맏아들.

벽지(辟除)[305] 소릭 뇨량(嘹喨)ᄒᆞ며 길 츼오ᄂᆞᆫ 소릭 나거늘 댱(帳) 틈으로 보니 일위(一位) 쇼년(少年) 지샹(宰相)이 빅마(白馬) 금안(金鞍)을 빗기고 홍포오사(紅袍烏紗)ᄅᆞᆯ 졍졔(整齊)ᄒᆞ야 수빅(數百) 추죵(騶從)[306]을 거ᄂᆞ려 오다가 ᄂᆡ힝(內行)을 보고 밧비 쇄금션(瑣金扇)[307]을 드러 챠면(遮面)[308]ᄒᆞ고 우편(右便)으로 츼여 디나니 영풍쥰골(英風俊骨)[309]이 표표(飄飄)이 일광(日光)의

•••

53면

ᄇᆡ이여 금옥(金玉)이 빗치 업고 월ᄉᆡᆨ(月色)이 무비(無比)[310]ᄒᆞ니 쇄락(灑落)[311]ᄒᆞᆫ 골격(骨格)이 텬디(天地) 만믈(萬物)의 ᄆᆞᆰ은 긔운을 홀노 가졋ᄂᆞᆫ디라. 여귀 대경(大驚)ᄒᆞ야 급(急)히 교부(轎夫)ᄅᆞᆯ 블러 무ᄅᆞ라 ᄒᆞ니 시뇌(侍奴ㅣ) ᄃᆡ왈(對曰),

“이ᄂᆞᆫ 신임(新任) 듕셔샤인(中書舍人) 니(李) 노애(老爺ㅣ)시라 ᄒᆞᄂᆞ이다.”

여귀 텽파(聽罷)의 니경[312]문인 줄 알고 크게 흠모(欽慕)ᄒᆞ야 집의 도라와 그 옥모뉴풍(玉貌柳風)[313]이 눈의 암암(黯黯)[314]ᄒᆞ야 ᄎᆞ마 닛디 못ᄒᆞ야 울울(鬱鬱)ᄒᆞᆫ 심ᄉᆡ(心思ㅣ) 병(病)이 되엿더니

---

305) 벽지(辟除): 벽제. 지위가 높은 사람이 행차할 때, 구종(驅從) 별배(別陪)가 잡인의 통행을 금하던 일.
306) 추죵(騶從): 추종. 윗사람을 따라다니는 종.
307) 쇄금션(瑣金扇): 쇄금선. 가는 금박을 입힌 부채로 보이나 미상임.
308) 챠면(遮面): 차면. 얼굴을 가리어 감춤.
309) 영풍쥰골(英風俊骨): 영풍준골. 헌걸찬 풍채와 빼어난 골격.
310) 무비(無比): 비할 것이 없음.
311) 쇄락(灑落): 기분이나 몸이 상쾌하고 깨끗함.
312) 경: [교] 원문에는 ‘셩’으로 되어 있으나 문맥을 고려하여 이와 같이 수정함.
313) 옥모뉴풍(玉貌柳風): 옥모유풍. 옥 같은 외모와 버들 같은 풍채.
314) 암암(黯黯): 기억에 남은 것이 눈앞에 아른거리는 듯함.

그 부모(父母)의 의혼(議婚)ᄒᆞ믈 듯고 모친(母親) 오 시(氏)를 ᄃᆡ(對)ᄒᆞ야 실(實)노ᄡᅧ 니ᄅᆞ고 다른 ᄃᆡ 가디 아닐 줄 고(告)ᄒᆞ니, 됴 시랑(侍郎)이 녀ᄋᆞ(女兒)의 ᄠᅳᆺ이 이러ᄒᆞ믈 ᄌᆞ못 민망(憫惘)ᄒᆞ나 홀일업서 니부(李府)의 ᄆᆡ파(媒婆)로 구혼(求婚)ᄒᆞ니 연왕(-王)이 놀나고 분(憤)ᄒᆞ야 ᄀᆞᆯ오ᄃᆡ,

"됴

•••

54면

녀(-女) 일(一) 인(人)을 갓 ᄉᆡ로 여히엿거늘 저히 등(等) 금슈(禽獸ㅣ) 엇디 므ᄉᆞᆷ 념치(廉恥)로 이런 ᄠᅳᆺ이 잇ᄂᆞ뇨?"

즉시(卽時) ᄃᆡ답(對答)ᄒᆞᄃᆡ,

"용녈(庸劣)ᄒᆞᆫ 돈ᄋᆞ(豚兒)를 과(過)히 아ᄅᆞ샤 옥녀(玉女)로 구(求)코져 ᄒᆞ시니 엇디 못ᄒᆞᆯ 영홰(榮華ㅣ)로ᄃᆡ ᄋᆞ지(兒子ㅣ) 나히 졈고 조강지체(糟糠之妻ㅣ) 현슉(賢淑)ᄒᆞ니 다른 ᄠᅳᆺ이 업ᄂᆞ이다."

ᄆᆡ패(媒婆ㅣ) 도라가 이ᄃᆡ로 고(告)ᄒᆞ니 여귀 초조(焦燥)ᄒᆞ야 머리 ᄲᅡ며 곡긔(穀氣)를 그치고 우ᄂᆞᆫ디라. 오 시(氏) 홀일업서 ᄀᆞ마니 황후(皇后)긔 이 ᄉᆞ연(事緣)을 고(告)ᄒᆞ고 ᄉᆞ혼(賜婚)ᄒᆞ시믈 쳥(請)ᄒᆞ니 황휘(皇后ㅣ) 샹(上)긔 고(告)ᄒᆞᆫ대 샹(上)이 쇼왈(笑曰),

"셕쟈(昔者)의 됴 시(氏)로 연왕(-王)의게 ᄉᆞ혼(賜婚)ᄒᆞ야 허다(許多) 풍패(風波ㅣ) 니러나니 딤(朕)이 비록 만승텬ᄌᆡ(萬乘天子ㅣ)나 ᄯᅩ 엇디 외쳑(外戚)을 ᄉᆞ혼(賜婚)ᄒᆞ리오?"

휘(后ㅣ) ᄃᆡ왈(對曰),

"셕일(昔日) 제염이 실톄(失體)ᄒᆞ나

•••

55면

니문(李門)이 밍녈(猛烈)이 그 죄(罪)를 다ᄉᆞ렷고 당금(當今)의 여구의 ᄌᆡ용(才容)과 ᄒᆡᆼ실(行實)은 극(極)히 아름다오니 ᄉᆞ혼(賜婚)ᄒᆞ샤 니경문의 풍ᄎᆡ(風采)를 도으미 올흘가 ᄒᆞᄂᆞ이다."

샹(上)이 팀음(沈吟)[315]ᄒᆞ시다가 즉시(卽時) 하됴(下詔)ᄒᆞ야 ᄀᆞᆯᄋᆞ샤ᄃᆡ,

'이제 태ᄌᆞ비(太子妃)를 간ᄐᆡᆨ(揀擇)ᄒᆞ야 가례(嘉禮)[316]를 ᄒᆡᆼ(行)ᄒᆞ매 그 형(兄)이 이셔 셩혼(成婚)티 못ᄒᆞ엿ᄂᆞᆫ디라 이십(二十) 젼(前) 쇼년(少年) 명ᄉᆞ(名士)를 일일히(一一-) 우렬(優劣)을 ᄉᆞᆯ펴 일등(一等) 명ᄉᆞ(名士)로 ᄒᆞ나흘 ᄲᅡ 올니라.'

ᄒᆞ시니 태감(太監) 오샹이 즉시(卽時) 어지(御旨)를 밧ᄌᆞ와 모든 명ᄉᆞ(名士)를 직방(直房)[317]의 모호고 우렬(優劣)을 뎡(定)ᄒᆞ매 기듕(其中) 특이(特異)ᄒᆞᆫ 재(者ㅣ) 니경문 일(一) 인(人)이 읏듬이라. 즉시(卽時) 주달(奏達)ᄒᆞᄃᆡ,

"신(臣)이 셩지(聖旨)를 밧ᄌᆞ와 인ᄌᆡ(人材)를 ᄀᆞᆯᄒᆡ여 듕셔샤인(中書舍人) 니경문이

•••

56면

년(年)이 십뉵(十六)이오 인믈(人物) ᄌᆡ홰(才華ㅣ)[318] 읏듬이로소

---

315) 팀음(沈吟): 침음. 속으로 깊이 생각함.

316) 가례(嘉禮): 왕의 성혼이나 즉위, 또는 왕세자·왕세손·황태자·황태손의 성혼이나 책봉 따위의 예식.

317) 직방(直房): 조정의 신하들이 조회 시간을 기다리며 쉬던 방.

이다."

샹(上)이 즉시(卽時) 그 취쳐(娶妻)ᄒᆞ야시며 아냐시믈 아라 고(告)ᄒᆞ라 ᄒᆞ시니 녜부(禮部)의 가셔 친록(親錄)을 가져오니 ᄒᆞ야시ᄃᆡ,

'한님ᄒᆞᆨᄉᆞ(翰林學士) 듕셔샤인(中書舍人) 니경문 쳐(妻)ᄂᆞᆫ 좌승샹(左丞相) 동국공(--公) 위공부 일녜(一女ㅣ)라.'

ᄒᆞ엿더라.

태감(太監)이 즉시(卽時) 이대로 주(奏)ᄒᆞ니 샹(上)이 드ᄃᆡ여 됴셔(詔書)ᄒᆞ샤 됴훈의 녀(女)와 니경문을 셩친(成親)ᄒᆞ라 ᄒᆞ시니 연왕(-王)이 대경(大驚)ᄒᆞ야 즉시(卽時) 샹소(上疏)ᄒᆞ야 블가(不可)ᄒᆞᆷ을 ᄉᆞ양(辭讓)ᄒᆞ니 샹(上)이 브답(不答) 왈(曰),

"됴훈 녀ᄋᆞ(女兒)ᄂᆞᆫ 범인(凡人)이 아니니 진실노(眞實-) 경문의 빵(雙)이라. 경(卿)이 엇던 고(故)로 경문의 풍치(風采)ᄅᆞᆯ ᄉᆞ양(辭讓)ᄒᆞᄂᆞ뇨?"

왕(王)이 다시 샹소(上疏)ᄒᆞ야 ᄀᆞᆯ오ᄃᆡ,

'블쵸ᄌᆞ(不肖子) 경문이 외람(猥濫)[319]이 텬은(天恩)을 닙ᄉᆞ와 쇼년(少年)의 쟉

•••

57면

위(爵位) 고등(高等)ᄒᆞ니 신(臣)이 듀야(晝夜) 우구(憂懼)[320]ᄒᆞ야 여림박빙(如臨薄氷)[321]ᄒᆞ옵거ᄂᆞᆯ 또 엇디 냥쳐(兩妻)ᄅᆞᆯ 두어 손복(損

---

318) ᄌᆡ홰(才華ㅣ): 재화. 빛나는 재주.
319) 외람(猥濫): 하는 행동이나 생각이 분수에 지나침.
320) 우구(憂懼): 근심하고 두려워함.
321) 여림박빙(如臨薄氷): 마치 얇은 얼음을 밟은 듯 조심스러움.

福)[322] ᄒᆞ믈 ᄌᆞ취(自取)ᄒᆞ리잇고? 신(臣)이 젼일(前日)의 황이(皇姨)[323] 됴 시(氏)로 인(因)ᄒᆞ야 ᄉᆞ변(事變)을 디내고 ᄌᆞ식(子息)을 죽이니 그 딜네(姪女ㅣ) 아니 담기를 밋디 못ᄒᆞᆯ디라 원(願) 폐ᄒᆞ(陛下)ᄂᆞᆫ 술피쇼셔.'

샹(上)이 소(疏)를 보시고 ᄀᆞᆯ오샤ᄃᆡ,

"고수지ᄌᆞ(瞽叟之子)[324] 슌(舜)이 이시니 더옥 슉모(叔母)를 달므미 이시며 됴녀(-女)의 아름다오믄 딤(朕)이 친(親)히 본 배오, 딤(朕)이 임의 뎌를 위(爲)ᄒᆞ야 퇵(擇)ᄒᆞ미 이시니 두 번(番) 고틸 배 아니라. 경(卿)은 고집(固執)히 ᄉᆞ양(辭讓)티 말나."

ᄒᆞ시고 녜부(禮部)의 됴셔(詔書)ᄒᆞ샤 가례(嘉禮) 젼(前)의 급급(急急)히 됴 시(氏)와 경문을 셩친(成親)ᄒᆞ라 ᄒᆞ

•••

58면

시니,

왕(王)은 어히업셔 말을 아니코 믈너가고 샤인(舍人)이 ᄉᆞ[325]ᄉᆞ로 괴로이 넉이고 블평(不平)ᄒᆞ야 이에 만언소(萬言疏)를 올녀 ᄌᆞ개(自家ㅣ) 블용(不用)[326]이 냥쳐(兩妻)를 거ᄂᆞ리디 못ᄒᆞᆷ과 본ᄃᆡ(本-) 녀ᄉᆡᆨ(女色)의 ᄯᅳᆺ이 업ᄉᆞ믈 ᄀᆞᆺ초 주(奏)ᄒᆞᄃᆡ 샹(上)이 블윤(不允)ᄒᆞ시니 니문(李門) 일개(一家ㅣ) 크게 블ᄒᆡᆼ(不幸)ᄒᆞ나 ᄒᆞᆯ일업서ᄒᆞ고 됴가(-家)

---

322) 손복(損福): 복을 잃음.
323) 황이(皇姨): 황후의 자매. 황후의 동생이자 이몽창의 전 아내인 조제염을 이름.
324) 고수지ᄌᆞ(瞽叟之子): 고수지자. 고수의 아들. 고수는 순임금의 아버지로, 순임금이 어렸을 적에 계실(繼室) 임 씨와 그 아들 상(象)의 참소를 듣고 순을 죽이려 했음.
325) ᄉᆞ: [교] 원문에는 '소'로 되어 있으나 문맥을 고려해 규장각본(11:42)을 따름.
326) 블용(不用): 불용. 쓸모없는 사람.

의셔ᄂᆞᆫ 대열(大悅)ᄒᆞ야 ᄐᆡᆨ일(擇日)ᄒᆞ니 겨유 십여(十餘) 일(日)이 ᄀᆞ렷더니,

호ᄉᆡ(好事ㅣ) 다마(多魔)[327]ᄒᆞ야 여구 쇼제(小姐ㅣ) 홀연(忽然) ᄂᆞᆺ치 큰 죵긔(腫氣) 나 소셰(梳洗)ᄅᆞᆯ 일우디 못ᄒᆞ니 드ᄃᆡ여 길일(吉日)을 허송(虛送)ᄒᆞᆫ디라 샹(上)이 우려(憂慮)ᄒᆞ시거ᄂᆞᆯ 녜부샹셔(禮部尙書) 니흥문이 쥬왈(奏曰),

"됴 시(氏) 임의 사ᄅᆞᆷ의 빙례(聘禮)ᄅᆞᆯ 바다시니 죵가(從嫁)[328]ᄒᆞ나 다ᄅᆞ미 업ᄉᆞ온디라 쇼쇼(小小) 녜졀(禮節)을 구애(拘礙)ᄒᆞ

•••

59면

야 동궁(東宮) 가[329]례(嘉禮)ᄅᆞᆯ 믈니리잇고?"

샹(上)이 올히 너겨[330] 조ᄎᆞ시다.

녜부(禮部) 니흥문이 삼일(三日) 파직(罷職)ᄒᆞ엿다가 즉시(卽時) 복직(復職)ᄒᆞ엿ᄂᆞᆫ디라, 므ᄅᆞᆺ 범ᄉᆞ(凡事)ᄅᆞᆯ 녜(禮)대로 ᄎᆞᆯ혀 친영(親迎)[331]을 등ᄃᆡ(等待)ᄒᆞᆯᄉᆡ 길일(吉日)이 하뉵월(夏六月) 초슌(初旬)이러라.

태ᄌᆞ(太子)의 년(年)이 ᄇᆞ야흐로 십팔(十八) 세(歲)니 늉쥰뇽안(隆準龍眼)[332]이 만히 태조(太祖) ᄀᆞᄐᆞ시며 총명영오(聰明穎悟)ᄒᆞ시고

---

327) 호ᄉᆡ(好事ㅣ) 다마(多魔): 호사다마. 좋은 일에는 흔히 방해되는 일이 많음.

328) 죵가(從嫁): 종가. 원래 시집가는 여자를 따르는 비첩을 뜻하나 여기에서는 '시집감'의 의미로 쓰임.

329) 가: [교] 원문에는 '아'로 되어 있으나 문맥을 고려해 규장각본(11:42)을 따름.

330) 겨: [교] 원문에는 '여'로 되어 있으나 오기로 보임.

331) 친영(親迎): 육례의 하나로, 신랑이 신부의 집에 가서 신부를 직접 맞이하는 의식.

332) 늉쥰뇽안(隆準龍眼): 융준용안. 우뚝한 코와 용의 눈처럼 부리부리한 눈. 『사기』, 「고조 본기(高祖本紀)」에 나오는 말로, 한 고조 유방의 얼굴 특징을 표현한 것.

늠늠슈발(凜凜秀發)[333] ᄒᆞ샤 진짓 태평텬ᄌᆞ(太平天子)의 샹뫼(相貌ㅣ) 니러시니 엇디 녀염(閭閻) 쇼쇼(小小) 관옥(冠玉) 가랑(佳郎)의 비기리오. 하늘이 유의(留意)ᄒᆞ샤 일쥬 쇼져(小姐)의 짝(雙)을 삼으시미러라.

친영(親迎) 날이 밤이 ᄀᆞ리이니 왕(王)과 휘(后ㅣ) 미리 본궁(本宮)의 나아가 쇼져(小姐)ᄅᆞᆯ 영별(永別)ᄒᆞᆯᄉᆡ 쇼제(小姐ㅣ) 부왕(父王)을 븟들고 오오(嗚嗚)히 우러 눈믈이 방방(滂滂)[334] ᄒᆞ니 왕(王)이 비

•••

60면

록 텰셕(鐵石) 심댱(心腸)의 대댱뷔(大丈夫ㅣ)나 금일(今日) 경ᄉᆡᆨ(景色)을 당(當)ᄒᆞ여ᄂᆞᆫ 심ᄉᆡ(心思ㅣ) 츄연(惆然)이 됴티 아냐 어ᄅᆞ문져 경계(警戒) 왈(曰),

"오ᄂᆞᆯ날 이러홈도 다 싊(數ㅣ)라. ᄂᆡ 아히(兒孩)ᄂᆞᆫ 셜셜(屑屑)[335]이 부모(父母)ᄅᆞᆯ ᄉᆡᆼ각디 말고 군왕(君王)을 어디리 돕ᄉᆞ와 가문(家門)의 욕(辱)이 밋게 말면 이거시 효(孝ㅣ)니 모ᄅᆞ미 힘ᄡᅳ디어다."

쇼제(小姐ㅣ) 타루(墮淚) 슈명(受命)ᄒᆞ고 휘(后ㅣ) ᄯᅩᄒᆞᆫ 녀훈(女訓)과 삼강(三綱)[336]의 듕(重)ᄒᆞᆫ 거ᄉᆞᆯ 경계(警戒)ᄒᆞ야 부뷔(夫婦ㅣ) 죵야(終夜)토록 경계(警戒)ᄒᆞ미 다 셩언현에(聖言賢語ㅣ)니 쇼제(小姐ㅣ) 슌슌(順順) 응ᄃᆡ(應對)ᄒᆞ나 부친(父親) 무릅히 업ᄃᆡ여 읍읍(悒悒)[337]

333) 늠늠슈발(凜凜秀發): 늠름수발. 늠름하고 풍채가 뛰어남.

334) 방방(滂滂): 눈물이 줄줄 흐르는 모양.

335) 셜셜(屑屑): 설설. 자질구레하게 부스러지거나 보잘것없이 됨.

336) 삼강(三綱): 유교의 도덕에서 기본이 되는 세 가지 강령. 임금과 신하, 부모와 자식, 남편과 아내 사이에 마땅히 지켜야 할 도리로 군위신강(君爲臣綱), 부위자강(父爲子綱), 부위부강(夫爲婦綱)을 이름.

337) 읍읍(悒悒): 근심하는 모양.

ᄒᆞ기ᄅᆞᆯ 마디아니니 홍뉘(紅淚ㅣ) 의샹(衣裳)을 ᄌᆞ므ᄂᆞᆫ디라. 왕(王)과 휘(后ㅣ) 또ᄒᆞᆫ 일ᄉᆡᆼ(一生) 쟝쥬(掌珠)[338]로 슬하(膝下)의 두어 ᄌᆞ미ᄅᆞᆯ 보디 못ᄒᆞ고 심궁(深宮)의 녀허 비록 지쳑(咫尺)이나 곤위(壼闈)[339]와 연

•••

61면

곡(輦轂)[340]이 ᄀᆞ[341]리일 줄 ᄉᆡᆼ각ᄒᆞ니 슬픈 심ᄉᆡ(心思ㅣ) 뉴동(流動)ᄒᆞ믈 ᄭᆡᄃᆞᆺ디 못ᄒᆞ더니 녀ᄋᆞ(女兒)의 이 ᄀᆞᆺᄐᆞᆫ 거동(擧動)과 슬샹(膝上)을 ᄯᅥ나디 못ᄒᆞᄂᆞᆫ ᄋᆞ녀(兒女)로 텬위지쳑(天威咫尺)[342]의 보ᄂᆡ믈 ᄉᆡᆼ각ᄒᆞ니 심ᄉᆡ(心思ㅣ) 버히ᄂᆞᆫ ᄃᆞᆺᄒᆞ나 왕(王)과 휘(后ㅣ) 텬균대량(千鈞大量)[343]이 가ᄇᆡ얍디 아니ᄒᆞᆫ디라 ᄆᆞᄎᆞᆷᄂᆡ 슬픈 ᄉᆡᆨ(色)을 아니ᄒᆞ고 어ᄅᆞᄆᆞᆫ뎌 경계(警戒)ᄒᆞ믈 마디아니ᄒᆞ니, 쥬디샹궁(主知尚宮) 됴시(氏), 가 시(氏) 댱(帳) 밧긔셔 듯고 감탄(感歎)ᄒᆞ믈 마디아니ᄒᆞ더라.

평명(平明)의 모든 샹궁(尚宮)이 쇼져(小姐)ᄅᆞᆯ 븟드러 소셰(梳洗)ᄅᆞᆯ ᄆᆞᆺ고 단쟝(丹粧)을 일울ᄉᆡ 머리의 구봉칠보금관(九鳳七寶金冠)[344]을 ᄡᅳ고 엇게예 홍금뎍의(紅錦翟衣)[345]ᄅᆞᆯ 가(加)ᄒᆞ며 허리의

---

338) 쟝쥬(掌珠): 장주. 손바닥 위의 구슬.

339) 곤위(壼闈): 황후가 거처하는 곳이라는 뜻으로, 이일주가 태자비로 가기 때문에 이와 같이 표현한 것임.

340) 연곡(輦轂): 황제의 수레라는 뜻으로, 황제가 있는 수도를 말함.

341) ᄀᆞ: [교] 원문에는 'ᄂᆞ'로 되어 있으나 문맥을 고려해 규장각본(11:44)을 따름.

342) 텬위지쳑(天威咫尺): 천위지척. 천자의 위광이 지척에 있다는 뜻으로, 임금과 매우 가까운 곳 또는 제왕의 앞을 이르는 말.

343) 텬균대량(千鈞大量): 천균대량. 천균의 큰 도량. 천균은 매우 무거운 무게 또는 그런 물건을 비유적으로 이르는 말. '균'은 예전에 쓰던 무게의 단위로, 1균은 30근임.

344) 구봉칠보금관(九鳳七寶金冠): 아홉 마리의 봉황 모양으로 꾸미고 일곱 가지 보배로 장식한 금관.

ᄇᆡᆨ화슈라샹(百花繡羅裳)[346]을 두ᄅᆞ니 녕농(玲瓏)ᄒᆞᆫ 광ᄎᆡ(光彩) 눈의 휘황(輝煌)ᄒᆞ고 머리와 몸의 ᄭᅳ린 거

•••

62면

시 다 야명쥬(夜明珠)와 벽진쥬(璧珍珠)와 금옥(金玉)이오 쇼져(小姐)의 약질(弱質)이 이긔디 못ᄒᆞᆯ ᄃᆞᆺᄒᆞ며 의복(衣服)의 황홀(恍惚)ᄒᆞ미 사ᄅᆞᆷ의 이목(耳目)을 어리오ᄃᆡ 홀노 쇼져(小姐)의 안ᄉᆡᆨ(顔色)을 비(比)ᄒᆞ매 무ᄉᆡᆨ(無色)ᄒᆞ미 심(甚)ᄒᆞ니 모든 궁애(宮娥ㅣ) 새로이 눈을 기우려 긔이(奇異)히 넉이고,

이날 뉴 태부인(太夫人)으로브터 일개(一家ㅣ) 다 별궁(別宮)의 모닷ᄂᆞᆫ디라 다 각각(各各) 쇼져(小姐)의 이 ᄀᆞᆺᄐᆞ믈 더옥 앗기고 결연(缺然)ᄒᆞ믈 이긔디 못ᄒᆞ니 그 부모(父母)의 ᄆᆞᄋᆞᆷ을 니ᄅᆞ리오.

이윽고 태ᄌᆡ(太子ㅣ) 만됴(滿朝)ᄅᆞᆯ 거ᄂᆞ리샤 ᄉᆡᆼ쇼고악(笙簫鼓樂)[347]으로 위의(威儀)ᄅᆞᆯ 휘동(麾動)[348]ᄒᆞ야 니ᄅᆞ시니 황룡봉긔(黃龍鳳旗)ᄂᆞᆫ 어ᄌᆞ러이 나븟기고 문무(文武) 쳔관(千官)이 ᄒᆞᆫᄀᆞᆯᄀᆞᆺ치 ᄎᆡ복(綵服)을 ᄭᅳ어 반항(班行)을 ᄀᆞᆺ초앗시니 위의(威儀) 십(十) 니(里)의 니

345) 홍금뎍의(紅錦翟衣): 홍금적의. 붉은 비단에 청색의 꿩을 수놓아 만든 의복으로 중요한 예식 때 황후나 귀부인이 입던 예복.
346) ᄇᆡᆨ화슈라샹(百花繡羅裳): 백화수라상. 비단에 온갖 꽃을 수놓은 치마.
347) ᄉᆡᆼ쇼고악(笙簫鼓樂): 생소고악. 생황과 통소, 북 등의 음악 소리.
348) 휘동(麾動): 지휘하여 움직이게 함.

•••

63면

엇고 흰 챠일(遮日)과 비단 돗기며 금슈(錦繡) 병댱(屛帳)[349]이 일광(日光)을 ᄀ리오니, 그 위의(威儀) 쟝(壯)ᄒ미 가(可)히 태ᄌ(太子ㅣ) 비(妃)ᄅᆞᆯ 친영(親迎)ᄒ시ᄂᆞᆫ 줄 알리러라.

태ᄌ(太子ㅣ) 녜복(禮服)을 ᄀᆞ초고 뎐안(奠雁)[350]ᄒ시니 머리의 구룡통텬관(九龍通天冠)[351]을 쓰시고 엇게예 홍금망룡포(紅錦蟒龍袍)[352]ᄅᆞᆯ 닙으시며 발의 진쥬칠ᄉ훼(珍珠漆紗鞋)[353]ᄅᆞᆯ 신으시고 허리의 양지ᄇᆡᆨ옥ᄃᆡ(羊脂白玉帶)[354]ᄅᆞᆯ 둘너시니 싁싁쥰엄(--峻嚴)ᄒᆞᆫ 용ᄎᆡ(容采) 동탕(動蕩)[355]ᄒ야 태양(太陽)을 ᄀ리오고 농안봉미(龍眼鳳眉)[356] 녕형신이(瑩炯神異)[357]ᄒ야 진실노(眞實-) 텬하(天下) 강산(江山)의 님ᄌᆡᆫ 줄 알디라. 연왕(-王)이 이날 다시 보매 진짓 녀ᄋ(女兒)의 ᄡᅡᆼ(雙)인 줄 알고 다시 녀ᄋ(女兒)ᄅᆞᆯ 거리ᄢᅵ디 아니ᄒ더라.

칠보금년(七寶金輦)을 ᄡᅡᆼ(雙)으로 ᄀᆞᆯᆸ[358] 노하 냥(兩) 쇼져(小姐)의 오ᄅᆞᆷ믈 쳥(請)ᄒ니 일

349) 병댱(屛帳): 병장. 병풍과 장막.
350) 뎐안(奠雁): 전안. 혼인 때 신랑이 신부 집에 기러기를 가져가서 상위에 놓고 절하는 예.
351) 구룡통텬관(九龍通天冠): 구룡통천관. 아홉 마리의 용이 새겨진 통천관. 통천관은 원래 황제가 정무(政務)를 보거나 조칙을 내릴 때 쓰던 관으로, 검은 깁으로 만들었는데 앞뒤에 각각 열두 솔기가 있고 옥잠(玉簪)과 옥영(玉纓)을 갖추었음.
352) 홍금망룡포(紅錦蟒龍袍): 붉은 비단으로 만든 곤룡포(袞龍袍). 곤룡포(袞龍袍)는 원래 임금이 입는 정복을 뜻하나 여기에서는 태자가 입는 옷의 의미로 쓰임.
353) 진쥬칠ᄉ훼(珍珠漆紗鞋): 진주칠사혜. 진주로 장식한 비단 신발의 뜻으로 보이나 미상임.
354) 양지ᄇᆡᆨ옥ᄃᆡ(羊脂白玉帶): 양지백옥대. 옥의 일종인 양지백옥으로 장식한 허리띠.
355) 동탕(動蕩): 활달하고 호탕함.
356) 농안봉미(龍眼鳳眉): 용안봉미. 용의 눈처럼 부리부리한 눈과 봉황의 눈썹처럼 아름다운 눈.
357) 녕형신이(瑩炯神異): 영형신이. 빛나고 기이함.
358) ᄀᆞᆯᆸ: 나란히.

•••

64면

쥬 쇼졔(小姐ㅣ) ᄎᆞ마 거름을 두ᄅᆞ혀디 못ᄒᆞ야 눈믈이 방방(滂滂)ᄒᆞ야 화쟝셩복(華粧盛服)의 쓰듯기를 마디아니ᄒᆞ니, ᄎᆞ시(此時)를 당(當)ᄒᆞ야 존당(尊堂) 슉친(叔親)이 다 각각(各各) 눈믈이 여우(如雨)ᄒᆞ야 그 어린 나희 이 ᄀᆞᄐᆞᆷ을 잔잉히 너기ᄃᆡ 소휘(-后ㅣ) ᄆᆞᄎᆞᄂᆡ 뎜누(點淚)[359]를 허비(虛費)티 아니ᄒᆞ고 손을 잡고 경계(警戒)ᄒᆞ야 년(輦)의 오ᄅᆞ매,

태ᄌᆡ(太子ㅣ) 나아가 봉교(封轎)[360]ᄒᆞ기를 ᄆᆞᆺ고 위의(威儀)를 거ᄂᆞ려 대궐(大闕)의 니ᄅᆞ러 쌍쌍(雙雙)이 교ᄇᆡ(交拜)를 ᄆᆞᆺ고 각각(各各) 슉소(宿所)의 도라가매 일쥬 쇼졔(小姐ㅣ) 셔궁(西宮)의 니ᄅᆞ러 부모(父母)를 ᄉᆡᆼ각ᄒᆞ고 누쉬(淚水ㅣ) 방방(滂滂)ᄒᆞ야 심ᄉᆞ(心思)를 뎡(靜)티 못ᄒᆞ고 태ᄌᆞ(太子)ᄂᆞᆫ 몬져 됴비(-妃) 슉소(宿所)의 나아가샤 그 화모옥티(花貌玉態)를 ᄌᆞ못 과혹(過惑)ᄒᆞ샤 은졍(恩情)이 여산약

•••

65면

히(如山若海)[361]ᄒᆞ샤 비길 ᄃᆡ 업더라.

원ᄂᆡ(元來) 됴휘(-后ㅣ) 그 아ᄋᆡ 원슈(怨讎)를 ᄌᆞ못 ᄉᆡᆼ각ᄒᆞᄂᆞᆫ디라 일쥬의 긔이(奇異)ᄒᆞᆷ을 보매 년쇼(年少) 남ᄌᆡ(男子ㅣ) 탐혹(耽惑)[362] ᄒᆞᆯ 줄 혜아리고 의ᄉᆞ(意思)를 ᄂᆡ여 이날 져녁의 밀지(密旨)를 ᄂᆞ리와

359) 뎜누(點淚): 점루. 한 점 눈물.
360) 봉교(封轎): 신랑이 신부가 탄 가마의 자물쇠를 잠금.
361) 여산약히(如山若海): 여산약해. 산처럼 높고 바다처럼 깊음.
362) 탐혹(耽惑): 어떤 사물에 마음이 빠져 정신이 흐려짐.

쇼져(小姐)의게 뎐(傳)ᄒᆞᄃᆡ,

'경(卿)이 맛당이 됴비(-妃) ᄉᆡᆼ산(生産)티 아닌 젼(前)은 셔궁(西宮)의 깁히 드러 태ᄌᆞ(太子)와 샹(上)긔 뵈옵디 말나. 만일(萬一) 역명(逆命)ᄒᆞ미 이실딘대 그 죄(罪) 가ᄇᆡ얍디 아니ᄒᆞ리라.'

기여(其餘) 가 샹궁(尙宮) 등(等)을 엄틱(嚴飭)[363]ᄒᆞ니 졔인(諸人)이 숑연(悚然)ᄒᆞ야 승명(承命)[364]ᄒᆞ더라.

이튼날 샹(上)이 됴·니(李) 냥(兩) 쇼져(小姐)로 봉쟉(封爵)을 주실ᄉᆡ 됴비(-妃)ᄂᆞᆫ 동궁(東宮) 쇼현비(--妃)를 봉(封)ᄒᆞ시고 니(李) 시(氏)로 셔궁(西宮) 슉현비(--妃)를 봉(封)ᄒᆞ시니 황휘(皇后ㅣ) 샹(上)과 태지(太子ㅣ) 드ᄅᆞ시ᄂᆞᆫ ᄃᆡ 닐너 ᄀᆞᆯ

•••

66면

ᄋᆞ샤ᄃᆡ,

"니(李) 시(氏) 밤 ᄉᆞ이 지질(躓垤)[365]ᄒᆞ야 ᄀᆞ장 듕(重)타 ᄒᆞ니 그런 거ᄉᆞᆯ 궁듕(宮中)의 두미 측(測)[366]ᄒᆞᆫ가 ᄒᆞᄂᆞ이다."

샹(上)이 놀나 ᄀᆞᆯᄋᆞ샤ᄃᆡ,

"슉비(-妃) 젼일(前日) 업던 병(病)이 졸연(猝然)[367]이 나리오? 가(可)히 태의(太醫)로 간병(看病)ᄒᆞ리라."

휘(后ㅣ) ᄃᆡ왈(對曰),

"슉비(-妃) 나히 어린ᄃᆡ 블의(不意)예 쟝녀(壯麗)ᄒᆞᆫ 금궐(禁闕) 듕

363) 엄틱(嚴飭): 엄칙. 엄하게 타일러 경계함.
364) 승명(承命): 명령을 받듦.
365) 지질(躓垤): 차질이 생김.
366) 측(測): 망측함.
367) 졸연(猝然): 갑작스러운 모양.

(中)의 드러 부모(父母)를 그리고 놀나 셩질(成疾)홀가 시브니 ᄀ마니 두어 그 ᄆ음이 안졍(安定)혼즉 ᄌ연(自然) 차복(差復)[368] ᄒ리이다."

샹(上)이 조ᄎ샤 드듸여 됴셔(詔書)ᄒ야 조심(操心)ᄒ야 됴리(調理)ᄒ라 ᄒ시고,

이날 위의(威儀)를 ᄀ초와 됴비(-妃)를 보실ᄉ, 됴비(-妃) 이때 나히 십오(十五) 셰(歲)라. 고은 얼골이 삼쳔(三千) 분ᄃ(粉黛) 가온ᄃ 싸혀난ᄃ 단장(丹粧)을 ᄀ초고 폐빅(幣帛)을 놉히 드러 헌(獻)ᄒ니 놀난 거동(擧動)과 표일경쳡(飄逸輕捷)[369] 혼 틔되(態度ㅣ)

•••

67면

비(比)홀 고디 업ᄉ니 샹(上)과 휘(后ㅣ) 크게 두굿겨 근시(近侍)[370]를 거록이 샹ᄉ(賞賜)ᄒ시고 졔왕(諸王) 비[371]빙(妃嬪)을 모화 죵일(終日)토록 즐기시다가 파(罷)ᄒ시니 계양 공쥐(公主ㅣ) 슉비(-妃)의 지질(躓垤)타 ᄒ믄 모ᄅ나 그 유병(有病)ᄒ믈 념녀(念慮)ᄒ야 이에 셔궁(西宮)의 니ᄅ러 비(妃)를 보고 문병(問病)ᄒ니 비(妃) 흔연(欣然) ᄃ왈(對曰),

"아츰의 대단이 블평(不平)ᄒ더니 즉금(卽今)은 나아숩ᄂ디라 슉모(叔母)ᄂ 과려(過慮)티 마ᄅ쇼셔."

공쥐(公主ㅣ) 또혼 그 동지(動止) 여샹(如常)ᄒ믈 보고 념녀(念慮)티 아니코 즉시(卽時) 니부(李府)로 도라오다.

---

368) 차복(差復): 병이 회복됨.
369) 표일경쳡(飄逸輕捷): 표일경첩. 빼어나고 날램.
370) 근시(近侍): 곁에서 모시는 사람.
371) 비: [교] 원문에는 '이'로 되어 있으나 오기로 보임.

어시(於時)의 연왕(-王)과 소휘(-后ㅣ) 비(妃)를 보ᄂᆡ고 존당(尊堂) 부모(父母)를 뫼셔 집의 도라오매 쇽졀업시 녀ᄋᆞ(女兒)의 형영(形影)이 업고 화(和)ᄒᆞᆫ 안면(顔面)으로 맛던 자최 그쳐뎌시니 비록 만승(萬乘)의 부귀(富貴)와 지존(至尊)의 놉흐미라도 귀(貴)ᄒᆞᆫ 보람이 업서

•••

68면

왕(王)은 탄식(歎息) 쳐연(悽然)ᄒᆞ고 후(后)ᄂᆞᆫ 누쉬(淚水ㅣ) 횡뉴(橫流)[372)]ᄒᆞ니 심ᄉᆞ(心思)를 이긔디 못ᄒᆞᄂᆞᆫ디라 졔ᄌᆞ(諸子) 졔뷔(諸婦ㅣ) 민망(憫惘)ᄒᆞ야 좌와(坐臥)의 뫼셔 위로(慰勞)ᄒᆞ더니,

이튼날 공쥐(公主ㅣ) 본부(本府)의 도라오매 일개(一家ㅣ) ᄒᆞᆫ 당(堂)의 모다 슉비(-妃)의 평부(平否)를 무ᄅᆞ니 공쥐(公主ㅣ) ᄃᆡ왈(對曰),

"아딕 평안(平安)ᄒᆞ고 젼혀(全-) 우ᄉᆡᆨ(憂色)이 업ᄉᆞ니 긔특(奇特)ᄒᆞᆷ과 잔잉ᄒᆞ믈 이긔디 못ᄒᆞᆯ러이다."

모다 탄식(歎息)고 새로이 슬허ᄒᆞ더라.

이때 한님(翰林)이 여러 ᄃᆞᆯ ᄆᆡᄌᆞ(妹子)의 가례(嘉禮)로 분주(奔走)ᄒᆞ고 부뫼(父母ㅣ) 우황(憂遑) 듕(中) 겨시매 감히(敢-) ᄉᆞ실(私室)을 ᄎᆞᆺ디 못ᄒᆞ엿더니.

일일(一日)은 취봉당(--堂)의 니ᄅᆞ니, 위 시(氏) 니러 마자 좌(座)를 뎡(定)ᄒᆞ매 한님(翰林)이 이윽이 팀음(沈吟)ᄒᆞ다가 닐오ᄃᆡ,

"부인(夫人)은 됴가(-家) 혼ᄉᆞ(婚事)를 엇더케 너기ᄂᆞ뇨?"

쇼졔(小姐ㅣ) 몸을 굽혀 ᄃᆡ왈(對曰),

"쳡(妾)이 블

---

372) 횡뉴(橫流): 횡류. 넘쳐흐름.

...

69면

민암용(不敏闇庸)[373] ᄒᆞ미 군ᄌᆞ(君子)의 ᄂᆡ조(內助)의 션(善)ᄒᆞᆫ 공(功)이 업고 듕궤(中饋)[374]를 홀노 당(當)티 못ᄒᆞᆯ 줄 아ᄂᆞᆫ디라 하늘이 도으샤 아름다온 녀ᄌᆡ(女子ㅣ) 니ᄅᆞ러 쳡(妾)의 용녈(庸劣)ᄒᆞ믈 ᄀᆞᄅᆞ칠가 다ᄒᆡᆼ(多幸)ᄒᆞ여이다."

한님(翰林)이 쇼왈(笑曰),

"이 말은 다 인졍(人情) 밧 말이니 취신(取信)[375]티 못ᄒᆞ려니와 젼일(前日)의 ᄒᆞᆨᄉᆡᆼ(學生)이 부인(夫人)을 ᄃᆡ(對)ᄒᆞ야 죵신(終身)토록 졍(情)을 옴기디 아니렷노라 ᄒᆞ던 ᄆᆡᆼ셰(盟誓) 어ᄃᆡ 갓ᄂᆞ뇨?"

쇼졔(小姐ㅣ) 졍금(整襟)[376] ᄃᆡ왈(對曰),

"이ᄂᆞᆫ 군ᄌᆡ(君子ㅣ) ᄌᆞ구(自求)ᄒᆞ야 어드시미 아니오, ᄆᆡᆼ셰(盟誓)예 당(當)티 아닌 말ᄉᆞᆷ이로소이다."

한님(翰林)이 우쇼(又笑) 왈(曰),

"부인(夫人)이 ᄉᆡᆼ(生)을 이러ᄐᆞᆺ 벗겨 노흐니 가(可)히 감샤(感謝)ᄒᆞ도다. 연(然)이나 열 고ᄃᆡ 취(娶)ᄒᆞ여도 졍(情)을 옴기디 아니ᄒᆞ리니 그ᄃᆡᄂᆞᆫ ᄲᅧ 곰 엇더케 넉이ᄂᆞ뇨?"

쇼졔(小姐ㅣ) 졍ᄉᆡᆨ(正色) 왈(曰),

"군ᄌᆡ(君子ㅣ) 쳐

---

373) 블민암용(不敏闇庸): 불민암용. 어리석고 용렬함.
374) 듕궤(中饋): 중궤. 안살림 가운데 음식에 관한 일을 책임 맡은 여자.
375) 취신(取信): 취신. 신뢰를 가짐.
376) 졍금(整襟): 정금. 옷깃을 여미어 모양을 바로잡음.

•••

70면

쳡(妻妾)을 거ᄂᆞ리매 공번[377] ᄒᆞ미 웃듬이라 샹공(相公) 말솜이 이러 ᄐᆞᆺ 고이(怪異)ᄒᆞ샤 무죄(無罪)ᄒᆞᆫ 녀ᄌᆞ(女子)로 비상(飛霜)의 원(怨)을 기티려 ᄒᆞ시ᄂᆞ뇨?"

ᄉᆡᆼ(生)이 잠쇼(暫笑) ᄇᆞ답(不答)ᄒᆞ고 쇼져(小姐)ᄅᆞᆯ 잇그러 상샹(牀上) 금니(衾裏)의 나아가매 새로이 은ᄋᆡ(恩愛) 산비ᄒᆡ박(山卑海薄)[378] ᄒᆞ더라.

ᄎᆞ시(此時), 됴 쇼졔(小姐ㅣ) 됴흔 길ᄉᆞ(吉事)ᄅᆞᆯ 헛도이 보ᄂᆡ고 분분(紛紛) 쵸조(焦燥)ᄒᆞ야 쳔(千) 가지로 묘방(妙方)을 다ᄉᆞ려 죵환(腫患)이 나으매 부모(父母)ᄅᆞᆯ 보채여 다시 길일(吉日)을 ᄐᆡᆨ(擇)ᄒᆞ니 츄칠월(秋七月) 초ᄉᆡᆼ(初生)[379]이러라. 연왕(-王)이 심(甚)히 블열(不悅)ᄒᆞ고 한님(翰林)이 역시(亦是) 깃거 아니나 ᄒᆞᆯ일업셔ᄒᆞ더니,

마ᄎᆞᆷ 산동(山東) ᄯᅡᄒᆡ 도젹(盜賊)이 니러나 인민(人民)이 니산(離散)ᄒᆞ니 태슈(太守ㅣ) 표주(表奏)[380] ᄒᆞ야 ᄌᆡ조(才操) ᄀᆞ즌 사ᄅᆞᆷ을 어더 다ᄉᆞ려디라 ᄒᆞ니 샹(上)이 크게 근심ᄒᆞ샤 왈(曰),

"사ᄅᆞᆷ을

•••

71면

ᄌᆞ원(自願) 바ᄃᆞ라."

---

377) 공번: 행동이나 일 처리가 사사롭거나 한쪽으로 치우치지 않고 공평함.
378) 산비ᄒᆡ박(山卑海薄): 산비해박. 산이 낮고 바다가 얕음.
379) 초ᄉᆡᆼ(初生): 초생. 음력으로 그달 초하루부터 처음 며칠 동안. 초승.
380) 표주(表奏): 임금에게 표를 올려 아룀.

ᄒᆞ시니 니(李) 한님(翰林)이 일념(一念)의 됴 부인(夫人) 거쳐(去處)를 아디 못ᄒᆞ야 듀야(晝夜) 심ᄉᆡ(心思ㅣ) 쵸젼(焦煎)[381]ᄒᆞ더니 이 긔회(機會)를 엇고 대락(大樂)ᄒᆞ야 즉시(卽時) 탑젼(榻前)의셔 ᄌᆞ원(自願) 츌ᄒᆡᆼ(出行)ᄒᆞ니 샹(上)이 대열(大悅)ᄒᆞ샤 즉시(卽時) 산동(山東) 슌무도뎜검모찰ᄉᆞ(巡撫都點檢謀察使)를 ᄒᆞ이샤 졀월(節鉞)[382]과 황월(黃鉞)을 주시고 삼(三) 일(日) 후(後) 츌ᄉᆞ(出師)ᄒᆞ라 ᄒᆞ시니,

됴부(-府)의셔 민망(憫惘)ᄒᆞ야 길일(吉日)을 나오혀 셩녜(成禮)를 일울ᄉᆡ 니부(李府)의셔 약간(若干) 위의(威儀)를 갓초와 한님(翰林)을 보ᄂᆡ니 한님(翰林)이 진실노(眞實-) 즐겁디 아니나 홀일업서 관복(冠服)을 졍(正)히 ᄒᆞ고 좌듕(座中)의 하딕(下直)ᄒᆞ매 븍쥐빅(--伯)이 웃고 습녜(習禮)ᄒᆞ라 ᄒᆞ니 한님(翰林)이 함쇼(含笑) ᄃᆡ왈(對曰),

"긔 므어시 존듕(尊重)ᄒᆞ야 습녜(習禮)ᄒᆞ며 실례(失禮)ᄒᆞ다 관겨(關係)ᄒᆞ리잇가?"

녜부(禮部)

•••

72면

흥문이 우어 왈(曰),

"현뎨(賢弟) 각완의 ᄯᆞᆯ의게 댱가들 적도 습녜(習禮)ᄒᆞ던 거시니 됴훈이 아모리 미쳔(微賤)ᄒᆞ다 각완만이야 아니ᄒᆞ랴?"

한님(翰林)이 쇼이ᄃᆡ왈(笑而對曰),

---

381) 쵸젼(焦煎): 초전. 마음을 졸이고 애를 태움.

382) 졀월(節鉞): 절월. 절부월(節斧鉞). 관리가 지방에 부임할 때에 임금이 내어 주던 물건. 절은 수기(手旗)와 같이 만들고 부월은 도끼와 같이 만든 것으로, 군령을 어긴 자에 대한 생살권(生殺權)을 상징함.

"그때 말은 싱각ᄒᆞ여도 한심(寒心)ᄒᆞ니 다시 거더디 마ᄅᆞ쇼셔."

연왕(-王)이 문왈(問曰),

"각녜(-女ㅣ) 이제 어ᄃᆡ 잇ᄂᆞ뇨?"

한님(翰林)이 뉴미(柳眉)ᄅᆞᆯ 변(變)ᄒᆞ고 ᄃᆡ왈(對曰),

"그 쳔인(賤人)이 쇼ᄌᆡ(小子ㅣ) 뎍거(謫居)ᄒᆞᆫ 후(後) 아모 ᄃᆡ로 간 줄 모ᄅᆞᆯ너이다."

셜파(說罷)의 슈ᄉᆡᆨ(愁色)[383]이 은영(隱映)ᄒᆞ야 말을 아니ᄒᆞ더니,

이윽고 시각(時刻)이 다ᄃᆞᄅᆞ니 왕(王)이 위 시(氏)ᄅᆞᆯ 명(命)ᄒᆞ야 관복(冠服)을 셤기라 ᄒᆞ니 쇼제(小姐ㅣ) 안ᄉᆡᆨ(顔色)이 쳔연ᄌᆞ약(天然自若)ᄒᆞ야 안셔(安舒)[384]히 금년(金蓮)을 두로혀 관ᄃᆡ(冠帶)ᄅᆞᆯ 셤길ᄉᆡ 냥인(兩人)이 비록 몸이 ᄀᆞᆯ와 셔시나 한님(翰林)의 긔ᄉᆡᆨ(氣色)이 젼혀(專-) ᄉᆡᆨᄉᆡᆨᄒᆞ야 공경(恭敬)ᄒᆞ미

•••

73면

극(極)ᄒᆞ고 눈을 ᄂᆞ초와 그 안셔(安舒)ᄒᆞᆫ 거동(擧動)을 조곰도 투목(投目)[385] 주시(注視)ᄒᆞ미 업고 쇼제(小姐ㅣ) 비록 손을 움즉이나 죠용ᄒᆞ고 쳔연(天然)ᄒᆞᆫ 동지(動止) ᄒᆞᄅᆞᄂᆞᆫ ᄃᆞᆺᄒᆞ야 젼혀(全-) 다른 ᄉᆞᄉᆡᆨ(辭色)이 업서 날호여 믈러나니 좌위(左右ㅣ) 일시(一時)의 칭찬(稱讚)ᄒᆞ믈 마디아니ᄒᆞ더라.

ᄉᆡᆼ(生)이 위의(威儀)ᄅᆞᆯ 거ᄂᆞ려 됴부(-府)의 니ᄅᆞ러 뎐안(奠雁)을 ᄆᆞᆺ고 ᄂᆡ당(內堂)의 드러가 교ᄇᆡ(交拜)ᄒᆞ니 신부(新婦)의 졀셰미뫼(絕世

383) 슈ᄉᆡᆨ(愁色): 수색. 근심하는 낯빛.
384) 안셔(安舒): 안서. 마음이 편안하고 조용함.
385) 투목(投目): 눈길을 던짐.

美貌ㅣ) 삼츈(三春) 미홍도화(未紅桃花) ᄀᆞᄐᆞ나 신낭(新郎)의 텬신(天神) ᄀᆞᄐᆞᆫ 용모(容貌)의 비(比)ᄒᆞ매 명월(明月)과 반듸[386] ᄀᆞᄐᆞ니 듕좨(衆座ㅣ) 놀나고 칭복(稱服)ᄒᆞ믈 이긔디 못ᄒᆞ야 것ᄎᆞ로 신낭(新郎) 신부(新婦)의 샹뎍(相適)[387] ᄒᆞ믈 기리나 심하(心下)의는 신낭(新郎)을 앗기더라. 됴 시랑(侍郎) 부부(夫婦)ᄂᆞᆫ 깃브믈 이긔디 못ᄒᆞ야 모든 사ᄅᆞᆷ의 티하(致賀)ᄅᆞᆯ ᄉᆞ양(辭讓)티

•••

74면

아니ᄒᆞ더라.

한님(翰林)을 동방(洞房)으로 인도(引導)ᄒᆞ고 신부(新婦)ᄅᆞᆯ 응장셩식(凝粧盛飾)[388] 으로 드려다가 합근쥬(合巹酒)ᄅᆞᆯ ᄆᆞᆺᄎᆞ니 한님(翰林)이 쾌(快)히 눈을 드디 아니나 쌍셩(雙星)을 잠간(暫間) 흘리매 뎌의 우렬(優劣)을 ᄌᆞ시 알고 블힝(不幸)ᄒᆞ믈 이긔디 못ᄒᆞ니 ᄌᆞ연(自然) 화긔(和氣) 업서 미위(眉宇ㅣ) 싁싁ᄒᆞ매 당년(當年) 연왕(-王)이 도라왓ᄂᆞᆫ디라. 됴 국구(國舅) 부인(夫人) 뉴 시(氏) 탄왈(歎曰),

“여귀 ᄌᆞ원(自願)ᄒᆞ야 니랑(李郎)을 조ᄎᆞ나 그 쾌(快)ᄒᆞ믈 아디 못ᄒᆞ노라.”

ᄒᆞ고 그윽이 애ᄃᆞᆲ니 너기더라.

션시(先時)의 국귀(國舅ㅣ) 원찬(遠竄)ᄒᆞ야 이(二) 년(年)이 못 ᄒᆞ야 즉시(卽時) 도라오니 됴부(-府)의 영홰(榮華ㅣ) 셕일(昔日)노 감(減)ᄒᆞ미 업ᄂᆞᆫ디라 긔구(器具)[389]의 장(壯)ᄒᆞ미 비길 곳 업더라.

---

386) 반듸: 반딧불이.
387) 샹뎍(相適): 상적. 서로 걸맞음.
388) 응장셩식(凝粧盛飾): 응장성식. 곱게 화장한 얼굴과 잘 꾸민 옷차림.

ᄎᆞ야(此夜)의 한님(翰林)이 쇼져(小姐)로 밤을 디ᄂᆡ매 스ᄉᆞ로 은정(恩情)이 ᄆᆡᆨᄆᆡᆨ[390]ᄒᆞ고 두 ᄉᆞ이 약

•••

75면

쉬(弱水ㅣ)[391] ᄀᆞ린 ᄃᆞᆺᄒᆞ니 스ᄉᆞ로 고이(怪異)ᄒᆞ야 강잉(强仍)코져 ᄒᆞ나 ᄆᆞᄋᆞᆷ이 ᄎᆞᆫ 지 ᄀᆞᄐᆞᆫ디라.

무류(無聊)히 밤을 디ᄂᆡ고 이ᄐᆞᆫ날 니러 관세(盥洗)ᄒᆞ고 ᄂᆡ당(內堂)의 드러가 뉴 부인(夫人)과 악모(岳母)ᄅᆞᆯ 뵐ᄉᆡ 뉴 부인(夫人)이 그 녀ᄋᆞ(女兒)ᄅᆞᆯ ᄉᆡᆼ각고 슬픈 눈믈이 빵빵(雙雙)ᄒᆞ야 한님(翰林)을 향(向)ᄒᆞ야 ᄀᆞᆯ오ᄃᆡ,

“오ᄂᆞᆯ날 낭군(郎君)을 보오매 셕일(昔日) 연뎐해(-殿下ㅣ) 블쵸녀(不肖女)와 친영(親迎)[392]ᄒᆞ심과 얼픗ᄒᆞᆫ디라. 녀ᄋᆞ(女兒)의 죄상(罪狀)이 비록 듕(重)ᄒᆞ나 어믜 ᄆᆞᄋᆞᆷ은 ᄉᆡᆼ각건대 고고(孤孤)ᄒᆞᆫ 냥(兩) ᄌᆞ녀(子女)ᄅᆞᆯ 잇그러 쳔(千) 니(里) 험노(險路)의 도라간 디 블셔 열세히 되엿ᄂᆞᆫ디라 됴양셕월(朝陽夕月)[393]의 ᄉᆡᆼ각ᄒᆞᄂᆞᆫ 졍(情)이 이울고져[394] ᄒᆞ니 녀ᄋᆞ(女兒)ᄂᆞᆫ 유죄(有罪)ᄒᆞ거니와 무죄(無罪)ᄒᆞᆫ 냥ᄋᆞ(兩兒)ᄅᆞᆯ ᄉᆡᆼ각ᄒᆞ매 엇디 참혹(慘酷)디 아니ᄒᆞ리오?”

셜파(說罷)의 ᄒᆞ

389) 긔구(器具): 기구. 예법에 필요한 것이 골고루 갖추어져 있는 형세.
390) ᄆᆡᆨᄆᆡᆨ: 생각이 잘 돌지 아니하여 답답함. 여기에서는 은정이 별로 없음을 의미함.
391) 약쉬(弱水ㅣ): 약수. 신선이 살았다는 중국 서쪽의 전설 속의 강. 길이가 3,000리나 되며 부력이 매우 약하여 기러기의 털도 가라앉는다고 함.
392) 친영(親迎): 육례의 하나로, 신랑이 신부의 집에 가서 신부를 직접 맞이하는 의식.
393) 됴양셕월(朝陽夕月): 조양석월. 아침 햇볕과 저녁 달.
394) 이울고져: 점점 약해지려.

•••

76면

ᄅᆞ는 눈믈이 옷깃술 적시니 한님(翰林)이 그 어딘 말솜과 유화(柔和)ᄒᆞᆫ 소ᄅᆡ를 항복(降服)ᄒᆞ고 ᄌᆞ연(自然)ᄒᆞᆫ 효심(孝心)의 그 졍ᄉᆞ(情事)를 더옥 늣겨 이에 돗글 써나 ᄃᆡ(對)ᄒᆞ야 ᄀᆞ로ᄃᆡ,

"금일(今日) 부인(夫人) 말솜을 듯ᄌᆞ오매 쇼ᄉᆡᆼ(小生) 등(等)의 블쵸(不肖)ᄒᆞ믈 더옥 ᄭᆡ둣ᄂᆞ이다. 쇼ᄉᆡᆼ(小生) 등(等)이 블민무샹(不敏無狀)[395]ᄒᆞ야 ᄌᆞ모(慈母)와 골육(骨肉)이 쳔니타향(千里他鄕)의 뉴락(流落)ᄒᆞ야 ᄉᆞᄉᆡᆼ존문(死生存問)[396]을 듯디 못ᄒᆞ오니 쇼ᄉᆡᆼ(小生) 등(等)의 구구(區區)ᄒᆞᆫ ᄆᆞ음의 졍(正)히 십(十) 년(年)을 그음ᄒᆞ야 ᄎᆞᆺ고져 ᄒᆞᄃᆡ 득실(得失)이 수(數)의 얽ᄆᆡ여시니 능히(能-) 밋디 못ᄒᆞᆯ소이다."

언필(言畢)의 츄파셩안(秋波星眼)의 믈결이 어ᄅᆡ니 뉴 부인(夫人)이 감샤(感謝)ᄒᆞ믈 이긔디 못ᄒᆞ며 더옥 슬허 오열(嗚咽) 왈(曰),

"낭군(郎君)의 지극(至極)ᄒᆞᆫ 효심(孝心)을 안도(安堵)ᄒᆞ니 노쳡(老妾)의 애 더옥 ᄉᆞ는 둣ᄒᆞᆫ디

•••

77면

라. 녀ᄋᆡ(女兒ㅣ) 당일(當日) 나히 졈고 혬이 업서 그릇 녕낭(令郎) 존부인(尊夫人)을 해(害)ᄒᆞ고 저의 일신(一身)이 ᄀᆡᆼ참(坑塹)[397]의 ᄲᅧ러디며 다시 친당(親堂)으로 쇼식(消息)이 졀원(絕遠)ᄒᆞ야 그 몸이

395) 블민무샹(不敏無狀): 불민무상. 어리석고 사리에 밝지 못함.
396) ᄉᆞᄉᆡᆼ존문(死生存問): 사생존문. 죽고 살아 있는지의 안부.
397) ᄀᆡᆼ참(坑塹): 갱참. 깊고 길게 파 놓은 구덩이.

아모 딕 뉴(流)ᄒᆞ엿시믈 아디 못ᄒᆞ니 텬되(天道ㅣ) 숣피미 쇼쇼(昭昭)[398]ᄒᆞᆫ 줄 알디라. 낭군(郎君)의 영귀(榮貴)ᄒᆞᆷ과 긔이(奇異)ᄒᆞᆫ 용치(容彩)ᄅᆞᆯ 보니 소 부인(夫人)의 다복(多福)ᄒᆞ시믈 가(可)히 알 거시어ᄂᆞᆯ 서어(鉏鋙)[399]ᄒᆞᆫ 계괴(計巧ㅣ) 발뵈리오? 이ᄅᆞᆯ ᄉᆡᆼ각ᄒᆞ니 녀ᄋᆞ(女兒)ᄂᆞᆫ 죄당감슈(罪當甘受ㅣ)[400]라 블샹티 아니ᄃᆡ 이ᄆᆡᄒᆞᆫ 두 손ᄋᆡ(孫兒ㅣ) 참혹(慘酷)ᄒᆞ고 앗가온디라 노인(老人)의 심ᄉᆡ(心思ㅣ) 일일(日日) 심고(甚苦)[401]ᄒᆞᄂᆞ이다."

ᄉᆡᆼ(生)이 쌍ᄋᆞ(雙兒)의 말의 다ᄃᆞ라ᄂᆞᆫ 눈믈이 ᄯᅳᆺ드러 방셕(方席)의 년(連)ᄒᆞ야 ᄀᆞᆯ오ᄃᆡ,

"당년ᄉᆞ(當年事)ᄂᆞᆫ 디난 일이오, 이 ᄯᅩ 운쉬(運數ㅣ) 블니(不利)ᄒᆞ미니 홀노 됴 모친(母親) 타시리잇고? 슈

•••

78면

족(手足)의 지극(至極)ᄒᆞᆫ 졍(情)으로ᄡᅥ 십삼(十三) 년(年) 음신(音信)[402]이 단졀(斷絕)ᄒᆞ믈 ᄉᆡᆼ각ᄒᆞ매 심ᄉᆡ(心思ㅣ) 버히ᄂᆞᆫ ᄃᆞᆺᄒᆞ믈 이긔디 못ᄒᆞ나 셰ᄉᆡ(世事ㅣ) ᄯᅳᆺᄀᆞᆺ디 못ᄒᆞᆫ디라 타일(他日)을 보시면 쇼ᄉᆡᆼ(小生)의 ᄯᅳᆺ을 아ᄅᆞ시리이다."

뉴 부인(夫人)이 한님(翰林)의 뎌 ᄀᆞᄐᆞᆫ 효의(孝義)ᄅᆞᆯ 감샤(感謝)ᄒᆞ야ᄒᆞ더라.

이윽고 하딕(下直)고 집의 도라오매 일개(一家ㅣ) 모다 신부(新婦)

---

398) 쇼쇼(昭昭): 소소. 밝음.
399) 서어(鉏鋙): 익숙하지 아니하여 서름서름함.
400) 죄당감슈(罪當甘受ㅣ): 죄당감수. 죄에 상응하는 벌을 마땅히 감수함.
401) 심고(甚苦): 심하게 괴로움.
402) 음신(音信): 먼 곳에서 전하는 소식이나 편지.

의 현부(賢婦)를 뭇거늘 한님(翰林)이 딕왈(對曰),

"ᄌᆞ시 보디 아냐시니 아디 못홀소이다."

연왕(-王)이 미우(眉宇)를 싱긔고 골오딕,

"됴훈의 ᄯᆞᆯ이오 됴셤의 손ᄋᆡ(孫兒ㅣ)오 됴녀(-女)의 딜ᄋᆞ(姪兒)로 뭇디 아냐 그 위인(爲人)을 알디라 졔뎨(諸弟)ᄂᆞᆫ 다ᄉᆞ(多事)[403]히 뭇디 말나."

졔공(諸公)이 믁연(默然)ᄒᆞ고 한님(翰林)이 그 부친(父親)의 션견지명(先見之明)을 항복(降服)ᄒᆞ더라.

이윽고 믈너나 슉현당(--堂)의 도라

•••

79면

와 졔(諸) 형뎨(兄弟)로 더브러 말솜ᄒᆞ더니 빅문이 웃고 무ᄅᆞᄃᆡ,

"됴슈(-嫂ㅣ) 엇더ᄒᆞ더니잇고?'

한님(翰林)이 잠쇼(暫笑) 왈(曰),

"현블쵸(賢不肖) 간(間) 시비(是非)ᄒᆞ야 므엇ᄒᆞ리오?"

홍애 낫도라 웃고 왈(曰),

"됴 부인(夫人) ᄀᆞᆺᄐᆞ면 실노(實-) 무셔오니 한님(翰林)이 엇디 뎌런 말솜을 ᄒᆞ시ᄂᆞ니잇고? 됴 부인(夫人) ᄒᆞ나토 고이(怪異)ᄒᆞ니 둘히 드믈려니와 그러나 슉딜(叔姪)이 달므미 이시면 근심되리이다."

한님(翰林)이 믄득 미우(眉宇)를 변(變)ᄒᆞ고 츄파쌍셩(秋波雙星)을 ᄒᆞᆫ번(-番) 기우려 홍아를 보고 정식(正色) 왈(曰),

"비ᄌᆡ(婢子ㅣ) 나히 이모지년(二毛之年)[404]이오, ᄌᆞ쇼(自少)로 법

---

403) 다ᄉᆞ(多事): 다사. 보기에 쓸데없는 일에 간섭을 잘하는 데가 있음.

문(法門)의 ᄉᆞ환(使喚)ᄒᆞ야 언에(言語ㅣ) 이러ᄐᆞᆺ 버릇업ᄉᆞ뇨? 됴 부인(夫人)이 아등(我等)의 ᄌᆞ당(慈堂)으로 지극(至極) 존듕(尊重)ᄒᆞ시니 비ᄌᆞ(婢子) 등(等)의 시비(是非)홀 배 아니니라."

설파(說罷)의 긔ᄉᆡᆨ(氣色)이 ᄉᆡᆨᄉᆡᆨᄒᆞ야 동월한

•••

80면

상(冬月寒霜)[405] ᄀᆞᄐᆞ니 홍애 한님(翰林)의 미온(未穩)ᄒᆞ믈 보고 긔특(奇特)이 넉이믈 이긔디 못ᄒᆞ나 믄득 ᄌᆞ듕(自重)[406]ᄒᆞᆫ 의ᄉᆡ(意思ㅣ) 니러나 거즛 노왈(怒曰),

"공ᄌᆡ(公子ㅣ) 진실노(眞實-) 우읍도다. 됴 부인(夫人)이 당년(當年)의 ᄎᆞ공자(次公子)를 박살(撲殺)ᄒᆞ며 노야(老爺)를 쳔(千) 니(里)의 원뎍(遠謫)[407]ᄒᆞ시게 ᄒᆞ고 부인(夫人)을 동경(東京)의 니이(離異)[408]ᄒᆞ야 만샹간고(萬狀艱苦)[409]를 겻그시니 비ᄌᆞ(婢子) 등(等)이 뼈 혜건대 노야(老爺) 등(等)이 원슈(怨讎)를 갑흐실가 ᄒᆞ엿더니 이제 뎌러ᄐᆞᆺ 못 니저 ᄒᆞ시니 의(義) 가(可)히 크거니와 홀노 ᄉᆡᆼ휵(生畜)ᄒᆞ신 부모(父母)를 ᄉᆡᆼ각디 아니ᄒᆞ시ᄂᆞ냐? 됴 부인(夫人) 과악(過惡)이 하늘과 귀신(鬼神)이 ᄇᆞᆰ히 빗최셔 도로(道路)의 걸식(乞食)ᄒᆞ시니 텬되(天道ㅣ) 쇼쇼(昭昭)ᄒᆞ믈 알 거시오, 됴 부인(夫人) ᄉᆡ험(猜險)[410]ᄒᆞ미 그 가부(家夫)를 모ᄅᆞ거든 의ᄌᆞ(義子)ᄯᆞ녀. 노야(老爺)ᄂᆡ

404) 이모지년(二毛之年): 흰 머리털이 나기 시작하는 나이라는 뜻으로, 32세를 이르는 말.
405) 동월한상(冬月寒霜): 겨울에 뜬 달과 찬 서리.
406) ᄌᆞ듕(自重): 자중. 교만함.
407) 원뎍(遠謫): 원적. 멀리 귀양을 감.
408) 니이(離異): 이이. 이혼.
409) 만샹간고(萬狀艱苦): 만상간고. 온갖 고초.
410) ᄉᆡ험(猜險): 시험. 시기하고 엉큼함.

뎌러 굴미 혯념네(-念慮ㅣ)라 가(可)히 우읍도다."

한

•••

81면

님(翰林)이 텽파(聽罷)의 블연(勃然)[411] 변식(變色)ᄒᆞ디 이 모젼(母前)이라 날호여 잠쇼(暫笑) 왈(曰),

"비지(婢子ㅣ) 우흘 시비(是非)ᄒᆞ야 말숨이 이러틋 무힝(無行)[412]ᄒᆞ니 그 죄(罪) 죽고 남디 못ᄒᆞ리라."

셜파(說罷)의 홍애 노왈(怒曰),

"쇼비(小婢) 일즉 부인(夫人)을 뫼셔 쳔만고초(千萬苦楚)를 겻근 가온대 이런 말숨을 일즉 듯즙디 아녓더니 뎌적 임 쇼져(小姐)긔 구타(毆打)와 노야(老爺)긔 이 말을 듯ᄌᆞ오니 비ᄌᆞ(婢子)의 삼십여(三十餘) 년(年) 튱셩(忠誠)이 어디 가니잇가?"

뎡언간(停言間)[413]의 샹셰(尙書ㅣ) 드러와 안ᄌᆞ며 닐오디,

"임 시(氏) 언제 유랑(乳娘)을 구투(毆打)ᄒᆞ더뇨?"

홍애 황망(慌忙)ᄒᆞ야 도로혀 닐오디,

"뎌즈음긔 빙쥬 쇼제(小姐ㅣ) 우연(偶然)ᄒᆞᆫ 일노 쳡(妾)을 ᄭᅮ짓더니 앗가 ᄎᆞ샹공(次相公) 말숨이 여ᄎᆞ(如此)ᄒᆞ시니 그 말숨ᄒᆞ미라 임 부인(夫人)은 엇던 말숨이니잇고? 나는 거드도 아

---

411) 블연(勃然): 발연. 왈칵 성을 내는 태도나 일어나는 모양이 세차고 갑작스러움.
412) 무힝(無行): 무행. 볼 만한 행실이 없음.
413) 뎡언간(停言間): 정언간. 말이 잠시 멈춘 사이.

•••

82면

냣ᄂᆞ이다."

한님(翰林)이 비록 언근(言根)은 모로나 ᄯᅩᄒᆞᆫ 웃고 ᄀᆞᆯ오ᄃᆡ,

"임수(-嫂)ᄂᆞᆫ 거드도 아냐시니 형댱(兄丈)은 그ᄅᆞᆺ 드ᄅᆞ시도소이다."

샹셰(尙書ㅣ) 미쇼(微笑) 브답(不答)ᄒᆞ나 심듕(心中)의 의심(疑心)ᄒᆞ더라.

ᄎᆞ야(此夜)의 됴부(-府)의셔 쳥(請)ᄒᆞᄂᆞᆫ 인매(人馬ㅣ) 니ᄅᆞ니 한님(翰林)이 ᄀᆞᆯ오ᄃᆡ,

"ᄂᆡ일(來日) 발ᄒᆡᆼ(發行)ᄒᆞᆯ 거시니 형뎨(兄弟) 모다 야화(夜話)ᄒᆞ려 ᄒᆞ니 엇디 가리오?"

ᄒᆞ고 도로 보ᄂᆡ다.

이 밤의 녜부(禮部) 등(等) 모든 형뎨(兄弟) 모다 명촉(明燭)을 도도고 쥬찬(酒饌)을 버려 즐길ᄉᆡ 녜부(禮部) 등(等) 형뎨(兄弟) 칠(七)인(人)과 기국공(--公) 댱ᄌᆞ(長子) 원문과 남 ᄒᆞᆨᄉᆞ(學士), 텰 ᄒᆞᆨᄉᆞ(學士), 녀 한님(翰林) 박 등(等)과 위 시랑(侍郎) 최량 등(等)이 녈좌(列坐)ᄒᆞ야 담쇼(談笑)ᄒᆞ더니 니(李) 녜뷔(禮部ㅣ) 제인(諸人)을 보고 눈을 금젹겨 ᄀᆞᆯ오ᄃᆡ,

"우리 밤드디 아냐셔 파(罷)ᄒᆞ야 도라가쟈."

한님(翰林)이 ᄃᆡ왈(對曰),

"쇼뎨(小弟) 명일(明日) 츌ᄉᆞ(出師)ᄒᆞᆫ 후(後) 도

•••

83면

라올 디속(遲速)이 업거늘 형댱(兄丈)이 귀골(貴骨)이시나 ᄒᆞ로밤 새오기를 그대도록 괴로와ᄒᆞ시ᄂᆞ뇨?"

녜뷔(禮部ㅣ) 쇼왈(笑曰),

"ᄂᆡ 괴로와ᄒᆞᄂᆞᆫ 거시 아냐 현뎨(賢弟) 앙금봉침(鴦衾鳳枕)[414]의 션연(鮮然)[415]ᄒᆞᆫ ᄃᆞᆫ즘을 엇디 못ᄒᆞᆯ가 블안(不安)ᄒᆞ미라."

한님(翰林)이 쇼왈(笑曰),

"그 ᄆᆞ옴도 업든 아니커니와 쇼뎨(小弟) 입으로 니ᄅᆞ디 아닌 젼(前)으란 그리 니ᄅᆞ디 마ᄅᆞ쇼셔."

녀 한님(翰林) 왈(曰),

"그 ᄆᆞ옴이 이셔 ᄀᆞ지고 참으면 더 블안(不安)ᄒᆞ니 어이 안자시리오?

한님(翰林)이 ᄃᆡ쇼(大笑) 왈(曰),

"쳐ᄌᆡ(妻子ㅣ) 듕(重)ᄒᆞ나 엇디 형뎨(兄弟)의게 비(比)ᄒᆞ리오? 형(兄)은 고이(怪異)ᄒᆞᆫ 말 말나."

녜뷔(禮部ㅣ) 부체를 텨 대쇼(大笑) 왈(曰),

"금일(今日) 말은 다 올커니와 ᄂᆡ 이제 너의 취졸(取拙)[416]이 나게 ᄒᆞ리라."

ᄒᆞ고 원비(猿臂)를 느리혀 금낭(錦囊)을 ᄲᅢ히니 한님(翰林)이 황망(慌忙)이 니러나 급(急)히 아사 ᄉᆞ매예 녀흐니 녜부(禮部) 등(等) ᄉᆞ(四) 인(人)

---

414) 앙금봉침(鴦衾鳳枕): 원앙이 그려진 이불과 봉황이 그려진 베개.

415) 션연(鮮然): 선연. 산뜻한 모양.

416) 취졸(取拙): 취졸. 졸렬함을 취함.

•••

84면

과 녀 한님(翰林) 등(等)이 일시(一時)의 우ᄉᆞ며 ᄃᆞ라드러 아ᄉᆞ려 ᄒᆞ니 한님(翰林)이 본ᄃᆡ(本-) 용녁(勇力)이 졀륜(絕倫)[417] ᄒᆞᆫ디라 밀텨 ᄇᆞ릴 거시로ᄃᆡ 감히(敢-) 못 ᄒᆞ야 좌우(左右) 슈(手)로 막기ᄅᆞᆯ 졀당(切當)[418]이 ᄒᆞ니 제인(諸人)이 다함 ᄃᆞ라드러 아ᄉᆞ려 ᄒᆞ나 감히(敢-) 이긔디 못ᄒᆞ거ᄂᆞᆯ, 위듕냥이 ᄯᅩ 나아드니 한님(翰林)이 봉안(鳳眼)을 빗기ᄯᅥ 보며 ᄒᆞᆫ 발[419]로 ᄎᆞ니 여러 간(間)을 번뒤쳐 가 것구러디니, 샹셰(尙書ㅣ) 웃고 칙왈(責曰),

“ᄇᆡᆨ시(伯氏) 보고져 ᄒᆞ시거ᄂᆞᆯ 네 엇디 아니 ᄂᆡᄂᆞᆫ다?”

한님(翰林)이 머리ᄅᆞᆯ 숙이고 ᄆᆞᄎᆞᆷᄂᆡ ᄂᆡᆯ ᄯᅳᆺ이 업ᄉᆞ니 녀박이 짐즛[420] 닐오ᄃᆡ,

“이듕(-中)의 이보ᄅᆞᆯ 잡디 아니코 안 자ᄂᆞ니ᄂᆞᆫ 인면슈심(人面獸心)이라.”

ᄒᆞ니 샹셰(尙書ㅣ) 미미(微微)히 우ᄉᆞ며 팔(八) 쳑(尺) 신댱(身長)을 느리혀 완완(緩緩)히 한님(翰林)의 우수(右手)ᄅᆞᆯ 잡고 금낭(錦囊)을 아ᄉᆞ니 한님(翰林)이 이긔디 못ᄒᆞ

•••

85면

미 아니로ᄃᆡ 샹셔(尙書)의 용녁(勇力)의 욕독(辱瀆)[421]을 못 ᄒᆞ야 결

---

417) 졀륜(絕倫): 절륜. 아주 두드러지게 뛰어남.
418) 졀당(切當): 절당. 사리에 꼭 들어맞음.
419) 발: [교] 원문에는 ‘말’로 되어 있으나 문맥을 고려해 규장각본(11:61)을 따름.
420) 즛: [교] 원문에는 ‘즉’으로 되어 있으나 문맥을 고려해 규장각본(11:61)을 따름.

우려 ᄒᆞ미 가(可)티 아냐 공슌(恭順)이 아이고 미쇼(微笑)ᄒᆞᆯ 분이러라.

녜뷔(禮部ㅣ) 샹셔(尙書)의 가진 거ᄉᆞᆯ 아사 주머니ᄅᆞᆯ 여러 ᄂᆡ여 기듕(其中) 위 시(氏)의 셔간(書簡)을 ᄲᆡ히니 한님(翰林)이 당초(當初) 졔형(諸兄)을 아니 뵈려 ᄒᆞ미 아니라, 위ᄉᆡᆼ(-生) 등(等) 이시믈 ᄶᅥ리미오 ᄯᅩᄒᆞᆫ 녜부(禮部)의 알오믈 고이(怪異)히 넉여 볼 만ᄒᆞ니 녜뷔(禮部ㅣ) 그 셔간(書簡)을 ᄂᆡ야 ᄂᆞ리 닑고 한님(翰林)의 지은 시(詩)ᄅᆞᆯ 읇프며 대쇼(大笑) 왈(曰),

"이런 졍(情)을 가지고 니졍(離情)을 ᄎᆞᆷ으라 ᄒᆞ미 우리 놈의 못ᄒᆞᆯ 노ᄅᆞᄉᆞᆯ ᄒᆞ미니 ᄲᆞᆯ니 파(罷)ᄒᆞ야 가쟈."

졔인(諸人)이 대쇼(大笑)ᄒᆞ고 녀ᄉᆡᆼ(-生) 왈(曰),

"셩뵈 뎌놈의 뎌것 잇ᄂᆞᆫ 줄 어이 아랏던다?"

녜뷔(禮部ㅣ) 왈(曰),

"젼일(前日)의 이뵈 뉴노(-奴)의 아ᄃᆞᆯ 되엿실 적 ᄒᆞᄅᆞ밤 이곳의 와 잘 적 우리 혼뎡(昏定)

•••

86면

ᄒᆞ라 드러간 ᄉᆞ이의 이 글을 펴 보며 하 우니 눈믈이 창히(蒼海) 소소(小小)ᄒᆞ리러라."

한님(翰林)이 쇼왈(笑曰),

"형댱(兄丈) 말ᄉᆞᆷ이 진실노(眞實-) 타인(他人)으로 ᄒᆞ여곰 고디듯게 ᄒᆞ시ᄂᆞ이다. 연(然)이나 형댱(兄丈)이 ᄆᆡᆼ셰(盟誓)ᄒᆞ쇼셔. 그날 쇼뎨(小弟) 이 글을 펴 보며 그리ᄒᆞ던가?"

---

421) 욕독(辱瀆): 망신을 줌.

빅문이 닉드라 닐오딕,

"그날 형(兄)이 즘드루시거늘 닉 우연(偶然)이 금낭(錦囊)을 여러 보니 이 글이 잇거놀 제형(諸兄)을 뵈니 빅시(伯氏) 칙(責)호시거놀 도로 녀흐니이다."

싱(生)이 씌드라 함쇼(含笑) 믁연(默然)호니 니(李) 한님(翰林) 긔문 왈(曰),

"뎌런 정니(情理)롤 가지고 위샹(-相)을 욕(辱)호며 절의(絕義)코져 호믄 엇딘 일이뇨?"

한님(翰林)이 정식(正色) 왈(曰),

"우연(偶然)이 감회(感懷)호믈 인(因)호야 브졀업순 글을 뼈신들 위 공(公)이 닉게 죄(罪) 지은 후(後)야 위 시(氏) 임소지덕(姙姒之德)[422]이 이셔도 샤(赦)티

•••

87면

못호려든 그 아비 쏠노 인믈(人物) 힝식(行事ㅣ) 이소리오?"

언미필(言未畢)의 위최량이 정셩(正聲)[423] 대매(大罵) 왈(曰),

"네 우리롤 안쳐 두고 말솜이 이대도록 패만(悖慢)[424]호니 엇디 군조(君子)의 호올 배리오? 가친(家親)이 너만 놈의게 므솜 죄(罪)롤 지어 계시뇨?"

샹셔(尚書)와 녜부(禮部) 등(等)이 다 무례(無禮)호믈 칙(責)호니

422) 임소지덕(姙姒之德): 임사지덕. 임사는 중국 고대 주(周)나라 문왕(文王)의 어머니 태임(太姙)과, 문왕의 아내이자 무왕(武王)의 어머니인 태사(太姒)를 아울러 이르는 말로 이들은 현모양처로 유명함.

423) 정셩(正聲): 정성. 목소리를 엄정히 함.

424) 패만(悖慢): 사람됨이 온화하지 못하고 거칠며 거만함.

한님(翰林)이 잠쇼(暫笑)ᄒᆞ고 말을 아니ᄒᆞ거놀, 듕랑 등(等)이 ᄯᅩᄒᆞᆫ 고셩(高聲)ᄒᆞ야 ᄭᅮ짓고 쇼져(小姐)ᄅᆞᆯ ᄒᆞᆫ(恨)ᄒᆞ여 왈(曰),

"블관(不關)ᄒᆞᆫ 거시 무엇ᄒᆞ라 나셔 부모(父母)긔 블효(不孝)ᄅᆞᆯ 갓가지로 깃티ᄂᆞᆫ고? 타인(他人)은 텬ᄌᆞ(天子) 사회ᄅᆞᆯ 두어도 뎌대도록 디 아니ᄒᆞ더라."

한님(翰林)이 완쇼(緩笑) 왈(曰),

"너의 가친(家親)이 날 죽이려 ᄒᆞ던 원슈(怨讎) 닛ᄂᆞᆫ 나ᄂᆞᆫ 더옥 엇더뇨?"

삼(三) 인(人)이 대로(大怒)ᄒᆞ야 ᄀᆞᆯ오ᄃᆡ,

"네 근간(近間) 긔식(氣色)이 평안(平安)커ᄂᆞᆯ 티원(置怨)ᄒᆞ미 업ᄂᆞᆫ가

•••

88면

너겻더니 엇디 그대도록 ᄆᆡᆺ고 ᄆᆡ잣ᄂᆞᆫ 줄 알니오? 너ᄅᆞᆯ ᄃᆡ(對)ᄒᆞ야 안잣ᄂᆞ니 돈견(豚犬)을 ᄃᆡ(對)ᄒᆞ리라."

셜파(說罷)의 ᄉᆞ매ᄅᆞᆯ ᄯᅥᆯ티고 니러나니 녜부(禮部) 등(等)이 급(急)히 머므ᄅᆞ고 샹셰(尙書ㅣ) ᄉᆞ긱(辭色)이 ᄂᆡᆼ담(冷淡)ᄒᆞ야 ᄀᆞᆯ오ᄃᆡ,

"ᄎᆞ뎨(次弟) 이제 유티(幼稚) 쇼ᄋᆡ(小兒ㅣ) 아니로ᄃᆡ 말ᄉᆞᆷ이 무례(無禮)ᄒᆞ야 좌듕(座中) 화긔(和氣)ᄅᆞᆯ 샹(傷)히오니 ᄲᆞᆯ니 나가고 잇디 말나."

한님(翰林)이 블승황공(不勝惶恐)ᄒᆞ야 샤죄(謝罪)ᄅᆞᆯ 일ᄏᆞ라ᄃᆡ 샹셰(尙書ㅣ) ᄆᆞᄎᆞᆷᄂᆡ 프디 아니코 잇기ᄅᆞᆯ 허(許)티 아니ᄒᆞ니 한님(翰林)이 홀일업서 니러나거놀, 녜뷔(禮部ㅣ) ᄀᆞ마니 우으며 셔동(書童)으로 ᄒᆞ여곰 그 가ᄂᆞᆫ 곳을 보라 ᄒᆞ니 봉셩각(--閣)으로 향(向)ᄒᆞᆫ다

ᄒᆞᄂᆞ디라, 긔문이 쇼왈(笑曰),

"위 형(兄)의 빠홈이 도로혀 됴흔 일 ᄒᆞ엿도다."

샹셰(尙書ㅣ) 왈(曰),

"비록 드러갓시나

•••

89면

오라디 아녀 나오리라."

녜뷔(禮部ㅣ) 왈(曰),

"ᄂᆡ일(來日) 츌ᄉᆞ(出師)ᄒᆞᄂᆞᆫ 남ᄌᆡ(男子ㅣ) 졍쳐(正妻)ᄅᆞᆯ ᄃᆡ(對)ᄒᆞ야 필연(必然) 우은 일이 이시리니 드러가 보라."

ᄒᆞ고 즉시(卽時) 시녀(侍女) 운교ᄅᆞᆯ 블너,

"봉각(-閣)의 가셔 므엇시라 ᄒᆞᄂᆞᆫ고 ᄌᆞ시 드러 알외라."

운괴 웃고 믈너나 취봉당(--堂)의 니ᄅᆞ러 ᄀᆞ마니 댱(帳) 밋히 업드엿더니,

한님(翰林)이 드러가니 위 시(氏) 쵹하(燭下)의 안자 ᄒᆡᆼ쟝(行裝)을 출히거ᄂᆞᆯ 한님(翰林)이 드러가 쇼져(小姐)의 손을 잡고 ᄀᆞᆯ오ᄃᆡ,

"약질(弱質)의 므어ᄉᆞᆯ 근노(勤勞)ᄒᆞ야 자디 아니ᄒᆞᄂᆞ뇨?"

쇼졔(小姐ㅣ) 급(急)히 손을 ᄲᅥᆯ티고 믈너안자 ᄀᆞᆯ오ᄃᆡ,

"어제 대례(大禮)ᄅᆞᆯ 평안(平安)이 디ᄂᆡ시니 티ᄒᆞ(致賀)ᄒᆞᄂᆞ이다."

한님(翰林)이 쇼왈(笑曰),

"졍(正)히 그ᄃᆡ로 실약(失約)ᄒᆞ고 샤죄(謝罪)코져 ᄒᆞ노라. ᄂᆡ 비록 뎌ᄅᆞᆯ 취(娶)ᄒᆞ나 졍(情)은 그ᄃᆡ긔 온젼(穩全)ᄒᆞ리니 근심 말나."

쇼졔(小姐ㅣ) 졍ᄉᆡᆨ(正色) 왈(曰),

“쳡(妾)이 비록 무샹(無狀)ᄒᆞ나 엇디 독

•••

90면

툥(獨寵)[425]코져 ᄯᅳ디 이시리오? 샹공(相公)은 고이(怪異)ᄒᆞᆫ 말 마ᄅᆞ쇼셔.”

한님(翰林)이 다시 손을 잡고 ᄀᆞᆯ오ᄃᆡ,

“당초(當初) ᄯᅳᆺ은 열 미인(美人)이라도 유여(裕餘)이 거ᄂᆞ릴너니마ᄂᆞᆫ 그ᄃᆡᄅᆞᆯ 만나던 날노브터 이제ᄭᆞ디 눈의 긔이(奇異)ᄒᆞ고 ᄆᆞᄋᆞᆷ의 황홀(恍惚)ᄒᆞ야 다ᄅᆞᆫ ᄃᆡ 졍(情)을 옴길 의ᄉᆡ(意思ㅣ) 업ᄉᆞ니 엇디ᄒᆞ리오?”

드ᄃᆡ여 잇그러 샹(牀)의 나아가 졉안교이(接顔咬耳)[426]ᄒᆞ야 은ᄋᆡ(恩愛) 교칠(膠漆) ᄀᆞᄐᆞ니 쇼졔(小姐ㅣ) 쵹블(燭-)이 ᄇᆞᆰ으믈 보고 더옥 븟그리고 착급(着急)[427]ᄒᆞ야 닐오ᄃᆡ,

“군ᄌᆡ(君子ㅣ) ᄂᆡ일(來日) 부듕(府中)을 ᄯᅥ나시며 형뎨(兄弟)ᄅᆞᆯ 두시고 쳡(妾)의 곳의 니ᄅᆞ러 무례(無禮)히 구ᄅᆞ시ᄂᆞ뇨?”

ᄉᆡᆼ(生)이 웃고 왈(曰),

“블이 ᄇᆞᆰ그나 뉘 심야(深夜)의 ᄂᆞᆷ의 부부(夫婦) 듕졍(重情)을 여어보리오?”

ᄒᆞ고 핍박(逼迫)ᄒᆞ야 상(牀)의 ᄡᅡᆼ(雙)으로 휴슈(携手) 와(臥)ᄒᆞ여시니 쇼졔(小姐ㅣ) 쵸조(焦燥)ᄒᆞ나 한님(翰林)의 구뎡(九鼎)[428] ᄀᆞᄐᆞᆫ 힘

---

425) 독툥(獨寵): 독총. 홀로 총애를 차지함.
426) 졉안교이(接顔咬耳): 접안교이. 얼굴을 맞대고 귀를 깨묾.
427) 착급(着急): 매우 급함.
428) 구뎡(九鼎): 구정. 중국 하(夏)나라의 우왕(禹王) 때에, 전국의 아홉 주(州)에서 쇠붙이를 거두어서 만들었다는 아홉 개의 솥. 주(周)나라 때까지 대대로 천자에게 전해진 보물이었다고 함.

을 당(當)홀 길

•••

91면

히 업서 뎌의 슈듕(手中)의 곤(困)ᄒᆞ엿더니, 이윽고 ᄉᆡᆼ(生)이 니러나 의관(衣冠)을 고티며 쇼져(小姐)를 보니 운환(雲鬟)이 어ᄌᆞ럽고 의상(衣裳)이 허트러 옥면(玉面)이 취홍(聚紅)ᄒᆞ여 도라안잣거늘 ᄉᆡᆼ(生)이 우으며 다시 손을 잡고 옥면(玉面)을 뎝(接)ᄒᆞ야 왈(曰),

"그 므어시 슈괴(羞愧)ᄒᆞ야ᄒᆞᄂᆞ뇨? ᄉᆡᆼ(生)이 도라오는 날 옥동(玉童)을 ᄉᆡᆼ(生)ᄒᆞ야 광ᄎᆡ(光彩)를 도으라."

쇼졔(小姐ㅣ) 대참(大慙)ᄒᆞ야 ᄂᆞᆺ출 드디 못ᄒᆞ니 ᄉᆡᆼ(生)이 웃고 왈(曰),

"고이(怪異)ᄒᆞ도다. 신혼(新婚) 날의셔 더 븟그려ᄒᆞ니 이ᄂᆞᆫ 나의 긔ᄉᆡᆨ(氣色)이 샹시(常時) 호방(豪放)티 못ᄒᆞ미라 시험(試驗)ᄒᆞ야 더 친(親)ᄒᆞ리라."

셜파(說罷)의 좌(座)를 나와 닐압(昵狎)[429]고져 ᄒᆞ니 쇼졔(小姐ㅣ) 볼연(勃然) 변ᄉᆡᆨ(變色)고 밧비 ᄯᅥᆯ티니 ᄉᆡᆼ(生)이 ᄯᅩᄒᆞᆫ 대쇼(大笑)ᄒᆞ고 손을 잡고 년년(戀戀)ᄒᆞ다가 니러 나오거늘,

운괴 급(急)히 도라와 그 거동(擧動)을 낫낫치 고(告)ᄒᆞ니 녜부(禮部) 등(等)은커니

429) 닐압(昵狎): 일압. 정도(正道)가 아닌 방식으로 친근히 굶.

•••

92면

와 녀싱(-生) 등(等)이 절도(絕倒)ᄒᆞ야 웃는 소ᄅᆡ ᄉᆞ린(四隣)의 들니거ᄂᆞᆯ 니뷔(吏部ㅣ) 말니고 인(因)ᄒᆞ야 ᄀᆞᆯ오ᄃᆡ,

“다 각각(各各) 이보의셔 더은 거조(擧措)도 ᄒᆞ엿시련마는 남을 홀노 웃ᄂᆞ냐?”

녀싱(-生) 등(等)이 ᄯᅩᄒᆞᆫ 우어 왈(曰),

“그ᄃᆡ 말도 올커니와 이뵈 아니 우으냐? 잠간(暫間) 드러가 쵹홰(燭火ㅣ) ᄇᆡᆨ듀(白晝) ᄀᆞᄐᆞᆫᄃᆡ ᄀᆞᆺ쵸 긔괴(奇怪)ᄒᆞᆫ 거조(擧措)ᄅᆞᆯ 지어 위부인(夫人)을 보채니 가쇠(可笑ㅣ) 아닌가?”

언필(言畢)의 한님(翰林)이 이에 니ᄅᆞ니 제인(諸人)이 각각(各各) 우음을 먹음고 닉이 보ᄃᆡ 한님(翰林)이 긔ᄉᆡᆨ(氣色)이 타연(泰然)ᄒᆞ야 녀ᄂᆞ ᄉᆞᄉᆡᆨ(辭色)이 업거ᄂᆞᆯ 녜뷔(禮部ㅣ) 쇼이문왈(笑而問曰),

“현뎨(賢弟) 어ᄃᆡ 갓던다?”

ᄃᆡ왈(對曰),

“봉각(-閣)의 갓더니이다.”

녜뷔(禮部ㅣ) 우문(又問) 왈(曰),

“자다 아코 ᄯᅩ 나오믄 엇디오?”

한님(翰林)이 유유(儒儒)[430]ᄒᆞ거ᄂᆞᆯ 녜뷔(禮部ㅣ) ᄯᅩ 문왈(問曰),

“네 어ᄂᆞ 날 위수(-嫂)긔 ᄌᆡ취(再娶) 아니마 ᄆᆡᆼ셰(盟誓)ᄒᆞ엿더뇨?”

한님(翰林)이 놀나 우음을 먹음

430) 유유(儒儒): 모든 일에 딱 잘라 결정을 내리지 못하고 어물어물한 데가 있음.

•••

93면

고 ᄀᆞᆯ오ᄃᆡ,

“이ᄂᆞᆫ 어인 말이니잇가?”

녜뷔(禮部ㅣ) 크게 웃고 ᄉᆡᆼ(生)의 ᄒᆞ던 거동(擧動)을 본 ᄃᆞ시 옴기니 ᄉᆡᆼ(生)이 텽[431]파(聽罷)의 잠간(暫間) 븟그려 이윽이 듀뎌(躊躇)ᄒᆞ니 냥협(兩頰)이 부용(芙蓉) 훈ᄉᆡᆨ(暈色)[432]을 ᄯᅴ여 긔이(奇異)ᄒᆞᆫ 용ᄎᆡ(容彩) 좌듕(座中)을 놀ᄂᆡ더니 이윽고 ᄀᆞᆯ오ᄃᆡ,

“쇼뎨(小弟) 밋치디 아녓거ᄂᆞᆯ 뎌런 거조(擧措)ᄅᆞᆯ ᄒᆞ리오?”

졔인(諸人)이 박장대쇼(拍掌大笑) 왈(曰),

“너의 말 ᄀᆺᄐᆞ야 미티도 아녀시ᄃᆡ 그러ᄒᆞ더라.”

니긔문이 ᄯᅩ 웃고 ᄀᆞᆯ오ᄃᆡ,

“아ᄃᆞᆯ 나키 쉽다 ᄒᆞᆫᄃᆞᆯ 네 나간 ᄉᆞ이의 옥동(玉童)을 나흐리오?”

한님(翰林)이 쇼왈(笑曰),

“부부(夫婦) 듕졍(重情)의 당(當)ᄒᆞ야 그리ᄒᆞ엿다 ᄒᆞ여도 븟그럽디 아니ᄒᆞ거니와 뉘 뎌런 거ᄌᆞᆺ말을 ᄒᆞ더니잇고? 더옥 옥동(玉童)이라 말이 긔괴(奇怪)ᄒᆞ이다. 그 강포(强暴)ᄒᆞᆫ 어미ᄅᆞᆯ 달마 므어ᄉᆡ ᄡᅳ리오?”

위 어ᄉᆡ(御史ㅣ) ᄂᆡᆼ쇼(冷笑) 왈(曰),

“이뵈 언

---

431) 텽: [교] 원문에는 ‘평’으로 되어 있으나 문맥을 고려해 이와 같이 수정함.
432) 훈ᄉᆡᆨ(暈色): 훈색. 붉은 색깔.

•••

94면

언(言言)이 비우(非愚)[433] 하야 지소[434](指笑) 하거니와 군지(君子ㅣ) 되야 내외(內外)를 가죽디 아니 냥하고 명촉(明燭) 하(下)의 샤매(舍妹)를 곤(困)히 보채여 동낙(同樂)을 일우고 와셔 뎌러틋 쾌(快)한 톄 하니 진실노(眞實-) 가쇠(可笑ㅣ)로다."

한님(翰林)이 미쇼(微笑) 왈(曰),

"내 호식(好色)하야 죽어도 네 알 배 아니오, 내 안해 강포(强暴)타 하여도 네 알 일 아니오, 내 쳐자(妻子)를 대(對)하야 옥동(玉童)이나 금동(金童)이나 나하 달나 하여도 네 슈고 아니 들 거시니 날드려 이러 굴미 아니 가쇼(可笑)로오냐?"

위 어식(御史ㅣ) 노왈(怒曰),

"아랑곳치 업사대 네 말숨을 숨은 마음 업시 하면 아등(我等)이 엇디 널노 더브러 말하리오?"

녜뷔(禮部ㅣ) 한님(翰林)의 손을 잡고 우어 왈(曰),

"앗가 보니 네 맹세(盟誓)를 가장 즐기는더라. 위수(-嫂)긔 그 거조(擧措)를 아냣노라 맹세(盟誓)하라."

한님(翰林)이 웃고 대왈(對曰),

"부부(夫婦)의 도(道)

---

433) 비우(非愚): 비난하고 우롱함.

434) 소: [교] 원문에는 '시'로 되어 있으나 문맥을 고려해 이와 같이 수정함.

•••

95면

로뻐 그 므솜 대ᄉᆡ(大事ㅣ)라 ᄆᆡᆼ셰(盟誓)ᄒᆞ도록 ᄒᆞ리오?"

녀 한님(翰林) 왈(曰),

"그만 ᄒᆞᆫ 듕졍(重情)을 가지고 자디 아니코 므ᄉᆞ 일 나온다?"

한님(翰林) 왈(曰),

"실노(實-) 그 거조(擧措)ᄅᆞᆯ ᄒᆞ여시면 죽을 일이 이셔도 ᄯᅥ나기 어려올 거시니 그ᄃᆡ 등(等)은 일노 짐쟉(斟酌)ᄒᆞ라."

니(李) ᄒᆞᆨᄉᆞ(學士) 셰문 왈(曰),

"실노(實-) 고이(怪異)ᄒᆞ니 그 졍(情)을 ᄉᆞᆷ허 나오미 이샹(異常)ᄒᆞ니 아디 못ᄒᆞ리로다."

녜뷔(禮部ㅣ) 왈(曰),

"그놈의 형샹(形狀)이 흉(凶)ᄒᆞ야 그러ᄒᆞ니 실졍(實情)만 넉이디 말나."

샹셰(尙書ㅣ) 날호여,

"드러가라."

ᄒᆞ니 한님(翰林) 왈(曰),

"ᄯᅩ 드러가 무엇ᄒᆞ리잇가?"

졔인(諸人)이 크게 우어 왈(曰),

"앗가 만히 샹(傷)ᄒᆞ여시니 드러가 더 샹(傷)ᄒᆞ미 이시면 ᄂᆡ일(來日) 길흘 못 갈 거시니 이곳의 이시라."

샹셰(尙書ㅣ) 왈(曰),

"여러히 누으면 좁게 ᄒᆞ엿고 밤이 깁허시니 가셔 평안(平安)이 자고 ᄂᆡ일(來日) 길흘 가게

•••

96면

ᄒᆞ라."

한님(翰林)이 슈명(受命)ᄒᆞ야 니러나니 졔인(諸人)이 박댱(拍掌)쇼왈(笑曰),

"이번(-番)은 가 옥녀(玉女)를 나흐라 쇼쳥(訴請)[435]ᄒᆞ라."

한님(翰林)이 함쇼(含笑)ᄒᆞ고 드러가니 샹셔(尙書)의 뜻은 그 져믄 ᄆᆞ음의 서로 ᄋᆡ듕(愛重)ᄒᆞ미 과도(過度)ᄒᆞ믈 어엿비 넉여 권(勸)ᄒᆞ야 드려보ᄂᆡ고,

드듸여 졔인(諸人)이 ᄒᆞᆫ가지로 잘식 녜뷔(禮部ㅣ) 다시 웃고 왈(曰),

"현뵈 홀노 착ᄒᆞᆫ 톄ᄒᆞ고 뎌러 굴거니와 녀수(-嫂) 향(向)ᄒᆞ야 구ᄂᆞᆫ 거죄(擧措ㅣ) 난형난뎨(難兄難弟)니 녀 형(兄)이 공논(公論)ᄒᆞ라."

녀 한님(翰林) 왈(曰),

"ᄆᆡᄌᆡ(妹子ㅣ) 집의 와셔 오래 닛디 아니ᄒᆞ니 ᄌᆞ로 보디 아녓거니와 닌ᄋᆞ(-兒) 나흘 제 와셔 손 쥐무ᄅᆞᄂᆞᆫ 쇼비(小婢) 되엿더니이다."

인(因)ᄒᆞ야 그때 거동(擧動)을 ᄌᆞ시 니ᄅᆞ니 졔인(諸人)이 대쇼(大笑)ᄒᆞ고 녜뷔(禮部ㅣ) 왈(曰),

"원ᄂᆡ(元來) 현뵈 것ᄎᆞ로 ᄂᆡᆼ졍(冷情)ᄒᆞ기 ᄧᆞᆨ이 업ᄉᆞ듸 ᄋᆡ쳐(愛妻)ᄒᆞᄂᆞᆫ 형

---

435) 쇼쳥(訴請): 소청. 하소연하여 청함.

•••

97면

샹(形狀)은 놉도곤 더ᄒᆞ니 ᄂᆡ 짐쟉(斟酌)이 아니 올흐냐?"

샹셰(尙書ㅣ) 미쇼(微笑) 브답(不答)ᄒᆞ니 녜뷔(禮部ㅣ) ᄯᅩ 녀 시(氏) 슈ᄉᆞ(水死)ᄒᆞᆫ 긔별(奇別)을 듯고 샹셰(尙書ㅣ) 죵일(終日)토록 울며 악뫼(岳母ㅣ) 아모리 미안(未安)ᄒᆞ나마 동낙(同樂)이나 ᄣᅳᆫ더이[436] ᄒᆞ고 보닐 거슬 ᄒᆞ며 녀 시(氏)야, 녀 시(氏)야 ᄒᆞ고 우더라 ᄒᆞ고 대쇼(大笑)ᄒᆞ니 위 ᄉᆡᆼ(生) 등(等)이 크게 웃고 샹셰(尙書ㅣ) 날호여 쇼ᄃᆡ(笑對) 왈(曰),

"형댱(兄丈)이 희롱(戲弄)을 ᄒᆞ신들 뎌런 고이(怪異)ᄒᆞᆫ 말을 ᄒᆞ시ᄂᆞ뇨?"

위최량이 쇼왈(笑曰),

"니뷔(吏部ㅣ) ᄀᆞ장 민망(憫惘)ᄒᆞ여ᄒᆞ니 녜부(禮部)ᄂᆞᆫ 그치라. 연(然)이나 이뵈 그런 고집(固執)과 강한(強悍)[437]ᄒᆞᆫ 셩품(性品)을 가지고 ᄆᆡᄌᆞ(妹子)ᄂᆞᆫ 디심(知心) 졍듕(情重)ᄒᆞ미 심샹(尋常)티 아니ᄒᆞ니 ᄆᆡᄌᆞ(妹子)의 긔이(奇異)ᄒᆞ믈 더옥 ᄭᆡᄃᆞᆺ노라."

샹셰(尙書ㅣ) ᄯᅩᄒᆞᆫ 칭션(稱善) 왈(曰),

"위수(-嫂)의 셩덕(盛德)이 탕ᄌᆞ(蕩子) 호협(豪俠)이라도 감동(感動)ᄒᆞ려든 샤뎨(舍弟) 엇디 디심(知心)ᄒᆞ디 아니

---

436) ᄣᅳᆫ더이: 마음에 반갑고 흐뭇하게.

437) 강한(強悍): 마음이나 성질이 굳세고 강함.

•••

98면

ᄒᆞ리오?"

녜뷔(禮部ㅣ) 왈(曰),

"이보ᄂᆞᆫ 셰(世)에 업ᄂᆞᆫ 긔인(奇人)이라. 우리 슉부(叔父)의 ᄇᆞᆰ은 도ᄒᆡᆼ(道行)을 습(習)ᄒᆞ여시니 엇디 범인(凡人)으로 비(比)ᄒᆞ리오? 위샹(-相)이 사회를 잘 어더 계신디라 아등(我等)이 기리 하례(賀禮)ᄒᆞ노라."

최량 왈(曰),

"그 얼골 인믈(人物)이야 족ᄒᆞ리잇가마ᄂᆞᆫ 대인(大人) 향(向)ᄒᆞ야 공슌(恭順)티 아니ᄒᆞ니 그 괘심ᄒᆞ니이다."

녜뷔(禮部ㅣ) 쇼왈(笑曰),

"그ᄂᆞᆫ 그리 못 니ᄅᆞ리라. 당년(當年)의 녕대인(令大人) 거죄(擧措ㅣ) 극(極)히 과도(過度)ᄒᆞ시니 이뵈 엇디 유감(遺憾)티 아니ᄒᆞ리오?"

위ᄉᆡᆼ(-生)이 잠쇼(暫笑)ᄒᆞ더라.

한님(翰林)이 이날 드러가니 쇼졔(小姐ㅣ) 졍(正)히 누어 블을 ᄭᅳ려 ᄒᆞ다가 한님(翰林)을 보고 놀나거ᄂᆞᆯ ᄉᆡᆼ(生)이 나아가 침금(寢衾)을 ᄃᆞ릐여 펴고 동침(同寢)ᄒᆞ야 은ᄋᆡ(恩愛) 교칠(膠漆) ᄀᆞᆺᄐᆞ여 웃고 졔인(諸人)의 말을 니ᄅᆞ고 ᄀᆞᆯ오ᄃᆡ,

"그ᄃᆡ 더옥 븟그려ᄒᆞ리로다. 다ᄉᆞ(多事)ᄒᆞᆫ 표형(表兄) 등(等)이 ᄯᅩᆯ

•••

99면

와듣니며 규亽(窺伺)[438] 亽니 엇디 괴롭디 아니亽리오?"

쇼졔(小姐ㅣ) 크게 븟그려 말을 아니亽니 싱(生)이 웃고 은근(慇懃)[439] 亽 은인(恩愛) 더옥 딘듕(鎭重)亽더라.

이튼날 한님(翰林)이 졍당(正堂)의 하딕(下直)고 발힝(發行)홀시 일개(一家ㅣ) 결연(缺然)亽믈 이긔디 못亽야 화긔(和氣) 亽연(捨然)[440] 亽더니 녜부(禮部) 홍문이 한님(翰林)의 쟉일(昨日) 거조(擧措)를 파셜(播說)[441] 亽야 모든 딕 고(告)亽니 위 쇼졔(小姐ㅣ) 크게 븟그려 옥면(玉面)의 븕은 거슬 쓰이고 한님(翰林)이 잠쇼(暫笑) 왈(曰),

"형(兄)이 어딕 가 광약(狂藥)을 어더 진(盡)亽시고 뎌런 허무(虛無)亽 말을 쥬츌(做出)[442] 亽시누뇨?"

녜뷔(禮部ㅣ) 우어 왈(曰),

"네 진실노(眞實-) 아녓노라 亽고 밍셰(盟誓)亽라."

남공(-公)이 웃고 녜부(禮部)를 칙왈(責曰),

"아히(兒孩) 엇디 군죵지간(群從之間)[443]의 부부(夫婦) 亽이를 규亽(窺伺)亽야 챵누(彰漏)[444] 亽누뇨?"

녜뷔(禮部ㅣ) 피셕(避席) 딕왈(對曰),

"히이(孩兒ㅣ) 홀노 좀을 아니 자고 혼

---

438) 규亽(窺伺): 규사. 엿봄.
439) 은근(慇懃): 생각하는 정도가 깊고 간절함.
440) 亽연(捨然): 사연. 없어짐.
441) 파셜(播說): 파설. 말을 퍼뜨림.
442) 쥬츌(做出): 주출. 없는 사실을 꾸며 만듦.
443) 군죵지간(群從之間): 군종지간. 사촌지간.
444) 챵누(彰漏): 창루. 누설하여 퍼뜨림.

100면

야(昏夜)의 분주(奔走)ᄒᆞ리잇고? 드ᄅᆞᆫ 배 이셔 존당(尊堂)의 우ᄋᆞ시믈 돕ᄉᆞᆸ고져 ᄒᆞ미로소이다."

연왕(-王)이 쇼왈(笑曰),

"엇던 사ᄅᆞᆷ이 현딜(賢姪)ᄃᆞ려 다ᄉᆞ(多事)히 니ᄅᆞ더뇨?"

ᄃᆡ왈(對曰),

"운교의 뎐에(傳語ㅣ)니이다."

ᄀᆡ국공(--公) 등(等)이 대쇼(大笑)ᄒᆞ고 ᄀᆞᆯ오ᄃᆡ,

"그리면 뎍실(的實)ᄒᆞ도다. 위 시(氏) ᄌᆞ식(子息)을 못 나흘딘대 경문이 도라와셔 또 ᄂᆡ티리로다."

한님(翰林)이 웃고 ᄃᆡ왈(對曰),

"아모리 ᄒᆞ셔도 쇼딜(小姪)은 저ᄌᆞ디 아녀시니 아디 못ᄒᆞᆯ소이다."

인(因)ᄒᆞ야 니러 하딕(下直)ᄒᆞ니 존당(尊堂) 슉당(叔堂)이 다 보듕(保重)ᄒᆞ믈 일ᄏᆞᆺ고 왕(王)이 경계(警戒)ᄒᆞ야 옥졍(獄情)[445]을 힘써 션티(善治)ᄒᆞ믈 니ᄅᆞ더라.

ᄉᆡᆼ(生)이 궐하(闕下)의 가 하딕(下直)고 황월(黃鉞)과 졀월(節鉞)을 밧ᄌᆞ와 산동(山東)으로 향(向)ᄒᆞ니 녜부(禮部) 등(等) 모든 형뎨(兄弟)와 위ᄉᆡᆼ(-生), 녀ᄉᆡᆼ(-生) 등(等)과 소 샹셔(尙書) 졔ᄌᆞ(諸子) 등(等)이

445) 옥졍(獄情): 옥정. 옥사를 다스리는 정상.

•••

101면

십(十) 니(里) 댱뎡(長亭)[446]의 가 젼송(餞送)ᄒᆞ야 니별(離別)ᄒᆞ더니 날이 느ᄌᆞ매 피ᄎᆡ(彼此ㅣ) 손을 난홀ᄉᆡ 샹셰(尙書ㅣ) 홀연(忽然) 안찰(按察)의 손을 잡고 눈믈이 낫ᄎᆡ ᄀᆞ득ᄒᆞ니 졔인(諸人)이 급(急)히 위로(慰勞) 왈(曰),

“일시(一時) 니별(離別)이 감창(感愴)ᄒᆞ나 이뵈 년쇼지인(年少之人)으로 국은(國恩)이 듕어태악(重於泰嶽)[447]ᄒᆞ미 영홰(榮華ㅣ)어ᄂᆞᆯ 현뵈 엇디 슬허ᄒᆞᄂᆞᆫ다?”

뎜검(點檢)이 타루(墮淚)ᄒᆞ고 칭샤(稱謝) 왈(曰),

“형댱(兄丈)의 슬허ᄒᆞ시ᄂᆞᆫ 연고(緣故)ᄅᆞᆯ 쇼뎨(小弟) 다 아ᄂᆞ니 믈우(勿憂)ᄒᆞ쇼셔. 쇼뎨(小弟) 금번(今番) ᄎᆞᄒᆡᆼ(此行)을 ᄌᆞ원(自願)ᄒᆞ미 됴 모친(母親)을 위(爲)ᄒᆞ미로소이다.”

샹셰(尙書ㅣ) 더옥 슬허 오열(嗚咽) 왈(曰),

“ᄂᆡ 블쵸무샹(不肖無狀)ᄒᆞ야 의모(義母)와 동ᄉᆡᆼ(同生)을 이역(異域)의 뉴락(流落)게 ᄒᆞᆫ 후(後) 몸이 시하(侍下)의 임의(任意)로 못 ᄒᆞ야 ᄆᆞᄎᆞᆷᄂᆡ 뫼셔 봉양(奉養)을 일우디 못ᄒᆞ니 스ᄉᆞ로 텬앙(天殃)[448]을 두리더니 네 믄득 몸이 산동(山東)으로

---

446) 댱뎡(長亭): 장정. 먼 길을 떠나는 사람을 전송하던 곳. 과거에 5리와 10리에 정자를 두어 행인들이 쉴 수 있게 했는데, 5리에 있는 것을 ‘단정(短亭)’이라 하고 10리에 있는 것을 ‘장정’이라 함.

447) 듕어태악(重於泰嶽): 중어태악. 태산보다 무거움.

448) 텬앙(天殃): 천앙. 하늘이 내리는 재앙.

•••

102면

향(向)ᄒᆞ니 ᄎᆞ언(此言)을 니ᄅᆞ고져 ᄒᆞ매 목이 메더니 너의 뜻이 이러ᄒᆞ니 우형(愚兄)이 샤례(謝禮)ᄒᆞᆯ 바ᄅᆞᆯ 아디 못ᄒᆞᄂᆞ니 현데(賢弟)ᄂᆞᆫ ᄆᆞᄎᆞᆷᄂᆡ 신실(信實)ᄒᆞ야 쳔(千) 니(里)의셔 우형(愚兄)의 ᄇᆞ라ᄂᆞᆫ 바ᄅᆞᆯ 져ᄇᆞ리디 말나."

뎜검(點檢)이 ᄇᆡ샤(拜謝) 왈(曰),

"근슈교의(謹受敎矣)[449]리니 국ᄉᆞ(國事)ᄅᆞᆯ ᄆᆞᄎᆞᆫ 후(後) 죽어도 빵ᄋᆞ(雙兒)의 ᄇᆡᆨ골(白骨)이라도 ᄎᆞ자 가지고 경ᄉᆞ(京師)ᄅᆞᆯ 향(向)ᄒᆞ리니 형댱(兄丈)은 졔렴(除念)[450]ᄒᆞ쇼셔."

셜파(說罷)의 녜뷔(禮部ㅣ) 차탄(嗟歎) 왈(曰),

"됴 슉모(叔母)의 죄악(罪惡)이 진실노(眞實-) 관영(貫盈)[451]ᄒᆞ니 ᄂᆡ 뻐 ᄒᆞᄃᆡ 너희 등(等)이 티원(置怨)[452]ᄒᆞ미 잇ᄂᆞᆫ가 ᄒᆞ더니 오ᄂᆞᆯ날 경ᄉᆡᆨ(景色)을 보니 효의(孝義) ᄀᆞ즉ᄒᆞᆫ디라 우형(愚兄)이 다ᄒᆡᆼ(多幸)이 녁이노라."

샹셰(尙書ㅣ) 탄식(歎息) 슈루(垂淚) 왈(曰),

"이거시 인ᄌᆞ(人子)의 녜ᄉᆡ(例事ㅣ)어ᄂᆞᆯ 형(兄)이 엇디 일ᄏᆞ라시ᄂᆞ니잇가? 영뎨(-弟)[453]나 빵ᄋᆡ(雙兒ㅣ)나 동ᄉᆡᆼ(同生)이 어ᄂᆞ 달

449) 근슈교의(謹受敎矣): 근수교의. 삼가 가르침을 받듦.
450) 졔렴(除念): 제념. 염려를 끊음.
451) 관영(貫盈): 가득 참.
452) 티원(置怨): 치원. 원망을 함.
453) 영뎨(-弟): 영제. 이몽창의 재실이었던 조제염이 죽인, 소월혜의 아들 이영문을 이름. 전편 <쌍천기봉>에 이 이야기가 나옴.

•••

103면

나 ᄒᆞ나흘 위(爲)ᄒᆞ야 ᄒᆞ나흘 니ᄌᆞ리오?"

소ᄉᆡᆼ(-生)이 쇼왈(笑曰),

"현보의 거죄(擧措ㅣ) 아마도 가쇼(可笑ㅣ)로다. 됴 부인(夫人)이 슉모(叔母)와 슉부(叔父)ᄅᆞᆯ 해(害)ᄒᆞᆫ 죄악(罪惡)이 텬하(天下)의 ᄒᆞ나히오, 영문을 독ᄉᆞ(毒死)ᄒᆞ미 만고(萬古)의 업ᄉᆞᆫ 대악(大惡)이니 ᄎᆞ마 뎌런 뉴련지심(留戀之心)[454]이 이시니 ᄯᅩ 가지예 드러 작난(作亂)ᄒᆞᆯ가 두렵디 아니냐?"

샹셰(尙書ㅣ) ᄇᆞᆯ연(勃然) 쟉ᄉᆡᆨ(作色) 왈(曰),

"표형(表兄)이 엇딘 고(故)로 ᄂᆞᆷ의 모ᄌᆞ(母子) ᄉᆞ이ᄅᆞᆯ 니간(離間)ᄒᆞᄂᆞ뇨? 당년(當年)의 부모(父母)와 영뎨(-弟) 참화(慘禍)ᄂᆞᆫ 운수(運數)의 ᄆᆡ인 배라 엇디 됴 모친(母親) 연괴(緣故ㅣ)리오? 형(兄)의 블인(不仁)ᄒᆞ미 이대도록 ᄒᆞᆯ믈 아디 못ᄒᆞ엿노라."

셜파(說罷)의 긔ᄉᆡᆨ(氣色)이 심(甚)히 ᄇᆞᆯ연(勃然)ᄒᆞ니 소ᄉᆡᆼ(-生)이 무류(無聊)ᄒᆞ야 말을 그치고 녜뷔(禮部ㅣ) 왈(曰),

"현보의 거조(擧措)ᄂᆞᆫ 효의(孝義)예 당당(堂堂)ᄒᆞ니 시비(是非)ᄒᆞ미 그ᄅᆞᆫ디라 소 형(兄)은 고이(怪異)히 넉이디 말나."

졔

454) 뉴련지심(留戀之心): 유련지심. 연연해하는 마음.

•••

104면

인(諸人)이 다 말을 그치고 집으로 도라오다.

ᄎᆞ일(此日) 소휘(-后ㅣ) 침소(寢所)의 도라와 운교ᄅᆞᆯ 블너 칙(責)ᄒᆞ야 ᄀᆞᆯ오ᄃᆡ,

"아ᄒᆡ(兒孩) 부부(夫婦) 듕졍(重情)의 ᄋᆡ모(愛慕)ᄒᆞ미 이신들 네 엇디 두로 퍼디워 ᄋᆞ부(阿婦)의 신샹(身上)으로 ᄒᆞ여곰 븟그럽게 ᄒᆞᄂᆞ뇨? 위ᄉᆡᆼ(-生)은 ᄋᆞ부(阿婦)의 동긔(同氣)오, 녜부(禮部) 등(等)은 ᄋᆞᄌᆞ(兒子)의 동긔(同氣)나 다ᄅᆞ디 아니커니와 녀ᄉᆡᆼ(-生) 등(等)과 텰 ᄒᆞᆨᄉᆞ(學士), 남 ᄒᆞᆨᄉᆞ(學士) 등(等)은 다 외인(外人)이어ᄂᆞᆯ 네 엇디 규방(閨房) ᄉᆞ어(私語)[455]ᄅᆞᆯ 뎐(傳)ᄒᆞ야 지쇼(指笑)[456]ᄒᆞ게 ᄒᆞᄂᆞ뇨?"

운괴 웃고 ᄃᆡ왈(對曰),

"녜부(禮部) 노얘(老爺ㅣ) 분부(分付)ᄒᆞ시니 마디못ᄒᆞ야 고(告)ᄒᆞ고 즉금(卽今)은 뉘웃ᄌᆞᆸᄂᆞ니 후(後)의ᄂᆞᆫ 아니리이다."

ᄒᆞ더라.

이날 됴 시(氏) 현구고(見舅姑)[457]ᄒᆞᄂᆞᆫ 날이라. 연왕(-王)이 깃거 아냐나 마디못ᄒᆞ야 일가(一家) 형뎨(兄弟) 모다 존당(尊堂) 부모(父母)ᄅᆞᆯ 뫼셔 폐ᄇᆡᆨ(幣帛)을 바들ᄉᆡ 됴 시(氏) 위의(威儀)ᄅᆞᆯ

---

455) ᄉᆞ어(私語): 사어. 사사로이 한 말.
456) 지쇼(指笑): 지소. 손가락질하며 비웃음.
457) 현구고(見舅姑): 신부가 예물을 가지고 처음으로 시부모를 뵙는 일.

•••

105면

굿초와 이에 니르러 녜(禮)를 뭇추니 모다 신부(新婦)의 졀눈(絕倫)훈 풍치(風采)를 기리나 구고(舅姑) 존당(尊堂)은 죠곰도 흔연(欣然)후미 업더라.

셕양(夕陽)의 신부(新婦) 슉소(宿所)를 양츈당(--堂)의 뎡(定)후니 이는 슉현당(--堂) 븍편(北便)이니 봉각(-閣)으로 닉도(乃倒)후더라. 소휘(-后ㅣ) 므릇 긔용(器用)[458]과 시녀(侍女)를 굿초와 복亽(服事)[459]케 후고 그 우인(爲人)을 근심후나 것추로 흔연(欣然)후믄 제부(諸婦)의 감(減)티 아니후더라.

추일(此日) 임 시(氏) 졍당(正堂)으로조차 침소(寢所)로 오더니 화쇠 취셩당(--堂)의 잇거놀 드리라 드러가니, 녀 시(氏) 흔연(欣然)이 좌(座)를 밀고 말숨후더니 임 시(氏) 스스로 됴 시(氏)를 춤 바타 골오딕,

"존문(尊門)을 어주러일 재(者ㅣ)라."

후니 녀 시(氏) 잠쇼(暫笑) 무언(無言)이러니,

샹셰(尙書ㅣ) 믄득 문(門)을 열고 드러 안주며 졍식(正色) 왈(曰),

"주긔(自己) 인亽(人事)나 잘 출힐

---

458) 긔용(器用): 기용. 일상생활의 용품.

459) 복亽(服事): 복사. 좇아서 섬김.

•••

106면

거시디 엇디 놈의 허믈을 입 밧긔 닉ᄂᆞ뇨?"

임 시(氏) 놀나 믁연(默然)이어늘 샹셰(尙書ㅣ) 녀 시(氏)를 향(向)ᄒᆞ야 칙왈(責曰),

"부인(夫人)이 사ᄅᆞᆷ의 닉샹(內相)이 되여 엇딘 고(故)로 아래 사ᄅᆞᆷ을 ᄃᆞ리고 금쟝(錦帳)[460]의 허믈 니ᄅᆞ기를 즐기ᄂᆞ뇨?"

쇼졔(小姐ㅣ) 밧비 좌(座)를 써나 죄(罪)를 일ᄏᆞᆺ고 말을 아니ᄒᆞ니 임 시(氏) 심하(心下)의 노(怒)ᄒᆞ야 녀 시(氏)를 향(向)ᄒᆞ야 샤죄(謝罪) 왈(曰),

"쳡(妾)이 언경(言輕)ᄒᆞᆫ 탓ᄉᆞ로 부인(夫人)긔 죄칙(罪責)이 밋게 ᄒᆞ니 죽을 곳을 아디 못ᄒᆞᄂᆞ이다."

셜파(說罷)의 니러나니 화쇠 치마를 잡고 더 안자다가 가디라 ᄒᆞᆫ대 임 시(氏) 불연(勃然)이 밀티고 ᄭᅮ지져 왈(曰),

"사오나온 어믜 ᄌᆞ식(子息)이 사라 므엇ᄒᆞ리오?"

화쇠 블의(不意)예 졋바져 소ᄅᆡ를 못 ᄒᆞ고 근근[461]ᄒᆞ야ᄒᆞ딕 임 시(氏) 도라보도 아

•••

107면

니코 표연(飄然)이 도라가니,

녀 시(氏) 급(急)히 니러나 안고 쥐무ᄅᆞ고 다ᄅᆡ딕 아희(兒孩) 울기

---

460) 금쟝(錦帳): 금장. 동서.
461) 근근: 아슬아슬하게 .

를 그티디 아니코 닐오디,

"어즐ᄒᆞ니 못 견딜다."

ᄒᆞ니 샹셰(尙書ㅣ) 임 시(氏)의 경도(輕跳)[462] ᄒᆞ미 ᄉᆞᆺ디[463] 아녀시믈 보고 어히업서 안ᄉᆡᆨ(顔色)을 싁싁이 ᄒᆞ고 말을 아니ᄒᆞ더니,

이윽고 시녀(侍女)를 블너 화소를 ᄃᆞ려다가 두라 ᄒᆞ니 화쇠 울고 왈(曰),

"ᄯᅩ 마즐 거시니 부친(父親)긔 이셔 자사이다."

ᄒᆞ고 가디 아니ᄒᆞ니 샹셰(尙書ㅣ) ᄯᅩᄒᆞᆫ 즘즘(潛潛)ᄒᆞ엿더니 밤이 깁흐매 녀ᄋᆞ(女兒)를 겻틔 누이고 ᄌᆞ개(自家ㅣ) 자리의 나아갓더니, 화쇠 새도록 머리를 알코 ᄌᆞᆷ을 못 드러 보채니 샹셰(尙書ㅣ) 달야(達夜)[464]토록 새와 명일(明日)의 니ᄅᆞ매,

샹셰(尙書ㅣ) 밧그로 나간 후(後) 임 시(氏), 녀ᄋᆞ(女兒)를 ᄃᆞ리라 니ᄅᆞ니 화쇠 녀 쇼져(小姐)

•••

108면

뒤흐로 ᄃᆞ라드러 동동 구ᄅᆞ며 우러 가기 마다 ᄒᆞ니 임 시(氏) 뉘웃고 ᄒᆞᆫ(恨)ᄒᆞ야 아모리 다래디 듯디 아니ᄒᆞ더니,

샹셰(尙書ㅣ) 됴참(朝參)[465] 가려 ᄒᆞ고 관ᄃᆡ(冠帶) 닙으라 드러오니 화쇠 나아가 안기며 머리 알프니 약(藥)ᄒᆞ야 먹이라 ᄒᆞ고 울거늘, 샹셰(尙書ㅣ) 긔ᄉᆡᆨ(氣色)이 더옥 싁싁ᄒᆞ야 관복(官服)을 닙고 나가랴

462) 경도(輕跳): 경솔함.
463) ᄉᆞᆺ디: 없어지지.
464) 달야(達夜): 밤을 새움.
465) 됴참(朝參): 조참. 조회에 참석함.

ᄒᆞ되 화쇠 븟들고 노티 아니ᄒᆞ니 샹셰(尙書ㅣ) 몸을 두로혀 안고 정당(正堂)의 드러가 소 부인(夫人)긔 드리고 고(告)ᄒᆞ되,

"ᄎᆞᄋᆞ(此兒)의 어미 히ᄋᆞ(孩兒)ᄅᆞᆯ 역졍(逆情)ᄒᆞ야 듕(重)히 텨 ᄆᆡ이 알흐니 이리 ᄃᆞ려왓ᄂᆞ이다."

소 부인(夫人)이 ᄎᆞ언(此言)을 듯고 미온(未穩)ᄒᆞ야 말을 아니ᄒᆞ더니,

샹셰(尙書ㅣ) 나간 후(後) 왕(王)이 드러오고 제뷔(諸婦ㅣ) ᄯᅩᄒᆞᆫ 니어 드러와 문안(問安)ᄒᆞ니 화쇠 임 시(氏)ᄅᆞᆯ 보고 크게 울며 ᄢᅥᆯ며 모

•••

109면

친(母親)을 나가라 ᄒᆞ니 왕(王)이 고이(怪異)히 넉여 연고(緣故)ᄅᆞᆯ 무ᄅᆞᆫ대 화쇠 왈(曰),

"모친(母親)이 야야(爺爺)ᄅᆞᆯ 역졍(逆情)ᄒᆞ야 날을 ᄆᆡ이 텨 이리 알프니 조부(祖父)ᄂᆞᆫ ᄂᆡ 머리ᄅᆞᆯ ᄆᆞᆫ져 보쇼셔."

왕(王)이 텽파(聽罷)의 차악(嗟愕)[466]ᄒᆞ야 나호여 보니 덥기 블 ᄀᆞᆺ고 뒤곡뒤 부엇더라. 왕(王)이 ᄀᆞ장 미안(未安)ᄒᆞ야 입으로 말을 아니나 긔운이 늠연(凜然) 믁믁(默默)ᄒᆞ니 임 시(氏) 대참슈괴(大慙羞愧)ᄒᆞ야 ᄂᆞᆺ출 드디 못ᄒᆞ더라.

이후(以後) 샹셰(尙書ㅣ) 임 시(氏) 방듕(房中)의 ᄌᆞ최ᄅᆞᆯ ᄭᅳᆫᄎᆞ니 임 시(氏) 앙앙(怏怏)[467] 분노(憤怒)ᄒᆞ나 ᄉᆞ식(辭色)디 아니ᄒᆞ고 녀 쇼졔(小姐ㅣ) 블가(不可)ᄒᆞ믈 잇다[468]감 간(諫)ᄒᆞᆫ즉 샹셰(尙書ㅣ) ᄂᆡᆼ쇼(冷

466) 차악(嗟愕): 몹시 놀람.
467) 앙앙(怏怏): 매우 마음에 차지 아니하거나 야속함.
468) 다: [교] 원문에는 '가'로 되어 있으나 문맥을 고려해 규장각본(11:80)과 연세대본(11:109)을 따름.

笑) 브답(不答)이러라.

됴 시(氏) 인(因)ᄒᆞ야 머믈매 동용쥬션(動容周旋)[469]이 바히 형샹(形狀) 업서 가쇼(可笑)로오미 극(極)ᄒᆞ니 일개(一家ㅣ) 지소[470](指笑)ᄒᆞ미 되엿더라.

이때 왕싱(-生)이 남

•••

110면

챵(南昌)으로조차 니ᄅᆞ러 니부(李府)의 와 샹셔(尙書)를 보고 난셤을 ᄎᆞ자니 샹셔(尙書)ᄂᆞᆫ 아디 못ᄒᆞᄂᆞᆫ디라 드러와 위 시(氏)를 보고 ᄎᆞ언(此言)을 니ᄅᆞ고 진가(眞假)를 무ᄅᆞ니, 쇼졔(小姐ㅣ) 젼(前) 일노 ᄌᆞ시 고(告)ᄒᆞ고 난셤을 블너 크게 ᄉᆞ리(事理) 가(可)티 아니믈 경계(警戒)ᄒᆞ고 왕싱(-生)을 가 보라 ᄒᆞ니 난셤이 울고 ᄀᆞᆯ오ᄃᆡ,

"쇼비(小婢) 왕싱(-生) 두 ᄌᆞ(字)를 드러도 가ᄉᆞᆷ이 덜헉 ᄒᆞ니 ᄎᆞ마 못 볼소이다."

쇼졔(小姐ㅣ) ᄭᅮ지져 ᄀᆞᆯ오ᄃᆡ,

"비ᄌᆡ(婢子ㅣ) ᄌᆞ쇼(自少)로 눈의 셩현셔(聖賢書)를 보며 가군(家君)을 능만(凌慢)[471]ᄒᆞ미 여ᄎᆞ(如此)ᄒᆞ니 무디(無知)ᄒᆞ미 심(甚)티 아니ᄒᆞ리오? 네 ᄆᆞᄎᆞᆷᄂᆡ ᄂᆡ 말을 듯디 아니ᄒᆞ니 이ᄂᆞᆫ 한님(翰林)과 날을 원망(怨望)ᄒᆞ미라, ᄂᆡ ᄯᅩ ᄆᆞᄉᆞᆷ ᄂᆞᆺᄎᆞ로 너를 다시 보리오?"

셤이 쇼져(小姐)의 언에(言語ㅣ) 쥰졀(峻截)ᄒᆞ믈 보고 마디못ᄒᆞ야 셔ᄌᆡ(書齋)예 니ᄅᆞ

---

469) 동용쥬션(動容周旋): 동용주선. 행동거지.
470) 소: [교] 원문에는 '시'로 되어 있으나 문맥을 고려해 이와 같이 수정함.
471) 능만(凌慢): 업신여겨 만만하게 봄.

•••

111면

러 왕싱(-生)을 보니 왕싱(-生)이 반가오믈 이긔디 못ᄒᆞ야 ᄲᆞᆯ니 손을 잡고 견권지졍(繾綣之情)이 그음업고 별후(別後) ᄉᆞ샹(思相)ᄒᆞ던 심ᄉᆞ(心思)를 탐탐(耽耽)[472]이 니ᄅᆞᄃᆡ 셤이 ᄂᆡᆼ연(冷然) ᄇᆞ답(不答)이러라.

왕싱(-生)이 이날 머므러 자고 이튼날 샹셔(尙書)를 ᄃᆡ(對)ᄒᆞ야 보ᄂᆡ믈 쳥(請)ᄒᆞ고 도라가니, 위 쇼졔(小姐ㅣ) 범ᄉᆞ(凡事)를 극진(極盡)이 출혀 왕부(王府)로 보ᄂᆡ니,

셤이 다만 울고 하딕(下直)고 왕부(王府)의 니ᄅᆞ매, 왕 참졍(參政)이 그 딜ᄌᆞ(姪子)의 작쳡(作妾)ᄒᆞ믈 그ᄅᆞᆺ 넉여 이에 왓더니 밋 난셤을 보매 옥안미목(玉顏美目)이 극(極)히 쳥아쇄락(淸雅灑落)[473]ᄒᆞ야 인가(人家) 비복(婢僕)ᄀᆞᆺ디 아니ᄒᆞ고 ᄉᆞ족(士族) 부녀(婦女) 듕(中)도 ᄲᅱ여나니 크게 놀나 ᄇᆡ야흐로 ᄎᆡᆨ(責)디 아니코 도로혀 샹ᄉᆞ(賞賜)ᄒᆞ더라.

셤이 인(因)ᄒᆞ야 머므러 졍실(正室)을 녜(禮)로 셤기고 ᄉᆡᆼ(生)을 어디

•••

112면

리 인도(引導)ᄒᆞ니 왕싱(-生)이 더옥 혹(惑)ᄒᆞ야 슈유블니(須臾不離)[474]ᄒᆞ고 가ᄉᆞ(家事)를 맛디니 난셤의 존귀(尊貴)ᄒᆞ미 극(極)ᄒᆞ

472) 탐탐(耽耽): 깊고 그윽한 모양.
473) 청아쇄락(淸雅灑落): 청아쇄락. 맑고 전아하며 시원스러움.
474) 슈유블니(須臾不離): 수유불리. 잠시도 떨어져 있지 않음.

더라.

챠셜(且說). 슉비(-妃) 간션(揀選)의 ᄲᅢ이믈 닙어 몸이 셔궁(西宮)의 ᄒᆞᆫ 번(番) ᄀᆞᆷ초이니 부모(父母)의 존문(存問)도 듯디 못ᄒᆞ고 죄(罪) 업시 반비(潘妃)[475]의 단댱(斷腸)이 극(極)ᄒᆞ니 가 샹궁(尙宮) 등(等)이 잔잉이 넉이나 쇼져(小姐)ᄂᆞᆫ 원ᄂᆡ(元來) 고요ᄒᆞ믈 역시(亦是) 깃거ᄒᆞ며 삭망(朔望)으로도 냥뎐(兩殿)의 문안(問安)ᄒᆞ미 업ᄉᆞ니 더옥 태ᄌᆞ(太子)의 은졍(恩情)이야 ᄭᅮᆷ인들 ᄉᆡᆼ각ᄒᆞ리오. 몸을 지게 밧긔 ᄂᆡ밀미 업고 덕(德)을 옥(玉)ᄀᆞᆺ티 닥고 시셔(詩書)로 ᄆᆞ음을 븟티나 일ᄉᆡᆼ(一生) 부모(父母)의 쳔금(千金) 농쥬(弄珠)로 므릅 아래 ᄂᆞ릴 적이 업다가 일됴(一朝)의 깁흔 곳의 몸이 ᄒᆞᆫ 번(番) ᄀᆞᆷ초이매 삭망(朔望)으로 연왕(-王)이 드러와 잠간(暫間) 보고 나간

•••

113면

밧 다시 보디 못ᄒᆞ니 부모(父母)를 그리ᄂᆞᆫ 심ᄉᆡ(心思ㅣ) 병(病)이 되야 됴운모우(朝雲暮雨)의 눈믈이 홍샹(紅裳)의 어룽지더라.

이ᄣᅢ 연왕(-王)이 마ᄎᆞᆷ 금쥐(錦州) 션영(先塋) 묘하(墓下)의 ᄃᆞᆫ닐 일이 이셔 급(急)히 ᄀᆞᆯᄉᆡ 드러와 비(妃)를 보고 하딕(下直)ᄒᆞ니 비(妃) 아연(啞然)[476]ᄒᆞ야 울고 ᄇᆡ별(拜別)ᄒᆞ매 왕(王)이 보듕(保重)ᄒᆞ믈 니ᄅᆞ고 총망(悤忙)이 나가니 이후(以後) 더옥 비(妃)의 외로오미 심(甚)ᄒᆞ야 속졀업시 궁녀(宮女)로 벗ᄒᆞᆫ 밧 드리미러 무ᄅᆞ리 업ᄉᆞ니

475) 반비(班妃): 중국 한(漢)나라 성제(成帝)의 궁녀인 반첩여(班婕妤). 시가(詩歌)에 능한 미녀로 성제의 총애를 받다가 궁녀 조비연(趙飛燕)의 참소를 받고 물러나 장신궁(長信宮)에서 지내며 <자도부(自悼賦)>, <원가행(怨歌行)> 등을 지어 자신의 처지를 하소연함.

476) 아연(啞然): 너무 놀라거나 어이가 없어서 또는 기가 막혀서 입을 딱 벌리고 말을 못 하는 모양.

가 시(氏) 등(等)이 위(爲)ᄒᆞ야 슬허ᄒᆞ믈 마디아니ᄒᆞ더라.

이째 태ᄌᆞ(太子ㅣ) 됴비(-妃)긔 침닉(沈溺)[477]ᄒᆞ시니 슉비(-妃)의 이시며 업ᄉᆞᆷ을 아디 못ᄒᆞ시더니 시졀(時節)이 듕츄(仲秋)의 니ᄅᆞ러ᄂᆞᆫ 후원(後苑)의 단풍(丹楓)과 국화(菊花)ᄅᆞᆯ 귀경ᄒᆞ라 쇼여(小輿)[478]ᄅᆞᆯ ᄐᆞ고 가시더니 길히 셔궁(西宮)으로 디나ᄂᆞᆫ디라 홀

•••

114면

연(忽然) ᄉᆡᆼ각ᄒᆞ시ᄃᆡ,

'니(李) 시(氏) ᄂᆡ게 쇽(屬)ᄒᆞ연 디 오래ᄃᆡ 고이(怪異)ᄒᆞᆫ 병(病)을 인(因)ᄒᆞ야 보디 못ᄒᆞ엿더니 금일(今日) 잠간(暫間) 보미 됴타.'

ᄒᆞ시고 드ᄃᆡ여 거러 드러가시니,

념젼궁애(簾前宮娥ㅣ)[479] 급(急)히 비(妃)의게 고(告)ᄒᆞ니 비(妃) 놀나 피(避)ᄒᆞᆯ 곳을 ᄉᆡᆼ각더니 ᄇᆞᆯ셔 태ᄌᆞ(太子ㅣ) 문(門)의 니ᄅᆞ러 계신디라. 더옥 놀나나 ᄒᆞᆯ일업셔 강잉(强仍)ᄒᆞ야 몸을 니러 ᄌᆡᄇᆡ(再拜)ᄒᆞ고 협실(夾室)노 드러가고져 ᄒᆞ더니 태ᄌᆞ(太子ㅣ) 답녜(答禮)ᄒᆞ고 눈을 드러 보시매 안ᄉᆡᆨ(顔色)의 긔이(奇異)ᄒᆞ미 모착(模着)[480]ᄒᆞ여 비(比)ᄒᆞᆯ 곳이 업ᄉᆞ니 다만 텬향(天香)이 만신(滿身)ᄒᆞ고 셔긔(瑞氣) 머리 우희 둘너시니 엇디 됴비(-妃)의 ᄒᆞᆫ갓 미뫼(美貌ㅣ) 홍도(紅桃) ᄀᆞᆺᄐᆞᆫ 안ᄉᆡᆨ(顔色)으로 비기리오. 일노 졍비(正妃)ᄅᆞᆯ ᄎᆡᆨ봉(冊封)티 아니미 샹(上)의 혼약(昏弱)[481]ᄒᆞ시미라. 태ᄌᆞ(太子ㅣ) 대경(大驚)ᄒᆞ야

477) 침닉(沈溺): 술이나 노름, 여자에 빠짐.
478) 쇼여(小輿): 소여. 왕실에서 사용하는 작은 가마.
479) 념젼궁애(簾前宮娥ㅣ): 염전궁아. 주렴 앞을 지키는 궁녀.
480) 모착(模着): 모방해 찾음.
481) 혼약(昏弱): 어리석고 약함.

다시 보고져

•••

115면

ᄒᆞ실 ᄎᆞ(次) 거롬을 도로혀고져 ᄒᆞ니 브디블각(不知不覺)의 나아가 ᄉᆞ매를 잡아 안티시고 ᄀᆞᆯᄋᆞ샤ᄃᆡ,

"현비(賢妃) 엇디 이러틋 박졀(迫切)[482] ᄒᆞ시니잇고? 과인(寡人)이 분망(奔忙)[483] ᄒᆞ야 비(妃)의 병(病)을 뭇디 못ᄒᆞ니 현비(賢妃) 노(怒)ᄒᆞ시미 그ᄅᆞ디 아니신디라. 금일(今日)은 셩톄(盛體) 엇더ᄒᆞ시니잇가?"

슉비(-妃) 의외(意外)예 태ᄌᆞ(太子)의 친근(親近)ᄒᆞ시믈 보고 크게 놀나 밧비 ᄲᅠ리티고 믈너 념용(斂容) 단좌(端坐)ᄒᆞ야 답(答)디 아니ᄒᆞ니 태ᄌᆡ(太子ㅣ) 좌(座)를 갓가이ᄒᆞ야 ᄌᆞ시 보시니 금셰(今世)ᄂᆞᆫ커니와 고금(古今)의 업ᄉᆞᆫ ᄉᆡᆨ(色)이라. 태ᄌᆡ(太子ㅣ) 황홀(恍惚)ᄒᆞ야 다시 문왈(問曰),

"현비(賢妃) 블평(不平)ᄒᆞ시다 ᄒᆞ더니 이제 보매 츈ᄉᆡᆨ(春色)이 의구(依舊)ᄒᆞ야 병ᄉᆡᆨ(病色)이 업ᄉᆞ니 칭병블츌(稱病不出)[484] ᄒᆞ시믄 엇딘 일이니잇가?"

슉비(-妃) 졍ᄉᆡᆨ(正色) 브답(不答)ᄒᆞ니

---

482) 박졀(迫切): 박절. 인정이 없고 쌀쌀함.

483) 분망(奔忙): 매우 바쁨.

484) 칭병블츌(稱病不出): 칭병불출. 병을 핑계해 밖에 나가지 않음.

•••

116면

긔운이 심(甚)히 싀싀ᄒᆞᆫ디라. 태ᄌᆡ(太子ㅣ) ᄋᆡ모(愛慕)ᄒᆞ시ᄂᆞᆫ ᄆᆞ음이 미칠 ᄃᆞᆺᄒᆞ샤 즉시(卽時) 가 시(氏)ᄅᆞᆯ 블너 병근(病根)을 무ᄅᆞ시니, 가시(氏) 긔회(機會)ᄅᆞᆯ 됴히 어든디라, 즉시(卽時) 고두(叩頭)ᄒᆞ야 죵젼시말(從前始末)을 ᄌᆞ시 고(告)ᄒᆞ니 태ᄌᆡ(太子ㅣ) 텽파(聽罷)의 차악(嗟愕)ᄒᆞ시고 됴 낭낭(娘娘) 블인(不仁)ᄒᆞ시믈 개탄(慨嘆)ᄒᆞ샤 즘즘(潛潛)ᄒᆞ시더니,

가 시(氏) 믈너난 후(後) 다시 비(妃)ᄅᆞᆯ 집슈(執手)ᄒᆞ샤 탄왈(歎曰),

"현비(賢妃)ᄂᆞᆫ 과인(寡人)의 블민(不敏)ᄒᆞ믈 ᄒᆞᆫ(恨)티 말나. 현비(賢妃) 뎌러ᄐᆞᆺ ᄒᆞᆫ 긔질(氣質)노 심궁(深宮)의 외로이 ᄌᆞᆷ겨 과인(寡人)을 엇디 원(怨)티 아니ᄒᆞ리오?"

슉비(-妃) 긔운이 셔리 ᄀᆞᆺᄐᆞ여 썰티고 믈너안자 답(答)디 아니터니 날이 져믈매 태ᄌᆡ(太子ㅣ) 이에 머므러 슉침(宿寢)[485]ᄒᆞ실ᄉᆡ 슉비(-妃) 크게 민망(憫惘)ᄒᆞ야 됴 샹궁(尙宮)을 눈 주니 됴 시(氏) 아라듯고 나아드러 주(奏)ᄒᆞ

•••

117면

ᄃᆡ,

"당초(當初) 황후(皇后) 낭낭(娘娘) 명(命)이 여ᄎᆞ(如此)ᄒᆞ시니 낭낭(娘娘)이 뎐하(殿下)의 은ᄋᆡ(恩愛)ᄅᆞᆯ 능히(能-) 감슈(甘受)티 못ᄒᆞ

485) 슉침(宿寢): 숙침. 잠을 잠.

샤 민울(悶鬱)[486] ᄒᆞ야ᄒᆞ시ᄂᆞ이다.”

태ᄌᆡ(太子ㅣ) 텽파(聽罷)의 쇼왈(笑曰),

“젼두(前頭)[487] 블평(不平)은 ᄂᆡ 다 당(當)ᄒᆞ리니 슉비(-妃) 엇디 근심ᄒᆞ시리오?”

셜파(說罷)의 됴 시(氏) 웃고 믈너나니 태ᄌᆡ(太子ㅣ) 비(妃)ᄅᆞᆯ 향(向)ᄒᆞ야 흔연(欣然) 쇼왈(笑曰),

“비(妃)ᄂᆞᆫ 일편도이 낭낭(娘娘) 명(命)만 ᄉᆡᆼ각ᄒᆞ고 과인(寡人)의 은졍(恩情)을 믈니티디 말나.”

드ᄃᆡ여 ᄒᆞᆫ가지로 나위(羅幃)[488]에 나아가고져 ᄒᆞ시ᄃᆡ 비(妃) 단졍(端整)이 안자 움즉디 아니ᄒᆞ니 태ᄌᆡ(太子ㅣ) 낫빗ᄎᆞᆯ 졍(正)히 ᄒᆞ야 단엄(端嚴)이 ᄎᆡᆨ(責)ᄒᆞ시ᄃᆡ, 비(妃) 눈을 ᄂᆞᆺ초고 엄연(儼然) 단좌(端坐)ᄒᆞ여시니 태ᄌᆡ(太子ㅣ) 말노 이긔디 못ᄒᆞᆯ 줄 아ᄅᆞ시고 힘으로 핍박(逼迫)ᄒᆞ시나 슉비(-妃) ᄂᆡᆼ쇼(冷笑)ᄒᆞ고 경호(勁虎)[489] ᄀᆞᆺ티 ᄲᅥᆯ티니 태ᄌᆡ(太子ㅣ) ᄀᆞ장 노(怒)ᄒᆞ샤 평

•••

118면

ᄉᆡᆼ(平生) 힘을 다ᄒᆞ야 핍근(逼近)[490] ᄒᆞ나 이긔디 못ᄒᆞ시니 이에 분연(憤然) 대로(大怒)ᄒᆞ야 ᄉᆞ매ᄅᆞᆯ ᄲᅥᆯ티고 니러 나오시니 볼셔 날이 새왓더라.

태ᄌᆡ(太子ㅣ) 냥뎐(兩殿)의 문안(問安)ᄒᆞ시니 샹(上)이 태ᄌᆞ(太子)

---

486) 민울(悶鬱): 안타깝고 답답함.
487) 젼두(前頭): 전두. 지금부터 다가오게 될 앞날.
488) 나위(羅幃): 얇은 비단으로 만든 장막.
489) 경호(勁虎): 굳센 호랑이.
490) 핍근(逼近): 매우 가까이 닥침.

의 긔식(氣色)이 블편(不便)ᄒᆞᆷ을 보고 연고(緣故)를 무ᄅᆞ시니 태ᄌᆡ(太子ㅣ) 미쇼(微笑)ᄒᆞ고 주왈(奏曰),

"젼일(前日)의 슉비(-妃) 니(李) 시(氏) 더러온 병(病)이 잇다 ᄒᆞ매 일즉 보디 못ᄒᆞ엿ᄉᆞᆸ더니 쟉일(昨日) 우연(偶然)이 가 보온즉 죠곰도 병식(病色)이 업ᄉᆞᆸ거ᄂᆞᆯ 젼일(前日) 속은 줄 ᄭᆡᄃᆞ라 머므러 자고져 ᄒᆞ온즉 뎨 함구블언(緘口不言)[491]ᄒᆞ고 신(臣)을 믈니텨 죽기로 듯디 아니ᄒᆞ오니 서로 힐난(詰難)ᄒᆞ매 ᄌᆞ연(自然) 밤이 새거이다."

샹(上)이 놀나샤 후(后)를 칙왈(責曰),

"이 도시(都是)[492] 현휘(賢后ㅣ) ᄉᆞ졍(私情)으로 니(李) 시(氏)를 ᄀᆞᆷ초미니 졔 부뫼(父母ㅣ) 알딘대 어이 셜워 아니

•••

119면

리오?"

태ᄌᆞ(太子)를 명(命)ᄒᆞ야 ᄎᆞ후(此後) 은ᄋᆡ(恩愛)를 고로로 ᄒᆞ라 ᄒᆞ시니 됴휘(-后ㅣ) 일이 발각(發覺)ᄒᆞᆷ을 애ᄃᆞᆯ와ᄒᆞ고 샹(上)의 짐쟉(斟酌)ᄒᆞ시믈 더옥 황공(惶恐)ᄒᆞ야 믁연(默然)이 말을 아니ᄒᆞ시더라.

태ᄌᆡ(太子ㅣ) 슉비(-妃)를 보신 후(後) 졍혼(精魂)과 의ᄉᆡ(意思ㅣ) 다 뎌의게 가 됴비(-妃)를 뉴렴(留念)토 아니시고 됴식(朝食)을 파(罷)ᄒᆞᆫ 후(後) 셔궁(西宮)의 가시니,

슉비(-妃) 새도록 새오고 신ᄉᆡ(身事ㅣ)[493] 곤뇌(困惱)ᄒᆞ야 잠간(暫間) 벼개를 지혀 자거ᄂᆞᆯ 태ᄌᆡ(太子ㅣ) 크게 깃거 즉시(卽時) 나아가

491) 함구블언(緘口不言): 함구불언. 입을 닫고 말을 하지 않음.
492) 도시(都是): 모두.
493) 신ᄉᆡ(身事ㅣ): 신사. 몸의 상태.

손을 잡고 겻ᄐᆡ 누어 잠간(暫間) ᄂᆞᆾ출 다혓더니, 슉비(-妃) 홀연(忽然) 놀나 ᄭᆡ야 이 거조(擧措)ᄅᆞᆯ 보고 대경(大驚)ᄒᆞ야 년망(連忙)이 ᄯᅥᆯ치고 ᄂᆞ려 안ᄌᆞ니 태ᄌᆡ(太子ㅣ) 크게 우으시고 ᄀᆞᆫ권(懇綣)[494]이 비ᄅᆞ시ᄃᆡ 비(妃) 드ᄅᆞᆫ 톄 아니ᄒᆞ니 태ᄌᆡ(太子ㅣ) ᄒᆞᆫ(恨)ᄒᆞ샤 옥슈(玉手)ᄅᆞᆯ 아모리 ᄃᆞᆫᄃᆞᆫ이 잡으셔도

•••

120면

ᄲᅢ히믈 능히(能-) ᄒᆞ니 쵸조(焦燥)ᄒᆞ야 ᄭᅮ지져 ᄀᆞᆯ오샤ᄃᆡ,

"현비(賢妃) 과인(寡人)을 이리 박ᄃᆡ(薄待)ᄒᆞ고 어ᄃᆡ로 가려 ᄒᆞ시ᄂᆞ뇨?"

비(妃) 정금(整襟)[495] 브답(不答)이러라.

ᄎᆞ야(此夜)의 슉비(-妃) 젼(前)ᄀᆞᆺ티 안자 움ᄌᆞᆨ디 아니ᄒᆞ니, 태ᄌᆡ(太子ㅣ) ᄃᆞ리고 비ᄅᆞ시믈 ᄀᆞᆫ졀(懇切)이 ᄒᆞ시ᄃᆡ ᄆᆞᄎᆞᆷᄂᆡ 텽이블문(聽而不聞)[496]이어ᄂᆞᆯ 태ᄌᆡ(太子ㅣ) 쇼년(少年) 호방(豪放)의 이 ᄀᆞᆺᄐᆞᆫ 졀ᄉᆡᆨ가인(絕色佳人)을 ᄃᆡ(對)ᄒᆞ야 그 옥셩(玉聲)을 듯디 못ᄒᆞ고 동낙(同樂)을 일우디 못ᄒᆞ시니 졍혼(精魂)이 밋칠 ᄃᆞᆺᄒᆞ야 블연(勃然)[497] 쟉ᄉᆡᆨ(作色)고 비(妃)ᄅᆞᆯ 드러 먼니 더디니 마ᄌᆞᆫ편(--偏) 벽(壁)의 다쳐 머리 ᄶᅡ여디고 비(妃) 긔졀(氣絕)ᄒᆞ니 태ᄌᆡ(太子ㅣ) 놀나샤 년망(連忙)이 붓드러 금침(衾枕)의 누이고 구호(救護)ᄒᆞ시니 반향(半晌) 후(後) 인ᄉᆞ(人事)ᄅᆞᆯ ᄎᆞᆯ히니 머리 알프기 ᄭᆡ리ᄂᆞᆫ ᄃᆞᆺᄒᆞ야 몸을 벼개예 의지

494) ᄀᆞᆫ권(懇綣): 간권. 간절하고 정다움.
495) 정금(整襟): 정금. 옷깃을 여미어 모양을 바로잡음.
496) 텽이블문(聽而不聞): 청이불문. 들어도 못 들은 척함.
497) 블연(勃然): 발연. 왈칵 성을 내는 태도나 일어나는 모양이 세차고 갑작스러움.

(依支)ᄒᆞ야 움즉디

•••

121면

못ᄒᆞ니 태ᄌᆡ(太子ㅣ) 나아가 손을 잡고 웃고 샤죄(謝罪) 왈(曰),

"비(妃)의 옥톄(玉體) 샹(傷)ᄒᆞ시미 듕(重)ᄒᆞ시나 과인(寡人)을 ᄒᆞᆫ(恨)티 마ᄅᆞ쇼셔. 현비(賢妃) 만일(萬一) 과인(寡人)의 말을 드ᄅᆞ시더면 므ᄉᆞ 일 이러ᄒᆞ리오?"

ᄉᆞᆨ비(-妃) 뎌 태ᄌᆞ(太子)의 인군(人君)의 위의(威儀)ᄅᆞᆯ 가지고 ᄒᆡᆼᄉᆡ(行事ㅣ) 무디(無知)ᄒᆞ믈 분(憤)ᄒᆞ야 ᄆᆞᄎᆞᆷᄂᆡ 지심(知心)ᄒᆞ미 업ᄉᆞ니 태ᄌᆡ(太子ㅣ) 이에 손을 잡으시고 벼개에 나아가 취몽(醉夢)[498]을 ᄒᆞᆫ가지로 ᄒᆞ고져 ᄒᆞ시나, 비(妃) ᄆᆞᄎᆞᆷᄂᆡ 요동(搖動)티 아니ᄒᆞ시니 태ᄌᆡ(太子ㅣ) ᄒᆞᆯ일업서 이 밤을 겨유 디ᄂᆡ시고

냥뎐(兩殿)의 문안(問安)ᄒᆞ시니 샹(上)이 무러 ᄀᆞᆯᄋᆞ샤ᄃᆡ,

"ᄉᆞᆨ비(-妃) 임의 병(病)이 업ᄉᆞ면 엇디 문안(問安)을 아닛ᄂᆞ뇨?"

태ᄌᆡ(太子ㅣ) 웃고 ᄃᆡ왈(對曰),

"니(李) 시(氏) 극(極)ᄒᆞᆫ 괴물(怪物)이라 부부지락(夫婦之樂)을 믈니텨 듯디 아니ᄒᆞ니 신(臣)이 분(憤)의 급거(急遽)[499] 듕(中) 실슈(失手)

•••

122면

ᄒᆞ야 샹(傷)ᄒᆞᆫ 곳이 이시니 셩명(聖明)[500]은 더뎌 두시믈 ᄇᆞ라ᄂᆞ이다."

---

498) 취몽(醉夢): 취몽. 술에 취하여 자는 동안에 꾸는 꿈.
499) 급거(急遽): 몹시 서둘러 급작스러운 모양.

샹(上)이 텽파(聽罷)의 ᄌᆞ못 의심(疑心)ᄒᆞ샤 ᄀᆞᆯᄋᆞ샤ᄃᆡ,

"니녜(李女ㅣ) 년쇼(年少) 녀ᄌᆞ(女子)로 부부(夫婦) 듕졍(重情)을 믈니티니 극(極)히 고이(怪異)ᄒᆞᆫ디라 아디 못ᄒᆞᆯ 일이로다."

태ᄌᆡ(太子ㅣ) 미쇼(微笑)ᄒᆞ시고 됴후(-后)ᄂᆞᆫ 슉비(-妃)의 군명(君命) ᄃᆡᆨ희믈 암희(暗喜)[501]ᄒᆞ시더라.

태ᄌᆡ(太子ㅣ) 동궁(東宮)의 시강(侍講)[502]ᄒᆞ시믈 인(因)ᄒᆞ야 두어 날 셔궁(西宮)의 가디 못ᄒᆞ여 계시더니,

일일(一日)은 졔신(諸臣)으로 더브러 져므도록 강(講)ᄒᆞ시다가 쥬찬(酒餐) 경ᄋᆡᆨ(瓊液)으로 죵일(終日)토록 진어(進御)[503]ᄒᆞ샤 날이 어둡게야 셔궁(西宮)의 니ᄅᆞ시니,

슉비(-妃) 슈건(手巾)으로 머리ᄅᆞᆯ 동히고 의샹(衣裳)을 졍돈(整頓)ᄒᆞ고 쵹하(燭下)의 단졍(端整)이 안자시니 긔이(奇異)ᄒᆞᆫ 풍용(風容)[504]이 쵹홰(燭火ㅣ) 빗치 업고 위왕(威王)[505]의 열두 가지 구슬[506]이 모힌 ᄃᆞᆺ

•••

123면

ᄒᆞ야 긔이(奇異)ᄒᆞᆫ 거동(擧動)이 고금(古今)의 방블(髣髴)ᄒᆞ니도 업

---

500) 셩명(聖明): 성명. 황제.
501) 암희(暗喜): 속으로 기뻐함.
502) 시강(侍講): 왕이나 동궁의 앞에서 학문을 강의하던 일.
503) 진어(進御): 임금이 입고 먹는 일을 높여 이르는 말.
504) 풍용(風容): 풍채와 용모.
505) 위왕(威王): 중국 전국시대 제(齊)나라의 왕 전인(田因)을 이름.
506) 위왕(威王)의-구슬: 위왕의 열두 가지 구슬. 원래 위왕이 양(梁)의 혜왕(惠王)과 대화를 나눌 때 혜왕이 자신의 나라에는 한 치짜리 구슬로 수레 12대를 채울 수 있다고 하자 위왕이 자신의 나라에는 인재가 많다고 한 데서 유래함. 여기에서는 구슬이 빛나듯 아름다운 외모를 의미함.

ᄉᆞ니 태ᄌᆡ(太子ㅣ) 새로이 졍혼(精魂)이 비양(飛揚)[507] ᄒᆞ샤 나아가 손을 잡으시며 쇼왈(笑曰),

"샹톄(傷處ㅣ) 평샹(平常)티 아녀 계신가 시브거ᄂᆞᆯ 엇디 니러 안자 계시뇨?"

슉비(-妃) 원ᄂᆡ(元來) 몸이 블평(不平)ᄒᆞ나 태ᄌᆞ(太子)의 드러오시믈 혜아리고 강잉(强仍)ᄒᆞ야 니러 안잣던디라. 뎌의 취안취졍(醉顔醉情)[508]이 무례(無禮)ᄒᆞ믈 더옥 미온(未穩)ᄒᆞ야 밧비 ᄯᅥᆯ티니, 태ᄌᆡ(太子ㅣ) 노(怒)ᄒᆞ야 옥슈(玉手)ᄅᆞᆯ 구디 잡으시고 핍곤(逼困)[509]ᄒᆞ시니 슉비(-妃) 비록 긔골(氣骨)이 슉셩(熟成)ᄒᆞ나 나히 어리고 ᄲᅧ ᄀᆞᄂᆞᆯ기 버들 ᄀᆞᆺ고 연연(軟軟)ᄒᆞ미 슈졍(水晶)과 옥(玉) ᄀᆞᆺ거ᄂᆞᆯ 태ᄌᆞ(太子)ᄂᆞᆫ 긔골(氣骨)이 웅위(雄偉)[510]ᄒᆞ시고 신댱(身長)이 쟝대(長大)ᄒᆞ시며 구각(軀殼)이 표표(表表)[511]ᄒᆞ샤 인군(人君)의 텬일지푀(天日之表ㅣ)[512] 이러시니 비(妃) 더옥 무셔이 너기고 겁(怯)ᄒᆞ야 거졀(拒絕)키

•••

124면

ᄅᆞᆯ 죽기로ᄡᅥ ᄒᆞ시니 태ᄌᆡ(太子ㅣ) 대로(大怒)ᄒᆞ샤 손을 ᄲᅳ리티시고 비(妃)ᄅᆞᆯ 발노 차 즐왈(叱曰),

"뎌런 요믈(妖物)이 어ᄃᆡ로조차 니ᄅᆞ러 과인(寡人)의 ᄆᆞᄋᆞᆷ을 어ᄌᆞ

507) 비양(飛揚): 잘난 체하고 거드럭거림.
508) 취안취졍(醉顔醉情): 취안취정. 취한 얼굴로 나타내는 친근감.
509) 핍곤(逼困): 가까이해 괴롭게 함.
510) 웅위(雄偉): 웅장하고 훌륭함.
511) 표표(表表): 사람의 생김새나 풍채, 옷차림 따위가 눈에 띄게 두드러짐.
512) 텬일지푀(天日之表ㅣ): 천일지표. 사해(四海)에 군림할 인상(人相). 곧 임금의 인상을 이르는 말.

러이ᄂᆞ뇨? 당당(堂堂)이 법(法)을 졍(正)히 ᄒᆞ리라."

ᄒᆞ시니 쇼졔(小姐ㅣ) ᄂᆞᆫ 닙곳티 ᄂᆞ라 구러뎌 인ᄉᆞ(人事)를 모ᄅᆞ니 됴 시(氏) 등(等)이 급(急)히 구(救)ᄒᆞ매 좌슈(左手)의 셩혈(腥血)[513]이 돌돌ᄒᆞ고 머리 셩ᄒᆞᆫ 곳이 업ᄉᆞ니 가 시(氏) 등(等)이 놀나고 근심ᄒᆞ야 다만 구(救)ᄒᆞ야 자리의 편(便)히 누이고 나가니,

태ᄌᆡ(太子ㅣ) 다시 나아가 보시매 비(妃) ᄉᆞ지(四肢)를 움ᄌᆞᆨ디 못ᄒᆞ고 두 손이 ᄋᆞ처뎌 피육(皮肉)이 후란(朽爛)[514]ᄒᆞ여시니 태ᄌᆡ(太子ㅣ) 놀나 ᄉᆡᆼ각ᄒᆞ시ᄃᆡ,

'ᄂᆡ 잡기를 ᄃᆞᆫᄃᆞᆫ이 ᄒᆞ여실디언뎡 별단(別段) 구타(毆打)ᄒᆞ미 업거ᄂᆞᆯ 엇디 이대도록 듕

•••

125면

샹(重傷)ᄒᆞ엿ᄂᆞᆫ고? 뎌의 나히 어리고 혈육(血肉)이 쟝(壯)티 못ᄒᆞ거ᄂᆞᆯ ᄂᆡ 너모 혜아리디 아니키를 그릇ᄒᆞ엿도다.'

ᄌᆞ차(咨嗟)[515]ᄒᆞ시며 뉘우처ᄒᆞ시나 뎌의 움ᄌᆞᆨ이디 못ᄒᆞᄂᆞᆫ ᄣᅢ를 타 의관(衣冠)을 그ᄅᆞ고 동침(同寢)ᄒᆞ샤 운우(雲雨)의 졍(情)을 ᄆᆡᄌᆞ시니 비(妃) 혼혼(昏昏)[516] 아득 듕(中) 이 거조(擧措)를 보고 분(憤)ᄒᆞ믈 이긔디 못ᄒᆞ나 능히(能-) ᄒᆞᆯ일업셔 ᄒᆞ고 태ᄌᆞ(太子)ᄂᆞᆫ 비(妃)의 연연(軟軟) 약질(弱質)을 슈듕(手中)의 농낙(籠絡)ᄒᆞ시매 깃븐 졍(情)이 미칠 ᄃᆞᆺᄒᆞ고 ᄋᆡ듕(愛重)ᄒᆞᆫ ᄯᅳᆺ이 녹ᄂᆞᆫ ᄃᆞᆺᄒᆞ야 취흥(醉興)이 도도(滔

513) 셩혈(腥血): 성혈. 비린내가 나는 피.
514) 후란(朽爛): 썩고 문드러짐.
515) ᄌᆞ차(咨嗟): 자차. 애석해 탄식함.
516) 혼혼(昏昏): 정신이 가물가물하고 희미함.

滔)ᄒᆞ시고 츈졍(春情)이 호호탕탕(浩浩蕩蕩)ᄒᆞ야 만종(萬種)[517] 풍뉴(風流ㅣ) 측냥(測量)업ᄉᆞ니 슉비(-妃) 일즉 부모(父母)의 슬샹(膝上)의 ᄂᆞ려보디 아냣고 셰샹ᄉᆞ(世上事)ᄅᆞᆯ 모ᄅᆞ니 엇디 남ᄌᆞ(男子)의 미인(美人) 질드리ᄂᆞᆫ 손ᄡᅵ[518]ᄅᆞᆯ 알니오. 처엄으

•••

126면

로 당(當)ᄒᆞ야 놀나고 챡급(着急)[519]ᄒᆞ야 신음(呻吟)은 다 닛고 약질(弱質)을 운동(運動)ᄒᆞ야 뎌의 과도(過度)ᄒᆞᆫ 손ᄡᅵᄅᆞᆯ 막으나 어이 능히(能-) 밋ᄎᆞ리오.

태ᄌᆡ(太子ㅣ) 우으시고 다래여 ᄎᆞ야(此夜)ᄅᆞᆯ 디ᄂᆡ시니 비(妃) 어린 나히 놀나고 두리오미 과도(過度)ᄒᆞ야 병(病)이 듕(重)ᄒᆞ야 알흐ᄃᆡ 통셩(痛聲)을 일우디 아니코 머리ᄅᆞᆯ ᄡᆞ고 식음(食飮)도 ᄎᆞᆺ디 아니ᄒᆞ고 ᄀᆞ마니 부모(父母)ᄅᆞᆯ 브ᄅᆞ지져 우ᄂᆞᆫ 눈믈이 강슈(江水) ᄀᆞᆺᄐᆞ니 가시(氏), 됴 시(氏) 등(等)이 참연(慘然)ᄒᆞ야 됴흔 말노 위로(慰勞)ᄒᆞᄃᆡ 비(妃) ᄂᆞᆺ출 열미 업더니,

이윽고 태ᄌᆡ(太子ㅣ) 이에 오시니 졔인(諸人)이 년망(連忙)이 믈너나고 태ᄌᆡ(太子ㅣ) 겻ᄐᆡ 나아가샤 니블을 열고 보시니 비(妃)의 머리 곳곳이 ᄯᅮ러뎌 셩ᄒᆞᆫ 곳이 업고 눈믈이 옥면(玉面)의 니음차[520] ᄂᆞᆺ기믈 마디아니

517) 만종(萬種): 온갖.
518) 손ᄡᅵ: 솜씨.
519) 챡급(着急): 착급. 매우 급함.
520) 니음차: 잇따라.

•••

127면

ᄒᆞ니 ᄋᆡ원(哀怨)ᄒᆞᆫ ᄐᆡ되(態度ㅣ) 더옥 비길 곳이 업ᄉᆞᆫ디라 태ᄌᆡ(太子ㅣ) 더옥 ᄋᆡ련(愛憐)ᄒᆞ샤 위로(慰勞)ᄒᆞ시며 샤례(謝禮) 왈(曰),

"과인(寡人)이 당당(堂堂)ᄒᆞᆫ 남ᄌᆞ(男子)로 현비(賢妃) ᄀᆞᄐᆞᆫ 절ᄉᆡᆨ(絕色) 슉녀(淑女)ᄅᆞᆯ 일실(一室)의 ᄃᆡ(對)ᄒᆞ야 동낙(同樂)디 못ᄒᆞ니 엇디 심홰(心火ㅣ) 업ᄉᆞ리오? 현비(賢妃) 옥질(玉質)이 샹(傷)ᄒᆞ시미 도로혀 이 연괴(緣故ㅣ)니 노(怒)티 마ᄅᆞ쇼셔."

친(親)히 깁을 ᄢᅴ뎌 머리ᄅᆞᆯ 동히고 위로(慰勞)ᄒᆞ시며 미음(米飮)을 권(勸)ᄒᆞ시ᄃᆡ 비(妃) 먹디 아니ᄒᆞ고 눈믈만 흘니더라.

태ᄌᆡ(太子ㅣ) 년일(連日)ᄒᆞ야 이에 머므ᄅᆞ샤 비(妃)의 병(病)들믈 도라보디 아니ᄒᆞ고 동낙(同樂)ᄒᆞ시니 비(妃) 년(連)ᄒᆞ야 자디 못ᄒᆞ고 두리고 분(憤)ᄒᆞ야 병(病)이 극듕(極重)ᄒᆞ니 태ᄌᆡ(太子ㅣ) ᄇᆡ야흐로 념녀(念慮)ᄒᆞ샤 믈너나시고 티료(治療)ᄒᆞ시나 됴뎡(朝廷)이 아라 소요(騷擾)ᄒᆞᆯ가 두리샤 샹(上)긔

•••

128면

고(告)티 아니시고 의녀(醫女)ᄅᆞᆯ 블너 진ᄆᆡᆨ(診脈)ᄒᆞ시나 의녀(醫女)의 슐업(術業)이 닉디 못ᄒᆞᆫ 고(故)로 증(症)을 잡디 못ᄒᆞ니 태ᄌᆡ(太子ㅣ) 우민(憂悶)ᄒᆞ시더니,

가 상궁(尙宮)이 비(妃)의 셜워ᄒᆞ믈 참혹(慘酷)히 넉여 그 동ᄉᆡᆼ(同生)이나 보와 위회(慰懷)[521] ᄒᆞᆯ가 ᄒᆞ야 태ᄌᆞ(太子)긔 고왈(告曰),

"신(臣)이 젼일(前日) 듯ᄌᆞ오니 니(李) 샹셰(尙書ㅣ) 의셔(醫書)ᄅᆞᆯ 졍통(精通)ᄒᆞ야 슐업(術業)이 고명(高明)ᄒᆞ다 ᄒᆞ오니 잠간(暫間) 블너오샤 낭낭(娘娘)을 진ᄆᆡᆨ(診脈)ᄒᆞ시미 엇더ᄒᆞ시니잇고?"

태ᄌᆡ(太子ㅣ) ᄭᆡᄃᆞ라 샹셔(尙書)ᄅᆞᆯ 즉시(卽時) 명툐(命招)[522]ᄒᆞ시니 샹셰(尙書ㅣ) ᄆᆞᄎᆞᆷ 문연각(文淵閣)의 잇다가 뎐교(傳敎)ᄅᆞᆯ 보고 즉시(卽時) ᄂᆡ시(內侍)ᄅᆞᆯ ᄯᆞ와 궁문(宮門)의 니ᄅᆞ러 와시믈 고(告)ᄒᆞ니, 태ᄌᆡ(太子ㅣ) 드러오라 ᄒᆞ시ᄂᆞᆫ디라 샹셰(尙書ㅣ) ᄉᆞ양(辭讓)ᄒᆞ야 ᄀᆞᆯ오ᄃᆡ,

"외인(外人)이 엇디 감히(敢-) 지존(至尊) 계신 셔궁(西宮)의 드러가리오?"

•••

129면

태ᄌᆡ(太子ㅣ) 다시 뎐어(傳語)ᄒᆞ시ᄃᆡ,

"법(法)이 비록 그러ᄒᆞ나 금(今)의 슉비(-妃) 환휘(患候ㅣ) ᄀᆞ장 듕(重)ᄒᆞ시니 잠간(暫間) 드러와 진ᄆᆡᆨ(診脈)ᄒᆞ이고뎌 ᄒᆞ미라."

샹셰(尙書ㅣ) ᄎᆞ언(此言)을 듯고 놀나 즉시(卽時) 궁인(宮人)을 ᄯᆞ와 드러갈ᄉᆡ 세 문(門)을 드러 졍뎐(正殿)의 니ᄅᆞ니 난향(蘭香) 계듁(桂竹)이 우거졋ᄂᆞᆫᄃᆡ 잉모(鸚鵡) 공쟉(孔雀)이 셔ᄅᆞ 우디디고 진쥬발(珍珠-)을 ᄌᆞ옥이 지웟ᄂᆞᆫᄃᆡ 집을 금(金)과 옥(玉)으로 ᄭᅮ며 빗난 광ᄎᆡ(光彩) 눈의 ᄇᆡ이고 향연(香煙)이 뇨뇨(裊裊)[523]히 니러나니 샹셰(尙書ㅣ) 눈을 ᄂᆞ초고 눈섭을 잠간(暫間) 변(變)ᄒᆞ야 당(堂)의 오ᄅᆞ니 수

---

521) 위회(慰懷): 위로함.
522) 명툐(命招): 명초. 임금의 명으로 신하를 부름.
523) 뇨뇨(裊裊): 요요. 가늘게 피어오름.

플 ᄀᆞᆺᄐᆞᆫ 궁애(宮娥ㅣ) 금슈(錦繡) 의복(衣服)을 저마다 ᄭᅵ으고 가야미 ᄢᅬᄃᆞᆺ ᄒᆞ엿ᄂᆞᆫᄃᆡ, 됴·가 이(二) 샹궁(尙宮)이 황쥬리(黃珠履)[524]ᄅᆞᆯ ᄭᅵ으고 향(香)을 잡아 샹셔(尙書)ᄅᆞᆯ 인도(引導)ᄒᆞ야 침뎐(寢殿)의 드러가매 비(妃) 산호상(珊瑚牀)의 녹운금(綠雲衾)

•••

130면

을 덥허 ᄌᆞᆷ연(潛然)이 누엇고 태ᄌᆡ(太子ㅣ) 농포옥ᄃᆡ(龍袍玉帶)[525]로 곗ᄐᆡ 안자 계시니 그 부귀(富貴)ᄒᆞ고 존(尊)ᄒᆞ미 손복(損福)[526]ᄒᆞᆯ ᄆᆞᄃᆡ라.

샹셰(尙書ㅣ) 심하(心下)의 탄식(歎息)ᄒᆞ고 즉시(卽時) 고두(叩頭)ᄒᆞ야 태ᄌᆞ(太子)긔 ᄉᆞᄇᆡ(四拜)ᄒᆞ고 비(妃)의 와상(臥床)을 향(向)ᄒᆞ야 ᄉᆞᄇᆡ(四拜) 부복(俯伏)ᄒᆞ니 태ᄌᆡ(太子ㅣ) 평신(平身)[527]ᄒᆞ라 ᄒᆞ시고 ᄀᆞᆯᄋᆞ샤ᄃᆡ,

“슉비(-妃) 블의(不意)예 환휘(患候ㅣ) 듕(重)ᄒᆞ시니 경(卿)이 잠간(暫間) 진ᄆᆡᆨ(診脈)ᄒᆞ야 명약(命藥)[528]ᄒᆞ라.”

샹셰(尙書ㅣ) 경아(驚訝)[529]ᄒᆞ야 이에 읍양(揖讓)ᄒᆞ야 나아가니 됴 샹궁(尙宮)과 가 샹궁(尙宮)이 나아가 비(妃)ᄅᆞᆯ 븟들매 비(妃) 그 거거(哥哥)의 와시믈 보고 금금(錦衾)을 헷티고 니러 안자 ᄉᆞ매ᄅᆞᆯ 잡으시고 오열(嗚咽) 뉴톄(流涕)ᄒᆞ시니 옥안(玉顏)이 수쳑(瘦瘠)ᄒᆞ고 화

524) 황쥬리(黃珠履): 황주리. 황색 구슬로 꾸민 신발.
525) 농포옥ᄃᆡ(龍袍玉帶): 용포옥대. 곤룡포와 옥띠.
526) 손복(損福): 복을 잃음.
527) 평신(平身): 엎드려 절한 뒤에 몸을 그 전대로 펴는 것.
528) 명약(命藥): 처방.
529) 경아(驚訝): 놀라고 의아해함.

뫼(花貌ㅣ) 이우러 병근(病根)이 쌔의 박혓는 둧ᄒᆞ니 샹셰(尙書ㅣ) 크게 놀나 고두(叩頭) 주왈(奏曰),

"셩휘(聖候ㅣ) 엇디 졸연(猝然)[530]이 이ᄃᆞ도

•••

131면

록 소약(衰弱)ᄒᆞ시며 슬허ᄒᆞ시믄 극(極)히 가(可)티 아니ᄒᆞ온디라 신(臣)이 연고(緣故)ᄅᆞᆯ 몰나 우민(憂悶)ᄒᆞ여이다."

비(妃) 더옥 슬허 크게 우ᄅᆞ시니 참참(慘慘)ᄒᆞᆫ 눈믈이 옷깃ᄉᆞᆯ 적시ᄂᆞᆫ디라. 샹셰(尙書ㅣ) 역시(亦是) 쇼ᄆᆡ(小妹)로 화됴월셕(花朝月夕)의 손을 잇그러 ᄋᆡ듕(愛重)ᄒᆞ던 졍니(情理)로 일됴(一朝)의 심궁(深宮)의 좀기여 어린 나히 셜워ᄒᆞᄆᆞᆯ 보니 잔잉ᄒᆞ미 극(極)ᄒᆞᆫ디라, 누슈(淚水)ᄅᆞᆯ 먹음고 복디무언(伏地無言)이러니 비(妃) 냥구(良久) 후(後) 겨유 ᄀᆞᆯ오ᄃᆡ,

"태태(太太) 셩톄(盛體) 엇더ᄒᆞ시니잇가?"

샹셰(尙書ㅣ) ᄃᆡ왈(對曰),

"무ᄉᆞ(無事)ᄒᆞ시거니와 낭낭(娘娘)이 텬위지쳑(天威咫尺)의 ᄉᆞ친(私親)을 ᄉᆞ렴(思念)ᄒᆞ샤 슬허ᄒᆞ시믄 도(道)ᄅᆞᆯ 일허 계시니 이러홈도 텬쉬(天數ㅣ)라 낭낭(娘娘)은 믈우(勿憂)ᄒᆞ시고 셩톄(盛體)ᄅᆞᆯ 샹(傷)히오디 마ᄅᆞ쇼셔."

인(因)ᄒᆞ야 나아가 ᄆᆡᆨ(脈)을 잡을ᄉᆡ 그 ᄑᆞᆯ히 프른 깁

530) 졸연(猝然): 갑작스러운 모양.

132면

을 ᄀᆞ리와시니 고이(怪異)히 넉이나 뭇디 못ᄒᆞ고 ᄆᆡᆨ 잡기ᄅᆞᆯ 이윽이 ᄒᆞᆫ 후(後) ᄆᆞ늬안자 말을 아니ᄒᆞ니,

태ᄌᆡ(太子ㅣ) 문왈(問曰),

"병근(病根)이 엇더ᄒᆞ뇨?"

샹셰(尙書ㅣ) 복지(伏地) 샤왈(謝曰),

"신(臣)의 누의 본ᄃᆡ(本-) 나히 열셰히오 긔골(氣骨)이 쟝(壯)티 못ᄒᆞ거ᄂᆞᆯ 뎐해(殿下ㅣ) 과음(過淫)ᄒᆞ샤 긔운이 다 혼약(昏弱)ᄒᆞ야시니 ᄯᅩ 범(犯)ᄒᆞ신즉 죽으미 반ᄃᆞ시 ᄒᆞᆯ디라 신(臣)이 감히(敢-) 약(藥)을 ᄡᅳ디 못ᄒᆞᆯ소이다."

태ᄌᆡ(太子ㅣ) 텽파(聽罷)의 믁연(默然)ᄒᆞ시다가 우어 ᄀᆞᆯᄋᆞ샤ᄃᆡ,

"슉비(-妃) 긔골(氣骨)이 슉셩(熟成)ᄒᆞ고 과인(寡人)이 비(妃)의 거즛 칭질(稱疾)ᄒᆞᄂᆞᆫ 병(病)의 속아 동낙(同樂)을 못ᄒᆞ엿다가 뎌뎍의야 ᄀᆞᆺ 알고 이에 와 비(妃)의 얼골을 보매 ᄎᆞᆷ디 못ᄒᆞ야 친(親)ᄒᆞ미 잇더니 병근(病根)이 일노 비로서실딘대 다시 범(犯)ᄒᆞ리오? 연(然)이나 현비(賢妃) 과

•••

133면

인(寡人)을 쟉죄(作罪)ᄒᆞ미 업시 통입골슈(痛入骨髓)[531]ᄒᆞ야 미음(米飮)도 아니 먹언 디 오라니 경(卿)은 권(勸)ᄒᆞ고 나가라."

샹셰(尙書ㅣ) 더옥 놀나 ᄂᆞᆺ출 우러러 비(妃)ᄅᆞᆯ 보고 졍ᄉᆡᆨ(正色)

531) 통입골슈(痛入骨髓): 통입골수. 억울하고 분한 마음이 골수에 깊이 사무침.

왈(曰),

"낭낭(娘娘)이 삼(三) 셰(歲)브터 ᄌᆞ당(慈堂) 교훈(敎訓)을 밧ᄌᆞ와 고금(古今)을 박남(博覽)ᄒᆞ고 또 쥬람(周南)과 쇼람(召南)[532]을 보디 아녀 계시니잇가? 이제 쳔승지군(千乘之君)의 ᄇᆡ필(配匹)이 되샤 블슌(不順)ᄒᆞ미 여ᄎᆞ(如此)ᄒᆞ고 어이 보젼(保全)ᄒᆞ리오? 모ᄅᆞ미 념ᄌᆞᄌᆡᄌᆞ(念茲在茲)[533]ᄒᆞ시고 쇼심익익(小心翼翼)[534]ᄒᆞ샤 뎐하(殿下) 분부(分付)대로 ᄒᆞ쇼셔."

비(妃) 더옥 슬허 날호여 ᄀᆞᆯ오ᄃᆡ,

"쇼ᄆᆡ(小妹) 엇디 이러미 이시리오? 거거(哥哥)ᄂᆞᆫ 념녀(念慮) 마ᄅᆞ쇼셔. 쇼ᄆᆡ(小妹) 요ᄉᆞ이 모친(母親) 그리온 ᄆᆞ옴이 하 심(甚)ᄒᆞ니 견ᄃᆡ디 못ᄒᆞᆯ디라. 거거(哥哥)ᄂᆞᆫ 이 ᄠᅳᆺ을 ᄉᆞᆲ와 쥬쇼셔."

샹셰(尙書ㅣ) ᄃᆡ왈(對曰),

"가(可)티 아니ᄒᆞ니 모

•••

134면

친(母親)이 엇디 무고(無故)히 이에 니ᄅᆞ시리오? 블셔 증이파(甑已破)[535]ᄒᆞ여시니 낭낭(娘娘)은 헛된 념녀(念慮)ᄅᆞᆯ 허비(虛費)티 마ᄅᆞ쇼셔. 뎐하(殿下)ᄅᆞᆯ 친(親)히 아라 사괴시고 부모(父母)ᄅᆞᆯ ᄉᆡᆼ각디 마

532) 쥬람(周南)과 쇼람(召南): 주남과 소남. 『시경(詩經)』의 편명(篇名).

533) 념ᄌᆞᄌᆡᄌᆞ(念茲在茲): 염자재자. 이를 생각해도 이에 있음. 하나만 생각한다는 뜻임. 순(舜)임금이 우(禹)에게 제위를 물려 주려 하자 우(禹)가 고요(皐陶)를 추천하면서 한 말. 즉, 『서경(書經)』, 「대우모(大禹謨)」에서 "이를 생각해도 이에 있으며, 이를 버려도 이에 있으며, 이를 명명하여 말함도 이에 있으며, 진실로 마음에서 나옴도 이에 있다. 念茲在茲, 釋茲在茲, 名言茲在茲, 允出茲在茲."라 함.

534) 쇼심익익(小心翼翼): 소심익익. 조심하고 공경함.

535) 증이파(甑已破): 시루가 이미 깨졌다는 뜻으로 이미 지난 일이라는 말임.

ᄅᆞ쇼셔.”

태ᄌᆡ(太子ㅣ) 우으시고 샹셔(尙書)ᄅᆞᆯ 향(向)ᄒᆞ야 비(妃)의 블슌(不順)ᄒᆞ믈 ᄀᆞ초 니ᄅᆞ시니 샹셔(尙書)ᄂᆞᆫ 미쇼(微笑)ᄒᆞ고 비(妃)ᄂᆞᆫ 졍ᄉᆡᆨ(正色) 브답(不答)ᄒᆞ시니 ᄎᆞᆫ 기운이 일실(一室)의 ᄀᆞ득ᄒᆞ니 샹셰(尙書ㅣ) ᄌᆞ못 팀음(沈吟)[536]ᄒᆞ야 말을 아니ᄒᆞ다가 두어 말노 온슌(溫順)ᄒᆞ시믈 간(諫)ᄒᆞ고 하딕(下直)고 믈너나니,

태ᄌᆡ(太子ㅣ) 즉시(卽時) 비(妃)의 손을 잡고 ᄀᆞᆯᄋᆞ샤ᄃᆡ,

“녕형(令兄)의 말이 ᄌᆞ못 올흐니 현비(賢妃)ᄂᆞᆫ 엇더케 넉이시ᄂᆞ뇨? 과인(寡人)이 비록 블쵸(不肖)ᄒᆞ나 현비(賢妃)의 슈샹(首相)[537]이어ᄂᆞᆯ 비(妃) 엇디 이ᄃᆡ도록 ᄆᆡ몰ᄒᆞ샤 연고(緣故) 업시 블근(不謹)ᄒᆞ시ᄂᆞ뇨?”

비(妃) 졍

•••

135면

ᄉᆡᆨ(正色) 믁연(默然)이오, 몸을 침애(枕厓)에 ᄇᆞ려 새로이 신음(呻吟)ᄒᆞ더라.

태ᄌᆡ(太子ㅣ) ᄎᆞ후(此後)ᄂᆞᆫ 감히(敢-) 친근(親近)티 못ᄒᆞ시나 냥뎐(兩殿) 문안(問安) 후(後)ᄂᆞᆫ 듀야(晝夜) 이에 계샤 위곡(委曲)[538]ᄒᆞᆫ 은졍(恩情)이 교칠(膠漆) ᄀᆞᄐᆞ시니 비(妃) 더옥 괴로오미 등의 가ᄉᆡ를 진 ᄃᆞᆺᄒᆞ야 증염(憎厭)ᄒᆞᄃᆡ 입을 열미 업더니,

ᄎᆞ시(此時) 됴비(-妃) 태ᄌᆡ(太子ㅣ) 일삭(一朔)이 디나ᄃᆡ 셔궁(西

536) 팀음(沈吟): 침음. 속으로 깊이 생각함.
537) 슈샹(首相): 수상. 으뜸 자리라는 뜻으로 여기에서는 남편을 이름.
538) 위곡(委曲): 찬찬하고 자세함.

宮)의 계시고 오디 아니시믈 대분(大憤)ᄒᆞ야 일일(一日)은 궁녀(宮女)를 명(命)ᄒᆞ야 슉비(-妃)를 잡아오라 ᄒᆞ니 태ᄌᆡ(太子ㅣ) 이 거동(擧動)을 보시고 어히업서 즉시(卽時) 명(命) 드러온 궁녀(宮女)를 가도시고 냥뎐(兩殿)의 드러가 주(奏)ᄒᆞᄃᆡ,

"니비(李妃) 근ᄂᆡ(近來)예 일병(一病)이 미류(彌留)[539]ᄒᆞ매 신(臣)이 년일(連日) 머므러 구병(救病)ᄒᆞ더니 됴비(-妃)의 무샹(無狀)ᄒᆞ미 슉비(-妃) 알으믈 비쳡(婢妾)ᄀᆞᆺ티 ᄒᆞ야 여ᄎᆞ여ᄎᆞ(如此如此)ᄒᆞᆫ 거

•••

136면

조ᄾ(擧措ㅣ) 이시니 셩샹(聖上)이 됴·니(李) 냥인(兩人)의 위ᄎᆞ(位次)를 졍(定)티 아니신 젼(前)은 피ᄎᆞ(彼此) 차등(差等)이 업거ᄂᆞᆯ 됴비(-妃) ᄒᆡᆼᄉᆡ(行事ㅣ) 이러ᄒᆞ니 다ᄉᆞ리믈 쳥(請)ᄒᆞᄂᆞ이다."

샹(上)이 텽파(聽罷)의 놀나샤 정ᄉᆡᆨ(正色) 왈(曰),

"부녀(婦女)의 투긔(妬忌)ᄂᆞᆫ 녀염(閭閻) 필부(匹夫)의 쳐ᄌᆞ(妻子)도 용샤(容赦)키 어렵거ᄂᆞᆯ ᄒᆞ믈며 뎨왕가(帝王家)ᄯᆞ녀. 네 사ᄅᆞᆷ의 가댱(家長)이 되야 그 샹벌(賞罰)을 임의(任意)로 ᄒᆞᆯ디니 날ᄃᆞ려 무를 배 아니로다."

셜파(說罷)의 됴후(-后)를 계틱(戒飭)[540] 왈(曰),

"현후(賢后)ᄂᆞᆫ ᄉᆞ졍(私情)으로ᄡᅥ 국가(國家)를 그ᄅᆞᆺ 밀ᄃᆞ디 마ᄅᆞ쇼셔."

드ᄃᆡ여 좌우(左右)를 엄틱(嚴飭)[541]ᄒᆞ샤ᄃᆡ,

539) 미류(彌留): 병이 오래 낫지 않음.
540) 계틱(戒飭): 계칙. 경계하여 타이름.
541) 엄틱(嚴飭): 엄칙. 엄하게 타일러 경계함.

"니(李) 슉비(-妃)의게 해(害)로온 일곳 이시면 삼족(三族)을 이(夷)[542] ᄒᆞ리라."

ᄒᆞ시니 됴휘(-后ㅣ) 황연(惶然)이 두려 말을 아니시고,

태ᄌᆡ(太子ㅣ) ᄇᆡ샤(拜謝)ᄒᆞ고 믈너나 동궁(東宮) 쥬디샹궁(主知尙宮)을 일삭(一朔)을 가

•••

137면

도시고 그 궁녀(宮女)ᄂᆞᆫ 졀도(絕島)의 뉴찬(流竄)ᄒᆞ시고 됴비(-妃)를 대칙(大責)ᄒᆞ샤 일망(一望)을 침뎐(寢殿)의 드럿게 ᄒᆞ시니 됴비(-妃) 비록 간악(奸惡)ᄒᆞ나 태ᄌᆞ(太子)의 위엄(威嚴)이 광풍졔월(光風霽月)[543] ᄀᆞᆺᄐᆞ시니 감히(敢-) 다시 방ᄌᆞ(放恣)티 못ᄒᆞ더라.

이적의 연왕(-王)이 금쥐(錦州) 가 무ᄉᆞ(無事)이 ᄃᆞᆫ녀 즉시(卽時) 경ᄉᆞ(京師)의 니ᄅᆞ러 부모(父母) 존당(尊堂)의 뵈ᄋᆞᆸ고 그날 궐하(闕下)의 샤은(謝恩)ᄒᆞ고 셔궁(西宮)의 니ᄅᆞ러 비(妃)를 볼ᄉᆡ 비(妃) 크게 반겨 강질(强疾)[544] ᄒᆞ야 몸을 니러 부군(父君)을 보고 반기미 과(過)ᄒᆞ야 눈믈을 흘리니 왕(王)이 그 병(病)드러시믈 놀나 나아가 손을 잡고 ᄀᆞᆯ오ᄃᆡ,

"ᄂᆡ 두어 ᄃᆞᆯ 경ᄉᆞ(京師)를 ᄯᅥ나시매 그ᄉᆞ이 비(妃)의 환휘(患候ㅣ) 이러ᄒᆞ시믈 ᄯᅳᆺᄒᆞ디 못ᄒᆞ거이다."

비(妃) 온화(溫和)이 ᄃᆡ왈(對曰),

---

542) 이(夷): 멸함.

543) 광풍제월(光風霽月): 광풍제월. 비가 갠 뒤의 맑게 부는 바람과 밝은 달이라는 뜻으로, 마음이 넓고 쾌활하여 아무 거리낌이 없는 인품을 비유적으로 이르는 말.

544) 강질(强疾): 병을 무릅씀.

"마춤 우연(偶然)혼 병(病)이 조못 미류(彌留)ᄒ더니 요ᄉ이는

•••

138면

져기 나아숩는디라 과려(過慮)티 마ᄅ쇼셔."

왕(王)이 그 약골(弱骨)이 쵸체(憔悴)ᄒ엿시믈 잔잉ᄒ야 ᄆᆡᆨ(脈)을 볼ᄉᆡ 두 손목의 프른 깁을 ᄀ리왓거ᄂᆯ 옥(玉) ᄀ튼 가족이 다 으처뎌 닥지 만창(滿瘡)[545]ᄒ야 아모랏거ᄂᆯ 왕(王)이 대경(大驚)ᄒ야 연고(緣故)ᄅᆯ 무ᄅ니 비(妃) 홀연(忽然) 웃고 ᄀᆯ오ᄃᆡ,

"야애(爺爺ㅣ) 쇼녜(小女ㅣ) 금듕(禁中)의 드는 날 이러ᄒᆯ 줄 모ᄅ시더니잇가?"

왕(王)이 소ᄅᆡᄅᆯ ᄂ초와 ᄀᆯ오ᄃᆡ,

"ᄂᆡ 진실노(眞實-) 아디 못ᄒᄂ니 낭낭(娘娘)은 ᄌ시 이ᄅ라."

비(妃) 왕(王)의 무릅희 머리ᄅᆯ 언져 왈(曰),

"야야(爺爺)는 보쇼셔."

왕(王)이 ᄌ시 보니 두골(頭骨)이 ᄴ여져 피 영긔엿더라. 왕(王)이 더옥 놀나고 ᄋᆡ련(哀憐)ᄒ야 샹연(傷然)이 누쉬(淚水ㅣ) 농포(龍袍)의 ᄣ러지니 비(妃) ᄯ혼 톄읍(涕泣) 왈(曰),

"부뫼(父母ㅣ) 므ᄉᆷᄒ라 블쵸녀(不肖女)ᄅᆯ 두샤 이러틋 보기 슬흔 거

•••

139면

545) 만창(滿瘡): 부스럼이 가득함.

동(擧動)을 보시ᄂᆞ뇨? 쇼녜(小女ㅣ) 부모(父母) 그리온 ᄆᆞᄋᆞᆷ이 시시(時時)로 더ᄒᆞ니 아마도 죽을가 시븐 가온대 뎌 태ᄌᆡ(太子ㅣ) 인군(人君)의 위의(威儀)ᄅᆞᆯ 가지시고 이러ᄐᆞᆺ 구타(毆打)ᄒᆞ니 댱ᄂᆡ(將來)ᄅᆞᆯ 가디(可知)라 쇼녜(小女ㅣ) 엇디 셟디 아니ᄒᆞ리오?"

왕(王)이 텽파(聽罷)의 눈믈을 거두고 가연이 우어 왈(曰),

"ᄂᆡ 일즉 ᄉᆞ랑ᄒᆞᄂᆞᆫ 안해ᄅᆞᆯ 죽여도 눈믈이 아니 나더니 낭낭(娘娘)의 옥톄(玉體) 샹(傷)ᄒᆞ시믈 보매 ᄎᆞᆷ디 못ᄒᆞ니 이거시 처엄으로 어더 너모 ᄉᆞ랑ᄒᆞ고 현비(賢妃) 나의게 과(過)히 교ᄋᆡ(巧愛)[546] ᄒᆞᆫ 탓시로소이다. 연(然)이나 동궁(東宮) 뎐해(殿下ㅣ) 무고(無故)히 이러ᄐᆞᆺ 아니시리니 낭낭(娘娘)의 소실(所失)을 듯고져 ᄒᆞ노라."

비(妃) 다시 ᄐᆞᆫ셩(歎聲) 왈(曰),

"쇼녜(小女ㅣ) 야야(爺爺)와 모친(母親) 품을 ᄯᅥ나나 고요히 심궁(深宮)의 이시니 져기 낫더니 태ᄌᆞ(太子) 뎐하(殿下)의 장대(長大)코

•••

140면

흉ᄆᆡᆼ(凶猛)ᄒᆞᆫ 거동(擧動)이 보기 놀나오니 엇디 그 가온대 졍(情)을 알니오?"

ᄒᆞ고 긴 말을 ᄒᆞ고져 ᄒᆞᆯ 적 태ᄌᆡ(太子ㅣ) 블셔 이에 와 계시니 연왕(-王)과 비(妃) 말ᄉᆞᆷᄒᆞ믈 드ᄅᆞ시노라 댱(帳) 밧긔 계시다가 믄득 드러오시니, 왕(王)이 놀나 급(急)히 ᄂᆞ려 ᄉᆞ빈(四拜)ᄒᆞᆫ대 태ᄌᆡ(太子ㅣ) 미미(微微)히 우으시고 ᄀᆞᆯᄋᆞ샤ᄃᆡ,

"황댱(皇丈)이 어ᄂᆞ ᄣᅢ예 와 계시더니잇고?"

---

546) 교ᄋᆡ(巧愛): 교애. 어여삐 여기고 사랑함.

왕(王)이 딕왈(對曰),

"굿 왓숩더니이다."

태지(太子ㅣ) 우쇼(又笑) 왈(曰),

"비(妃)의 병(病)들믈 엇더케 넉이시ᄂᆞ뇨?"

왕(王)이 딕왈(對曰),

"신(臣)이 오래 고향(故鄕)의 갓다가 이에 니ᄅᆞ매 병셰(病勢) 심(甚)히 듕(重)ᄒᆞ오니 경악(驚愕)ᄒᆞ믈 이긔디 못ᄒᆞᆯ소이다."

태지(太子ㅣ) 비(妃)의 손을 잡아 왕(王)을 뵈시며 우어 ᄀᆞᆯᄋᆞ샤딕,

"슉비(-妃) 이런 큰 긔골(氣骨)을 가지고 과인(寡人)을 믈니티매 과인(寡人)이 이긔려 ᄒᆞ

•••

141면

야 잠간(暫間) ᄃᆞᆫᄃᆞᆫ이 잡으미 이러ᄒᆞ엿시니 의심(疑心)컨대 혈육(血肉)이 아닌가 ᄒᆞᄂᆞ이다."

인(因)ᄒᆞ야 젼후슈말(前後首末)을 니ᄅᆞ시고 왈(曰),

"황댱(皇丈)은 모ᄅᆞ미 ᄯᆞᆯ을 경계(警戒)ᄒᆞ쇼셔. 과인(寡人)이 년쇼(年少) 남ᄌᆞ(男子)로 비(妃)의 블슌(不順)ᄒᆞ믈 ᄎᆞᆷ기 어려워이다."

왕(王)이 태ᄌᆞ(太子)의 님나미[547] 이러ᄒᆞ믈 어히업서 정식(正色) 왈(曰),

"뎐하(殿下)ᄂᆞᆫ 존듕(尊重)ᄒᆞ시고 ᄋᆞ녀ᄌᆞ(兒女子)의게 팀닉(沈溺)ᄒᆞ시디 아니실딘대 녀ᄋᆡ(女兒ㅣ) 엇디 군왕(君王) 안젼(顔前)의 블슌(不順)ᄒᆞ리오?"

---

547) 님나미: 하는 짓이나 말이 분수에 넘치는 것이.

태ᄌᆡ(太子ㅣ) 대쇼(大笑)ᄒᆞ시고 ᄀᆞᆯᄋᆞ샤ᄃᆡ,

"비(妃)의 블슌(不順)ᄒᆞ믈 그 샹텨(傷處)로 아ᄅᆞ실디니이다."

인(因)ᄒᆞ야 비(妃)로 병좌(竝坐)ᄒᆞ야 ᄌᆞ로 도라보와 우음을 먹음으시니 왕(王)이 블안(不安)ᄒᆞ야 즉시(卽時) 하ᄃᆡᆨ(下直)고 나오며 비(妃)ᄅᆞᆯ ᄎᆡᆨ(責)ᄒᆞ야 온슌(溫順)ᄒᆞ믈 니ᄅᆞ고,

집의 도라와 후(后)ᄅᆞᆯ

•••

142면

ᄃᆡ(對)ᄒᆞ야 태ᄌᆞ(太子)의 넘나믈 일ᄏᆞᆺ거ᄂᆞᆯ 휘(后ㅣ) 놀나 ᄀᆞᆯ오ᄃᆡ,

"녀염(閭閻) 쇼쇼(小小) 녀ᄌᆞ(女子)도 가군(家君)을 위월(違越)[548] 티 못ᄒᆞ거ᄂᆞᆯ ᄒᆞ믈며 군부(君婦)ᄯᆞ녀."

즉시(卽時) 녀교(女敎)ᄅᆞᆯ 지어 팔덕(八德)[549]으로 경계(警戒)ᄒᆞ야 셔궁(西宮)으로 보ᄂᆡ니,

비(妃) 바다 보고 ᄒᆞᆫ 번(番) 보시매 일ᄌᆞ일언(一字一言)이 다 흉금(胸襟)이 샹쾌(爽快)ᄒᆞ니 ᄇᆡ야흐로 ᄌᆞ긔(自己) ᄆᆡ몰ᄒᆞ믈 ᄭᆡ드라 봉ᄒᆡᆼ(奉行)[550]ᄒᆞ믈 회답(回答)ᄒᆞ고,

병(病)을 됴리(調理)ᄒᆞ야 나으매 냥뎐(兩殿)의 문안(問安)ᄒᆞ니, 샹(上)이 그 ᄲᅢ혀난 ᄉᆡᆨᄐᆡ(色態)ᄅᆞᆯ 크게 ᄉᆞ랑ᄒᆞ시고 됴후(-后)ᄂᆞᆫ ᄉᆡ애(猜捱)[551]ᄒᆞ시나 샹(上)을 두려 ᄌᆞᆷᄌᆞᆷ(潛潛)ᄒᆞ시더라.

태ᄌᆡ(太子ㅣ) 비(妃)의 영차(贏差)[552]ᄒᆞ믈 깃그샤 ᄎᆞ후(此後) 은졍

---

548) 위월(違越): 약속 따위를 지키지 않고 어김.

549) 팔덕(八德): 인(仁), 의(義), 예(禮), 지(智), 충(忠), 신(信), 효(孝), 제(悌)의 여덟 가지 덕.

550) 봉ᄒᆡᆼ(奉行): 봉행. 받들어 행함.

551) ᄉᆡ애(猜捱): 시애. 시기함.

552) 영차(贏差): '쾌차'의 뜻으로 보이나 미상임.

(恩情)이 과도(過度)ᄒᆞ매 갓가오시니 비(妃) 블열(不悅)ᄒᆞ나 감히(敢-) 믈니티디 못ᄒᆞ고 텬시(天時)

•••

143면

되여 가는 양(樣)만 볼 ᄯᆞ름이니 됴 시(氏)의 원심(怨心)이 날노 깁허 ᄆᆞᄎᆞᆷ내 대화(大禍)를 브ᄅᆞ니라.

니시셰딕록(李氏世代錄) 권지십이(卷之十二)

•••

1면

차셜(且說). 기국공(--公) 댱ᄌ(長子) 원문의 ᄌ(字)ᄂᆞᆫ 닌뵈니 ᄎᆞ시(此時) 년(年)이 십뉵(十六) 셰(歲)라. 풍치(風采) 편편(翩翩)[553] ᄒᆞ야 삼춘(三春) 양뉴(楊柳)와 계젼(階前) 년화(蓮花) ᄀᆞᄐᆞ니 긔이(奇異)ᄒᆞᆫ 용뫼(容貌ㅣ) 부풍모습(父風母習)[554] ᄒᆞ야 녜부(禮部) 등(等)의 디디 아니ᄒᆞ니 조부뫼(祖父母ㅣ) ᄉᆞ랑ᄒᆞ고 기국공(--公)과 최 부인(夫人)이 극ᄋᆡ(極愛)[555] ᄒᆞ야 신부(新婦)를 근심ᄒᆞᆯ식,

션시(先時)의 김 어ᄉᆡ(御史ㅣ) 원문으로 졍혼(定婚)ᄒᆞ고 냥ᄋᆞ(兩兒)의 자라믈 기ᄃᆞ리다가 블힝(不幸)ᄒᆞ야 김 공(公)이 졸(卒)ᄒᆞ고 그 부인(夫人) 양 시(氏) 필녀(畢女)와 일(一) ᄌ(子)를 거ᄂᆞ려 녕뎡고고(零丁孤孤)[556]히 삼년(三年)을 디내니 기국공(--公)이 크게 참연(慘然)ᄒᆞ야 초상(初喪)과 장ᄉᆞ(葬事)의 극진(極盡)이 돌보고 김 공(公) 집이 본ᄃᆡ(本-) 가난ᄒᆞ기 극(極)ᄒᆞ고 그

553) 편편(翩翩): 풍채가 멋스럽고 좋음.
554) 부풍모습(父風母習): 모습이나 언행이 아버지와 어머니를 고루 닮음.
555) 극ᄋᆡ(極愛): 극애. 지극히 사랑함.
556) 녕뎡고고(零丁孤孤): 영정고고. 의지할 곳 없이 외로움.

•••

2면

여러 형(兄)이 김듕과 김희 이시딕 극(極)히 무도(無道)ᄒᆞ야 뎨수(諸嫂)를 거ᄂᆞ리디 아니ᄒᆞ고 딜아(姪兒) 등(等)을 무휼(撫恤)[557]티 아니ᄒᆞ니 니(李) 공(公) 등(等)이 무상(無狀)[558]이 너기나 시비(是非)를 아니코 ᄌᆞ개(自家ㅣ) 극진(極盡)이 돌보아 삼년(三年)을 ᄆᆞᄎᆞ니,

기국공(--公)이 깃거ᄒᆞ야 혼인(婚姻)을 ᄒᆞ여디라 ᄒᆞ니 김 공(公) 부인(夫人)이 아마도 형세(形勢) 업ᄉᆞ니 수년(數年)을 기ᄃᆞ리쟈 ᄒᆞ니 기국공(--公)이 ᄀᆞᆯ오ᄃᆡ,

"쟉슈(勺水)[559] 셩녜(成禮)를 ᄒᆞ야도 무방(無妨)ᄒᆞ니 ᄒᆞᆯ롤 지류(遲留)[560]티 못ᄒᆞᆯ로다."

ᄒᆞ고 튁일(擇日)ᄒᆞ야 보ᄂᆡ고 신부(新婦)의 ᄌᆞ장(資裝)[561]을 신ᄀᆞ디 출혀 뎡일(定日)의 김부(-府)로 보ᄂᆡ고 공ᄌᆞ(公子)를 위의(威儀)를 ᄀᆞᆺ초와 김부(-府)로 보ᄂᆡ니,

공ᄌᆡ(公子ㅣ) 김부(-府)의 니ᄅᆞ러 뎐안(奠雁)[562]을 ᄆᆞᆺ고 신부(新婦) 샹교(上轎)를 지촉ᄒᆞ니 김 부인(夫人)이 신낭(新郎)의 쥰호(俊豪)[563]ᄒᆞᆫ 풍치(風采)를

557) 무휼(撫恤): 어려운 처지에 있는 사람을 불쌍히 여겨 위로하고 물질로 도움.
558) 무상(無狀): 사리에 밝지 못함.
559) 쟉슈(勺水): 작수. 한 구기의 물.
560) 지류(遲留): 오래 머무름.
561) ᄌᆞ장(資裝): 자장. 시집갈 때 가지고 가는 혼수.
562) 뎐안(奠雁): 전안. 혼인 때 신랑이 신부 집에 기러기를 가져가서 상위에 놓고 절하는 예.
563) 쥰호(俊豪): 준호. 도량이 크고 호탕함. 또는 그런 사람.

•••

3면

두굿기나 망부(亡夫)를 싱각고 눈믈을 무수(無數)히 흘려 오열(嗚咽) 비샹(悲傷)ᄒᆞ며 쏘 녀ᄋᆞ(女兒)의 결속(結束)[564]을 ᄒᆞᆫ 가지도 못 ᄒᆞ야 뎌곳의셔 ᄒᆞ믈 븟그리고 셜우미 층가(層加)ᄒᆞ야 읍읍(悒悒)[565] ᄐᆞᆫ셩(呑聲)[566]ᄒᆞ믈 마디아니ᄒᆞ더라.

김 쇼졔(小姐ㅣ) 응장(凝粧)[567]으로 교ᄌᆞ(轎子)의 오ᄅᆞ매 공지(公子ㅣ) 봉교(封轎)ᄒᆞ야 부듕(府中)의 도라와 독좌(獨坐)ᄒᆞ고 존당(尊堂) 구고(舅姑)긔 폐ᄇᆡᆨ(幣帛)을 나오니 모다 밧비 눈을 들매 신뷔(新婦ㅣ) 크게 ᄇᆞ라던 바와 크게 달나 킈 크고 허리 퍼디고 ᄂᆞᆺ치 희고 코히 잠간(暫間) ᄆᆞᆯ니 셔디 아니코 입은 곱고 눈은 명경(明鏡) ᄀᆞᄐᆞ나 낫 모양이 둥글고 녜ᄉᆞ(例事) 확실(確實) 유덕(有德)ᄒᆞᆫ 녀ᄌᆡ(女子ㅣ)오, 귀 크기 뉴(類)다ᄅᆞᄃᆡ 다시 볼 거시 업더라. 구괴(舅姑ㅣ) 실ᄉᆡᆨ(失色)ᄒᆞ야 서운이 넉이ᄃᆡ 승샹(丞相) 부뷔(夫婦ㅣ) 크게 깃거 왈(曰),

"신뷔(新婦ㅣ) 이러ᄐᆞᆺ 긔특(奇特)

•••

4면

ᄒᆞ니 가문(家門)을 흥(興)ᄒᆞ리니 엇디 깃브디 아니ᄒᆞ리오?"

드ᄃᆡ여 시녀(侍女)를 거록히 샹ᄉᆞ(賞賜)ᄒᆞ고 남공(-公) 등(等)이 유복(有福)ᄒᆞᆫ 녀ᄌᆡ(女子ㅣ)라 ᄒᆞ야 기리믈 마디아니ᄒᆞ니, ᄀᆡ국공(--公)이

---

564) 결속(結束): 시집갈 때의 단장.
565) 읍읍(悒悒): 근심하는 모양.
566) ᄐᆞᆫ셩(呑聲): 탄성. 소리를 삼킴.
567) 응장(凝粧): 응장. 곱게 화장함.

쏘흔 ᄉᆞ싁(辭色)디 아니코 져므도록 즐겨 셕양(夕陽)의 파연(罷宴)ᄒᆞ고 신부(新婦)를 슉소(宿所)로 보ᄂᆡ고 공ᄌᆞ(公子)를 지쵹ᄒᆞ야 보ᄂᆡ니 이는 힝혀(幸-) 그 ᄌᆞ싁(姿色)을 남으라 졍(情)이 업술가 너기ᄃᆡ,

공ᄌᆡ(公子ㅣ) 조곰도 미흡(未洽)히 넉이디 아니코 흔연(欣然)흔 안싁(顔色)으로 신방(新房)의 나아가 쇼져(小姐)를 잇그러 원위(鴛幃)[568]예 나아가 냥졍(兩情)을 ᄆᆡᄌᆞ매 그 은졍(恩情)의 지극(至極)ᄒᆞ미 원앙(鴛鴦) 공츄(孔翠)[569] ᄀᆞᆺ더라.

ᄎᆞ야(此夜)의 남공(-公) 등(等) 졔인(諸人)이 흔 당(堂)의 모다 말숨홀ᄉᆡ 기국공(--公)이 신부(新婦)의 외뫼(外貌ㅣ) 부족(不足)ᄒᆞ믈 일ᄏᆞᆺ거늘 남공(-公) 왈(曰),

"녀ᄌᆞ(女子)

•••

5면

는 덕(德)이 귀(貴)ᄒᆞ고 부뷔(夫婦ㅣ) 죵요로이 화락(和樂)홀시 웃듬이니 김 시(氏) 비록 졀싁(絕色)이 못 되나 조하[570] 유한(幽閑)흔 녀ᄌᆡ(女子ㅣ)오, 망우(亡友)의 소탁쟈(所託子)[571]로 ᄂᆡ ᄌᆞ식(子息)이 된 후(後) 부족(不足)흔 뜻을 두ᄂᆞ뇨?"

연왕(-王)이 쏘흔 웃고 왈(曰),

"나의 두 며ᄂᆞ리 싁(色)이 텬하(天下)의 독보(獨步)ᄒᆞ므로 ᄀᆞᆺ기믈 텬하(天下)의 업시 ᄒᆞ엿시니 진실노(眞實-) 국싁(國色)[572]이 블관(不

---

568) 원위(鴛幃): 원앙이 수놓인 휘장.
569) 공츄(孔翠): 공취. 공작.
570) 조하: 행동, 행실 따위가 깔끔하고 얌전하여.
571) 소탁쟈(所託子): 소탁자. 부탁한 자식.
572) 국싁(國色): 국색. 임금이 혹하여 나라가 기울어져도 모를 정도의 미인이라는 뜻으로, 뛰어나

關)[573]ᄒᆞᆫ디라. 김 시(氏) ᄀᆞᆺᄐᆞᆫ 며ᄂᆞ리를 엇고져 ᄒᆞᆫ들 쉬오랴?"

기국공(--公)이 ᄯᅩᄒᆞᆫ 웃더라.

최 부인(夫人)이 신부(新婦)를 미흡(未洽)히 넉이고 위 시(氏), 녀 시(氏), 양 시(氏)의게 들매 와셕(瓦石) ᄀᆞᆺᄐᆞ니 애ᄃᆞᆯ오믈 이긔디 못ᄒᆞ나 텬셩(天性)이 극(極)히 ᄌᆞ인(慈仁)ᄒᆞ고 상냥 소통(疏通)[574]ᄒᆞᆫ디라 ᄉᆞ식(辭色)디 아니코 극진(極盡)이 무휼(撫恤)ᄒᆞ니 김 시(氏) 인(因)ᄒᆞ야 머므러 효봉구고(孝奉舅姑)[575]와 대인뎝믈(對人接物)[576]이 유한뎡졍(幽閑貞靜)[577]

•••

6면

ᄒᆞ야 슉녀(淑女)의 틀이 잇고 공(公)과 부인(夫人)의 감지(甘旨)[578]를 친(親)히 밧드러 효셩(孝誠)이 지극(至極)ᄒᆞ니 공(公)의 부뷔(夫婦ㅣ) 다시 부족(不足)ᄒᆞᆫ ᄉᆞ식(辭色)을 아니ᄒᆞ고 ᄉᆞ랑ᄒᆞ미 극진(極盡)ᄒᆞ야 ᄆᆡᄉᆞ(每事)를 두호(斗護)[579]ᄒᆞ며 ᄆᆞ음 맛기믈 못 미ᄎᆞᆯ ᄃᆞ시 ᄒᆞ고 공ᄌᆡ(公子ㅣ) 은ᄋᆡ(恩愛) 진듕(鎭重)ᄒᆞ야 슈유블니(須臾不離)[580]ᄒᆞ니 군죵(群從)이 긔롱(譏弄)ᄒᆞ고 일개(一家ㅣ) 김 시(氏)의 위인(爲人)을 칭앙(稱仰)ᄒᆞ야 밀위여 대졉(待接)ᄒᆞ더라.

게 아름다운 미인을 이르는 말. 경국지색(傾國之色)

573) 블관(不關): 불관. 긴요하지 않음.

574) 소통(疏通): 막히지 않고 잘 통함.

575) 효봉구고(孝奉舅姑): 효성으로 시부모를 봉양함.

576) 대인뎝믈(對人接物): 대인접물. 남과 접촉하여 사귐.

577) 유한뎡졍(幽閑貞靜): 유한정정. 그윽하며 곧고 고요하다는 뜻으로 부녀의 인품이 매우 얌전하고 점잖음을 말함.

578) 감지(甘旨): 맛이 좋은 음식. 맛난 음식으로 부모를 봉양하는 것.

579) 두호(斗護): 남을 두둔하며 보호함.

580) 슈유블니(須臾不離): 수유불리. 잠시도 떨어지지 않음.

당초(當初) 김 공(公)이 ᄀᆞᆺ 급뎨(及第)ᄒᆞ야 쳥딕(淸職)의 잇다가 즉시(卽時) 죽고 놈의 여럿 재 아들노 셰뎐(世傳)[581]ᄒᆞᄂᆞᆫ 뎐답(田畓)이 업ᄉᆞ니 김 공(公) 부인(夫人)이 여러 ᄯᆞᆯ 혼인(婚姻)의 젹패(積敗)[582]ᄒᆞ야 빈한(貧寒)ᄒᆞ미 ᄀᆞ이업시 디ᄂᆡ엿더니, 김 시(氏) 엇디 ᄉᆡᆨ(色) 잇ᄂᆞᆫ 옷슬 닙어 보와시며 ᄣᆡ예 밥을 일일이(一一-) 먹어시리오.

ᄀᆞ업ᄉᆞᆫ 고초(苦楚)를 격다가 밋 니

•••

7면

부(李府)의 니ᄅᆞ매 일(一) 개(個) 차두(叉頭)[583]도 ᄃᆞ려오디 아니ᄒᆞ고 옷 ᄒᆞ나흘 가져오디 아녀시ᄃᆡ 놉고 빗난 당(堂)의 금슈(錦繡) 의복(衣服)이 그ᄅᆞ시 ᄎᆞ고 진찬(珍饌)[584]이 입의 그ᄎᆞᆯ 적이 업ᄉᆞ며 구고(舅姑)의 무휼(撫恤)ᄒᆞ미 두터오니 일신(一身)의 복(福)됨과 신셰(身世)의 빗나미 젼일(前日)노 비(比)컨대 쇼양(霄壤)[585]이 판단(判斷)ᄒᆞ여시니 스ᄉᆞ로 감회(感懷)ᄒᆞ고 모친(母親)의 괴로오믈 ᄉᆡᆼ각ᄒᆞ야 즐기디 아니ᄒᆞ고 공ᄌᆞ(公子)의 은ᄋᆡ(恩愛) 최듕(最重)[586]ᄒᆞ미 극(極)ᄒᆞᄃᆡ ᄒᆞᆫ 번(番) ᄉᆞ졍(私情)을 ᄂᆡ셜(內說)[587]ᄒᆞ야 니ᄅᆞ디 아니ᄒᆞ나,

공ᄌᆡ(公子ㅣ) ᄌᆞ로 김부(-府)의 가 악모(岳母)의 고초(苦楚)ᄒᆞ믈 보고 측은(惻隱)이 너겨 부친(父親)긔 고(告)ᄒᆞ고 딘보(珍寶) ᄀᆞᆺᄐᆞᆫ ᄌᆡ믈(財物)을 ᄌᆞ로 보ᄂᆡ야 긔한(飢寒)을 닛게 ᄒᆞ니 일시인(一時人)이 기

581) 셰뎐(世傳): 세전. 대대로 전함.
582) 젹패(積敗): 적패. 몹시 지침.
583) 차두(叉頭): 차환(叉鬟)과 창두(蒼頭). 계집종과 사내종.
584) 진찬(珍饌): 맛있는 음식.
585) 쇼양(霄壤): 소양. 하늘과 땅.
586) 최듕(最重): 최중. 가장 깊음.
587) ᄂᆡ셜(內說): 내설. 속의 것을 이야기함.

국공(--公) 의긔(義氣)롤 아니 긔특(奇特)이 넉이리

•••

8면

업ᄉᆞ며 김 부인(夫人)이 감샤(感謝)ᄒᆞ믈 이긔디 못ᄒᆞ더라.

김 시(氏) 일신(一身)이 이러ᄐᆺ 존귀(尊貴)ᄒᆞ나 죠곰도 사ᄅᆞᆷ을 향(向)ᄒᆞ야 존(尊)ᄒᆞ믈 나타ᄂᆡ디 아니ᄒᆞ고 일가(一家) 비복(婢僕)의 은혜(恩惠)롤 고로로 기텨 큰 ᄠᅳᆺ과 너른 도량(度量)이 일가(一家)의 칭ᄋᆡ(稱愛)[588] ᄒᆞ미 되엿더라.

챠셜(且說). 니(李) 안찰(按察)이 절월(節鉞)[589]을 거ᄂᆞ려 일로(一路)의 무ᄉᆞ(無事)히 ᄒᆡᆼ(行)ᄒᆞ야 산동(山東)의 니ᄅᆞ니, 본쥐(本州) 태슈(太守) 디현(知縣) 군슈(郡守) 등(等)이 각각(各各) 십(十) 니(里)의 마자 지영(祗迎)[590]ᄒᆞ야 아(衙)의 드러가 진젼(進前) ᄇᆡ(拜)롤 ᄆᆞᆺ고 공ᄉᆞ(公事)롤 드려 취품(就稟)[591]ᄒᆞ니 뎜검(點檢)이 일일히(一一-) 결(決)ᄒᆞ매 그 신명(神明)ᄒᆞ미 귀신(鬼神)이 겻ᄐᆞᆯ 돕ᄂᆞᆫ ᄃᆞᆺᄒᆞ니 대쇼(大小) 관뇌(官僚ㅣ) 아니 칭찬(稱讚)ᄒᆞ리 업더라.

태싊(太守ㅣ) 뉴적(流賊)[592]의 셰(勢) 크믈 고(告)ᄒᆞ니 뎜검(點檢)이 미쇼(微笑) 브답(不答)ᄒᆞ고 ᄎᆞ후(此後)

---

588) 칭ᄋᆡ(稱愛): 칭애. 칭찬하고 사랑함.

589) 절월(節鉞): 절월. 절부월(節斧鉞). 관리가 지방에 부임할 때에 임금이 내어 주던 물건. 절은 수기(手旗)와 같이 만들고 부월은 도끼와 같이 만든 것으로, 군령을 어긴 자에 대한 생살권(生殺權)을 상징함.

590) 지영(祗迎): 공경해 맞음.

591) 취품(就稟): 취품. 웃어른께 나아가 여쭘.

592) 뉴적(流賊): 유적. 떠돌아다니며 사람을 해치고 재물을 빼앗는 도둑.

•••

9면

덕졍(德政)을 인의(仁義)로 ᄒᆡᆼ(行)ᄒᆞ며 창고(倉庫)ᄅᆞᆯ 여러 녀민(黎民)[593]을 진졔(振濟)[594]ᄒᆞ고 옥숑(獄訟)을 결단(決斷)ᄒᆞ미 유죄(有罪) 무죄(無罪)ᄅᆞᆯ ᄇᆞᆰ히 아라 수월(數月)을 다ᄉᆞ리니 산동(山東) 일경(一境)이 크게 풍화(風化)ᄒᆞ야 ᄋᆞ동주졸(兒童走卒)[595]이 다 니(李) 안찰(按察)의 셩덕(盛德)을 외오고 남녜(男女ㅣ) 길흘 ᄉᆞ양(辭讓)ᄒᆞ더니 뉴적(流賊)이 변(變)ᄒᆞ야 ᄒᆡ음업시[596] 냥민(良民)이 되니 삼ᄉᆞ(三四) 삭(朔)이 못 ᄒᆞ야 산동(山東)이 평뎡(平定)ᄒᆞᆫ디라. 슬프다, ᄆᆡᆼᄌᆡ(孟子ㅣ) ᄀᆞᆯᄋᆞ샤ᄃᆡ, '니루지명(離婁之明)[597]과 공슈ᄌᆞ지교(公輸子之巧)[598]로도 블이규귀(不以規矩)[599]면 브릉셩방원(不能成方員)[600]이오 ᄉᆞ광지춍(師曠之聰)[601]으로도 블이[602]뉵뉼(不以六律)[603]이면 브릉졍[604]

---

593) 녀민(黎民): 여민. 백성.

594) 진졔(振濟): 진제. 가난하고 어려운 사람을 구제함.

595) ᄋᆞ동주졸(兒童走卒): 아동주졸. 아이들과 여기저기 돌아다니며 심부름하는 사람.

596) ᄒᆡ음업시: 하염없이.

597) 니루지명(離婁之明): 이루지명. 이루의 눈 밝음. 이루는 중국 황제(黃帝) 시대의 사람으로 눈이 밝기로 유명해 백 보 밖에서 추호(秋毫)의 끝을 알아볼 수 있었다고 전해짐.

598) 공슈ᄌᆞ지교(公輸子之巧): 공수자지교. 공수자(B.C.507-B.C.444)의 기교. 공수자는 중국 춘추시대 노(魯)나라 사람으로 성은 희(姬), 씨는 공수(公輸), 이름은 반(班)으로 공수자는 그의 씨를 높여 부른 이름임. 노나라 사람이라서 관례적으로 노반(魯班)으로 불림. 중국 건축과 목장(木匠)의 비조로 일컬어짐.

599) 블이규귀(不以規矩): 불이규구. 규구로써 하지 않음. 규구는 목수가 쓰는 그림쇠, 곱자를 이름.

600) 브릉셩방원(不能成方員): 불능성방원. 네모나고 둥근 것을 잴 수 없음.

601) ᄉᆞ광지춍(師曠之聰): 사광지총. 사광의 귀 밝음. 사광은 중국 춘추시대 진(晉)나라 사람으로 자는 자야(子野)로 저명한 악사(樂師)임. 눈이 보이지 않아 스스로 맹신(盲臣), 명신(瞑臣)으로 부름. 진(晉)나라에서 대부(大夫) 벼슬을 했으므로 진야(晋野)로 불리기도 함. 음악에 정통하고 거문고를 잘 탔으며 음률을 잘 분변했다 함.

602) 이: [교] 원문에는 이 뒤에 '졍'이 있으나 이 구절의 출처인 『맹자』에는 이 글자에 해당하는 한자가 없으므로 삭제함.

603) 블이뉵뉼(不以六律): 불이육률. 육률로써 하지 않음. 육률은 12율, 즉 황종(黃鐘), 임종(林鐘), 태주(太簇), 남려(南呂), 고선(姑洗), 응종(應鐘), 유빈(蕤賓), 대려(大呂), 이칙(夷則), 협종(夾鐘), 무역(無射), 중려(仲呂) 가운데 홀수 번째인 황종, 태주, 고선, 유빈, 이칙, 무역을 말함. 양률(陽律)이라고도 함. 참고로 짝수 번째에 해당하는 것들은 음려(陰呂) 혹은 육려(六呂)라 함.

604) 졍: [교] 원문에는 '셩'으로 되어 있으나 이 구절의 출처인 『맹자』에는 이 부분이 '정(正)'으로

오음(不能正五音)[605]이라.[606]' ᄒᆞ시니 지극(至極)ᄒᆞ신 말ᄉᆞᆷ이 아니리오. 뎌 뉴적(流賊)이 당초(當初) 반(叛)코져 뜻이 이시리오마ᄂᆞᆫ 현관(縣官)이 교화(敎化)ᄅᆞᆯ 너비 ᄒᆡᆼ(行)티 못ᄒᆞ

•••

10면

야 도적(盜賊)이 되얏더니 니(李) 뎜검(點檢)의 정티(政治)ᄒᆞ미 뉵뉼(六律)과 규귀(規矩ㅣ) 마자시니 엇디 감동(感動)티 아니리오. ᄒᆞᆫ 말과 ᄒᆞᆫ ᄌᆞ(字) 격셔(檄書)ᄅᆞᆯ ᄂᆞᆯ니디 아냐 도적(盜賊)이 ᄇᆡᆨ셩(百姓)이 되미 가(可)히 경텬위디(經天緯地)[607]ᄒᆞᆯ 긔틀인 줄 알리러라.

뎜검(點檢)이 공ᄉᆡ(公事ㅣ) 한가(閑暇)ᄒᆞ믈 인(因)ᄒᆞ야 두어 가동(家童)으로 더브러 두로 노라 됴 시(氏) ᄎᆞᆺ기ᄅᆞᆯ ᄉᆡᆼ각ᄒᆞᆯ식 미복(微服)으로 초혜(草鞋)[608]ᄅᆞᆯ 신고 산동(山東) 일경(一境)을 가가호호(家家戶戶)히 수ᄉᆡᆨ(搜索)ᄒᆞᄃᆡ ᄆᆞᄎᆞᆷᄂᆡ 그림재 돈연(頓然)ᄒᆞ니 뎜검(點檢)이 스ᄉᆞ로 초조(焦燥)ᄒᆞ야 쥬야(晝夜)로 동셔남븍(東西南北)으로 두로 ᄃᆞᆫ녀 요ᄒᆡᆼ(僥倖)을 ᄇᆞ라더니,

일일(一日)은 덕쥐 디방(地方)의 니ᄅᆞ러 두로 ᄎᆞᆺ다가 ᄒᆞᆫ 뫼ᄒᆡ 니ᄅᆞ

되어 있으므로 이와 같이 수정함.

605) ᄇᆞᄅᆞᆼ졍오음(不能正五音): 불능정오음. 오음을 바르게 할 수 없음. 오음은 고대 음악에서 다섯 음계의 이름으로 궁(宮)·상(商)·각(角)·치(徵)·우(羽)를 이름. 오음(五音)·오성(五聲)·정음(正音)이라고도 함. 궁·상·각·치·우의 산출 방법은 음높이를 정하는 삼손분익법(三分損益法)에 의해 먼저 산출된 다섯 음인 황종·임종·태주·남려·고선을 음의 순서에 따라 재배열하여 황종을 궁음으로, 태주를 상음으로, 고선을 각음으로, 임종을 치음으로, 남려를 우음으로 삼음.

606) 니루지명(離婁之明)과~ᄇᆞᄅᆞᆼ셩오음(不能正五音)이라: 이루지명과 공수자지교로도 불이규구면 불능성방원이요 사광지총으로도 불이육률이면 불능정오음이라. 이루의 귀밝음과 공수자의 기교로도 그림쇠와 곱자로써 하지 않으면 네모나고 둥근 것을 잴 수 없고, 사광의 귀밝음으로도 육률로써 하지 않으면 오음을 바르게 할 수 없을 것이다. 『맹자(孟子)』, 「이루(離婁) 상(上)」.

607) 경텬위디(經天緯地): 경천위지. 온 천하를 조직적으로 잘 계획하여 다스림.

608) 초혜(草鞋): 초혜. 짚신.

니 슈목(樹木)이 춍잡(叢雜)ᄒᆞ고 거츤 플이 황냥(荒涼)ᄒᆞᆫᄃᆡ, 이ᄯᅢ 동십월(冬十月)

•••

11면

념간(念間)[609]이라 삭풍(朔風)이 늠녈(凜冽)ᄒᆞ야 사ᄅᆞᆷ의 ᄲᅧ를 부ᄂᆞᆫ디라. 안[610]ᄃᆡ(按臺) 동ᄌᆞ(童子)로 쥬효(酒肴)를 가져오라 ᄒᆞ야 대엿 잔(盞)을 거후로고 스ᄉᆞ로 듁댱(竹杖)의 드더뎌 고봉(高峯)의 올나 원근(遠近)을 솔피며 븍(北)을 ᄇᆞ라보와 ᄉᆞ친지심(思親之心)이 졀(切)[611]ᄒᆞᆫ 가온대 슬허 ᄀᆞᆯ오ᄃᆡ,

"ᄂᆡ 일삭(一朔)을 거의 ᄃᆞᆫ니ᄃᆡ 빵ᄋᆞ(雙兒)의 죵젹(蹤迹)을 못 ᄎᆞᄌᆞ니 당당(堂堂)이 샹표(上表)ᄒᆞ야 칭질(稱疾)ᄒᆞ고 두로 ᄃᆞᆫ녀 ᄎᆞ즐가?"

ᄒᆞ더니 홀연(忽然) 뫼 아래로조차 사ᄅᆞᆷ의 발자최 소ᄅᆡ 들니거ᄂᆞᆯ 눈을 드러 보니 십삼ᄉᆞ(十三四)ᄂᆞᆫ ᄒᆞᆫ 져근 목동(牧童)이 지게를 지고 올나와 나ᄉᆞᆯ 드러 죽은 남글 버히ᄃᆡ 옷시 겨유 몸을 ᄀᆞ리오고 초리(草履)[612]를 신고 머리의 휘항(揮項)[613]을 ᄡᅳ고 손을 ᄀᆞᆺ금 블며 눈믈이 잇다감 ᄯᅥ러

609) 념간(念間): 염간. 스무날의 전후.
610) 안: [교] 원문에는 '앙'으로 되어 있으나 오기로 보임.
611) 졀(切): 절. 간절함.
612) 초리(草履): 짚신.
613) 휘항(揮項): '휘양'의 원말. 추울 때 머리에 쓰던 모자의 하나. 남바위와 비슷하나 뒤가 훨씬 길고 볼끼를 달아 목덜미와 뺨까지 싸게 만들었는데 볼끼는 뒤로 잦혀 매기도 하였음.

•••

12면

뎌 ᄂᆞᆺ출 숙이고 남글 뷔ᄃᆡ 다른 ᄃᆡ롤 보디 아니커ᄂᆞᆯ뎜검(點檢)이 놀라 ᄌᆞ시 보니 기ᄋᆡ(其兒ㅣ) 비록 의복(衣服)이 남누(襤褸)ᄒᆞ나 얼골이 관옥(冠玉) ᄀᆞᄐᆞ야 ᄡᅵ 속의 골격(骨格)이 은은(隱隱)ᄒᆞ고 눈섭을 싱귄 양(樣)이 얼프시 연왕(-王) ᄀᆞᄐᆞᆫ디라. 뎜검(點檢)이 대경(大驚)ᄒᆞ야 밧비 나아가니 아디 못게라, ᄎᆞ인(此人)은 뉜고.

션시(先時)의 됴 시(氏) 악ᄉᆡ(惡事ㅣ) 발각(發覺)ᄒᆞ고 간당(奸黨)[614]이 쥬멸(誅滅)[615]ᄒᆞ매 국법(國法)이 호발(毫髮)도 황후(皇后)의 ᄂᆞᆺ출 보디 아냐 ᄌᆞ개(自家ㅣ) 산동(山東)의 원뎍(遠謫)[616]ᄒᆞ니 분(憤)을 셔리담고 셜우믈 ᄎᆞᆷ아 냥개(兩個) ᄌᆞ녀(子女)롤 ᄃᆞ려 산동(山東)으로 갈ᄉᆡ 됴 시(氏) 스ᄉᆞ로 아ᄃᆞᆯ의 일홈을 지어 최현이라 ᄒᆞ고 녀ᄋᆞ(女兒)의 명(名)은 난심이라 ᄒᆞ니 이ᄂᆞᆫ 니셩문 등(等) 일홈을 ᄃᆞ디 아니려 ᄒᆞ미라.

•••

13면

공ᄎᆡ(公差)[617]롤 ᄯᆞᆯ와 촌촌(寸寸)이 ᄒᆡᆼ(行)ᄒᆞ야 거의 산동(山東)을 득달(得達)케 되엿더니 ᄒᆞᆫ 곳의 다ᄃᆞ라ᄂᆞᆫ 큰 녕(嶺)을 넘더니 녕(嶺) 알핀 니ᄅᆞ러ᄂᆞᆫ 도적(盜賊) 수십여(數十餘) 인(人)이 ᄂᆡᄃᆞ라 큰 칼흘 들고 공ᄎᆡ(公差)롤 휘좃고 죵쟈(從者)롤 죽이며 ᄒᆡᆼ낭(行囊)을 노략

---

614) 간당(奸黨): 간사한 무리.
615) 쥬멸(誅滅): 주멸. 죄인을 죽여 없앰.
616) 원뎍(遠謫): 원적. 멀리 귀양을 감.
617) 공ᄎᆡ(公差): 공차. 관청에서 보내던 벼슬아치나 사자(使者).

(擄掠)ᄒᆞ고 됴 시(氏), 냥ᄋᆞ(兩兒)를 ᄆᆞᆯ게 언저 덕쥐 가 금ᄇᆡᆨ(金帛)은 져히 뉘(類ㅣ) ᄂᆞᆫ호고 됴 시(氏)를 가음연[618] 집 고댱쟈(--者)[619]의게 ᄑᆞᆯ고 각각(各各) 허여디니 셩명(姓名)이 뉜 동 알니오.

됴 시(氏) 본ᄃᆡ(本-) 금누옥당(金樓玉堂)의 ᄒᆞᆫ 낫 아릿다온 부인(夫人)으로 의외(意外)예 타향(他鄕)의 뉴락(流落)ᄒᆞᆷ을 셜워ᄒᆞ던ᄃᆡ 도적(盜賊)의게 활착(活捉)[620]ᄒᆞ야 욕(辱)을 보고 ᄯᅩ 놈의 집의 ᄑᆞᆯ니여 양낭(養娘)의 뉘(類ㅣ) 되니 셜오믈 이긔디 못ᄒᆞ나 ᄎᆞ마 두 ᄌᆞ식(子息)

•••

14면

을 ᄇᆞ리디 못ᄒᆞ야 고옹(-翁)의게 현신(現身)[621]ᄒᆞ매 고옹(-翁)이 셩시(姓氏)와 일홈을 믓고 밥 짓ᄂᆞᆫ 소임(所任)을 맛디니 됴 시(氏) 통분(痛憤)ᄒᆞ미 구곡(九曲)이 문허디ᄂᆞᆫ ᄃᆞᆺᄒᆞ나 당ᄎᆞ시(當此時)ᄒᆞ야ᄂᆞᆫ 국구(國舅)의 셰(勢)를 쟈셰(自說)[622]ᄒᆞᆯ 배 아니므로 욕(辱)을 ᄎᆞᆷ고 쳔쳔이 고옹(-翁)ᄃᆞ려 근본(根本)을 니ᄅᆞ고 도라가고져 ᄒᆞ더니,

일일(一日)은 고옹(-翁) 처(妻) 가 시(氏), 고옹(-翁) 쳡(妾) 쇼 시(氏) 블슌(不順)ᄒᆞᆷ을 보고 ᄭᅮ지져 ᄀᆞᆯ오ᄃᆡ,

"뎌거시 마치 됴 시(氏) ᄀᆞᆺᄐᆞ야 샹샹(常常) 날을 업수이 너기니 필경(畢竟)의 ᄂᆡ 소 시(氏) 화(禍)를 만나리라."

ᄒᆞ거ᄂᆞᆯ 됴 시(氏) 고이(怪異)히 넉여 죠용이 무ᄅᆞᄃᆡ,

618) 가음연: 부유한.
619) 고댱쟈(--者): 고장자. 고장이라는 자.
620) 활착(活捉): 산 채로 잡음.
621) 현신(現身): 다른 사람에게 자신을 보임. 흔히, 아랫사람이 윗사람에게 예를 갖추어 자신을 보이는 일을 이름.
622) 쟈셰(自說): 자세. 스스로 유세함.

"마매(媽媽ㅣ)야, 됴 시(氏) 엇던 사ᄅᆞᆷ이완ᄃᆡ 쇼 잉파(媵婆)[623]를 칙(責)ᄒᆞ시ᄂᆞ뇨?"

가 시(氏) 노왈(怒曰),

"경ᄉᆞ(京師)의셔 ᄒᆞᆫ ᄌᆡ상(宰相)의 부실(副室) 됴 시(氏) 그

•••

15면

정실(正室)을 해(害)ᄒᆞ고 정실(正室)의 난 아ᄃᆞᆯ을 박살(撲殺)ᄒᆞ엿다가 발각(發覺)ᄒᆞ야 이 ᄯᅡ히 젹거(謫居)ᄒᆞ니 홀연(忽然) 도젹(盜賊)을 만나 거쳐(去處)를 모른다 ᄒᆞ고 부현(府縣)의셔 방(榜) ᄇᆞ텨 ᄎᆞᄌᆞ니 그년을 어더 ᄂᆡ 죽이고져 ᄒᆞ노라."

ᄒᆞ거ᄂᆞᆯ 됴 시(氏) 크게 놀라 혀를 ᄲᅢ디오고 ᄀᆞ마니 ᄉᆡᆼ각ᄒᆞᄃᆡ,

'나의 죄악(罪惡)이 어ᄃᆡ 밋쳐관ᄃᆡ 원방(遠方) 사ᄅᆞᆷ이 다 졀치부심(切齒腐心)ᄒᆞᄂᆞᆫ고? ᄂᆡ 근본(根本)을 닐넛다가ᄂᆞᆫ 목숨을 보젼(保全)티 못ᄒᆞᆯ 거시니 잉분(仍憤)[624]ᄒᆞ고 두 ᄌᆞ식(子息)을 길너 나죵을 볼 거시라.'

ᄒᆞ고 괴로오믈 견ᄃᆡ여,

져근덧 광음(光陰)이 십여(十餘) 년(年)이 되니 됴 시(氏) 향곡(鄕曲)의 ᄲᅡ뎌 쳔역(賤役) 고초(苦楚)를 심(甚)히 겻그매 왕ᄉᆞ(往事)를 져기 뉘웃

623) 잉파(媵婆): 첩의 뜻으로 보이나 미상임.
624) 잉분(仍憤): 분을 참음.

•••

16면

고 두 아히(兒孩) 십여(十餘) 셰(歲) 되매 옥안화뫼(玉顔花貌ㅣ) 극(極)히 졀묘(絶妙)ᄒᆞ니 더옥 슬허 부모(父母)를 ᄀᆞ마니 브ᄅᆞ지져 셜워ᄒᆞ나 수쳔(數千) 니(里) 경향(京鄕)의 쳥되(靑鳥ㅣ) 신(信)을 젼(傳)티 아니ᄒᆞ니 음용(音容)[625]이 묘망(渺茫)[626]ᄒᆞᆫ디라 쇽졀업시 븍(北)을 ᄇᆞ라보와 애를 슬올 ᄯᆞᄅᆞᆷ이러라.

두 아히(兒孩) 극(極)히 영민(穎敏)ᄒᆞ야 최현이 글ᄌᆞ를 통(通)ᄒᆞ딕 고옹(-翁)이 ᄭᅮ지져 왈(曰),

"인가(人家) 창뒤(蒼頭ㅣ)[627] 글ᄒᆞ야 므어싀 ᄡᅳ리오?"

ᄒᆞ고 나모 시기고 ᄯᅳᆯ ᄡᅳᆯ니며 ᄭᅩᆺ남게 믈 주이고 난심은 고옹(-翁) 쳬(妻ㅣ) 바ᄂᆞ질 ᄀᆞᄅᆞ쳐 알픠셔 브리니 두 아히(兒孩) 쳐엄은 이 집 죵으로 아다가 십(十) 셰(歲) 된 후(後)ᄂᆞᆫ 그 아비 업ᄉᆞᄆᆞᆯ 고이(怪異)히 너겨 어미ᄃᆞ려 무ᄅᆞ니 됴 시(氏) 그졔야 젼후슈말(前後首末)을 ᄌᆞ시 니ᄅᆞ니 빵ᄋᆡ(雙兒ㅣ) 크

•••

17면

게 셜워ᄒᆞ딕 감히(敢-) 구외(口外)에 ᄂᆡ디 못ᄒᆞ고 도망(逃亡)코져 ᄒᆞ나 냥식(糧食)이 업ᄉᆞ니 의ᄉᆞ(意思)티 못ᄒᆞ고 듀야(晝夜) 하ᄂᆞᆯ긔 비러 경ᄉᆞ(京師)로 도라가믈 ᄇᆞ라더니,

---

625) 음용(音容): 목소리와 모습.
626) 묘망(渺茫): 아득함.
627) 창뒤(蒼頭ㅣ): 종살이를 하는 남자.

최현과 난심이 열세 술이 되니 큰 뜻을 뉘야 최현은 나모 웃짐을 ᄑ라 돈을 모호고 난심은 틈틈이 바ᄂ질ᄒ야 주고 갑 바다 ᄉ직(私財)롤 모화 경ᄉ(京師)로 가기롤 계교(計巧)ᄒ나 이목(耳目)을 두려 ᄀ만ᄀ만ᄒ 셜운 ᄉ셜(辭說)도 못 ᄒ고 ᄆ음속의만 품고 디ᄂ더니,

고옹(-翁) 체(妻ㅣ) 심(甚)히 사오나와 최현을 ᄒ시(-時)도 못 쉬게 남글 시기니 최현이 ᄆ양 심산궁쳐(深山窮處)[628]의 가 하ᄂᆯ을 우러러 우더니,

이날 니(李) 뎜검(點檢)을 만나니 뎜검(點檢)이 요힝(僥倖) 됴 시(氏) ᄋ진(兒子ㅣ)가 ᄒ야 나아가 목동(牧童)의 지게롤

•••

18면

잡고 골오ᄃ,

"목동(牧童)은 어ᄃ 잇ᄂ다?"

최현이 소ᄅ롤 조차 눈을 드러 보니 ᄒ 사ᄅᆷ이 머리의 갈건(葛巾)을 쁘고 몸의 도의(道衣)롤 닙고 셔시니 옥골셜뷔(玉骨雪膚ㅣ)[629] 녕형신이(瑩炯神異)ᄒ야 텬디(天地) 쳥명지긔(淸明之氣) 어ᄅ여시니 안광(眼光)이 쳑[630]탕(滌蕩)[631]ᄒ고 긴 눈셥이 봉미(鳳眉)롤 샹(像)ᄒ여시니 신댱(身長)이 칠(七) 쳑(尺)이 남고 긔위(氣宇ㅣ)[632] 동탕(動蕩)[633]ᄒ야 딘애(塵埃)[634]의 ᄆ드디 아녀시니 의심(疑心)컨ᄃ 신션

---

628) 심산궁쳐(深山窮處): 심산궁처. 깊은 산 궁벽한 곳.

629) 옥골셜뷔(玉骨雪膚ㅣ): 옥골설부. 옥 같은 골격과 눈 같은 피부.

630) 쳑: [교] 원문과 규장각본(12:13), 연세대본(12:18)에 모두 '젹'으로 되어 있으나 오기로 보이므로 이와 같이 수정함.

631) 쳑탕(滌蕩): 척탕. 깨끗이 씻은 듯해 맑음.

632) 긔위(氣宇ㅣ): 기우. 기개와 도량.

633) 동탕(動蕩): 활달하고 호탕함.

(神仙)이 강님(降臨)훈 둣ᄒᆞ더라. 최현이 놀나 졀ᄒᆞ고 ᄀᆞᆯ오ᄃᆡ,

"엇던 신인(神人)이 ᄇᆡᆨ쥬(白晝)의 사ᄅᆞᆷ을 희롱(戲弄)ᄒᆞ시ᄂᆞ뇨?"

뎜검(點檢)이 쇼왈(笑曰),

"ᄂᆡ 신인(神人)이 아니라 사ᄅᆞᆷ이로소니 쇼년(少年)의 셩명(姓名)을 듯고져 ᄒᆞ노라."

최현이 홀연(忽然) 쳑쳑(慼慼)[635] ᄃᆡ왈(對曰),

"쇼인(小人)은 인가(人家) 창뒤(蒼頭ㅣ)니 셩명(姓名)이 업거니와 노야(老爺)는 어ᄃᆡ 사

•••

19면

ᄅᆞᆷ이시뇨?"

뎜검(點檢)이 짐즛 ᄀᆞᆯ오ᄃᆡ,

"ᄂᆡ 경ᄉᆞ(京師) ᄌᆡ상(宰相) ᄌᆞ뎨(子弟)로 유산(遊山)ᄒᆞ야 이곳의 와 시니 너 목동(牧童)ᄃᆞ려 셩명(姓名)을 니ᄅᆞ리오?"

목동(牧童)이 홀연(忽然) 무ᄅᆞᄃᆡ,

"노애(老爺ㅣ) 경ᄉᆞ(京師)의셔 와 계시면 문졍후(--侯) ᄂᆡ(李) 모(某)를 아ᄅᆞ시ᄂᆞ냐?"

뎜검(點檢)이 ᄎᆞ언(此言)을 듯고 대경(大驚)ᄒᆞ야 ᄀᆞᆯ오ᄃᆡ,

"네 엇디 이 사ᄅᆞᆷ을 아ᄂᆞ뇨?"

최현이 ᄃᆡ왈(對曰),

"향촌(鄕村) 목동(牧童)이 엇디 됴뎡(朝廷) ᄌᆡ상(宰相)을 알니오?

---

634) 딘애(塵埃): 진애. 티끌과 먼지를 뜻하는 말로 세상의 속된 것을 비유적으로 이르는 말.
635) 쳑쳑(慼慼): 척척. 슬퍼함.

그 일홈이 심산궁곡(深山窮谷)의 폐일(蔽日)[636]ᄒᆞ매 뭇ᄌᆞᆸᄂᆞᆫ 배라."

셜파(說罷)의 지게를 지고 표연(飄然)이 뫼흘 ᄂᆞ려가니 뎜검(點檢)이 그 얼골과 말이 슈샹(殊常)ᄒᆞᆷ을 보고 의심(疑心)이 동(動)ᄒᆞ야 ᄯᆞ라와 고옹(-翁)의 집의 니ᄅᆞ러 문딕이(門--)ᄃᆞ려 ᄀᆞᆯ오ᄃᆡ,

"나ᄂᆞᆫ 디나가ᄂᆞᆫ 유ᄀᆡᆨ(遊客)이러니 길흘 그ᄅᆞᆺ 드러 이곳의 와시니 잠

•••

20면

간(暫間) 더ᄉᆡᆨ여[637] 가고져 ᄒᆞ노라."

문딕이(門--) 즉시(卽時) 드러가 고옹(-翁)의게 고(告)ᄒᆞ니 고옹(-翁)이 즉시(卽時) ᄀᆡᆨ실(客室)을 허(許)ᄒᆞ고 도산[638]을 바드라 ᄒᆞ니 뎜검(點檢)이 어히업서 동ᄌᆞ(童子)를 블러 은젼(銀錢)을 ᄂᆡ야 주고 셕식(夕食)을 어더먹고 ᄀᆡᆨ실(客室)의 안자 시동(侍童)으로 남글 어더다가 블을 ᄣᆡᆺ더니 나ᄌᆡ 보던 목동(牧童)이 나와 블 ᄣᅴ거ᄂᆞᆯ 뎜검(點檢)이 방(房)으로 드러오라 ᄒᆞ야 다시 므ᄅᆞᄃᆡ,

"나ᄌᆡ 네 말이 슈샹(殊常)ᄒᆞ니 니(李) 노야(老爺)를 어이 아ᄂᆞᆫ다?"

목동(牧童)이 홀연(忽然) 울고 ᄀᆞᆯ오ᄃᆡ,

"노애(老爺ㅣ) 원ᄅᆡ(元來) 니(李) 노야(老爺)의 뉘시니잇가? 알고져 ᄒᆞᄂᆞ이다."

뎜검(點檢)이 ᄀᆞᆯ오ᄃᆡ,

"나ᄂᆞᆫ 니(李) 노야(老爺) ᄎᆞᄌᆞ(次子) 경문이로라."

---

636) 폐일(蔽日): 해를 가림.
637) 더ᄉᆡᆨ여: 길을 가다가 날이 저물어 정한 곳 없이 들어가 밤을 지내.
638) 도산: 선물.

최현이 급(急)히 ᄃᆞ라드러 븟들고 긔운이 막히거ᄂᆞᆯ 뎜검(點檢)이 대경(大驚)ᄒᆞ야 급(急)히

•••

21면

구(救)ᄒᆞ고 연고(緣故)ᄅᆞᆯ 무ᄅᆞ니 목동(牧童)이 크게 울고 왈(曰),

"샹공(相公)이 아니 소 부인(夫人) ᄎᆞᄌᆡ(次子ㅣ)시며 산동(山東) 원뎍(遠謫)ᄒᆞᆫ 됴 부인(夫人)을 ᄉᆡᆼ각ᄒᆞ시ᄂᆞ니잇가?"

뎜검(點檢)이 대경(大驚) 왈(曰),

"됴 부인(夫人)은 나의 의뫼(義母ㅣ)시어니와 너ᄂᆞᆫ 엇디 아ᄂᆞᆫ다? ᄂᆡ 본ᄃᆡ(本-) 이 ᄯᅡ 안원(按院)[639]이로ᄃᆡ 됴 모친(母親)을 ᄎᆞᄌᆞ라 미복(微服)[640]으로 두로 ᄃᆞᆫ니ᄂᆞ니 네 아니 됴 부인(夫人) ᄉᆡᆼ읜(生兒ㅣ)다?"

최현이 크게 울고 젼후슈말(前後首末)을 ᄌᆞ시 니ᄅᆞ나 오열(嗚咽)ᄒᆞ야 말을 일우디 못ᄒᆞ니 뎜검(點檢)이 븟들고 역시(亦是) 슬허 ᄀᆞᆯ오ᄃᆡ,

"우형(愚兄) 등(等)이 블초(不肖)ᄒᆞ야 오ᄂᆞᆯ날ᄀᆞ디 널노ᄡᅧ 고초(苦楚)ᄅᆞᆯ 격게 ᄒᆞ니 븟그럽디 아니리오? ᄂᆡ ᄯᅩ 당년(當年)의 ᄌᆞ모(慈母) 화란(禍亂) 가온대 집을 일허 ᄂᆞᆷ의 집의 가 ᄌᆞ라다가 금츈(今春)의야 겨유 집을

---

639) 안원(按院): 여러 곳을 돌아다니며 살피고 조사하는 어사의 다른 이름.

640) 미복(微服): 지위가 높은 사람이 무엇을 몰래 살피러 다닐 때에 남의 눈을 피하려고 입는 남루한 옷차림.

•••

22면

ᄎᆞ자 부모(父母)의 텬눈(天倫)을 ᄀᆞᆽ 안 후(後) 됴 모친(母親)의 참난(慘難)[641]을 드ᄅᆞᆫᄃᆡ 시러곰 그림쟈ᄅᆞᆯ ᄎᆞᄌᆞᆯ 길히 묘망(渺茫)ᄒᆞ니 ᄒᆞᆫ갓 됴운셕월(朝雲夕月)의 ᄉᆡᇰ각ᄒᆞᄂᆞᆫ 졍(情)이 그음업더니 요ᄒᆡᆼ(僥倖) 국명(國命)을 인(因)ᄒᆞ야 이 ᄯᅡ히 와 공ᄉᆞ(公事)ᄅᆞᆯ 다ᄉᆞ린 여가(餘暇)의 너ᄅᆞᆯ ᄎᆞ잔 디 달이 남으ᄃᆡ 능히(能-) 형영(形影)을 엇디 못ᄒᆞᆯ너니 오ᄂᆞᆯ날 다ᄒᆡᆼ(多幸)이 만나니 이 깃븐 ᄯᅳᆺ을 능히(能-) 비(比)ᄒᆞᆯ 곳이 이시리오? 네 일홈이 므어신다?"

최현이 톄읍(涕泣) 왈(曰),

"모친(母親)이 국가(國家)의 죄(罪)ᄅᆞᆯ 어드매 텬되(天道ㅣ) 일편도이 무이샤 앙홰(殃禍ㅣ)[642] 이에 미쳐시니 다만 하ᄂᆞᆯ을 우러러 죄악(罪惡)이 일편되믈 셜워ᄒᆞᄃᆡ 몸이 ᄂᆞᆷ의 손의 쥐이매 금농(禽籠)[643]의 잉뮈(鸚鵡ㅣ)오, 그믈의 고기라. 부친(父親)이 계

•••

23면

시ᄃᆡ ᄎᆞᄉᆡᇰ(此生)의 만나 뵈올 긔약(期約)이 업ᄉᆞ니 ᄒᆞᆫ갓 츈풍추월(春風秋月)을 ᄇᆞ라보와 간댱(肝腸)을 셕연 디 여러 ᄒᆡ러니 오ᄂᆞᆯ날 형댱(兄丈)을 뵈오니 져녁의 죽어도 무ᄒᆞᆫ(無恨)이로소이다."

뎜검(點檢)이 타루(墮淚)ᄒᆞ며 위로(慰勞) 왈(曰),

---

641) 참난(慘難): 참혹한 환난.

642) 앙홰(殃禍ㅣ): 지은 죄의 앙갚음으로 받는 재앙.

643) 금농(禽籠): 금롱. 새를 넣어 기르는 장. 새장.

"셕ᄉᆞ(昔事)ᄂᆞᆫ 운익(運厄)이라 다시 일ᄏᆞ라 무익(無益)ᄒᆞ도다. 우형(愚兄)이 ᄂᆞᆷ의 집의 가 ᄌᆞ라나니 쳔고(千古)의 업ᄉᆞᆫ 화란(禍亂)을 ᄀᆞᆺ초 격고 이제야 겨유 무ᄉᆞ(無事)ᄒᆞ엿ᄂᆞ니 너는 일노 ᄉᆡᆼ각ᄒᆞ야 관심(寬心)[644] ᄒᆞ라."

현이 다ᄒᆡᆼ(多幸)코 즐거오믈 이긔디 못ᄒᆞ야 몸이 운우(雲雨)의 오ᄅᆞᆫ ᄃᆞᆺᄒᆞ고 뎜검(點檢)이 아ᄋᆞᆯ ᄉᆞ랑ᄒᆞᄂᆞᆫ ᄠᅳᆺ과 잔잉히 넉이ᄂᆞᆫ 졍(情)이 뉴츌(流出)ᄒᆞ야 ᄎᆞ야(此夜)ᄅᆞᆯ ᄒᆞᆫ가지로 디ᄂᆡ고,

명일(明日) 뎜검(點檢)이 드러가 고옹(-翁)을 보니 옹(翁)이

•••

24면

뎌의 풍ᄎᆡ(風采) 동탕(動蕩)ᄒᆞ믈 공경(恭敬)ᄒᆞ야 흔연(欣然)이 마자 녜필(禮畢) 후(後) 셩명(姓名)을 뭇거ᄂᆞᆯ 뎜검(點檢)이 말을 펴 ᄀᆞᆯ오ᄃᆡ,

"ᄒᆞᆨᄉᆡᆼ(學生)은 다ᄅᆞᆫ 사ᄅᆞᆷ이 아니라 본방(本方) 안찰ᄉᆞ(按察使) 슌무도뎜검(巡撫都點檢) 이경문이러니 져근동ᄉᆡᆼ(--同生)이 존부(尊府)의 뉴락(流落)ᄒᆞ엿다 ᄒᆞ매 미복(微服)으로 계유 ᄎᆞ자 니ᄅᆞ럿ᄂᆞ니 존옹(尊翁)은 가(可)히 용납(容納)ᄒᆞ시리잇가?"

옹(翁)이 크게 놀나 년망(連忙)이 공경(恭敬)ᄒᆞ야 ᄀᆞᆯ오ᄃᆡ,

"쇼ᄉᆡᆼ(小生) ᄀᆞᆺᄐᆞᆫ 농민(農民)이 녀항(閭巷)의 업ᄃᆡ여 우믈 밋 개고리 하ᄂᆞᆯ을 ᄇᆞ라봄 ᄀᆞᆺ더니 오ᄂᆞᆯ날 엇디 이에 니ᄅᆞ러 계시며 녕데(令弟) 공ᄌᆞ(公子) 어ᄃᆡ 잇ᄂᆞ니잇고?"

뎜검(點檢)이 텽파(聽罷)의 츄연(惆然)이 안ᄉᆡᆨ(顔色)을 고티고 ᄀᆞᆯ

644) 관심(寬心): 마음을 놓음.

오딕,

"존옹(尊翁)의 셔동(書童) 최현은 곳 흑싱(學生)의 아이라. 의모(義母) 됴 부인(夫人)이 블힝(不幸)

•••

25면

흔 쌔룰 만나 국가(國家)의 죄(罪)룰 어더 산동(山東)의 원뎍(遠謫)흐시다가 젹화(賊禍)룰 만나 이곳의 뉴락(流落)흐엿는디라. 흑싱(學生)이 동싱(同生)을 추주라 미복(微服)으로 일삭(一朔)을 신고(辛苦)흐다가 어제날 겨유 추주니 존튁(尊宅)의 뉴우(流寓)[645]흐엿는디라 쳔금(千金)으로 사고져 흐누이다."

고옹(-翁)이 텽파(聽罷)의 대경(大驚) 왈(曰),

"셕년(昔年)의 최현의 어미 됴향으로 흔 무리 남지(男子ㅣ) 니루러 풀거놀 삿거니와 노야(老爺)의 모부인(母夫人)이 엇디 최현의 어미시리오? 노야(老爺)는 뎌 셔동(書童)의 요망(妖妄)흔 말을 고디듯디 마루쇼셔."

뎜검(點檢)이 정식(正色) 왈(曰),

"흑싱(學生)이 비록 블민(不敏)흐나 닉 동싱(同生)이 아닌 거술 동싱(同生)이라 흐리오? 의모(義母)의 긔특(奇特)흐시미 쳔역(賤役)을 감심(甘心)흐시고 두 아히(兒孩) 목숨을 보젼(保全)케

645) 뉴우(流寓): 유우. 방랑하다가 타향에서 머물러 삶.

•••

26면

ᄒᆞ시니 이 더옥 긔특(奇特)ᄒᆞᆫ 일이라 존옹(尊翁)이 엇디 이런 말솜을 ᄒᆞ시ᄂᆞ뇨? 사ᄅᆞᆷ의 화복(禍福)이 하ᄂᆞᆯ의 ᄃᆞᆯ녀시니 의모(義母)의 적화(賊禍) 만나믈 무거(無據)[646]ᄒᆞ므로 밀위리오?"

셜파(說罷)의 최현을 명(命)ᄒᆞ야 됴 시(氏)긔 명함(名銜)을 드리니 됴 시(氏) 쳔만무망(千萬無妄)[647]의 이 긔별(奇別)을 드ᄅᆞ매 비황(悲惶)[648]ᄒᆞ미 측냥(測量)업서 급(急)히 셔당(書堂)으로 ᄂᆡᄃᆞ라니 뎜검(點檢)이 급(急)히 셤의 ᄂᆞ리매 고옹(-翁)이 감히(敢-) 안잣디 못ᄒᆞ야 ᄯᅩᄒᆞᆫ ᄂᆞ리나 뎌 부억의 블 짓던 차뒤(叉頭ㅣ)[649] 금일(今日) 이에 니ᄅᆞᆯ 줄 알니오.

뎜검(點檢)이 눈을 드러 보니 됴 시(氏) 헌 치매 알플 ᄀᆞ리오디 못ᄒᆞ고 누덕이 옷시 엇게 드러나 ᄎᆞ마 보디 못ᄒᆞᆯ디라. 눈믈을 먹음고 ᄌᆡᄇᆡ(再拜)ᄒᆞ니 됴 시(氏) 븟들고 대곡(大哭) 왈(曰),

"만ᄉᆞ일ᄉᆡᆼ(萬死一生)이 엇

•••

27면

디 오ᄂᆞᆯ날 가군(家君)의 쇼식(消息)을 드ᄅᆞᆯ 줄 알리오? 셜우믈 ᄎᆞᆷ고 분(憤)을 셔리담아 뎌 요괴(妖怪)로온 촌한(村漢)[650]의게 차두(叉頭)

646) 무거(無據): 근거가 없음.
647) 쳔만무망(千萬無妄): 천만무망. 천만뜻밖.
648) 비황(悲惶): 슬프고 당황함.
649) 차뒤(叉頭ㅣ): 차환(叉鬟)과 창두(蒼頭). 계집종과 사내종.
650) 촌한(村漢): 시골 남자.

소임(所任)을 ᄒᆞ고 두 ᄌᆞ식(子息)을 아모조록 길너 타일(他日) 부모(父母)와 가군(家君)을 ᄎᆞᄌᆞ려 ᄒᆞ엿더니 오늘날이 이실 줄 알니오?"

셜파(說罷)의 가ᄉᆞᆷ을 두ᄃᆞ려 크게 우니 고옹(-翁)은 뎜검(點檢)이 힝혀(幸-) 죄(罪)ᄅᆞᆯ 줄가 눈이 둥그러ᄒᆞ니 겁(怯)을 ᄂᆡ여 셧거ᄂᆞᆯ 뎜검(點檢)이 다시 ᄀᆞᆯ오ᄃᆡ,

"이왕ᄉᆞ(已往事)ᄂᆞᆫ 태태(太太) 운익(運厄)이 긔괴(奇怪)ᄒᆞ시미라 엇디 과도(過度)히 샹회(傷懷)ᄒᆞ시ᄂᆞ뇨? 이곳이 번거ᄒᆞ야 말ᄒᆞ실 곳이 아니니 드러가셔든 당당(堂堂)이 위의(威儀)ᄅᆞᆯ 출혀 아듕(衙中)으로 뫼셔 가리이다."

언미필(言未畢)의 본부(本府) 아젼(衙前) ᄂᆡ비(吏輩) 일시(一時)의 니ᄅᆞ니 이ᄂᆞᆫ ᄉᆡᆼ(生)이 셔동(書童)으로 아ᄎᆞᆷ의 블럿더라.

•••

28면

안ᄃᆡ(按臺) 즉시(卽時) 아(衙)의 가 여러 가지 비단(緋緞)과 깁을 가져오라 ᄒᆞ여 침션비(針線婢) 십여(十餘) 인(人)을 잡혀 일시(一時)의 여러 가지 옷슬 지어 됴 시(氏)와 최현 남ᄆᆡ(男妹)ᄅᆞᆯ ᄀᆡ복(改服)게 ᄒᆞ고 위의(威儀)ᄅᆞᆯ 출혀 됴 시(氏)의 오ᄅᆞ믈 청(請)ᄒᆞᆯᄉᆡ 가 시(氏) 등(等)이 왕년(往年) 뎌ᄅᆞᆯ 박ᄃᆡ(薄待)ᄒᆞ믈 크게 뉘우쳐 전일(前日)을 만만샤죄(萬萬謝罪)ᄒᆞᄃᆡ 됴 시(氏) ᄂᆡᆼ쇼(冷笑)하고 ᄉᆞ매ᄅᆞᆯ 썰터 교ᄌᆞ(轎子)의 들ᄉᆡ 뎜검(點檢)이 발을 것고 교ᄌᆞ(轎子) 알픠 셔시니 됴 시(氏) ᄀᆞᄅᆞ쳐 왈(曰),

"뎌 ᄒᆞᆫ낫 괴믈(怪物) 늘그니ᄅᆞᆯ 다ᄉᆞ려 나의 십삼(十三) 년(年) ᄒᆞᆫ(恨)을 ᄲᅵᄉᆞ라."

뎜검(點檢)이 미쇼(微笑) 브답(不答)ᄒᆞ고 최현과 난심은 쥬모(主母)와 쥬옹(主翁)을 보와 ᄇᆡᆨᄇᆡ(百拜) 샤례(謝禮)ᄒᆞ고 도라가니,

뎜검(點檢)은 이에 머므러 황금(黃金) 삼ᄇᆡᆨ(三百) 냥(兩)을 갓다가 고옹(-翁)을 주니 옹(翁)

•••

29면

이 황망(慌忙)이 샤죄(謝罪) 왈(曰),

"노야(老爺)ᄂᆞᆫ 이 금(金)을 주디 마ᄅᆞ시고 쇼인(小人)의 목숨을 용샤(容赦)ᄒᆞ쇼셔."

뎜검(點檢)이 웃고 왈(曰),

"ᄌᆞ당(慈堂)이 협냥(狹量)[651]으로 일시(一時) 언에(言語ㅣ) 뎐도(顚倒)ᄒᆞ시나 만일(萬一) 존옹(尊翁)의 덕ᄐᆡᆨ(德澤)곳 아니면 두 동ᄉᆡᆼ(同生)이 불셔 마뎨(馬蹄)의 아ᄉᆞ(餓死)ᄒᆞ미 되여시리니 엇디 쇼쇼(小小) 혐의(嫌疑)ᄅᆞᆯ 거리ᄭᅵ리오?"

드ᄃᆡ여 극진(極盡)이 권(勸)ᄒᆞ야 바든 후(後) 즉시(卽時) 술위ᄅᆞᆯ ᄐᆞ고 아듕(衙中)의 니ᄅᆞ러 됴 부인(夫人)긔 다시 뵈고 ᄆᆡᄌᆞ(妹子)로 서로 볼ᄉᆡ 됴 시(氏) 복ᄉᆡᆨ(服色)을 ᄀᆞ초매 쳥안뉴미(淸眼柳眉)[652] 쇼년(少年) 옥모(玉貌)ᄅᆞᆯ 웃고 공ᄌᆞ(公子)와 쇼져(小姐)의 옥모화ᄐᆡ(玉貌花態) 극(極)히 절세(絕世)ᄒᆞ야 남ᄆᆡ(男妹) 다 연왕(-王)의 모습이 이시니 뎜검(點檢)이 반기고 다ᄒᆡᆼ(多幸)ᄒᆞ믈 이긔디 못ᄒᆞ야 쇼ᄆᆡ(小妹)와 공ᄌᆞ(公子)ᄅᆞᆯ 좌우(左右) 슈(手)로 각각(各各) 잡아 됴 부인(夫人)

---

651) 협냥(狹量): 협량. 좁은 도량.

652) 쳥안뉴미(淸眼柳眉): 청안유미. 맑은 눈과 버들 같은 눈썹.

긔 고왈(告曰),

"쇼직(小子ㅣ) 이

•••

30면

제는 ᄒᆞᆫ(恨)이 업술소이다. 우리 ᄇᆡᆨ시(伯氏) 일념(一念)이 쥬야(晝夜) ᄎᆞᄋᆞ(此兒) 등(等)의게 이셔 아니 ᄉᆡᆼ각홀 적이 업더니 이 쇼식(消息)을 드롤딘대 엇디 깃거ᄒᆞ시미 범연(泛然)[653]ᄒᆞᆫ ᄃᆡ 비기리오?"

됴 시(氏) 탄왈(歎曰),

"ᄂᆡ 당년(當年)의 그릇 존부인(尊婦人)긔 죄(罪)롤 어드나 도금(到今)ᄒᆞ야 츄회막급(追悔莫及)[654]이라. 금일(今日) 너의 은덕(恩德)을 닙어 텬일(天日)을 보니 은혜(恩惠)롤 므어ᄉᆞ로 갑흐리오?"

뎜검(點檢)이 ᄇᆡ샤(拜謝) 왈(曰),

"쇼직(小子ㅣ) 블초(不肖)ᄒᆞ야 모친(母親)의 급난(急難)을 구(救)티 못ᄒᆞ야 더딘 줄 븟그려ᄒᆞ옵거든 엇디 이 말숨을 ᄒᆞ시ᄂᆞ뇨?"

됴 시(氏) 인(因)ᄒᆞ야 고가(-家)의셔 고초(苦楚) 격던 말을 심심셰셰(深深細細)히 니ᄅᆞ고 져롤 다ᄉᆞ리라 ᄒᆞ니 뎜검(點檢)이 날호여 안ᄉᆡᆨ(顏色)을 화(和)히 ᄒᆞ고 ᄃᆡ(對)ᄒᆞ야 ᄀᆞᆯ오ᄃᆡ,

"뎌 무리 비록 사ᄅᆞᆷ을 ᄃᆡ졉(待接)디 아니미 무상(無狀)

•••

31면

---

653) 범연(泛然): 데면데면함.

654) 튜회막급(追悔莫及): 추회막급. 이미 잘못된 뒤에 아무리 후회하여도 다시 어찌할 수가 없음.

ᄒᆞ나 모친(母親)이 뎌곳 밥을 허비(虛費)ᄒᆞ시고 이제 도로 ᄃᆞ라 원(怨)을 갑흐미 가(可)티 아니ᄒᆞ온디라 모친(母親)은 널니 ᄉᆡᆼ각ᄒᆞ쇼셔. 쇼ᄌᆡ(小子ㅣ) 디방(地方) 샹관(上官)이 되여 무고(無故)히 ᄉᆞ혐(私嫌)[655]을 인(因)ᄒᆞ야 산촌(山村) 우ᄆᆡᆼ(愚氓)[656]을 다ᄉᆞ린즉 인심(人心)이 복죵(服從)티 아니리니 능히(能-) 셩교(盛敎)ᄅᆞᆯ 밧드디 못ᄒᆞᄂᆞ이다."

됴 시(氏) 구연(瞿然)[657]ᄒᆞ야 말을 아니커ᄂᆞᆯ 뎜검(點檢)이 다시 고왈(告曰),

"ᄆᆡᄌᆞ(妹子)와 아ᄋᆡ 일홈이 ᄒᆡᄋᆞ(孩兒) 등(等)과 항녈(行列)이 다ᄅᆞ오니 야애(爺爺ㅣ) 아ᄅᆞ셔도 모친(母親)을 고이(怪異)히 너기시리니 이제 고티미 올흘가 ᄒᆞᄂᆞ이다."

됴 시(氏) 왈(曰),

"ᄂᆡ 창졸(倉卒)의 ᄉᆡᆼ각디 못ᄒᆞ니 네 잘 지으라."

뎜검(點檢)이 샤례(謝禮)ᄒᆞ고 최현의 일홈을 낭문이라 ᄒᆞ고 난심의 일홈을 벽쥐라 ᄒᆞ니 두 아ᄒᆡ(兒孩) 크게 깃거 각각(各各) 샤례(謝禮)ᄒᆞ더라.

뎜검(點檢)

•••

32면

이 인(因)ᄒᆞ야 됴 시(氏)ᄅᆞᆯ ᄂᆡ헌(內軒)의셔 봉양(奉養)ᄒᆞᄆᆞᆯ 극진(極盡)이 ᄒᆞ고 공ᄉᆞ[658](公事)ᄅᆞᆯ ᄆᆞᆺᄎᆞ매 여가(餘暇)의 낭문을 글을 ᄀᆞᄅᆞ

655) ᄉᆞ혐(私嫌): 사혐. 사사로운 미움.
656) 우ᄆᆡᆼ(愚氓): 우맹. 어리석은 백성.
657) 구연(瞿然): 겸연쩍은 모양.
658) ᄉᆞ: 원문에는 'ᄌᆞ로' 되어 있으나 오기로 보이므로 규장각본(12:24)과 연세대본(12:32)을 따름.

치니 낭문이 텬직(天才) 총명(聰明)ᄒᆞᆫ디라 ᄒᆞ나흘 드ᄅᆞ매 열흘 ᄭᅵᄃᆞ라 일취월댱(日就月將)ᄒᆞ더라.

됴 시(氏)의 당년(當年) 과악(過惡)이 텬하(天下)의 유명(有名)ᄒᆞ고 본부(本府) 디현(知縣)이 다 경ᄉᆞ(京師)로셔 온 츌신(出身)이라 더옥 엇디 아디 못ᄒᆞ리오. 뎜검(點檢)의 뎌러ᄒᆞ믈 브졀업시 넉여 각각(各各) 지쇼(指笑)ᄒᆞ나 인ᄉᆞ(人事)ᄅᆞᆯ 폐(廢)티 못ᄒᆞ야 각각(各各) 녜믈(禮物)을 ᄀᆞᆺ초와 뎜검(點檢)의게 티하(致賀)ᄒᆞ고 됴 시(氏)긔 문안(問安)ᄒᆞ니 됴 시(氏)의 영요(榮耀)ᄒᆞᆫ 광ᄎᆡ(光彩) 비길 곳이 업더라.

뎜검(點檢)이 이에 이션 디 늌칠(六七) 삭(朔) 만의 산동(山東)이 평뎡(平定)ᄒᆞᆫ디라. 드듸여 술위ᄅᆞᆯ 븍(北)으로 두로혈ᄉᆡ 본읍(本邑) 쇼쇽(所屬) 관원(官員)이 십(十) 니(里)

•••

33면

의 ᄇᆡ송[659](陪送)[660]ᄒᆞ더라.

뎜검(點檢)이 됴 시(氏)ᄅᆞᆯ 뫼시고 ᄆᆡᄌᆞ(妹子)와 낭문을 거ᄂᆞ려 일로(一路)의 무ᄉᆞ(無事)히 ᄒᆡᆼ(行)ᄒᆞ야 남창(南昌)의 니ᄅᆞ러는, 됴 시(氏) 일ᄒᆡᆼ(一行)은 역ᄉᆞ(驛舍)의 안돈(安頓)ᄒᆞ고 뉴부(-府)의 니ᄅᆞ러 뉴 공(公)을 보니,

ᄎᆞ시(此時) 뉴 공(公)이 뎜검(點檢)을 니별(離別)ᄒᆞᆫ 후(後) 이에 이시매 가ᄉᆡ(家事ㅣ) 쥬족(周足)[661]ᄒᆞ고 녯날 음쥬(飮酒)ᄒᆞ던 버ᄅᆞ시 업

659) 송: [교] 원문에는 '승'으로 되어 있으나 오기로 보이므로 규장각본(12:25)과 연세대본(12:33)을 따름.

660) ᄇᆡ송(陪送): 배송. 윗사람을 따라가 전송함.

661) 쥬족(周足): 주족. 두루 갖춤.

디 못ᄒᆞ야 일등(一等) 명창(名唱)을 모도와 날마다 탄금쟉가(彈琴作歌)[662] ᄒᆞ여 디ᄂᆡ더니 기듕(其中) 호연이란 창녜(娼女ㅣ) 요괴(妖怪)로온 약(藥)으로 뉴 공(公)을 먹이고 ᄉᆞ이를 타 가장즙믈(家藏什物)[663]을 ᄂᆡ니 뉴 공(公)이 그 약(藥)을 먹은 후(後) ᄒᆞᆫ낫 농괴(聾瞽ㅣ)[664] 되야 일죵(一從)[665] 연의 말ᄃᆡ로 ᄒᆞ야 집안의 ᄡᅳᆯ 거시 다 진(盡)ᄒᆞᆫ 후(後) 집을 ᄆᆞ자 팔아 져근 초옥(草屋)을 어더 나고 금은(金銀)을 흣터 날마다 쥬육(酒肉)

•••

34면

을 사 즐기다가 그거시 마ᄌᆞ 진(盡)ᄒᆞ니 호연이 뉴 공(公)ᄃᆞ려 ᄀᆞᆯ오ᄃᆡ,

"이제 노야(老爺)의 집이 업고 사ᄅᆞᆷ ᄃᆡ졉(待接)ᄒᆞᆯ 냥식(糧食)이 업ᄉᆞ니 쳡(妾)은 하딕(下直)ᄒᆞ노라."

뉴 공(公)이 미혼(迷魂)[666] ᄒᆞᄂᆞᆫ 약(藥)을 먹엇ᄂᆞᆫ디라 ᄎᆞ마 ᄯᅥ나디 못ᄒᆞ야 븟들고 노티 아니ᄒᆞ니 창녜(娼女ㅣ) 수십(數十) 악쇼년(惡少年)을 ᄃᆞ리고 니ᄅᆞ러 듕(重)히 치고 아사 가니 뉴 공(公)이 반ᄉᆞ(半死)ᄒᆞ야 것구러졋다가 겨유 회싱(回生)ᄒᆞ야 인ᄉᆞ(人事)를 출히나 뉘 이셔 돌보리오.

당초(當初) 호연을 어드며브터 비복(婢僕)이 져그나 죄(罪) 잇ᄂᆞᆫ 거시면 큰 매질과 놉흔 호령(號令)이 긋들 아냐 ᄒᆞᆫ 세(歲)브터 즛두ᄃᆞ리니 어ᄂᆞ 죵이 복죵(服從)ᄒᆞ리오. 다 ᄃᆞ라나고 오딕 늘근 노ᄌᆞ(奴

662) 탄금쟉가(彈琴作歌): 탄금작가. 거문고를 타고 노래를 부름.
663) 가장즙믈(家藏什物): 가장집물. 집에서 쓰는 온갖 기물.
664) 농괴(聾瞽ㅣ): 귀머거리와 소경.
665) 일죵(一從): 일종. 한결같이.
666) 미혼(迷魂): 정신이 어지러움.

子) 만틍이 딕희엿더니 쥬인(主人)의 이러ᄒᆞ믈 참혹(慘酷)히 넉여 ᄆᆞ을노 ᄃᆞ니며 ᄡᆞᆯ 줌

•••

35면

이나 비러다가 ᄉᆞᆯ혀 뉴 공(公)을 먹이고 구완ᄒᆞ니,

뉴 공(公)이 셜우믈 ᄎᆞᆷ고 겨유 브디(扶持)ᄒᆞ여 향ᄎᆞ(向差)ᄒᆞ야 니러나고 ᄉᆞ면(四面)을 도라보와도 의뢰(依賴)[667]ᄒᆞᆯ 곳이 업ᄉᆞ니 쇽졀업시 녯닐을 뉘웃고 애ᄃᆞᆯ아ᄒᆞ며 됴셕(朝夕)을 마치 만틍만 ᄇᆞ라고 이셔 혹(或) 어드면 쥭믈(粥物)이나 ᄲᅮ어 노ᄌᆔ(奴主ㅣ) 마시고 못 어드면 굴머 이시니 뉴 공(公)이 ᄌᆞ쇼(自少)로 일즉 등양(騰揚)[668]ᄒᆞ야 몸의ᄂᆞᆫ 금슈(錦繡)ᄅᆞᆯ 무거이 넉이고 입의ᄂᆞᆫ 쥬육[669](酒肉)을 염(厭)ᄒᆞ야 부귀(富貴) 연낙(宴樂)으로 누련 디 여러 십(十) 년(年)이오, 뎍소(謫所)의 가 죄인(罪人)의 몸이라도 쥬육(酒肉)을 ᄇᆡ블니 먹고 가무(歌舞)로 쇼일(消日)ᄒᆞ다가 일됴(一朝)의 사흘의 ᄒᆞᆫ ᄢᅢ 밥을 어더 먹디 못ᄒᆞ고 오ᄉᆞᆫ 헌 누덕이 ᄉᆞᆯ을 ᄀᆞ리오디 못ᄒᆞ니 텬되(天道ㅣ) ᄉᆞᆯ피미 쇼쇼(昭昭)[670]ᄒᆞᆫ

•••

36면

줄 알니러라.

---

667) 의뢰(依賴): 굳게 믿고 의지함.

668) 등양(騰揚): 세력이나 지위가 높아서 드날림.

669) 육: [교] 원문에는 '옥'으로 되어 있으나 문맥을 고려해 규장각본(12:27)과 연세대본(12:35)을 따름.

670) 쇼쇼(昭昭): 소소. 밝음.

오라디 아냐 만듕이 죽으니 뉴 공(公)이 더옥 망극(罔極)ᄒᆞ야 아모리 ᄒᆞᆯ 줄 모ᄅᆞ더니, 여러 날 멀거킈[671] 굴머 드러안잣기 하 곱곱ᄒᆞ야 마디못ᄒᆞ야 막ᄃᆡ를 ᄭᅳ을고 녀염(閭閻)으로 나 두로 냥식(糧食)을 비니 남챵(南昌) 일경인(一境人)은 다 뉴 공(公)을 졀티(切齒)ᄒᆞᄂᆞᆫ디라, 사ᄅᆞᆷ마다 ᄭᅮ지져 ᄀᆞᆯ오ᄃᆡ,

"네 당년(當年)의 이 ᄯᅡ ᄇᆡᆨ(伯)이 되야 우리를 보채고 ᄇᆡᆨ셩(百姓)의 기름을 글거 네 ᄇᆡ를 ᄎᆡ오고 우리 어엿븐 ᄯᆞᆯ을 아사다가 네 죵을 삼더니 오ᄂᆞᆯ날 네 뎌 경샹(景狀)을 ᄒᆞ고 나시니 하ᄂᆞᆯ이 놉흐나 ᄉᆞᆯ피미 쇼쇼(昭昭)ᄒᆞ신 줄 가(可)히 알디라 엇디 쾌(快)티 아니리오? 네 당년(當年) 부귀(富貴) 위셰(威勢) 어ᄃᆡ 가고 뎌 경샹(景狀)을 ᄒᆞ고 ᄃᆞᆫ니며 비러먹ᄂᆞᆫ다? 곡식(穀食)을 ᄀᆡ쳔(-川)의 뭇고 석여 ᄇᆞ려도 너

•••

37면

ᄂᆞᆫ 아니 쥬리라. 형부샹셔(刑部尙書) 좌승샹(左丞相) 남챵ᄇᆡᆨ(南昌伯) 쟉위(爵位) 엇다가 두시고 ᄇᆞ람의 블니여 간가? 네 죄악(罪惡)이 텬디(天地)의 ᄀᆞ득ᄒᆞ거ᄂᆞᆯ 이제 말년(末年)의 고이 션죵(善終)[672]ᄒᆞ리오?"

ᄒᆞ니 뉴 공(公)이 ᄎᆞ언(此言)을 드ᄅᆞ매 두 눈의 눈믈이 일(一) 쳔(千) 줄이나 흐ᄅᆞ고 목이 메여 분긔(憤氣) ᄇᆞᆨ바티나 당시(當時)ᄒᆞ야 므슴 말을 ᄒᆞ리오. ᄒᆞᆫ갓 고개를 숙이고 ᄎᆡᆨ언(責言)을 감슈(甘受)ᄒᆞ야 초실(草室)의 도라와 흙 므든 신을 ᄭᅳ은 재 거젹자리의 것구러뎌 크게 탄(嘆)ᄒᆞ야 ᄀᆞᆯ오ᄃᆡ,

---

671) 멀거킈: 멀겋게. 눈이 생기가 없이 게슴츠레하게.
672) 션죵(善終): 선종. 잘 마침.

"ᄂᆡ 몸이 엇디 오늘날 이에 니를 줄 알니오? 이제 ᄉᆡᆼ각건대 경문의 말이 셜셜이[673] 마자시니 ᄂᆡ 그런 긔특(奇特)ᄒᆞᆫ 사ᄅᆞᆷ을 참혹(慘酷)히 박ᄃᆡ(薄待)ᄒᆞ야 져ᄇᆞ리미 깁고 필경(畢竟)의 ᄂᆡ 몸이 이에 니ᄅᆞ니 뉘웃촌들 므

•••

38면

어시 유익(有益)ᄒᆞ리오?"

셜파(說罷)의 눈믈이 귀 밋티 저저 새도록 우다가 잇튼날 ᄇᆡ 골프기 견ᄃᆡ디 못ᄒᆞ야 겨유 긔여 마을의 가 밥 ᄌᆞᆺ기[674]나 어더먹으려 두로 ᄃᆞᆫ니ᄃᆡ 저마다 ᄭᅮ짓고 믈 ᄌᆞᆺ긔도 아니 주니, 반일(半日)이나 헤디ᄅᆞ더니[675] ᄒᆞᆫ 곳의 다ᄃᆞᄅᆞ니 ᄒᆞᆫ 사ᄅᆞᆷ이 길ᄀᆞ의 안자 쥬효(酒肴)를 먹거ᄂᆞᆯ 알핀 나아가 빈ᄃᆡ, 이때 납월(臘月)[676] 망간(望間)이라 ᄎᆞᆫ ᄇᆞ람은 늠녈(凜冽)[677]ᄒᆞ고 텬긔(天氣) 엄ᄂᆡᆼ(嚴冷)[678]ᄒᆞ야 ᄃᆞᆺ거이 닙은 사ᄅᆞᆷ도 견ᄃᆡ디 못ᄒᆞᆯ 배어ᄂᆞᆯ 뉴 공(公)의 누덕이 ᄉᆞᆯ을 ᄀᆞ리오디 못ᄒᆞ니 엇디 능히(能-) 견ᄃᆡ리오. 니를 두ᄃᆞ리며 몸을 흔드ᄂᆞᆫ디라 그 쟝재(長者ㅣ) 눈을 드러 보다가 차탄(嗟歎)ᄒᆞ고 쥬효(酒肴)를 거흘너[679] 더뎌 주니 뉴 공(公)이 과망(過望)[680]ᄒᆞ야 먹거ᄂᆞᆯ 기재(其者ㅣ) 냥구(良久)

---

673) 셜셜이: 세세히.
674) ᄌᆞᆺ기: 찌끼.
675) 헤디ᄅᆞ더니: 숨 가쁘게 헤매더니.
676) 납월(臘月): 음력 섣달을 달리 이르는 말.
677) 늠녈(凜冽); 늠렬. 추위가 살을 엘 듯이 심함.
678) 엄ᄂᆡᆼ(嚴冷): 엄랭. 매우 참.
679) 거흘너: 기울여.
680) 과망(過望): 바란 것보다 넘쳐 매우 기뻐함.

•••

39면

히 보다가 믄득 놀나 문왈(問曰),

"그딕 아니 승샹(丞相) 뉴영걸인다?"

뉴 공(公)이 브디블각(不知不覺)의 울고 골오딕,

"나는 과연(果然) 승샹(丞相) 뉴 뫼(某ㅣ)라. 블힝(不幸)ᄒᆞ야 챵가(娼家)의 속아 직보(財寶)ᄅᆞᆯ 다 일코 필경(畢竟) 걸식[681](乞食)ᄒᆞ야 낫거니와 댱재(長者ㅣ) 어이 아ᄂᆞ뇨?"

기인(其人)이 믄득 대로(大怒)ᄒᆞ야 냶써나며 ᄭᅮ지저 왈(曰),

"이 몹슬 도적(盜賊)아, 네 날을 아는다?"

뉴 공(公)이 눈믈을 ᄡᅳᆺ고 ᄌᆞ시 보니 이 곳 최ᄉᆡᆼ(-生)이러라. 대경(大驚)ᄒᆞ야 잔(盞)을 더디고 무릅써[682] 셔거늘 최ᄉᆡᆼ(-生)이 니ᄅᆞᆯ 골고 발을 굴러 ᄭᅮ지저 왈(曰),

"너 셜ᄉᆞ(設使) 남창빅(南昌伯)이 되여신들 ᄎᆞ마 션빅 안ᄒᆡᄅᆞᆯ 겁탈(劫奪)ᄒᆞ야 죽이고 텬앙(天殃)[683]이 업ᄉᆞ리라 ᄒᆞ던다? ᄂᆡ 이ᄉᆡᆼ(-生)의 셔 네 고기ᄅᆞᆯ 먹고져 ᄒᆞ더니마는 임의(任意)로 못 ᄒᆞ야 네 평안(平安)히 귀향 갓다가 도라와 뉴리(流離)ᄒᆞ믈 쥬

•••

40면

야(晝夜) 원(願)ᄒᆞ더니 오늘날 뎌 형상(形狀)을 구경ᄒᆞᆯ 줄 어이 알니

---

681) 식: 원문과 규장각본(12:30), 연세대본(12:39)에 모두 '신'으로 되어 있으나 문맥을 고려해 이와 같이 수정함.

682) 무릅써: '무릎을 일으켜'의 의미로 보이나 미상임.

683) 텬앙(天殃): 천앙. 하늘이 내린 재앙.

오? 닉 무심(無心)ᄒᆞ야 너를 ᄆᆞ른 애[684] 속의 됴흔 술과 만난 안쥬(按酒)를 주어 적시게 ᄒᆞ니 어디 애듋[685]디 아니ᄒᆞ리오? 네 므슴 연고(緣故)로 뎌 형샹(形狀)이 되엿ᄂᆞ다?"

뉴 공(公)이 말을 드ᄅᆞ매 입이 열히 이신들 므슴 말을 ᄒᆞ리오. 다만 길ᄀᆞ의 업ᄃᆡ여 살 거시라 머리 좃고 손을 브븨거ᄂᆞᆯ 최ᄉᆡᆼ(-生)이 다시 ᄭᅮ지저 왈(曰),

"네 놈을 해(害)ᄒᆞ거든 ᄌᆞ식(子息)이나 온젼(穩全)이 두미 엇더ᄒᆞ더뇨? ᄒᆞᄆᆞᆯ며 네 ᄌᆞ식(子息)도 아닌 거ᄉᆞᆯ ᄉᆞᆯ드리[686] 보채다가 필경(畢竟) 고관(告官)ᄒᆞ야 스ᄉᆞ로 죽이기를 도모(圖謀)ᄒᆞ니 하ᄂᆞᆯ이 ᄉᆞᆯ피샤 니(李) 안찰(按察)이 네 집을 ᄶᅥ나 ᄉᆡᆼ부모(生父母)를 ᄎᆞᆺ고 네 뎌 경샹(景狀)이 되니 네 이제 하ᄂᆞᆯ 놉흔 줄을 아ᄂᆞᆫ다? 닉 ᄆᆞᄋᆞᆷ은 즉긱(卽刻)의 너를 뼈흘고

•••

41면

시브ᄃᆡ 인명(人命)이 관듕(關重)[687]ᄒᆞ니 샤(赦)ᄒᆞ거니와 네 즈즐 보니 블구(不久)의 어러죽을 거시니 너를 구ᄐᆞ야 죽이리오? 섈니 ᄃᆞ라가라."

뉴 공(公)이 ᄎᆞ언(此言)을 듯고 섈니 몸을 니러 집으로 도라와 놀난 가ᄉᆞᆷ이 벌덕이니 이후(以後) 참아 녀염(閭閻)의 ᄃᆞᆫ닐 ᄯᅳᆺ이 업ᄉᆞᄃᆡ 굼고 견ᄃᆡ디 못ᄒᆞ야 근쳐(近處) 슈은암(--庵)이란 졀의 가 졔승(諸僧)

---

684) 애: 창자.

685) 듋: [교] 원문에는 '둛'으로 되어 있으나 문맥을 고려해 규장각본(12:31)과 연세대본(12:40)을 따름.

686) ᄉᆞᆯ드리: 살뜰히. 감쪽같이.

687) 관듕(關重): 관중. 매우 중요함.

의 ᄇᆞ리는 밥 즛긔나 어더다가 ᄭᅳᆫ허뎌 가는 목숨을 티고 업듸엿더니,

이러구러 츈졍월(春正月)이 된디라. 니(李) 안찰(按察)이 뉴부(-府)의 니ᄅᆞ러 명텹(名帖)을 드리니 ᄒᆞᆫ 댱재(長者ㅣ) 나와 마자드려 ᄀᆞᆯ오듸,

"나는 향촌(鄕村) 노한(老漢)이라, 엇디 뎜검(點檢) 노야(老爺)ᄅᆞᆯ 알니오?"

뎜검(點檢)이 놀나 듸왈(對曰),

"이곳은 젼(前) 승상(丞相) 뉴 공(公)의 집이어ᄂᆞᆯ 엇디 존재(尊者ㅣ) 드러 계시뇨?"

댱재(長者ㅣ) 경왈(驚曰),

"뉴 공(公)이 챵녀(娼女)ᄅᆞᆯ 음

•••

42면

간(淫姦)ᄒᆞ야 듀야(晝夜) 즐기매 챵녀(娼女)의 무상(無狀)ᄒᆞ미 ᄒᆞ로 밧는 쉬(數ㅣ) 수ᄇᆡᆨ(數百) 냥(兩)의 넘으매 필경(畢竟)의 집을 ᄆᆞ자 ᄑᆞᆯ아 뎌 건너 초실(草室) 듕(中)의셔 동셔(東西)로 비러다가 년명(延命)ᄒᆞᄂᆞ니라."

뎜검(點檢)이 텽파(聽罷)의 신ᄉᆡᆨ(神色)이 뎌상(沮喪)[688]ᄒᆞ고 차악(嗟愕)[689]ᄒᆞ믈 이긔디 못ᄒᆞ야 다시 뭇디 아니코 몸을 니ᄅᆞ혀 그 집의 가니 ᄒᆞᆫ 간(間) 모옥(茅屋)이 ᄉᆞ벽(四壁) 밧근 부튼 거시 업고 풍파(風波)의 두로 ᄲᅧ러뎌 거의 므허뎌 가고 방듕(房中)의 거칠 거시

688) 져샹(沮喪): 저상. 기운을 잃음.
689) 차악(嗟愕): 몹시 놀람.

아모 것도 업더라.

뎜검(點檢)이 보기를 뭇고 스스로 눈을 나믈 씌듯디 못ᄒᆞ야 뉴 공(公)의 업ᄉᆞ미 빌나 갓시믈 짐쟉(斟酌)고 집 모셔리의 셧기 이윽ᄒᆞᆫ 후(後) 뉴 공(公)이 먼니셔브터 드러오거ᄂᆞᆯ 뎜검(點檢)이 눈을 드러 보니 헌 누덕이 옷시 조각조각 ᄒᆞ야 ᄉᆞᆯ이 곳곳이 드러나고 머리의 ᄒᆞᆫ 낫 유관(儒冠)

•••

43면

이 업서 헌 젼닙(戰笠)690)을 어더 ᄡᅳ고 발의 초리(草履)를 신고 손의 ᄶᅵ려진 쪽박691)을 들고 쪌며 저축이고 드러오거ᄂᆞᆯ 뎜검(點檢)이 대경차악(大驚嗟愕)692)ᄒᆞ믈 이긔디 못ᄒᆞ야 밧비 알픽 나아가 졀ᄒᆞ고 오ᄉᆞᆯ 븟들고 크게 우러 왈(曰),

"대인(大人)이 참아 엇디 이 지경(地境)의 니ᄅᆞ실 줄 알니잇고? 쇼지(小子ㅣ) 셜우믈 ᄎᆞᆷ지 못ᄒᆞᆯ소이다."

뉴 공(公)이 무망(無妄)693)의 이 소ᄅᆡ를 듯고 눈을 드러 보매 뎜검(點檢)이 일년지ᄂᆡ(一年之內)의 영풍쥰골(英風俊骨)694)이 더옥 긔특(奇特)ᄒᆞ야 태양(太陽)의 ᄇᆡ익거ᄂᆞᆯ 금관도의(金冠道衣)로 ᄌᆞ가(自家)를 븟들고 우러 일신(一身)의 향취(香臭) 옹비(擁鼻)695)ᄒᆞ고 긔이(奇異)ᄒᆞᆫ 풍신(風神)이 눈을 ᄇᆞᆰ히ᄂᆞᆫ디라. 뉴 공(公)이 반가오믄 멀고 비

690) 젼닙(戰笠): 전립. 무관이 쓰던 모자. 벙거지.
691) 쪽박: 쪽박. 작은 바가지.
692) 대경차악(大驚嗟愕): 크게 놀람.
693) 무망(無妄): 별 생각이 없이 있는 상태.
694) 영풍쥰골(英風俊骨): 영풍준골. 헌걸찬 풍채와 빼어난 골격.
695) 옹비(擁鼻): 코를 찌름.

창(悲愴)ᄒᆞ미 여취여치(如醉如痴)[696] ᄒᆞ야 다만 크게 우니 뎜검(點檢)이 붓드러 말니고 오열(嗚咽) 왈(曰),

"쇼지(小子ㅣ) 경ᄉᆞ(京師)의 간 디 오라디 아냐 국명(國命)

•••

44면

으로 산동(山東)의 나갓기로 시러곰 대인(大人) 존문(存問)을 아디 못ᄒᆞ나 이대도록 ᄒᆞ시미야 엇디 알니오? 대인(大人)은 관심(寬心)[697] ᄒᆞ쇼셔. 쇼지(小子ㅣ) 당당(堂堂)이 대인(大人) 그릇 민든 챵녀(娼女)를 다ᄉᆞ려 이 ᄒᆞᆫ(恨)을 셜티(雪恥)[698] ᄒᆞ리이다."

드듸여 붓드러 우롬을 그치게 ᄒᆞ니, 뉴 공(公)이 소릭를 먹음고 흐ᄅᆞ는 눈믈이 오ᄉᆞᆯ 저저 말을 못 ᄒᆞ거ᄂᆞᆯ 뎜검(點檢)이 붓드러 방(房)의 드리고 급(急)히 셔동(書童) 난복을 블너 햐쳐(下處)의 가 ᄌᆞ긔(自己) 의복(衣服)을 가져오라 ᄒᆞ고 그 쪽박의 거ᄉᆞᆯ 보니 ᄒᆞᆰ과 돌이 ᄀᆞ득ᄒᆞᆫ 믈 ᄌᆞᆺ긔 ᄒᆞᆫ 술이러라. 뎜검(點檢)이 이를 보고 옥면(玉面)의 누쉬(淚水ㅣ) 니음차 ᄀᆞᆯ오듸,

"대인(大人)이 엇더ᄒᆞ신 몸이라 참아 이를 진식(進食)ᄒᆞ시며 엇던 무상(無狀)ᄒᆞᆫ 재(者ㅣ) 이거ᄉᆞᆯ 사ᄅᆞᆷ을 주더니잇가?"

뉴 공(公)이 목이 매여 ᄀᆞᆯ오듸,

"ᄂᆡ 무상(無狀)

696) 여취여치(如醉如痴); 여취여치. 취한 듯하고 멍한 듯함.
697) 관심(寬心): 마음을 놓음.
698) 셜티(雪恥); 설치. 부끄러움을 씻음.

···

45면

ᄒᆞ야 창녀(娼女)의 묘리(妙理)를 모ᄅᆞ고 갓가이ᄒᆞ매 뎌 창녜(娼女ㅣ) 어리ᄂᆞᆫ 약(藥)으로 날을 먹이고 가장(家藏)을 다 ᄡᅧ러 가져가니 ᄂᆡ ᄒᆞᆯ일업서 동셔(東西)로 비러 년명(延命)ᄒᆞ려 ᄒᆞ매 셔가장(西家莊) 사ᄅᆞᆷ은 이리이리 ᄭᅮ짓고 남가장(南家莊) 사ᄅᆞᆷ은 여ᄎᆞ여ᄎᆞ(如此如此) ᄭᅮ지저 저희ᄀᆞ디 완의(完議)[699]ᄒᆞ야 믈 즛긔 ᄒᆞᆫ 술을 아니 주니 셜우미 ᄀᆞ이업ᄉᆞᄃᆡ 참아 굴머 견ᄃᆡ디 못ᄒᆞ야 슈은[700]암(--庵)의 가 이거술 어드ᄃᆡ 뒷간(-間)을 처주고 겨유 비러 어더먹으며 너를 ᄉᆡᆼ각ᄒᆞ고 눈믈을 몃 줄을 흘닌 동 알니오? 이리 와 ᄎᆞ즐 줄은 ᄭᅮᆷ 밧기라, ᄒᆞᆫ갓 슬허ᄒᆞᆯ ᄯᆞᄅᆞᆷ이러니 오ᄂᆞᆯ날 너를 보니 ᄉᆞ재(死者ㅣ) 부ᄉᆡᆼ(復生)ᄒᆞ미로다."

뎜검(點檢)이 뎌 뉴 공(公)의 말을 드ᄅᆞ매 셕일(昔日) 혐원(嫌怨)[701]은 ᄉᆡᆼ각디 아니ᄒᆞ고 ᄌᆞᄌᆞ(字字)히 슬프고 셜우

···

46면

믈 이긔디 못ᄒᆞ야 눈믈이 년화(蓮花) 귀밋ᄐᆡ 년낙(連落)ᄒᆞ야 흐ᄅᆞ더니,

이윽고 난복이 여러 벌 오ᄉᆞᆯ 가져왓거ᄂᆞᆯ 뎜검(點檢)이 뉴 공(公)을 청(請)ᄒᆞ야 ᄀᆡ복(改服)게 ᄒᆞᆫ 후(後) ᄒᆞᆫ 필(四) 청녀(靑驢)를 가져와 뉴 공(公)을 ᄐᆡ와 ᄒᆞᆫ가지로 하쳐(下處)의 도라와 뉴 공(公)을 안돈(安頓)

---

699) 완의(完議): 의견을 정함.

700) 은: [교] 원문에는 '음'으로 되어 있으나 앞의 예를 따라 이와 같이 수정함.

701) 혐원(嫌怨): 싫어하고 원망함.

ᄒᆞ고,

즉시(卽時) 남챵현(南昌縣)의 니ᄅᆞ러 도쳥(都廳)[702]의 좌(坐)ᄒᆞ니 본부(本府) 디현(知縣)이 황망(慌忙)이 위의(威儀)ᄅᆞᆯ ᄀᆞᆺ초와 마ᄌᆞ며 일변(一邊) 잔ᄎᆡᄅᆞᆯ 찰혀 ᄃᆡ졉(待接)ᄒᆞ려 ᄒᆞᄃᆡ 뎜검(點檢)이 본 톄 아니코 크게 호령(號令)ᄒᆞ야 졀급(節級)[703] 뇌ᄌᆞ(奴子)ᄅᆞᆯ 블너 쳥녕(聽令)ᄒᆞ라 ᄒᆞ니, 디현(知縣)이 놀나 나아가 ᄀᆞᆯ오ᄃᆡ,

"샹공(相公)이 승ᄎᆡ(陞差)[704]ᄒᆞ야 경ᄉᆞ(京師)로 가시며 본관(本官)의 므ᄉᆞᆷ 미심(未審)ᄒᆞ신 일이 계시관ᄃᆡ 이러ᄐᆞᆺ ᄒᆞ시ᄂᆞ뇨?"

뎜검(點檢)이 노왈(怒曰),

"디뷔(知府ㅣ) 이 ᄯᅡ 상관(上官)이 되야 사ᄅᆞᆷ의 원억(冤抑)[705]ᄒᆞᄆᆞᆯ ᄉᆞᆯ피디 아니코 엇디 슌셜(脣舌)을 놀니ᄂᆞ뇨?"

셜

•••

47면

파(說罷)의 ᄒᆞᆫ ᄡᅡᆼ(雙) 봉안(鳳眼)을 두려디 ᄯᅳ고 옥안(玉顏)이 ᄎᆞᆫ ᄌᆡ ᄀᆞᄐᆞ야 ᄌᆞᆷ미(蠶眉)[706] 관(冠)을 ᄀᆞᄅᆞ치고 노긔(怒氣) 츙텬(衝天)ᄒᆞ야 크게 소ᄅᆡ 딜러 형니(刑吏)ᄅᆞᆯ 분부(分付)ᄒᆞᄃᆡ,

"네 가(可)히 명셜누(--樓) 챵가(娼家)의 가 슈쟈(首者)로브터 졸하(卒下)ᄭᆞ디 다 잡아오라."

---

702) 도쳥(都廳): 도청. 일을 보는 관청.

703) 졀급(節級): 절급. 원래 중국 당송 시대에 두었던 낮은 등급의 무직(武職) 관원으로 여기에서는 하급의 군리(軍吏)를 말함.

704) 승ᄎᆡ(陞差): 승차. 윗자리의 벼슬로 오름.

705) 원억(冤抑): 원통하고 억울함.

706) ᄌᆞᆷ미(蠶眉): 잠미. 잠자는 누에 눈썹 같다는 뜻으로, 길고 굽은 눈썹을 이르는 말. 와잠미(臥蠶眉).

ᄒᆞ니 졔인(諸人)이 뎜검(點檢)의 샹풍녈일(霜風烈日)[707] ᄀᆞᆺ튼 위엄(威嚴)의 혼[708](魂)을 아이고 발이 ᄯᅡ히 븟디 아냐 급급(急急)히 호연의 집의 니ᄅᆞ러 호연으로브터 졔창(諸娼)을 다 잡아 아(衙)의 니ᄅᆞ니,

뎜검(點檢)이 호연을 ᄎᆞ자 극형(極刑)으로 져쥬어 뉴부(-府) ᄌᆡ보(財寶)를 다 ᄎᆞᆺ고 이에 사ᄅᆞᆷ 어리ᄂᆞᆫ 약(藥)을 엇디 ᄆᆡᆫᄃᆞ는고 무ᄅᆞ니 호연이 뎜검(點檢)의 광풍졔월(光風霽月)[709] ᄀᆞ튼 긔샹(氣像)과 좌우(左右)의 위엄(威嚴)이 등한(等閑)티 아니믈 보고 넉시 업서 젼후(前後) 죄(罪)를 다 딕고(直告)ᄒᆞ고 뉴부(-府) ᄌᆡ믈(財物)을 낫낫치 뎍

•••

48면

어 올닌대 뎜검(點檢)이 ᄯᅩ 약(藥)의 츌쳐(出處)를 무ᄅᆞ니 호연이 댱ᄂᆡ(將來)를 ᄉᆡᆼ각고 ᄎᆞ마 고(告)티 못ᄒᆞ거ᄂᆞᆯ 뎜검(點檢)이 대로(大怒)ᄒᆞ야 좌우(左右)를 ᄭᅮ지저 듕형(重刑)을 더으니 호연이 견ᄃᆡ디 못ᄒᆞ야 슈은암(--庵) 혜운[710] 니괴(尼姑ㅣ) ᄆᆡᆫᄃᆞ라 ᄇᆡᆨ금(百金)을 밧고 ᄑᆞᄂᆞᆫ 연고(緣故)를 고(告)ᄒᆞ니,

안ᄃᆡ(按臺) 대로(大怒)ᄒᆞ야 ᄎᆡᄉᆞ(差使)를 발(發)ᄒᆞ야 슈은암(--庵)을 ᄡᅡ고 ᄉᆞ듕(寺中) 니고(尼姑)를 다 잡아 와 혜운[711]을 져주니 원ᄂᆡ(元來) 혜운[712]은 소 부인(夫人)을 ᄧᅩ차 강(江)의 녀흔 니괴(尼姑ㅣ)

---

707) 샹풍녈일(霜風烈日): 상풍열일. 서릿바람과 뜨거운 태양.

708) 혼: [교] 원문과 연세대본(12:47)에는 '훈'으로 되어 있으나 문맥을 고려해 규장각본(12:37)을 따름.

709) 광풍졔월(光風霽月): 광풍제월. 비가 갠 뒤의 맑게 부는 바람과 밝은 달이라는 뜻으로 마음이 넓고 쾌활하여 아무 거리낌이 없는 인품을 비유적으로 이르는 말.

710) 운: [교] 원문에는 '은'으로 되어 있으나 전편 <쌍천기봉>에 '혜운'으로 되어 있으므로 이와 같이 수정함. 참고로 규장각본(12:38)과 연세대본(12:48)에도 '은'으로 되어 있음.

711) 운: [교] 원문에는 '은'으로 되어 있으나 전편 <쌍천기봉>에 '혜운'으로 되어 있으므로 이와 같이 수정함. 참고로 규장각본(12:38)과 연세대본(12:48)에도 '은'으로 되어 있음.

라. 셩졍(性情)이 요괴(妖怪)로오믈 견듸디 못ᄒᆞ야 고이(怪異)ᄒᆞᆫ 약지(藥材)ᄅᆞᆯ 모화 남ᄌᆞ(男子ㅣ) 미혹(迷惑)ᄒᆞᄂᆞᆫ 약(藥)을 ᄆᆡᆫᄃᆞ라 창가(娼家)의 음난(淫亂)ᄒᆞ믈 돕더니 이날 발각(發覺)ᄒᆞ야 뎜검(點檢)의 져조믈 만나니 ᄒᆞᆯ일업서 일일히(一一) 딕쵸(直招)[713]ᄒᆞ니 뎜검(點檢)이 대로(大怒) 왈(曰),

"너 요승(妖僧)이 산간(山間)의 업듸여 숑경(誦經)이나 ᄒᆞᆯ

•••

49면

거시오 블가(佛家)의 도(道)ᄂᆞᆫ 쳥졍(淸淨)ᄒᆞ미 귀(貴)커ᄂᆞᆯ 네 엇디 형톄(形體)ᄂᆞᆫ 부텨 얼골을 도적(盜賊)ᄒᆞ고 ᄆᆞ음의 더러오미 여ᄎᆞ(如此)ᄒᆞ야 사ᄅᆞᆷ을 음식(飮食)을 주매 개즘ᄉᆡᆼ도 못 먹을 거ᄉᆞᆯ 주고 요괴(妖怪)로온 약(藥)을 ᄆᆡᆫᄃᆞ라 사ᄅᆞᆷ을 그ᄅᆞᆺ ᄆᆡᆫᄃᆞᄂᆞ뇨? 이 죄(罪) 죽고 남디 못ᄒᆞ리라."

ᄒᆞ고 즉시(卽時) 호연과 혜운을 참(斬)ᄒᆞ고 기여(其餘) 졔(諸) 니고(尼姑)ᄂᆞᆫ 머리ᄅᆞᆯ 길워 속(俗)을 ᄆᆡᆫ달고 졔챵(諸娼)은 다 팔십(八十)댱(杖)식 텨 먼 ᄯᅡ 역비(驛婢)ᄅᆞᆯ 삼고 냥가(兩家) 녀ᄌᆞ(女子ㅣ) 뉴락(流落)ᄒᆞ니ᄂᆞᆫ 사힉(查覈)[714]ᄒᆞ야 도라보ᄂᆡ고 슈은암(--庵)과 명셜누(--樓)ᄅᆞᆯ 다 허러 구외[715](區外)[716]로 드리고 ᄯᅩ 셔가장(西家莊) 인(人)을 잡아다가 뉴 공(公) ᄡᅮ지즌 죄(罪)ᄅᆞᆯ 닐러 티벌(笞罰)ᄒᆞ야 ᄂᆡ

712) 운: [교] 원문에는 '은'으로 되어 있으나 전편 <쌍천기봉>에 '혜운'으로 되어 있으므로 이와 같이 수정함. 참고로 규장각본(12:38)에는 '운'으로 되어 있고 연세대본(12:48)에는 '은'으로 되어 있음.

713) 딕쵸(直招): 직초. 지은 죄를 사실대로 바로 말함.

714) 사힉(查覈): 사핵. 실제 사정을 자세히 조사하여 밝힘.

715) 외: [교] 원문과 이본들에 모두 '의'로 되어 있으나 문맥을 고려해 이와 같이 수정함.

716) 구외(區外): 구역 밖.

친 후(後) ᄇᆞ야흐로 디부(知府)를 ᄭᅮ지저 왈(曰),

"디뷔(知府ㅣ) 되믄 일방(一方) 인민(人民)을 다ᄉᆞ리게 ᄒᆞ엿거ᄂᆞᆯ

•••

50면

그ᄃᆡ 엇디 뉴 승샹(丞相)의 긔곤(飢困)[717]ᄒᆞ시믈 구제(救濟)티 아니ᄒᆞ고 ᄒᆞ믈며 근쳐(近處)의 잇ᄂᆞᆫ 산듕(山中) 요믈(妖物)과 챵녀(娼女)의 무샹(無狀)ᄒᆞ믈 아디 못ᄒᆞ니 족해(足下ㅣ) 아니 귀 먹고 어렷ᄂᆞ냐? 쾌(快)히 죄(罪)를 다ᄉᆞ릴 거시로ᄃᆡ 족하(足下)의 나 만흐믈 용셔(容恕)ᄒᆞᄂᆞ니 그 아ᄂᆞ냐?"

셜파(說罷)의 뎌의 말을 기ᄃᆞ리디 아니ᄒᆞ고 ᄉᆞ매를 ᄯᅥᆯ텨 하쳐(下處)의 도라와 뉴 공(公)을 보고 눈믈을 흘녀 ᄀᆞᆯ오ᄃᆡ,

"쇼ᄌᆡ(小子ㅣ) 엇디 대인(大人)의 은혜(恩惠)를 이대도록 져ᄇᆞ릴 줄 알니오? 금일ᄉᆞ(今日事)를 보매 쇼ᄌᆡ(小子ㅣ) 애ᄃᆞᆯ오믈 이긔디 못ᄒᆞᆯ소이다."

뉴 공(公)이 휘루(揮淚)[718] 샤례(謝禮) 왈(曰),

"ᄂᆡ 당년(當年) 너를 져ᄇᆞ리미 깁거ᄂᆞᆯ 이런 말을 ᄒᆞᄂᆞ뇨? 오ᄂᆞᆯ 텬일(天日)을 보미 다 네 덕(德)이라 디하(地下)의 갑기를 원(願)ᄒᆞ노라."

ᄉᆡᆼ(生)이 감챵(感愴)ᄒᆞ믈 이긔디 못ᄒᆞ야 ᄒᆞᆫ업

717) 긔곤(飢困): 기곤. 굶주리어 고달픔.

718) 휘루(揮淚): 눈물을 뿌림.

•••

51면

ᄉᆞᆫ 눈믈을 흘니고 즉시(卽時) 황금(黃金)을 ᄂᆡ야 본ᄐᆡᆨ(本宅)을 사 슈리(修理)ᄒᆞ고 복부(僕夫)[719]를 ᄀᆞᆺ초와 뉴 공(公)을 뫼시고 ᄀᆞᆯ오ᄃᆡ,

"쇼ᄌᆡ(小子ㅣ) 경ᄉᆞ(京師)의 니ᄅᆞ러 도모(圖謀)ᄒᆞ야 대인(大人)을 뫼셔 가리니 안심(安心)ᄒᆞ야 계쇼셔."

뉴 공(公)이 과망대희(過望大喜)[720]ᄒᆞ야 ᄀᆞᆯ오ᄃᆡ,

"너의 원(怨)을 닛고 은(恩)을 ᄆᆡᄌᆞ미 이러틋 ᄒᆞ니 엇디 감격(感激)디 아니ᄒᆞ리오? 무용(無用)ᄒᆞᆫ 인ᄉᆡᆼ(人生)이 향곡(鄕曲)이 무던ᄒᆞ니 셔울 가 므엇ᄒᆞ리오?"

뎜검(點檢)이 ᄃᆡ왈(對曰),

"비록 그러나 쇼ᄌᆞ(小子)의 졍니(情理)로 대인(大人)을 각각(各各) 두디 못ᄒᆞ리니 일ᄐᆡᆨ(一宅)의 뫼셔 됴모(朝暮)의 샹봉(相逢)코져 ᄒᆞᄂᆞ이다."

뉴 공(公)이 샤례(謝禮)ᄒᆞ거ᄂᆞᆯ 뎜검(點檢)이 드ᄃᆡ여 하딕(下直)고 손을 ᄂᆞᆫ화 도라갈ᄉᆡ, 새로이 슬허ᄒᆞ기를 마디아니코 김 부인(夫人) 묘하(墓下)의 크게 통곡(慟哭)ᄒᆞ야 허ᄇᆡ(虛拜)[721]ᄒᆞ매 눈믈이 강슈(江水) ᄀᆞᆺ

719) 복부(僕夫): 종으로 부리는 남자.
720) 과망대희(過望大喜): 바라던 것 이상이라 크게 기뻐함.
721) 허ᄇᆡ(虛拜): 허배. 신위에 절함.

•••

52면

더라.

인(因)ᄒᆞ야 됴 부인(夫人)을 뫼셔 경ᄉᆞ(京師)로 향(向)ᄒᆞ니,

혜운이 본ᄃᆡ(本-) 소 부인(夫人)을 해(害)ᄒᆞᆫ 죄(罪) 잇ᄂᆞᆫ 고(故)로 ᄆᆞᄎᆞᆷᄂᆡ 그 아ᄃᆞᆯ의 손의 목숨을 ᄆᆞᄎᆞ미 텬되(天道ㅣ) 쇼연(昭然)[722]티 아니며 됴 시(氏)와 뉴 공(公)의 보복(報復)[723]을 바ᄃᆞ미 쇼쇼(昭昭) ᄒᆞᆷ믈 보매 사ᄅᆞᆷ이 가(可)히 사오나온 노ᄅᆞᆺ슬 ᄒᆞ미 올흐리오. 됴 시(氏)의 어린 긔운이 경ᄉᆞ(京師)의 득달(得達)ᄒᆞᆷ믈 날노 혜여 연왕(-王)을 만나 젹년(積年) 니졍(離情)[724]을 펼가 희락(喜樂)ᄒᆞ니 그 거동(擧動)이 가(可)히 어리고 우은디라 연왕(-王)이 엇디 그 ᄠᅳᆮ즐 조차 부부지락(夫婦之樂)을 허(許)ᄒᆞ리오.

일노(一路)의 무ᄉᆞ(無事)이 ᄒᆡᆼ(行)ᄒᆞ야 경ᄉᆞ(京師)의 니ᄅᆞ러ᄂᆞᆫ 뎜검(點檢)이 됴 부인(夫人)긔 고(告)ᄒᆞ야 ᄀᆞᆯ오ᄃᆡ,

"태태(太太) 이제 어ᄂᆞ 곳으로 몬져 가고져 ᄒᆞ시ᄂᆞ니잇고?"

됴 시(氏) 왈(曰),

"연부(-府)로 몬져 가고져 ᄒᆞ노라."

뎜검(點檢)이 이윽이 ᄉᆡᆼ각다가 념슬궤고(斂膝跪告)[725]

722) 쇼연(昭然): 소연. 분명한 모양.
723) 보복(報復): 남이 저에게 해를 준 대로 저도 그에게 해를 줌.
724) 니졍(離情): 이정. 이별의 회포.
725) 념슬궤고(斂膝跪告): 염슬궤고. 무릎을 꿇고 고함.

•••

53면

왈(曰),

“일인즉 본부(本府)로 가시미 올스오나 존당(尊堂)과 야애(爺爺ㅣ) 아디 못ᄒᆞ시ᄂᆞᆫᄃᆡ 블시(不時)의 드러가시면 경동(驚動)ᄒᆞ시미 계실가 ᄒᆞ옵ᄂᆞ니 태태(太太)ᄂᆞᆫ 본부(本府)로 몬져 가샤 죠용이 나아오시미 유리(有理)ᄒᆞ이다.”

됴 시(氏) 조차 즉시(卽時) 교ᄌᆞ(轎子)를 두로혀 됴부(-府)로 가니 뎜검(點檢)의 이 말은 그 야야(爺爺)의 ᄯᅳᆺ을 ᄌᆞ못 아ᄂᆞᆫ디라 무심듕(無心中) 됴 시(氏)를 ᄃᆞ려가다가 무류(無聊)ᄒᆞᆫ 일을 볼가 모호(模糊)이 닐러 됴부(-府)로 뫼신 후(後) 낭문과 쇼[726]져(小姐)를 부듕(府中)으로 보ᄂᆡ고, ᄌᆞ긔(自己) 궐하(闕下)의 샤은(謝恩)ᄒᆞ매 원ᄂᆡ(元來) 뎜검(點檢)이 션셩(先聲)을 노티 아니코 쳔쳔이 도라왓ᄂᆞᆫ디라 졔(諸) 형뎨(兄弟) 미처 교외(郊外)로 나 맛디 못ᄒᆞ엿더라.

뎜검(點檢)이 젼폐(殿陛)의 나아가 ᄉᆞᄇᆡ(四拜) 슉샤(肅謝)ᄒᆞᆯᄉᆡ 텬ᄌᆞ(天子ㅣ) 크게 깃그샤 포장(褒奬)[727]ᄒᆞ야 ᄀᆞᆯᄋᆞ샤ᄃᆡ,

“경(卿)이 년쇼(年少) 대ᄌᆡ(大才)로 산동(山東)을 반년지ᄂᆡ(半年之內)의 평뎡(平定)

---

726) 쇼: [교] 원문에는 ‘됴’로 되어 있으나 문맥을 고려해 규장각본(12:42)과 연세대본(12:53)을 따름.

727) 포장(褒奬): 포장. 칭찬하여 장려함.

54면

ᄒᆞ니 그 ᄌᆡ죄(才操ㅣ) ᄌᆞᆨ(足)히 유악지듕(帷幄之中)[728]인 줄 알디라. 국가(國家)의 냥신(良臣) 이시믈 딤(朕)이 희ᄒᆡᆼ(喜幸)ᄒᆞ노라."

뎜검(點檢)이 ᄌᆡᄇᆡ(再拜) 왈(曰),

"초개(草芥) ᄀᆞᄐᆞᆫ 도적(盜賊)이 스ᄉᆞ로 믈너디미 국가(國家) 홍복(洪福)이어ᄂᆞᆯ 폐해(陛下ㅣ) 엇디 이런 과도(過度)ᄒᆞᆫ 말ᄉᆞᆷ을 ᄂᆞ리오시ᄂᆞ니잇고?"

샹(上)이 흔연(欣然)이 우으시고 광녹시(光祿寺)[729]로 잔치ᄒᆞ야 ᄃᆡ졉(待接)ᄒᆞ라 ᄒᆞ시고 특별(特別)이 병부샹셔(兵部尙書) 대ᄉᆞ마(大司馬) 태ᄌᆞ태부(太子太傅)ᄅᆞᆯ 졔슈(除授)ᄒᆞ시니 ᄉᆡᆼ(生)이 대경(大驚)ᄒᆞ야 년망(連忙)이 돈슈(頓首)[730] 고두(叩頭)[731] 샤왈(謝曰),

"신(臣)이 년미약관(年未弱冠)[732]의 부ᄌᆡ부덕(不才不德)으로 외람(猥濫)[733]이 듕쟉(重爵)을 당(當)ᄒᆞ오니 듀야(晝夜) 여림박빙(如臨薄氷)[734]ᄒᆞ와 정(正)히 손복(損福)[735]ᄒᆞ올가 두리옵거ᄂᆞᆯ 이제 조고만 공뇌(功勞ㅣ)로 큰 쟉위(爵位)ᄅᆞᆯ 더으시니 이ᄂᆞᆫ 신(臣)이 죽으므로ᄡᅧ 셩은(聖恩)을 밧ᄌᆞᆸ디 못ᄒᆞᄂᆞ이다."

샹(上)이 블열(不悅) 왈(曰),

---

728) 유악지듕(帷幄之中): 유악지중. 장막 안. 슬기와 꾀를 내어 일을 처리하는 데 능함을 의미함. 중국 한(漢)나라 고조(高祖)의 모사(謀士)였던 장량(張良)이 장막 안에서 이리저리 꾀를 내었다는 데에서 연유한 말.

729) 광녹시(光祿寺): 광록시. 외빈(外賓)의 접대를 맡아보던 관아.

730) 돈슈(頓首): 고개를 조아림.

731) 고두(叩頭): 공경하는 뜻으로 머리를 땅에 조아림.

732) 년미약관(年未弱冠): 연미약관. 나이가 스무 살이 안 됨. 약관(弱冠)은 남자 나이 스무 살을 이름.

733) 외람(猥濫): 하는 행동이나 생각이 분수에 지나침.

734) 여림박빙(如臨薄氷): 마치 얇은 얼음을 딛는 것 같음.

735) 손복(損福): 복을 잃음.

"ᄌᆞ고(自古)로 공신(功臣)을 갑흐믄 국톄(國體)

•••

55면

의 녜ᄉᆡ(例事ㅣ)라. 경(卿)이 ᄯᅩᄒᆞᆫ 식니(識理)ᄅᆞᆯ 통(通)ᄒᆞ며 이런 말을 ᄒᆞᄂᆞ뇨?"

ᄉᆡᆼ(生)이 더옥 황감(惶感)[736]ᄒᆞ야 다시 머리ᄅᆞᆯ 두ᄃᆞ려 ᄉᆞ양(辭讓)ᄒᆞᄃᆡ 샹(上)이 듯디 아니시니 ᄉᆡᆼ(生)이 ᄒᆞᆯ일업서 ᄇᆡᆨᄇᆡ(百拜) 샤은(謝恩)ᄒᆞ고 믈러나 집의 도라오니,

ᄎᆞ시(此時), 낭문, 벽쥐 니부(李府)의 니ᄅᆞ니 뫼셔 온 복쳡(僕妾)[737]이 별당(別堂)의 교ᄌᆞ(轎子)ᄅᆞᆯ 브리고 아모나 ᄎᆞ쟈 뎐(傳)코져 ᄒᆞ더니 홀연(忽然) 일위(一位) 쇼년(少年)이 쳥사당건(靑紗唐巾)[738]으로 압흘 디나거ᄂᆞᆯ 낫ᄃᆞ라 졀ᄒᆞ고 ᄀᆞᆯ오ᄃᆡ,

"산동(山東) 뎜검(點檢) 노얘(老爺ㅣ) 쇼공ᄌᆞ(小公子) 쇼져(小姐)ᄅᆞᆯ 뫼셔 부듕(府中)으로 가라 ᄒᆞ시매 니ᄅᆞ럿ᄉᆞᆸ더니 엇디ᄒᆞ리잇고?"

그 쇼년(少年)이 대경(大驚)ᄒᆞ야 급(急)히 당(堂)의 드러가니 낭문과 쇼제(小姐ㅣ) 니러 마자 졀ᄒᆞ거ᄂᆞᆯ 쇼년(少年)이 문왈(問曰),

"네 아니 됴 부인(夫人) ᄉᆡᆼ읜(生兒ㄴ)다?"

낭문이 ᄌᆡᄇᆡ(再拜) 왈(曰),

"졍(正)히 긔로소이다."

쇼년(少年)

---

736) 황감(惶感): 황송하고 감격스러움.

737) 복쳡(僕妾): 복첩. 사내종과 여자 종.

738) 쳥사당건(靑紗唐巾): 청사당건. 푸른 색의 도포와 당건. 당건은 중국에서 쓰던 관(冠)의 하나.

•••

56면

이 ᄎᆞ언(此言)을 듯고 대경대희(大驚大喜)ᄒᆞ야 년망(連忙)히 ᄃᆞ리고 안흐로 드러가니 이는 원문이러라[739] 원문이 냥ᄋᆞ(兩兒)를 ᄃᆞ리고 안희 드러가니 ᄇᆡ야흐로 낫 문안(問安)의 만좌(滿座ㅣ) 셩녈(成列)ᄒᆞ엿더라.

원문이 모든 ᄃᆡ 고왈(告曰),

"이 두 아희(兒孩) 됴 부인(夫人) ᄉᆡᆼ이(生兒ㅣ)로소이다."

인(因)ᄒᆞ야 좌측(座側)을 일일이(一一) ᄀᆞᄅᆞ치니 낭문과 벽쥐 ᄎᆞ례(次例)로 졀ᄒᆞ기를 ᄆᆞᆺ고 왕(王)의 알픠 업ᄃᆡ여 실셩(失聲) 오열(嗚咽) 왈(曰),

"텬디간(天地間)의 난 디 십ᄉᆞ(十四) 년(年)이로ᄃᆡ 대인(大人) 안젼(案前)을 금일(今日) 처엄 뵈오니 인ᄉᆡᆼ(人生)의 긔구(崎嶇)ᄒᆞ미 이대도록 ᄒᆞ니잇고?"

셜파(說罷)의 이(二) ᄋᆡ(兒ㅣ) 긔운이 혼미(昏迷)ᄒᆞ야 ᄀᆞᄅᆞ[740] 업더디니 ᄎᆞ시(此時) 존당(尊堂)으로브터 쇼년(少年)의 니ᄅᆞ히 이 말을 듯고 차악경동(嗟愕驚動)[741]ᄒᆞ야 말을 못 미처 ᄒᆞ여셔 두 아희(兒孩) 혼미(昏迷)ᄒᆞ미 인심(人心)의 츄연(惆然)ᄒᆞ야 ᄎᆞᆷ디 못ᄒᆞᆯ 배라. 샹셰(尙書ㅣ) 밧비 좌(座)를 ᄡᅥ나 낭문을 니ᄅᆞ혀고 왕(王)이

---

739) 원문이러라: 원문과 연세대본(12:56)에는 이 부분이 없으나 문맥을 고려해 규장각본(12:44)을 따라 삽입함.

740) ᄀᆞᄅᆞ: 나란히.

741) 차악경동(嗟愕驚動): 몹시 놀람.

•••

57면

쏘훈 녀ᄋᆞ(女兒)를 븟들매 더옥 샹셔(尙書)의 흐ᄅᆞᄂᆞᆫ 눈믈이 옷기슬 즘으고 쳐챵(悽愴) 오열(嗚咽)ᄒᆞ야 머리를 수기고 ᄂᆞᆺ빗치 ᄎᆞᆫ 직 ᄀᆞᄐᆞ니 왕(王)이 죵시(終是) 일언(一言)을 아니코 녀ᄋᆞ(女兒)를 어ᄅᆞ문져 구호(救護)ᄒᆞ디 ᄉᆡᆼ미 업ᄂᆞᆫ디라. 샹셰(尙書ㅣ) 급(急)히 회ᄉᆡᆼ약(回生藥)을 가져오라 ᄒᆞ야 냥ᄋᆞ(兩兒)의 입의 티고 구호(救護)ᄒᆞ니 식경(食頃)이나 디난 후(後) 인ᄉᆞ(人事)를 출혀 냥ᄋᆡ(兩兒ㅣ) 다시 왕(王)의 ᄉᆞ매를 븟들고 눈믈이 자리의 고이니 왕(王)이 비록 됴 시(氏)를 졀티(切齒)ᄒᆞ나 ᄎᆞᄋᆞ(此兒)ᄂᆞᆫ ᄌᆞ긔(自己) 골육(骨肉)이라 왕(王)의 셩품(性品)이 다른 고디도 연좌(連坐)로ᄂᆞᆫ 벌(罰)을 아니커ᄂᆞᆯ 더옥 무죄(無罪)ᄒᆞ미 쇼연(昭然)ᄒᆞᆫ ᄌᆞ식(子息)을 니ᄅᆞ리오. 안ᄉᆡᆨ(顔色)이 ᄀᆞ장 참연(慘然)ᄒᆞ야 흔연(欣然)이 어ᄅᆞ문져 무ᄋᆡ(撫愛)[742]ᄒᆞ며 위로(慰勞) 왈(曰),

"너희 등(等)의 팔ᄌᆡ(八字ㅣ) 무샹(無狀)[743]ᄒᆞ야 이에 니

•••

58면

ᄅᆞ미 다 운수(運數)의 매인 배라 슬허 말라. 연(然)이나 금일(今日) 어ᄃᆡ로조차 니ᄅᆞ럿ᄂᆞ뇨?"

낭문이 겨유 졍신(精神)을 졍(靜)ᄒᆞ야 젼후수말(前後首末)을 ᄌᆞ시 고(告)ᄒᆞ니 왕(王)이 듯기를 ᄆᆞᄎᆞ매 됴녀(-女)의 과보(果報)[744] 바드

742) 무ᄋᆡ(撫愛): 무애. 어루만지며 사랑함.
743) 무샹(無狀): 무상. 일정하게 정해진 모양이 없음.

미 명명(明明)ᄒᆞ믈 더옥 통ᄒᆞᆫ(痛恨)[745] ᄒᆞ야 긔식(氣色)이 졈졈(漸漸) 싀싀ᄒᆞ여 믁연(默然)이러니 승샹(丞相)이 ᄇᆡ야흐로 두 손ᄋᆞ(孫兒)ᄅᆞᆯ 나호여 어ᄅᆞ만져 탄왈(歎曰),

“여등(汝等)이 다 나의 골육(骨肉)이어ᄂᆞᆯ 쳔(千) 니(里)의 분니(分離)ᄒᆞ야 오ᄂᆞᆯ 요ᄒᆡᆼ(僥倖) 만나니 그 졍ᄉᆡ(情事ㅣ) 엇디 가셕(可惜)디 아니리오? ᄂᆡ ᄋᆞ히(兒孩)ᄂᆞᆫ 디난 일을 슬허 말고 평안(平安)이 누리믈 원(願)ᄒᆞ노라.”

문이 ᄇᆡ샤(拜謝)ᄒᆞ니 벽쥐 더옥 슬허 눈믈이 옥안(玉顔)의 ᄆᆡᄌᆞᆯ ᄉᆞ이 업ᄉᆞ니 왕(王)이 손을 잡고 위로(慰勞)ᄒᆞ고 샹셰(尙書ㅣ) 쳔만ᄯᅳᆺ 밧(千萬--)긔 ᄆᆡ뎨(妹弟)ᄅᆞᆯ 만나매 도로혀 취(醉)ᄒᆞᆫ

•••

59면

ᄃᆞᆺ 어린 ᄃᆞᆺᄒᆞ야 반가오미 과(過)ᄒᆞ매 슬픈 눈믈이 니음ᄎᆞ고 남공(-公) 등(等) 졔인(諸人)이 됴흔 말노 이(二) ᄋᆞ(兒)ᄅᆞᆯ 관위(款慰)[746] ᄒᆞ더니,

이윽고 태부(太傅ㅣ) 금포옥ᄃᆡ(錦袍玉帶)[747]로 드러와 모든 ᄃᆡ 뵈고 별후지졍(別後之情)을 고(告)ᄒᆞ매 모다 일시(一時)의 셩공(成功)ᄒᆞ고 무ᄉᆞ(無事)히 도라오믈 일ᄏᆞᄅᆞ니 태부(太傅ㅣ) 흔연(欣然)이 쇼왈(笑曰),

“셩공(成功)ᄒᆞ믄 죡(足)히 일ᄏᆞ람 즉디 아니나 금일(今日) 골육(骨

744) 과보(果報): 전생에 지은 선악에 따라 현재의 행과 불행이 있고, 현세에서의 선악의 결과에 따라 내세에서 행과 불행이 있는 일. 인과응보.

745) 통혼(痛恨): 통한. 몹시 분하거나 억울하여 한스럽게 여김.

746) 관위(款慰): 정성껏 위로함.

747) 금포옥ᄃᆡ(錦袍玉帶): 금포옥대. 비단 도포와 옥으로 만든 띠.

肉)이 완취(完聚)[748]ᄒᆞ고 안항(雁行)[749]의 기러기 ᄀᆞᄌᆞᆨᄒᆞ니 이밧긔 즐거오미 업도소이다."

셜파(說罷)의 눈을 드러 모친(母親)의 업ᄉᆞ믈 보고 경아(驚訝)[750]ᄒᆞ야 연고(緣故)를 뭇ᄌᆞ온대, 샹셰(尙書ㅣ) 왈(曰),

"모친(母親)이 근닉(近來)예 미양(微恙)[751]이 계샤 이곳의 나오디 못ᄒᆞ여 계시니 죠용이 가 뵈올 거시니라."

태뷔(太傅ㅣ) 잠간(暫間) 방심(放心)[752]ᄒᆞ야 존당(尊堂)과 야야(爺爺)를 뫼셔 말ᄉᆞᆷᄒᆞᆯᄉᆡ, 승샹(丞相)이 됴 시(氏) ᄎᆞᆺ던 곡졀(曲折)을

•••

60면

무ᄅᆞ니 ᄉᆡᆼ(生)이 일일히(一一-) ᄃᆡ(對)ᄒᆞ고 샹셔(尙書)와 낭문의 슬허ᄒᆞ믈 보고 흔연(欣然)이 웃고 ᄀᆞᆯ오ᄃᆡ,

"이제 ᄒᆞᆫᄃᆡ 모닷거ᄂᆞᆯ 형댱(兄丈)은 엇디 슬허ᄒᆞ시며 현뎨(賢弟) 원노(遠路) ᄒᆡᆼ역(行役)의 구치(驅馳)[753]ᄒᆞ여 와 긔운을 과도(過度)이 샹(傷)히오ᄂᆞ뇨?"

드ᄃᆡ여 니러나 슉현당(--堂)으로 가니 샹셔(尙書)와 낭문, 벽쥐 조차가ᄂᆞᆫ디라.

남공(-公)이 쇼이문왈(笑而問曰),

"금일(今日) 냥ᄋᆞ(兩兒) 형뎨(兄弟)를 보매 가(可)히 긔특(奇特)ᄒᆞᆫ

---

748) 완취(完聚): 완취. 완전히 모임.
749) 안항(雁行): 기러기의 행렬이라는 뜻으로 원래는 남의 형제를 높여 이르는 말이나 여기에서는 '자기 형제'의 의미로 쓰임.
750) 경아(驚訝): 놀라고 의아해함.
751) 미양(微恙): 가벼운 병.
752) 방심(放心): 마음을 놓음.
753) 구치(驅馳): 몹시 바삐 돌아다님.

디라, 현뎨(賢弟) 됴수(-嫂)ᄅᆞᆯ 엇디코져 ᄒᆞᄂᆞ뇨?"

연왕(-王)이 졍ᄉᆡᆨ(正色) ᄃᆡ왈(對曰),

"됴녀(-女)ᄅᆞᆯ 쇼뎨(小弟) 엇디ᄒᆞ리잇고?"

쇼뷔(少傅ㅣ) 대쇼(大笑)하고 ᄀᆞᆯ오ᄃᆡ,

"네 당년(當年)의 됴 시(氏) ᄢᅵᄅᆞᆯ 바다 ᄆᆞ어ᄉᆡ �ᄡᅳ리오 ᄒᆞ더니 이제 냥ᄋᆡ(兩兒ㅣ) 아ᄅᆞᆷ다오나 네게ᄂᆞᆫ 블관(不關)[754]ᄒᆞᆫ ᄌᆞ식(子息)이라 집의 두려 ᄒᆞᄂᆞ냐?"

왕(王)이 잠쇼(暫笑) ᄃᆡ왈(對曰),

"ᄌᆞ식(子息)을 현블초(賢不肖) 간(間) ᄇᆞ리리오?"

쇼뷔(少傅ㅣ) 왈(曰),

"텬디(天地) 조홰(造化ㅣ) 진실

•••

61면

노(眞實-) 고이(怪異)ᄒᆞ니 뎌 냥ᄋᆡ(兩兒ㅣ) 진실노(眞實-) 구챠(苟且)[755]코 고이(怪異)ᄒᆞᆫ디라 말을 ᄒᆞ고져 ᄒᆞ매 혜 돕디 아닛노라."

왕(王)이 미쇼(微笑) 브답(不答)ᄒᆞ나 ᄆᆞᄎᆞᆷᄂᆡ 즐겨 아녀 화긔(和氣) ᄉᆞ연(捨然)[756]ᄒᆞ야 즉시(卽時) 니러 나가니,

뎡 부인(夫人)이 참연(慘然) 왈(曰),

"ᄎᆞᄋᆞ(次兒)의 거동(擧動)이 녕ᄋᆞ(-兒)ᄅᆞᆯ ᄉᆡᆼ각ᄒᆞ미니 ᄂᆡ 역시(亦是) 심ᄉᆡ(心思ㅣ) 쳐쵸(凄楚)[757]ᄒᆞ믈 이긔디 못ᄒᆞ노라."

---

754) 블관(不關): 불관. 중요하지 않음.
755) 구챠(苟且): 구차. 말이나 행동이 떳떳하거나 버젓하지 못함.
756) ᄉᆞ연(捨然): 사연. 없어짐.
757) 쳐쵸(凄楚): 처초. 슬프고 마음이 아픔.

좌위(左右ㅣ) 탄식(歎息)고 무언(無言)이러라.

태뷔(太傅ㅣ) 슉현당(--堂)의 드러가 모친(母親)긔 뵈오니 부인(夫人)이 크게 반겨 자리의 니러 안자믈 씨둣디 못ᄒᆞ야 말을 ᄒᆞ고져 ᄒᆞᆯ ᄎᆞ(次) 낭문과 벽쥐 나아가 절ᄒᆞ니 부인(夫人)이 놀나거늘 태뷔(太傅ㅣ) 슈말(首末)을 고(告)ᄒᆞ니 부인(夫人)이 크게 놀나 밧비 냥ᄋᆞ(兩兒)의 손을 쥐고 슬허 왈(日),

"가련(可憐)ᄒᆞ다, 무죄(無罪)ᄒᆞᆫ ᄒᆡᄋᆡ(孩兒ㅣ) 그대도록 간고험난(艱苦險難)[758]을 격글 줄 알니오?"

또 태부(太傅)의 손을 잡고 탄식(歎息) 왈(日),

"ᄂᆡ 아ᄒᆡ(兒孩) 국ᄉᆞ(國事)를 뭇고 동긔(同氣)를 ᄎᆞ

•••

62면

자 우ᄋᆡ(友愛)를 두터이 셰우니 ᄂᆡ ᄀᆞ장 아름다이 넉이노라."

태뷔(太傅ㅣ) 샤례(謝禮)ᄒᆞ고 샹셰(尙書ㅣ) 칭샤(稱謝)ᄒᆞ야 ᄀᆞᆯ오ᄃᆡ,

"현뎨(賢弟) ᄒᆞᆫ 번(番) 강동(江東)을 향(向)ᄒᆞ매 우형(愚兄)의 평ᄉᆡᆼ(平生) ᄒᆞᆫ(恨)을 플 줄 엇디 알니오?"

태뷔(太傅ㅣ) 샤례(謝禮)ᄒᆞ고 소휘(-后ㅣ) 냥ᄋᆞ(兩兒)를 은근(慇懃)이 ᄉᆞ랑ᄒᆞ야 ᄌᆞ녀(子女)를 블너 셔로 보게 ᄒᆞ고 녀·임·위·됴[759]를 일일히(一一-) ᄀᆞᄅᆞ쳐 니ᄅᆞ니 낭문과 벽쥐 모든 사ᄅᆞᆷ의 옥골셜뷔(玉骨雪膚ㅣ)[760] 영영쇄락(榮榮灑落)[761]ᄒᆞ믈 보고 눈이 암암(黯黯)[762]ᄒᆞ

758) 간고험난(艱苦險難): 힘들고 어려운 일.

759) 녀·임·위·됴: 여·임·위·조. 이성문의 정실 여빙란, 이성문의 재실 임 씨, 이경문의 정실 위홍소, 이경문의 재실 조여구를 이름.

760) 옥골셜뷔(玉骨雪膚ㅣ): 옥골설부. 옥처럼 매끄러운 골격과 눈처럼 하얀 피부.

761) 영영쇄락(榮榮灑落): 빛나고 시원스러움.

야 황홀(恍惚)ᄒᆞ믈 이긔디 못ᄒᆞ고 소후(-后)의 지극(至極)ᄒᆞᆫ 뜻을 감은(感恩)ᄒᆞ믈 측냥(測量)티 못ᄒᆞ더니,

이윽고 왕(王)이 드러와 은근(慇懃)이 ᄌᆞ녀(子女)를 어ᄅᆞ ᄆᆞ져 ᄉᆞ랑ᄒᆞ미 젼혀(全-) 타의(他意) 업ᄉᆞᆫ ᄃᆞᆺᄒᆞ니 태뷔(太傅ㅣ) 믄득 나아가 무러 취품(就稟)[763] ᄒᆞᄃᆡ,

"됴 부인(夫人) 드ᄅᆞ실 당(堂)을 어ᄂᆞ 당(堂)으로 쇄소(刷掃)[764] ᄒᆞ리잇고?"

왕(王)이 텽파(聽罷)의 일(一) 쌍(雙)

•••

63면

봉안(鳳眼)을 빗기 ᄠᅥ 태부[765](太傅)를 보매 표연(表然)ᄒᆞᆫ 노긔(怒氣) 골졀(骨節)을 녹이니 태뷔(太傅ㅣ) 블승황공(不勝惶恐)ᄒᆞ야 믁연(默然)이 퇴좌(退座ㅣ)오, 샹셔(尙書)ᄂᆞᆫ 심하(心下)의 민울(悶鬱)[766] ᄒᆞ믈 이긔디 못ᄒᆞ야, 즉시(卽時) 됴부(-府)의 니ᄅᆞ러 됴 시(氏)를 볼ᄉᆡ,

됴 시(氏) 이ᄶᅢ 본부(本府)의 니ᄅᆞ매 일개(一家ㅣ) 쳔만몽밧(千萬--)기라 국구(國舅)와 뇨 부인(夫人)이 븟들고 통곡(慟哭)ᄒᆞ야 이에 니ᄅᆞᆫ 슈말(首末)을 무ᄅᆞ니 됴 시(氏) 크게 울고 젼후(前後) 고쵸(苦楚)와 니(李) 뎜검(點檢)의 덕(德)을 ᄀᆞᆺ초 니ᄅᆞ고 다시 통곡(慟哭) 왈(曰),

---

762) 암암(黯黯): 어두움.
763) 취품(就稟): 취품. 웃어른께 나아가 여쭘.
764) 쇄소(刷掃): 쓸고 닦아 깨끗이 함.
765) 태부: [교] 원문에는 '보고'라 되어 있고 지운 흔적이 있는데 문맥을 고려해 규장각본(12:50)과 연세대본(12:63)을 따름.
766) 민울(悶鬱): 안타깝고 답답함.

"닉 젼일(前日) 니향[767]의 다래오믈 듯고 소 시(氏)를 무고(無故)이 해(害)ᄒᆞ엿더니 오늘날 그 사름의 아들이 니ᄅᆞ러 나의 젹년(積年) 고초(苦楚)를 벗겨 평안(平安)ᄒᆞᆫ 교ᄌᆞ(轎子)의 ᄃᆞ려오ᄃᆡ 그 조심(操心)과 공경(恭敬)ᄒᆞᄂᆞᆫ 녜되(禮度ㅣ) 녯사름이라도 닉 죄(罪)를 ᄉᆡᆼ각건대 ᄒᆡᆼ(行)티 못홀 거시어늘 경문의 긔특(奇特)ᄒᆞ미 여

•••

64면

ᄎᆞ(如此)ᄒᆞ니 엇디 하늘이 아니리오?"

뇨 부인(夫人)이 탄식(歎息) 왈(曰),

"닉 당년(當年) 너를 경계(警戒)ᄒᆞ믄 오늘날이 이실 줄 알미라. 네 ᄆᆞᄎᆞᆷ닉 현(賢)을 실(失)ᄒᆞ고 악(惡)을 길워 이에 니ᄅᆞ니 ᄒᆞᆫ(恨)ᄒᆞ야 엇디ᄒᆞ리오? 니(李) 안찰(按察)의 효우(孝友)ᄂᆞᆫ 고금(古今) 이후(以後)로 엇기 어려온디라. 네 ᄎᆞ후(此後ㅣ)나 ᄀᆡ과ᄌᆞᄎᆡᆨ(改過自責)[768]ᄒᆞ야 두 ᄌᆞ식(子息)을 도라보라."

됴 시(氏) 읍읍(悒悒)[769] 타루(墮淚)ᄒᆞ더니 홀연(忽然) 시녜(侍女ㅣ) 보왈(報曰),

"니(李) 샹셔(尙書) 노애(老爺ㅣ) 니ᄅᆞ러 뵈오믈 쳥(請)ᄒᆞ시ᄂᆞ이다."

됴 시(氏) 놀나 왈(曰),

"니(李) 샹셔(尙書)ᄂᆞᆫ 엇던 사름고?"

뇨 시(氏) 왈(曰),

"이ᄂᆞᆫ 연왕(-王)의 댱ᄌᆞ(長子)니 셩문이니라."

---

767) 니향: 조 씨의 시녀. 전편 <쌍천기봉>에 등장하는 인물.
768) ᄀᆡ과ᄌᆞᄎᆡᆨ(改過自責): 개과자책. 스스로 잘못을 꾸짖어 고침.
769) 읍읍(悒悒): 근심하는 모양.

됴 시(氏) 텽파(聽罷)의 대경(大驚) 탄왈(歎曰),

"셩문이 엇디 이대도록 귀(貴)히 되얏ᄂᆞ뇨? ᄂᆡ 당년(當年) 죄과(罪過)[770]ᄅᆞᆯ ᄉᆡᆼ각ᄒᆞ매 므슴 ᄂᆞᆺ츠로 보리오?"

뇨 시(氏) 왈(曰),

"뎨 그ᄣᅢ 어렷고 임의 보쟈 ᄒᆞᄂᆞᆫᄃᆡ 엇디 아니 보리오?"

됴 시(氏) 드

•••

65면

ᄃᆡ여 듕당(中堂)의 나와 볼ᄉᆡ 샹셰(尙書ㅣ) 드러와 ᄌᆡᄇᆡ(再拜)ᄒᆞ고 좌(座)ᄅᆞᆯ 갓가이 ᄒᆞ야 업ᄃᆡ여 밋쳐 말을 못 ᄒᆞ고 눈믈이 옥(玉) ᄀᆞᆺᄐᆞᆫ 귀밋ᄐᆡ 년낙(連落)ᄒᆞ니, 됴 시(氏) 눈을 드러 보매 샹셰(尙書ㅣ) 임의 일품(一品) 복ᄉᆡᆨ(服色)으로 톄위(體位)[771] 신듕(愼重)ᄒᆞ고 골격(骨格)이 은은(隱隱)ᄒᆞ야 대인(大人) 긔상(氣像)이 니러시믄 니ᄅᆞ도 말고 옥(玉) ᄀᆞᆺᄐᆞᆫ 얼골이 ᄋᆞ시(兒時)로 ᄇᆡ승(倍勝)ᄒᆞ야 ᄇᆡᆨ년(白蓮)과 부용(芙蓉)으로 고으믈 비기디 못ᄒᆞ니 ᄒᆞᆫ 낫 안ᄉᆡᆨ(顔色)의 영형신이(瑩炯神異)[772]ᄒᆞᆫ 광ᄎᆡ(光彩) 눈의 현란(絢爛)[773]ᄒᆞᄂᆞᆫ디라. 됴 시(氏) 대경(大驚)ᄒᆞ야 이에 눈믈을 ᄲᅳ리고 손을 잡아 왈(曰),

"네 날을 ᄉᆡᆼ각ᄒᆞᄂᆞᆫ다?"

샹셰(尙書ㅣ) 다시 절ᄒᆞ야 ᄀᆞᆯ오ᄃᆡ,

"ᄒᆡᄋᆡ(孩兒ㅣ) 뉵(六) 셰(歲)에 ᄌᆞ안(慈顔)을 ᄯᅥ나시니 엇디 ᄉᆡᆼ각디

---

770) 죄과(罪過): 죄와 허물.
771) 톄위(體位): 체위. 어떤 일을 할 때 서거나 앉거나 하는, 몸의 일정한 자세.
772) 영형신이(瑩炯神異): 밝게 빛나고 기이함.
773) 현란(絢爛): 눈이 부시도록 찬란함.

못ᄒᆞ리잇고? 히ᄋᆞ(孩兒)의 무샹(無狀)ᄒᆞ미 오늘날 더옥 씩돗ᄌᆞ올디라. 태태(太太)와 두 동ᄉᆡᆼ(同生)이 쳔

•••

66면

단(千端) 고초(苦楚)ᄅᆞᆯ 겻그ᄃᆡ 아디 못ᄒᆞ고 평안(平安)이 누리미 극(極)ᄒᆞ니 모친(母親)긔 뵈오미 므ᄉᆞᆷ ᄂᆞᆺ치 이시리잇가?"

됴 시(氏) 손을 저어 왈(曰),

"네 다시 이 말을 말디니 나의 저즌 죄악(罪惡)이 강상(綱常)의 ᄀᆞ득ᄒᆞ니 나의 고초(苦楚) 바드믈 ᄒᆞᆫ(恨)ᄒᆞ리오? 이후(以後)나 ᄀᆡ과(改過)ᄒᆞ고저 ᄒᆞᆫ들 가(可)히 밋ᄎᆞ랴? 너ᄅᆞᆯ 보매 영문을 ᄉᆡᆼ각ᄒᆞ야 ᄂᆞᆺ출 각고져 ᄒᆞᄂᆞ니 너의 말은 의외(意外)로다."

샹셰(尙書ㅣ) 톄루(涕淚) ᄇᆡ샤(拜謝) 왈(曰),

"디ᄂᆞᆫ 일은 피ᄎᆞ(彼此)의 운쉬(運數ㅣ)라 엇디 태태(太太)의 연괴(緣故ㅣ)리잇고? ᄎᆞ후(此後) 기리 뫼셔 죵신(終身)키ᄅᆞᆯ 원(願)ᄒᆞᄂᆞ이다."

됴 시(氏) 그 유화(柔和)[774]ᄒᆞᆫ 말ᄉᆞᆷ과 승슌(承順)[775]ᄒᆞᆫ 안ᄉᆡᆨ(顔色)을 보고 요요(擾擾)[776]ᄒᆞ던 심댱(心腸)이 다 뎡(靜)ᄒᆞ야 믄득 문왈(問曰),

"네 부친(父親)이 두 아히(兒孩)ᄅᆞᆯ 보시고 므어시라 ᄒᆞ시더뇨?"

언미필(言未畢)의 녜부(禮部) 니흥문 등(等) 오(五) 인(人)과 원문이 니ᄅᆞ러 일시(一時)의

---

774) 유화(柔和): 부드럽고 따뜻함.
775) 승슌(承順): 승순. 윗사람의 명령을 순순히 좇음.
776) 요요(擾擾): 뒤숭숭하고 어수선함.

●●●

67면

절ᄒᆞ고 별후지졍(別後之情)을 고(告)ᄒᆞᆯ식 녜뷔(禮部ㅣ) 돗글 피(避)ᄒᆞ야 환향(還鄕)ᄒᆞ시믈 하례(賀禮)ᄒᆞ고 낭문 남ᄆᆡ(男妹)의 긔이(奇異)ᄒᆞ믈 일ᄏᆞ라니, 됴 시(氏) 눈믈을 흘녀 ᄀᆞᆯ오ᄃᆡ,

“ᄂᆡ 존문(尊門)을 써날 제 현딜(賢姪) 등(等)이 강보(襁褓)의 잇더니 어ᄂᆞ ᄉᆞ이 뎌러틋 댱셩(長成)ᄒᆞ엿ᄂᆞ뇨? 나의 화란(禍亂) 격그믄 ᄌᆞ쟉지얼(自作之孼)[777]이라 눌을 ᄒᆞᆫ(恨)ᄒᆞ리오?”

인(因)ᄒᆞ야 샹셔(尙書)ᄃᆞ려 다시 연왕(-王)의 말을 무ᄅᆞ니 샹셰(尙書ㅣ) 미쇼(微笑) ᄃᆡ왈(對曰),

“대인(大人)이 엇디 ᄆᆡᄌᆞ(妹子)와 현뎨(賢弟)의게 ᄌᆞᄋᆡ지졍(慈愛之情)이 헐(歇)ᄒᆞ시리오? 이는 무ᄅᆞ실 배 아니로소이다.”

됴 시(氏) 또 녜부(禮部)ᄃᆞ려 문왈(問曰),

“구괴(舅姑ㅣ) 날을 언제 오라 ᄒᆞ시더뇨?”

녜부(禮部) 등(等)이 비록 인ᄉᆞ(人事)로뻐 이에 와시나 므ᄉᆞᆫ 졍(情)이 이시리오. 그 거동(擧動)을 우이 넉여 녜뷔(禮部ㅣ) 쇼이ᄃᆡ왈(笑而對曰),

“쇼딜(小姪)이 일즉 듯ᄌᆞᆸ디 아니코 와시니

●●●

68면

아디 못ᄒᆞᆯ소이다.”

---

777) ᄌᆞ쟉지얼(自作之孼): 자작지얼. 자기가 저지른 일 때문에 생긴 재앙.

됴 시(氏) 쳐연(悽然) 탄식(歎息)고 스ᄉᆞ로 졍(情)을 이긔디 못ᄒᆞ더라.

이윽고 제인(諸人)이 하딕(下直)고 도라와 녜뷔(禮部ㅣ) 됴 시(氏)의 거동(擧動)을 우읍기를 견ᄃᆡ디 못ᄒᆞ야 졍당(正堂)의 드러가니, 마춤 낭문이 잇ᄂᆞᆫ디라 조부(祖父) 알퓌셔 셜화(說話)ᄒᆞ고 우ᄉᆞ니 승샹(丞相)이 어히업서 잠쇼(暫笑)ᄒᆞ니 기여(其餘)ᄅᆞᆯ 니ᄅᆞ리오. 입을 ᄀᆞ리와 일시(一時)의 웃더니 뉴 부인(夫人)이 혀 ᄎᆞ고 닐오ᄃᆡ,

"념치(廉恥)도 됴탓다. 그 사오나오미 ᄀᆞ디 아니미냐?"

녜뷔(禮部ㅣ) 왈(曰),

"그ᄂᆞᆫ 다 쇼삭(蕭索)[778]ᄒᆞ여 계시ᄃᆡ 일단(一端) 호승(好勝)[779]이 업디 아니ᄒᆞ여 계시더이다."

일좨(一座ㅣ) ᄀᆡ쇼(皆笑)ᄒᆞ더라.

ᄎᆞ일(此日) 연왕(-王)이 낭문을 ᄃᆞ리고 셔헌(書軒)의 도라와 자며 지극(至極) ᄉᆞ랑ᄒᆞ고 녜부(禮部) 등(等)이 ᄯᅩᄒᆞᆫ 년(連)ᄒᆞ야 힐항(頡頏)[780]ᄒᆞᄂᆞᆫ 졍(情)이 극진(極盡)ᄒᆞᄃᆡ 왕(王)이 ᄆᆞᄎᆞᆷᄂᆡ 됴 시(氏)

•••

69면

거쳐(居處)ᄅᆞᆯ 뭇디 아니ᄒᆞ니 낭문이 의려(疑慮)ᄒᆞ미 심(甚)ᄒᆞ더라.

명일(明日) 녜부(禮部) 등(等)이 셔당(書堂)의 모드매 위 시랑(侍郎), 녀 한님(翰林) 등(等) 친붕(親朋)이 니ᄅᆞ러 다 각각(各各) 태부(太傅)의 봉교(奉敎)[781]ᄒᆞ믈 티하(致賀)ᄒᆞ더니 텰 혹ᄉᆡ(學士ㅣ) 믄득

778) 쇼삭(蕭索): 소삭. 생기가 사라짐.
779) 호승(好勝): 남과 겨루어 이기려고 함.
780) 힐항(頡頏): 새가 날면서 오르락내리락한다는 뜻으로 형제가 사이좋은 모양을 이름.

샹셔(尙書)를 도라보아 ᄀᆞᆯ오ᄃᆡ,

"위쉬(-嫂ㅣ) ᄉᆡᆼᄌᆞ(生子)ᄒᆞ여 계시냐?"

샹셰(尙書ㅣ) 미쇼(微笑) 왈(曰),

"소문 업ᄉᆞᆫ 아ᄃᆞᆯ을 나흐시리오?"

텰 ᄒᆞᆨᄉᆡ(學士ㅣ) 대경(大驚) 왈(曰),

"이제ᄂᆞᆫ 위쉬(-嫂ㅣ) ᄯᅩ 츌화(黜禍)[782]를 보시리로다. 위닌뉴[783]ᄂᆞᆫ ᄲᆞᆯ니 교ᄌᆞ(轎子)를 ᄃᆡ령(待令)ᄒᆞ라."

태뷔(太傅ㅣ) 쇼왈(笑曰),

"텰 형(兄)은 잇다감 광증(狂症)이 드리ᄃᆞ라 형샹(形狀) 업ᄉᆞᆫ 말을 ᄒᆞ니 긔 엇딘 말이뇨? 두미(頭尾)[784]를 몰나 우민(憂悶)ᄒᆞ노라."

텰 ᄒᆞᆨᄉᆡ(學士ㅣ) 대쇼(大笑) 왈(曰),

"나ᄂᆞᆫ 더옥 아디 못ᄒᆞᄃᆡ 네 말이 그러틋 ᄒᆞ매 이제 그 쳐티(處置)를 믓ᄂᆞᆫ 배라."

태뷔(太傅ㅣ) 미쇼(微笑)ᄒᆞ고 답(答)디 아니ᄒᆞ니 텰 ᄒᆞᆨᄉᆡ(學士ㅣ)

•••

70면

부채로 손을 치며 새로이 절도(絕倒)ᄒᆞ야 우ᄉᆞ니 녀 한님(翰林) 등(等)이 ᄯᅩᄒᆞᆫ 대쇼(大笑)ᄒᆞᄂᆞᆫ디라. 녜뷔(禮部ㅣ) 우어 왈(曰),

"이뵈 아모리 위쉬(-嫂ㅣ) 졍듕(情重)ᄒᆞᆫ들 너모 이목(耳目)을 두리디 아녀 긔쇼(譏笑)[785]를 듯다 뉘 탓시리오? 연(然)이나 위수(-嫂) 쳐

781) 봉교(奉敎): 임금의 명령을 받듦.
782) 츌화(黜禍): 출화. 시가에서 내쫓기는 화.
783) 위닌뉴: 위인유. 인유는 위홍소 남자 형제 중 한 명의 자(字)로 보이나 미상임.
784) 두미(頭尾): 자초지종.
785) 긔쇼(譏笑): 기소. 기롱하며 웃음.

티(處置)를 엇디려 ᄒᆞᄂᆞᆫ다?"

태뷔(太傅ㅣ) 완완(緩緩)이 쇼왈(笑曰),

"뎔 형(兄)의 미친 말을 뉘 그리 대ᄉᆞ로이 듯ᄂᆞ니잇가?"

도라 최량ᄃᆞ려 왈(曰),

"악댱(岳丈)이 어ᄃᆡ 계시뇨?"

최량 왈(曰),

"요ᄉᆞ이 마ᄎᆞᆷ 상한(傷寒)으로 티료(治療)ᄒᆞ시매 이븨 샹경(上京)ᄒᆞ엿시ᄃᆡ 보디 못ᄒᆞ야 우민(憂悶)ᄒᆞ시ᄂᆞ니라."

태뷔(太傅ㅣ) 고개 조으니 듕냥 왈(曰),

"변(變)의 일이로다. 이븨 엇디 야야(爺爺) 평부(平否)를 뭇ᄂᆞ뇨?"

태뷔(太傅ㅣ) 홀연(忽然) 정식(正色) 무언(無言)ᄒᆞ니 제인(諸人)이 일시(一時)의 웃고 긔롱(譏弄)ᄒᆞ나 태뷔(太傅ㅣ) ᄆᆞᄎᆞᆷ닉 말을 아니코 안으로 드러가더라.

ᄎᆞ

•••

71면

일(此日) 샹셔(尙書)와 태뷔(太傅ㅣ) 오운뎐(--殿)의 드러가 왕(王)을 뫼셧더니 왕(王)이 문왈(問曰),

"네 위 공(公)을 가 보냐?"

태뷔(太傅ㅣ) ᄃᆡ왈(對曰),

"아ᄃᆡ 가디 아녀ᄉᆞᆸ거니와 됴 모친(母親) 거취(居就)를 엇디ᄒᆞ리잇고?"

왕(王)이 정식(正色) 왈(曰),

"너희 ᄯᅩᄒᆞᆫ 문ᄌᆞ(文字)ᄅᆞᆯ 통(通)ᄒᆞ야 식니(識理)ᄅᆞᆯ 아ᄂᆞ니 됴녀(-女)의 죄상(罪狀)은 니ᄅᆞ도 말고 혼셔(婚書)와 ᄎᆡ단(采緞)이 ᄒᆞᆫ 줌 지되얏시니 쟝ᄎᆞᆺ(將次ㅅ) 므어ᄉᆞᆯ 의빙(依憑)[786] ᄒᆞ야 의(義) 잇다 ᄒᆞ고 ᄂᆡ 그 거취(居就)ᄅᆞᆯ 간예(干預)[787] ᄒᆞ리오? 연(然)이나 ᄎᆞ후(此後) ᄂᆡ 귀에 들닐딘대 별단(別段) 쳐티(處置) 이시리라."

셜파(說罷)의 긔ᄉᆡᆨ(氣色)이 심(甚)히 싁싁ᄒᆞ니 태뷔(太傅ㅣ) ᄆᆞᆨ연(默然)이 믈너나 형뎨(兄弟) 샹의(相議) 왈(曰),

"야야(爺爺) 말ᄉᆞᆷ이 올흐시니 이제 녜부(禮部)의 고(告)ᄒᆞ고 셔친녹(書親錄)[788]을 삭이고 혼셔(婚書)ᄅᆞᆯ ᄀᆡ명(改名)ᄒᆞ미 엇더ᄒᆞ니잇고?"

샹셰(尙書ㅣ) 왈(曰),

"야야(爺爺)긔 취품(就稟)[789]티 아니코 엇디

•••

72면

대ᄉᆞ(大事)ᄅᆞᆯ 스ᄉᆞ로 ᄒᆞ리오?"

태뷔(太傅ㅣ) 왈(曰),

"그 죄(罪)ᄂᆞᆫ 쇼뎨(小弟) 스ᄉᆞ로 당(當)ᄒᆞᆯ 거시니 취품(就稟)ᄒᆞ야 드ᄅᆞ실 길히 업고 녜부(禮部)의 고(告)ᄒᆞ고 일운 후(後)ᄂᆞᆫ 우리 죄(罪)ᄅᆞᆯ 닙으나 관계(關係)티 아니ᄒᆞ리이다."

샹셰(尙書ㅣ) 올히 넉여 즉시(卽時) 녜부(禮部)의 고(告)ᄒᆞ고 셔친녹(書親錄)과 혼셔(婚書)ᄅᆞᆯ 사길ᄉᆡ 녜부(禮部) 홍문이 이ᄅᆞᆯ 쥬댱(主

786) 의빙(依憑): 어떤 힘을 빌려 의지함.
787) 간예(干預): 어떤 일에 간섭하여 참여함.
788) 셔친녹(書親錄): 서친록. 혼인 사실을 적은 기록.
789) 취품(就稟): 취품. 웃어른께 나아가 여쭘.

張)ᄒᆞ야 ᄒᆞᄂᆞᆫ디라 시비(是非)를 아니코 슌(順)히 인(印)을 마쳐 주니,

션시(先時)의 됴 시(氏) 뎍게(謫居ㅣ) 블셔 풀엿ᄂᆞᆫ 고(故)로 다만 ᄉᆡᆼ환(生還)ᄒᆞ믈 샹뎐(上前)의 드리올 분이라, 녀ᄂᆞ ᄉᆞ괴(事故ㅣ) 업고 홍문이 니부(吏部) 등(等)의 지효(至孝)를 감동(感動)ᄒᆞ고 올히 넉여 역시(亦是) 슉부(叔父)긔 이런 ᄉᆞᄉᆡᆨ(辭色)을 아니코 일워 주나 왕(王)은 바히 아디 못ᄒᆞ엿더니,

잇튼날 녜부(禮部) 우시랑(右侍郞) 댱셰셩이 셔친녹(書親錄)과 혼셔(婚書)를 가지고 이에 니ᄅᆞ니 일이

•••

73면

공교(工巧)ᄒᆞ야 마ᄎᆞᆷ 샹셔(尙書)ᄂᆞᆫ 교외(郊外)예 가고 태부(太傅)ᄂᆞᆫ 위 승샹(丞相) 보라 갓ᄂᆞᆫ디라. 댱 시랑(侍郞)은 원ᄂᆡ(元來) 댱옥지[790] 댱ᄌᆡ(長子ㅣ)니 바히 이 일의 두미(頭尾)를 모ᄅᆞ고 연왕(-王)이 쥬(主)ᄒᆞ여 ᄒᆞᄂᆞᆫ가 넉여 즉시(卽時) 오운뎐(--殿)의 드러가 두 가지 거술 ᄂᆡ여 왕(王)의게 드리니, 왕(王)이 고이(怪異)히 넉여 바다 보매 이 곳 됴 시(氏)의 혼셰(婚書ㅣ)오 ᄒᆞ나흔 셔친녹(書親錄)이니 ᄒᆞ엿시ᄃᆡ,

'연왕(-王) ᄂᆡ(李) 모(某)의 계비(繼妃) 됴 시(氏)ᄂᆞᆫ 국구(國舅) 됴셤의 녀(女ㅣ)라.'

ᄒᆞ엿시니 왕(王)이 견파(見罷)의 대경(大驚) 왈(曰),

"현딜(賢姪)이 이거술 어ᄃᆡ로조차 뉘 말을 듯고 일웟ᄂᆞ뇨?"

댱 시랑(侍郞)이 ᄃᆡ왈(對曰),

790) 지: [교] 원문에는 '질'로 되어 있으나 앞의 예를 따라 이와 같이 수정함.

"이는 녜부(禮部) 셩보 형(兄)의 일운 배니 쇼싱(小生)은 갓다가 귀부(貴府)의 뎐(傳)홀 ᄯᆞ름이라 다른 곡졀(曲折)이야 어이 알니잇고?"

왕(王)이 텽파(聽罷)의 냥ᄌᆞ(兩子)의 소실(所失)인 줄 짐작(斟酌)고 대로(大怒)ᄒᆞ나 심듕(心中)

•••

74면

이 너ᄅᆞ기 바다 ᄀᆞᆺ고 팀듕(沈重)ᄒᆞ미 극(極)ᄒᆞᆫ 고(故)로 안식(顔色)을 고티디 아니코 줌줌(潛潛)ᄒᆞ엿더니,

이윽고 댱 시랑(侍郎)이 도라가매 왕(王)이 좌우(左右)로 녜부(禮部)를 블너 알픠 니ᄅᆞ매 왕(王)이 ᄀᆞᆯ오ᄃᆡ,

"현딜(賢姪)이 샹시(常時) 날노ᄡᅧ 엇던 사ᄅᆞᆷ으로 아ᄂᆞᆫ다?"

녜뷔(禮部ㅣ) 왕(王)의 말이 조련(猝然)[791]ᄒᆞ믈 놀나더니 홀연(忽然) ᄭᆡ드라,

"다만 쇼딜(小姪)이 슉부(叔父) 우럴미 대인(大人)과 일톄(一切)라, 금일(今日) 하괴(下敎ㅣ) 엇딘 말숨이니잇고?"

왕(王)이 졍식(正色) 왈(曰),

"너희 날 아로미 그럴딘대 엇디 날 업수이 넉이미 태심(太甚)ᄒᆞ뇨? 대강(大綱) 됴 시(氏) 셔친녹(書親錄)과 혼셔(婚書)를 ᄂᆡ 일워 네게 인(引)을 텨디라 ᄒᆞ더냐?"

녜뷔(禮部ㅣ) 믄득 관(冠)을 벗고 돈슈(頓首) 청죄(請罪) 왈(曰),

"쇼딜(小姪)이 엇디 감히(敢-) 이럴 줄 모로리잇가마ᄂᆞᆫ 됴 슉뫼(叔母ㅣ) 임의 ᄌᆞ녀(子女) 이셔 의(義)예 ᄇᆞ리디 못홀 거시니 만

791) 조련(猝然): 졸연. 갑작스러운 모양.

•••

75면

일(萬一) 혼셔(婚書ㅣ) 업ᄉᆞ면 뎌 두 아희(兒孩)를 엇디ᄒᆞ리잇고? ᄎᆞ고(此故)로 이보 등(等)의 말을 조차 인(印)을 슌(順)히 텨 준 배라, 엇디 슉부(叔父)를 업슈이 넉이미리잇고?"

왕(王)이 변ᄉᆡᆨ(變色) 왈(曰),

"네 임의 돈ᄋᆞ(豚兒) 등(等)의 문댱(門長)[792]으로 이셔 그른 거슬 ᄀᆞᄅᆞ치미 네 도리(道理)라. 셩문 등(等)이 날을 긔망(欺罔)[793]ᄒᆞ고 그런 노ᄅᆞ술 ᄒᆞ여도 네 도리(道理)는 날ᄃᆞ려 뭇고 ᄒᆡᆼ(行)ᄒᆞ미 올커놀 이런 대ᄉᆞ(大事)를 너희 아희(兒孩)들ᄀᆞ디 드러 노롬노리ᄀᆺ티 ᄒᆞ리오? ᄂᆡ ᄎᆞ후(此後) 감히(敢-) 너를 보디 못ᄒᆞ리니 네 ᄯᅩ 날을 와 보디 말디어다."

녜뷔(禮部ㅣ) 일즉 왕(王)의 교ᄋᆡ(巧愛)[794]ᄒᆞ믈 ᄌᆞ쇼(自少)로 바다 슉딜(叔姪)의 디긔(志氣) 샹합(相合)ᄒᆞ미 그림재 응(應)홈 ᄀᆺ던 바로 금일(今日) 우연(偶然)ᄒᆞᆫ 일의 이런 말을 드ᄅᆞ매 크게 놀나 밧비 머리를 두ᄃᆞ려 읍톄(泣涕)ᄒᆞ야 ᄀᆞᆯ오ᄃᆡ,

"쇼딜(小姪)

792) 문댱(門長): 문장. 가문의 장자.
793) 긔망(欺罔): 기망. 남을 속여 넘김.
794) 교ᄋᆡ(巧愛): 교애. 사랑.

•••

76면

이 블초무샹(不肖無狀)ᄒᆞ야 슉부(叔父)의 큰 ᄉᆞ랑ᄒᆞ시믈 닛고 오늘날 득죄(得罪)ᄒᆞ미 이 디경(地境)의 니ᄅᆞ니 쇼딜(小姪)이 엄하(嚴下)의셔 죽으믄 감슈(甘受)ᄒᆞ려니와 ᄎᆞ마 믈너갈 ᄯᅳᆺ이 업ᄂᆞ이다."

드ᄃᆡ여 의관(衣冠)을 그ᄅᆞ고 계하(階下)의 ᄂᆞ려 스ᄉᆞ로 맛기를 원(願)ᄒᆞ니 왕(王)이 정ᄉᆡᆨ(正色) 왈(曰),

"ᄂᆡ 엇디 딜ᄋᆞ(姪兒)를 감히(敢-) 티리오? 스ᄉᆞ로 븟그리ᄂᆞᆫ 배니 다시 보기를 원(願)티 아닛노라."

셜파(說罷)의 긔ᄉᆡᆨ(氣色)이 ᄉᆡᆨᄉᆡᆨᄒᆞ야 말을 아니ᄒᆞ니 녜뷔(禮部ㅣ) 몸을 ᄂᆞ리 남궁(-宮)의 가 야야(爺爺)긔 ᄉᆞ연(事緣)을 고(告)ᄒᆞ고 티시기를 구(求)ᄒᆞᄂᆞᆫ디라. 남공(-公)이 텽파(聽罷)의 잠간(暫間) 웃고 즉시(卽時) 녜부(禮部)를 결박(結縛)ᄒᆞ야 알ᄑᆡ 셰오고 연부(-府)로 가니,

ᄎᆞ시(此時) 연왕(-王)이 녜부(禮部)의 도라가믈 보고 팀음(沈吟)ᄒᆞ더니 믄득 샹셔(尙書)와 태뷔(太傅ㅣ) 엇게를 ᄀᆞᆯ와 문(門)의 드ᄂᆞᆫ디

•••

77면

라. 왕(王)이 냥ᄌᆞ(兩子)를 보매 노긔(怒氣) ᄇᆡᆨ(百) 댱(丈)이나 놉하 좌우(左右)를 호령(號令)ᄒᆞ야 이(二) 인(人)을 의관(衣冠)을 벗겨 당하(堂下)의 ᄭᅮᆯ니니 이(二) 인(人)이 ᄭᅮᆯ셔 짐작(斟酌)고 안ᄉᆡᆨ(顔色)을 ᄌᆞ약(自若)히 ᄒᆞ야 오술 그ᄅᆞ고 ᄭᅮᆯ매 왕(王)이 녀셩(厲聲)ᄒᆞ야 무ᄅᆞᄃᆡ,

"여등(汝等)이 웃사ᄅᆞᆷ이 이시믈 아ᄂᆞᆫ다?"

이(二) 인(人)이 복슈(伏首)[795] 딕왈(對曰),

"히ᄋ(孩兒) 등(等)이 블쵸(不肖)ᄒ나 ᄌ못 아는 배로소이다."

왕(王)이 텽파(聽罷)의 됴 시(氏)의 혼셔(婚書)와 친녹(親錄)을 알픽 더디고 ᄀ오딕,

"여등(汝等)의 말이 올커니와 ᄎᄉ(此事)는 뉘 쥬장(主張)ᄒ야 일우뇨?"

샹셰(尙書ㅣ) 홀연(忽然) 눈믈을 흘니고 머리롤 두ᄃ려 ᄀ오딕,

"인ᄌ(人子ㅣ) 되야 부모(父母)롤 지효(至孝)로 밧들미 그 도리(道理ㄴ) 줄 히이(孩兒ㅣ) 아옵는디라. 이제 됴 모친(母親)이 당년(當年) 실톄(失體)ᄒ신 허믈은 적고 쳔만간고(千萬艱苦)롤 겻그샤 겨유 고토(故土)의 도라오시나 대인(大人)이

•••

78면

넷 죄(罪)롤 용샤(容赦)티 아니ᄒ샤 깁히 거졀(拒絕)ᄒᆯ ᄯ디 계시니 히ᄋ(孩兒) 등(等)이 민울(悶鬱)[796]ᄒ믈 이긔디 못ᄒ딕 감히(敢-) 셩노(盛怒)롤 쵹범(觸犯)[797]티 못ᄒ야 엄하(嚴下)의 ᄒᆫ 말숨을 알외미 업ᄉ나 그으이 싱각건대, 낭문과 쇼미(小妹)는 대인(大人) 골육(骨肉)이오 됴 모친(母親) 골육(骨肉)이 ᄂᆫ호여시니 두 아히(兒孩)롤 두는 날은 그 어미롤 ᄇ리디 못ᄒᆯ디라. 엄노(嚴怒)롤 ᄌ못 아오딕 마디못ᄒ야 ᄌ힝(恣行)[798]ᄒᆫ 죄(罪) 만ᄉ유경(萬死猶輕)[799]이로소이다."

---

795) 복슈(伏首): 복수. 고개를 숙임.
796) 민울(悶鬱): 안타깝고 답답함.
797) 쵹범(觸犯): 촉범. 꺼리고 피해야 할 일을 저지름.
798) ᄌ힝(恣行): 자행. 제멋대로 해 나감.
799) 만ᄉ유경(萬死猶輕): 만사유경. 만 번 죽어도 오히려 가벼움.

왕(王)이 듯고 더옥 노왈(怒曰),

"너희 등(等)의 잡담(雜談) 듯기를 원(願)티 아닛ᄂᆞ니 대강(大綱) 뉘 이런 의ᄉᆞ(意思)를 몬져 닋엿ᄂᆞ뇨?"

태뷔(太傅 ㅣ) 니어 돈슈(頓首) 톄읍(涕泣) 왈(曰),

"ᄎᆞᄉᆞ(此事)ᄂᆞᆫ 쇼지(小子 ㅣ) 쥬관(主管)ᄒᆞᆫ 배니이다. 그러나 셩인(聖人)이 운(云)ᄒᆞ시ᄃᆡ, '허믈이 이시나 고티미 귀(貴)ᄒᆞ다.' ᄒᆞ시고 경권(經權)을 임(臨)ᄒᆞ시며 회암(晦庵)[800] 션ᄉᆡᆼ(先生)이 '유ᄌᆞ식블

•••

79면

거(有子息不去)[801]'를 니ᄅᆞ시니 당년(當年)의 형(兄)의 조ᄉᆞ(早死)홈과 야야(爺爺)와 모친(母親)의 화란(禍亂)을 ᄀᆞᆺ초 겻그시미 텬수(天數)의 얽ᄆᆡ인 배니 엇디 일도(一到)[802]로 됴 모친(母親) 쟉죄(作罪)라 ᄒᆞ리잇고? 됴 모친(母親) 죄(罪) 비록 듕(重)ᄒᆞ나 두 아히(兒孩) ᄂᆞᆺ출 보디 아니시니 쇼ᄌᆞ(小子) 등(等)이 ᄎᆞ마 인셰간(人世間)의 머므러 부뫼(父母 ㅣ) 블화(不和)ᄒᆞ시믈 보고 잠시(暫時)나 살니잇고?"

왕(王)이 텽파(聽罷)의 변ᄉᆡᆨ(變色)고 칙(責)ᄒᆞ야 ᄀᆞᆯ오ᄃᆡ,

"여등(汝等)의 말이 다 녹녹(碌碌)ᄒᆞᆫ 소견(所見)이라 ᄂᆡ 그윽이 개연(慨然)ᄒᆞᄂᆞ니 ᄯᅩ 엇디 니히(利害)로 너희 등(等)ᄃᆞ려 닐너 브졀업디 아니ᄒᆞ리오?"

---

800) 회암(晦庵): 중국 송나라의 유학자 주희(朱熹, 1130-1200)의 호. 도학(道學)과 이학(理學)을 합친 이른바 송학(宋學)을 집대성함.

801) 유ᄌᆞ식블거(有子息不去): 유자식불거. 자식이 있으면 아내를 쫓아내지 않음. 아내가 칠거지악(七去之惡)이 있어도 쫓겨날 수 없는 삼불거(三不去)를 가리키는 듯하나 삼불거에는 없는 조항임. 삼불거는 시부모를 위해 삼년상을 치른 경우, 혼인 당시 가난하고 천한 지위에 있었으나 후에 부귀를 얻은 경우, 쫓겨난 뒤에 돌아갈 만한 친정이 없는 경우를 말함.

802) 일도(一到): 한결같음.

인(因)ᄒᆞ야 좌우(左右)로 블을 가져오라 ᄒᆞ야 두 가지 문명(問名)을 술오려 ᄒᆞ니 냥인(兩人)이 챡급(着急)[803] 황망(慌忙)ᄒᆞ야 밧비 븟 들고 머리ᄅᆞᆯ 피 나게 두ᄃᆞ려 ᄋᆡ고(哀告) 왈(曰),

"대인(大人)의 셩덕(盛德)으로 ᄎᆞ마 이런 노릇술 ᄒᆞ려 ᄒᆞ시ᄂᆞ뇨? 이거시 엇던 듕대(重大)ᄒᆞᆫ 일이완ᄃᆡ

•••

80면

술온 후(後) ᄯᅩ 일우며 두 아ᄒᆡ(兒孩) ᄂᆞᆺ출 ᄎᆞ마 보디 아니ᄒᆞ시ᄂᆞ니잇고? 쇼ᄌᆞ(小子) 등(等)이 뎐하(殿下)의셔 죽으믈 원(願)ᄒᆞ옵고 이거술 술오시믄 ᄎᆞ마 안안(晏晏)[804]티 못ᄒᆞ옵ᄂᆞ니 대인(大人)은 쾌(快)히 ᄒᆡᄋᆞ(孩兒) 등(等)을 쳐티(處置)ᄒᆞ쇼셔."

왕(王)이 더옥 노(怒)ᄅᆞᆯ 더어 대즐(大叱) 왈(曰),

"블쵸ᄋᆡ(不肖兒ㅣ) 아븨 ᄯᅳᆺ 모로미 이러ᄐᆞᆺ 심(甚)ᄒᆞ니 가(可)히 경계(警戒)ᄒᆞ리라."

드ᄃᆡ여 좌우(左右)ᄅᆞᆯ 명(命)ᄒᆞ야 몬져 댱칙(杖責)ᄒᆞ야 ᄂᆡ티고져 ᄒᆞ더니,

홀연(忽然) 보니 하람공(--公)이 녜부(禮部)ᄅᆞᆯ ᄆᆡ야 알ᄑᆡ 셰우고 계(階) 우히 쳔쳔이 오ᄅᆞᄂᆞᆫ디라. 연왕(-王)이 블승경녀(不勝驚慮)[805]ᄒᆞ야 노(怒)ᄅᆞᆯ ᄂᆞᄎᆞ고 ᄂᆞ려 마ᄌᆞ니 남공(-公)이 당(堂)의 올나 좌뎡(坐定)ᄒᆞ고 골오ᄃᆡ,

"우형(愚兄)이 바히 아디 못ᄒᆞ엿더니 앗가 돈ᄋᆡ(豚兒ㅣ) 니ᄅᆞ거ᄂᆞᆯ

---

803) 챡급(着急): 착급. 매우 급함.
804) 안안(晏晏): 편안한 모양.
805) 블승경녀(不勝驚慮): 불승경려. 놀라움과 염려를 이기지 못함.

ᄎᆞᄉᆞ(此事)ᄅᆞᆯ 듯고 돈ᄋᆡ(豚兒ㅣ) 죄(罪) 닙으믈 청(請)ᄒᆞᄂᆞᆫ디라. ᄂᆡ 또 ᄉᆡᆼ각ᄒᆞ니

•••

81면

현데(賢弟)ᄅᆞᆯ 소긴 죄(罪) 등한(等閑)티 아니ᄒᆞ니 잠간(暫間) 다ᄉᆞ리고져 ᄒᆞ노라."

셜파(說罷)의 좌우(左右)ᄅᆞᆯ 명(命)ᄒᆞ야 매ᄅᆞᆯ 나오라 ᄒᆞ니 왕(王)이 듯기ᄅᆞᆯ ᄆᆞᆺ고 대경(大驚)ᄒᆞ야 노(怒)ᄅᆞᆯ ᄎᆞᆷ고 강잉(强仍)ᄒᆞ야 웃고 ᄃᆡ왈(對曰),

"평일(平日) 형댱(兄丈)의 단믁(端黙)[806]ᄒᆞ시므로 금일지ᄉᆡ(今日之事ㅣ) 의외(意外)로소이다. 경문 등(等)이 아비 소기믈 승ᄉᆞ(勝事)로 알거든 더옥 흥문을 니ᄅᆞ리오? ᄎᆞᄉᆞ(此事)ᄂᆞᆫ 구ᄐᆞ여 긔이나 알외나 대단티 아니ᄒᆞ니 흥문을 칙죄(責罪)ᄒᆞ시리오? 돈ᄋᆞ(豚兒) 등(等)을 티죄(治罪)ᄒᆞ쟈 ᄒᆞ엿더니 흥ᄋᆡ(-兒ㅣ) 블안(不安)ᄒᆞ여ᄒᆞᆯ 거시니 믈시(勿施)[807]ᄒᆞᄂᆞ니 형댱(兄丈)은 과도(過度)히 구디 마ᄅᆞ쇼셔."

셜파(說罷)의 좌우(左右)로 이(二) ᄌᆞ(子)ᄅᆞᆯ 미러 문(門)밧긔 ᄂᆡ티라 ᄒᆞ고 블을 가져다가 혼셔(婚書)ᄅᆞᆯ 쇼화(燒火)ᄒᆞ라 ᄒᆞ니 태부(太傅) 형데(兄弟) 븟들고 휘루(揮淚)[808] 톄읍(涕泣)ᄒᆞ야 혈뉘(血淚ㅣ) 옷

---

806) 단믁(端黙): 단묵. 단엄하고 묵묵함.
807) 믈시(勿施): 물시. 하려던 일을 그만둠.
808) 휘루(揮淚): 눈물을 뿌림.

•••

82면

기술 ᄌᆞ므고 슉부(叔父)를 우러러보와 말니과져 ᄒᆞᄂᆞ디라 남공(-公)이 졍ᄉᆡᆨ(正色)고 골오ᄃᆡ,

"현뎨(賢弟) 블노 ᄉᆞ오고져 ᄒᆞᄂᆞᆫ 배 무엇고?"

왕(王)이 쇼이ᄃᆡ왈(笑而對曰),

"됴녀(-女)의 셔친녹(書親錄)이란 거시로소이다."

남공(-公)이 졍ᄉᆡᆨ(正色) 왈(曰),

"너의 거동(擧動)이 당년(當年) 광패(狂悖)[809] ᄒᆞᆫ ᄒᆡᆼᄉᆡ(行事ㅣ) ᄉᆡᆨ디 아니ᄒᆞ엿도다. 됴수(-嫂)의 셔친녹(書親錄)과 혼셔(婚書)를 아이의 아니믄 아니려니와 임의 일워 녜부(禮部)를 알외엿거ᄂᆞᆯ 경(輕)히 블디ᄅᆞ믄 가(可)티 아닌디라. 우형(愚兄)이 블민(不敏)ᄒᆞ나 그려도 현뎨(賢弟)를 그릇 인도(引導)티 아니리니 네 혼셔(婚書)를 블 디ᄅᆞᆫ 후(後) 낭문을 뉘 ᄌᆞ식(子息)이라 ᄒᆞ려 ᄒᆞᄂᆞᆫ다?"

왕(王)이 므언(無言) 브답(不答)이오, 블열(不悅)ᄒᆞᆫ 빗치 낫치 ᄀᆞ둑ᄒᆞ엿거ᄂᆞᆯ 남공(-公)이 다시 말을 아니코 혼셔(婚書)와 친녹(親錄)을 거두어 됴부(-府)로 보ᄂᆡ고 녜부(禮部)를 샤(赦)ᄒᆞ

•••

83면

니 왕(王)이 흔연(欣然)이 위로(慰勞)ᄒᆞ고 우음을 여러 남공(-公)을 뫼셔 말ᄉᆞᆷᄒᆞ니 사ᄅᆞᆷ의 관후(寬厚)[810] 팀듕(沈重)ᄒᆞ미 이러ᄐᆞᆺ ᄒᆞ니 엇

---

809) 광패(狂悖): 미친 사람처럼 말과 행동이 사납고 막됨.

810) 관후(寬厚): 마음이 너그럽고 후덕함.

디 긔특(奇特)디 아니리오.

이윽고 남공(-公)이 도라간 후(後) 왕(王)이 새로이 금녕(禁令)[811]을 ᄂᆞ리와 샹셔(尙書) 등(等)을 벽셩문(--門) 안히 드리ᄂᆞᆫ 니ᄂᆞᆫ ᄉᆞ죄(死罪)ᄅᆞᆯ 주리라 ᄒᆞ니 이 문(門)을 ᄃᆞᆫ즉 오운뎐(--殿)과 안흐로 가ᄂᆞᆫ 길히므로 이러ᄐᆞᆺ ᄒᆞ미라. 샹셔(尙書)와 태뷔(太傅ㅣ) ᄌᆞ긔(自己) 등(等)이 ᄂᆡ티믈 만나나 혼셔(婚書)ᄅᆞᆯ 보젼(保全)ᄒᆞ믈 다ᄒᆡᆼ(多幸)이 너겨 다만 형뎨(兄弟) 거적을 ᄭᆞᆯ고 ᄃᆡ명(待命)ᄒᆞ야 샤(赦)ᄅᆞᆯ 기ᄃᆞ려 손을 샤(謝)ᄒᆞ고 됴ᄉᆞ(朝事)의 츌입(出入)디 아니ᄒᆞ더라.

낭문이 비록 왕(王)의 ᄉᆞ랑을 닙으나 모친(母親) 거취(居就)ᄅᆞᆯ 뎡(定)티 못ᄒᆞ야 쵸ᄉᆞ(焦思)ᄒᆞ더니 금일(今日) ᄎᆞ경(此景)을 당(當)ᄒᆞ야 왕(王)의 졍심(貞心)이 ᄉᆡᆼ젼(生前) ᄌᆞ모(慈母)ᄅᆞᆯ 용납(容納)

•••

84면

디 아닐 줄 아라 크게 슬허ᄒᆞ나 그 죄목(罪目)을 아디 못ᄒᆞ야 ᄀᆞ마니 운교ᄅᆞᆯ 보와 왕셰(往歲) 슈말(首末)을 ᄌᆞ시 뭇고 스ᄉᆞ로 차악(嗟愕)ᄒᆞ야 부친(父親)의 뎌러ᄒᆞ실시 그ᄅᆞ디 아니믈 알고 스ᄉᆞ로 명되(命途ㅣ)[812] 긔구(崎嶇)ᄒᆞ믈 슬허 남ᄆᆡ(男妹) ᄃᆡ(對)ᄒᆞ야 ᄀᆞ마니 울기ᄅᆞᆯ 마디아니ᄒᆞ고,

낭문은 극(極)ᄒᆞᆫ 효ᄌᆡ(孝子ㅣ)라 참ᄂᆞᆫ 배 이시ᄃᆡ 벽쥬ᄂᆞᆫ ᄒᆞᆫ낫 조협(躁狹)[813]ᄒᆞᆫ 녀ᄌᆡ(女子ㅣ)라 그 모친(母親)의 소ᄒᆡᆼ(所行)을 드ᄅᆞ며브터 쥬야(晝夜)ᄅᆞᆯ 울고져 ᄒᆞᄂᆞᆫ ᄉᆞᄉᆡᆨ(辭色)분이오 침좌(寢坐)의 좁이

811) 금녕(禁令): 금령. 금지하는 명령.
812) 명되(命途ㅣ): 운명과 재수를 아울러 이르는 말.
813) 조협(躁狹): 성미가 너그럽지 못하고 좁음.

업고 음식(飮食)의 맛시 업셔 ᄒᆞ더니 소휘(-后ㅣ) ᄌᆞ못 알고 스ᄉᆞ로 어엿비 넉이고 왕(王)의 고집(固執)을 ᄒᆞᆫ(恨)ᄒᆞ야 ᄯᅩᄒᆞᆫ 화긔(和氣) 업더니,

이날 셕양(夕陽)의 왕(王)이 드러와 좌뎡(坐定)ᄒᆞ매 휘(后ㅣ) 믁연(默然)이 단좌(端坐)ᄒᆞ야 이(二) ᄌᆞ(子)의 이심 업ᄉᆞ믈 뭇디 아니ᄒᆞ니 왕(王)이 ᄯᅩᄒᆞᆫ 녀ᄂᆞ ᄉᆞ

•••

85면

연(事緣) 아니코 녀ᄋᆞ(女兒) 월쥬를 가차ᄒᆞ며 무ᄅᆞᄃᆡ,

"벽쥐 어ᄃᆡ 잇ᄂᆞ뇨?"

월쥐 ᄃᆡ왈(對曰),

"형(兄)이 협실(夾室)의셔 우더이다."

왕(王)이 즉시(卽時) 브ᄅᆞ니 쇼졔(小姐ㅣ) 눈믈을 거두고 나와 슈명(受命)ᄒᆞ거ᄂᆞᆯ 왕(王)이 문왈(問曰),

"녀ᄋᆡ(女兒ㅣ) 므ᄉᆞᆷ 연고(緣故)로 우ᄂᆞ뇨? ᄂᆡ ᄉᆡᆼ각건대 너의 어미와 ᄂᆡ 무양(無恙)ᄒᆞ니 우ᄂᆞᆫ 거동(擧動)이 극(極)히 슈상(殊常)ᄒᆞ도다."

쇼졔(小姐ㅣ) 눈을 ᄂᆞᆺ초고 감히(敢-) 답(答)디 못ᄒᆞ더라.

왕(王)이 ᄯᅩᄒᆞᆫ 다시 말을 아니코 실과(實果)를 가져오라 ᄒᆞ여 냥녀(兩女)를 ᄀᆞᆺ티 ᄂᆞᆫ화 주고 알픽 안쳐 박혁(博奕)을 시기며 담쇼(談笑)ᄒᆞ야 죠곰도 념고(厭苦)[814]ᄒᆞᄂᆞᆫ 빗치 업더니,

모든 식뷔(息婦ㅣ) 문안(問安)ᄒᆞ니 왕(王)이 눈을 드러 보니 됴·임 이부(二婦)ᄂᆞᆫ 복ᄉᆡᆨ(服色)이 녜 ᄀᆞᆺᄐᆞᄃᆡ 녀 시(氏), 위 시(氏)ᄂᆞᆫ 봉관옥

814) 념고(厭苦): 염고. 싫어하고 괴롭게 여김.

픽(鳳冠玉佩)[815]를 그르고 긴 단장(丹粧)을 버셔 감히(敢-) 방셕(方席)의 안디 못

•••

86면

ᄒᆞ니 일노 보와도 그 인믈(人物)을 알디라. 왕(王)이 심하(心下)의 차탄(嗟歎)ᄒᆞ더니 벽쥐 홀연(忽然) 몸을 니ᄅᆞ혀 협실(夾室)노 드러가니 이ᄂᆞᆫ 그 모시(母氏) 죄악(罪惡)을 ᄉᆡᆼ각고 녀 시(氏) 등(等) 보기를 븟그리미라.

소 부인(夫人)이 더옥 잔잉히 너겨 화긔(和氣) ᄉᆞ연(捨然)ᄒᆞ더니,

반향(半晌) 후(後) 졔뷔(諸婦ㅣ) 믈너나고 쵹(燭)을 ᄇᆞᆰ히며 왕(王)이 이에 머므러 취침(就寢)ᄒᆞ려 홀ᄉᆡ 의관(衣冠)을 그르고 안셕(案席)[816]의 지혀 뎨오ᄌᆞ(第五子) 필문을 가챠ᄒᆞ더니 밤이 깁흔 후(後) 휘(后ㅣ) ᄇᆡ야흐로 인젹(人跡)이 업ᄉᆞᆫ 줄 알고 옷깃슬 념의고 왕(王)을 향(向)ᄒᆞ야 ᄀᆞᆯ오ᄃᆡ,

"군ᄌᆡ(君子ㅣ) 쳡(妾)의 죄(罪) 깁흐믈 아ᄅᆞ시ᄂᆞ냐?"

왕(王)이 팀음(沈吟)ᄒᆞ다가 답왈(答曰),

"ᄒᆨᄉᆡᆼ(學生)이 본ᄃᆡ(本-) 혼암블명(昏闇不明)[817]ᄒᆞ니 엇디 ᄂᆞᆷ의 허믈을 알니오?"

휘(后ㅣ) 날호여 ᄀᆞᆯ오ᄃᆡ,

"쳡(妾)의 암ᄆᆡ(暗昧)[818]ᄒᆞᆫ 소견(所見)이 감히(敢-)

---

815) 봉관옥픽(鳳冠玉佩): 봉관옥패. 봉의 모양을 넣은 관(冠)과 옥으로 만든 패(佩). 패는 노리개의 일종.

816) 안셕(案席): 안석. 벽에 세워 놓고 앉을 때 몸을 기대는 방석.

817) 혼암블명(昏闇不明): 혼암불명. 어리석어 현명하지 못함.

818) 암ᄆᆡ(暗昧): 암매. 어리석어 생각이 어두움.

•••

87면

우러너 뭇ᄂᆞ니 여러 ᄌᆞ식(子息)을 두시매 가(可)히 ᄋᆡ증(愛憎)이 간격(間隔)이 잇ᄂᆞ니잇가?"

왕(王)이 텽파(聽罷)의 블열(不悅)ᄒᆞ야 ᄀᆞᆯ오ᄃᆡ,

"현휘(賢后ㅣ) ᄒᆞᆨᄉᆡᆼ(學生) ᄆᆡᆨ바드믈[819] 이대도록 ᄒᆞᄂᆞ뇨? 므ᄉᆞᆷ 곡졀(曲折)이 잇관ᄃᆡ 이리 괴로이 뭇ᄂᆞ뇨?"

휘(后ㅣ) 옷깃ᄉᆞᆯ 어ᄅᆞᄆᆞ져 졍금(整襟)[820] 졍ᄉᆡᆨ(正色) 왈(曰),

"쳡(妾)이 일죽 군(君)으로 결발(結髮)[821] 이십(二十) 년(年)이 남으ᄃᆡ ᄒᆞᆫ 말ᄉᆞᆷ 입을 여러 군후(君侯)를 돕ᄉᆞ오미 업ᄂᆞᆫ디라 오ᄂᆞᆯ 져근 소회(所懷) 이시니 가(可)히 ᄒᆞᆫ번(-番) 파셜(播說)ᄒᆞ믈 용납(容納)ᄒᆞ시리잇가?"

왕(王)이 홀연(忽然) 미미(微微) 쇼왈(笑曰),

"현휘(賢后ㅣ) 과인(寡人)을 조찬 디 이십여(二十餘) 셰(歲)예 뭇ᄂᆞᆫ 말도 답(答)디 아니믈 니기 아ᄂᆞᆫ디라. 금일(今日) 니ᄅᆞ고져 ᄒᆞᄂᆞᆫ 말이 반ᄃᆞ시 큰 연괴(緣故ㅣ) 잇ᄂᆞ니 아니 녜ᄀᆞ티 고(孤)[822]를 거졀(拒絕)ᄒᆞ고 어ᄃᆡ로 숨고져 ᄒᆞ시ᄂᆞ냐? ᄯᅩ 동경(東京)으로 가고져 ᄒᆞ시ᄂᆞ냐? 드ᄅᆞᆯ

---

819) ᄆᆡᆨ바드믈: 떠보기를.
820) 정금(整襟): 정금. 옷깃을 여미어 모양을 바로잡음.
821) 결발(結髮): 쪽을 찐다는 뜻으로 본처를 이르는 말.
822) 고(孤): 제후가 자기를 낮추어 부르는 말.

•••

88면

말이면 괴(孤ㅣ) 엇디 듯디 아니리오?"

휘(后ㅣ) 텽파(聽罷)의 어히업서 말이 무익(無益)홀 줄 알오딕 발(發)ᄒᆞ고져 ᄒᆞ고 그치미 우은디라 이에 정식(正色) 왈(曰),

"쳡(妾)이 엇디 감히(敢-) 무고(無故)히 동경(東京)으로 가고져 ᄒᆞ리오? 오늘날 군후(君侯) ᄒᆡᆼᄉᆞ(行事)를 보매 가(可)히 식쟈(識者)의 탄식(歎息)ᄒᆞ염 즉홀 밸시 여튼 소견(所見)을 알외ᄂᆞ니, 됴 부인(夫人)의 당년(當年) 실톄(失體)ᄒᆞ믄 도시(都是)[823] 사오나온 비ᄌᆞ(婢子)의 일이오 시운(時運)의 ᄯᆞ로인 배니 칙망(責望)ᄒᆞ야 결우미 브졀업술 분 아냐 더옥 낭문과 벽쥐 ᄌᆞ모(慈母)와 엄군(嚴君)의 샹힐(相詰)[824]ᄒᆞ믈 인(因)ᄒᆞ야 혈긔(血氣) 미뎡(未定)ᄒᆞᆫ 거시 심우(心憂)를 이긔디 못ᄒᆞ니 큰 병(病)이 쟝ᄎᆞᆺ(將次ㅅ) 날디라. 뎌 냥ᄋᆡ(兩兒ㅣ) 만금지보(萬金之寶)로 밧고디 못홀 거시어놀 엇던 고(故)로 비인졍(非人情)이 이러틋 ᄒᆞ시뇨? 원(願)컨대

•••

89면

군후(君侯)ᄂᆞᆫ 됴 부인(夫人)을 마자 ᄐᆡᆨ듕(宅中)의 도라와 화긔(和氣)를 일치 마ᄅᆞ시고 뎌 냥ᄋᆡ(兩兒ㅣ) 쵸조(焦燥)ᄒᆞᄂᆞᆫ 심ᄉᆞ(心思)를 술피쇼셔."

왕(王)이 고요히 단좌(端坐)ᄒᆞ야 듯기를 ᄆᆞᆺ고 개연(慨然)이 우어

---

823) 도시(都是): 모두.

824) 샹힐(相詰): 상힐. 서로 트집을 잡아 비난함.

골오딕,

“쇼년(少年) 적 현후(賢后)의 날 거절(拒絕)ᄒᆞ믈 비인졍(非人情)으로 아랏더니 그는 소식(小事ㅣ)랏다. 금슈(禽獸)도 ᄌᆞ식(子息)을 ᄉᆞ랑ᄒᆞ거든 사ᄅᆞᆷ이ᄯᆞ녀. 휘(后ㅣ) 영명(榮名)을 엇고져 ᄒᆞ나 ᄌᆞ식(子息) 죽인 원슈(怨讎)를 니ᄌᆞ믄 이 됴의 ᄒᆡᆼ실(行實)도곤 더ᄒᆞᆫ디라 영ᄋᆞ(-兒)의 혼ᄇᆡᆨ(魂魄)이 이실딘대 어믜 무디(無知)ᄒᆞ믈 어이 셜워 아니ᄒᆞ리오? 과인(寡人)이 부인(夫人)을 위(爲)ᄒᆞ야 스ᄉᆞ로 고이(怪異)히 너기ᄂᆞ니 과인(寡人)이 비록 무도패려(無道悖戾)[825] ᄒᆞᆯ디라도 이 일의 당(當)ᄒᆞ야ᄂᆞᆫ 휘(后ㅣ) 심(甚)히 ᄉᆞ톄(事體)[826]를 모ᄅᆞᄂᆞᆫ디라. 당(當)ᄒᆞᆫ 일의나 간(諫)ᄒᆞᄂᆞᆫ 톄ᄒᆞ고 ᄎᆞ언(此言)의ᄂᆞᆫ 함구블언(緘口不言)ᄒᆞ라. 휘(后ㅣ) 평일(平日)

•••

90면

의 사ᄅᆞᆷ의게 공(功)을 나토고[827] 일홈 엇기를 요구(要求)티 아니믈 셥심(攝心)[828]ᄒᆞ더니 오늘 말ᄉᆞᆷ을 보건대 변역(變易)[829]ᄒᆞ미 쇼양(霄壤)[830] ᄀᆞᆺᄐᆞᆫ디라 과인(寡人)이 진실노(眞實-) 고이(怪異)히 넉이노라.”

셜파(說罷)의 긔ᄉᆡᆨ(氣色)이 츄샹(秋霜)ᄀᆞᄐᆞ야 엄슉(嚴肅)ᄒᆞᆫ 긔운이 쵹하(燭下)의 등등(騰騰)ᄒᆞ니 만일(萬一) 쇼쇼(小小) ᄋᆞ녀ᄌᆞᆫ(兒女子ㄴ)즉 엇디 다시 말을 ᄒᆞ며 숨을 두ᄅᆞ리오마ᄂᆞᆫ 휘(后ㅣ) ᄆᆞᆺᄎᆞᆷᄂᆡ 안ᄉᆡᆨ

825) 무도패려(無道悖戾): 언행이나 성질이 도리에 어그러지고 사나움.
826) ᄉᆞ톄(事體): 사체. 일의 체면.
827) 나토고: 나타내고.
828) 셥심(攝心): 섭심. 자신의 마음을 가다듬어 흩어지지 않게 함.
829) 변역(變易): 바뀜.
830) 쇼양(霄壤): 소양. 하늘과 땅.

(顔色)을 고티디 아니ᄒᆞ고 탄식(歎息)ᄒᆞ야 ᄀᆞᆯ오ᄃᆡ,

"군휘(君侯ㅣ) ᄉᆞᄉᆞ로 알오미 계시련마ᄂᆞᆫ ᄒᆞᆫ갓 말 막으믈 인(因)ᄒᆞ야 억탁(臆度)[831] 곤욕(困辱)ᄒᆞ시믈 능ᄉᆞ(能事)로 아ᄅᆞ시ᄂᆞ냐? 쳡(妾)이 비록 무상(無狀)ᄒᆞ나 ᄌᆞ식(子息)을 낫고 ᄂᆞᆷ을 위(爲)ᄒᆞ리오마ᄂᆞᆫ 일의 경듕(輕重)이 잇ᄂᆞᆫ 고(故)로 입을 열미라. 쳡(妾)의 ᄆᆞᄋᆞᆷ을 니ᄅᆞᆫ즉 혹(或) 그러ᄒᆞ다도 ᄒᆞ려니와 샹공(相公)으로 니ᄅᆞᆫ즉 ᄌᆞ식(子息)이 어ᄂᆞ 다ᄅᆞ며 안해

•••

91면

어ᄂᆞ 달나 ᄒᆞ나흘 일편도이 존(尊)ᄒᆞ고 ᄒᆞ나흘 뎌대도록 염박(厭薄)[832]ᄒᆞ리오? ᄆᆞᄎᆞᆷᄂᆡ ᄯᅳᆺ을 뎡(定)ᄒᆞ샤 됴 부인(夫人)을 용납(容納)디 아니신즉 ᄇᆡᆨ옥(白玉)의 하뎜(瑕點)[833]이 아니리오?"

왕(王)이 ᄂᆡᆼ쇼(冷笑) 왈(曰),

"괴(孤ㅣ) 본ᄃᆡ(本-) 무상(無狀)ᄒᆞ야 아ᄅᆞᆷ다온 ᄂᆡ됴(內助)ᄅᆞᆯ 청납(聽納)[834]ᄒᆞᆯ ᄯᅳ디 업ᄉᆞ니 후(后)ᄂᆞᆫ ᄉᆞᆯ펴 용사(容赦)ᄒᆞ라."

셜파(說罷)의 ᄉᆞ매ᄅᆞᆯ ᄯᅥᆯ텨 니러 나가니 휘(后ㅣ) 기리 탄식(歎息)ᄒᆞ고 도로 자리의 누으매 벽쥬와 월쥐 협실(夾室)노셔 나와 뫼셔 자려 ᄒᆞ니 휘(后ㅣ) 놀나 왈(曰),

"너의 그져 ᄭᆡ여던다?"

월쥐 ᄃᆡ왈(對曰),

---

831) 억탁(臆度): 이치나 조건에 맞지 아니하게 생각함.
832) 염박(厭薄): 싫어하고 박대함.
833) 하뎜(瑕點): 하점. 하자.
834) 청납(聽納): 청납. 의견이나 권고 따위를 잘 들어서 받아들임.

“형(兄)이 하 심ᄉ(心思)ᄅ 슬우니 ᄒ이(孩兒ㅣ) ᄯᄒ 블안(不安)ᄒ여 ᄲ엿더니이다.”

휘(后ㅣ) 벽쥬의 손을 잡고 위로(慰勞)ᄒ야 ᄀ오ᄃ,

“녀ᄋ(女兒ㅣ) 엇디 그대도록 심ᄉ(心思)ᄅ 슬우ᄂ다? 안심(安心)ᄒ야 이시라.”

벽쥐 톄읍(涕泣) 왈(曰),

“ᄒ이(孩兒ㅣ) ᄌ

•••

92면

모(慈母)ᄅ 뫼셔 쳔만고초(千萬苦楚)ᄅ 격고 겨유 거거(哥哥)의 대은(大恩)을 닙어 경ᄉ(京師)의 오매 비록 모친(母親)이 죄듕(罪重)ᄒ시나 야야(爺爺)의 엄(嚴)ᄒ시미 엇디 ᄉ렵디 아니리잇고? 연(然)이나 모친(母親)이 무익(無益)히 ᄂᆷ을 위(爲)ᄒ샤 슌셜(脣舌)을 놀녀 노(怒)ᄅ 만나시뇨?”

휘(后ㅣ) 쇼왈(笑曰),

“부친(父親)의 광패[835](狂悖)ᄒ미 원(原) ᄌ소[836](自少)로브터 그러ᄒ니 엇디 탄(嘆)ᄒ리오? 아모 졔나 도로혈 날이 이실 거시니 너ᄂ 너모 념녀(念慮) 말나.”

벽쥐 탄식(歎息) 톄읍(涕泣)분이러라.

왕(王)이 후(后)ᄅ 크게 미안(未安)ᄒ야 ᄎ후(此後) ᄂ당(內堂)의 발자최 돈연(頓然)ᄒ고 듀야(晝夜) 낭문을 ᄃ리고 셔헌(書軒)의셔 시

835) 광패: [교] 원문에는 ‘관대’로 되어 있으나 문맥을 고려해 규장각본(12:74)을 따름.
836) 소: [교] 원문에는 ‘시’로 되어 있으나 문맥을 고려해 이와 같이 수정함.

ᄉᆞ(詩史)ᄅᆞᆯ 힘ᄡᅧ ᄀᆞᄅᆞ치고 냥ᄌᆞ(兩子)ᄅᆞᆯ 샤(赦)ᄒᆞᆯ ᄯᅳᆺ이 업ᄉᆞ니 승샹(丞相)은 아로ᄃᆡ 모ᄅᆞᄂᆞᆫ 톄ᄒᆞ고 뎡 부인(夫人)이 역시(亦是) ᄒᆞᆫ가지로ᄃᆡ 뉴 태부인(太夫人)이 십분(十分) ᄂᆡᆺ디 못ᄒᆞ야 왕(王)을 명(命)ᄒᆞ야 샤(赦)ᄒᆞ라 ᄒᆞ니

•••

93면

왕(王)이 흔연(欣然)이 ᄃᆡ왈(對曰),

“저희ᄅᆞᆯ 믜워 그리ᄒᆞ미 아니라 후일(後日)을 경계(警戒)코져 ᄒᆞ미니 조모(祖母)ᄂᆞᆫ 념녀(念慮)티 마ᄅᆞ쇼셔. 수이 샤(赦)ᄒᆞ리이다.”

ᄒᆞ니 부인(夫人)이 다시 니ᄅᆞ디 못ᄒᆞ더라.

샹셔(尙書)와 태뷔(太傅ㅣ) 별샤(別舍)의 ᄂᆡ텨 날이 포 되매 부모(父母)ᄅᆞᆯ ᄉᆞ렴(思念)ᄒᆞ야 영모지졍(永慕之情)이 측냥(測量)업서 식음(食飮)의 마ᄉᆞᆯ 모ᄅᆞ고 녜부(禮部) 등(等)을 본즉 샤(赦)ᄅᆞᆯ 쳥(請)ᄒᆞ니 녜뷔(禮部ㅣ) 왈(曰),

“ᄂᆡ ᄯᅩ 요ᄉᆞ이 슉뷔(叔父ㅣ) 흔연(欣然)ᄒᆞ시나 푸디 아니시믈 아ᄂᆞ니 ᄂᆡ 엇디 고(告)ᄒᆞ며 존당(尊堂) 태조뫼(太祖母ㅣ) 여ᄎᆞ여ᄎᆞ(如此如此) 니ᄅᆞ시니 이리이리 ᄃᆡ답(對答)ᄒᆞ시니 너희 등(等)은 기ᄃᆞ리라.”

ᄒᆞ니 이(二) 인(人)이 다시 쳥(請)티 못ᄒᆞ고 우민(憂悶)ᄒᆞ나 그ᄂᆞᆫ 쇼ᄉᆡ(小事ㅣ)오 됴 부인(夫人)을 아모조로나 부듕(府中)의 뫼시기ᄅᆞᆯ 계교(計巧)ᄒᆞᄃᆡ 도모(圖謀)ᄒᆞᆯ 길히 업서 민민(憫憫)ᄒᆞ더니,

두어 날 후(後) 태뷔(太傅ㅣ) 홀연(忽然)

•••

94면

쎅텨 ᄀᆞᆯ오ᄃᆡ,

"야야(爺爺)의 뜻 도로혀시미 조부(祖父) 말ᄉᆞᆷ의 이시니 우리 ᄀᆞ마니 가 뵈옵고 ᄋᆡ걸(哀乞)ᄒᆞ미 엇더ᄒᆞ니잇고?"

샹셰(尙書ㅣ) 올히 넉여 ᄎᆞ일(此日) 황혼(黃昏)의 승샹부(丞相府)의 탐디(探知)ᄒᆞ야 연휘(-侯ㅣ) 이시며 업ᄉᆞᆷ을 알고 냥인(兩人)이 즉시(卽時) 셔헌(書軒)의 가니 방(房) 안히 왕(王)의 소ᄅᆡ 들니ᄂᆞᆫ디라 크게 놀나 감히(敢-) 드러가디 못ᄒᆞ야 셧더니,

승샹(丞相)이 홀연(忽然) 눈을 드러 ᄉᆞᆯ피다가 챵(窓)밧긔 인젹(人跡)이 이시믈 보고 졔ᄌᆞ(諸子)로 보라 ᄒᆞ니 연휘(-侯ㅣ) 몸을 니러 문(門)을 여러 보니 냥ᄌᆡ(兩子ㅣ) 엇게ᄅᆞᆯ ᄀᆞᆯ와 난하(欄下)의셔 안흘 ᄇᆞ라고 유유디디(儒儒遲遲)[837]ᄒᆞ거ᄂᆞᆯ 왕(王)이 역경(亦驚)ᄒᆞ야 노왈(怒曰),

"너희 엇디 ᄂᆡ 녕(令) 업시 이곳의 와시며 왓실 쟉시면 드러오디 아니코 엿드ᄅᆞᆷ은 엇디오?"

긔ᄉᆡᆨ(氣色)이 엄녈(嚴烈)[838]ᄒᆞ고 소ᄅᆡ 엄

•••

95면

슉(嚴肅)ᄒᆞ니 이(二) 인(人)이 부친(父親)의 므ᄅᆞᆷ을 만나 대경(大驚)ᄒᆞ나 위인(爲人)의 탈쇽(脫俗)ᄒᆞ미 뎐도(顚倒)ᄒᆞ미 업ᄂᆞᆫ 고(故)로 날호혀 절ᄒᆞ고 믈너 업ᄃᆡ여 감히(敢-) 말을 못 ᄒᆞ니, 왕(王)이 ᄆᆞᄋᆞᆷ의

---

837) 유유디디(儒儒遲遲): 유유지지. 우물우물하며 머뭇거림.
838) 엄녈(嚴烈): 엄렬. 엄하고 매서움.

됴 시(氏) 일을 부친(父親)긔 쇼쳥(所請)ᄒᆞ라 오ᄂᆞᆫ 줄 알고 대로(大怒)ᄒᆞ야 눈을 놉히 ᄯᅳ고 말을 ᄒᆞ고져 ᄒᆞ더니 승샹(丞相)이 소ᄅᆡᄒᆞ야 문왈(問曰),

"게 잇ᄂᆞᆫ 거시 뉘완ᄃᆡ ᄎᆞ인(次兒ㅣ) 뎌러ᄐᆞᆺ 칙(責)ᄒᆞᄂᆞ뇨?"

왕(王)이 드러와 ᄃᆡ왈(對曰),

"블쵸ᄋᆞ(不肖兒) 셩문과 경문이로소이다."

승샹(丞相)의 신명(神明)ᄒᆞ미 본ᄃᆡ(本-) 만(萬) 니(里)ᄅᆞᆯ 예탁(豫度)[839]ᄒᆞᄂᆞᆫ 고(故)로 냥ᄋᆞ(兩兒)의 왓ᄂᆞᆫ ᄯᅳᆺ을 짐쟉(斟酌)고 이에 ᄀᆞᆯ오ᄃᆡ,

"ᄂᆡ 앗가 냥손(兩孫)을 블너더니 왓ᄂᆞᆫ가 시브거니와 ᄉᆞ지ᄌᆞ븐 엇디오?"

드ᄃᆡ여 드러오라 ᄒᆞ니 이(二) 인(人)이 두리오믈 참고 긔운을 ᄂᆞᆺ초아 드러와 말셕(末席)의 시립(侍立)

•••

96면

ᄒᆞ나 ᄂᆞᆺ출 드디 못ᄒᆞ니 이 졍(正)히 부상(扶桑)[840] 홍일(紅日)이 ᄒᆞᆫ ᄡᅡᆼ(雙)을 도ᄂᆞᆫ ᄃᆞᆺ, 홍년(紅蓮)이 두 송이 쳥엽(青葉)의 ᄂᆡ와든 ᄃᆞᆺ 긔이(奇異)ᄒᆞᆫ 거동(擧動)이 새로오니 승샹(丞相)이 더옥 ᄉᆞ랑ᄒᆞ야 흔연(欣然)이 ᄀᆞᆯ오ᄃᆡ,

"왓시면 엇디 드러오기ᄅᆞᆯ 지류(遲留)[841]ᄒᆞ더뇨?"

태뷔(太傅ㅣ) ᄃᆡ왈(對曰),

---

839) 예탁(豫度): 미리 헤아림.
840) 부상(扶桑): 해가 뜨는 동쪽 바다.
841) 지류(遲留): 오래 머무름.

"아히(兒孩) 등(等)이 야야(爺爺)긔 죄(罪) 어드미 잇습는 고(故)로 야야(爺爺) 계시매 감히(敢-) 드러오디 못ᄒᆞ더니이다."

승상(丞相)이 짐즛[842] 놀나 왕(王)ᄃᆞ려 ᄀᆞᆯ오ᄃᆡ,

"뎌 냥ᄋᆡ(兩兒ㅣ) 네게 므솜 죄(罪)를 지엇ᄂᆞ뇨?"

왕(王)이 ᄭᅢ니 피셕(避席)ᄒᆞ야 슈말(首末)을 고(告)ᄒᆞ니 승상(丞相)이 팀음(沈吟)[843]이러니, 이(二) 인(人)이 왕(王)의 긔ᄉᆡᆨ(氣色)이 졈졈(漸漸) ᄉᆡᆨᄉᆡᆨᄒᆞ믈 보고 송연(悚然)ᄒᆞ야 즉시(卽時) 믈너나니,

승상(丞相)이 스ᄉᆞ로 ᄉᆡᆼ각ᄒᆞ매 다른 날 경계(警戒)ᄒᆞ야도 왕(王)이 필연(必然) 셩문 등(等) 부쵹(咐囑)[844]으로 알디라 이에

•••

97면

안ᄉᆡᆨ(顔色)을 ᄉᆡᆨᄉᆡᆨ이 ᄒᆞ고 ᄀᆞᆯ오ᄃᆡ,

"므릇 훈ᄌᆞ(訓子)ᄒᆞ미 되(道ㅣ) 잇ᄂᆞ니 뎌 냥ᄋᆞ(兩兒)의 위친지졍(爲親之情)이 극(極)히 니(理)예 당연(當然)ᄒᆞ거ᄂᆞᆯ 네 엇디 문(門)의 ᄂᆡ텨 죄(罪)를 삼앗ᄂᆞ뇨? 그 쥬의(主義)를 듯고져 ᄒᆞ노라."

왕(王)이 부친(父親) 말ᄉᆞᆷ을 듯고 좌(座)를 ᄯᅥ나 두 번(番) 절ᄒᆞ고 믄득 쳐연(悽然)이 안ᄉᆡᆨ(顔色)을 고텨 주(奏)ᄒᆞ야 ᄀᆞᆯ오ᄃᆡ,

"ᄒᆡᄋᆡ(孩兒ㅣ) 오(五) 셰(歲)브터 고셔(古書)를 닑어 금(今) 삼[845] 십뉵칠(三十六七)의 잠간(暫間) 아ᄂᆞᆫ 거시 잇ᄉᆞᆸᄂᆞ니 범ᄉᆞ(凡事)의 샹

---

842) 즛: [교] 원문과 연세대본(12:96)에는 '쟉'으로 되어 있으나 문맥을 고려해 규장각본(12:78)을 따름.

843) 팀음(沈吟): 침음. 속으로 깊이 생각함.

844) 부쵹(咐囑): 부촉. 부탁하여 맡김.

845) 삼: [교] 원문에는 '삽'으로 되어 있으나 문맥을 고려해 규장각본(12:79)과 연세대본(12:97)을 따름.

심(詳審)[846]ᄒᆞ미 업ᄉᆞ며 더옥 ᄌᆞᄋᆡ지졍(慈愛之情)이 박(薄)ᄒᆞ리잇고 마는 셕일(昔日) 됴녀(-女)의 죄샹(罪狀)이 강샹(綱常)을 범(犯)ᄒᆞ야 영ᄋᆞ(-兒)를 박살(撲殺)ᄒᆞ야 구쳔(九泉)의 늣기는 혼(魂)이 되고 쇼ᄌᆞ(小子) 부부(夫婦)로ᄡᅥ 깅참(坑塹)[847]의 함닉(陷溺)ᄒᆞ야 몸이 ᄒᆡ외(海外)예 뉴락(流落)ᄒᆞ야 텬일(天日)을 볼 긔약(期約)이 업ᄉᆞᆸ더니 텬되(天道ㅣ) 쇼쇼(昭昭)ᄒᆞ야 간인(奸人)이 패

•••

98면

루(敗漏)ᄒᆞ고 쇼ᄌᆡ(小子ㅣ) 고토(故土)의 무ᄉᆞ(無事)이 도라와 부효(不孝)를 더럿ᄉᆞ오나 왕ᄉᆞ(往事)를 ᄉᆡᆼ각ᄒᆞ온즉 ᄲᅦ 숫그러ᄒᆞ와[848] 됴녀(-女) 두 ᄌᆞ(字)를 귀에 듯기 놀납ᄉᆞ오니 더옥 영ᄋᆞ(-兒)의 ᄋᆡ령(哀靈)[849]을 ᄉᆡᆼ각ᄒᆞ오면 간담(肝膽)이 최녈(摧裂)[850]ᄒᆞ믈 면(免)티 못ᄒᆞ옵ᄂᆞ니이다. 칼흘 ᄀᆞ라 됴녀(-女)의 념통과 간(肝)을 ᄂᆡ여 영ᄋᆞ(-兒)의 원슈(怨讎)를 갑고 쇼ᄌᆞ(小子)의 ᄒᆞᆫ(恨)을 싯고져 ᄒᆞ오ᄃᆡ 군ᄌᆞ(君子)는 원(怨)을 함(含)티 아니ᄒᆞᆫ다 ᄒᆞ오니 다시 뎨긔(提起)티 아니ᄒᆞ옵고 인명(人命) 듕ᄉᆡ(重事ㅣ)라 발검(拔劍)티 못ᄒᆞ야 셕년(昔年) 간인(奸人)이 무ᄉᆞ(無事)히 뎍소(謫所)로 가다가 텬앙(天殃)[851]을 닙어 뎍화(賊禍)의 분찬(奔竄)[852]ᄒᆞ야 거쳐(去處)를 모른다 ᄒᆞ오니 텬되(天道ㅣ) 무심(無心)티 아니믈 기리 탄(嘆)ᄒᆞ옵더니 경문 블쵸ᄋᆡ(不肖兒

846) 샹심(詳審): 상심. 세심하게 살핌.
847) 깅참(坑塹): 갱참. 깊고 길게 파 놓은 구덩이.
848) 숫그러ᄒᆞ와: 두려워.
849) ᄋᆡ령(哀靈): 애령. 슬픈 혼령.
850) 최녈(摧裂): 최열. 찢어짐.
851) 텬앙(天殃): 천앙. 하늘이 내린 재앙.
852) 분찬(奔竄): 바삐 달아나 숨음.

ㅣ) 국ᄉᆞ(國事)로 인(因)ᄒᆞ야 몸이 산동(山東)으로 향(向)ᄒᆞ오니 국ᄉᆞ(國事)를

•••

99면

진심(盡心)ᄒᆞ야 군은(君恩)을 갑ᄉᆞ고 부모(父母)의 경계(警戒)를 져ᄇᆞ리디 아니미 올습거ᄂᆞᆯ ᄒᆞᆫ갓 효의(孝義)를 비양(飛揚)ᄒᆞ야 브졀업시 됴녀(-女)를 닐위여 쇼ᄌᆞ(小子)의 심우(心憂)를 새로이 돕ᄉᆞ올 분아냐 쇼ᄌᆞ(小子)를 몰릐여 혼셔(婚書)를 임의(任意)로 ᄌᆞᄒᆡᆼ(恣行)ᄒᆞ야 방ᄌᆞ(放恣)ᄒᆞᆫ 죄(罪) 만ᄉᆞ온디라. 아비 소기믈 능ᄉᆞ(能事)로 알고 듕대(重大)ᄒᆞᆫ 일을 쇼ᄋᆞ(小兒)의 희롱(戲弄)ᄒᆞ듯 쇼ᄌᆞ(小子)를 업슈이 넉이오니 방인(傍人)이 알딘대 쇼ᄌᆞ(小子)를 뻐 엇던 사ᄅᆞᆷ으로 알니잇고? ᄎᆞ고(此故)로 냥ᄋᆞ(兩兒)를 약간 ᄎᆡᆨ(責)ᄒᆞ미 잇ᄉᆞ오나 저의를 댱ᄎᆡᆨ(杖責)ᄒᆞ며 문외(門外)에 ᄂᆡ티미 아니오니 저희 죄(罪)로 비(比)컨대 ᄎᆡᆨ(責)이 경(輕)ᄒᆞᆫ가 ᄒᆞᄂᆞ이다."

승샹(丞相)이 텽파(聽罷)의 ᄇᆞᆯ연(勃然)[853] 변ᄉᆡᆨ(變色) 왈(曰),

"네 ᄉᆡᆼ어ᄉᆞ십(生於四十)의 아븨 알픠셔 언어(言語)를 패려(悖戾)[854]이 ᄒᆞᆯ 줄

•••

100면

만 비홧ᄂᆞ냐? ᄂᆡ 졍도(正道)로 니ᄅᆞ거ᄂᆞᆯ 말ᄉᆞᆷ이 이러틋 브잡(浮

853) ᄇᆞᆯ연(勃然): 발연. 왈칵 성을 내는 태도나 일어나는 모양이 세차고 갑작스러움.
854) 패려(悖戾): 언행이나 성질이 도리에 어그러지고 사나움.

雜)[855] 학고 흉참(凶慘)[856] 학니 이 엇디 인즈(人子)의 되(道ㅣ)며 천승국군(千乘國君)[857]의 학염 즉한 힝실(行實)이리오? 너의 말을 드르니 닉 네 아비 되여시미 즈못 참괴(慙愧)[858] 흔디라, 추후(此後) 나의 알픽 니르디 말나."

셜파(說罷)의 기국공(--公)을 명(命)학야 왕(王)을 미러 닉티라 학니 승상(丞相)의 믹온 노긔(怒氣) 일신(一身)을 움즉이고 싁싁흔 거동(擧動)이 븍풍한상(北風寒霜) ᄀᆞᄐᆞ니 좌위(左右ㅣ) 송연(悚然)학고 왕(王)이 대경(大驚) 황공(惶恐)학야 다시 죄(罪)를 청(請)코져 학딕 승상(丞相)이 일호(一毫) 요동(搖動)학미 업고 기국공(--公)을 직촉학니 왕(王)이 홀일업서 즉시(卽時) 누즌 당(堂)의 도라와 금관농포(金冠龍袍)를 벗고 딕죄(待罪)홀식,

샹셔(尙書)와 태뷔(太傅ㅣ) 또흔 발을 머추어 시죵(始終)을 즈시 드른디라 조부(祖父)의

•••

101면

엄(嚴)흔 노(怒)를 송연(悚然)학고 왕(王)이 죄칙(罪責)을 밧고 쇼당(小堂)의 거(居)학믈 보니 가닉(家內) 이러툿 산난(散亂)[859] 학믈 십분(十分) 우황(憂遑)[860] 학야 천천이 뒤흘 뚤와 왕(王)의 딕죄(待罪)흔 곳의 가 뫼시고져 학니, 왕(王)이 눈을 드러 보고 즐퇴(叱退)학야 믈

855) 브잡(浮雜): 부잡. 사람됨이 성실하지 못하고 경망스러우며 추잡함.
856) 흉참(凶慘): 흉하고 참혹함.
857) 쳔승국군(千乘國君): 천승국군. 천 대의 병거를 내는 나라의 임금이라는 뜻으로, 제후를 이르는 말. 제후는 천 대의 병거를 낼 만한 나라를 소유하였음.
858) 참괴(慙愧): 매우 부끄러워함.
859) 산난(散亂): 산란. 어수선하고 뒤숭숭함.
860) 우황(憂遑): 걱정하고 허둥댐.

니티고,

다만 낭문을 블너 드리고 이곳의셔 죵일죵야(終日終夜)토록 문(門)밧긔 머리를 닉와드미 업ᄉᆞ니 낭문이 그 모시(母氏) 연고(緣故)로 두로 이 ᄀᆞᆺ튼 경샹(景狀)을 보매 가ᄉᆞᆷ이 ᄀᆞᆸᄀᆞᆸᄒᆞ야 죽고져 ᄠᅳᆺ이 반(半)이오 살고져 ᄠᅳᆺ이 업서 ᄀᆞ만ᄒᆞᆫ 눈믈을 옷 압흘 적시니 왕(王)이 엄(嚴)히 금지(禁止)ᄒᆞ야 드리고 잇더라.

소휘(-后ㅣ) 명일(明日) 이 소유(所由)[861]를 알고 감히(敢-) 졍뎐(正殿)의 잇디 못ᄒᆞ야 병신(病身)을 움즉여 쇼당(小堂)의 ᄂᆞ리니 ᄌᆞ뷔(子婦ㅣ) 진경(盡驚)ᄒᆞ야 일시(一時)의 당(堂)을 ᄇᆞ리

•••

102면

고 쇼당(小堂) 겻틔 져근 방(房)의 모다 이셔 존고(尊姑)를 시측(侍側)ᄒᆞ니 궁듕(宮中) 쳔여(千餘) 인(人) 시비(侍婢) 진동(震動)ᄒᆞ야 황황(遑遑)[862]ᄒᆞ믈 마디아니ᄒᆞ니, 벽쥬는 듀야(晝夜) 호곡(號哭)ᄒᆞ야 ᄒᆞᆫ 술 믈을 먹디 아니ᄒᆞ니 소휘(-后ㅣ) 심(甚)히 가련(可憐)이 넉여 일시(一時)를 알풀 ᄯᅥ나디 못ᄒᆞ게 겻틔 두어 위로(慰勞)ᄒᆞ며 샹셔(尙書)와 태뷔(太傅ㅣ) ᄒᆞᆫ 당(堂)의셔 ᄃᆡ죄(待罪)ᄒᆞ야 감히(敢-) 모친(母親)도 드러가 보옵디 못ᄒᆞ고 우수울억(憂愁鬱憶)[863]ᄒᆞ니 연부(-府) 일궁(一宮) ᄂᆡ외(內外)예 화긔(和氣) ᄉᆞ연(捨然)ᄒᆞ야 큰 우환(憂患)이 되엿더라.

연왕(-王)의 고집(固執)이 본ᄃᆡ(本-) 뉴(類)다ᄅᆞᆫ 고(故)로 죽기를 그

861) 소유(所由): 연유.
862) 황황(遑遑): 갈팡질팡 어쩔 줄 모르게 급함.
863) 우수울억(憂愁鬱憶): 근심하고 우울해함.

음ᄒᆞ야 됴 시(氏)를 긋고져 ᄒᆞᄂᆞ디라, 죄인(罪人)으로 ᄌᆞ쳐(自處)ᄒᆞ야 ᄃᆡ죄(待罪)홀디언뎡 ᄌᆞ가(自家) 입으로 됴 시(氏) ᄃᆞ려오라 말을 아니니 남공(-公)이 그 거동(擧動)을 보려 홀 분 아녀 그 일이 그ᄅᆞ디 아

•••

103면

닌 고(故)로 시비(是非)를 아니코 드리미러 보디 아니나, ᄌᆞ딜(子姪)은 문안(問安)을 폐(廢)티 아니ᄒᆞ이니,

협슌(浹旬)[864]의 밋쳐는 뉴 부인(夫人)이 연왕(-王)과 제손(諸孫)을 오릭 보디 못ᄒᆞ니 ᄀᆞ장 울울(鬱鬱)ᄒᆞ야 일일(一日)은 승샹(丞相)ᄃᆞ려 골오ᄃᆡ,

"됴 시(氏)ᄂᆞᆫ ᄌᆞ뷔(子婦ㅣ)오, 몽ᄋᆡ(-兒ㅣ) ᄯᅩ 네 아ᄃᆞᆯ이니 쳐분(處分)이 네 손의 잇ᄂᆞᆫ디라, 몽ᄋᆞ(-兒)를 브ᄅᆞ고 됴 시(氏)를 ᄃᆞ려오라."

승샹(丞相)이 본ᄃᆡ(本-) 텬상(天生) 이후(以後)로 모친(母親) 말ᄉᆞᆷ은 못 밋출 ᄃᆞ시 ᄒᆞᄂᆞᆫ 고(故)로 슈명(受命)ᄒᆞ야 셔헌(書軒)의 도라와 연후(-侯)의게 뎐어(傳語)ᄒᆞ야 골오ᄃᆡ,

"너희 긔승(氣勝)ᄒᆞ미 아비를 역졍(逆情)ᄒᆞ고 드러시니 ᄀᆞ장 쾌(快)ᄒᆞ거니와 ᄂᆡ ᄯᅩ 혜아리미 이시니 네 ᄠᅳᆺ이 엇디코져 ᄒᆞᄂᆞᆫ다?"

왕(王)이 듯기를 ᄆᆞᆺ고 환연(渙然)[865]ᄒᆞ야 말을 못 밋쳐 ᄒᆞ여셔 남공(-公)이 니ᄅᆞ러 칙(責)ᄒᆞ야 골오ᄃᆡ,

"아ᄎᆞᆷ

---

864) 협슌(浹旬): 협순. 열흘 동안.
865) 환연(渙然): 근심하는 모양.

•••

104면

의 조모(祖母) 명(命)이 여ᄎᆞ여ᄎᆞ(如此如此) ᄒᆞ시니 ᄌᆞ손(子孫)의 도리(道理) ᄉᆞ디(死地)라도 거역(拒逆)디 아냠 즉ᄒᆞᆯ딕 더옥 조뫼(祖母ㅣ) 님년(稔年)[866] ᄒᆞ샤 셔산(西山) 낙일(落日) ᄀᆞᄐᆞ시니 야애(爺爺ㅣ) ᄉᆞᄉᆞ로 쳑감(戚感)[867] ᄒᆞ샤 슈화(水火)라도 그 ᄒᆞ고져 ᄒᆞ시ᄂᆞᆫ 바를 못 미출 ᄃᆞ시 ᄒᆞ시니 네 이제 드러가 쳥죄(請罪)ᄒᆞ고 그 명(命)을 슌(順)ᄒᆞᆫ즉 벌(罰)이 경(輕)ᄒᆞ리니 네 본ᄃᆡ(本-) 야야(爺爺) 셩품(性品)을 모ᄅᆞᄂᆞᆫ다?”

왕(王)이 듯기를 ᄆᆞᆺ고 텰셕(鐵石)ᄀᆞᄐᆞᆫ 심댱(心腸)이 잠간(暫間) 도로히여 즉시(卽時) 셔헌(書軒)의 드러가 계하(階下)의셔 쳥죄(請罪)ᄒᆞᆯ식 승샹(丞相)이 안ᄉᆡᆨ(顔色)이 샹풍녈일(霜風烈日) ᄀᆞᄐᆞ야 잠간[868](暫間)도 ᄉᆡᆨ(色)을 허(許)ᄒᆞ미 업서 다만 ᄀᆞᆯ오ᄃᆡ,

“오ᄂᆞᆯ 졍당(正堂) 명(命)으로 됴 시(氏)를 ᄃᆞ려오라 ᄒᆞ니 왕(王)의 ᄯᅳᆺ은 엇더ᄒᆞ뇨? 블평(不平)이 넉이거든 ᄀᆞᆺ치리라.”

왕(王)이 더옥 황공(惶恐)ᄒᆞ야 돈슈(頓首) 쳥죄(請罪)

•••

105면

왈(曰),

“당초(當初) 대인(大人) 엄명(嚴命)을 밧드디 못ᄒᆞ온 죄(罪) 만ᄉᆞ유

866) 님년(稔年): 임년. 나이가 많음.

867) 쳑감(戚感): 척감. 슬퍼함.

868) 간: [교] 원문에는 ‘감’으로 되어 있으나 문맥을 고려해 규장각본(12:85)과 연세대본(12:104)을 따름.

경(萬死猶輕)[869]이옵거든 엇디 이런 뜻이 이시며 셩괴(盛教ㅣ) ᄌᆞ못 죽기를 원(願)ᄒᆞ오ᄃᆡ 엇디 못ᄒᆞ옵ᄂᆞ니 이 도시(都是) ᄒᆡᄋᆞ(孩兒)의 죄(罪)라 다ᄅᆞᆫ 말ᄉᆞᆷ이 업ᄂᆞ이다."

인(因)ᄒᆞ야 화열(和悅)ᄒᆞᆫ 안ᄉᆡᆨ(顏色)과 ᄂᆞᄌᆞᆨᄒᆞᆫ ᄀᆡ운이 일실(一室)을 움ᄌᆞᆨ여 머리 두ᄃᆞ리기를 마디아니ᄒᆞᄃᆡ 승샹(丞相)이 졍ᄉᆡᆨ(正色) ᄇᆞ답(不答)ᄒᆞ거ᄂᆞᆯ ᄇᆡᆨ쥐ᄇᆡᆨ(--伯)이 대쇼(大笑)ᄒᆞ고 말녀 ᄀᆞᆯ오ᄃᆡ,

"훈자(訓子)ᄒᆞᆯ ᄯᆡ 잇ᄂᆞ니 몽딜(-姪)이 나흰즉 ᄉᆞ십(四十)의 다ᄃᆞᄅᆞᆺ고 몸인즉 쳔승국군(千乘國君)[870]이라. 헌면(軒冕)[871]과 뇽포(龍袍)의 존(尊)ᄒᆞ므로ᄡᅥ ᄯᅡ 아래 죄쉬(罪囚ㅣ) 되엿ᄂᆞᆫ 양(樣)이 소견(所見)의 샹속(常俗)[872]디 아닌디라 형댱(兄丈)은 쾌(快)히 사(赦)ᄒᆞ쇼셔."

승샹(丞相)이 졍ᄉᆡᆨ(正色) ᄆᆞᆨ연(默然)ᄒᆞ니 ᄇᆡᆨ쥐ᄇᆡᆨ(--伯)이 명(命)ᄒᆞ야 당(堂)의 오ᄅᆞ라 ᄒᆞ고 ᄀᆞᆯ

•••

106면

오ᄃᆡ,

"됴 시(氏)를 오ᄂᆞᆯ ᄃᆞ려오려 ᄒᆞᄂᆞ니 현딜(賢姪)의 ᄯᅳᆺ이 엇더뇨?"

왕(王)이 ᄇᆡ샤(拜謝) 왈(曰),

"엇디 쇼딜(小姪)ᄃᆞ려 무ᄅᆞ실 배리잇고? 부모(父母) 존당(尊堂)이 샹의(相議)ᄒᆞ실 배니이다."

쇼뷔(少傅ㅣ) 잠쇼(暫笑)ᄒᆞ나 승샹(丞相)은 ᄆᆞᄎᆞᆷ니 흔연(欣然)ᄒᆞᆫ

869) 만ᄉᆞ유경(萬死猶輕): 만사유경. 만 번 죽어도 오히려 가벼움.
870) 쳔승국군(千乘國君): 천승국군. 천 대의 병거를 내는 나라의 임금이라는 뜻으로, 제후를 이르는 말. 제후는 천 대의 병거를 낼 만한 나라를 소유하였음.
871) 헌면(軒冕): 고관이 타던 초헌과 머리에 쓰던 관.
872) 샹속(常俗): 상속. 심상. 평범.

긔식(氣色)이 업서 녜부(禮部) 홍문으로 소후(-后)를 졍뎐(正殿)으로 들나 ᄒᆞ고 태부(太傅) 등(等)을 브ᄅᆞ니,

원닉(元來) 승샹(丞相)의 소후(-后) ᄉᆞ랑이 범연(泛然)티 아닌 고(故)로 하당(下堂)의 ᄂᆞ려시믈 듯고 ᄌᆞ로 뎐어(傳語)ᄒᆞ야 졍침(正寢)의 들나 ᄒᆞᄃᆡ 소휘(-后ㅣ) 감히(敢-) 봉승(奉承)[873]티 못ᄒᆞ더니 이날 녜뷔(禮部ㅣ) 니ᄅᆞ러 조부(祖父) 말ᄉᆞᆷ으로 뎐(傳)ᄒᆞ고 왕(王)이 샤(赦) 만나시믈 고(告)ᄒᆞ니 휘(后ㅣ) ᄇᆡ야흐로 샹부(相府)를 ᄇᆞ라 졀ᄒᆞ고 셩은(盛恩)을 샤례(謝禮)ᄒᆞ고 쇼여(小轝)를 타 졍뎐(正殿)으로 드러갈ᄉᆡ 병(病)이 근간(近間)은 더옥 듕(重)ᄒᆞᆫ 고(故)로 긔운이 싀진(澌盡)[874]ᄒᆞ

•••

107면

야 운동(運動)티 못ᄒᆞᆯ 듯ᄒᆞᄃᆡ 강잉(強仍)ᄒᆞ야 블평(不平)ᄒᆞᆫ 긔식(氣色)을 아니니 타인(他人)이 아디 못ᄒᆞ더라.

태부(太傅)와 샹셰(尙書ㅣ) 조부(祖父) 명(命)으로 인(因)ᄒᆞ야 의관(衣冠)을 곳티고 샹부(相府)의 니ᄅᆞ매 승샹(丞相)이 흔연(欣然)이 위로(慰勞)ᄒᆞ며 냥인(兩人)의 손을 ᄀᆞ로 잡아 두긋기믈 이긔디 못ᄒᆞ니, 연왕(-王)이 비록 ᄂᆡ심(內心)의 블평(不平)ᄒᆞ나 텬ᄉᆡᆼ(天生) 대회(大孝ㅣ) 심샹(尋常)티 아닌 고(故)로 안ᄉᆡᆨ(顔色)이 화열(和悅)ᄒᆞ야 죠곰도 타례(他慮ㅣ) 업ᄉᆞᆫ 듯ᄒᆞ니 냥인(兩人)이 져기 방심(放心)ᄒᆞ야 뫼셧더니 이윽고 승샹(丞相)이 ᄀᆞᆯ오ᄃᆡ,

---

873) 봉승(奉承): 웃어른의 뜻을 받들어 이음.
874) ᄉᆡ진(澌盡): 시진. 다함.

"됴 식뷔(息婦ㅣ) 오놀 올 거시니 너희 등(等)이 위의(威儀)를 출혀 보닐디어다."

샹셔(尙書)와 태뷔(太傅ㅣ) 경희(驚喜)ᄒᆞ믈 이긔디 못ᄒᆞ야 대열(大悅)ᄒᆞᄃᆡ 부친(父親) 뜻을 아디 못ᄒᆞ야 샹셰(尙書ㅣ) 유유(儒儒)[875]ᄒᆞ다가 ᄉᆞ러 왕(王)의게 츼품(就稟)[876]ᄒᆞᆫ대 왕(王)이 ᄌᆞ

•••

108면

약(自若)히 ᄀᆞᆯ오ᄃᆡ,

"대인(大人)이 명(命)ᄒᆞ시미 계시니 여뷔(汝父ㅣ) 엇디 다른 뜻이 이실 거시라 번거이 뭇ᄂᆞ뇨?"

샹셰(尙書ㅣ) 쏘ᄒᆞᆫ 야야(爺爺) 뜻을 엇디 아디 못ᄒᆞ리오마는 달니 쳐치(處置)ᄒᆞᆯ 도리(道理) 업서 다만 어룬의 지휘(指揮)대로 즉시(卽時) 본궁(本宮) 위의(威儀)를 출혀 태부(太傅)를 명(命)ᄒᆞ야 됴부(-府)로 보ᄂᆡ고 거쳐(居處)ᄒᆞ실 당(堂)을 뭇ᄌᆞ올ᄉᆡ 왕(王)이 팀음(沈吟)ᄒᆞ다가 ᄀᆞᆯ오ᄃᆡ,

"벽셔당(--堂)을 쇄소(刷掃)ᄒᆞ라."

ᄒᆞ니 원ᄅᆡ(元來) 이 당(堂)은 왕부(王府)의 쇽(屬)ᄒᆞᆫ 당(堂)이로ᄃᆡ 깁기 슉현당(--堂)으로 ᄂᆡ도(乃倒)ᄒᆞ고 안과 밧그로 격졀(隔絕)[877]ᄒᆞ야 취셩당(--堂), 봉셩당(--堂)으로 더옥 ᄂᆡ도(乃倒)ᄒᆞ야 다만 외로이 이 당(堂)이 이시니 왕(王)이 됴녀(-女)의 자최를 먼니ᄒᆞ노라 짐즛 이곳으로 니ᄅᆞ미라. 샹셰(尙書ㅣ) 경아(驚訝)[878]ᄒᆞ야 다시 ᄉᆞ러 ᄀᆞᆯ오ᄃᆡ,

875) 유유(儒儒): 모든 일에 딱 잘라 결정을 내리지 못하고 어물어물한 데가 있음.
876) 츼품(就稟): 취품. 웃어른께 나아가 여쭘.
877) 격졀(隔絕): 격절. 서로 사이가 떨어져서 연락이 끊어짐.

"이곳은 흔 벽톄(僻處ㅣ)니

•••

109면

됴 모친(母親)의 거쳐(居處)ᄒᆞ셤 즉디 아니ᄒᆞ오니 다른 고ᄃᆞᆯ 별ᄐᆡᆨ(別擇)[879] ᄒᆞ사이다."

왕(王)이 심듕(心中)의 대로(大怒)ᄒᆞᄃᆡ 부젼(父前)인[880] 고(故)로 감히(敢-) ᄉᆞ식(辭色)을 블슌(不順)이 못 ᄒᆞ야 유유(儒儒) 팀음(沈吟)ᄒᆞ니 샹셔(尙書ㅣ) 감히(敢-) 다시 말을 못 ᄒᆞ야 믈너나 다만 명(命)ᄃᆡ로 ᄒᆞᆯ 분이러라.

태뷔(太傅ㅣ) 위의(威儀)ᄅᆞᆯ 거ᄂᆞ려 됴부(-府)의 니ᄅᆞ러 모든 ᄃᆡ 뵈고 ᄒᆡᆼ도(行途)ᄅᆞᆯ ᄇᆡ얘니 됴 시(氏) 영ᄒᆡᆼ(榮幸)ᄒᆞᄆᆞᆯ 이긔디 못ᄒᆞ야 소댱(梳粧)[881]을 일위고 부모(父母)긔 하딕(下直)ᄒᆞ니 뇨 부인(夫人)이 태부(太傅)ᄅᆞᆯ 향(向)ᄒᆞ야 무수(無數)히 샤례(謝禮)ᄒᆞ고 녀ᄋᆞ(女兒)ᄅᆞᆯ 경계(警戒)ᄒᆞ야 ᄎᆞ후(此後)나 조심(操心)ᄒᆞᄆᆞᆯ 니ᄅᆞ더라.

됴 시(氏) 니부(李府)의 니ᄅᆞ매 졍당(正堂)의 드러가 구고(舅姑) 존당(尊堂)의 ᄌᆡ비(再拜) 청죄(請罪)ᄒᆞ고 뎨ᄉᆞ금쟝(娣姒錦帳)[882]으로 녜(禮)ᄅᆞᆯ ᄆᆞᄎᆞ니 뉴 부인(夫人)이 몬져 눈믈을 ᄲᅳ려 ᄀᆞᆯ오ᄃᆡ,

"미망(未亡) 노인(老人)이 호텬디

878) 경아(驚訝): 놀라고 의아해함.
879) 별ᄐᆡᆨ(別擇): 별택. 별도로 택함.
880) 인: [교] 원문에는 이 앞에 '이'가 있으나 부연으로 보아 삭제함.
881) 소댱(梳粧): 소장. 빗질하고 화장함.
882) 뎨ᄉᆞ금쟝(娣姒錦帳): 제사금장. 시누이와 동서.

•••

110면

통(呼天之痛)[883]을 품어 완명(頑命)[884]이 지팅(支撑)ᄒᆞ야 금일(今日) 그ᄃᆡ를 보니 인ᄉᆡᆼ(人生)의 모딜미 심(甚)티 아니ᄒᆞ리오? 셕년(昔年)의 문운(門運)이 블ᄒᆡᆼ(不幸)ᄒᆞ야 피ᄎᆞ(彼此) 화란(禍亂)은 다시 일ᄏᆞ를 배 아니오, ᄉᆡᆼ각ᄒᆞ매 담(膽)이 ᄎᆞ고 넉시 늘 ᄃᆞᆺ홀디라. 그ᄃᆡᄂᆞᆫ 다만 덕(德)을 닷가 ᄎᆞ후(此後) 두 ᄌᆞ식(子息)의 젼뎡(前程)을 도라보라.”

승샹(丞相) 부쳬(夫妻ㅣ) 니어 위로(慰勞) 왈(曰),

“그ᄃᆡ 익환(厄患)이 비샹(非常)ᄒᆞ야 쳔만고초(千萬苦楚) 가온대 냥ᄋᆞ(兩兒) 남ᄆᆡ(男妹)의 긔이(奇異)ᄒᆞ미 특츌(特出)ᄒᆞ니 복(福)이 ᄃᆞᆺ거오믈 하례(賀禮)ᄒᆞᄂᆞ니 그ᄃᆡᄂᆞᆫ ᄆᆞᄎᆞᆷᄂᆡ 현(賢)을 힘ᄡᅳ라.”

됴 시(氏) 눈믈을 흘니고 돈슈(頓首)ᄒᆞ야 ᄀᆞᆯ오ᄃᆡ,

“쇼쳡(小妾)이 당년(當年)의 나히 졈고 인ᄉᆡ(人事ㅣ) 블쵸무샹(不肖無狀)[885]ᄒᆞ야 죄(罪)를 강[886]샹(綱常)의 엇고 몸이 졀역(絶域)의 ᄂᆡ티여 쳔만비원(千萬悲怨)을 ᄀᆞᆺ초 격그나 ᄌᆞ쟉지얼(自作之孽)[887]이라 뉘 타슬 삼으

883) 호텬디통(呼天之痛): 호천지통. 하늘을 향해 울부짖는 고통이라는 뜻으로 부모나 남편의 상을 당함을 이름.

884) 완명(頑命): 질긴 목숨.

885) 블쵸무샹(不肖無狀): 불초무상. 어리석어 사리에 어두움.

886) 강: [교] 원문에는 ‘당’으로 되어 있으나 문맥을 고려해 규장각본(12:89)을 따름.

887) ᄌᆞ쟉지얼(自作之孽): 자작지얼. 자기가 저지른 일 때문에 생긴 재앙.

•••

111면

리잇고? 이제 경문의 대덕(大德)을 닙어 몸이 고토(故土)의 도라옴도 쳔만희힝(千萬喜幸)ᄒᆞ옵거ᄂᆞᆯ ᄯᅩ 문하(門下)의 ᄇᆞ르샤 이러ᄐᆞᆺ 후휼(厚恤)[888]ᄒᆞ시니 쳡(妾)이 비록 무샹(無狀)ᄒᆞ나 오ᄂᆞᆯ날의 니ᄅᆞ러 ᄡᅵ다ᄅᆞ미 업ᄉᆞ리잇가?"

승샹(丞相) 부쳬(夫妻ㅣ) 됴 시(氏)의 회과ᄌᆞᄎᆡᆨ(悔過自責)[889]ᄒᆞ엿시믈 깃거 위로(慰勞)ᄒᆞ고 이윽고 남공(-公) 등(等) ᄉᆞ(四) 인(人)이 ᄒᆞᆫ골ᄀᆞᆺ티 왕후(王侯)의 복ᄉᆡᆨ[890](服色)으로 드러와 녜필(禮畢)ᄒᆞ고 무ᄉᆞ(無事)히 모드믈 티위(致慰)[891]ᄒᆞ니 됴 시(氏) 타루(墮淚) 칭샤(稱謝)ᄒᆞ야 답언(答言)이 극(極)히 평순(平順)ᄒᆞ니 졔공(諸公)이 심하(心下)의 함쇼(含笑)ᄒᆞ더니 쇼뷔(少傅ㅣ) 믄득 ᄀᆞᆯ오ᄃᆡ,

"됴 식뷔(息婦ㅣ) 이에 니ᄅᆞ미 희한(稀罕)ᄒᆞᆫ 경ᄉᆡ(慶事ㅣ)어ᄂᆞᆯ 홀노 그 가뷔(家夫ㅣ) ᄲᅡ러디리오?"

좌우(左右)로 왕(王)을 브ᄅᆞ니 왕(王)이 됴 시(氏)의 얼골을 아니 보려 뎡(定)ᄒᆞ엿ᄂᆞᆫ 고(故)로 졔(諸) 형뎨(兄弟) 드

•••

112면

러갈 ᄣᅢ ᄲᅡ러졋더니 브ᄅᆞᄂᆞᆫ 명(命)이 니ᄅᆞ매 홀일업서 완완(緩緩)이

888) 후휼(厚恤): 정성으로 구휼함.

889) 회과ᄌᆞᄎᆡᆨ(悔過自責): 회과자책. 잘못을 뉘우치고 스스로 책망함.

890) ᄉᆡᆨ: [교] 원문에는 '칙'으로 되어 있으나 문맥을 고려해 규장각본(12:90)과 연세대본(12:111)을 따름.

891) 티위(致慰): 치위. 위로함.

닉당(內堂)의 니ᄅᆞ러 승명(承命)[892]ᄒᆞ매, 됴 시(氏) 안잣디 못ᄒᆞ야 니러셔며 눈을 드러 보니 왕(王)이 임의 녯날노 더브러 현격(懸隔)ᄒᆞ야 긔골(氣骨)이 늠늠(凜凜)ᄒᆞ고 긔샹(氣像)이 당당(堂堂)ᄒᆞ믄 니ᄅᆞ도 말고 몸의 청금칠ᄉᆞ포의(靑錦漆紗袍衣)[893]ᄅᆞᆯ 닙고 머리의 ᄌᆞ금익션관(紫金翼蟬冠)[894]을 쓰고 허리의 ᄇᆡᆨ옥ᄃᆡ(白玉帶)ᄅᆞᆯ 두ᄅᆞ고 손의 옥홀(玉笏)을 들고 국궁(鞠躬)[895] 진퇴(進退)ᄒᆞ매 츄파(秋波)ᄅᆞᆯ ᄂᆞ초고 눈섭 우히 ᄎᆞᆫ 긔운이 어ᄅᆡ여 싁싁쥰엄(--峻嚴)ᄒᆞ미 셜샹가샹(雪上加霜) ᄀᆞᄐᆞ나 그런 가온대 풍ᄎᆡ(風采) 더옥 긔특(奇特)ᄒᆞ야 십ᄉᆞ(十四)년(年) 어두온 눈이 황연(晃然)이 ᄇᆞᆰ히이니 됴 시(氏) 새로이 흠모(欽慕)ᄒᆞᄂᆞᆫ ᄠᅳᆺ이 뉴동(流動)ᄒᆞ야 ᄇᆞ라ᄂᆞᆫ 눈이 ᄠᅮ러딜 ᄃᆞᆺᄒᆞ니 만좌(滿座 ㅣ) 졀도(絕倒)ᄒᆞ믈 ᄎᆞᆷ

•••

113면

디 못ᄒᆞ야 서로 ᄀᆞᄅᆞ쳐 지쇼(指笑)[896]ᄒᆞᄃᆡ 남공(-公)이 정ᄉᆡᆨ(正色)고 ᄀᆞᆯ오ᄃᆡ,

"됴쉬(-嫂ㅣ) 현뎨(賢弟)로 더브러 분슈(分手)ᄒᆞ연 지 십ᄉᆞ(十四)년(年)의 금일(今日) 샹봉(相逢)이 처엄이라, 엇디 피ᄎᆡ(彼此ㅣ) 무례(無禮)히 보리오?"

왕(王)이 ᄎᆞ언(此言)을 드ᄅᆞ매 능히(能-) 훌일업서 긔운을 ᄎᆞᆷ고 눈

---

892) 승명(承命): 명령을 받듦.
893) 청금칠ᄉᆞ포의(靑錦漆紗袍衣): 청금칠사포의. 청색 비단에 옻칠을 한 도포.
894) ᄌᆞ금익션관(紫金翼蟬冠): 자금익선관. 검붉은 색의 익선관. 익선관은 제후의 상복(常服)에 곤룡포(袞龍袍)와 함께 쓰는 관으로 매미 모양으로 되어 있음.
895) 국궁(鞠躬): 윗사람이나 위패(位牌) 앞에서 존경하는 뜻으로 몸을 굽힘.
896) 지쇼(指笑): 지소. 손가락질하며 웃음.

을 더옥 놋초와 풀을 드러 읍(揖)ᄒᆞ고 좌(座)의 나아가니 비록 입으로 말을 아니코 흉격(胸膈)의 노긔(怒氣)ᄅᆞᆯ 서리담으나 미위(眉宇ㅣ) 졈졈(漸漸) 싁싁ᄒᆞ야 비(比)컨대 엄동대한(嚴冬大寒)의 ᄎᆞᆫ ᄇᆞ람이 쇼쇼(瀟瀟)[897] ᄒᆞᆫ 듯 눈 우ᄒᆡ 어름을 더ᄒᆞᆫ 듯ᄒᆞ니 됴 시(氏) 숑연(悚然)ᄒᆞ야 답례(答禮)ᄒᆞ고 좌(座)의 안ᄌᆞ나 스ᄉᆞ로 븟그러오미 침샹(針上)의 안즌 듯ᄒᆞ더니 왕(王)이 즉시(卽時) 밧그로 나가ᄂᆞᆫ디라 ᄯᅩᄒᆞᆫ 믈너갈ᄉᆡ,

샹셰(尙書ㅣ) 뫼셔 벽

•••

114면

셔뎡(--亭)의 니ᄅᆞ니 포진(鋪陳)[898]이 화려(華麗)ᄒᆞ고 긔용집[899]믈(器用什物)이 졍졔(整齊)ᄒᆞ며 시녀(侍女) 삼십여(三十餘) 인(人)이 ᄒᆞᆫ골ᄀᆞᆺ티 녜복(禮服)을 ᄉᆞ어 됴 시(氏)ᄅᆞᆯ 마자 ᄇᆡ례(拜禮)ᄅᆞᆯ ᄆᆞᄎᆞ니 됴 시(氏) 더옥 샹셔(尙書) 등(等)의 지극(至極)ᄒᆞᆫ ᄯᅳᆺ을 감동(感動)ᄒᆞ믈 이긔디 못ᄒᆞ고 낭문과 벽쥐 니음ᄃᆞ라 니ᄅᆞ러 모친(母親)을 반기고 소후(-后)의 지극(至極)ᄒᆞᆫ ᄯᅳᆺ을 닐너,

말이 맛디 못ᄒᆞ야셔 님 시(氏)와 위란이 여러 ᄌᆞ녀(子女)ᄅᆞᆯ 거ᄂᆞ려 니ᄅᆞ러 ᄇᆡ알(拜謁)ᄒᆞ니 됴 시(氏) ᄒᆞᆫ번(-番) 보매 냥인(兩人)의 영귀(榮貴)ᄒᆞ고 존(尊)ᄒᆞ미 졔왕(帝王) 후궁(後宮)의 거동(擧動)이 잇ᄂᆞᆫ디라 더옥 ᄌᆞ긔(自己) 죄과(罪過)[900]ᄅᆞᆯ ᄉᆡᆼ각고 참연(慙然)ᄒᆞ야 믁연(默

897) 쇼쇼(瀟瀟): 소소. 비바람 따위가 세참.
898) 포진(鋪陳): 바닥에 깔아 놓는 방석, 요, 돗자리 따위를 통틀어 이르는 말.
899) 집: [교] 원문에는 '잡'으로 되어 있으나 문맥을 고려해 이와 같이 수정함.
900) 죄과(罪過): 죄와 허물.

然)이러니,

홀연(忽然) 젼면(前面)의 시녀(侍女) 삼십여(三十餘) 인(人)이 향(香)을 잡아 인도(引導)ᄒᆞ고 세 녀ᄌᆡ(女子ㅣ) 홍장(紅粧)을 일우

•••

115면

고 픠옥(佩玉)을 울녀 당젼(堂前)의 올나 녜(禮)ᄅᆞᆯ 맛고 말셕(末席)의 시립(侍立)ᄒᆞ니 됴 시(氏) 대경(大驚)ᄒᆞ야 눈을 슷고 ᄌᆞ시 보니 셰 녀ᄌᆡ(女子ㅣ) ᄲᅡ혀나미 인간(人間)의 업ᄉᆞᆫ 듕(中) 두 녀ᄌᆡ(女子ㅣ) 의희(依稀)이 ᄲᅱ여나 비(比)컨대 두 송이 홍년(紅蓮) ᄀᆞᆺ고 ᄒᆞᆫ ᄡᅡᆼ(雙) 명월(明月) ᄀᆞᆺᄐᆞ며 긔이(奇異)ᄒᆞᆫ 광ᄎᆡ(光彩) 이목(耳目)의 현난(眩亂)ᄒᆞ니 프ᄅᆞᆫ 눈셥과 븕은 보조개 졍졍졔졔(整整齊齊)[901]ᄒᆞ야 만고(萬古)ᄅᆞᆯ 기우려도 방블(髣髴)ᄒᆞ니 업거ᄂᆞᆯ ᄒᆞᆫᄀᆞᆯᄀᆞᆺ티 칠보ᄡᅡᆼ봉관(七寶雙鳳冠)을 수기고 직금월나삼(織錦越羅衫)[902]을 닙고 홍금샹(紅錦裳)을 ᄭᅳ어시니 쇄락싁싁(灑落--)[903]ᄒᆞᆫ ᄐᆡ되(態度ㅣ) 셕년(昔年) 소 부인(夫人)이 도라왓ᄂᆞᆫ ᄃᆞᆺᄒᆞ니, 됴 시(氏) 대경(大驚) 왈(曰),

"그ᄃᆡ 등(等)은 엇던 사ᄅᆞᆷ이완ᄃᆡ 날 ᄀᆞᆺᄐᆞᆫ 무용인(無用人)을 ᄃᆡ(對)ᄒᆞ야 과(過)ᄒᆞᆫ 녜(禮)ᄅᆞᆯ ᄒᆞᄂᆞ뇨?"

님 시(氏)

---

901) 졍졍졔졔(整整齊齊): 정정제제. 잘 정돈하여 아주 가지런함.
902) 직금월나삼(織錦越羅衫): 직금월라삼. 월나라에서 나는 비단으로 만든 적삼.
903) 쇄락싁싁(灑落--): 시원하고 엄숙함.

•••

116면

나아가 ᄉᆞᆯ오ᄃᆡ,

"우흐로 두 부인(夫人)은 샹셔(尙書) 노야(老爺) 졍비(正妃)와 계비(繼妃)시고 아래로 안ᄌᆞᆫ 쇼져(小姐)ᄂᆞᆫ 태부(太傅) 노야(老爺) 졍비(正妃)로소이다."

됴 시(氏) 텽파(聽罷)의 소 부인(夫人)을 흠탄(欽歎)ᄒᆞ며 블워ᄒᆞ야 일촌(一寸) 간쟝(肝腸)이 요요(擾擾)[904]ᄒᆞ니 능히(能-) 언어(言語)ᄅᆞᆯ 일우디 못ᄒᆞ더니 냥구(良久) 후(後) 샹셔(尙書)ᄅᆞᆯ ᄃᆡ(對)ᄒᆞ야 ᄀᆞᆯ오ᄃᆡ,

"ᄂᆡ 졍궁(正宮)긔 뵈옵고져 ᄒᆞᄃᆡ 셕ᄉᆞ(昔事)ᄅᆞᆯ ᄉᆡᆼ각ᄒᆞ니 샤(赦)티 아니실가 우려(憂慮)ᄒᆞ노라."

샹셰(尙書ㅣ) 미처 답(答)디 못ᄒᆞ야셔 운애 니ᄅᆞ러 됴 시(氏)ᄅᆞᆯ ᄃᆡ(對)ᄒᆞ야 ᄀᆞᆯ오ᄃᆡ,

"원노(遠路)의 무ᄉᆞ(無事)히 ᄉᆡᆼ환(生還)ᄒᆞ시니 쇼쳡(小妾) 등(等)이 하례(賀禮)ᄒᆞᄂᆞ이다."

인(因)ᄒᆞ야 소후(-后) 말ᄉᆞᆷ을 뎐(傳)ᄒᆞ야 ᄀᆞᆯ오ᄃᆡ,

"십ᄉᆞ(十四) 년(年)을 서로 ᄯᅥ낫다가 이에 오시니 뵈옵고져 ᄯᅳᆺ이 일각(一刻)이 급(急)ᄒᆞᄃᆡ 일병(一病)이

•••

117면

침닉(沈溺)[905]ᄒᆞ야 ᄯᅳᆺ과 ᄀᆞᆺ티 못ᄒᆞᆷ을 ᄒᆞᆫ(恨)ᄒᆞᄂᆞ니 나흔 후(後) 당당

---

904) 요요(擾擾): 뒤숭숭하고 어수선함.

905) 침닉(沈溺): 병이 깊음.

(堂堂)이 당(堂)을 쁘러 서로 보오믈 원(願)ᄒᆞᄂᆞ이다."

됴 시(氏) 듯기를 ᄆᆞᆺ고 참연(慙然) 칭샤(稱謝) 왈(曰),

"쳡(妾)의 죄(罪) 등한(等閑)티 아니ᄒᆞ니 부인(夫人)긔는 ᄃᆡ텬지쉬(戴天之讎ㅣ)[906]라. 감히(敢-) 뵈와 샤죄(謝罪)ᄒᆞ믈 쳥(請)티 못ᄒᆞ옵더니 쳔만의외(千萬意外)예 이러ᄐᆞᆺ 셩덕(盛德)을 드리오시니 황감(惶感)[907]ᄒᆞᆫ 밧 셕ᄉᆞ(昔事)를 ᄉᆡᆼ각ᄒᆞ야 눈믈 나믈 ᄭᆡ닷디 못ᄒᆞᆯ소이다."

운애 도라가 이대로 고(告)ᄒᆞ니 부인(夫人)이 탄식(歎息)ᄒᆞ거늘 운애 문왈(問曰),

"됴 부인(夫人)이 당년(當年)보다가 다른 사ᄅᆞᆷ이 되엿시니 쳡(妾)이 깃브믈 이긔디 못ᄒᆞ거늘 낭낭(娘娘)이 탄식(歎息)ᄒᆞ시믄 므ᄉᆞ 일이니잇고?"

휘(后ㅣ) 탄식(歎息) 왈(曰),

"ᄂᆡ 금일(今日) ᄌᆞ식(子息)을 닛고 원슈(怨讎)를 프러 됴 시(氏)를 화우(和友)코

•••

118면

져 ᄒᆞ매 디하(地下)의 가 므솜 ᄂᆞᆺᄎᆞ로 영ᄋᆞ(-兒)를 보리오?

셜파(說罷)의 흐ᄅᆞ는 눈믈이 옷기술 적시니 운애 ᄯᅩᄒᆞᆫ 타루(墮淚)ᄒᆞ더니 이윽고 샹셔(尙書) 형뎨(兄弟) 드러와 모친(母親)긔 뵈오매 휘(后ㅣ) 눈믈을 거두고 ᄉᆞ식(辭色)디 아니나 태뷔(太傅ㅣ) 임의 짐쟉(斟酌)고 나아가 ᄂᆞ족이 주(奏)ᄒᆞᄃᆡ,

906) ᄃᆡ텬지쉬(戴天之讎ㅣ): 대천지수. 같이 하늘을 일 수 없는 원수. 불공대천지수(不共戴天之讎).
907) 황감(惶感): 황송하고 감격스러움.

"히우(孩兒) 등(等)이 망형(亡兄)을 니즈미 아니로되 인스(人事)와 의리(義理) 이제 밋처시니 엇디후리잇고? 태태(太太)는 번뇌(煩惱)티 마루쇼셔."

휘(后ㅣ) 쳑연(惕然) 브답(不答)후니 샹셰(尙書ㅣ) 또 죠용이 프러 주(奏)혼되, 휘(后ㅣ) 강잉(强仍) 탄식(歎息) 왈(曰),

"닉 엇디 눔을 흔(恨)후리오? 닉 팔즈(八字)를 탄(嘆)후미로다."

이(二) 진(子ㅣ) 화셩(和聲)으로 위로(慰勞)후고 월애(-兒ㅣ) 호언(好言)으로 위로(慰勞)후더니,

휘(后ㅣ) 여러 날 신음(呻吟)후미 극(極)후되 대단이 알는 긔식(氣色)을 눔이 알게 아니후더니 졍뎐(正殿)의 든 후(後)는 날포

...

119면

신음(呻吟)후야 벼개예 써나디 못후니 샹셔(尙書)와 태뷔(太傅ㅣ) 크게 우려(憂慮)후고 또 부친(父親)이 안젼(案前)의 용납(容納)기를 말나 후미 업스나 언어(言語)를 통(通)티 아니코 긔운이 싀싀후니 숑황(悚惶)[908]후믈 이긔디 못후더니,

스오(四五) 일(日) 후(後) 병세(病勢) 극듕(極重)후니 닉외(內外) 진동(震動)후야 부듕(府中)이 쇼요(騷擾)후며 제진(諸子ㅣ) 초조(焦燥)탹급(着急)[909]후더니 월쥐 나와 울고 왕(王)의게 익걸(哀乞)후야 드러와 보믈 청(請)후는디라 왕(王)이 경아(驚訝)후야 좌우(左右)로 샹셔(尙書)를 블러 골오되,

908) 숑황(悚惶): 송황. 송구하고 황송함.
909) 탹급(着急): 착급. 매우 급함.

“닉 요ᄉᆞ이 심ᄉᆡ(心思ㅣ) 블평(不平)ᄒᆞ야 젼혀(全-) 아디 못ᄒᆞ엿더니 여모(汝母)의 블평(不平)ᄒᆞᆷ믈 날ᄃᆞ려 니ᄅᆞ디 아니믄 어인 ᄯᅳᆺ이뇨?”

샹셰(尙書ㅣ) ᄌᆡᄇᆡ(再拜) 쳥죄(請罪) 왈(曰),

“히ᄋᆞ(孩兒) 등(等)이 블쵸(不肖)ᄒᆞ와 엄하(嚴下)의 득죄(得罪)ᄒᆞ미 가ᄇᆡ얍디 아닌 고(故)로

•••

120면

ᄌᆞ당(慈堂)의 미양(微恙)을 감히(敢-) 우러러 고(告)티 못ᄒᆞ엿ᄂᆞ이다.”

왕(王)이 다시 말을 아니코 샹셔(尙書)ᄅᆞᆯ ᄃᆞ리고 슉현당(--堂)의 니ᄅᆞ매 휘(后ㅣ) 강잉(强仍)ᄒᆞ야 니러 안자 믁믁(默默)ᄒᆞ니 왕(王)이 좌(座)ᄅᆞᆯ 뎡(定)ᄒᆞ고 무러 ᄀᆞᆯ오ᄃᆡ,

“현휘(賢后ㅣ) 졸연(猝然)ᄒᆞᆫ 병셰(病勢) 엇디 이러ᄐᆞᆺ 위위(危危)[910] ᄒᆞ시뇨? 증졍(症情)을 ᄌᆞ시 듯고져 ᄒᆞ노라.”

휘(后ㅣ) 강잉(强仍) ᄃᆡ왈(對曰),

“우연(偶然)ᄒᆞᆫ 슉질(宿疾)이 침면(沈綿)[911]ᄒᆞ나 대단티 아니ᄒᆞ니 우려(憂慮)티 마ᄅᆞ쇼셔.”

왕(王)이 그 면뫼(面貌ㅣ) 초고(憔枯)[912]ᄒᆞ고 호흡(呼吸)이 그쳐디믈 ᄀᆞ장 념녀(念慮)ᄒᆞ야 댱ᄌᆞ(長子)로 그 몸을 븟들나 ᄒᆞ고 진ᄆᆡᆨ(診脈)ᄒᆞ기ᄅᆞᆯ ᄆᆞᄎᆞᆷ애 왕(王)의 신명(神明)ᄒᆞ미 엇디 그 ᄯᅳᆺ을 모ᄅᆞ리오. 더옥 심ᄉᆡ(心思ㅣ) 요동(搖動)ᄒᆞ야 ᄌᆞᆷᄌᆞᆷ(潛潛)ᄒᆞ고 약(藥)을 다ᄉᆞ려 몸을 됴보(調保)[913]ᄒᆞ기ᄅᆞᆯ 권(勸)ᄒᆞ고 ᄌᆞ개(自家ㅣ) 이에 이셔 화(和)

---

910) 위위(危危): 위태로움.

911) 침면(沈綿): 병이 오랫동안 낫지 않음.

912) 초고(憔枯): 안색이 초췌하고 몸이 마름.

ᄒᆞᆫ 말ᄉᆞᆷ으로 위로(慰勞)ᄒᆞ더니,

ᄎᆞ야(此夜)

•••

121면

의 제ᄌᆞ(諸子) 믈너가고 왕(王)이 홀노 이에 잇더니 야심(夜深) 후(後) 후(后)ᄃᆞ려 ᄀᆞᆯ오ᄃᆡ,

"현휘(賢后ㅣ) 엇디 금일(今日) 병근(病根)이 기야(其夜)의 쾌(快)ᄒᆞ시던 말과 다ᄅᆞ시뇨?"

휘(后ㅣ) 강잉(强仍) ᄃᆡ왈(對曰),

"쳡(妾)의 슉질(宿疾)이 이시믄 군(君)의 아ᄅᆞ시ᄂᆞᆫ 배라 별단(別段)[914] 심위(心憂ㅣ) 이시리오?"

왕(王)이 함쇼(含笑) 왈(曰),

"현휘(賢后ㅣ) 아니 과인(寡人)을 어둡게 넉이ᄂᆞ냐? 나의 됴녀(-女)를 졀티(切齒)ᄒᆞ미 당년(當年)의 만일(萬一) 영ᄋᆞ(-兒)를 독살(毒殺)홈곳 아니면 이대도록 ᄒᆞ리오마ᄂᆞᆫ 텬하(天下) 뉸긔(倫紀) 크기 부ᄌᆞ(父子) 밧 업ᄂᆞ니 그 죄(罪) 이셔도 아븨 ᄆᆞᄋᆞᆷ이 헐(歇)티 못ᄒᆞ려든 ᄒᆞ믈며 무죄(無罪)ᄒᆞᆫ 유ᄋᆡ(乳兒ㅣ)ᄯᆞ녀. 현후(賢后)의 ᄯᅳᆺ이 낭문의 ᄂᆞᆺ출 고렴(顧念)[915]ᄒᆞ고 대의(大義)를 알미 타류(他類)와 다른 고(故)로 거ᄌᆞ로 타연(泰然)ᄒᆞ나 그 ᄆᆞᄋᆞᆷ인즉 새로이 셜워ᄒᆞᆷ믈 다 아ᄂᆞ니 모ᄅᆞ미 강쟉(强作)[916]ᄒᆞ쇼셔. 부뫼(父母ㅣ) 뎌를 가

913) 됴보(調保): 조보. 조리해 보호함.
914) 별단(別段): 보통과 다름.
915) 고렴(顧念): 옛일을 뒤돌아보아 생각함.
916) 강쟉(强作): 강작. 억지로 기운을 냄.

•••

122면

듕(家中)의 두시니 닉 ᄆᆞ옴은 텬디(天地)과 ᄀᆞᆺ티 늙어도 용납(容納)ᄒᆞᆯ 뜻이 업ᄂᆞ니 현후(賢后)ᄂᆞᆫ 뼈 곰 엇더케 너기ᄂᆞ뇨?"

휘(后ㅣ) 듯기를 ᄆᆞᄎᆞ매 진실노(眞實-) 당쵸(當初)브터 왕(王)의 ᄒᆞᆫ 빵(雙) 븕은 눈을 두려 신음(呻吟)ᄒᆞᄂᆞᆫ 긔ᄉᆡᆨ(氣色)을 아니터니 ᄎᆞ언(此言)을 드ᄅᆞ매 ᄒᆞᆯ일업서 머리를 숙이고 봉안(鳳眼)의 눈믈이 어릐니, 왕(王)이 쏘ᄒᆞᆫ 함누(含淚) 왈(曰),

"됴녜(-女ㅣ) 당일(當日)의 우리 부부(夫婦)를 해(害)ᄒᆞ나 영ᄋᆞ(-兒)의 일명(一命)을 용사(容赦)ᄒᆞ더면 오ᄂᆞᆯ날 ᄆᆞ옴이 이대도록디 아닐낫다. 제아(諸兒)ᄂᆞᆫ 블셔 후ᄇᆡᆨ(侯伯)이 되얏시ᄃᆡ ᄒᆞᆯ노 영ᄋᆞ(-兒)의 그림재 묘망(渺茫)[917]ᄒᆞ니 닉 비록 대댱뷔(大丈夫ㅣ)나 ᄎᆞ마 ᄇᆞᄋᆞᄂᆞᆫ ᄃᆞᆺᄒᆞᆫ ᄆᆞ옴을 억제(抑制)ᄒᆞ리오? 존명(尊命)을 인(因)ᄒᆞ야 됴녀(-女)를 부듕(府中)의 머므ᄅᆞ나 안듕(眼中) 가싀 되엿ᄂᆞᆫ디라 큰 우환(憂患)이로다."

휘(后ㅣ) 참연(慘然)

•••

123면

브답(不答)ᄒᆞ고 말을 아니ᄒᆞ나[918] 왕(王)이 알믈 저허 ᄆᆞ옴을 프러 도로혀니,

---

917) 묘망(渺茫): 아득함.
918) 나: [교] 원문에는 '니'로 되어 있으나 문맥을 고려해 규장각본(12:99)을 따름.

원릭(元來) 소휘(-后ㅣ) 환(患)의 상(傷)흔 사름이라 ᄆᆞ옴을 쁘는 일곳 이시면 슉병(宿病)이 나는 고(故)로 또 두로혀 심ᄉᆞ(心思)를 널니ᄒᆞ고 병(病)을 됴보(調保)ᄒᆞ니 십여(十餘) 일(日) 후(後) 향챠(向差)[919] ᄒᆞᆫ디라. ᄌᆞ녜(子女ㅣ) 깃브믈 이긔디 못ᄒᆞ고 왕(王)이 희힝(喜幸)ᄒᆞ더라.

휘(后ㅣ) 병(病)이 나으매 소셰(梳洗)를 일우고 정당(正堂)의 가 문안(問安)ᄒᆞ고 침소(寢所)의 도라와 방(房)을 쇄소(刷掃)ᄒᆞ고 포진(鋪陳)을 베픈 후(後) 셔녀(庶女) 빙쥬를 보닉여 됴 시(氏)를 청(請)ᄒᆞ니 됴 시(氏) 그런 념치(廉恥)나 ᄎᆞ마 븟그러워 갈 뜻이 업ᄉᆞ딕 마디못ᄒᆞ야 슉현당(--堂)의 니ᄅᆞ니,

휘(后ㅣ) 녜복(禮服)을 ᄀᆞ초고 돗글 써나 니러 마자 피ᄎᆞ(彼此) 녜(禮)를 ᄆᆞᄎᆞ매 휘(后ㅣ) 몬져 옥음(玉音)을 여러 싱환(生還)ᄒᆞ믈 하례(賀禮)ᄒᆞ니 됴

•••

124면

시(氏) 다만 머리를 두ᄃᆞ리고 손을 브븨여 ᄀᆞᆯ오딕,

"쇼쳡(小妾)이 현후(賢后)긔 죄(罪) 어드미 등한(等閑)티 아니ᄒᆞ온디라. 금일(今日) 현휘(賢后ㅣ) 죄(罪)를 샤(赦)하시는 날은 븟그러오미 욕ᄉᆞ무디(欲死無地)[920] ᄒᆞ온디라 다만 념통과 간(肝)을 색혀 부인(夫人)긔 고(告)코져 ᄒᆞᄂᆞ이다."

소휘(-后ㅣ) 옥누(玉淚)를 쓰리고 념용정금(斂容整襟)[921] 왈(曰),

---

919) 향챠(向差): 향차. 병이 나음.
920) 욕ᄉᆞ무디(欲死無地): 욕사무지. 죽으려 해도 죽을 곳이 없음.
921) 념용정금(斂容整襟): 염용정금. 얼굴을 가다듬고 옷깃을 여미어 모양을 바로잡음.

"당년(當年)의 피ᄎᆞ(彼此) 화란(禍亂)은 시운(時運)이 부졔(不齊)[922] ᄒᆞ고 쳡(妾)의 명되(命途ㅣ)[923] 긔구(崎嶇)ᄒᆞ미니 엇디 부인(夫人)의 탓시리오? 일ᄏᆞ라매 쳡(妾)의 심댱(心腸)이 새로이 붕졀(崩絕)[924] ᄒᆞᆯ ᄯᆞᄅᆞᆷ이라, 부인(夫人)은 다시 뎨긔(提起)티 마ᄅᆞ시고 화긔(和氣)ᄅᆞᆯ 일위여 규목(樛木)의 덕(德)[925]을 닛[926]고져 ᄒᆞᄂᆞ이다."

됴 시(氏) 소후(-后)의 온슌(溫順)ᄒᆞᆫ 말ᄉᆞᆷ과 유열(愉悅)ᄒᆞᆫ ᄉᆞᄉᆡᆨ(辭色)을 보니 ᄆᆞᄋᆞᆷ이 잠간(暫間) ᄂᆞᄌᆨᄒᆞ야 다만 그 덕튁(德澤)을 만구칭양(滿口稱揚)ᄒᆞ고 경문의 은혜(恩惠)ᄅᆞᆯ

•••

125면

일ᄏᆞᄅᆞ니 소휘(-后ㅣ) 겸양(謙讓) 왈(日),

"이ᄂᆞᆫ 저의 도리(道理) 당당(堂堂)ᄒᆞ니 엇디 부인(夫人)의 티샤(致謝)ᄒᆞ실 배리오? 냥ᄋᆞ(兩兒) 형ᄆᆡ(兄妹)ᄂᆞᆫ 고초(苦楚)ᄅᆞᆯ 겻근 가온ᄃᆡ 무ᄉᆞ(無事)히 ᄌᆞ라 긔이(奇異)ᄒᆞ미 탈쇽(脫俗)ᄒᆞ니 쳡(妾)이 기리 하례(賀禮)ᄒᆞᄂᆞ이다."

됴 시(氏) ᄯᅩᄒᆞᆫ ᄉᆞ양(辭讓)ᄒᆞ고 반일(半日)을 슈작(酬酌)ᄒᆞ매 후(后)의 ᄃᆡ졉(待接)이 은근(慇懃)ᄒᆞ고 됴 시(氏) ᄯᅩᄒᆞᆫ 심ᄉᆞ(心思)ᄅᆞᆯ 여러 왕년(往年) 고초(苦楚)ᄅᆞᆯ 니ᄅᆞ고 눈믈을 흘리니 사ᄅᆞᆷ의 념치(廉恥) 업ᄉᆞ미 이러ᄐᆞᆺ ᄒᆞ거든 엇디 다ᄅᆞᆫ 일을 족수(足數)[927] ᄒᆞ리오. 제 ᄌᆞ쟉지얼

922) 부졔(不齊): 부제. 고르지 않음.
923) 명되(命途ㅣ): 운명과 재수를 아울러 이르는 말.
924) 붕졀(崩絕): 붕절. 무너지고 끊어짐.
925) 규목(樛木)의 덕(德): 아름다운 부인의 덕. <규목>은 『시경』 "주남"의 작품명으로, 주나라 문왕의 후비(后妃)가 질투하지 않고 후궁에까지 골고루 은혜를 베푼 것을 찬양한 시임.
926) 닛: [교] 원문에는 '낫'으로 되어 있으나 문맥을 고려해 규장각본(12:101)을 따름.
927) 족수(足數): 따지고 꾸짖음.

(自作之孼)[928]을 바다 가지고 소휘(-后ㅣ) 셜ᄉᆞ(設使) 관인(寬仁) 혜튁(惠澤)이 뉴(類)달나 ᄌᆞ식(子息) 죽인 원슈(怨讎)를 닛고 냥개(兩個) ᄌᆞ녀(子女)의 안면(顔面)을 고렴(顧念)[929]ᄒᆞ매 그 덕(德)의 크미 대하(大河) ᄀᆞᆺ튼 고(故)로 됴히 ᄃᆡ졉(待接)ᄒᆞᆫ들 므어솔 그리 아릿다이 넉인다고 므숨 ᄂᆞᆺᄎᆞ로 자랑코져 시브리오마ᄂᆞᆫ 그 디식(知識)

•••

126면

의 무샹(無狀)ᄒᆞ미 여ᄎᆞ(如此)ᄒᆞ더라.

이윽고 됴 시(氏) 도라가니 ᄎᆞ시(此時) 연휘(-侯ㅣ) 이에 드러오다가 됴 시(氏) 왓시믈 보고 도로 나갓더니 져녁 ᄣᅢ 냥문이 문안(問安)ᄒᆞᄂᆞᆫ ᄣᅢ를 타 엄졍(嚴正)이 경계(警戒)ᄒᆞ야 골오ᄃᆡ,

"네 어미 당년(當年) 죄샹(罪狀)은 니ᄅᆞ디 아녀도 알리니 ᄂᆡ 마춤 엄군(嚴君)의 경계(警戒)를 밧ᄌᆞᆸ고 여등(汝等)의 ᄂᆞᆺ촐 보와 가ᄂᆡ(家內)의 두어신들 ᄌᆞ긔(自己) 념치(廉恥) 이실딘대 인뉴(人類)의 나ᄃᆞᆫ니디 못ᄒᆞ리니 네 이 ᄯᅳᆺ을 닐러 ᄡᅧ 곰 어그릇디 말나."

ᄯᅩ 샹셔(尙書)를 ᄎᆡᆨ(責)ᄒᆞ야 골오ᄃᆡ,

"네 어미 져그나 사ᄅᆞᆷ의 형용(形容)을 가지고 ᄌᆞ식(子息) 죽인 원슈(怨讎)를 닛고 오ᄂᆞᆯ날 거죄(擧措ㅣ) 극(極)히 한심(寒心)ᄒᆞ니 ᄎᆞ후(此後) 이런 일이 이실딘대 네 어미 나의 가듕(家中)을 ᄯᅥ나게 ᄒᆞ라."

샹셰(尙書ㅣ) 두 번(番) 졀ᄒᆞ고 쳐연(悽然)ᄒᆞ야 믈너나니 냥문

---

928) ᄌᆞ쟉지얼(自作之孼): 자작지얼. 자기가 저지른 일 때문에 생긴 재앙.
929) 고렴(顧念): 돌아보아 생각함.

•••

127면

이 왕(王)의 말을 듯고 눈믈이 흘너 자리의 고여 좌(座)를 써나 골오듸,

"즈모(慈母)의 죄(罪) 깁흐미 이러틋 ᄒᆞ시니 엇디 감히(敢-) 붉은 부듕(府中)을 더러이리잇고? 야야(爺爺)는 대덕(大德)을 드리오샤 산듕(山中)의 ᄒᆞᆫ 간(間) 소실(小室)을 허(許)ᄒᆞ시면 쇼직(小子ㅣ) 어미를 드리고 잔명(殘命)[930]을 지팅(支撑)ᄒᆞ야 여년(餘年)을 ᄆᆞᆺ출가 힝심(幸甚)ᄒᆞ여이다."

왕(王)이 정식(正色) 왈(曰),

"쇼ᄋᆞ(小兒ㅣ) 교혜능변(巧慧能辯)[931]이 여ᄎᆞ(如此)ᄒᆞ야 아비를 관속(管束)[932]ᄒᆞᄂᆞ냐? 나의 니ᄅᆞᄂᆞᆫ 말이 네 어미로 ᄒᆞ여곰 그 념치(廉恥)를 온젼(穩全)ᄒᆞ과져 ᄒᆞ미어늘 네 이런 샤곡(邪曲)[933]ᄒᆞᆫ 말을 ᄒᆞᄂᆞ뇨?"

낭문이 다시 말을 못 ᄒᆞ고 울고 믈너나 왕(王)의 말을 뎐(傳)ᄒᆞ고 간(諫)ᄒᆞᆫ대 됴 시(氏) 아연(啞然)[934] 뎌상(沮喪)[935]ᄒᆞ야 ᄒᆞᆫ 말도 못ᄒᆞ니 벽쥐 읍왈(泣曰),

"모친(母親) 죄(罪) 듕(重)ᄒᆞ시고 야야(爺爺)의 이러ᄒᆞ시미 그ᄅᆞ디 아니나 그 ᄌᆞ식(子息) 된 재(者ㅣ) 안안(晏晏)ᄒᆞ

---

930) 잔명(殘命): 쇠잔한 목숨.
931) 교혜능변(巧慧能辯): 교묘하고도 슬기롭게 말을 잘함.
932) 관속(管束): 행동을 잘 제어함.
933) 샤곡(邪曲): 사곡. 요사스럽고 교활함.
934) 아연(啞然): 너무 놀라거나 어이가 없어서 또는 기가 막혀서 입을 딱 벌리고 말을 못 하는 모양.
935) 뎌상(沮喪): 저상. 기운을 잃음.

•••

128면

리오? 젼후(前後) 긴 날의 이런 거조(擧措)를 보고 사라시미 무익(無益)ᄒᆞ니 거거(哥哥)는 무양(無恙)ᄒᆞ샤 모친(母親)을 보호(保護)ᄒᆞ쇼셔. 쇼ᄆᆡ(小妹)는 쳑검(尺劍)으로 명(命)을 결(決)코져 ᄒᆞᄂᆞ이다."

낭문이 탄셩(歎聲) 왈(曰),

"현ᄆᆡ(賢妹) 엇디 이런 고이(怪異)ᄒᆞᆫ 말을 ᄒᆞᄂᆞ뇨? ᄉᆞᄉᆡ(事事ㅣ) 이러홈도 다 팔ᄌᆞ(八字)와 운익(運厄)이라 만일(萬一) 우리 죽으면 모친(母親)이 뉘게 의지(依支)ᄒᆞ시리오?"

됴 시(氏) ᄭᅮ지저 왈(曰),

"당일(當日) ᄂᆡ 죄(罪) 업슬 적도 네 부친(父親) 박ᄃᆡ(薄待) 이샹(異常)ᄒᆞ거든 ᄒᆞ믈며 ᄂᆡ 죄(罪)를 지음가? 나의 삼죵(三從)의 듕(重)ᄒᆞ미 여등(汝等)의게 잇거늘 이런 흉(凶)ᄒᆞᆫ 말을 ᄒᆞ니 너의 죽고져 ᄒᆞ거든 날을 몬져 지ᄅᆞ고 죽으라."

벽쥐 다만 톄뤼(涕淚ㅣ) 옷기슬 적시고 말을 못 ᄒᆞ더라.

ᄎᆞ후(此後) 됴 시(氏) 감히(敢-) 슉현당(--堂) 갓가이 자최를 븟티디 못ᄒᆞ고 비록 샹셔(尙書) 형뎨(兄弟)와 위 시(氏) 등(等)이 ᄉᆞ시(四時) 문

•••

129면

안(問安)과 존ᄃᆡ(尊待)ᄒᆞ믈 극진(極盡)이 ᄒᆞ나 왕(王)이 일호(一毫) 뉴렴(留念)ᄒᆞ미 업ᄉᆞ믄 니ᄅᆞ도 말고 졀티(切齒)ᄒᆞ는디라.

벽쥐 조급(躁急)ᄒᆞᆫ ᄆᆞ음의 사라보고 시븐 뜻이 업서 일일(一日)은 됴 시(氏) 졍당(正堂)의 간 ᄉᆞ이롤 타 ᄎᆞᆫ 칼을 ᄲᅢ혀 들고 하늘을 우러러 블러 왈(日),

“유유창텬(悠悠蒼天)아! 후셰(後世)예 부뫼(父母ㅣ) 화우(和友)ᄒᆞᄂᆞᆫ ᄃᆡ 삼겨 이ᄉᆡᆼ(-生)의 셟던 ᄒᆞᆫ(恨)을 ᄡᅵᄉᆞ리라.”

언미필(言未畢)의 태뷔(太傅ㅣ) ᄆᆞᄎᆞᆷ 이에 드러오다가 ᄎᆞ경(此景)을 보고 대경실ᄉᆡᆨ(大驚失色)ᄒᆞ야 밧비 나아가 븟들고 ᄀᆞᆯ오ᄃᆡ,

“현ᄆᆡ(賢妹) 금일(今日) 이 거죄(擧措ㅣ) 므ᄉᆞ 일이뇨?”

벽쥐 의외(意外) 거거(哥哥)롤 만나 더옥 셜워 다만 크게 울고 말을 아니ᄒᆞ거ᄂᆞᆯ 태뷔(太傅ㅣ) 신ᄉᆡᆨ(神色)이 더옥 자약(自若)ᄒᆞ야 다시 연고(緣故)롤 무러 왈(日),

“인뉸(人倫) 죄인(罪人)도 부모(父母)롤 두고 결항(結項)[936] 티ᄉᆞ(致死)ᄒᆞ미 극(極)ᄒᆞᆫ 블회(不孝ㅣ)어든 부뫼(父母ㅣ) 반셕(盤石)

•••

130면

ᄀᆞᆺᄐᆞ시고 우형(愚兄) 등(等)이 블쵸(不肖)ᄒᆞ나 현ᄆᆡ(賢妹)롤 아직 져ᄇᆞ리디 아녓거ᄂᆞᆯ 므슴 연고(緣故)로 이런 거조(擧措)롤 ᄒᆞᄂᆞ다?”

벽쥐 ᄯᅩᄒᆞᆫ 읍읍(悒悒)[937] 탄셩(呑聲)ᄒᆞ야 답(答)디 아니커ᄂᆞᆯ 태뷔(太傅ㅣ) 쵸조(焦燥)ᄒᆞ야 손을 잡고 ᄌᆡ삼(再三) 무ᄅᆞ니 쇼졔(小姐ㅣ) ᄇᆡ야흐로 울고 ᄀᆞᆯ오ᄃᆡ,

“쇼ᄆᆡ(小妹) 셰샹(世上)의 나 하로도 즐거오믈 보디 못ᄒᆞ니 심시

---

936) 결항(結項): 목숨을 끊기 위하여 목을 매어 닮.
937) 읍읍(悒悒): 근심하는 모양.

(心思ㅣ) 샹(傷)ᄒᆞ야 죽고져 ᄒᆞ미라. 구ᄐᆞ여 거거(哥哥) 등(等)이 박ᄃᆡ(薄待)ᄒᆞ신다 ᄒᆞ미리오?"

태뷔(太傅ㅣ) 참연(慘然) 뉴톄(流涕) 왈(曰),

"현ᄆᆡ(賢妹) 대강(大綱) 소회(所懷)ᄅᆞᆯ 니ᄅᆞ라. 우형(愚兄)이 ᄯᅩ 그ᄅᆞ이디 아니ᄒᆞ리라."

벽쥐 누슈(淚水)ᄅᆞᆯ ᄲᅳ려 왈(曰),

"쇼ᄆᆡ(小妹) 모친(母親)을 뫼셔 비샹(非常) 화란(禍亂)을 격고 계유 야야(爺爺)ᄅᆞᆯ 만나매 ᄌᆞ금(自今) 이후(以後)로 텬일(天日)을 볼[938]가 ᄒᆞ더니 모친(母親)의 당년(當年) 저ᄌᆞᆫ 죄(罪)ᄂᆞᆫ ᄂᆡ 아디 못ᄒᆞ나[939] 야야(爺爺)의 ᄒᆞ시ᄂᆞᆫ 거동(擧動)이 ᄌᆞ못 인졍(人情) 밧기신디라. 쇼ᄆᆡ(小妹) 셜

•••

131면

우미 죽어 닛고져 ᄒᆞ미오 다ᄅᆞᆫ ᄯᅳᆺ이 아니니이다."

태뷔(太傅ㅣ) 텽파(聽罷)의 손을 잡고 오열(嗚咽) 왈(曰),

"쇼ᄆᆡ(小妹)야, 네 ᄯᅳᆺ이 이러ᄒᆞ니 ᄂᆡ ᄆᆞᄋᆞᆷ이 더옥 ᄇᆞᄋᆞᄂᆞᆫ ᄃᆞᆺᄒᆞ도다. 슬프다, 향년(向年) 거조(擧措)ᄂᆞᆫ ᄂᆡ 보디 아냐시니 아디 못ᄒᆞ나 오ᄂᆞᆯ날을 당(當)ᄒᆞ야 부뫼(父母ㅣ) 화(和)티 아니시니 듀야(晝夜) 오ᄂᆡ(五內) 붕졀(崩絶)ᄒᆞᄃᆡ ᄂᆡ 당시(當時)의 역시(亦是) 죄듕(罪中)의 잇ᄂᆞᆫ 고(故)로 감히(敢-) 입을 여디 못ᄒᆞ니 어ᄂᆞ ᄯᅢ 심ᄉᆡ(心思ㅣ) 즐거오리오? 연(然)이나 야야(爺爺)의 ᄯᅳᆺ이 심샹(尋常)ᄒᆞᆫ ᄃᆡ 계시디 아

---

938) 볼: [교] 원문에는 '블'로 되어 있으나 문맥을 고려해 규장각본(12:106)과 연세대본(12:131)을 따름.

939) 나: [교] 원문에는 '야'로 되어 있으나 문맥을 고려해 규장각본(12:106)을 따름.

니니 모친(母親)의 ᄇᆞ라시ᄂᆞᆫ 배 ᄆᆡᄌᆞ(妹子) 등(等) 이(二) 인(人)이어ᄂᆞᆯ 이런 큰 일을 시쟉(始作)ᄒᆞ야 야애(爺爺ㅣ) 아ᄅᆞ실딘대 쟝ᄎᆞᆺ(將次ㅅ) 너ᄅᆞᆯ 엇더케 넉이시리오? 현ᄆᆡ(賢妹) 오ᄂᆞᆯ ᄀᆞᆺ치나 ᄂᆡ일(來日) ᄯᅩ 저즐리니 이제 엇디코져 ᄒᆞᄂᆞᆫ다?”

쇼졔(小姐ㅣ) 울기ᄅᆞᆯ 냥구(良久)히 ᄒᆞ다가 이에 샤례(謝禮) 왈(曰), “쇼

•••

132면

ᄆᆡ(小妹) 심ᄉᆡ(心思ㅣ) 사오납고 화란(禍亂)의 샹(傷)ᄒᆞ야 일시(一時) ᄉᆡᆼ각디 못ᄒᆞ엿더니 거거(哥哥)의 ᄀᆞᄅᆞ치미 올흐니 ᄎᆞ후(此後) 당당(堂堂)이 심곡(心曲)[940]의 사겨 ᄂᆡᆺ디 아니ᄒᆞ리이다.”

태뷔(太傅ㅣ) 크게 깃거ᄒᆞ나 ᄯᅩᄒᆞᆫ 밋디 아냐 이에 두어 됴(條) 말ᄉᆞᆷ을 베퍼 니ᄒᆡ(利害)로 ᄀᆡ유(開諭)ᄒᆞ니 쇼졔(小姐ㅣ) 크게 ᄭᆡᄃᆞ라 ᄌᆡ삼(再三) 샤죄(謝罪)ᄒᆞ고 ᄎᆞ후(此後) 저ᄌᆞ디 아니믈 정녕(丁寧)이[941] ᄆᆡᆼ셰(盟誓)ᄒᆞ거ᄂᆞᆯ,

태뷔(太傅ㅣ) 방심(放心)ᄒᆞ야 밧그로 나와 심회(心懷) 즐겁디 아냐 셔당(書堂)의 누엇더니,

홀연(忽然) 듕ᄉᆡ(中使ㅣ)[942] 니ᄅᆞ러 광녹시(光祿寺) 잔치ᄅᆞᆯ 바ᄃᆞ라 ᄒᆞᄂᆞᆫ디라. 마디못ᄒᆞ야 게얼니 니러나 의관(衣冠)을 곳치고 오운뎐(--殿)의 니ᄅᆞ러 부친(父親)긔 하딕(下直)ᄒᆞ니 왕(王)이 정ᄉᆡᆨ(正色)고 믁연(默然)ᄒᆞ니,

940) 심곡(心曲): 여러 가지로 생각하는 마음의 깊은 속.
941) 정녕(丁寧)이: 정녕히. 조금도 틀림없이 꼭. 또는 더 이를 데 없이 정말로.
942) 듕ᄉᆡ(中使ㅣ): 중사. 왕의 명령을 전하던 내시.

원닉(元來) 왕(王)이 샹셔(尙書)는 즉시(卽時) 샤(赦)ᄒᆞ나 태부(太傅)는 쥬단(柱單)[943] 두 ᄌᆞ(字)의 증(症)을 닉야 용

•••

133면

납(容納)디 아니ᄒᆞ던디라. 태뷔(太傅ㅣ) 좌하(座下)의 ᄭᅮ러 ᄃᆡ답(對答)을 기ᄃᆞ려 니러나려 ᄒᆞ매 ᄌᆞ연(自然) 시각(時刻)이 더ᄃᆡ니 듕ᄉᆡ(中使ㅣ) 직쵹ᄒᆞ믈 마디아닛ᄂᆞᆫ디라 왕(王)이 마디못ᄒᆞ야 두어 말노 엄졀(嚴切)이 ᄌᆞ힝(恣行)ᄒᆞ믈 ᄎᆡᆨ(責)ᄒᆞ고 가기를 허(許)ᄒᆞ니,

태뷔(太傅ㅣ) 암희(暗喜)ᄒᆞ야 돈슈(頓首) 샤례(謝禮)ᄒᆞ고 믈너나 묘당(廟堂)의 니ᄅᆞ니 임의 챠일(遮日)은 흰 구룸이 되고 금슈병풍(錦繡屛風)과 ᄎᆡ화셕(彩花席)[944]은 눈의 ᄇᆡ익거늘 만조(滿朝) 쳔관(千官)이 모다시니 금포옥ᄃᆡ(錦袍玉帶)[945] 죠요(照耀)ᄒᆞ더라.

일시(一時)의 몸을 니러 태부(太傅)를 마자 좌(座)를 뎡(定)ᄒᆞ매 이 ᄉᆞ가(私家) 잔ᄎᆡ와 달나 텬ᄌᆡ(天子ㅣ) 흠ᄉᆞ(欽賜)[946]ᄒᆞ신 연셕(宴席)이니 쟉ᄎᆞ(爵次)[947]로 좌(座)를 일우ᄂᆞᆫ디라. 칠(七) 각뇌(閣老ㅣ) 쥬벽(主壁)[948]ᄒᆞ고 뉵부(六部) 샹셰(尙書ㅣ) ᄎᆞ례(次例)로 안ᄌᆞ니 태뷔(太傅ㅣ) 임의 뉵경(六卿)의 안줄 거시어늘 녜

---

943) 쥬단(柱單): 주단. 혼인이 정해진 뒤 신랑 집에서 신부 집으로 신랑의 사주를 적어서 보내는 종이.
944) ᄎᆡ화셕(彩花席): 채화석. 여러 가지 색깔로 무늬를 놓아서 짠 돗자리.
945) 금포옥ᄃᆡ(錦袍玉帶): 금포옥대. 비단 도포와 옥으로 만든 띠.
946) 흠ᄉᆞ(欽賜): 흠사. 임금이 내려줌.
947) 쟉ᄎᆞ(爵次): 작차. 벼슬의 차례.
948) 쥬벽(主壁): 주벽. 방문에서 정면으로 바라보인 벽을 향함.

•••

134면

부샹셔(禮部尙書) 니흥문과 니부샹셔(吏部尙書) 니셩문은 ᄌᆞ긔(自己) 댱형(長兄)이라 좌(座)ᄅᆞᆯ ᄡᅵ여 동편(東便)의 안ᄌᆞᆫ 후(後) 기여(其餘) 제(諸) ᄇᆡᆨ관(百官)이 졍졍제졔(整整齊齊)[949]히 좌(座)ᄅᆞᆯ 일우니 슈의(繡衣)와 옥ᄃᆡ(玉帶) 분벽(粉壁)의 ᄇᆡ이고 패옥(珮玉)이 쟝쟝(錚錚)[950]ᄒᆞ더라.

태뷔(太傅ㅣ) 이날 관옥(冠玉) ᄀᆞᄐᆞᆫ 얼골의 일품(一品) 복ᄉᆡᆨ(服色)을 ᄀᆞ초왓시니 엇게의ᄂᆞᆫ 일월(日月)이 징광(爭光)ᄒᆞ야 홍포(紅袍)ᄅᆞᆯ 가(加)ᄒᆞ고 가ᄉᆞᆷ의 션학봉(仙鶴峰)을 븟티며 머리의 ᄌᆞ금관(紫金冠)[951]을 ᄡᅳ고 손의 옥홀(玉笏)을 잡아시니 풍광(風光)이 동인(動人)ᄒᆞ야 금옥(金玉)이 무ᄉᆡᆨ(無色)ᄒᆞ고 별 ᄀᆞᄐᆞᆫ 눈이 ᄀᆞ을 믈결을 헷치ᄂᆞᆫ ᄃᆞᆺᄒᆞ니 긔샹(氣像)이 호호(浩浩)ᄒᆞ고 골격(骨格)이 ᄉᆡᆨᄉᆡᆨᄒᆞ야 이 졍(正)히 만(萬) 니(里) 댱공(長空)의 일(一) 졈(點) 부운(浮雲)이 업ᄉᆞᆫ ᄃᆞᆺᄒᆞ니 만좌(滿座ㅣ) 탈긔(奪氣)[952]ᄒᆞᄃᆡ 니부샹셔(吏部尙書) 듁현 션ᄉᆡᆼ(先生)의 ᄆᆞᆰ은

•••

135면

용ᄎᆡ(容彩)와 단믁(端黙)ᄒᆞᆫ 거동(擧動)이 병구(竝驅)[953] 징션(爭先)ᄒᆞ

949) 졍졍제졔(整整齊齊): 정정제제. 잘 정돈하여 아주 가지런함.
950) 쟝쟝(錚錚): 쟁쟁. 쇠붙이 따위가 맞부딪쳐 맑게 울리는 소리.
951) ᄌᆞ금관(紫金冠): 자금관. 자금으로 만든 관. 자금은 적동(赤銅)의 다른 이름으로, 적동은 구리에 금을 더한 합금임.
952) 탈긔(奪氣): 탈기. 놀라거나 겁에 질려 기운이 다 빠짐.
953) 병구(竝驅): 나란히 함.

고 녜부샹셔(禮部尙書) 듁암 션싱(先生)흥문의 발호(發豪)[954]훈 풍치(風采)와 늠늠(凜凜)훈 거동(擧動)이 삼위(三位) 션인(仙人)이오, 기여(其餘) 니셰문 등(等) 오(五) 인(人)이 옥인가亽(玉人佳士)로듸 훈 나토 풍모(風貌)를 우러러보리도 업亽니 만좌(滿座ㅣ) 새로이 흠앙(欽仰)[955]호고 각노(閣老) 양셰뎡이 태부(太傅)를 향(向)호야 골오듸,

"군(君)이 년쇼지인(年少之人)으로 큰 공(公)을 일워 이제 일홈이 운듸(雲臺)[956]예 오르고 영명(榮名)이 만됴(滿朝)의 진동(震動)호며 텬지(天子ㅣ) 亽연(賜宴)호시는 바를 광녹시(光祿寺)의 바드니 그 풍치(風采) 대략(大略)은 니르도 말고 금일(今日) 잔치 쳔고(千古)의 승식(勝事)라. 우리 등(等) 녹녹(碌碌)훈 늘그니는 국가(國家)를 위(爲)호야 촌공(寸功)도 일우디 못호고 무익(無益)히 녹(祿)만 허비(虛費)훌 ᄯᆞ롬이니 붓그럽디 아니리오?"

태뷔(太傅ㅣ) 무릅흘 꿀고 각모(角帽)를 슈렴(收斂)[957]호야

•••

136면

샤례(謝禮) 왈(曰),

"혹싱(學生)이 미셰(微細)훈 나히 요힝(僥倖) 져근 ᄶᅡ흘 향(向)호야 국가(國家) 홍복(洪福)을 말믹암아 쵸개(草芥) ᄀᆞ튼 도적(盜賊)을 ᄡᅳ러ᄇᆞ리미 믄득 일신(一身)의 공(功)이 되야 황은(皇恩)이 망극(罔極)호시고 亽연(賜宴)호는 거죄(擧措ㅣ) 니르니 일신(一身)이 숑구(悚懼)

954) 발호(發豪): 뛰어나고 호탕함.

955) 흠앙(欽仰): 공경하여 우러러 사모함.

956) 운듸(雲臺): 운대. 후한 명제(明帝) 때 등우(鄧禹) 등 전대(前代)의 명장 28인의 초상화를 그려서 걸어 놓고 추모한 공신각(功臣閣)의 이름.

957) 슈렴(收斂): 수렴. 심신을 다잡음.

ᄒᆞ믈 이긔디 못ᄒᆞ거놀 각하(閣下)의 위쟈(慰藉)[958]ᄒᆞ시는 말숨이 여ᄎᆞ(如此)ᄒᆞ시니 ᄒᆞᆨᄉᆡᆼ(學生)이 더옥 몸 둘 곳을 아디 못ᄒᆞᆯ소이다."

양 공(公)이 흔연(欣然) 쇼왈(笑曰),

"나의 말이 이보롤 위(爲)ᄒᆞ야 긔특(奇特)이 넉이ᄂᆞᆫ 뜻이 만복(滿腹)ᄒᆞ야 진졍소격(眞情所格)[959]이라 엇디 위쟈(慰藉)ᄒᆞ리오?"

좌위(左右ㅣ) 일시(一時)의 태부(太傅)롤 향(向)ᄒᆞ야 하례(賀禮)ᄒᆞ고 연왕(-王)의 유복(有福)ᄒᆞ믈 일ᄏᆞ라니 양 각뇌(閣老ㅣ) 웃고 위 승샹(丞相)을 향(向)ᄒᆞ야 ᄀᆞᆯ오ᄃᆡ,

"오놀 듁명[960]의 풍도(風度) 긔골(氣骨)을 보매 군형(群兄)을 ᄃᆡ(對)ᄒᆞ야 새로이 티하(致賀)ᄒᆞ노라."

위

•••

137면

승샹(丞相)이 좌슈(左手)로 슈염(鬚髥)을 다ᄃᆞᄆᆞ며 우슈(右手)로 옥ᄃᆡ(玉帶)롤 어ᄅᆞᄆᆞ져 미쇼(微笑)ᄒᆞ야 ᄀᆞᆯ오ᄃᆡ,

"양 형(兄)은 듁암[961] ᄀᆞᄐᆞᆫ 긔셔(奇壻)롤 두고 홀노 쇼뎨(小弟)롤 비우(非愚)[962]ᄒᆞᄂᆞ냐? 아셰(我壻ㅣ) 셩보[963] ᄀᆞᄐᆞᆯ딘대 이 치하(致賀)롤 ᄉᆞ양(辭讓)티 아니리라."

양 공(公)이 쇼왈(笑曰),

---

958) 위쟈(慰藉): 위자. 위로하고 도와줌.
959) 진졍소격(眞情所格): 진정소격. 진정에서 나온 말.
960) 듁명: 죽명. 이경문의 호로 보이나 앞에 나온 적은 없음.
961) 듁암: 죽암. 이흥문의 호.
962) 비우(非愚): 비난하고 우롱함.
963) 셩보: 성보. 이흥문의 자.

“위샹(-相) 말숨이 고히(怪異)ᄒᆞᆫ디라. 이보 ᄀᆞᄐᆞᆫ 긔셔(奇壻)ᄅᆞᆯ 나무라시니 그 ᄠᅳᆺ이 어ᄃᆡ 쥬(主)ᄒᆞ엿ᄂᆞ뇨?”

좌간(座間)의 태ᄌᆞ태ᄉᆞ(太子太師) 소 공(公)소형이라 웃고 ᄀᆞᆯ오ᄃᆡ,

“위샹(-相) 말숨이 그 소관(所關)이 이시미니 양 형(兄)이 두미(頭尾)ᄅᆞᆯ 모ᄅᆞ미로다.”

드ᄃᆡ여 위 공(公)과 블화(不和)ᄒᆞ던 ᄉᆞ연(事緣)을 니ᄅᆞ니 좌위(左右ㅣ) 크게 웃고 각뇌(閣老ㅣ) 경왈(驚曰),

“원ᄂᆡ(元來) 니(李) 이보와 위 형(兄)이 곱디 못ᄒᆞᆫ 옹셔(翁婿) ᄉᆞ일낫다. 이ᄂᆞᆫ 위 형(兄)이 션실기도(先失其道)[964]ᄒᆞ여시니 나ᄂᆞᆫ 이보ᄅᆞᆯ 그ᄅᆞ다 못ᄒᆞ리로다.”

위 공(公)이 졍ᄉᆡᆨ(正色) 쇼왈(笑曰),

“소 형(兄)은 긔 므ᄉᆞᆷ 됴흔 말이

•••

138면

라 ᄒᆞ고 듕인(衆人) 소쳐(所處)의 파셜(播說)ᄒᆞᄂᆞ뇨? 흑ᄉᆡᆼ(學生)도 그ᄅᆞ디 아니커니와 녕딜(令姪)도 착ᄒᆞ디 아니ᄒᆞ니라.”

소 공(公)이 대쇼(大笑) 왈(曰),

“위 형(兄)의 교만(驕慢)ᄒᆞᆫ 셩품(性品)은 ᄌᆞ쇼(自少)로 소댱(所長)이라 스ᄉᆞ로 착ᄒᆞ며 올흐롸 ᄒᆞ나 뉘 고디드ᄅᆞ리오?”

태뷔(太傅ㅣ) 이에 몸을 굽혀 졍ᄉᆡᆨ(正色) 왈(曰),

“슉뷔(叔父ㅣ) 엇디 일가(一家) ᄉᆞ어(辭語)의 아ᄅᆞᆷ답디 아닌 말을 챵누(彰漏)[965]ᄒᆞ시며 악쟈(岳者)ᄅᆞᆯ 거위[966] 좌듕(座中) 화긔(和氣)ᄅᆞᆯ

---

964) 션실기도(先失其道): 선실기도. 먼저 그 도리를 잃음.

감(減)ᄒᆞ시고 황샹(皇上) 흠ᄉᆞ(欽賜)ᄒᆞ신 잔치를 욕(辱)되게 ᄒᆞ시리오?"

위 공(公)이 ᄎᆞ언(此言)을 듯고 불연(勃然) 변ᄉᆡᆨ(變色)ᄒᆞ고 말을 ᄒᆞ고져 ᄒᆞ거ᄂᆞᆯ, 니뷔(吏部ㅣ) ᄒᆞᆫ ᄡᅡᆼ(雙) 봉안(鳳眼)을 흘니ᄯᅥ 태부(太傅)를 ᄒᆞᆫ 번(番) 보며 소 공(公)을 향(向)ᄒᆞ야 ᄀᆞᆯ오ᄃᆡ,

"금일(今日) 만됴(滿朝) 쳔관(千官)이 다 모든 날이오 공당(公堂) 잔치라 타일(他日) ᄉᆞ실(私室)의셔 희언(戲言)을 ᄒᆞ시고 블쵸뎨(不肖弟)의 소단(所短)을 니

•••

139면

ᄅᆞ혀디 마ᄅᆞ쇼셔. 샤뎨(舍弟) 저의 허믈이 쵸쵸(楚楚)[967]ᄒᆞ믈 우민(憂悶)ᄒᆞ야ᄒᆞᄂᆞ이다."

언미필(言未畢)의 녜부샹셔(禮部尙書) 니흥문이 각모(角帽)를 어ᄅᆞ믄져 쇼이왈(笑而曰),

"금일(今日) 샤뎨(舍弟) 몸이 뎡듕(庭中) 대신(大臣)이오 텬ᄌᆡ(天子ㅣ) ᄉᆞ연(賜宴)ᄒᆞ시ᄂᆞᆫ 날이니 당당(堂堂)ᄒᆞᆫ 부뫼(父母ㅣ)시라도 오ᄂᆞᆯ은 구애(拘礙)ᄒᆞ샤 좌(座)의 니ᄅᆞ디 못ᄒᆞ여 계시거ᄂᆞᆯ 셜ᄉᆞ(設使) 허믈이 잇고 삼공(三公)의 놉흐미라도 긔쇼(譏笑)[968]ᄒᆞ며 ᄎᆡᆨ언(責言)을 니ᄃᆡ 못ᄒᆞ리니 모다 짐쟉(斟酌)ᄒᆞ쇼셔."

위 공(公)이 ᄎᆞ언(此言)을 듯고 노(怒)를 ᄎᆞᆷ아 졍ᄉᆡᆨ(正色) 믁연(默

---

965) 챵누(彰漏): 창루. 드러나 퍼짐.
966) 거워: 집적거려 성나게 해.
967) 쵸쵸(楚楚): 초초. 뚜렷함.
968) 긔쇼(譏笑): 기소. 기롱하며 비웃음.

然)ᄒᆞ니 좌샹(座上)의 복야(僕射) 신국공(--公) 뇨익이 웃고 ᄀᆞᆯ오ᄃᆡ,

"셩보의 말이 딕언(直言)이로다. 이뵈 소ᄒᆡᆼ(所行)이 곱디 아니ᄒᆞᆫ들 오ᄂᆞᆯ날 존듕(尊重)ᄒᆞᆫ 위의(威儀)ᄅᆞᆯ 당(當)ᄒᆞ야 만좌(滿座)의 파셜(播說)ᄒᆞ미 애ᄃᆞᆯ오니 소 형(兄)이 족하(足下) ᄉᆞ랑티 아니미 이대

•••

140면

도록 심(甚)ᄒᆞ뇨?"

셜파(說罷)의 부체로 ᄊᆞᄒᆞᆯ 텨 대쇼(大笑)ᄒᆞ니 만좨(滿座ㅣ) 크게 우ᄉᆞᄃᆡ 위 공(公)이 졍ᄉᆡᆨ(正色) 믁연(默然)ᄒᆞ야 말이 업고 태부(太傅) 형뎨(兄弟) 슈렴(收斂)[969] 단좨(端坐ㅣ)러라.

이윽고 잔(盞)을 드리고 풍뉴(風流)ᄅᆞᆯ 쥬(奏)ᄒᆞ니 니원(梨園)[970] 뎨ᄌᆞ(弟子)[971]ᄂᆞᆫ 금슬(琴瑟)을 ᄎᆞ례(次例)로 주(奏)ᄒᆞ며 ᄎᆡ의홍샹(彩衣紅裳)은 츈풍(春風)의 나븟기고 ᄆᆞᆰ은 노래ᄂᆞᆫ 구쇼(九霄)[972]의 ᄉᆞᄆᆞᆺ츠며 삼현(三絃)[973]과 오악(五樂)[974]이 셧드니 그 쟝(壯)ᄒᆞ미 쳔고(千古)의 업ᄉᆞᆫ 승ᄉᆡ(勝事ㅣ)라. 태뷔(太傅ㅣ) 잔(盞)을 잡고 쳐연(悽然)이 눈믈을 ᄂᆞ리와 좌듕(座中)의 고왈(告曰),

"쇼ᄉᆡᆼ(小生)이 이제야 계유 유하(乳下)ᄅᆞᆯ 면(免)ᄒᆞ고 황구쇼ᄋᆡ(黃口小兒ㅣ)[975]어ᄂᆞᆯ 텬은(天恩)이 호대(浩大)ᄒᆞ샤 이 디경(地境)의 미

---

969) 슈렴(收斂): 수렴. 심신을 다잡음.

970) 니원(梨園): 이원. 중국 당나라 때, 현종(玄宗)이 장안의 금원(禁苑)에서 몸소 3백 명의 제자(弟子)를 뽑아 음악을 가르치던 곳.

971) 뎨ᄌᆞ(弟子): 제자. 당나라 현종(玄宗)이 이원에서 쓰려고 의춘원(宜春院)에 둔 궁녀들.

972) 구쇼(九霄): 구소. 높은 하늘.

973) 삼현(三絃): 세 가지의 현악기.

974) 오악(五樂): 다섯 종류의 악기로 금슬(琴瑟), 생우(笙竽), 북[鼓], 쇠북[鍾], 경(磬)을 가리키기도 하고 북[鼓], 쇠북[鍾], 탁(鐸), 경(磬), 작은 북[鞀]을 가리키기도 함.

975) 황구쇼ᄋᆡ(黃口小兒ㅣ): 황구소아. 부리가 누런 새 새끼처럼 어린아이.

ᄎᆞ시니 일신(一身)을 분골(粉骨)[976]ᄒᆞ나 이 은혜(恩惠)ᄂᆞᆫ 갑ᄉᆞᆸ디 못ᄒᆞᆯ디라 ᄉᆡᆼ각ᄒᆞ매 엇디 슬프디 아니리오?"

양 각노(閣老) 등(等)이 몸을 굽혀 칭션(稱善) 왈(曰),

"이 도시(都是) 군(君)의 웅ᄌᆡ대략(雄才大略)을

•••

141면

비로ᄉᆞ미라. 국가(國家)의 냥신(良臣)이오 우리 등(等) ᄉᆞ위(師友ㅣ)라 깃브미 능히(能-) 이긔디 못ᄒᆞᄂᆞ니 ᄯᅩ 엇디 무미(無味)히 이시리오?"

셜파(說罷)의 각각(各各) 잔(盞)을 나와 하례(賀禮)ᄒᆞ고 글을 읇허 그 공덕(功德)을 숑(頌)ᄒᆞ니 양 공(公)의 문톄(文體) 너ᄅᆞ고 ᄉᆞ의(辭意) 쳥신(淸新)[977]ᄒᆞ믄 니ᄅᆞ디 말고 소ᄅᆡ 유열(愉悅)ᄒᆞ며 쇄락(灑落)[978]ᄒᆞ야 고산(高山)의 옥(玉)을 울니며 형산(荊山)의 벽[979]옥(璧玉)[980]을 ᄭᆡ치ᄂᆞᆫ ᄃᆞᆺᄒᆞ고 니어 칠(七) 각노(閣老)의 시ᄉᆞ(詩詞ㅣ) 쥰녀(俊麗)[981]ᄒᆞ니 태뷔(太傅ㅣ) 쌍슈(雙手)로 잔(盞)을 바드며 듯기ᄅᆞᆯ ᄆᆞᆺ고 피셕(避席) 샤례(謝禮) 왈(曰),

"쇼ᄉᆡᆼ(小生)이 므ᄉᆞᆷ 몸이라 오ᄂᆞᆯ날 졔(諸) 대인(大人)의 이러ᄐᆞᆺ 과

976) 분골(粉骨): 뼈가 가루가 됨.

977) 청신(淸新): 청신. 맑고 참신함.

978) 쇄락(灑落): 기분이나 몸이 상쾌하고 깨끗함.

979) 벽: [교] 원문에는 '빅'으로 되어 있으나 의미를 명확히 하기 위해 이와 같이 수정함.

980) 형산(荊山)의 벽옥(璧玉): 중국 춘추시대 초(楚)나라 형산(荊山)에서 난 화씨벽(和氏璧)을 이름. 초나라의 변화(卞和)라는 이가 박옥(璞玉)을 발견하여 초나라 왕인 여왕(厲王)과 무왕(武王)에게 차례로 바쳤으나 왕들이 그것을 돌멩이로 간주하여 각각 변화의 왼쪽 발과 오른쪽 발을 자름. 이후 문왕(文王)이 즉위하자 변화는 왕에게 갈 수 없어 통곡하니, 문왕이 그 소문을 듣고 옥공(玉工)을 시켜 박옥을 반으로 가르게 해 진귀한 옥을 얻고 이를 화씨벽(和氏璧)이라 칭함. 『한비자(韓非子)』, 「화씨(和氏)」.

981) 쥰녀(俊麗): 준려. 빼어나고 아름다움.

쟝(過奬)[982]ᄒᆞ시믈 당(當)ᄒᆞᄂᆞ뇨? 용녈(庸劣)ᄒᆞᆫ 부ᄌᆡ둔질(不才鈍質)[983]이 국가(國家)의 촌공(寸功)[984]도 업시 셩샹(聖上)의 과(過)히 대졉(待接)ᄒᆞ시믈 밧ᄌᆞᆸ고 모든 대인(大人)의 셩(盛)히 과댱(過奬)ᄒᆞ시미 이러틋 ᄒᆞ시니 손복(損福)[985]홀가 두리ᄂᆞ이다."

제(諸) 각뇌(閣老ㅣ) 손

•••

142면

샤(遜謝)[986]ᄒᆞ고 눅부(六部) 샹셔(尙書)의게 미ᄎᆞ매 니부샹셔(吏部尙書) 셩문과 녜부(禮部) 니흥문이 몸을 굽혀 왈(曰),

"어린아이 텬우신조(天佑神助)ᄒᆞ믈 닙어 요ᄒᆡᆼ(僥倖) 저근 공(功)을 일우고 셩샹(聖上)의 ᄃᆡ졉(待接)ᄒᆞ시미 과도(過度)ᄒᆞ신 가온대 졔(諸) 대인(大人)의 놉흔 글노ᄡᅧ 주시미 평ᄉᆡᆼ(平生) 영홰(榮華ㅣ)라. 쇼ᄉᆡᆼ(小生) 등(等)은 형뎨(兄弟) 항녈(行列)의 잇ᄂᆞᆫ디라 시(詩)ᄅᆞᆯ 읇허 덕(德)을 숑(頌)ᄒᆞ미 가(可)티 아닌 고(故)로 능히(能-) 밧드디 못ᄒᆞᄂᆞ이다."

형부샹셔(刑部尙書) 댱옥지 웃고 ᄀᆞᆯ오ᄃᆡ,

"니부(吏部)와 녜부(禮部)의 ᄉᆞ양(辭讓)ᄒᆞ미 당당(堂堂)ᄒᆞᆫ 도리(道理)니 ᄎᆞ례(次例)ᄅᆞᆯ 건네여 숑덕시(頌德詩)ᄅᆞᆯ 지으리라."

인(因)ᄒᆞ야 좌듕(座中)의 나아가 ᄆᆞᆰ게 칠언ᄉᆞ운(七言四韻)[987]을 읇

982) 과쟝(過奬): 과장. 지나치게 칭찬함.
983) 부ᄌᆡ둔질(不才鈍質): 부재둔질. 재주 없고 어리석은 자질.
984) 촌공(寸功): 작은 공.
985) 손복(損福): 복을 잃음.
986) 손사(遜謝): 손사. 겸손히 사양함.
987) 칠언ᄉᆞ운(七言四韻): 칠언사운. 네 개의 운각(韻脚)으로 된 칠언의 시. 칠언율시(七言律詩).

프니 소릐 굉녈(轟烈)[988] ᄒᆞ야 좌위(左右 ㅣ) ᄂᆞᆺ빗출 고티더라.

태뷔(太傅 ㅣ) 흠신(欠身) 샤례(謝禮)ᄒᆞ고 말을 ᄒᆞ고져 ᄒᆞ더니 좌간(座間)의 니부시랑(吏部侍郎) 화진이 웃고 잔(盞)을 드

•••

143면

러 나아와 ᄀᆞᆯ오ᄃᆡ,

“ᄂᆡ 비록 벼슬이 미(微)ᄒᆞ나 그러나 연국(-國) 대왕(大王)의 놉히 ᄃᆡ졉(待接)ᄒᆞ시믈 닙어 붕ᄇᆡ(朋輩)에 모텸(冒添)[989] ᄒᆞᆫ디라. 금일(今日) 군(君)이 셩공(成功)ᄒᆞ고 ᄉᆞ연(賜宴)ᄒᆞᄂᆞᆫ 날을 당(當)ᄒᆞ야 마디못ᄒᆞ야 셕은 글귀(-句)를 쓰ᄂᆞ니 고이(怪異)히 너기디 말나.”

셜파(說罷)의 ᄉᆞ운뉼시(四韻律詩)를 읇프니 음셩(音聲)이 쳥녈(淸冽)[990] ᄒᆞ고 ᄉᆞ의(辭意) 고[991]샹(高尙)ᄒᆞ야 시문(詩文)의 놉흐미[992] 좌듕(座中)의 웃듬이라. 일좌(一座 ㅣ) 칭션(稱善)ᄒᆞ고 태뷔(太傅 ㅣ) 념용(斂容) 샤례(謝禮) 왈(曰),

“대인(大人)이 쇼ᄉᆡᆼ(小生) ᄀᆞᄐᆞᆫ 유하티ᄋᆞ(乳下稚兒)[993]를 과(過)히 아ᄅᆞ샤 디게(志槪)를 굽혀 놉흔 글귀(-句)로 과당(過奬)ᄒᆞ시니 쇼ᄉᆡᆼ(小生)이 므ᄉᆞᆷ 몸이라 감히(敢-) 승당(承當)[994] ᄒᆞ리오?”

화 공(公)이 웃고 ᄀᆞᆯ오ᄃᆡ,

---

988) 굉녈(轟烈): 굉렬. 울리는 소리가 몹시 사납고 세참.
989) 모텸(冒添): 모첨. 외람되게 은혜를 입음.
990) 쳥녈(淸冽): 청렬. 산뜻하고 시원함.
991) 고: [교] 원문과 연세대본(12:143)에는 '공'으로 되어 있으나 문맥을 고려해 규장각본(12:117)을 따름.
992) 미: [교] 원문과 연세대본(12:143)에는 이 뒤에 '라'가 있으나 문맥을 고려해 규장각본(12:117)을 따라 삭제함.
993) 유하티ᄋᆞ(乳下稚兒): 유하치아. 젖먹이 어린아이.
994) 승당(承當): 받아들여 감당함.

"군(君)을 보매 아셔(我壻)로 만히 ᄀᆞᄐᆞ더라. 아셔(我壻)도 어ᄂᆞ 제 댱셩(長成)ᄒᆞ야 닙신양명(立身揚名)ᄒᆞ미 군(君) ᄀᆞᄐᆞ리오?"

신국

•••

144면

공(--公) 뇨 공(公)이 쇼왈(笑曰),

"화 형(兄)은 너모 ᄇᆞ라디 말나. ᄇᆡᆨ문이란 딜ᄋᆞ(姪兒)의 거동(擧動)이 극(極)ᄒᆞᆫ 풍뉴랑(風流郞)이니 경문의 위인(爲人)을 ᄇᆞ라나 보리오? 타일(他日) 형(兄)이 증염(憎厭)[995]ᄒᆞᆯ 제 ᄂᆡ 말을 ᄉᆡᆼ각ᄒᆞᆯ디어다."

화 공(公)이 쇼왈(笑曰),

"ᄒᆞᆫ 낫 사회를 어더 귀듕(貴重)ᄒᆞ믈 이긔디 못ᄒᆞ거ᄂᆞᆯ 현형(賢兄)은 이런 블길(不吉)ᄒᆞᆫ 말을 엇디 ᄒᆞᄂᆞ뇨? ᄇᆡᆨ문이 비록 허랑(虛浪)ᄒᆞ나 연뎐하(-殿下) 교훈(敎訓)이 심샹(尋常)티 아니시니 제 엇디 발뵈리오?"

뇨 공(公)이 쇼왈(笑曰),

"제 텬셩(天性)이 그러ᄒᆞᆫ 후(後)ᄂᆞᆫ 부뫼(父母ㅣ)라도 ᄒᆞᆯ일업ᄂᆞ니라."

좌간(座間)의 문연각(文淵閣) 태ᄒᆞᆨᄉᆞ(太學士) 문 공(公)이 쇼왈(笑曰),

"이ᄂᆞᆫ ᄌᆞ긔지심(自己之心)을 남도 그럴가 넉이거니와 다 ᄒᆞᆫ골ᄀᆞᆺ기 쉽ᄂᆞ냐?"

뇨 공(公)이 함쇼(含笑)ᄒᆞ니 화 공(公)이 고이(怪異)히 넉여 무ᄅᆞᆫ대

---

995) 증염(憎厭): 미워하고 싫어함.

문 공(公)이 다만 대쇼(大笑)

•••

145면

왈(曰),

"우읍고 가쇼(可笑)로온 일이 잇ᄂᆞ니 이제 파셜(播說)코져 ᄒᆞᄃᆡ 그 몸의 복식(服色)이 앗가와 ᄎᆞᆷᄂᆞ니 타일(他日) 죠용이 니ᄅᆞ리라."

ᄒᆞ니 모다 그 ᄯᅳᆺ을 몰나 ᄒᆞ더라.

좌듕(座中) 졔인(諸人)이 ᄒᆞᆫ골ᄀᆞ티 숑시(頌詩)를 지으며 잔(盞)을 잡아 하례(賀禮)ᄒᆞ니 태뷔(太傅ㅣ) 슌슌(順順) 샤례(謝禮)ᄒᆞ며 일일이(一一) 블감(不堪)ᄒᆞᆷ을 일ᄏᆞ라 긔골(氣骨)이 임의 대인(大人) 긔샹(氣像)이 이러시니 뉘 십팔(十八) 셰(歲) ᄋᆞ동(兒童)으로 알니오. 흠탄(欽歎)[996]ᄒᆞ고 블워 새로이 연왕(-王)의 복(福)을 일ᄏᆞᄅᆞ니 이야 진짓 아ᄃᆞᆯ을 두엇다 ᄒᆞᆯ디라 셰속(世俗) 녹녹(碌碌)ᄒᆞᆫ 무리 열 아ᄃᆞᆯ을 비(比)ᄒᆞ리오.

날이 느ᄌᆞ매 파연곡(罷宴曲)을 주(奏)ᄒᆞ고 졔인(諸人)이 흐터디니,

태뷔(太傅ㅣ) ᄯᅩᄒᆞᆫ 모든 형뎨(兄弟)로 더브러 집의 도라오매 여러 잔(盞) 술의 곤(困)ᄒᆞ야 셜부옥골(雪膚玉骨)이 홍광(紅光)을 ᄯᅴ엿

•••

146면

시니, 이 졍(正)히 ᄇᆡᆨ셜(白雪)이 만지(滿地)ᄒᆞᆫᄃᆡ 홍홰(紅花ㅣ) 어ᄌᆞ러이 브티는 ᄃᆞᆺ 봉안(鳳眼)이 잠간(暫間) ᄂᆞ즉ᄒᆞ고 옥안(玉顔)의 화긔

996) 흠탄(欽歎): 아름다움을 감탄함.

(和氣) 더옥 발양(發揚)[997] ᄒᆞ야 부모(父母) 존당(尊堂)의 뵈오매 가지록 긔운을 ᄂᆞᆾ초고 각모(角帽)ᄅᆞᆯ 슈렴(收斂)[998] ᄒᆞ니 졀승(絕勝)ᄒᆞᆫ 풍신(風神)이 이목(耳目)을 놀닋ᄂᆞᆫ디라. 부모(父母) 존당(尊堂)이 새로이 두굿기믈 이긔디 못ᄒᆞ야 승샹(丞相)의 팀듕(沈重)[999] ᄒᆞ므로도 손을 잡고 희ᄉᆡᆨ(喜色)이 미우(眉宇)의[1000] 녕농(玲瓏)ᄒᆞ야 다만 가지록 튱(忠)을 닷가 국가(國家)ᄅᆞᆯ 갑ᄉᆞ오라 ᄒᆞ더라.

이윽고 태부(太傅) 등(等)이 부모(父母)ᄅᆞᆯ 뫼셔 슉현당(--堂)의 도라오매 왕(王)이 스ᄉᆞ로 두굿기ᄂᆞᆫ ᄠᅳᆺ과 외람(猥濫)[1001] ᄒᆞ믈 이긔디 못ᄒᆞ야 태부(太傅)ᄅᆞᆯ 나아오라 ᄒᆞ야 손을 잡고 ᄀᆞᆯ오ᄃᆡ,

"ᄂᆡ 아ᄒᆡ(兒孩) 오ᄂᆞᆯ날이 고금(古今)의 희귀(稀貴)ᄒᆞᆫ 줄을 아ᄂᆞᆫ다? 네 나히 계유 십팔(十八)이 되엿

•••

147면

거ᄂᆞᆯ 복ᄉᆡᆨ(服色)과 직품(職品)이 팔십(八十) 노인(老人)도 엇기 어려온 바ᄅᆞᆯ ᄌᆞ임(自任)ᄒᆞ야시니 모ᄅᆞ미 가지록 공검(恭儉)[1002] ᄒᆞ야 문호(門戶)의 욕(辱)이 밋게 말나."

태뷔(太傅ㅣ) ᄌᆡᄇᆡ(再拜) 샤례(謝禮)ᄒᆞ고 혼뎡(昏定)을 파(罷)ᄒᆞ매 ᄉᆞ실(私室)노 도라가니, 왕(王)이 이곳의셔 슉침(宿寢)[1003] ᄒᆞ며 후

---

997) 발양(發揚): 마음, 기운, 재주 따위를 떨쳐 일으킴.
998) 슈렴(收斂): 수렴. 심신을 다잡음.
999) 팀즁(沈重): 침중. 성격, 마음, 목소리 따위가 가라앉고 무게가 있음.
1000) 의: [교] 원문과 연세대본(12:146)에는 '희'로 되어 있으나 문맥을 고려해 규장각본(12:119)을 따름.
1001) 외람(猥濫): 하는 행동이나 생각이 분수에 지나침.
1002) 공검(恭儉): 공손하고 검소함.
1003) 슉침(宿寢): 숙침. 잠을 잠.

(后)로 더브러 ᄋᆞᄌᆞ(兒子)의 긔이(奇異)ᄒᆞ믈 닐너 두굿기믈 마디아니ᄒᆞ더라.

시야(是夜)의 녜부(禮部) 홍문이 셔당(書堂)의 니ᄅᆞ러 태부(太傅)의 업ᄉᆞ믈 보고 샹셔(尙書)ᄃᆞ려 무ᄅᆞ니 샹셰(尙書ㅣ) ᄃᆡ왈(對曰),

"쳐ᄌᆡ(妻子ㅣ) 잇는 남ᄌᆡ(男子ㅣ) ᄆᆡ양 셔당(書堂)의 이시리잇가?"

녜뷔(禮部ㅣ) 놀나 왈(曰),

"이뵈 산동(山東)으로셔 도라온 후(後) 처엄으로 ᄉᆞ실(私室)의 갓ᄂᆞ냐?"

샹셰(尙書ㅣ) 쇼이ᄃᆡ왈(笑而對曰),

"그러커니와 무러 므엇ᄒᆞ시려시ᄂᆞ니잇가?"

녜뷔(禮部ㅣ) 왈(曰),

"ᄂᆡ ᄯᅩ 이놈의 거동(擧動)을 ᄉᆞᆯ펴 긴 날 쇼일(消日)을 삼으리라."

ᄒᆞ고 부듕(府中)

•••

148면

의 도라와 최 슉인(淑人)을 쳥(請)ᄒᆞ야 계교(計巧)ᄅᆞᆯ ᄀᆞᄅᆞ쳐 봉셩각(--閣)으로 보ᄂᆡ다.

이날 태뷔(太傅ㅣ) 도라완 디 일삭(一朔)이나 ᄉᆞ괴(事故ㅣ) 년텹(連疊)[1004]ᄒᆞ야 처엄으로 봉각(-閣)의 니ᄅᆞ매 쇼제(小姐ㅣ) 홍샹(紅裳)을 ᄭᅥᆯ텨 니러 마자 좌(座)ᄅᆞᆯ 일우고 됴 부인(夫人) ᄉᆡᆼ환(生還)ᄒᆞ믈 하례(賀禮)ᄒᆞ니 태뷔(太傅ㅣ) 흔연(欣然)이 ᄀᆞᆯ오ᄃᆡ,

"ᄌᆞ부인(慈夫人)과 뎨ᄆᆡ(弟妹)ᄅᆞᆯ ᄎᆞ자 도라와 인눈(人倫)을 완젼

1004) 년텹(連疊): 연첩. 잇따라 겹쳐 있음. 또는 그렇게 함.

(完全)ᄒᆞ니 쇼싱(小生) 등(等)이 ᄎᆞ후(此後) 부효지죄(不孝之罪)를 면(免)ᄒᆞᆯ디라 깃브믈 이긔디 못ᄒᆞ노라."

셜파(說罷)의 눈을 드러 쇼져(小姐)를 보매 명모월ᄐᆡ(明貌月態)[1005] 일(一) 년(年) ᄉᆞ이의 더옥 슈려(秀麗)ᄒᆞ야 긔이(奇異)ᄒᆞᆫ 골격(骨格)이 눈의 ᄇᆡ이니 태뷔(太傅ㅣ) 비록 팀듕(沈重)ᄒᆞ나 나히 쇼년(少年)이오 졍듕(情重)[1006]ᄒᆞ미 태산(泰山) ᄀᆞᆺᄐᆞᆫ 바로 샹니(相離)ᄒᆞ연 디 오라고 금일(今日) 취듕(醉中)의 어이 은졍(恩情)을 졀차(節遮)[1007]ᄒᆞ리오. ᄒᆡ음업시[1008] 옥슈(玉手)를 잡고 오

•••

149면

시 년(連)ᄒᆞ야 우어 ᄀᆞᆯ오ᄃᆡ,

"부인(夫人)이 가(可)히 홍안(紅顔)의 단장(斷腸)ᄒᆞ미 업닷다. ᄉᆡᆼ(生)이 업ᄉᆞ므로 더옥 ᄉᆞᆯ지고 윤ᄐᆡᆨ(潤澤)ᄒᆞ얏시니 ᄉᆡᆼ(生)의 ᄯᅳᆺ을 져ᄇᆞ리미 이러ᄐᆞᆺ ᄒᆞ도다. 연(然)이나 표형(表兄) 등(等)의 긔롱(譏弄)을 웃거니와 므ᄉᆞ 일노 이십(二十)이 댱근(將近)[1009]토록 농쟝(弄璋)[1010]의 ᄌᆞ미 업ᄂᆞ뇨?"

쇼졔(小姐ㅣ) ᄎᆞ언(此言)을 듯고 슈괴(羞愧)ᄒᆞ야 운환(雲鬟)을 수기고 답(答)디 아니ᄒᆞ니 ᄉᆡᆼ(生)이 냥구(良久)히 우러러보와 흔연(欣然)이 웃고 ᄀᆞᆯ오ᄃᆡ,

---

1005) 명모월ᄐᆡ(明貌月態): 명모월태. 선명한 모습과 달같이 아름다운 자태.
1006) 졍듕(情重): 정중. 정이 깊음.
1007) 졀차(節遮): 절차. 절제하고 차단함.
1008) ᄒᆡ음업시: 하염없이.
1009) 댱근(將近): 장근. 장차 가까워짐.
1010) 농쟝(弄璋): 농장. 아들을 낳은 즐거움. 예전에, 중국에서 아들을 낳으면 규옥(圭玉)으로 된 구슬의 덕을 본받으라는 뜻으로 구슬을 장난감으로 주었다는 데서 유래함.

"젼일(前日) 그딕 닉게 흔 셔찰(書札)을 보니 문쟝(文章)이 독보(獨步)흐는 줄을 아는디라. 금야(今夜)의 ᄉ면(四面)의 인젹(人跡)이 업고 죠용흐니 흔 수(首)를 지어 흑싱(學生)의 어두온 눈을 쾌(快)히 흐미 엇더흐뇨?"

쇼졔(小姐ㅣ) 졍식(正色) 딕왈(對曰),

"규듕(閨中)의 용녈(庸劣)흔 직흑(才學)[1011]이 셜ᄉ(設使) 보암 즉 흐야도 브졀업순 일이어늘 흐믈며

•••

150면

쳡(妾)이 가마괴 그리는 규구(規矩)를 모르거든 군ᄌ(君子) 알픽셔 당돌(唐突)이 휘필(揮筆)흐리오?"

태뷔(太傅ㅣ) 졍식(正色) 왈(曰),

"부인(夫人)이 흑싱(學生) 알기를 그릇 흐얏도다. 글을 짓다 닉 놈의게 챵셜(彰洩)[1012]흐며 닉 쳥(請)흐야 지이고 그딕를 부박(浮薄)[1013]다 흐랴? 야심(夜深)흔 곳의 냥인(兩人)이 딕(對)흐야 죵요로이 챵화(唱和)코져 흐미니 그딕는 모르미 ᄉ양(辭讓)티 말나."

인(因)흐야 붓딕를 드러 옥슈(玉手)의 쥐이며 근졀(懇切)이 쳥(請)흐니 쇼졔(小姐ㅣ) 심니(心裏)의 닝쇼(冷笑)흐고 날호여 붓슬 노코 졍식(正色)흐야 골오딕,

"녀ᄌ(女子)의 음풍영월(吟風詠月)[1014]과 쟉시음영(作詩吟詠)[1015]

1011) 직흑(才學): 재학. 재주와 학식.
1012) 챵셜(彰洩): 창설. 드러내어 밝힘.
1013) 부박(浮薄): 천박하고 경솔함.
1014) 음풍영월(吟風詠月): 맑은 바람과 밝은 달을 대상으로 시를 짓고 흥취를 자아내어 즐겁게 놂.
1015) 쟉시음영(作詩吟詠): 작시음영. 시를 지어 읊음.

은 본딕(本-) 널럼 즉디 아니커니와 군직(君子ㅣ) 당당(堂堂)훈 남즈(男子)로 형뎨(兄弟)와 놉흔 버디 ᄀ득ᄒ거놀 ᄋ녀즈(兒女子)를 딕(對)ᄒ야 서ᄅ 시귀(詩句)를 챵화(唱和)ᄒ믄 크게 가(可)티 아니코 쳡(妾)이 녀직(女子ㅣ) 되야 군즈(君子)

•••

151면

를 닉조(內助)ᄒ는 덕(德)이 업거놀 더옥 시(詩)를 짓고 글귀(-句)를 읍쥬어려 가인(歌人)의 음탕(淫蕩)훈 틱도(態度)를 ᄒ리오? 쳡(妾)이 군직(君子ㅣ) 챵셜(彰洩)[1016]ᄒ며 부박(浮薄)히 너기시리라 ᄒ리오? 텬디신지(天知神知)[1017]니 놈이 모른다 ᄒ고 괴거(怪擧)[1018]를 저줄니오?"

싱(生)이 쇼져(小姐)의 녈녈(烈烈)훈 말과 뎡뎡(貞靜)훈 거동(擧動)을 보고 칭복(稱服)ᄒ믈 이긔디 못ᄒ야 다만 웃고 골오딕,

"뎌적은 닉 제형(諸兄) 등(等)ᄒ고 모닷다가 드러오매 규찰(窺察)[1019]ᄒ엿거니와 이 심야(深夜)의 뉘 엿보며 표형(表兄) 등(等)이 닉 이리 드러온 줄을 아디 못ᄒ야시니 규ᄉ(窺伺)[1020]를 못 보닉여시리라."

쇼졔(小姐ㅣ) 미쇼(微笑) 왈(曰),

"쳡(妾)이 대샹공(大相公)닉 아ᄅ시믈 저허ᄒ는 거시 아녀 놈이 모ᄅ리라 ᄒ고 암실(暗室) 가온대 힝실(行實)을 휴손(虧損)[1021]ᄒ리오?"

1016) 챵셜(彰洩): 창설. 드러내어 밝힘.
1017) 텬디신지(天知神知): 천지신지. 하늘이 알고 귀신이 앎.
1018) 괴거(怪擧): 괴이한 행동.
1019) 규찰(窺察): 엿보아 살핌.
1020) 규ᄉ(窺伺): 규사. 엿보는 사람.

태뷔(太傅ㅣ) 웃고 쟝긔판(將棋板)을 나호여 ᄀᆞᆯ오ᄃᆡ,

•••

152면

"글 짓기ᄂᆞᆫ 슬희여ᄒᆞ니 잡기(雜技)나 ᄒᆞ미 엇더뇨?"

쇼졔(小姐ㅣ) 블열(不悅) 왈(曰),

"쟝긔(將棋)란 거ᄉᆞᆫ 걸고[1022] ᄒᆞᆫᄌᆞ(漢子)[1023]의 소임(所任)이라 녀ᄌᆡ(女子ㅣ) 엇디 갓가이ᄒᆞ리오?"

태뷔(太傅ㅣ) 쇼왈(笑曰),

"공ᄌᆞ(孔子)[1024]ᄂᆞᆫ 쟝긔(將棋)ᄅᆞᆯ 두시거ᄂᆞᆯ 그ᄃᆡᄂᆞᆫ 공ᄌᆞ(孔子)의 더 착ᄒᆞ관ᄃᆡ 이러 구ᄂᆞ냐?"

쇼졔(小姐ㅣ) 함쇼(含笑) ᄃᆡ왈(對曰),

"남녜(男女ㅣ) 각각(各各) ᄉᆞ업(事業)이 다ᄅᆞ니 구ᄐᆞ야 일(一) 개(個)로 니ᄅᆞ리오?"

ᄉᆡᆼ(生)이 ᄯᅩ 바독판(--板)을 나호여 ᄀᆞᆯ오ᄃᆡ,

"쟝긔(將棋)ᄂᆞᆫ 한ᄌᆞ(漢子)의 소임(所任)이라 ᄒᆞ니 바독은 엇더뇨?"

쇼졔(小姐ㅣ) 졍ᄉᆡᆨ(正色) 왈(曰),

"군ᄌᆡ(君子ㅣ) 젼일(前日) 팀듕(沈重)ᄒᆞ시더니 이런 가쇼(可笑)의 거조(擧措)ᄅᆞᆯ ᄒᆞ고져 ᄒᆞ시ᄂᆞ뇨? 부뷔(夫婦ㅣ) 친(親)ᄒᆞ나 셜만(褻慢)[1025]ᄒᆞᆫ 거조(擧措)ᄂᆞᆫ 가(可)티 아니ᄒᆞᆫ디라 원(願)컨ᄃᆡ 샹공(相公)

1021) 휴손(虧損): 잃어버리거나 축나서 손해를 봄. 또는 그 손해.

1022) 걸고: 미상.

1023) ᄒᆞᆫᄌᆞ(漢子): 한자. '남자'를 낮잡아 이르는 말.

1024) 공ᄌᆞ(孔子): 공자. 공구(孔丘, B.C.551-B.C.479)를 높여 부른 말. 공자는 중국 춘추시대 노나라의 사상가·학자로 자는 중니(仲尼)임. 인(仁)을 정치와 윤리의 이상으로 하는 도덕주의를 설파하여 덕치 정치를 강조하여 유학의 시조로 추앙받음.

1025) 셜만(褻慢): 설만. 하는 짓이 무례하고 거만함.

은 존듕(尊重)ᄒᆞ쇼셔."

싱(生)이 뎌의 정대(正大)ᄒᆞᆫ 말ᄉᆞᆷ이 ᄉᆡᆨᄉᆡᆨᄒᆞ믈 공경(恭敬)ᄒᆞ나 취흥(醉興)이 도도(滔滔)ᄒᆞ매 억제(抑制)티 못ᄒᆞ야 옥슈(玉手)ᄅᆞᆯ 잡으며 홍샹(紅裳)

•••

153면

을 ᄃᆞ릐여 핍박(逼迫)ᄒᆞ야 두기ᄅᆞᆯ 지쵹ᄒᆞ나 쇼제(小姐ㅣ) 안정(安靜)이 손사(遜謝)ᄒᆞ야 조곰도 요동(搖動)ᄒᆞ미 업ᄉᆞᆫ디라 태뷔(太傅ㅣ) ᄆᆞᆫ득 노(怒)ᄒᆞ야 ᄀᆞᆯ오ᄃᆡ,

"그ᄃᆡ 필연(必然) 사ᄅᆞᆷ으로 더브러 잡기(雜技)ᄅᆞᆯ ᄒᆞ리니 싱(生)이 ᄯᅩ 사ᄅᆞᆷ이오 친(親)ᄒᆞ믄 동셕(同席)의 와(臥)ᄒᆞ야 그ᄃᆡ의게 친(親)키나 ᄒᆞᆫ 사ᄅᆞᆷ분이라 심심ᄒᆞ믈 인(因)ᄒᆞ야 잠간(暫間) 소일(消日)코져 ᄒᆞ미어ᄂᆞᆯ 그ᄃᆡ 말이 이러ᄐᆞᆺ 거졀(拒絕)ᄒᆞ니 그 ᄠᅳᆮ이 어ᄃᆡ 주(主)ᄒᆞ엿ᄂᆞ뇨?"

쇼제(小姐ㅣ) 피셕(避席) 샤례(謝禮) 왈(曰),

"군ᄌᆞ(君子)의 ᄎᆡᆨ언(責言)이 황송(惶悚)ᄒᆞ나 쳡(妾)의 텬셩(天性)이 ᄂᆡᆼ박(冷薄)[1026]ᄒᆞ야 화려(華麗)티 못ᄒᆞ미라 다ᄅᆞᆫ 부인(夫人) 침소(寢所)의 가 ᄠᅳᆺ대로 ᄒᆞ쇼셔."

태뷔(太傅ㅣ) 노왈(怒曰),

"이ᄂᆞᆫ 싱(生)을 죠롱(嘲弄)ᄒᆞ미라 다ᄅᆞᆫ 안ᄒᆡ 방(房)의라타 무ᄉᆞ 일 못 가리오? 뎌런 견고(堅固)ᄒᆞᆫ ᄠᅳᆮ의 싱(生)으로 더브러 ᄒᆞᆫ 탑(榻)의 즘 자기ᄂᆞᆫ ᄉᆞ양(辭讓)

1026) ᄂᆡᆼ박(冷薄): 냉박. 검소함고 소박함.

•••

154면

티 아닛ᄂᆞ뇨?"

쇼졔(小姐ㅣ) ᄎᆞ언(此言)을 듯고 고개를 숙여 븟그리믈 ᄯᅴ여시니 홍광(紅光)이 ᄎᆔ지(聚之)ᄒᆞ야 부용(芙蓉)이 이ᄉᆞᆯ의 ᄌᆞᆷ겻ᄂᆞᆫ 듯ᄒᆞᆫ디라. 태뷔(太傅ㅣ) 눈을 드러 보다가 쇼왈(笑曰),

"원ᄂᆡ(元來) 온갓 일을 다 ᄉᆞ양(辭讓)ᄒᆞ미 어셔 자고져 ᄒᆞ미라. 인믈(人物)노셔ᄂᆞᆫ 괴망(怪妄)ᄒᆞᆫ 셩품(性品)이로다."

셜파(說罷)의 쇼져(小姐)를 잇그러 샹(牀)의 오ᄅᆞ매 웃고 ᄀᆞᆯ오ᄃᆡ,

"산동(山東) ᄀᆞᆺᄐᆞᆫ 번화지디(繁華之地)의셔도 졀ᄃᆡ미ᄋᆡ(絕代美蛾ㅣ) ᄀᆞ득ᄒᆞ나 유졍(有情)ᄒᆞ미 업더니 금야(今夜)의 환오(歡娛)ᄒᆞ매 새로이 샹(傷)ᄒᆞ미 이시리로다."

쇼졔(小姐ㅣ) 더옥 븟그려 손을 ᄲᅳ리티고 나상(羅裳)을 ᄯᅥᆯ텨 브답(不答)ᄒᆞ니 ᄉᆡᆼ(生)이 쇼왈(笑曰),

"그ᄃᆡ ᄀᆞᄐᆞ야셔ᄂᆞᆫ 뉘 ᄌᆞ식(子息)을 나흐리오?"

인(因)ᄒᆞ야 부체를 드러 ᄎᆞᆨ(燭)을 멸(滅)ᄒᆞ고 자리의 나아가매 ᄉᆡᆼ(生)이 새로온 은ᄋᆡ(恩愛) 여산여슈(如山如水)ᄒᆞ야 견권(繾綣)[1027]ᄒᆞ

•••

155면

ᄂᆞᆫ 졍(情)이 ᄀᆞ득ᄒᆞ니 쇼졔(小姐ㅣ) 새로이 븟그리고 두려 죠곰도 용납(容納)지 아니ᄒᆞ니 ᄉᆡᆼ(生)이 은근(慇懃)ᄒᆞᆫ 말ᄉᆞᆷ으로 다래ᄂᆞᆫ 소ᄅᆡ

1027) 견권(繾綣): 생각하는 정이 두터움.

긋디 아냐 위로(慰勞)ᄒᆞ며 ᄋᆡ셕(愛惜)ᄒᆞ미 최듕(最重)[1028]ᄒᆞ니 비록 블을 뻐시나 명월(明月)이 방듕(房中)의 ᄇᆡᄋᆡᄂᆞᆫ 고(故)로 ᄉᆡᆼ(生)이 쇼져(小姐)로 더브러 옥슈(玉手)ᄅᆞᆯ 년(連)ᄒᆞ며 향싀(香顋)[1029]ᄅᆞᆯ 뎝(接)ᄒᆞ야 일신(一身)이 되디 못ᄒᆞ믈 ᄒᆞᆫ(恨)ᄒᆞᄂᆞᆫ 쓰디 잇고 ᄒᆞᆫ 빵(雙) 구술이 합(合)ᄒᆞ매 두 송이 쏫치 퓐 ᄃᆞᆺᄒᆞ야 혹(或) 웃고 혹(或) 다래여 ᄋᆡ듕(愛重) 견권(繾綣)[1030]ᄒᆞ다가 츈소(春宵)[1031]의 고단ᄒᆞ니 냥인(兩人)의 어엿븐 거동(擧動)이 층가(層加)ᄒᆞ니,

최 슉인(淑人)이 크게 두긋겨 도라와 녜부(禮部)ᄅᆞᆯ ᄃᆡ(對)ᄒᆞ야 ᄌᆞ시 니ᄅᆞ고 우어 왈(曰),

"뉘셔 ᄎᆞ샹공(次相公)을 대신(大臣)이라 ᄒᆞ더뇨? 그 거동(擧動)이 젼후(前後) 쇼ᄋᆞ(小兒)의 형샹(形狀)이라 어엿브믈 ᄎᆞᆷ디 못

•••

156면

ᄒᆞᆯ러이다."

녜뷔(禮部ㅣ) 대쇼(大笑)ᄒᆞ고 왈(曰),

"이날이 언제 새거든 이놈을 보채여 우ᄉᆞ리오?"

ᄒᆞ고 스ᄉᆞ로 즘을 일우디 못ᄒᆞ더라.

1028) 최듕(最重): 최중. 가장 깊음.
1029) 향싀(香顋): 향시. 향기로운 뺨.
1030) 견권(繾綣): 생각하는 정이 두터움.
1031) 츈소(春宵): 춘소. 봄밤.

주요 인물

여빙란: 이성문의 정실.

위공부: 위홍소의 아버지. 이경문의 장인.

위홍소: 이경문의 정실.

이경문: 이몽창의 둘째아들. 소월혜 소생. 위홍소의 남편. 한림학사 중서사인. 병부상서 대사마 태자태부. 어려서 부모와 헤어져 유영걸의 밑에서 자라다가 후에 부모와 만남. 위홍소의 아버지 위공부가 유영걸을 친 것에 분노해 위공부, 위홍소와 갈등함.

이관성: 승상. 이현과 유 태부인의 첫째아들. 정몽홍의 남편. 이연성의 형. 이몽현 오 형제의 아버지.

이낭문: 이몽창의 재실 조제염이 낳은 쌍둥이 중 오빠. 어렸을 때 이름은 최현이었는데 이경문이 찾아서 낭문으로 고침. 어머니 조제염과 함께 산동으로 가다가 도적을 만나 고옹 집에서 종살이하다가 이경문이 찾음.

이몽상: 이관성과 정몽홍의 넷째아들. 안두후 태상경. 자는 백안. 별호는 유청. 아내는 화 씨.

이몽원: 이관성과 정몽홍의 셋째아들. 개국공. 자는 백운. 별호는 이청. 아내는 최 씨.

이몽창: 이관성과 정몽홍의 둘째아들. 연왕. 자는 백달. 별호는 죽청.

아내는 소월혜.

이몽필: 이관성과 정몽홍의 다섯째아들. 강음후 추밀사. 자는 백명. 별호는 송청. 아내는 김 씨.

이몽현: 이관성과 정몽홍의 첫째아들. 하남공. 일천 선생. 자는 백균. 정실은 계양 공주. 재실은 장 씨.

이벽주: 이몽창의 재실 조제염이 낳은 쌍둥이 중 여동생. 어렸을 때 이름은 난심이었는데 이경문이 찾아서 벽주로 고침.

이성문: 이몽창의 첫째아들. 소월혜 소생. 여빙란의 남편. 자는 현보. 이부총재 겸 문연각 태학사.

이연성: 태자소부 북주백. 자는 자경. 이관성의 막내동생.

이원문: 이몽원의 첫째아들. 자는 인보. 아내는 김 씨.

이일주: 이몽창의 첫째딸. 자는 초벽. 태자비.

임 씨: 이성문의 재실.

조여구: 조 황후의 조카. 이경문의 재실. 이경문을 보고 반해 사혼으로 이경문의 아내가 됨.

조여혜: 태자비. 조 황후의 조카.

조제염: 이낭문과 이벽주의 어머니. 이몽창의 재실. 전편 <쌍천기봉>에서 이몽창과 소월혜 소생 영문을 죽이고 소월혜를 귀양가게 했다가 죄가 발각되어 산동으로 가던 중 도적을 만남. 고옹의 집에서 종살이를 하다가 이경문이 찾음.

역자 해제

1. 머리말

<이씨세대록>은 18세기에 창작된 것으로 추정되는 작가 미상의 국문 대하소설로, <쌍천기봉>[1]의 후편에 해당하는 연작형 소설이다. '이씨세대록(李氏世代錄)'이라는 제목은 '이씨 가문 사람들의 세대별 기록'이라는 뜻인데, 실제로는 이관성의 손자 세대, 즉 이씨 집안의 4대째 인물들인 이흥문·이성문·이경문·이백문 등과 그 배우자의 이야기에 서사가 집중되어 있다. 이는 전편인 <쌍천기봉>에서 이현[2](이관성의 아버지), 이관성, 이관성의 자식들인 이몽현과 이몽창 등 1대에서 3대에 걸쳐 서사가 고루 분포된 것과 대비되는 모습이다. 또한 <쌍천기봉>에서는 중국 명나라 초기의 역사적 사건, 예컨대 정난지변(靖難之變)[3] 등이 비중 있게 서술되고 <삼국지연의>의 영향을 받은 군담이 흥미롭게 묘사되는 가운데 가문 내적으로 혼인담, 부부 갈등, 처첩 갈등 등이 배치되어 있다면, <이씨세대록>에서는 역사적 사건과 군담이 대폭 축소되고 가문 내적인 갈등 위주로 서사가 전개된다는 점에서 큰 차이가 있다.

---

1) 필자가 18권 18책의 장서각본을 대상으로 번역 출간한 바 있다. 장시광 옮김, 『팔찌의 인연, 쌍천기봉』 1-9, 이담북스, 2017-2020.

2) <쌍천기봉>에서 이현의 아버지로 이명이 설정되어 있으나 실체적 인물이 등장하지 않고 서술자의 요약 서술로 짧게 언급되어 있으므로 필자는 이현을 1대로 설정하였다.

3) 중국 명나라의 연왕 주체가 제위를 건문제(재위 1399-1402)로부터 탈취해 영락제(재위 1402-1424)에 오른 사건을 이른다. 1399년부터 1402년까지 지속되었다.

2. 창작 시기 및 작가, 이본

<이씨세대록>의 정확한 창작 연도는 알 수 없고, 다만 18세기의 초중반에 창작되었을 것으로 추정된다. 온양 정씨가 정조 10년(1786)부터 정조 14년(1790) 사이에 필사한 것으로 추정되는 규장각 소장 <옥원재합기연>의 권14 표지 안쪽에 온양 정씨와 그 시가인 전주 이씨 집안에서 읽었을 것으로 보이는 소설의 목록이 적혀 있다. 그중에 <이씨세대록>의 제명이 보인다.[4] 이 기록을 토대로 보면 <이씨세대록>은 적어도 1786년 이전에 창작된 것으로 추측할 수 있다. 또, 대하소설 가운데 초기본인 <소현성록> 연작(15권 15책, 이화여대 소장본)이 17세기 말 이전에 창작된바,[5] 그보다 분량과 등장인물의 수가 훨씬 많은 <이씨세대록>은 <소현성록> 연작보다는 후대의 작품일 가능성이 높다. 요컨대 <이씨세대록>은 18세기 초중반에 창작된 작품으로, 대하소설 중에서는 비교적 이른 시기의 창작물이다.

<이씨세대록>의 작가는 알려져 있지 않다. 다만 작품의 문체와 서술시각을 고려하면 전편인 <쌍천기봉>과 마찬가지로 경서와 역사서, 소설을 두루 섭렵한 지식인이며, 신분의식이 강한 사대부가의 일원으로 추정할 수 있다. <이씨세대록>은 여느 대하소설과 마찬가지로 국문으로 표기되어 있으나 문장이 조사나 어미를 제외하면 대개 한자어로 구성되어 있고, 전고(典故)의 인용이 빈번하다. 비록 대하소설 <완월회맹연>(180권 180책)의 수준에는 미치지 못하지만, 다른 유형의 고전소설에 비하면 작가의 지식 수준이 매우 높은 편이다.

---

4) 심경호, 「樂善齋本 小說의 先行本에 관한 一考察 –온양정씨 필사본 <옥원재합기연>과 낙선재본 <옥원중회연>의 관계를 중심으로–」, 『정신문화연구』 38, 한국정신문화연구원, 1990.

5) 박영희, 「소현성록 연작 연구」, 이화여대 박사논문, 1994 참조.

<이씨세대록>에는 또한 강한 신분의식이 드러나 있다. 집안에서 주인과 종의 차이가 부각되어 있고 사대부와 비사대부의 구별짓기가 매우 강하다. 이처럼 <이씨세대록>의 작가는 학문적 소양을 갖추고 강한 신분의식을 지닌 사대부가의 남성 혹은 여성으로 추정되며, 온양 정씨의 필사본 기록을 통해 유추할 수 있듯이 사대부가에서 주로 향유된 것으로 보인다.

<이씨세대록>의 이본은 현재 3종이 알려져 있다. 한국학중앙연구원의 장서각에 소장된 26권 26책본과 서울대학교 규장각에 소장된 26권 26책본, 연세대학교 도서관에 소장된 26권 26책본[6]이 그것이다. 세 이본 모두 표제는 '李氏世代錄', 내제는 '니시셰딕록'으로 되어 있고 분량도 대동소이하고 문장이나 어휘 단위에서도 매우 흡사한 면을 보인다. 특히 장서각본과 연세대본의 친연성이 강한데, 두 이본은 각 권의 장수는 물론 장별 행수, 행별 글자수까지 거의 같다. 다만 장서각본에 있는 오류가 연세대본에는 수정되어 있는 경우가 적지 않아 적어도 두 이본에 한해 본다면 연세대본이 선본(善本)이라 말할 수 있다. 연세대본·장서각본 계열과 규장각본을 비교해 보면 오탈자(誤脫字)가 이본마다 고루 있어 연세대본·장서각본 계열과 규장각본 중 어느 것이 선본(善本) 혹은 선본(先本)인지 단언할 수는 없다.

6) 연세대학교 도서관에 소장된 26권 26책본: <이씨세대록> 해제를 작성해 출간할 당시에는 역자의 불찰로 연세대 소장본의 존재를 알지 못했다가 최근에 알게 되어 5권의 교감 및 해제부터 이를 반영하게 되었음을 밝힌다.

3. 서사의 특징

<이씨세대록>에는 가문의 마지막 세대로 등장하는 4대째의 여러 인물이 병렬적으로 구성되어 있다는 서사적 특징이 있다. 인물과 그 사건이 대개 순차적으로 등장하지만 여러 인물의 사건이 교직되어 설정되기도 하여 서사에 다채로움을 더하고 있다. 이에 비해 <쌍천기봉>에서는 1대부터 3대까지 1명, 3명, 5명으로 남성주동인물의 수가 점차 확대되어 가고 서사의 양도 그에 비례해 세대가 내려갈수록 확장되어 있다. 곧, <쌍천기봉>에서는 1대인 이현, 2대인 이관성、이한성、이연성, 3대인 이몽현、이몽창、이몽원、이몽상、이몽필 서사가 고루 등장한다는 점에서 <이씨세대록>과 차이가 난다. <이씨세대록>에도 물론 2대와 3대의 인물이 등장하기는 하나 그들은 집안의 어른 역할을 수행할 뿐이고 서사는 4대의 인물 중심으로 전개된다. 이를 보면, '세대록'은 인물의 서사적 비중과는 무관하게 2대에서 4대까지의 인물을 등장시켰다는 점에서 붙인 제목으로 이해할 필요가 있다.

이처럼 <이씨세대록>에 가문의 마지막 세대 인물이 주로 활약한다는 설정은 초기 대하소설로 분류되는 삼대록계 소설 연작[7]과 유사한 면이다. <소씨삼대록>에서는 소씨 집안의 3대째[8] 인물인 소운성 형제 위주로, <임씨삼대록>에서는 임씨 집안의 3대째 인물인 임창흥 형제 위주로, <유씨삼대록>에서는 유씨 집안의 4대째 인물인 유세형 형제 위주로 서사가 전개된다.[9] <이씨세대록>이 18세기 초

7) 후편의 제목이 '삼대록'으로 끝나는 일군의 소설을 지칭한다. <소현성록>・<소씨삼대록> 연작, <현몽쌍룡기>・<조씨삼대록> 연작, <성현공숙렬기>・<임씨삼대록> 연작, <유효공선행록>・<유씨삼대록> 연작이 이에 해당한다.

8) 소운성의 할아버지인 소광이 전편 <소현성록>의 권1에서 바로 죽는 것으로 설정되어 있어 1대로 보기 어려운 면이 있으나 제명을 존중해 1대로 보았다.

중반에 창작된 초기 대하소설임을 감안하면 인물 배치가 이처럼 삼대록계 소설과 유사한 것은 이상하지 않다.

한편, <쌍천기봉>에서는 군담, 토목(土木)의 변(變)과 같은 역사적 사건, 인물 갈등 등이 고루 배치되어 있다. 구체적으로, 작품의 앞과 뒤에 역사적 사건을 배치하고 중간에 부부 갈등, 부자 갈등, 처첩(처처) 갈등 등 가문에서 벌어질 수 있는 다양한 갈등을 배치하였다. 이에 반해 <이씨세대록>에는 군담 장면과 역사적 사건이 거의 보이지 않는다. 군담은 전편 <쌍천기봉>에 이미 등장했던 장면을 요약 서술하는 데 그쳤고, 역사적 사건도 <쌍천기봉>에 설정된 사건을 환기하는 정도이고 새로운 사건은 보이지 않는다. <쌍천기봉>이 역사적 사실에 허구를 가미한 전형적인 연의류 작품인 반면, <이씨세대록>은 가문에서 발생할 수 있는 다양한 갈등, 예컨대 처처(처첩) 갈등, 부부 갈등, 부자 갈등 위주로 서사를 구성한 작품으로, <이씨세대록>은 <쌍천기봉>과는 다른 측면에서 대중에게 흥미를 유발할 만한 요소로 구성되어 있음을 알 수 있다.

여느 대하소설과 마찬가지로 <이씨세대록>에도 혼사장애 모티프, 요약 모티프 등 다양한 모티프가 등장해 서사 구성의 한 축을 이루고 있다. 이 가운데 가장 눈에 띄는 것은 기아(棄兒) 모티프이다. 대표적으로는 이경문의 경우를 들 수 있는데 기아 모티프가 매우 길게 서술되어 있다. <쌍천기봉>의 서사를 이은 것으로 <쌍천기봉>에서 간간이 등장했던 이경문의 기아 모티프를 본격적으로 다루고 있다. 즉, <쌍천기봉>에서 유영걸의 아내 김 씨가 어린 이경문을 사서 자기 아들인 것처럼 꾸미는 장면, 이관성과 이몽현, 이몽창이 우연히

9) 다만 <조씨삼대록>에서는 3대와 4대의 인물인 조기현, 조명윤 등이 활약한다는 점에서 차이가 난다.

이경문을 만나는 장면, 이경문이 등문고를 쳐 양부 유영걸을 구하는 장면이 나오는데, <이씨세대록>에서는 그 장면들을 모두 보여주면서 여기에 덧붙여 이경문이 유영걸과 그 첩 각정에게 박대당하지만 유영걸을 효성으로써 섬기는 모습이 강렬하게 나타나 있다. 이경문이 등문고를 쳐 유영걸을 구하는 장면은 효성의 정점에 해당한다. 이경문은 후에 친형인 이성문에 의해 발견돼 이씨 가문에 편입된다. 이때 이경문과 가족들과의 만남 장면은 매우 감동적으로 그려져 있다. 이처럼 이경문이 가족과 헤어졌다가 만나는 과정은 연작의 전후편에 걸쳐 등장하며 연작의 핵심적인 모티프 중의 하나로 기능하고 있고, 특히 <이씨세대록>에서는 결합에 초점이 맞춰져 있어 그 감동이 배가되어 있다.

4. 인물의 갈등

<이씨세대록>에는 다양한 갈등이 등장하는데 이 가운데 핵심은 부부 갈등이다. 대표적으로 이몽창의 장자인 이성문과 임옥형, 차자인 이경문과 위홍소, 삼자인 이백문과 화채옥의 갈등을 들 수 있다. 이성문과 이경문 부부의 경우는 반동인물이 개입되지 않은, 주동인물 사이의 갈등이라는 공통점이 있다. 이성문의 아내 임옥형은 투기 때문에 이성문의 옷을 불지르기까지 하는 인물이다. 이성문이 때로는 온화하게 때로는 엄격하게 대하나 임옥형의 투기가 가시지 않자, 그 시어머니 소월혜가 나서서 임옥형을 타이르니 비로소 그 투기가 사라진다. 이경문과 위홍소는 모두 효를 중시하는 인물인데 바로 그러한 이념 때문에 혹독한 부부 갈등을 벌인다. 이경문은 어려서 부모와 헤어져 양부(養父) 유영걸에게 길러지는데 이 유영걸은 벼슬은

높으나 품행이 바르지 못해 쫓겨나 수자리를 사는데 위홍소의 아버지인 위공부가 상관일 때 유영걸을 매우 치는 일이 발생한다. 이 때문에 이경문은 위공부를 원수로 치부하는데 아내로 맞은 위홍소가 위공부의 딸인 줄을 알고는 위홍소를 박대한다. 위홍소 역시 이경문이 자신의 아버지를 욕하자 이경문과 심각한 갈등을 벌인다. 효라는 이념이 두 사람의 갈등을 촉발시킨 원인이 된 것이다. 두 사람은 비록 주동인물로 설정되어 있지만, 이들을 통해 경직된 이념이 주는 부작용이 만만치 않음을 보여준다.

이백문 부부의 경우에는 변신한 노몽화(이흥문의 아내였던 여자)가 반동인물의 역할을 해 갈등을 벌인다는 특징이 있다. 이백문은 반동인물의 계략으로 정실인 화채옥을 박대하고 죽이려 한다. 애초에 이백문은 화채옥을 마음에 들어하지 않았는데 이유는 화채옥이 자신을 단명하게 할 상(相)이라는 것 때문이었다. 화채옥에게는 잘못이 없는데 남편으로부터 박대를 받는다는 설정은 가부장제의 질곡을 드러내 보이는 장면이다. 여기에 이흥문의 아내였다가 쫓겨난 노몽화가 화채옥의 시녀가 되어 이백문에게 화채옥을 모함하고 이백문이 곧이들어 화채옥을 끝내 죽이려고까지 하는 데 이른다. 이러한 이백문의 모습은 이몽현의 장자 이흥문과 대비된다. 이흥문은 양난화와 혼인하는데 재실인 반동인물 노몽화가 양난화를 모함한다. 이런 경우 대개 이백문처럼 남성이 반동인물의 계략에 속아 부부 갈등이 벌어지지만 이흥문은 노몽화의 계교에 속지 않고 오히려 노몽화의 술수를 발각함으로써 정실을 보호한다. <이씨세대록>에는 이처럼 상반되는 사례를 설정함으로써 흥미를 배가하는 동시에 가부장제의 문제점을 드러내고 있다.

5. 서술자의 의식

<이씨세대록>의 신분의식은 이중적이다. 사대부와 비사대부 사이의 구별짓기는 여느 대하소설과 마찬가지지만 사대부 내에서 장자와 차자의 구분은 표면적으로는 존재하나 서술의 실상은 그렇지 않다. 사대부로서 그렇지 않은 신분의 사람을 차별하는 모습은 경직된 효의 구현자인 이경문의 일화에서 두드러진다. 예컨대, 이경문은 자기 친구 왕기가 적적하게 있자 아내 위홍소의 시비인 난섬을 주어 정을 맺도록 하는데(권11) 천한 신분의 여성에게는 정절을 전혀 배려하지 않는 것을 엿볼 수 있다. 또한 이경문이 양부 유영걸의 첩 각정의 조카 각 씨와 혼인하게 되자 천한 집안과 혼인한 것을 분하게 여겨 각 씨에게 매정하게 구는 것(권8)도 그러한 신분의식이 여실히 드러나는 장면이다. 기실 이는 <이씨세대록>이 창작되던 당시의 사회적 모습이 반영된 것이라 추측할 수 있는 장면들이다.

사대부와 비사대부 사이의 구별짓기는 이처럼 엄격하나 사대부 내에서의 구분은 꼭 그렇지만은 않다. 서사적으로 등장인물들은 장자와 비장자의 구분을 하고 있고, 서술의 순서도 그러한 구분을 따르려 하고 있다. 서술의 순서를 예로 들면, <이씨세대록>은 이관성의 장손녀, 즉 이몽현 장녀 이미주의 서사부터 시작된다. 이미주가 서사적 비중이 그리 크지 않음에도 이미주부터 이야기가 시작되는 것은 그만큼 자식들 사이의 차례를 중시한다는 점을 의미한다. 다만, 특기할 만한 것은 남자부터 먼저 시작하지 않았다는 점이다. 여자든 남자든 순서대로 서술했다는 점이 중요하다. 이미주의 뒤로는 이몽현의 장자 이흥문, 이몽창의 장자인 이성문, 이몽창의 차자 이경문, 이몽창의 장녀 이일주, 이몽원의 장자 이원문, 이몽창의 삼자 이백

문, 이몽현의 삼녀 이효주 등의 서사가 이어진다. 자식들의 순서대로 서술하려 하는 강박증이 있다고 생각될 정도로 서술자는 순서에 집착한다. 이원문이나 이효주 같은 인물은 서사적 비중이 매우 미미하지만 혼인했다는 사실을 서술하고 있는 것이다. 그런데 이러한 순서 집착에도 불구하고 서사 내에서의 비중을 보면 장자 위주로 서술되어 있지 않음을 알 수 있다. 전편 <쌍천기봉>의 주인공이 이관성의 차자 이몽창이었던 것과 마찬가지로 후편에서도 주인공은 이성문, 이경문, 이백문 등 이몽창의 자식들로 설정되어 있다. 이몽현의 자식들인 이미주와 이흥문의 서사는 그들에 비하면 미미한 편이다. 이처럼 가문의 인물에 대한 서술 순서와 서사적 비중의 괴리는 <이씨세대록>을 특징짓는 한 단면이다.

<이씨세대록>에는 꿈이나 도사 등 초월계가 빈번하게 등장해 사건을 진행시키고 해결한다. 특히 사건이나 갈등의 해소 단계에 초월계가 유독 많이 보인다. 예를 들어 이경문이 부모와 만나기 전에 그 죽은 양모 김 씨가 꿈에 나타나 이경문의 정체를 말하고 그 직후에 이경문이 부모를 찾게 되는 장면(권9), 형부상서 장옥지의 꿈에 현아(이경문의 서제)에게 죽은 자객들이 나타나 현아의 죄를 말하고 이성문과 이경문의 누명을 벗겨 주는 장면(권9-10), 화채옥이 강물에 빠졌을 때 화채옥을 호위해 가던 이몽평의 꿈에 법사가 나타나 화채옥의 운명에 대해 말해 주는 장면(권17) 등이 있다. 이러한 초월계의 빈번한 등장은 이 세계의 질서가 현실적 국면으로는 해결할 수 없을 정도로 질곡에 빠져 있음을 의미한다. 현실계의 인물들은 얽히고설킨 사건들을 해결할 능력이 되지 않고 이는 오로지 초월계가 개입되어야만 해소될 수 있는 성질의 것임을 보여주고 있는 것이다.

6. 맺음말

<이씨세대록>은 조선 후기의 역동적인 사회에서 산생된 소설이다. 양반을 돈으로 살 수 있을 정도로 양반에 대한 권위가 땅에 떨어지고 양반과 중인 이하의 신분 이동이 이루어지던 때에 생겨났다. 설화 등 민중이 향유하던 문학에 그러한 면이 잘 드러나 있다. 그러나 이 작품에는 그러한 시대적 변동에 맞서 기득권을 유지하려는 사대부 계층의 의식이 강하게 드러나 있다. 사대부와 사대부 이하의 계층을 구별짓는 강고한 신분의식은 그 한 단면이다.

그렇지만 한편으로는 가부장제의 질곡에 신음하는 여성들의 목소리가 드러나 있기도 하다. 까닭 없이 남편에게 박대당하는 여성, 효라는 이데올로기 때문에 남편과 갈등하는 여성 들을 통해 유교적 가부장제가 여성에게 가하는 억압적 모습이 서술의 이면에 흐르고 있다. <이씨세대록>이 주는 흥미와 그 서사적 의미는 바로 이러한 데에서 찾을 수 있지 않을까 한다.

장시광

서울대 강사, 아주대 강의교수 등을 거쳐 현재 경상대학교 국어국문학과 교수로 재직 중이다. 논문으로 「대하소설의 여성반동인물 연구」(박사학위논문), 「여성영웅소설에 나타난 여화위남의 의미」, 「대하소설 갈등담의 구조 시론」, 「운명과 초월의 서사」 등이 있고, 저서로 『한국 고전소설과 여성인물』이 있으며, 번역서로 『조선시대 동성혼 이야기 방한림전』, 『여성영웅소설 홍계월전』, 『심청전: 눈먼 아비 홀로 두고 어딜 간단 말이냐』, 『팔찌의 인연: 쌍천기봉 1-9』 등이 있다.

(이씨 집안 이야기) 이씨세대록 6

초판인쇄 2023년 9월 8일
초판발행 2023년 9월 8일

지은이 장시광
펴낸이 채종준
펴낸곳 한국학술정보(주)
주 소 경기도 파주시 회동길 230(문발동)
전 화 031) 908-3181(대표)
팩 스 031) 908-3189
홈페이지 http://ebook.kstudy.com
E-mail 출판사업부 publish@kstudy.com
등 록 2003년 9월 25일 제406-2003-000012호

ISBN 979-11-6983-648-7 04810
979-11-6801-227-1 (전 13권)